Frank Rehfeld
Mytha

PIPER

Zu diesem Buch

Sie sind Meister ihres Fachs und auf jeden von ihnen ist ein horrendes Kopfgeld ausgesetzt: Mytha, die Diebin. Olimarch, der Giftmischer. Adamurt, der Meuchelmörder. Linton, der Söldner. Nariz D'huzhoryn, die schwarze Magierin. Skrupel sind für sie ein Fremdwort und sie verabscheuen einander, doch als der undurchsichtige Silvan sie für einen Auftrag anheuert, können sie der Aussicht auf unermesslich reiche Beute nicht widerstehen und raufen sich zusammen. Sie folgen ihm ins Reich der Dämonen und Schattenwesen, bevölkert von Unholden, gegen die selbst ihre eigene Bosheit verblasst. Zu spät erst erkennen sie, was Silvan wirklich plant, und dass es für sie eine Reise ohne Wiederkehr werden soll …

Frank Rehfeld wurde 1962 im niederrheinischen Viersen geboren. Nachdem er bereits mit seiner »Legende von Arcana« sehr erfolgreich war, schrieb er zusammen mit Wolfgang Hohlbein den Roman »Giganten« und etliche Bücher zur Serie um den »Hexer von Salem«. Spätestens seit seinem Epos rund um das Zwergenvolk von Elan-Dhor gehört er zu den beliebtesten Autoren der deutschsprachigen Fantasy.

Frank Rehfeld

MYTHA

Roman

PIPER

Entdecke die Welt der Piper Fantasy:
PiperFantasy.de

MIX
Papier aus verantwortungsvollen Quellen
FSC® C083411
FSC www.fsc.org

Originalausgabe
ISBN 978-3-492-28190-4
September 2019

Umschlaggestaltung: Guter Punkt, München
Umschlagabbildung: Elm Haßfurth
Karte: Markus Weber, Guter Punkt München
Satz: Tobias Wantzen, Bremen
Gesetzt aus der Le Monde Livre
Druck und Bindung: CPI books GmbH, Leck
Printed in the EU

PROLOG

Das Opfer war bereit.

Ohne einen Hauch von Mitleid blickte Dulg Mortai auf die nackte Frau hinab, die angekettet vor ihm auf dem Felsblock lag und ihn mit vor Angst weit aufgerissenen Augen anstarrte. Sie mochte achtzehn oder neunzehn Jahre alt sein, ein junger Mensch in der Blüte seiner Jahre und somit das perfekte Opfer. Ohne Zweifel würde ihr Blut stark genug sein, um ihm die Macht zu verleihen, die Mauern zwischen den Welten niederzureißen, ein Tor in die Schattensphären zu öffnen und einen Dämon zu beschwören.

Dennoch verspürte er Gefühle, die er schon sehr lange nicht mehr empfunden hatte: Unsicherheit, ob das, was er vorhatte, wirklich richtig war, und Furcht vor den Folgen, falls etwas misslang. Das Blut des Opfers besaß sicherlich genügend Kraft. Aber besaß auch er selbst sie? Die Beschwörungsformeln waren umfangreich und kompliziert. Schon der kleinste Fehler wie ein nicht ganz richtig ausgesprochenes Wort oder eine falsch betonte Silbe konnte in einer verheerenden Katastrophe enden. Wenn er nur einen untergeordneten, schwachen Dämon beschwor, würde dieser ihm die gewünschten Auskünfte vermutlich nicht geben können, und alle seine Anstrengungen waren vergebens. Das jedoch war noch seine geringste Sorge, denn sollte sich der Dämon als zu stark erweisen, bestand die Gefahr, dass er den Bannkreis durchbrach und über ihn herfiel.

Was das bedeutete, wagte er sich kaum auszumalen. Der Dämon würde sich bei Weitem nicht damit begnügen, ihn zu töten.

Ginge es nur um sein Leben, würde Mortai sich keine sonderlichen Sorgen machen. Oft genug hatte er dem Tod bereits ins Gesicht gespuckt. Sollte etwas von der Verschwörung bekannt werden, von der all dies nur ein kleiner Teil war, würde ihn dies ungeachtet seiner Herkunft ohne jeden Zweifel den Kopf kosten.

Aber was war die Alternative? Ein Leben eingepfercht in einen goldenen Käfig und gefangen in einer niemals endenden Abfolge bedeutungsloser repräsentativer Aufgaben und anderer höfischer Pflichten. Ein Leben im Schatten seiner unfähigen, schwachen Brüder und seines nun schon lange bettlägerigen und allmählich debil werdenden Vaters. Unwürdige Nachkommen eines einst bedeutenden Königsgeschlechts, denen jeder Sinn für Macht und Größe abhandengekommen war, weil sie stattdessen viel zu sehr damit beschäftigt waren, jedem Weiberrock nachzusteigen. Und von ihm wurde erwartet, ebenso zu sein. Doch ein solches Leben erschien ihm weitaus schlimmer als ein schneller, gnädiger Tod.

Aber um einen solchen ging es hier nicht, das war ihm nur zu gut bewusst. Der Einsatz war ungleich höher und nur das ließ ihn zögern. Hier setzte er mehr als seine ohnehin nur wenige Jahrzehnte währende körperliche Existenz aufs Spiel. Hier spielte er mit der Unendlichkeit und riskierte seine unsterbliche Seele. Wenn seine Sicherheitsvorkehrungen versagten, würde sich der Dämon ohne Zweifel nicht mit dem Opfer zufriedengeben, sondern ihm auch die seine entreißen und sie mit sich zurück in die tiefsten Pfuhle der Schattensphären zerren, um sie dort bis in alle Ewigkeit zu peinigen.

War der zu erwartende Gewinn diesen Einsatz wirklich wert? Dulg Mortai hatte sich diese Frage bereits oft genug gestellt und seine Antwort fiel diesmal nicht anders aus als die Male zuvor. Trotzdem war seine Angst nicht geringer geworden, denn es gab einen grundlegenden Unterschied zwischen jetzt und den früheren Versuchungen. Bislang hatte es sich stets nur um Planungen und Gedankenspielereien gehandelt. Jetzt aber stand die Ausführung unmittelbar bevor. Er stand am Punkt ohne Umkehr. Wenn er noch einen einzigen Schritt auf seinem selbst gewählten Weg weiterging, würde es kein Zurück mehr geben.

Aber es hatte keinen Sinn, länger zu zögern, da seine Entscheidung ohnehin längst gefallen war. Besser, er brachte das Unvermeidliche hinter sich.

Penibel überprüfte er noch einmal die beiden rings um den Felsblock mit magischer Kreide auf den Boden gemalten Bannkreise mit dem Ring aus Runen und Schutzzauber zwischen ihnen und ging in Gedanken die Beschwörungsformeln Malgorions ein letztes Mal durch. Er hatte sie so lange auswendig gelernt, bis sie sich ihm bis in die kleinste Nuance eingeprägt hatten. Und dennoch gab es keine Garantien für den Erfolg.

Was, wenn schon ihre Quelle fehlerhaft war? Was, wenn der uralte Foliant, aus dem sie stammten, Irrtümer enthielt oder gar eine Fälschung war? Schon zu seinen Lebzeiten vor mehr als vierhundert Jahren hatte Malgorion einen mehr als zweifelhaften Ruf als Magier genossen und vor allem seine Aufzeichnungen waren nicht unumstritten. Die Originale seiner Werke waren seit Langem verschollen, und in manche der wenigen noch erhaltenen Abschriften hatten die Verfasser Fehler eingefügt, die nur einem wahrhaft Kundigen auffallen konnten und verhindern sollten, dass Unbefugte oder minder begabte Magier seine Schriften für eigennützige Zwecke missbrauchten.

War es ihm gelungen, alle diese Fehlstellen zu entdecken und zu korrigieren?

Er würde es bald herausfinden.

Mortai trat an jede der vier Feuerschalen, die etwas außerhalb des äußeren Bannkreises standen, und warf die bereitgelegten Kräuter auf die darin schwelende Glut. Würziger Rauch stieg auf und erfüllte das kleine, unterirdische Gewölbe. Einst war dieses Gebäude ein Tempel gewesen, den man zu Ehren eines lange vergessenen Gottes errichtet hatte. Heute war es kaum mehr eine Ruine, nicht mehr als ein Trümmerhaufen aus geschwärztem Stein und verfaultem Holz, wenn auch dank des vergleichsweise gut erhaltenen Kellerraums für seine Zwecke wie geschaffen. Es lag weit abseits aller Wege mitten im Wald, und er hatte es nur beim Studium alter Karten zufällig entdeckt. Niemand außer ihm kam je hierher und würde ihn stören.

Er griff nach dem Opferdolch und näherte sich erneut dem Felsblock, der ihm als Altar diente. Vielleicht war es auch schon in früheren Zeiten einer gewesen. Die Angst in den Augen der jungen Frau verwandelte sich in blanke Panik. Sie bäumte sich in ihren Ketten auf, doch diese saßen so stramm, dass sie praktisch keinen Bewegungsfreiraum besaß. Der Knebel in ihrem Mund verhinderte, dass sie seine Konzentration durch Schreie stören konnte.

Er wusste nicht, wer die Frau war und woher sie stammte. Es interessierte ihn auch nicht. Für ihn war sie nur ein Bündel aus Fleisch und Blut, das sich zur falschen Zeit am falschen Ort befunden hatte, nicht mehr als eine Ingredienz, die er für seine Beschwörung brauchte. Er hatte Silvan den Auftrag erteilt, ihm ein Opfer zu besorgen, und dieser hatte es beschafft, ohne dass einer von beiden überflüssige Fragen gestellt hatte. Es war ohne jeden Belang, ob es sich um die Tochter eines Fürsten oder das Weib eines Bettlers handelte. Wichtig war nur, dass es keine Spuren gab, die sich zu ihm verfolgen ließen, aber darauf konnte er sich bei Silvan verlassen. Nicht umsonst war der Mann von der Bäreninsel über die Jahre zu seinem engsten Vertrauten geworden.

»Taragor novis dopendium Malinosius«, begann er die Worte der Beschwörungsformel zu rezitieren. Obwohl kein Luftzug herrschte, schien das Feuer in den Schalen, die einzige Lichtquelle im Raum, stärker zu flackern. Schatten, für die es keinen sichtbaren Ursprung gab, huschten über die Wände, und ganz schwach war ein geisterhaftes Raunen und Seufzen zu vernehmen.

Mit klarer, deutlicher Stimme fuhr Mortai in der Beschwörung fort, peinlich genau darauf bedacht, die richtigen Betonungen zu treffen. Der Rauch kratzte ihm im Hals und verursachte einen Hustenreiz, doch er kämpfte dagegen an. Obwohl er nicht lauter sprach, schien seine Stimme anzuschwellen und in dem Gewölbe widerzuhallen. Das Flackern des Feuers verstärkte sich, und der Tanz der Schatten wurde schneller. Der Blick der Frau wurde glasig, sie lag nun völlig still.

»Nurius Decamonis ralison Torkum matiron Torkum«, rief Mortai und beim zweiten *Torkum* rammte er den Dolch bis zum Heft in ihre Brust und durchbohrte ihr Herz.

Ein lauter, durch und durch unmenschlicher Schrei wehte aus dem Nichts heran. Gleichzeitig begann sich der Rauch von einem unerklärlichen Eigenleben erfüllt über dem Leichnam zu einer Wolke zusammenzuballen, die dichter und dichter wurde. Hastig trat Mortai zwei Schritte zurück und hinaus aus dem Bannkreis, ohne die Litanei der Beschwörungsformeln zu unterbrechen.

Inmitten des wallenden Rauchs gloste ein düsterer roter Lichtpunkt auf und wurde rasch größer. Ein pestilenzartiger Gestank breitete sich aus und drohte ihm den Atem zu rauben, doch ohne einen Moment in seiner Konzentration nachzulassen, vollendete er seine Beschwörung. Er spürte die Gegenwart des Dämons wie einen schrecklichen Albdruck, der auf ihm lastete, ein stählerner Reif, der um seine Brust lag und sich enger und enger zusammenzog. Dabei blieb die Kreatur aus der Schattensphäre seinen Blicken entzogen; nicht mehr als ein vager, dunkler Umriss, der sich hinter den wabernden Schwaden verbarg.

WER WAGT ES, MICH ZU STÖREN?, dröhnte eine ungeheuer machtvolle Stimme in Mortais Kopf. Sie war wie Feuer und Eis zugleich, schien wie ein Messer seine Gedanken zu durchschneiden.

»Ich bin Dulg Mortai, zweitgeborener Sohn von Ortan Mortai, dem König von Woltan«, erwiderte er und bemühte sich vergeblich, seiner Stimme einen festen Klang zu verleihen. »Ich habe ein Opfer für dich vorbereitet.«

Etwas wie ein grauenhaftes Schlürfen und Schmatzen war aus dem Rauch zu vernehmen, dann ertönte wieder die gedankliche Stimme.

DEIN OPFER HAT MICH ERFREUT. UND NUN LASS MICH IN MEINE WELT ZURÜCKKEHREN. ES IST ANSTRENGEND FÜR MICH UND BEREITET MIR UNBEHAGEN, IN DIESER SPHÄRE ZU VERWEILEN.

»Nicht ganz so schnell«, sagte Mortai, nun schon wieder etwas selbstsicherer. Der Dämon war ihm verpflichtet und befand sich in seinem Bann. Wenn er in der Lage gewesen wäre, den Bannkreis zu verlassen, hätte er es in seiner unersättlichen Gier schon längst getan. »Ich habe dich nicht ohne Grund beschworen, sondern weil ich Wissen von dir begehre. Beantworte mir eine Frage und ich gestatte dir die Rückkehr in die Schattensphären.«

UNWÜRDIGER WURM!, donnerte die Stimme des Dämons in seinem Schädel. DU WAGST ES, EINE FORDERUNG AN MICH ZU RICHTEN? ICH WERDE DEINE KNOCHEN BRECHEN UND DEINE GEDÄRME VERSCHLINGEN, ANSCHLIESSEND WERDE ICH DEINEN LEIB ZERREISSEN UND DEINE SEELE MIT DEN SCHRECKLICHSTEN QUALEN PEINIGEN, DIE JE EIN MENSCH ERLITTEN HAT!

Das Sphärenwesen begann zu wüten und zu toben. Mortai erkannte es anhand der nun rasend schnell durcheinanderwirbelnden Rauchschwaden und noch einmal stieg Furcht in ihm auf. Würden die Bannkreise auch diesem direkten Angriff standhalten? Mit Erleichterung sah er, dass keine der Schwaden über die Kreidelinien hinaus vordrang, und schließlich beruhigte sich der Dämon wieder.

STELLE DEINE FRAGE, UND WENN ES IN MEINER MACHT STEHT, WERDE ICH SIE BEANTWORTEN, verkündete er.

Mortai atmete auf.

»Bei meinen Forschungen bin ich auf Hinweise auf ein magisches Artefakt gestoßen, das Dunkles Feuer genannt wird, eine ungeheuer mächtige Waffe. Wenn dieses Artefakt wirklich existiert, wo und wie kann ich es finden?«

IST DAS DEINE FRAGE? DANN HÖRE: DAS SCHWARZE FEUER BEFINDET SICH NOCH IMMER DORT, WO ES EINST

GEFERTIGT WURDE, IM *TEMPEL DER MORGENRÖTE*, WEIT IM SÜDEN DER VERHEERTEN LANDE. UND NUN LASS MICH FREI.

»Die Verheerten Lande«, murmelte Mortai. Er hatte es befürchtet, aber wider alle Wahrscheinlichkeit auf eine andere Antwort gehofft. Immerhin wusste er nun, dass das Artefakt noch existierte und wo genau es sich befand. »Wie kann ich es in meinen Besitz bringen? Man bräuchte eine Armee, um die Verheerten Lande zu durchqueren, und ich habe keine.«

MIT EINER ARMEE WÜRDEST DU VIELLEICHT DEN TEMPEL ERREICHEN, SPÄTESTENS DORT JEDOCH SCHEITERN. ABER WAS DU JETZT WISSEN WILLST, IST EINE ZWEITE FRAGE. DAS WAR NICHT TEIL UNSERER ABSPRACHE.

»Seit wann halten Dämonen sich an Absprachen? Und schon meine ursprüngliche Frage lautete nicht nur *wo*, sondern auch *wie* ich das Schwarze Feuer finden kann. Also antworte mir!«

ELENDE MADE, DU VERSUCHST MICH MIT SPITZFINDIGKEITEN ZU HINTERGEHEN!, brüllte der Dämon. **WARTE, BIS ICH DICH IN MEINE KLAUEN BEKOMME, DANN WIRD DEIN LEIDEN UNERMESSLICH SEIN!**

Erneut begann er zu toben, aber auch jetzt hielten die unsichtbaren Wände seines Kerkers stand.

»Bist du bald fertig?«, fragte Mortai kalt. Da er nun wusste, dass die Kreatur ihm nichts anhaben konnte, berührten ihn die Drohungen nicht, sondern weckten höchstens seinen Ärger. »Du bist derjenige, der so schnell wie möglich in seine Welt zurück möchte. Ich hingegen habe Zeit. Also antworte mir endlich. Diese Angelegenheit beginnt mich zu ermüden. Vielleicht sollte ich mich etwas hinlegen und erst morgen wiederkommen.«

Noch einmal wütete der Dämon ob dieser neuerlichen Provokation und stieß grässliche Flüche aus. Doch schließlich schien er einzusehen, dass ihm alles Zetern und Toben nicht weiterhalf.

ICH BEFINDE MICH IN DEINER GEWALT, STERBLICHER, UND MIR BLEIBT KEINE ANDERE WAHL, ALS DEIN VER-

LANGEN ZU ERFÜLLEN, gab er zu. DOCH HÜTE DICH, MEINEN WEG JEMALS WIEDER ZU KREUZEN! NUN ZU DEINER FRAGE. AUCH FÜR MICH IST ES SCHWER, ALLE DENKBAREN ZUKUNFTSLINIEN ZU ERKENNEN, DOCH ES GIBT EINEN WEG, DER DIR EINE GEWISSE, WENN AUCH NUR KLEINE WAHRSCHEINLICHKEIT BIETET, IN DEN BESITZ DES SCHWARZEN FEUERS ZU GELANGEN. ALLES, WAS DU DAZU BENÖTIGST, FINDEST DU IN DER STADT MERIDOR ODER IHRER UMGEBUNG.

»Berichte mir mehr darüber!«, verlangte Mortai und lauschte gebannt den Ausführungen des Dämons. Das von diesem beschriebene Vorgehen würde nicht billig werden, war jedoch faszinierend. »Das war es, was ich wissen wollte«, sagte er schließlich. Sein Kopf schmerzte höllisch, viel länger hätte er die geistige Stimme nicht mehr ertragen. »Ich erlaube dir, in deine Heimat zurückzukehren.«

Zu seiner Überraschung verschwand das Sphärenwesen nicht sofort.

EINE WARNUNG NOCH, teilte es ihm mit. WENN DU DIR DIESE HELFER VERPFLICHTEST, DANN VERGISS NIEMALS, DASS SIE IN KEINSTER WEISE VERTRAUENSWÜRDIG SIND. EIN SO MÄCHTIGES ARTEFAKT IN IHREN HÄNDEN WIRD EINE GROSSE VERSUCHUNG FÜR SIE DARSTELLEN. SICHERE DICH UNBEDINGT ENTSPRECHEND AB.

Dulg Mortai runzelte die Stirn. Die Warnung war zweifellos angebracht, doch es wunderte ihn, dass der Dämon plötzlich so an seinem Wohlergehen und seinem Erfolg interessiert schien.

»Ich werde das berücksichtigen«, sagte er, doch der Schatten im Rauch war bereits verschwunden. Das Sphärenwesen hatte die Reise zurück in seine Welt angetreten, und die Schwaden trieben träge auseinander, gaben den Blick auf den wie bereits vor langer Zeit mumifiziert aussehenden Leichnam der jungen Frau frei.

Mortai wandte sich ab und verließ das Gewölbe. Als er ins Freie trat, atmete er die frische Waldluft ein paarmal tief ein.

Silvan Debair erwartete ihn mit zwei Getreuen an einem Lagerfeuer, über dem zwei Hasen am Spieß brieten.

»Ich habe einen Auftrag für dich«, sagte Mortai. »Einen äußerst wichtigen Auftrag. Du wirst für mich nach Meridor reisen und dort etwas erledigen. Und anschließend …«

ERSTES BUCH
MERIDOR

Und dann – Meridor.

Die ewige, die wunderbare Stadt, die ihre Bezeichnung als Juwel des latronischen Reiches mit voller Berechtigung trägt! Die Stadt des Handels und der Künste, die Wiege der Zivilisation. Wenn die Sonne den weißen Marmor der Prachtvillen auf der Kuppe des Hügels zum Gleißen bringt, kann man schon aus weiter Ferne glauben, wahrlich ein gigantisches Juwel vor sich zu haben.

Mit dem ersten Blick auf die Stadt erwachte eine selbst für einen Dichter schwer in Worte zu fassende Freude und Sehnsucht von solcher Intensität in mir, dass ich mein Pferd unwillkürlich zu schnellerer Gangart antrieb, um mein Ziel so bald als möglich zu erreichen.

Welch ein Narr ich war, mich derart von äußerem Schein blenden zu lassen!

Aber zu jenem Zeitpunkt ahnte ich noch nichts von dem monströsen Geschwür, das unter Meridor wuchert, von den jeder Ordnung und Menschlichkeit Hohn sprechenden Widerwärtigkeiten, die in den Schatten der ewigen Nacht tief unter der Erde gedeihen …

Aus den Reiseberichten Salinos des Älteren

DER FREMDE

1 Der Fremde sah verdächtig aus, deshalb beschloss Petrolo, ihn im Auge zu behalten. Er ahnte, dass dieser Mann Ärger machen würde. Gut so. Je mehr Ärger einer machte, umso mehr Gelegenheiten zum Zugreifen. Solche boten sich nahezu immer und überall, wenn man nur die Augen offen hielt. Wer in den Slums von Meridor überleben wollte, lernte diese Lektion bereits von Kindesbeinen an, und obwohl gerade erst zwölf geworden, hielt Petrolo sich für absolut nicht auf den Kopf gefallen.

Aber Gelegenheiten waren tückisch. Oftmals tarnten sie sich mit dem Mantel der Belanglosigkeit; dann wieder zeigten sie sich in goldene, weithin strahlende Gewänder gehüllt, dabei verbarg sich hinter dem schönen Schein oftmals nur Leere. Man musste schon den richtigen Blick für Menschen besitzen und bereit sein, im richtigen Moment entschlossen zuzupacken.

Hier jedoch bot sich eine *echte* Gelegenheit, das spürte Petrolo sofort. Vielleicht eine günstige Möglichkeit, den Fremden um seine Geldbörse zu erleichtern. Bei unbedeutenden Taschendiebstählen drückte sogar die Diebesgilde beide Augen zu, die es sonst gar nicht schätzte, wenn jemand in ihrem Revier wilderte. Vielleicht schnappte er aber auch nur ein paar Worte auf, die interessant genug waren, um sie anschließend zu verkaufen. Informationen gehörten zum Lebenselixier der Stadt, und wenn sie ungewöhnlich waren, gab es immer einen Abnehmer dafür.

Die Tatsache, dass ein Fremder nach Meridor kam, war für sich allein zunächst noch nichts Besonderes. Täglich legten zahlreiche Schiffe an, Karawanen trafen ein oder brachen auf, und

Händler hielten Ausschau nach günstigen Schnäppchen, wie es sich für das fraglos bedeutendste Handelszentrum des Reiches gehörte.

Auch den Fremden konnte man leicht für einen Händler halten, den die Hoffnung auf gute Geschäfte hierher verschlagen hatte. Er mochte um die dreißig Jahre zählen, war hochgewachsen, mit kurz geschnittenem schwarzem Haar und einem sorgsam gestutzten Vollbart. Seine gebräunte Haut, in die Wind und Wetter bereits erste Falten um Mund- und Augenwinkel gegraben hatten, verriet, dass er sich viel im Freien aufhielt. Seine Kleidung war von einer längeren Reise etwas in Mitleidenschaft gezogen. Aber sie war zweifellos teuer gewesen und verriet einen gewissen Wohlstand, wirkte jedoch zugleich zweckmäßig und nicht so übertrieben vornehm, wie Angehörige des Adels sie bevorzugten. Alles in allem verkörperte der Fremde das fast perfekte Bild eines mittelmäßig wohlhabenden Händlers, der sich in nichts von den zahlreichen anderen Händlern zu unterscheiden schien, die an diesem Nachmittag über den Markt schlenderten.

Auf den ersten Blick.

Sah man jedoch genauer hin, merkte man rasch, dass dieses Bild nur Fassade war, und Petrolo besaß einen ausgeprägten Blick für Details.

Da war zunächst einmal das Schwert, das der Mann am Gürtel trug. Es war groß und vermutlich ziemlich schwer, man brauchte offensichtlich viel Kraft, um es zu schwingen. Keine Waffe, wie sie ein Händler mit sich herumzutragen pflegte, der sich zudem noch auf den Schutz zweier Leibwächter verlassen konnte, die einen halben Schritt hinter ihm gingen. Eine solche Waffe wurde nur von Kriegern getragen.

Gleiches galt für seine Bewegungen. Sie waren viel zu geschmeidig für einen Mann, dessen Hauptbeschäftigung im Aushandeln von Geschäften, im Ankauf und Verkauf von Waren bestand. Dazu passten auch seine kräftigen Hände, in denen er sich wesentlich besser das Heft des Schwertes als einen Federkiel vorstellen konnte. Dazu passte die fast fingerlange Narbe an der Stirn, die nur unvollständig durch sein Haar verdeckt wurde. So etwas zog man sich nicht beim Blättern in Bilanzen zu.

Nein, etwas stimmte mit dem Fremden nicht. Er war kein Händler, sondern versuchte nur wie ein solcher zu wirken. Sein Geschäft war das Kriegshandwerk. Das machte ihn auf jeden Fall zu etwas Besonderem in Meridor.

Petrolo überlegte, was er mit diesem Wissen anfangen, wie er es am besten in klingende Münze umwandeln konnte. Er könnte zu Maliko gehen. Der fette Glatzkopf war an allem interessiert, was in Meridor vorging, aber er war auch ein Geizkragen und würde sicherlich nicht mehr als einen Dinar für so eine zunächst noch recht dürftige Information herausrücken. Immerhin – in einer Stadt, in der es neben unermesslichem Reichtum auch Hunger und Armut im Überfluss gab, war ein Dinar für einen Waisenjungen schnelles und leicht verdientes Geld. Dafür gab es genug Brot und Fleisch, um für Tage satt zu werden.

Aber Petrolo war davon überzeugt, dass wesentlich mehr aus dieser Sache herauszuholen war, wenn er herausfand, was der Fremde wollte. Mit einer solchen Information könnte er sich statt an Maliko vielleicht sogar an Torrini wenden. Dieser zahlte wesentlich besser, interessierte sich jedoch ausschließlich für ganz besondere Informationen, die anderen nur schwer zugänglich waren; darüber hinaus beschäftigte er eine eigene kleine Privatarmee meist jugendlicher Schnüffler, die ihn über alles auf dem Laufenden hielten. Wenn man es schaffte, in diese Truppe aufgenommen zu werden, brauchte man so schnell keinen Hunger mehr zu leiden. Um dies zu erreichen, musste man Torrini jedoch zunächst einmal seinen Wert beweisen, indem man ihm Informationen von Wert lieferte, die seinen eigenen Schnüfflern entgangen waren.

Unauffällig folgte Petrolo der kleinen Gruppe, wobei er sich kaum Mühe zu geben brauchte. Keiner der drei blickte sonderlich häufig hinter sich. Während seine Begleiter mit ihren Blicken die Umgebung nach Gefahren absuchten, musterte der

Fremde zumindest gelegentlich die an den Ständen zur Schau gestellten Waren, schien aber nicht sehr interessiert daran zu sein, irgendetwas zu kaufen. Er machte eher den Eindruck, als würde er nur die Stadt erkunden.

Petrolo blieb an einem Stand für Schnitzwaren stehen und tat so, als würde er einige der Teile bewundern, während er sich verstohlen, aber gründlich ein weiteres Mal umsah, ehe er das Misstrauen des Händlers erweckte und dieser ihn davonjagte. Nach wie vor war keiner von Torrinis Schnüfflern zu erblicken. Dafür hatte Petrolo etwas entdeckt, was ihm mindestens ebenso wenig gefiel: Rattengesicht.

Natürlich hieß der Junge nicht wirklich so, wurde aber allgemein so genannt, weil nicht nur sein Gesicht Ähnlichkeit mit dem eines Nagers aufwies, sondern er auch ähnlich verschlagen, gerissen und feige wie eine Ratte war. Er war vierzehn und somit schon fast erwachsen, und es bereitete ihm Freude, Jüngere zu quälen, während er vor Stärkeren katzbuckelte. Petrolo wusste nicht einmal, wie er wirklich hieß.

Und er war allein.

Wiesel, sein zwei Jahre jüngerer Bruder, der ihm gewöhnlich wie ein Schatten folgte, war nicht bei ihm, was nur bedeuten konnte, dass er bereits zu Maliko unterwegs war, um von den Fremden zu berichten. Den Weg zu ihm konnte Petrolo sich also sparen.

Jetzt blieb ihm gar nichts anderes mehr übrig, als mehr über die Absichten und Vorhaben des Fremden in Erfahrung zu bringen, wenn er aus dessen Erscheinen noch irgendwelchen Profit schlagen wollte. Durch Rattengesicht war diese Aufgabe allerdings nicht gerade leichter geworden, und viel Zeit blieb ihm auch nicht mehr, denn er hatte es jetzt mit gleich dreifacher Konkurrenz zu tun. Da war zum einen der Zufall, der jederzeit noch andere auf die Spur seines Opfers locken konnte, dann würde Maliko sicherlich weitere Schnüffler losschicken, sobald Wiesel ihm Bericht erstattete, und letztlich war da noch Rattengesicht selbst. Nicht mehr lange, dann würde der Fremde einen ganzen

Rattenschwanz an Beschattern hinter sich herziehen, die sich gegenseitig auf die Füße traten, und dann wäre auch für Petrolo jegliche Chance dahin.

Im Moment jedoch bildete Rattengesicht seine einzige und direkte Konkurrenz. Wenigstens schien er ihn umgekehrt noch nicht entdeckt zu haben. Dies war Petrolos einziger Trumpf, und er war entschlossen, ihn nicht aus der Hand zu geben.

Noch vorsichtiger als bisher folgte er der kleinen Gruppe, behielt einerseits den Fremden und seine Begleiter im Auge und bemühte sich gleichzeitig, von Rattengesicht nicht gesehen zu werden. Unentdeckt zu bleiben wurde allerdings immer schwieriger, da der Fremde sich allmählich anschickte, den stark bevölkerten Marktbereich zu verlassen, und sich dem heruntergekommenen Osten der Stadt näherte. Die Stände wurden weniger und schäbiger und nur noch wenige Menschen waren auf den Straßen.

Zähneknirschend musste Petrolo einen größeren Abstand zu Rattengesicht und damit auch zu dem Fremden einhalten. Jede Deckung nutzend, die sich ihm bot, huschte er langsam vorwärts, verbarg sich hinter den auch hier noch vereinzelt stehenden Ständen und presste sich immer wieder in Hauseingänge oder Lücken zwischen den Häusern. Lange konnte es nun nicht mehr dauern, bis weitere Beschatter auftauchten. In dieser heruntergekommenen Gegend fiel jemand wie der Fremde noch mehr auf als im Trubel des Marktes.

Petrolo sah, wie der Mann auf eine Gruppe von vier Bettlern zutrat, die an eine Hauswand gelehnt dasaßen und sich bemühten, einen möglichst mitleiderregenden Eindruck zu machen. Er warf ein Geldstück in die Mütze des lahmen Olofs, der in Wahrheit keineswegs lahm, sondern sogar äußerst flink war, und sagte etwas zu ihm. Um was es sich handelte, konnte Petrolo zu seinem Leidwesen nicht verstehen, doch es schien dem Bettler nicht zu gefallen, denn ein wachsamer Ausdruck erschien auf seinem Gesicht, während er den Kopf schüttelte. Auch die drei anderen wirkten plötzlich angespannt; ihre Hände glitten näher an ihre Gürtel, wo sie unter ihrer Kleidung zweifellos ein Messer oder einen Dolch verborgen trugen.

Was ging dort vor?

In Gedanken fluchte Petrolo erbittert darüber, dass er sich so weit entfernt befand und nichts von dem Gespräch verstehen konnte. Was immer der Fremde wissen wollte, es musste etwas äußerst Wichtiges sein, um so eine Reaktion hervorzurufen. Er huschte ein Stück vorwärts bis zum Durchgang zu einem Hinterhof, von wo aus er wenigstens ein bisschen verstehen konnte.

»... keinen Adamurt«, hörte er Olof sagen. »Und ich ... nichts über irgend... Katakomben.«

Petrolos Augen weiteten sich und sein Herz begann schneller zu schlagen. Fast hätte er einen leisen Pfiff ausgestoßen. Ein Kopfgeldjäger? Das passte zu dem Bild, das er sich von dem Fremden gemacht hatte. Noch bedeutungsvoller aber war der Name, den er gerade aufgeschnappt hatte.

Adamurt, der Meuchelmörder.

Wenn der Fremde nach einem Einstieg in die Unterwelt suchte, um Jagd auf Adamurt zu machen, den berüchtigtsten Mörder in weitem Umkreis, dann war das allerdings eine Information von beträchtlichem Wert. Gespannt lauschte er weiter.

»... zahle gut«, sagte der Mann mit fremdartigem Akzent. Er zog eine Geldkatze aus der Tasche und wog sie so in der Hand, dass deutlich das Klimpern vieler Münzen zu hören war. »Mach ... nichts vor ... Weg in ... Katakomben kennst. Nimm das Geld, oder ...« Er verstummte, aber seine Begleiter legten in stummer Drohung die Hand auf den Griff ihrer Schwerter.

Eine äußerst dumme Geste, die verriet, dass sie weder wussten, wen sie vor sich hatten, noch wie die Dinge in Meridor zu laufen pflegten.

Olof sprang blitzartig auf, zog ebenso blitzartig sein Messer und stieß es vor, dass die Spitze der Klinge nur kaum eine Handbreit vor der Kehle des Fremden entfernt zum Halten kam. Auch seine Begleiter erhoben sich und zogen ihre Waffen.

»Sieh an, eine wundersame Heilung«, höhnte der Fremde.

»Geh!«, zischte Olof. »Geh und behalte dein schmutziges Geld. Wir wollen hier keine Kopfgeldjäger! Niemand wird dir helfen.«

Auch die beiden Leibwächter hatten ihre Schwerter gezogen. Drohend standen sich die beiden Grüppchen gegenüber, doch der Fremde bedeutete seinen Begleitern, ihre Waffen zu senken. Die Geldbörse hatte er wieder eingesteckt.

»Du irrst dich«, behauptete er. Auch er sprach jetzt so laut, dass Petrolo jedes Wort verstehen konnte. »Ich bin kein Kopfgeldjäger. Bring mich einfach nach *unten* und es soll dein Schaden nicht sein. Das gilt für jeden von euch.«

Er warf einen raschen Blick in die Runde. Einige Passanten waren stehen geblieben und verfolgten die Auseinandersetzung aus sicherer Entfernung, trotteten nun jedoch weiter. Selbst wenn einige von ihnen Einstiege in die Katakomben kennen mochten, würde keiner dem Fremden helfen. Wenn der Kopfgeldjäger wirklich hinter Adamurt her war, war er bereits so gut wie tot. Niemand würde es wagen, durch seine Hilfe den Zorn des Meuchelmörders auf sich zu ziehen.

Es wurde Zeit für Petrolo, sich zurückzuziehen. Zu viele neugierige Ohren hatten inzwischen das Ziel des Fremden erfahren. Er musste sich beeilen, wenn er der Erste sein wollte, der Torrini diese Information überbrachte.

In diesem Moment sah er, wie Rattengesicht seine Deckung verließ und mit gebeugtem Kopf raschen Schrittes über die Straße ging, als wäre er nur einer der unbeteiligten Passanten. Allerdings würde sein Weg ihn unmittelbar an dem Kopfgeldjäger vorbeiführen.

Er würde doch nicht so tollkühn sein …

Rattengesicht *war* so wagemutig – oder dumm, je nach Standpunkt. Offenbar konnte er dem Klang der Münzen nicht widerstehen. Der Fremde und seine Begleiter waren abgelenkt. Noch immer befand sich Olofs Messer nicht weit von seinem Hals entfernt, und Rattengesicht schien entschlossen, die Gelegenheit zu nutzen. Petrolo sah, wie er seine Hand im Vorbeigehen blitzschnell in die Tasche des Fremden schob, doch offenkundig hatte er den Kopfgeldjäger unterschätzt.

Ungeachtet der auf ihn gerichteten Waffe fuhr dieser herum, packte den Jungen und zog ihn an sich. Gerade noch selbst bedroht, hielt er nun plötzlich einen Dolch in der Hand und richtete ihn auf seinen Gefangenen. Vergeblich versuchte Rattengesicht, sich aus seinem Griff zu winden, während Olof und die anderen Bettler das Durcheinander nutzten, um die Flucht in die hinter ihnen liegende Gasse zu ergreifen.

»Was haben wir denn hier?«, stieß der Fremde hervor. »Eine Schmeißfliege, die mich zu bestehlen versucht?«

»Nein, Herr, das … das wollte ich nicht!«, keuchte Rattengesicht. Sein Gesicht war von Angst verzerrt. Schweißtropfen glitzerten auf seiner Stirn. »Ich kam nur …«

»Und was ist das?« Der Fremde drehte den Arm des Jungen herum, sodass die Geldkatze sichtbar wurde, die dieser mit seinen Fingern umklammert hielt.

Wild blickte Rattengesicht sich um, während er noch einmal versuchte, aus dem Griff des wesentlich stärkeren Mannes zu entkommen.

»Ich habe gehört, dass Ihr einen Einstieg in die Katakomben sucht«, änderte er seine Taktik. »Ich kann Euch hinführen.«

Der Fremde zögerte kurz, dann nickte er.

»Also gut. Aber ich warne dich, wenn …«

Alles ging so schnell, dass nicht einmal Petrolos scharfe Augen richtig mitbekamen, was geschah. Ein flirrender, silberner Schemen kam aus der Gasse geflogen, in der die Bettler verschwunden waren, und gleich darauf brach ein Blutschwall aus Rattengesichts Mund und Hals und ergoss sich über den Arm des Fremden. Ein Messer hatte sich bis zum Heft in seine Kehle gebohrt.

Der Kopfgeldjäger stieß ihn von sich, zog ein Tuch aus der Tasche und säuberte notdürftig seinen Arm. Rattengesichts Körper zuckte noch ein paarmal, während sich rings um ihn eine Blutlache auf dem Pflaster ausbreitete, dann lag er still.

Vom Attentäter war nichts zu sehen, doch Petrolo war sicher, dass Olof Rattengesicht zum Schweigen gebracht hatte. Die Warnung des Bettlers war eindeutig: Tod allen Verrätern.

Dass der Dolch nicht den Kopfgeldjäger, sondern den Jungen getroffen hatte, ergab Sinn. Adamurt konnte es nicht ausstehen, wenn ihn jemand des Vergnügens beraubte, einen der Idioten selbst zur Strecke zu bringen, der das auf ihn ausgesetzte Kopfgeld einzustreichen versuchte. Niemand, der halbwegs bei Verstand war, legte sich mit Meridors gefürchtetstem Meuchelmörder an.

»Die Stadtwache!«, ertönte ein Ruf und ließ die meisten der Gaffer sich rasch entfernen.

Auch Petrolo erkannte, dass er bereits viel zu lange gewartet hatte. Noch war es nicht zu spät, seine Informationen an Torrini zu verkaufen, ehe dieser sie aus anderer Quelle erhielt. Aber er musste sich beeilen. Er verließ den Hofeingang und begann zu rennen, doch er kam nur wenige Schritte weit, dann prallte er gegen eine Gestalt, die überraschend hinter einem Verkaufsstand hervortrat. Sie war von Kopf bis Fuß in eine schwarze Kutte gekleidet, ihr Gesicht unter der weit nach vorn gezogenen Kapuze verborgen.

Petrolo spürte, wie die Gestalt seinen Nacken packte, und hörte gleichzeitig fremdartige, gemurmelte Worte. Eine eisige Kälte durchströmte plötzlich seinen Körper und lähmte ihn, machte es ihm unmöglich, auch nur einen Finger zu rühren.

Gefangen, dachte er entsetzt. Er war gefangen und wusste nicht einmal, von wem.

2

Ohne etwas von dem Aufruhr zu ahnen, den die bloße Erwähnung seines Namens verursacht hatte, befand sich Adamurt, der Meuchelmörder, zu diesem Zeitpunkt kaum zweihundert Schritte in nordöstlicher Richtung und rund hundert Meter in die Tiefe vom Ort des Geschehens entfernt in der Unterwelt Meridors und war denkbar schlechter Laune.

Hätte er zu diesem Zeitpunkt bereits von der Ankunft des Fremden erfahren, hätte dies seine Stimmung zweifellos gehoben, denn er schätzte Kopfgeldjäger, die hinter dem auf ihn ausgesetzten Preis her waren. Sie brachten etwas Abwechslung und Würze in das tägliche Allerlei aus Intrigen, Mord und Totschlag. Wenn sie etwas von ihrem Handwerk verstanden – und das sollte man als Mindestvoraussetzung bei einem Jäger erwarten, der sich den meistgesuchten Mörder in diesem Teil der Welt als Beute auswählte – konnte sogar ein längeres, überaus vergnügliches Katz- und Mausspiel daraus erwachsen.

Adamurt liebte solche Spiele. Vor allem liebte er es, die Rollen zu vertauschen und von der Maus zur Katze zu werden, ohne dass sein Gegenspieler es bemerkte. Nicht ohne Wehmut dachte er oft an den Mann von der Bäreninsel im hohen Norden zurück, der vor knapp zwei Jahren auf der Jagd nach ihm nach Meridor gekommen war. Adamurt hatte frühzeitig von seiner Ankunft erfahren und verschiedene Fährten ausgelegt, die zu drei ihm lästig gewordenen Konkurrenten führten. Jedes Mal fest davon überzeugt, ihn vor sich zu haben, hatte der Kopfgeldjäger alle drei für ihn aus dem Weg geräumt, ehe Adamurt des Spiels schließlich überdrüssig geworden war und ihn seinerseits getötet hatte.

Ah, welch exquisites Vergnügen hatte es ihm bereitet! Ausgerechnet den Dummkopf, der gekommen war, um ihn zu töten, unwissentlich zum eigenen Handlanger zu machen. So etwas hatte Stil und Eleganz! Schon mehr als einmal hatte Adamurt seither bedauert, dieses Spiel nicht noch mehr ausgedehnt zu haben.

Von der Hochstimmung, die er damals empfunden hatte, war seine Laune derzeit allerdings denkbar weit entfernt. Wie stets, wenn er Olimarch aufsuchte.

Niemand sonst in Meridor würde es wagen, ihn auch nur eine einzige lausige Minute warten zu lassen. Olimarch hingegen tat es *immer*! Jedes verfluchte einzelne Mal, wenn sie miteinander zu tun hatten, und vermutlich nicht einmal aus Notwendigkeit, sondern einzig und allein, weil es ihm Vergnügen bereitete und er es sich als Einziger erlauben durfte, ohne dafür Rache befürchten zu müssen.

Olimarch Thephilos.

Letzter Spross einer einst reichen und mächtigen Dynastie, die im Laufe der Zeit jedoch verarmt und in Bedeutungslosigkeit verfallen war, bis er dem Namen neuen Glanz und Ruhm verliehen hatte. Zumindest in gewissen Kreisen.

Wenn der Scheißkerl nur nicht so ein verdammt guter Giftmischer wäre! Aber das war er nun einmal. Er war derjenige, an dem man nicht vorbeikam, wenn man höchste Qualität und garantierten Erfolg erwartete – und dafür bezahlen konnte.

Viel bezahlen. Horrende Summen, aber das waren seine Tränke auch wert. Entsprechend klein, aber erlesen war sein Kundenstamm. Jeder andere hätte seine wenigen treuen Stammkunden besonders zuvorkommend behandelt, doch Olimarch …

Gereizt schritt Adamurt in dem kleinen, bis auf einen selten hässlichen Wandteppich völlig kahlen Warteraum auf und ab. Immer wieder ballte er so fest die Fäuste, dass sich die Muskeln an seinen Armen als knotige Stränge unter der Haut abzeichneten und die kunstvoll verzierten Metallbänder, die sich darumspannten, zu sprengen drohten. Dabei verfluchte er Olimarch insgeheim hundertfach, während er zu spüren glaubte, wie sich das Gift in seinem Körper unerbittlich ausbreitete.

Das Gift!

Auch das war etwas, was er sich von niemandem sonst gefallen lassen würde. Aber leider war Olimarch nicht nur brillant und überheblich, sondern zudem im höchsten Maße paranoid. Auf seinen Kopf war ein nahezu ebenso hohes Preisgeld ausgesetzt wie auf den seinen, und es hieß, dass er sein festungsartiges Höhlensystem in der achten Tiefenebene aus Angst vor einer Festnahme oder einem Mordkomplott neidischer Konkurrenten niemals verließ. Selbst von den zwielichtigen Bewohnern der Katakomben wagten sich nur wenige so weit in die Tiefe, was ihm zusätzliche Sicherheit verlieh. Nur wen er persönlich kannte oder wer ihm durch einen verlässlichen Bürgen vorgestellt wurde, wurde überhaupt eingelassen, doch selbst das reichte ihm nicht, um sein irrwitziges Sicherheitsbedürfnis zu befriedigen.

Deshalb das Gift. Jeder musste es beim Eintreten trinken, nur einen winzigen Schluck, aber binnen einer Stunde wirkte es tödlich, wenn man nicht rechtzeitig das Gegenmittel erhielt, das es erst gab, wenn man Olimarch wieder verließ. Ein absolut sicheres System: Wer ihn tötete oder sonst wie sein Missfallen erregte, der verurteilte sich damit selbst zum Tode.

Unerbittlich verstrich die Zeit. Adamurt fragte sich, wie lange er nun schon wartete. Vermutlich nicht mehr als zehn oder fünfzehn Minuten, aber ihm kamen sie wie eine Ewigkeit vor. Wie schon mehrfach bei früheren Besuchen fragte er sich, ob Olimarch möglicherweise der Verlockung erlegen war, das Kopfgeld für ihn zu kassieren oder ihn im Auftrag eines Widersachers aus dem Weg zu räumen.

Einige weitere Minuten flossen quälend langsam dahin, dann endlich öffnete Maline, eine unscheinbare, dunkelhaarige Frau, die ihn auch hereingelassen und ihm das Gift verabreicht hatte, die Tür zu Olimarchs Empfangsraum und bat ihn einzutreten. Ohne sie eines Blickes zu würdigen, stürmte der Mörder an ihr vorbei.

»Der Höllenschlund soll dich verschlingen, du räudiger Bastard einer verlausten Hafenhure!«, brüllte er wütend. »Was fällt dir ein, mich so lange warten zu lassen, du stinkender, verwanzter, krummbeiniger, verfluchter, stinkender …«

»Du wiederholst dich. Stinkend hattest du schon erwähnt«, unterbrach Olimarch ihn mit einem süffisanten Grinsen. Wie stets saß er hinter einem klobigen Schreibtisch, der zusammen mit einem lederbezogenen Sessel für ihn und einem unbequemen Schemel für Besucher die einzige Einrichtung bildete. Durch eine halb offene Tür im Hintergrund konnte man einen kleinen Ausschnitt eines weiteren Raums mit einer Wand voller Bücher und Folianten erblicken, außerdem einen Teil eines Tisches, auf dem zwischen unzähligen Retorten und Fläschchen ein gewaltiger Alambic zum Destillieren stand. »Und ich freue mich auch, dich zu sehen. Leider konnte ich dich nicht eher empfangen, da einige unaufschiebbare Angelegenheiten meine ganze Aufmerksamkeit erforderten, du verstehst?«

»Sicher«, schnaubte Adamurt und stützte sich mit den Fäusten auf den Tisch. »Musstest du dich selbst am Sack kratzen, oder hat Maline das für dich erledigt? Verlass dich drauf, eines Tages werde ich meine Hände um deinen Hals legen und genüsslich jeden Funken deines erbärmlichen Lebens aus dir herauspressen.«

Über den Tisch hinweg starrten die beiden Männer sich an. Ein größerer Gegensatz als zwischen ihnen war kaum vorstellbar. Mit seinen achtundzwanzig Jahren war Adamurt nicht mehr gerade jung, aber sein Gegenüber musste annähernd doppelt so alt sein. Der Mörder war braun gebrannt und von gedrungener, kräftiger Gestalt, Olimarch hingegen klein und so dürr, dass er fast zerbrechlich wirkte, mit einer geradezu widernatürlich bleichen Haut. Graues, gelocktes Haar reichte ihm bis zu den Schultern, während Adamurt bis auf einen dunklen Bart, der seinen Mund von der Oberlippe bis zum Kinn umgab, völlig kahlköpfig war. Olimarch trug ein dunkelgrünes, mit fremdartigen Symbolen besticktes Gewand, das bis zum Boden reichte, Adamurt eine lederne Hose, die in kniehohen Stiefeln verschwand, und darüber eine offene, gleichfalls lederne Weste. Seine Nase war von mehreren lange zurückliegenden Brüchen krumm, während Olimarch eine ausgeprägte Hakennase besaß.

»Wir wissen beide, wie sehr du am Leben hängst und dass du so etwas deshalb nie tun würdest«, entgegnete der Giftmischer ungerührt.

»Vorher würd' ich natürlich Maline bestechen, dass sie mir das Gegenmittel gibt, nachdem ich auf deinen Kadaver gespuckt habe.«

Olimarchs Lächeln vertiefte sich noch.

»Damit würdest du kaum Erfolg haben, alter Freund. Selbstverständlich habe ich mich entsprechend abgesichert. Auch ihr

Leben hängt allein an einem Gegenmittel, das ich täglich neu herstelle. Mein Tod würde auch den ihren bedeuten, deshalb ist sie unbestechlich. Du dürftest mich gut genug kennen, dass ich niemals einen anderen Menschen in meinem Allerheiligsten dulden würde, der mir nicht vollkommen ausgeliefert wäre.« Das Lächeln verschwand von seinem Gesicht und seine wässrig blauen Augen schienen plötzlich kalt wie Glas. »Aber genug der Höflichkeiten. Du bist sicher nicht nur hier, um mir mit deinem Geschwätz ein wenig die Langeweile zu vertreiben. Was willst du? Ein besonders perfides Gift?«

Adamurts Zorn war längst verraucht. Die Beschimpfungen und Morddrohungen kamen zwar von Herzen, waren aber nicht mehr als Teil eines inzwischen lieb gewonnenen Begrüßungsrituals zwischen ihnen. Nun wurde auch er von einem Moment zum nächsten ernst und ließ sich auf den Schemel sinken.

»Ein Liebeselixier«, sagte er.

»Das läuft in etwa auf das Gleiche hinaus wie Gift. Du wirst doch nicht etwa in Leidenschaft zu einer holden Maid entflammt sein, die deinem unvergleichlichen Charme zu widerstehen vermag?«

»Solchen Unsinn traust du mir doch nicht wirklich zu? Nein, ich soll jemanden töten, der an fast ebenso krankhaftem Verfolgungswahn leidet wie du. Sein Haus ist wie eine Festung geschützt und sein Personal geradezu widerlich loyal. Wenn jedoch eine seiner Dienerinnen in Liebe zu mir entflammen und mich des Nachts unbemerkt hineinlassen würde … Du verstehst, was ich meine.«

Olimarch nickte.

»Ein Hörigkeitstrank würde den gleichen Zweck erfüllen, wäre aber weitaus leichter herzustellen und deshalb deutlich billiger.«

»Daran hab' ich auch erst gedacht, aber einem aufmerksamen Beobachter fällt auf, wenn jemand unter einem fremden Bann steht. Leerer Blick, schlaffes Gesicht, monotone Stimme … Nein, Verliebtheit ist besser. Die lässt einen höchstens schwachsinnig grinsen, aber meistens nur, wenn man allein ist.«

»Wie du meinst. Einen Liebestrank zu brauen ist für mich kein Problem, obwohl er sehr stark sein muss, um diese Dienerin dazu zu bringen, etwas zu tun, das gegen ihren Willen und ihr Gewissen verstößt. Das wird einiges kosten. Aber es trifft ja keinen Armen.«

Adamurt verzog das Gesicht zu einer Grimasse.

»Vielleicht sollt' ich dir miesen Kakerlake zum Dank für das lange Warten die Ohren abschneiden«, überlegte er laut, verschränkte die Hände ineinander und ließ die Knöchel knacken. »Wär' kein Verlust, da du sie anscheinend nur brauchst, um deinen hässlichen Kopf im Gleichgewicht zu halten. Ich sprach von 'nem *Elixier*. Was soll ich mit 'nem Trank? Ich kann sie ja wohl nich' einladen, mit mir gemütlich was trinken zu geh'n, du verlotterter Schwachkopf. Es muss schon ein Elixier sein, mit dem ich sie unauffällig besprenkeln kann.«

Einige Sekunden herrschte Schweigen.

»Ein Elixier, das über die Haut wirkt, hm.« Der Giftmischer lehnte sich zurück und massierte sein Kinn. »Das ist extrem schwierig herzustellen und wird dich noch eine ganze Menge mehr kosten.«

»Aber es is' möglich?«

»Habe ich das nicht gerade gesagt?«

»Gut. Und wie viel *genau* würd's mich kosten?«

»Sagen wir tausend Dinar. Als Freundschaftspreis.«

Adamurt sog scharf die Luft ein.

»Und wie viel kostet es für Nicht-Freunde? Die Hälfte?«

»Aber, aber, jetzt beleidigst du mich wirklich.«

»Du bist ein elender Halsabschneider und das sag' ich dir in aller Freundschaft. Achthundert Dinar und nicht einen mehr.«

»Es steht dir natürlich frei, zu Lurilon oder einem der anderen Stümper zu gehen. Die sind billiger, aber was die dir zusammenbrauen, würde deiner holden Dienerin wahrscheinlich eher Durchfall statt Liebesgefühle verursachen. Bei mir kostet ein solches Elixier jedenfalls tausend Dinar und nicht einen Dinar weniger.«

Adamurt schnaubte.

»Irgendwann werd' ich dir wirklich den Kopf von den Schultern reißen, natürlich ebenfalls in aller Freundschaft.«

»Dann sind wir uns also einig. Brauchst du auch ein Gegenmittel, um die Gefühle der Holden nach erfolgter Missetat wieder erlöschen zu lassen?«

»Wozu? Sie wird es ohnehin nicht überleben.« Adamurt stand auf. »So viele verlorene Seelen, die ich ins Jenseits geschickt hab', warten dort mit inbrünstigem Hass auf mich, da kann's nicht schaden, wenn wenigstens eine mich voller Liebe erwartet«, fügte er mit einem kalten Lächeln hinzu.

»Wie du meinst. Komm morgen um die gleiche Zeit wieder her, dann habe ich dein Elixier fertig. Und vergiss nicht die tausend Dinar.«

»Keine Bange, du verlotterter Scheißer.« Adamurt wandte sich zur Tür. »Aber verlass dich drauf, dass ich vorher darauf pissen werde.«

Er lächelte zufrieden, als er den Raum verließ und sich von Maline das Gegengift reichen ließ. Der Preis, den Olimarch verlangte, lag im Rahmen dessen, womit er gerechnet hatte, und er würde das Elixier sogar schneller bekommen als erwartet. Schon in der übernächsten Nacht würde sein Opfer ein toter Mann und er selbst einen Tag später um eine beträchtliche Summe reicher sein.

Es war wundervoll, wie sehr ein bisschen Mord und Totschlag einem das Leben versüßen konnten.

3

Es war ein grauenvolles Gefühl, keine Kontrolle über den eigenen Körper zu haben. Panik loderte in Petrolo auf. Er wollte schreien, um sich schlagen und weglaufen, aber keiner seiner Muskeln gehorchte ihm. Einzig sein Herz schlug noch und er atmete weiterhin in flachen, gleichmäßigen Zügen.

Was, bei den sieben Höllen, war geschehen?

Ein Lähmungsgift, dachte er. Jemand musste ihm ein Lähmungsgift verpasst haben. Aber warum sollte jemand so eine kostbare Mixtur an einen völlig unbedeutenden Straßenjungen wie ihn verschwenden?

Komm mit mir!, befahl eine Stimme. Während seine Füße sich bereits ohne sein bewusstes Zutun in Bewegung setzten, begriff er erst mit einer Verzögerung von ein, zwei Sekunden, dass er den Befehl nicht auf normale Art gehört hatte, sondern dass die Stimme direkt in seinem Kopf aufgeklungen war.

Erneut loderte Panik in ihm hoch. Mit Entsetzen erkannte er, dass er nicht das Opfer eines Giftes geworden war, sondern von etwas viel Schlimmerem. Es konnte sich nur um einen Fluch handeln. Der Verlust der Kontrolle über seinen Körper, die lautlose, geistige Stimme – er musste in einen magischen Bann geraten sein.

Aber wie war das möglich, da es doch keine Magier mehr in der Stadt gab? Nicht nur in Meridor, sondern im gesamten latronischen Reich war Zauberei bereits seit Jahren verboten.

Früher war dies anders gewesen. Es hatte einst zahlreiche obskure Kulte und Sekten gegeben, die sich der Beherrschung der schwarzen Künste rühmten, obwohl es sich bei den meisten ihrer Mitglieder vermutlich nur um Scharlatane gehandelt hatte.

Dann aber hatten sich vor mehr als zwei Jahrzehnten die Pogrome ereignet, die als Hexenbrand in die Geschichte eingegangen waren, und sie hatten alles verändert. Damals war unter einem bis auf die Grundmauern niedergebrannten Tempel eines dieser magischen Kulte ein regelrechtes Massengrab entdeckt worden. Bei der anschließend vom König befohlenen Durchsuchung weiterer Tempel und Kultstätten hatte sich bewahrheitet, was vorher schon vielfach hinter vorgehaltener Hand geflüstert worden war, nämlich dass bei zahlreichen dieser Sekten verbotene Menschenopfer praktiziert wurden. Im ganzen Land war es daraufhin zu Ausschreitungen gekommen. Ein aufgebrachter Pöbel hatte Tempel und andere Orte, an denen tatsächlich oder auch nur mutmaßlich Magie ausgeübt wurde, gestürmt und in

Brand gesteckt. Es hatte Tote gegeben, viele Tote, darunter eine Menge Unschuldige, aber auch zahlreiche Magier, Hexen und Zauberer, die von dem Pöbel in fanatischer Lynchjustiz auf dem Scheiterhaufen verbrannt worden waren.

Die Wenigen, die dem wütenden Mob entkamen, waren aus Latronia geflohen, zumindest die meisten, und seither stand das Ausüben der Schwarzen Kunst im ganzen Reich unter Strafe.

Aber es gab Gerüchte …

Dass mehr dahintersteckte, erfuhr Petrolo nun am eigenen Leib. Aber wenn ein Magier heimlich nach Meridor gekommen war, was wollte dieser dann ausgerechnet von einem Niemand wie ihm? Der Zusammenstoß war kein versehentlicher Zufall gewesen, wie er anfangs geglaubt hatte, sonst hätte der Magier ihn wohl kaum unter seinen Bann gezwungen.

Während er mit nicht von seinem eigenen Willen gelenkten Schritten die Straße entlangging, sah er, wie sich drei Gardisten der Stadtwache dem Fremden und dem Toten vor seinen Füßen näherten. Normalerweise tauchte Petrolo blitzschnell irgendwo unter, wenn er einen Uniformrock nur von Weitem sah, doch jetzt hätte er sich inbrünstig gewünscht, rufen, winken oder die Wache sonst irgendwie auf sich aufmerksam machen zu können. Doch die Gardisten beachteten ihn und seinen Peiniger nicht und gleich darauf dirigierte dieser ihn durch sanften Druck auf seinen Nacken in eine schmale Gasse hinein. Die Uniformierten verschwanden aus seinem Blickfeld; seine Hoffnung auf Rettung war dahin.

Sie durchquerten die menschenleere Gasse etwa zur Hälfte und bogen dann in eine noch schmalere, mit allerlei Unrat verschmutzte Abzweigung zwischen zwei heruntergekommenen Lagerhäusern ein.

Bleib stehen!, vernahm Petrolo einen weiteren geistigen Befehl. Regungslos verharrte er, auch weiterhin jeder Kontrolle über seinen Körper beraubt.

Seine Hoffnung, dass der Magier ihn nun aus seinem Bann entlassen würde, erfüllte sich nicht. Endlos lange Minuten verstrichen, bis schließlich der Fremde mit seinen beiden Begleitern ebenfalls in die Gasse trat und so Petrolos Vermutung bestätigte, dass er und der Magier zusammengehörten. Also hatte die Stadtwache ihn ziehen lassen, wie kaum anders zu vermuten gewesen war.

Der Fremde warf Petrolo nur einen kurzen und keineswegs überraschten Blick zu, dann wandte er sich an den Magier.

»Gut gemacht, genau was wir brauchen. Kannst du ihn zwingen, uns ans Ziel zu führen?«

»Nein«, behauptete der Magier. Die Stimme klang rauchig und dunkel, aber es war keine männliche Stimme. Petrolo begriff, dass er es mit einer *Magierin* zu tun hatte, einer Hexe, was seine Angst nicht verringerte. »Ich kann seinen Körper lenken, aber das nutzt in diesem Fall nichts, da ich nicht weiß, wohin wir müssen.«

»Dann lass ihn frei.«

Die Hand löste sich von seinem Nacken, und im gleichen Moment spürte Petrolo, wie der Bann von ihm abfiel. Gehetzt blickte er sich um, doch es gab keinen Fluchtweg. Selbst wenn er dem Fremden und der Magierin entwischen könnte, waren da immer noch die beiden Leibwächter, und die Gasse war viel zu schmal, um an ihnen vorbeizuschlüpfen.

»Du bist mir schon eine ganze Weile nachgeschlichen«, wandte der Fremde sich an ihn. Es war eine Feststellung, keine Frage. »Wer bist du, und warum folgst du mir? Hattest du es ebenfalls auf meine Geldbörse abgesehen?«

»Ich … mein Name ist Petrolo«, murmelte er. »Aber ich bin Euch nicht gefolgt, und ich wollte Euch ganz bestimmt nicht bestehlen, Herr, das müsst Ihr mir glauben.«

»Dann warst du klüger als dein Kumpan. Du hast gesehen, was mit ihm passiert ist, und du weißt, was ich von ihm wollte.« Wiederum eine Feststellung, keine Frage. Obwohl Petrolo sich für äußerst geschickt im Beschatten von Leuten hielt, war dem Fremden offenbar keiner seine Schritte entgangen. »Du wirst uns an seiner Stelle einen Einstieg in die Katakomben zeigen.«

Die Gedanken überschlugen sich in Petrolos Kopf. Die Existenz der Unterwelt Meridors war ein offenes Geheimnis. Jeder Einwohner wusste von dem gigantischen Labyrinth von Stollen und Höhlen, das den Hügel unter der Stadt durchzog und sich über viele Ebenen weit in die Tiefe erstreckte. Aber nur Eingeweihte kannten die verborgenen Wege dorthin. Es bildete eine eigene Welt, in der Recht und Gesetz keinerlei Gültigkeit besaßen, eine Zuflucht für die Ausgestoßenen der Gesellschaft. Tausende lebten dort unten: Diebe, Schmuggler, Halsabschneider, Betrüger, Mörder, Hehler und was es dergleichen mehr an Abschaum gab, der an der Oberfläche erbarmungslos von der Stadtwache gejagt wurde. Dort unten hatten sie alle eine Heimat gefunden. Und auch viele – zumindest halbwegs – ehrbare Leute lebten dort. Manche aus purer Abenteuerlust oder um den zahlreichen Regeln und Vorschriften an der Oberfläche den Rücken zu kehren, andere, weil sie es vorzogen, ihre Geschäfte dort zu verrichten, wo keine Steuern und sonstigen Abgaben existierten.

Es gab zahlreiche Einstiege in die Unterwelt und Petrolo kannte zwei davon. Er hielt sich häufig in den Katakomben auf, da auch Maliko und Torrini von dort aus ihre Schnüfflernetze woben, aber er blieb meist nur kurz dort. Für ihn war ein Leben unter der Erde nichts, er brauchte den freien Himmel über sich, die frische Luft, den Wind.

Ja, er kannte Wege in die Unterwelt, doch ihm war klar, dass sein Leben keinen feuchten Staub mehr wert wäre, wenn er sie dem Fremden zeigte.

»Ich … ich kenne keine Zugänge dorthin«, log er. »Bitte, Herr, ich bin nur ein unbedeutender Waisenjunge, der sich irgendwie durchzuschlagen versucht, aber ich habe nichts mit der Unterwelt zu schaffen.«

»Du lügst«, sagte der Fremde ruhig. »Mir kannst du nichts vormachen. Ich bin unter ganz ähnlichen Umständen aufgewachsen wie du und ich kenne genügend Straßenjungs von deinem Schlag. Ihr wisst besser über die Schattenseiten einer Stadt Bescheid als die meisten anderen. Also versuch mir nicht weiszumachen, dass du nicht weißt, wie man in die Katakomben gelangt. Du brauchst mich auch nicht umsonst hinzuführen, ich werde dich dafür belohnen. Sagen wir – zehn Dinar?«

Petrolo stockte für einen Moment der Atem. Zehn Dinar waren für einen Jungen wie ihn ein kleines Vermögen; ausreichend, ihn für Monate über Wasser zu halten.

Trotzdem – was nutzte ihm das Geld, wenn er tot war? Und das würde er sehr, sehr bald sein, wenn Adamurt erfuhr, dass er einem Kopfgeldjäger den Weg in die Unterwelt gezeigt hatte. Obwohl man dem Meuchelmörder nachsagte, dass es ihm geradezu Vergnügen bereitete, wenn jemand es auf seinen Kopf abgesehen hatte, hatte er schon mehrfach bewiesen, dass er gleichzeitig keinerlei Gnade für jemanden kannte, der einem Jäger half, seine Spur aufzunehmen.

»Ich weiß wirklich nicht, wie man in die Unterwelt kommt«, beteuerte er. »Bitte, Herr, Ihr müsst mir glauben!«

»Muss ich das?« Blitzschnell packte der Fremde seine linke Hand und knickte seinen kleinen Finger mit einem Ruck nach oben. Petrolo konnte hören, wie der Knochen brach, einen winzigen Moment, ehe Schmerz wie eine grelle Feuerlohe durch seinen Körper schoss.

»Schade«, sagte der Fremde ungerührt, auf eine Art, die zeigte, dass es ihm nicht das Geringste ausmachte, jemandem Schmerzen zuzufügen. »Das war nur *ein* Finger. Du hast noch vier weitere und eine Menge zusätzlicher Knochen an deiner linken Hand. Ich kann sie dir alle brechen, einen nach dem anderen, aber schlimmer wird es, wenn ich zur rechten Hand komme, denn die dürftest du dringender brauchen. Für Taschendiebstahl benötigt man viel Feingefühl, aber ich fürchte, dass wirst du auch nach dem Heilen der Knochen nie mehr besitzen. Und wenn das auch noch nicht reicht, gibt es noch viele weitere Stellen an deinem Körper, wo ich dir Schmerzen zufügen kann. Also sei ein braver Junge und verrate mir lieber gleich, was ich wissen will.«

»Bitte, Herr, verlangt das nicht von mir. Es wäre mein Todesurteil, wenn ich einen Kopfgeldjäger in die Unterwelt führe«, wimmerte Petrolo, als der schlimmste Schmerz abgeklungen war. »Adamurt würde mich umbringen. Da könnt Ihr mich auch gleich selbst töten.«

»Ein Kopfgeldjäger?« Der Fremde zog eine Augenbraue hoch. »Wer hat jemals behauptet, dass ich ein Kopfgeldjäger wäre? Deshalb also die ganze Aufregung. Wenn du dich deshalb fürchtest, dann sei unbesorgt. Ich habe es nicht auf Adamurts Kopf abgesehen, ganz im Gegenteil. Ich will ihn komplett und lebendig, denn ich habe einen Auftrag für ihn.«

Für einen kurzen Moment atmete Petrolo auf, doch seine Erleichterung währte nicht lange.

»Woher soll ich wissen, ob das wirklich stimmt?«

»Du wirst mir schon vertrauen müssen. Wenn ich es wirklich auf Adamurt abgesehen hätte, würde ich dann so offen nach ihm fragen und ihn dadurch warnen?«

Das Argument überzeugte Petrolo nicht wirklich, aber welche Wahl blieb ihm schon? Der Fremde hatte keinen Zweifel daran gelassen, dass er ihn notfalls zu Tode foltern würde, wenn er nicht tat, was dieser verlangte. Falls er jedoch tatsächlich kein Kopfgeldjäger war, sondern Adamurt für einen Auftrag anheuern wollte, hätte dieser keinen Grund, sich zu rächen. Schmerzen und sicherer Tod auf der einen Seite, auf der anderen hingegen eine Belohnung und zumindest eine Chance, unbeschadet aus der Sache herauszukommen – da fiel ihm die Entscheidung nicht schwer.

»Und Ihr werdet mich wirklich gehen lassen und mir das Geld geben, wenn ich Euch zu einem Einstieg führe?«

»Du hast mein Wort.«

Petrolo gab auf das Wort des Mannes nicht mehr als auf seine Behauptung, kein Kopfgeldjäger zu sein. Wie konnte man jemandem vertrauen, dessen Namen und Herkunft man nicht einmal kannte?

Aber da er keine Wahl hatte, blieb nur die Frage, zu welchem Zugang er ihn bringen sollte. Es gab Unmengen davon, und wenn ihm lediglich zwei bekannt waren, dann nur deshalb, weil diese ihm völlig ausreichten und er nie eine Veranlassung gehabt hatte, nach weiteren zu suchen. Im Grunde waren sie nicht einmal wirklich geheim. Auch die Stadtgarde war schon häufig auf welche gestoßen und hatte Strafexpeditionen in die Unterwelt entsandt, um diese auszuräuchern. Nicht eine einzige der Wachen war aus der Tiefe zurückgekehrt. Schließlich hatte der Statthalter königliche Truppen zur Verstärkung angefordert. Ein ganzes Regiment war in die Katakomben vorgedrungen, doch in dem unterirdischen Labyrinth hatten auch die Soldaten keine Chance gehabt. Sie waren ebenso aufgerieben worden wie zuvor schon die Männer der Stadtgarde.

Seither beschränkte diese sich darauf, alle entdeckten Zugänge zu sprengen oder zuzumauern, doch für jeden, den sie verschloss, wurden anderorts zwei neue geöffnet. Es hieß, man bräuchte nur an einer beliebigen Stelle Meridors tief genug zu graben und würde zwangsläufig auf einen Stollen oder eine der Höhlen stoßen.

Einer der Petrolo bekannten Einstiege lag nicht einmal sonderlich weit entfernt, der andere befand sich im Keller eines verrufenen Bordells fast am anderen Ende der Stadt. »Ich … ich werde Euch hinführen«, verkündete er. Vielleicht würde sich doch noch alles zum Guten wenden.

»Dann los. Dachte ich mir doch, dass du ein vernünftiger Junge bist.«

Der Fremde packte ihn am Arm. Sein Griff war wie ein Schraubstock. Petrolo unternahm erst gar nicht den Versuch, sich daraus zu befreien. In seinem gebrochenen Finger pochte und wummerte es höllisch; er hatte genug Schmerzen für einen Tag erlitten.

Zielsicher führte er seine Begleiter durch das Labyrinth enger Gässchen, vorbei an abbruchreifen Gebäuden, die schon lange nicht mehr genutzt wurden, schlüpfte durch Lücken in Bretterzäunen und kürzte den Weg über leere Grundstücke ab, die als Müllhalde für alle möglichen Sorten von Abfall und Unrat dienten und von Ratten und anderen Schädlingen nur so wimmelten. Es bereitete ihm keinerlei Schwierigkeiten, den Weg zu finden. Hier war er aufgewachsen und hier kannte er jeden Fußbreit Boden.

Je höher den Hügel hinauf, auf dem das ursprüngliche Meridor einst gegründet worden war, desto feiner wurde die Umgebung und desto prachtvoller die Häuser und Alleen, bis hin zu den Prunkvillen der reichsten Händler und dem Schloss des Statthalters auf der großen, abgeflachten Kuppe. Aber auf den Straßen dorthin gab es viele Tore mit Wachen davor, die dafür sorgten, dass weder ein obdachloser Straßenjunge noch irgendwelches sonstige Gesindel dorthin gelangte und einen Misston in das Lied von Schönheit und Wohlstand bringen konnte. Aus reiner Neugier hatte Petrolo mehr als einmal versucht, dorthin zu gelangen, aber es war ihm nie gelungen.

Die Slums rund um Stadtkern hingegen waren sein Revier. Würde ihn der Fremde nicht nach wie vor mit einem eisernen Griff festhalten, aus dem es kein Entrinnen gab, wäre es für ihn ein Leichtes, unterzutauchen und sich jedem Verfolger zu entziehen.

Auf einem Hof, der zu einem der unzähligen aufgegebenen Lagerhäuser gehörte und von halb eingestürzten Mauern umgeben war, blieb er schließlich stehen. Auch hier war alles voller Müll. Petrolo deutete auf eine Ecke, in der sich Bretter, verfaulte Kisten und ein Fass voller Löcher stapelten.

»Helft mir, das da wegzuschaffen, dann habt Ihr Euren Einstieg«, sagte er.

Der Fremde gab seinen beiden Leibwächtern einen Wink. Es dauerte nur wenige Sekunden, bis sie das Gerümpel beiseite geräumt hatten. Eine verrostete, runde Eisenplatte, die an die Abdeckung eines Brunnens erinnerte, kam darunter zum Vorschein. Einer der Männer schob sie zur Seite. Ein gut einen Meter durchmessender Schacht wurde sichtbar. Eiserne Krampen waren in die Wand eingelassen.

»Da ist der Zugang. Ich habe getan, was Ihr verlangt habt. Bekomme ich jetzt mein Geld und kann gehen?«, fragte Petrolo hoffnungsvoll, doch diese Hoffnung verflog sofort wieder, als der Fremde den Kopf schüttelte. Petrolo hatte geahnt, dass er dem Mann nicht trauen konnte. Welchen Grund sollte er auch haben, ein unnötiges Risiko einzugehen und ihn sogar noch zu bezahlen, wenn es sich mit einem raschen Schwerthieb vermeiden ließ? Nun würde er den Preis für seine Leichtgläubigkeit bezahlen müssen. Nachdem man ihn nun nicht mehr brauchte, würde man ihn töten und …

»Nicht so schnell«, sagte der Fremde. »Noch weiß ich nicht, ob es sich nicht nur um irgendein Loch in der Erde handelt. Und selbst wenn der Schacht in die Katakomben führt, habe ich wenig Lust, mich im Gewirr der unterirdischen Gänge und Höhlen zu verirren. Du wirst bei uns bleiben, bis wir dort unten bewohntes Gebiet erreichen.«

Das war nicht das, worauf Petrolo gehofft hatte, doch wenigstens bekam er noch eine Gnadenfrist. Irgendwie musste ihm die Flucht gelingen. Besser auf die zehn Dinar verzichten, deren Erhalt ohnehin höchst unsicher war, als sein Leben zu verlieren!

Wenn nur der Fremde nicht so extrem aufpassen würde! Aber auch jetzt blieb er vorsichtig, schickte erst seine beiden Wächter in den Schacht und forderte Petrolo dann auf, ihnen zu folgen. Dafür musste er ihn jedoch loslassen und der Junge nutzte entschlossen die sich bietende Gelegenheit. Zwar tat er so, als wolle er in den Schacht steigen, doch stattdessen sprang er plötzlich zur Seite und lief los. Als der Fremde erneut nach ihm greifen wollte, befand er sich bereits außer Reichweite.

Die Magierin reagierte jedoch schneller, als er erwartet hatte. Es gelang ihr, seinen Haarschopf zu packen und ihn zurückzureißen. Ein grässlicher Schmerz zuckte durch Petrolos Kopf. Er ignorierte ihn und biss mit aller Kraft durch die Kutte hindurch in den Unterarm, der sich dicht vor seinem Gesicht befand.

Die Magierin schrie auf, versuchte jedoch gar nicht erst, sich loszureißen, sondern versetzte ihm mit der freien Hand eine so kräftige Maulschelle, dass er seinen Biss instinktiv löste, bevor er zu Boden geschleudert wurde.

Bevor er wieder aufspringen konnte, hatte der Fremde ihn erneut gepackt.

»Das war nicht sehr klug von dir«, sagte er und schüttelte ihn durch, doch seine Stimme klang nicht sonderlich zornig. »Allerdings hätte ich es an deiner Stelle wahrscheinlich genauso versucht, also vergessen wir die Sache. Ich weiß, dass du mir nicht vertraust, aber ich verspreche noch einmal, dass dir nichts passiert, wenn du uns ans Ziel bringst.« Er machte eine Kopfbewegung in Richtung der Magierin. »Sie hat sich mir angeschlossen, weil ich ihr ebenfalls eine hohe Belohnung versprochen habe. Du siehst, ich kann es mir gar nicht leisten, dich zu betrügen, denn sonst würde sie zu Recht misstrauisch werden und an meinem Wort zu zweifeln beginnen.«

Petrolo wusste nicht mehr, was er noch glauben sollte. Es spielte auch keine Rolle mehr. Es war kaum zu erwarten, dass sich ihm noch einmal eine Gelegenheit zur Flucht bieten würde, also blieb ihm nichts anderes übrig, als sich in das Unvermeidliche zu fügen und abzuwarten, was passieren würde.

Ohne weiteren Widerstand kletterte er in den mehrere Meter tiefen Schacht hinunter, wo er von den beiden Leibwächtern in Empfang genommen wurde. Die Magierin und der Fremde folgten ihm.

Sie gelangten in einen nach beiden Seiten verlaufenden Stollen. Das hereinfallende Tageslicht erhellte nur einen kleinen Bereich, doch auch jenseits davon war es nicht dunkel. Wie fast überall in der Unterwelt wuchs an zahlreichen Stellen an den Wänden Leuchtmoos, das einen schwachen, grünlich weißen Schimmer verbreitete. Der geisterhafte Schein war nicht hell genug, um deutlich zu sehen, aber er reichte zumindest aus, dass man Umrisse erkennen konnte und nicht in völliger Dunkelheit herumirren musste.

Sie folgten dem Gang in südlicher Richtung. Schon nach kurzer Zeit gabelte sich der Stollen und in immer kürzeren Abständen stießen sie auf weitere Kreuzungen und Abzweigungen. Die ersten Male, die er hier unten gewesen war, hatte Petrolo sich den Weg mit Zeichen markiert, doch inzwischen fand er sich hier ebenso gut zurecht wie im oberirdischen Teile der Stadt.

Es dauerte nur wenige Minuten, bis sie einen Stollen erreichten, an dessen Ende heller Lichtschein und Bewegungen anderer Menschen zu erkennen waren. Dort lag eine der vielen großen, stark frequentierten Höhlen, die so etwas wie Knotenpunkte dieses unterirdischen Labyrinths darstellten und rund um die Uhr von gigantischen Petroleumlampen beleuchtet wurden. Genau wie an der Oberfläche hatten auch dort Händler ihre Stände aufgebaut, wenngleich hier unten zumeist andere Waren feilgeboten wurden. Einige reichere Händler hatten sich in den Grotten entlang der Wände Geschäfte eingerichtet, aber in erster Linie befanden sich dort Tavernen, Bordelle und andere zwielichtige Etablissements.

Vor allem aber waren in der Höhle viele Menschen.

Petrolo machte sich nichts vor. Hier unten, wo der Abschaum der Gesellschaft lebte, waren Mord und andere Verbrechen an der Tagesordnung. Niemand würde sich darum kümmern, wenn einem Straßenjungen wie ihm etwas zustieß. Dennoch schreckten die meisten davor zurück, einen Mord vor Zeugen zu begehen, erst recht vor *vielen* Zeugen. In der Höhle standen seine Überlebenschancen wesentlich besser als in dem einsamen Stollen, in dem sie sich gerade befanden.

»Das dürfte genügen.« Der Fremde blieb stehen. »Du hast Wort gehalten und uns ans Ziel gebracht. Nun werde ich meines halten.«

Was Petrolo kaum noch zu hoffen gewagt hatte, geschah. Der Mann ließ ihn los, zog seine Geldbörse hervor und zählte ihm zehn einzelne Dinar in die Hand.

»Nur dumm, dass ich dir den Finger brechen musste. Du solltest in Zukunft besser aufpassen, mit wem du dich anlegst. Und jetzt lauf und pass auf, dass dir niemand das Geld abnimmt.«

Überglücklich verstaute Petrolo den Schatz in seiner Tasche. Er kam gar nicht dazu, sich zu bedanken, da sich der Fremde bereits umgedreht hatte und mit seinen Leibwächtern auf die

Höhle zuging. Nur die Magierin verharrte noch, war in ihrer Kutte kaum mehr als ein düsterer Schatten im Halbdunkel des Ganges. Petrolo war von seinem neu erworbenen Reichtum so abgelenkt, dass er sich ihrer erst wieder bewusst wurde, als sie sich bewegte und neuerlich mit der linken Hand seinen Haarschopf packte. Erschrocken zuckte er zusammen.

»Du hast mich gebissen, du kleine Ratte«, zischte sie. »Niemand tut so etwas ungestraft. Und da ich keiner von Silvans Lakaien bin und ich dir nichts versprochen habe …«

Petrolo wusste nicht, wie das Messer in ihre rechte Hand gelangte, er hatte nicht gesehen, wie sie es gezogen hatte. Vermutlich hatte sie es die ganze Zeit unter ihrem Ärmel verborgen gehabt. Das Letzte, was er spürte, war der kalte Stahl, der durch seine Kehle schnitt.

Reiche Straßenjungen starben nicht anders als arme.

IN DER UNTERWELT

1

Natürlich war Lisistra keine Sklavin, sondern eine freie Frau, darauf legte sie Wert. Wie überall im latronischen Reich war Sklaverei auch in Meridor verboten. Allerdings waren Raub, Mord, Betrug, Entführung, Erpressung und all die unzähligen sonstigen Spielarten des Verbrechens ebenso verboten und dennoch an der Tagesordnung. Vor allem in den Katakomben der Stadt, wo die meisten Bewohner sogar davon lebten. Insofern war auch das Verbot der Sklaverei kaum mehr als eine Formsache.

Wenn man jemandem wie Orban Geld schuldete und es nicht zurückzahlen konnte, dann gehörte man ihm, und wenn man ihm gehörte, dann *war* man quasi seine Sklavin, so einfach war das. Lisistra hatte sich nie vorstellen können, dass sie ihr Leben einmal als Eigentum eines anderen fristen würde. Doch inzwischen hatte sie sich damit abgefunden und es war im Grunde kein schlechtes Leben. Wenigstens behandelte Orban sein Eigentum gut. Einzig die Nächte, in denen sie ihm zu Willen sein musste, ekelten sie an. Inzwischen kam es allerdings nur noch selten vor, dass er sie zu sich ins Bett holte. Und wenn, dann hatte sie längst gelernt, geistig abzuschalten und ihn einfach machen zu lassen, während sie in Gedanken weit fort weilte.

Sie hätte es weitaus schlimmer treffen können, wenn er sie an eines der vielen Bordelle in der Unterwelt Meridors verkauft hätte, von denen man wahre Schreckensgeschichten hörte. Stattdessen jedoch hatte er sich entschieden, sie als Schankmaid zu behalten, und dessen konnte sie sich glücklich schätzen. Den

Gästen in seiner Taverne Essen und Trinken zu bringen, gelegentlich für sie zu tanzen und sie zum Weitertrinken zu animieren war keine allzu schwere Arbeit, und im Gegenzug brauchte auch sie weder Hunger noch Durst zu leiden, sodass es ihr besser ging als vielen anderen in Meridor. Und vor allem musste sie mit keinem der stinkenden Kerle ins Bett, ließ sich allenfalls manchmal ein bisschen begrapschen.

Nur Geld bekam sie keins. Das heißt, rein formal bezahlte Orban sie sogar, behielt das Geld aber zur Tilgung ihrer Schulden.

Dabei waren es im Grunde nicht einmal *ihre* Schulden. Ihr Vater hatte in der latronischen Armee gedient, war während des dritten woltanischen Krieges gefallen. Damals war sie acht Jahre alt gewesen. Ihre Mutter hatte daraufhin versucht, sich als Näherin durchzuschlagen, hatte insbesondere die Uniformen für ehemalige Kameraden ihres Vaters ausgebessert, doch ihr spärlicher Lohn hatte nicht zum Leben gereicht. Sie hatte sich Geld leihen müssen und war dabei irgendwann an Orban geraten, und wie Lisistra mittlerweile wusste, hatte ihre Mutter sie als Pfand dafür eingesetzt. Ihre Hoffnung, die Schulden zurückzahlen zu können, hatte sich nicht erfüllt, und pünktlich an Lisistras dreizehntem Geburtstag waren Orbans Männer gekommen und hatten sie in die Unterwelt verschleppt. Natürlich war nichts davon rechtmäßig gewesen, aber Orban war kein Mann, der sich um solche Kleinigkeiten scherte.

Vier Jahre war das her, und so lange arbeitete sie nun schon für ihn, ohne Aussicht, dass sich daran jemals etwas ändern würde, sofern er nicht irgendwann das Interesse an ihr verlieren und ihr in einem Akt der Barmherzigkeit die Freiheit schenken würde. Abbezahlen würde sie ihre Schulden nie können, denn in seiner schurkischen Gerissenheit erhöhte er die Summe jeden Monat um den gleichen Betrag an Zinsen, den er ihr für ihre Arbeit abzog.

Die Tageszeit spielte hier in den Katakomben längst keine so große Rolle wie an der Oberfläche, dennoch übte sie einen Einfluss auf das Leben aus. So mancher, der hier unten lebte, ging einem Tagwerk an der Oberfläche nach und kehrte erst abends in die Katakomben zurück, um hier irgendwelchen zusätzlichen dunklen Geschäften nachzugehen. Entsprechend nahm der Betrieb in den Tavernen, Bordellen und anderen Vergnügungskaschemmen gegen Abend meist zu.

Insofern war erstaunlich, dass sich an diesem Nachmittag bereits deutlich mehr Gäste im *Wilden Eber* eingefunden hatten als zu dieser Tageszeit üblich. Einige davon kannte Lisistra, andere hatte sie noch nie zuvor gesehen. Zu ihnen gehörte der hochgewachsene Fremde, der zusammen mit zwei Begleitern an einem Tisch in der Ecke Platz genommen hatte. An den Bewegungen der beiden konnte man erkennen, dass sie eine Soldatenlaufbahn hinter sich hatten. Offenbar dienten sie dem besser gekleideten Fremden als Leibwächter. Die drei sprachen kaum miteinander, schienen auf jemanden zu warten.

Dieser Jemand war offenbar Igrin aus dem Führungszirkel der Diebesgilde, der in diesem Moment hereintrat. Der schlanke, blonde Mann wechselte ein paar Worte mit Orban und trat dann zu den drei Fremden an den Tisch, wo er sich niederließ. Er verkehrte öfter hier, da die Gilde den *Wilden Eber* nutzte, um sich mit potenziellen Kunden zu treffen und Aufträge auszuhandeln.

Orban gab ihr unauffällig einen Wink und Lisistra verstand sofort. Statt den Neuankömmling zu bedienen, griff sie nach einigen schleierartigen bunten Tüchern und begann, durch den Schankraum zu tänzeln, wobei sie die Tücher um sich herumwirbeln ließ. Auf diese Art näherte sie sich dem Tisch in der Ecke. Einer der beiden Wächter versuchte, nach ihr zu grapschen, doch lachend wich sie seinem Griff aus, schlug ihm spielerisch auf die Hand und ließ einen der Schleier über sein Gesicht gleiten. Gleichzeitig versuchte sie, möglichst viel von dem Gespräch zwischen dem Fremden und dem Gildemeister aufzuschnappen.

»Mytha«, hörte sie Igrin sagen, wobei er den Namen wie ein zähes, schwer verdauliches Stück Fleisch ausspie. »Wenn es Euch darum geht, Mytha für einen Auftrag anzuheuern, dann seid Ihr bei mir falsch. Sie gehört nicht der Diebesgilde an, im Gegenteil. Die Gilde hat für ihre Ergreifung zusätzlich zu dem offiziellen Kopfgeld ein hohes Preisgeld ausgesetzt.«

Der Fremde runzelte die Stirn.

»Das kommt … etwas unerwartet«, sagte er, doch es kam Lisistra vor, als ob er die Überraschung nur heuchelte. Sie war zwar noch jung, aber sie hatte ständig mit Leuten zu tun und glaubte von sich, eine recht gute Menschenkenntnis zu haben. »Ihr Ruf ist weit über Meridor hinausgedrungen, und es heißt, dass jeder Dieb Mitglied der Gilde sein müsse. Wie kommt es dann, dass ausgerechnet die wohl berühmteste Diebin der Stadt ihr nicht angehört?«

Während sie lauschte, wirbelte Lisistra ununterbrochen mit den Schleiern und wiegte ihren Körper auf erotische Weise hin und her.

Igrin warf ihr einen verärgerten Blick zu, fühlte sich durch ihre Gegenwart offenbar belästigt. Um ihre Neugier nicht allzu deutlich zu zeigen, tänzelte sie einen Tisch weiter und begann, die drei dort sitzenden Männer mit ihrem Tanz zu betören. So war sie immer noch nahe genug, um zumindest einen Teil des Gesprächs weiterhin mit anhören zu können, wenn sie sich anstrengte.

»… andere, sehr talentierte Diebe anbieten, die kaum weniger … als Mytha. Wenn Ihr wollt … etwas für Euch stehlen … werden sie es … angemessenen Lohn tun.«

»Mein Auftraggeber ist ausschließlich an Mytha interessiert«, erklärte der Fremde. Er sprach ziemlich laut, sodass Lisistra jedes Wort verstehen konnte. »Auch wenn sie nicht Eurer Gilde angehört, wisst Ihr vielleicht dennoch eine Möglichkeit, wie ich mit ihr Kontakt aufnehmen kann. Es soll Euer Schaden nicht sein.«

Er zog einen ledernen Beutel aus der Tasche und warf ihn vor sich auf den Tisch, dass die Geldstücke darin klimperten.

»Würde die Gilde einen solchen Weg kennen, hätte sie dieses

Weibsbild längst aus dem Verkehr gezogen«, sagte Igrin scharf und erhob sich. »Damit ist unser Gespräch wohl beendet. Ich bedaure, dass wir nicht miteinander ins Geschäft kommen und kann Euch vor Mytha nur warnen. Sie ist unberechenbar und ohne die Aufsicht der Gilde gibt es keinerlei Garantien für Geld, das Ihr ihr womöglich zahlt.«

»Wartet«, sagte der Fremde und deutete auf den Beutel vor sich. »Dies ist nicht als Provision für Eure Vermittlung gedacht, sondern als Lohn für ein paar Auskünfte. Erzählt mir, was Ihr über Mytha wisst, und das Geld gehört Euch.«

Igrin rang einen Moment mit sich, dann gewann die Gier die Oberhand, und er ließ sich wieder auf den Stuhl sinken.

Im Grunde hatte Lisistra ihren Auftrag schon erfüllt und hätte Orban berichten können, was der Fremde von ihm wollte. Aber sie entschied sich anders. Mytha war ihr ein Begriff, obwohl sie kaum etwas über sie wusste. Sie war nicht einmal sicher, ob die Diebin tatsächlich existierte, oder ob sie nur das war, was ihr Name nahelegte: ein Mythos, eine Legende, der man all die Verbrechen zuschrieb, für die man sonst keinen Verantwortlichen finden konnte.

Anscheinend gab es sie jedoch wirklich, und Lisistra wollte sich die Gelegenheit nicht nehmen lassen, mehr über sie zu erfahren. Da die drei Männer am Nachbartisch ohnehin kaum Notiz von ihr und ihrem Tanz nahmen, kehrte sie wieder an den Ecktisch zurück. Nachdem sie sich nur kurz geziert hatte, ließ sie sich von einem der Leibwächter auf seinen Schoß ziehen.

Erneut warf Igrin ihr einen finsteren Blick zu, doch der Fremde lachte nur.

»Lasst meinen Männern doch das Vergnügen. Sie haben eine lange Reise hinter sich«, sagte er. »Was ist nun mit Mytha?«

»Also gut, ich sage Euch, was ich über sie weiß. Sie heißt eigentlich Myrcilla und gehörte einst der Gilde an. Schon als kleines Mädchen wuchs sie bei uns auf und wurde von uns ausgebildet, denn sie besaß unverkennbares Talent. Aber leider war sie auch dickköpfig und stur und konnte sich keiner Autorität unterordnen.« Der Dieb machte eine kurze Pause. »Ich erinnere mich besonders gut an eine Begebenheit, als sie etwa acht Jahre alt war. Damals unterrichtete ich sie und eine Reihe anderer Kinder im Taschendiebstahl. Nach wochenlanger Theorie und kleineren Fingerübungen konnten sie es kaum erwarten, das Gelernte endlich zu erproben. Alle waren an diesem Tag überpünktlich, nur Myrcilla kam erst mit gehöriger Verspätung in den Raum gestürmt und hätte mich fast umgerannt. Zur Strafe durfte sie nicht teilnehmen, sondern musste zusehen, wie ein Kind nach dem anderen versuchte, mir meine Geldbörse zu stehlen, ohne dass ich es merkte. Da ich besonders aufpasste, schaffte es natürlich keines der Kinder, doch als ich meine Börse später aus der Tasche nahm, stellte ich fest, dass es sich stattdessen nur um ein ähnliches, mit Knöpfen gefülltes Säckchen handelte. Als Myrcilla beim Betreten des Raums mit mir zusammenprallte und ich einen Moment abgelenkt war, muss es der Göre irgendwie gelungen sein, die Säckchen unbemerkt zu vertauschen. Das zeigt, wie viel Talent sie schon von Anfang an besaß, aber auch ihren Unwillen, sich an Regeln zu halten.«

Lisistra lauschte gebannt, während sie versuchte, sich der Bemühungen des Leibwächters zu erwehren, sie am ganzen Körper zu begrapschen. Er schien plötzlich mindestens ein Dutzend Hände zu haben.

»Für eine Diebin sind das doch nicht die schlechtesten Eigenschaften«, sagte der Fremde lachend.

»Als sie noch ein Kind war, glaubten wir das auch und sahen ihr vieles nach. Aber je älter sie wurde, desto eigensinniger wurde sie. Wenn ihr ein Auftrag nicht interessant genug erschien oder der Kunde ihr nicht gefiel, weigerte sie sich manchmal schlichtweg, ihn auszuführen, und auch sonst hielt sie sich an keinerlei Regeln. Das nahm so überhand, dass uns schließlich keine andere Wahl blieb, als sie aus der Gilde auszuschließen und ihr jegliche weitere Betätigung als Diebin zu untersagen.«

»Was sie aber offenbar nicht weiter störte.«

»Nein. Niemand sonst hätte es gewagt, sich offen gegen die Gilde zu stellen. Sie jedoch änderte ihren Namen hochtrabend in Mytha und arbeitete künftig auf eigene Rechnung.«

»Und das anscheinend mit Erfolg.«

»Leider. Sie ist wirklich fast wie ein Mythos, oder besser wie ein Phantom. Deshalb ist es uns trotz aller Bemühungen bislang nicht gelungen, sie zur Rechenschaft zu ziehen. Meist stiehlt sie nur für sich selbst, Aufträge nimmt sie nur selten an. Sie kann es sich leisten, wählerisch zu sein, außerdem ist es durch ihre Vorsicht schwer, überhaupt mit ihr Kontakt aufzunehmen, wie Ihr noch merken werdet.«

»Nun, ich werde es trotzdem versuchen. Meine diesbezüglichen Anweisungen sind eindeutig.« Der Fremde schob Igrin den Geldbeutel zu. »Habt Dank für Eure Auskünfte.«

»Wie Ihr meint. Aber da ist noch etwas. Ich sagte bereits, dass Mytha bei Aufträgen wählerisch ist. Ihr geht es nicht um Geld, sie ist reich genug. Ich sollte Euch das besser gar nicht sagen, aber wenn etwas sie lockt, dann ist es die Herausforderung. Vor die Wahl gestellt, einen kostbaren, nicht übermäßig stark bewachten Edelstein zu erbeuten oder irgendwelchen wertlosen Tand, der sich an einem vermeintlich einbruchsicheren Ort befindet, würde sie sich aller Wahrscheinlichkeit nach für den Tand entscheiden.«

»Gut zu wissen, zumal die Aufgabe, für dich ich sie brauche, selbst für sie eine genügend große Herausforderung darstellen dürfte.«

Lisistra hatte genug gehört. Sie hauchte dem Leibwächter einen Kuss auf die Wange, entwand sich seinen tastenden Händen und tänzelte zur Bar zurück, wo sie Orban berichtete, was sie gehört hatte.

»Sieh an, er will also Mytha«, murmelte er. »Vielleicht kann ich über ein paar Beziehungen etwas in die Wege leiten.«

Schon längst war Lisistra klar geworden, dass der Fremde genau so etwas erhofft und sie deshalb an seinem Tisch geduldet hatte. Ihre Vermutung bestätigte sich, als er wenig später mit seinen Begleitern kurz nach Igrin den *Wilden Eber* verließ und ihr ein paar Münzen zusteckte.

Sie wusste nicht, wer er war und in wessen Auftrag er handelte, aber eines war er auf alle Fälle: reich und keineswegs geizig, wenn es um das Erreichen seiner Ziele ging.

2

Die Informationen waren verwirrend widersprüchlich und Adamurt war kein Freund von Unklarheiten. Kaum eine Stunde nach dem Treffen mit Olimarch hatte ein Bote Torrinis ihm gegen Bezahlung berichtet, was sich am Rande des Marktes ereignet hatte, dass ein Fremder, vermutlich ein Kopfgeldjäger, sich nach ihm erkundigt und einen Einstieg in die Katakomben gesucht hätte. Letzteren hatte er offenbar sehr schnell gefunden, denn es dauerte nicht lange, bis den Mörder weitere Informationen über den Fremden erreichten. Angeblich streifte dieser zusammen mit zwei bewaffneten Begleitern durch die oberen beiden Ebenen der Katakomben und hatte weitere Male an verschiedenen Orten nach ihm gefragt, diesmal aber zusätzlich verbreitet, dass er ihn für einen Auftrag anheuern wolle.

Adamurt war sich nicht sicher, was er davon halten sollte. Wer einen Auftragsmörder suchte, posaunte dies gewöhnlich nicht offen in alle Welt hinaus. Selbst wenn man bedachte, dass der Mann fremd in Meridor war, war ein solches Verhalten äußerst ungewöhnlich, sogar befremdlich.

Adamurts Ruhm und die Tatsache, dass er praktisch nie bei einem Auftrag versagte, sorgten dafür, dass seine Kunden bei Weitem nicht nur aus Meridor stammten, sondern ihn häufig auch Aufträge aus weit entfernten Gegenden erreichten. Allerdings war noch kein potenzieller Auftraggeber so plump auf der Suche nach ihm vorgegangen. Selbst wer sich in Meridor nicht auskannte, konnte problemlos dafür sorgen, dass eine Nachricht ihn unauffällig erreichte. Die Regeln dafür waren überall gleich. So waren Besitzer von Bars und Bordellen gewöhnlich nicht nur

Dazu kam es jedoch nicht mehr. Waffengeklirr schallte ihm aus dem Hauptstollen entgegen, und ein Stück entfernt entdeckte er die drei Fremden, die sich gegen eine doppelte Übermacht von Angreifern zur Wehr setzten. Mit einem Fluch auf den Lippen zog Adamurt sein Schwert und eilte auf die Kämpfenden zu.

Als er nah genug heran war, dass der schwache Schein des Leuchtmooses Einzelheiten enthüllte, erkannte er, dass die Angreifer zu Piconello gehörten, dem Anführer einer der vielen Jugendbanden, die es hier gab. Keiner der Jungen war älter als höchstens sechzehn oder siebzehn, doch verstanden sie mit ihren Waffen umzugehen und waren als grausam und mitleidlos berüchtigt. Ihre Jugend verlieh ihnen Frechheit und eine aus dem unbekümmerten Glauben an ihre eigene Unbesiegbarkeit gespeiste Respektlosigkeit, die für Adamurt schon mehr als einmal zum Ärgernis geworden war. Nun war das Maß voll. Vermutlich hatten sie sein eigenes Interesse an den Fremden nicht einmal mitbekommen, dennoch musste er ihnen eine Lektion erteilen, wenn er nicht selbst an Respekt verlieren wollte. Ihr Glaube an die Überlegenheit galt einem falschen Götzen, es gab für sie keine Zukunft mehr.

Allerdings schien die Bande sich diesmal ohnehin die Falschen ausgesucht zu haben. Obwohl Piconellos Leute ihnen vermutlich in einem Hinterhalt aufgelauert hatten, wussten der Fremde und seine Leibwächter sich durchaus zu verteidigen. Einer der Jugendlichen lag bereits tot am Boden, die anderen wurden trotz ihrer Übermacht Schritt für Schritt zurückgedrängt. Trotzdem wollte Adamurt sich die günstige Gelegenheit, sich selbst ins Spiel einzubringen, nicht entgehen lassen.

Er packte einen der Angreifer und wirbelte ihn herum. Um ein Haar wäre es seine letzte Bewegung gewesen. Sein Gegner war durch das plötzliche Auftauchen eines neuen Feindes längst nicht so geschockt wie erwartet, sondern schlug noch in der Drehung instinktiv mit seinem Schwert zu. Adamurt entging der Klinge nur, indem er seinen Oberkörper blitzartig nach hinten bog und sie über sich hinwegsausen ließ.

Erst als sein Gegenüber erkannte, mit wem er es zu tun hatte, überschattete Schrecken sein Gesicht, und er erstarrte für einen Moment. Adamurt gab ihm keine Gelegenheit, sich wieder davon zu erholen, sondern rammte ihm sein Schwert ins Herz.

Ein weiterer Gegner wandte sich ihm zu, ließ jedoch gleich darauf seine Waffe sinken.

»Du?«, stieß er hervor. »Hör zu, wir wussten nicht, dass du …«

Warnungslos riss er sein Schwert hoch und hätte Adamurt genau zwischen den Beinen getroffen, wäre der Meuchelmörder nicht auf der Hut gewesen. Im Wissen um die Verschlagenheit von Piconellos Bande hatte er sich von den Worten des Jugendlichen nicht ablenken lassen, und so gelang es ihm mühelos, den Hieb abzuwehren. Ein paarmal kreuzten sie blitzschnell die Klingen, dann entdeckte der Meuchelmörder eine Lücke in der Abwehr seines Gegners. Sein Schwert traf den Hals des Jungen und trennte ihm den Kopf von den Schultern.

Inzwischen hatten die Leibwächter die übrigen Angreifer erledigt. Nun traten sie neben ihn und richteten ihre Waffen drohend gegen ihn, doch der Fremde bedeutete ihnen mit einer Geste, sie zu senken.

»Meinen Dank für Eure Hilfe. Ihr kamt im richtigen Moment«, sagte er. »Ich weiß nicht, ob wir auch allein mit diesem Gesindel fertiggeworden wären. Diese Kerle sahen zwar wie halbe Kinder aus, aber sie verstanden zu kämpfen, alles was recht ist.«

»Dies ist nun mal eine gefährliche Gegend, besonders für Fremde.«

Adamurt bückte sich und wischte seine Klinge an der Kleidung eines der Toten sauber. Während er sich wieder aufrichtete, ließ er sein Schwert fallen, zog stattdessen blitzartig zwei Messer aus seinem Gürtel und stieß sie den beiden Leibwächtern zielsicher in Höhe des Herzens in die Brust. Der Angriff erfolgte so schnell, dass sie nicht einmal zu einer Abwehrbewegung kamen. Noch während sie tot zu Boden stürzten, schob Adamurt einen Fuß unter sein Schwert, wirbelte es hoch und fing es mit einer Hand am Griff auf.

»Ihr scheint nich' viel über die Unterwelt zu wiss'n, sonst wüsstet Ihr, dass sie nich' nur gefährlich is', sondern sich Dankbarkeit hier auch selt'n auszahlt«, sprach er im Plauderton weiter. »Aber ich denk', diese Lektion habt Ihr nun gelernt.«

Er wartete darauf, dass sich Schrecken und Furcht im Gesicht seines so jäh seines Schutzes beraubten Gegenübers zeigten, doch nichts davon war zu entdecken. Sein Gesicht blieb ausdruckslos und er hielt sein Schwert auch weiterhin scheinbar lässig gesenkt.

»Wenn das so ist, dann ziehe ich meinen Dank zurück«, erklärte er ruhig.

Gegen seinen Willen war Adamurt beeindruckt. Der Fremde schien völlig furchtlos zu sein. Entweder war er schlichtweg verrückt, oder er vertraute in einem Maße auf seine Kampfkraft, die auch durch den Tod seiner Leibwächter nicht erschüttert worden war. Zugleich weckte die Ruhe des Kerls Zorn in Adamurt.

»Eurem Dialekt nach scheint Ihr von der Bäreninsel zu stamm'n«, sagte er. »Ich hatt' mal viel Spaß mit 'nem Landsmann von euch. Seine Gebeine vermodern in irgend'nem Massengrab außerhalb der Stadt.«

Der Mann zuckte mit den Schultern.

»Und wenn schon. Was interessieren mich meine Landsmänner? Ich habe die Bäreninsel bereits vor vielen Jahren verlassen und nicht den Wunsch, jemals dorthin zurückzukehren. Habt Ihr noch ein paar Geschichten auf Lager, mit denen Ihr mich unterhalten wollt?«

»Bei meiner Glatze, was glaubt Ihr eigentlich, was das hier ist?«, polterte Adamurt und streckte seinen Arm mit dem Schwert noch ein wenig weiter vor, sodass die Spitze direkt auf die Kehle seines Gegenübers gerichtet war. »Haltet Ihr das alles für 'n Spiel? Ich geb' Euch noch genau drei Sekunden Zeit, mir zu erklär'n, weshalb Ihr nach mir sucht, und wenn mir eure Antwort nich' gefällt, verrottet hier gleich noch 'ne weitere Leiche.«

»Nach Euch gesucht?« In den Augen des Fremden blitzte jähe Erkenntnis auf. »Ihr seid Adamurt, der Mörder«, stieß er hervor. Er blickte auf die Leichen seiner beiden Begleiter hinab. »Es wäre nicht nötig gewesen, sie zu töten. Es waren gute Männer«, sagte er, doch seine Stimme klang nicht, als ob ihr Tod ihm sonderlich viel ausmachen würde.

»Wär'n sie wirklich gut gewes'n, wär'n sie jetzt nich' tot. Genau wie jeder andere, der's bislang gewagt hat, sich mit mir anzulegen.«

Der Fremde seufzte.

»Warum bloß hält jeder mich für einen Kopfgeldjäger? Eure Geschäfte müssen ziemlich schlecht laufen, wenn es anscheinend so viel mehr Leute auf Euer Leben als auf Eure Dienste abgesehen haben.«

Adamurt lachte kalt.

»Ihr habt Sinn für Humor, das gefällt mir. Mit 'nem Lächeln auf den Lippen stirbt's sich gleich viel angenehmer. Und sterb'n werdet Ihr, wenn Ihr nich' endlich meine Frage beantwortet. Ich wollt' den Mann treffen, der so plump Fragen nach mir stellt und sich außerdem mit 'nem Gesandten der Diebesgilde trifft, doch offenbar habt Ihr nix zu sag'n. War ein amüsantes Spielchen, aber nun hab' ich genug davon.«

»Ihr habt recht, kommen wir zur Sache. Es wird Zeit, dass auch Ihr eine Lektion lernt. Ihr seid überheblich und redet zu viel, doch Ihr solltet andere niemals unterschätzen.«

Noch während der Mann sprach, spürte Adamurt plötzlich eine Berührung im Nacken. Kälte durchströmte seinen Körper, und er war von einem Moment zum nächsten unfähig, sich zu bewegen.

»Mein Name ist Silvan«, sagte der Fremde. »Und ich möchte Euch Nariz D'huzhoryn vom Orden der immerwährenden Nacht vorstellen. Sie versteht es ausgezeichnet, sich in den Schatten zu verbergen. Ich habe so offen nach Euch gefragt, weil ich mir dachte, dass Ihr diesem Köder nicht widerstehen könnt und ich auf diese Art am schnellsten Kontakt mit Euch bekommen würde. Aber im Gegensatz zu Euch habe ich mich entsprechend abgesichert.«

Vor Wut auf sich selbst hätte Adamurt sich am liebsten geohrfeigt. Wie hatte er es nur versäumen können, sich zu vergewissern, dass der Fremde keine weiteren Helfer hatte? Noch nie in seinem Leben war er einem anderen so hilflos ausgeliefert gewesen wie jetzt. Ein solcher Fehler unterlief höchstens einem Anfänger. Er war zu sehr von sich überzeugt gewesen, das würde ihm in Zukunft eine Lehre sein.

Falls es so etwas wie eine Zukunft für ihn überhaupt noch gab!

Regungslos und voller ohnmächtigem Zorn, in den sich immer stärker Panik mischte, musste er es hinnehmen, dass Silvan ihm das Schwert aus der Hand nahm und auch die Wurfsterne von seinem Gürtel loshakte. Achtlos warf er alles auf einen Haufen.

»Wenn ich es auf Euren Kopf abgesehen hätte, könnte ich Euch jetzt mühelos töten«, sagte der Mann. »Aber seid beruhigt, darum geht es mir nicht. Ich bin hier, weil ich wirklich einen Auftrag für Euch habe. Den vermutlich lukrativsten Auftrag, den Ihr je bekommen werdet.«

Die Worte beruhigten das in Adamurt tobende Chaos ein wenig. Die Panik wich einer vorsichtigen Hoffnung und Neugier. Dies war zweifellos die bizarrste Art, in der ein Auftraggeber jemals mit ihm Kontakt aufgenommen hatte. Aber wenn sein Angebot wirklich so gut war, wie er behauptete, war der Mörder bereit, ihm eine Menge nachzusehen.

»Ich denke, ich habe nun Eure volle Aufmerksamkeit, und wir können ein vernünftiges Gespräch führen«, stellte Silvan fest und bedeutete der Magierin mit einem Nicken, ihn loszulassen. Der Druck verschwand von Adamurts Nacken und er konnte sich wieder frei bewegen. Sofort wich er einen Schritt zur Seite und fuhr herum. Selbst jetzt, da er von ihr wusste, sah er die Gestalt hinter sich kaum; in ihrer schwarzen Kutte verschmolz sie nahezu perfekt mit der Dunkelheit.

Adamurt beschränkte sich darauf, ihr einen finsteren Blick zuzuwerfen und schluckte die Drohungen und Verwünschungen herunter, die ihm auf der Zunge lagen. Sie hätten angesichts seiner Lage nur lächerlich gewirkt.

»Von was für 'ner Summe sprech'n wir?«, fragte er stattdessen. »Und was soll ich dafür tun?«

»Wenn ich lukrativ sage, dann meine ich es auch«, erwiderte Silvan. »Wie hören sich zweihunderttausend Dinar für Euch an?«

Adamurt stieß unwillkürlich einen leisen Pfiff aus. Ein Menschenleben war nicht viel wert in Meridor. In den Katakomben fand man an jeder Ecke jemanden, der bereit war, einem anderen für ein paar Dutzend Dinar die Kehle durchzuschneiden. Ein professioneller Meuchelmörder verlangte mindestens das Zehnfache, und nur wenige konnten es sich leisten, sogar eine vierstellige Summe zu fordern.

Nur er allein war in der Lage, sich gar nicht erst mit Aufträgen abzugeben, die ihm nicht mindestens tausend Dinar einbrachten, und in besonders schwierigen Fällen wie seinem aktuellen stieg sein Honorar sogar auf bis zu zehntausend Dinar. Seine Kunden waren reich, ihre Aufträge nahezu immer kompliziert, und sie erwarteten höchste Präzision bei ihrer Ausführung.

Aber zweihunderttausend Dinar ... Das war eine so unglaubliche Summe, an der Sache *musste* etwas faul sein!

»Und wo ist der Haken an der Sache?«, fragte er. »Wen soll ich dafür umbring'n? Vielleicht den König?«

»Aber nicht doch, so einfach wird es bei einer solchen Summe natürlich nicht«, erwiderte Silvan mit einem spöttischen Lächeln, das Adamurt ihm am liebsten aus dem Gesicht geprügelt hätte. »Allerdings habt Ihr insofern recht, dass der Auftrag nicht in Meridor zu erfüllen ist. Er wird Euch in eine weit entfernte Gegend führen, in ein anderes Land. Zudem werden Eure Fähigkeiten allein nicht ausreichen, ihn zu erfüllen. Mein Herr hat mir aufgetragen, insgesamt fünf Personen dafür anzuheuern. Erst wenn diese fünf Personen beisammen sind, bin ich befugt, Einzelheiten des Auftrags preiszugeben.«

Adamurt runzelte die Stirn.

»Das gefällt mir nich'. Ich arbeit' stets allein und brauch' keine Helfer, um jemanden zu töt'n. Wer sind diese ander'n Leute und wer ist Euer Herr?«

»Es geht nicht um einen Mord, sondern die Angelegenheit ist weitaus komplizierter und lässt sich nur durch die Kombination einzigartiger Fähigkeiten bewältigen. Darüber hinaus ist es nicht von Belang, wem ich diene. Es handelt sich um eine hochgestellte, reiche Persönlichkeit, die nicht aus Latronia stammt, das muss Euch genügen.«

»Tut es aber nich', denn für mich ist es durchaus von Belang!«, begehrte Adamurt auf. »Es geschieht häufig, dass meine Auftraggeber anonym bleib'n möcht'n. Geheimnisse an einem Ende eines Auftrags kann ich hinnehm'n. Aber nich' an beiden. Nich' mal für so 'nen hohen Lohn, wie Ihr ihn in Aussicht gestellt habt. Erwartet Ihr ernsthaft, dass ich 'nen Auftrag annehm', ohne irgendwas darüber zu wiss'n?«

Einige Sekunden herrschte Schweigen.

»Nein, ich erwarte jetzt noch keine Entscheidung von Euch«, erklärte Silvan schließlich. »Wie ich schon sagte, werdet Ihr zusammen mit den anderen alles Nötige erfahren, sobald die Gruppe beisammen ist. Dann erst müsst Ihr Eure Wahl treffen. Jedoch gibt es tatsächlich einen Haken. Einer Weissagung zufolge kann das Unternehmen nur von diesen fünf Personen gemeinsam gemeistert werden. Weigert sich nur einer, kann der Auftrag nicht durchgeführt werden.«

Adamurt überlegte rasch. Die ganze Angelegenheit gefiel ihm immer weniger. Ein Auftrag, über den er nichts wusste, zusammen mit Begleitern, die er nicht kannte, erteilt von einem Unbekannten, und das alles aufgrund einer Weissagung – das war verrückt. Das einzig Vernünftige wäre, sich auf der Stelle aus dem Staub zu machen, und vielleicht hätte er es wirklich getan, wenn nicht immer noch die Magierin hinter ihm stünde. Es erschien ihm äußerst fraglich, ob der Fremde eine Absage so ohne Weiteres hinnehmen würde.

Ihm missfiel nicht allein die Geheimniskrämerei, sondern vor allem die Aussicht, mit anderen zusammenarbeiten zu müssen und sogar von ihrer Teilnahme abhängig zu sein.

Und dennoch …

Zweihunderttausend!, hämmerte es wieder und wieder in seinem Kopf.

Zwar war er, gemessen an den anderen Bewohnern der Unterwelt, reich und auf das Geld nicht angewiesen. Aber ein so ungeheuerliches Angebot ausschlagen? Unmöglich.

»Dann sagt mir wenigstens, wer die ander'n sind«, verlangte er. »Da Ihr hier fremd seid, kann ich Euch vermutlich helf'n, Kontakt zu ihnen aufzunehm'n. Und das wesentlich unauffälliger, als wenn Ihr lauthals überall nach ihnen fragt.«

»Genau darum wollte ich Euch ohnehin bitten, da ich für einige Tage die Stadt verlassen muss. Nariz D'huzhoryns Fähigkeiten habt Ihr ja bereits am eigenen Leib verspürt. Sie ist die Erste, die ich bereits auf dem Weg hierher angeworben habe. Die nächste im Bund wäre Mytha, die Diebin.«

»Wie nich' anders zu erwarten, hat Euer Treffen mit Gildenmeister Igrin Euch in dieser Hinsicht wohl nich' weitergebracht.«

»Ihr seid gut informiert.«

»Nur so kann man hier unten überleb'n. Wie Igrin Euch zweifellos erzählt hat, wurde Mytha von der Gilde verstoß'n. Auf diesem Weg werdet Ihr es nich' schaff'n, mit ihr in Verbindung zu tret'n.«

»Aber Ihr könntet es?«

»Ich bin ihr noch nie begegnet, aber ich hab' gute Kontakte. Ich bin sicher, dass ich binnen ein, zwei Tagen mit ihr Kontakt aufnehm'n könnte. Vorausgesetzt, Ihr bietet mir 'nen Anreiz dafür.«

Silvans Augen verengten sich.

»Treibt es besser nicht zu weit«, warnte er. »Reichen Euch die zweihunderttausend noch nicht?«

»Die sind nur 'ne Option. Wie Ihr selbst sagt, kommt der Auftrag nur zustande, wenn alle sich Euch anschließ'n. Um die gewünscht'n Kontakte für Euch zu knüpf'n, muss ich jedoch jetzt

Zeit und Bestechungsgelder investier'n, die sich womöglich nicht auszahlen werd'n.«

»Also gut«, gab Silvan nach. »Ihr erhaltet als Festsumme weitere fünftausend Dinar für jede Person, mit der Ihr ein Treffen mit mir arrangiert.«

»Hört sich schon besser an. Wen braucht Ihr noch?«

»Ich wurde außerdem beauftragt, Olimarch, den Giftmischer, anzuwerben.«

Adamurt stieß ein humorloses Lachen aus. Seine Hoffnung auf den horrenden Lohn rückte schlagartig in unermessliche Ferne.

»Olimarch? Vergesst es!«, stieß er bitter hervor. »Ich bin zwar für morgen mit ihm verabredet und kann ihm von Eurem Angebot erzähl'n, aber er hat sich in seinen unterirdisch'n Kammern vergrab'n, die er niemals verlässt, weil er überall Heimtücke, Verrat und Attentäter wittert. Nicht für alles Gold der Welt werdet ihr ihn dazu bring'n könn'n, sich Euch anzuschließen. Damit dürfte sich Euren eigenen Worten zufolge jedes weitere Gespräch erübrigt hab'n.«

»Mag sein. Ich habe schon gehört, dass es bei ihm schwierig sein würde. Doch versuchen muss ich es. Wenn man ihn nicht mit Gold locken kann, dann vielleicht mit etwas anderem.«

»Was könnt' wohl 'ne größere Lockwirkung ausüb'n als Gold?«, überlegte Adamurt laut. »Anderseits – Olimarch lebt zwar vom Verkauf seiner Mixturen, aber er betrachtet sich in erster Linie als Forscher und Gelehrter. Ein fremdes Land mit fremdem Wissen … Tränke und Mixturen, die nich' einmal er kennt, deren Herstellung er jedoch erlern'n und seinen eigenen Fähigkeit'n hinzufügen könnte … Das würd' in der Tat 'ne Verlockung für ihn darstell'n. Damit sag' ich nich', dass er ihr nachgeb'n wird. Ich bezweifle sogar, dass diese Aussicht stärker als seine Feigheit sein wird, aber er würd' zumindest drüber nachdenk'n.«

»Oh, ihm werden sich mit Sicherheit genug Möglichkeiten für Forschungen bieten. Er wird auf fremdes, lange verlorenes Wissen und Geheimnisse stoßen, die in kaum einem anderen Teil der

Welt bekannt sind, das könnt Ihr ihm versichern. Wenn es das ist, wonach er strebt, dann werden sich ihm Gelegenheiten bieten wie vermutlich nie mehr sonst in seinem Leben. Sprecht mit ihm und mit Mytha und verabredet für nächste Woche ein Treffen mit mir an einem Ort Eurer Wahl. Mehr verlange ich nicht.«

Adamurt nickte bedächtig.

»Damit wär'n wir allerdings erst zu viert. Ihr spracht von fünf Personen, die Ihr anwerb'n sollt.«

»So ist es. Um den fünften werde ich mich selber kümmern.« Silvan deutete auf die Leichen vor seinen Füßen. »Ihr habt meine Leibwächter getötet, also brauche ich neuen Schutz als Ersatz für sie. Kann man sich dafür einen besseren vorstellen als Linton Decour?«

Ohne ein weiteres Wort wandte er sich um und ging davon. Nachdenklich starrte Adamurt ihm nach, bis die Dunkelheit ihn und die Magierin verschluckte.

Die ganze Angelegenheit gefiel ihm noch immer nicht. Er traute diesem Silvan nicht. In seinen Augen hatte er einen Schimmer entdeckt, der ihm von seinem eigenen Spiegelbild her nur allzu vertraut war. Dieser Mann kannte keine Skrupel, wenn nötig, würde er, ohne zu zögern, über Leichen gehen, würde lügen und betrügen und sogar seine eigene Mutter verraten, wenn ihm das einen Vorteil brachte. Man durfte ihm nicht trauen, niemals und bei keiner noch so unverfänglich erscheinenden Gelegenheit.

Immerhin – man musste Silvan und seinem geheimnisvollen Auftraggeber zugutehalten, dass sie sich nicht mit zweiter Wahl zufriedengaben.

In Gedanken ging Adamurt die Namensliste noch einmal durch. Mytha, Olimarch Thephilos, Linton Decour und er selbst – ohne Zweifel gehörte jeder von ihnen zu den Besten auf seinem jeweiligen Gebiet. Lediglich über die Magierin wusste er nichts, hatte ihren Namen noch nie zuvor gehört, doch zweifelte er angesichts der kleinen Kostprobe ihres Könnens nicht, dass sie über herausragende Fähigkeiten verfügte.

Um was für einen Auftrag konnte es sich bloß handeln, der angeblich nur von diesen fünf außergewöhnlichen Persönlichkeiten zu meistern war?

Der ungeheure Lohn, den Silvan in Aussicht gestellt hatte, hatte Adamurts Interesse geweckt, wobei er sich eingestehen musste, dass dieses Interesse mittlerweile in mindestens ebenso großem Maße durch Neugier befeuert wurde. Eines ließ sich auf jeden Fall schon jetzt mit Bestimmtheit sagen: Langweilig dürfte die nächste Zeit wohl kaum werden.

3

»Er kommt nich', wann seht ihr Idioten das endlich? Ist völlig sinnlos, weiter zu wart'n«, brummte Adamurt zum wiederholten Mal. »Ich hab' gleich gesagt, dass diese feige Ratte sich nich' aus ihrem Loch raustraut. Verlasst euch drauf, ich werd' ihm seinen faltigen Hals umdreh'n und ihm den Kopf von den Schultern reiß'n, wenn er uns das hier versaut.«

Mytha schnaubte verächtlich. Sie hatte natürlich schon von Adamurt gehört, war ihm aber noch nie persönlich begegnet, und dabei hätte es von ihr aus gerne bleiben können. Der Kerl war ihr zutiefst zuwider. Er war laut, vulgär und polternd, unsensibel und ein widerlich eingebildeter Aufschneider, der große Töne spuckte und sich ständig in den Mittelpunkt zu spielen versuchte. Auch jetzt steckte hinter seiner großspurigen Drohung nur leere Luft. Er kannte Olimarchs Sicherheitsvorkehrungen so gut wie sie und würde es deshalb nicht wagen, ihm auch nur ein Haar zu krümmen.

Alles an ihm wirkte so übertrieben, dass er fast als eine Witzfigur hätte durchgehen können, hätte sie nicht gewusst, wie gefährlich er zugleich war. Und wie erfolgreich in der Kunst des Mordens.

Die Kunst des Mordens …

Unwillkürlich schüttelte sie bei diesem Gedanken den Kopf. Als Diebin und Betrügerin, die selbst außerhalb der Gesetze lebte, war sie gewiss keine Moralistin und ebenso wenig eine Verfechterin von Recht und Ordnung. Dennoch machte es in ihren Augen einen Unterschied, ob man einen reichen Händler um einen Teil seiner Schätze brachte, oder ob man kaltblütig mordete und auch noch bei jeder Gelegenheit voller Stolz damit prahlte.

Offenbar hatte Adamurt ihr Kopfschütteln bemerkt, denn er kam mit ein paar raschen Schritten auf sie zu. Mit in die Hüften gestemmten Fäusten baute er sich vor ihr auf. Rein körperlich war er eine beeindruckende Erscheinung und fast einen Kopf größer als sie, dennoch wich Mytha nicht zurück, sondern erwiderte seinen zornigen Blick.

»Biste vielleicht anderer Meinung, *Diebin*?«, fragte er herausfordernd. Das letzte Wort betonte er, als wäre es ein Schimpfwort.

»Olimarch wird kommen«, behauptete sie ruhig.

»Ach ja? Und wie kommste darauf? Eine kleine Klugscheißerin, wie?«

Er war es offenkundig gewohnt, andere mit seiner Kraft und Größe einzuschüchtern und sie niederzustarren, doch Mytha hielt seinem Blick auch weiterhin gelassen stand. Alles in ihr sträubte sich dagegen, vor ihm zurückzuweichen, obwohl ihr bewusst war, dass sie sich alles andere als klug verhielt. Wenn er sie zu packen bekam, könnte er sie zweifellos binnen Sekunden töten, dennoch empfand sie keine Angst. Er wusste, dass es ohne sie keinen Auftrag geben würde, deshalb würden auch die anderen nicht einfach tatenlos zusehen. Außerdem hielt sie sich für flink genug, ihm jederzeit ausweichen zu können.

Aber ihr Verhalten verstieß gegen die Rolle, in die sie für dieses Treffen geschlüpft war, und das war viel schlimmer. In ihrem Metier war die Rolle das Ein und Alles; jeder kleinste Verstoß gegen ihre Glaubwürdigkeit konnte einen noch so guten Plan scheitern lassen oder gar tödlich enden.

Ein Grund für ihren Erfolg war die Unauffälligkeit ihres Gesichts. Wenn sie es nicht in irgendeiner Form hervorhob, wurde sie von anderen so gut wie nicht beachtet, und es blieb kaum jemandem im Gedächtnis haften. Gleichzeitig war es extrem wandelbar. Schon mit kleinsten Hilfsmitteln wie ein bisschen Schminke, ein Hängenlassen der Augenlider oder ein Ausstaffieren der Wangen durch verschieden geformte Holzstücke im Mund konnte sie es so verändern, dass selbst jemand, der sie kannte, sie kaum wiedererkennen würde.

Und genau darauf kam es ihr auch jetzt an. Solange sie nicht wusste, ob aus dem Auftrag wirklich etwas werden würde, wollte sie von den anderen nur schwer wiedererkennbar sein. Zu diesem Zweck war sie in die Rolle einer möglichst unauffälligen grauen Maus geschlüpft. Ihr Haar war falsch, eine aschblonde, schulterlange Perücke, ihre Körperhaltung und ihr Blick deuteten auf Schüchternheit und ein wenig Ängstlichkeit hin, und durch den Einsatz ganz dezenter Schminke unterstrich ihr Gesicht den Eindruck von Durchschnittlichkeit noch. Auch ihre Kleidung passte zu dieser Rolle. Sie trug eine schmutzige, alte Bluse, die wie ein Sack aussah, in den man Löcher für den Kopf und die Arme geschnitten hatte, dazu eine verschlissene Männerhose, die ihr deutlich zu groß war und nur durch einen Strick um ihre Taille gehalten wurde. Wer sie so sah, musste glauben, eine mittellose, vom Leben gebrochene Bettlerin vor sich zu haben statt der erfolgreichsten Diebin der Stadt.

Dass sie Adamurt und seinem Blick nun offen standhielt, war ein Bruch mit dieser Rolle, aber seine Überheblichkeit reizte sie bis aufs Blut. Vielleicht war es ganz gut, direkt schon einmal ein paar Grenzen abzustecken.

»Er würde sich wohl kaum die Mühe machen, einen Treffpunkt auszuwählen, wenn er gar nicht vorhätte, herzukommen«, sagte sie.

Ursprünglich hatte Olimarch einem Treffen nur unter der Bedingung zugestimmt, dass dieses bei ihm stattfände, mitsamt der üblichen Absicherungen. Allerdings hatten sich sowohl Linton Decour als auch die Magierin strikt geweigert, Gift zu trinken, deshalb hatte er schließlich diesen Ort als Alternative vorgeschlagen, der wirklich klug gewählt war. Er lag auf einem Hügel etwas außerhalb Meridors. Buschwerk und einige Felsen boten ihnen Sichtschutz, während sie selbst das Land in weitem Umkreis überblicken konnten. So war es unmöglich, dass sich jemand unbemerkt näherte oder sie sonst wie in einen Hinterhalt gerieten.

Mytha wusste, dass sie es bei dieser Erklärung belassen sollte, doch nachdem sie ihrer Rolle nun ohnehin schon untreu geworden war, konnte sie nicht widerstehen hinzuzufügen: »Kann man auch selbst drauf kommen, wenn man seinen Kopf nicht nur dazu benutzt, die eingeölte Glatze zur Schau zu stellen.«

»Du Miststück!«, zischte Adamurt, und sein Gesicht verzerrte sich vor Wut. Offenbar war er wirklich so leicht reizbar, wie es Gerüchte besagten. Seine Hand schoss vor, um sie zu packen, doch Mytha hatte mit einer solchen Reaktion gerechnet. Instinktiv wollte sie zu ihrer Hüfte greifen, wo sie normalerweise ihre Peitsche trug, besann sich aber noch rechtzeitig, dass sie diese nicht mitgebracht hatte, weil sie nicht zu ihrer Rolle gepasst hätte.

Stattdessen bog sie ihren Oberkörper geschmeidig nach hinten und schlug ein Rad rückwärts, wobei sie ihm mit einem Fuß einen allerdings nur leichten Tritt unter das Kinn versetzte. Seit ihrer Kindheit war sie von der Diebesgilde darauf trainiert worden, ihren Körper so biegsam wie möglich zu machen. Schon damals hatte sie alle anderen auf diesem Gebiet übertroffen, und auch jetzt noch arbeitete sie täglich hart daran, sich diese Fähigkeit zu bewahren. Nur so war es ihr möglich, sich geschmeidig wie eine Katze durch enge Schächte, Fenster und andere Öffnungen zu zwängen, durch die ein normaler Mensch niemals hindurchgepasst hätte.

Zwei Schritte von Adamurt entfernt kam sie wieder auf die Beine.

»Schluss jetzt!«, befahl Silvan mit schneidender Stimme. Zusammen mit der Magierin und dem Söldner stand er ein wenig abseits, hatte seine Arme auf einen brusthohen Felsbrocken gestützt und starrte nach Meridor hinüber. »Wir haben Wichtigeres zu tun. Mytha, gebt ihm seinen Geldbeutel zurück. Ich versuche hier, eine Allianz zu schmieden, da gehört es sich nicht, sich gegenseitig zu bestehlen.«

»Wie Ihr wünscht. Ist sowieso nicht viel drin.« Ihre Achtung vor dem Fremden stieg ein wenig. Dass er ihren blitzschnellen Griff in Adamurts Tasche während ihres Ausweichens bemerkt hatte, bewies, dass sie ihn keinesfalls unterschätzen durfte. Sie wog den Lederbeutel ein paarmal in der Hand, dann zuckte sie mit den Schultern und warf ihn dem verblüfften Mörder zu.

»Kommt mal her«, bat Silvan. »Könnte das dort der Giftmischer sein?«

Sofort vergaßen Mytha und Adamurt ihre Auseinandersetzung und eilten zu ihm hinüber. Ein zweirädriger, von einem Pferd gezogener Karren hatte die Stadt verlassen und war der Oststraße ein Stück gefolgt, dann aber von ihr abgebogen und näherte sich nun langsam dem Hügel, auf dem sie sich befanden. Eine grauhaarige, in einen gleichfalls grauen Mantel gehüllte Gestalt saß auf dem Bock, mehr war auf die Entfernung hin nicht zu erkennen.

»Ja, das könnte er sein«, bestätigte Mytha.«

»Was meinste damit, *das könnt' er sein*?«, stieß Adamurt hervor, als ob es ihm unerträglich wäre, eine Bemerkung von ihr unkommentiert stehen zu lassen. »Natürlich isser das. Niemand sonst weiß, dass wir hier sin', und er kommt direkt auf uns zu.«

Gebannt starrten sie in die Ebene hinab und beobachteten den Karren, der in gemächlichem Tempo näherkam.

»*Wer* soll das natürlich sein?«, erkundigte sich jemand.

Es dauerte einen Moment, bis Mytha erkannte, wer die Frage gestellt hatte. Verwirrt wandte sie sich um, doch wesentlich schneller hatte Linton Decour reagiert. Schon beim ersten Wort war er blitzschnell herumgefahren, hatte in der Bewegung sein Schwert gezogen und richtete es auf die Kehle Olimarchs, der wie aus dem Nichts hinter ihnen aufgetaucht war. Wie üblich trug er ein dunkelgrünes, mit alchimistischen Symbolen besticktes Gewand.

»Na, na, das ist doch keine Art, Geschäftspartner zu begrüßen«, sagte er mit einem spöttischen Lächeln.

»Ist er das?«, fragte Silvan.

»Olimarch Thephilos, zu Euren Diensten«, stellte sich der Giftmischer vor. Adamurt nickte bestätigend.

»Wie bist du so unbemerkt hergekommen? Und wer ist das da unten?«, wollte Mytha wissen.

»Nur jemand, der für eine kleine Ablenkung sorgen sollte«, erklärte Olimarch. Er hob die Hand. Der Mann auf dem Karren tat es ihm gleich, wendete und zockelte den gleichen Weg zurück, den er gekommen war. »Meine Gemächer sind zwar gut gesichert, aber dennoch habe ich natürlich geheime Fluchtwege. Ich habe diesen Treffpunkt vorgeschlagen, weil einer dieser Stollen hier in unmittelbarer Nähe endet. Zu schade, dass ich ihn nun zerstören muss. Der Ausstieg ist zwar gut versteckt, aber nachdem ihr davon wisst, könntet ihr ihn zweifellos finden, wenn ihr gründlich genug danach sucht.«

»Kaum zu glaub'n, der König der Angsthasen traut sich tatsächlich aus seinem Bau. Ist 'ne Gelegenheit, dir die Kehle durchzuschneid'n, auf die ich lange gewartet hab', Bastard«, stieß Adamurt hervor, verhakte die Hände ineinander und ließ die Knöchel knacken.

»Habt Ihr es gehört? Er bedroht mich«, wandte sich Olimarch an Silvan. »Euer Wachhund sollte seine Waffe lieber auf ihn richten.«

Auf einen Wink Silvans hin ließ Linton sein Schwert in die Scheide zurückgleiten.

»Seid gegrüßt, Olimarch Thephilos. Ich freue mich, dass Ihr gekommen seid. Dass Ihr alle gekommen seid«, sagte der Mann von der Băreninsel. »Da wir nun vollständig versammelt sind, bin ich befugt, Euch Einzelheiten über den Auftrag mitzuteilen, für den mein Herr Euch anheuern will.«

»Und wer ist Euer Herr?«, unterbrach ihn Olimarch. »Fangen wir doch damit direkt einmal an. Warum diese Geheimniskrämerei?«

»Er ist ein äußerst reicher und mächtiger Mann, der ungenannt zu bleiben wünscht. Mehr werde ich auch jetzt nicht über ihn sagen. Es geht ihm um einen ganz bestimmten Gegenstand, den er unbedingt in seinen Besitz bringen will, und einer Weissagung zufolge seid nur Ihr fünf gemeinsam in der Lage, ihn zu beschaffen. Die Fähigkeiten eines jeden von Euch sind dafür vonnöten.«

»Pah«, platzte Mytha heraus. »Sagt mir, um was für einen Gegenstand es sich handelt und wo er zu finden ist, dann besorge ich ihn Euch auch allein. Es gibt kein Schloss, das ich nicht knacken, keine Wache, die ich nicht umgehen oder austricksen kann.«

»Diebesgesindel«, schnaubte Adamurt. »Feiges Pack, das sich hinterrücks anschleicht und nur mit Tricks und Schlichen ans Ziel kommt. Ein tapferer Mann stellt sich seinen Gegnern und tötet sie Auge in Auge. Wenn es viele sin', kann es dauern, sie einen nach dem anderen abzumurks'n, aber das ist der aufrechte Weg eines echt'n Mannes, der zu Ruhm und Ehre führt.«

»Und durch Selbstüberschätzung zu einem frühen Tod«, entgegnete Mytha spitz. »Außerdem bin ich kein Mann, falls du es noch nicht gemerkt hast.«

Silvan verdrehte die Augen.

»Hört endlich auf, beide!«, befahl er. »Ich weiß, Ihr seid es gewöhnt, allein zu arbeiten, aber in diesem Fall würde jeder von Euch ohne die Hilfe der anderen scheitern. Was würdet Ihr beispielsweise tun, wenn Ihr auf eine magische Sperre stoßt? Keiner von Euch könnte sie ohne die Hilfe von Nariz durchbrechen, und so verhält es sich mit zahlreichen Hindernissen, die uns erwarten. Manche werden sich nur in offenem Kampf überwinden lassen, andere nur mit List und Tücke. Wenn wir Erfolg haben wollen, werdet Ihr lernen müssen, die Stärken der anderen zu akzeptieren und Euch darauf zu verlassen. Wenn Ihr das nicht könnt, ist unsere Mission bereits gescheitert, bevor sie begonnen hat, und Ihr werdet mehr verlieren als nur den versprochenen Lohn. Nun?«

Er machte eine kurze Pause und ließ seinen Blick von einem zum anderen schweifen. Niemand sagte etwas.

In der Tat war Mytha Zeit ihres Lebens eine Einzelgängerin gewesen, selbst als sie noch der Diebesgilde angehört hatte, und es erschien ihr unvorstellbar, sich auf einen Widerling wie Adamurt zu verlassen oder ihm gar ihr Leben anzuvertrauen. Nicht viel anders sah es mit den anderen aus, dennoch schwieg sie.

Silvan war kein Edelmann, auch wenn er sich diesen Anschein zu geben versuchte. Sie schlüpfte selbst immer wieder in Rollen, und so hatte sie es gelernt, Masken zu durchschauen. Es gelang ihm nicht, zu verbergen, dass er in Wahrheit aus einfachsten Verhältnissen stammte. Zudem wies sein gesamtes Verhalten auf eine langjährige Zugehörigkeit zum Militär hin. Dort hatte er sich hochgedient und so vermutlich die Aufmerksamkeit seines heutigen Herrn erweckt. Das änderte nichts daran, dass sein Handwerk das Töten war. In dieser Hinsicht unterschied er sich nicht allzu sehr von dem Meuchelmörder.

Das Gleiche galt für Linton Decour. Er war schlank und drahtig, ganz anders als der muskelbepackte Adamurt. Sein Gesicht wirkte fast sanftmütig. Dabei galten die Clansmänner als die besten Kämpfer, die man für Geld anwerben konnte. Damit war auch er im Grunde nur ein brutaler Söldner, ein besonders gut ausgebildeter Schlagetot.

Dann war da noch Olimarch, der Einzige des kleinen Trupps, den sie schon vor diesem Treffen persönlich gekannt hatte. Er präsentierte sich gerne als Forscher, als Weiser, und er sah aus wie ein harmloser, freundlicher Großvater, dabei handelte er genau wie die anderen mit dem Tod. Er vermochte wunderbare Heiltränke und andere Mixturen herzustellen, die den Menschen halfen, aber ohne mit der Wimper zu zucken, verkaufte er auch die tödlichsten Gifte, wenn der Preis dafür stimmte.

Einzig über Nariz D'huzhoryn, die noch kein einziges Wort gesagt hatte, konnte Mytha sich bislang kein Urteil bilden. Auch wusste sie nichts über den Orden der immerwährenden Nacht. Doch schon der Name wirkte wenig Vertrauen einflößend, und sie hatte über die Grausamkeit einiger der verbotenen magischen Kulte wahre Schreckensgeschichten gehört.

Das also sollten ihre Begleiter bei dieser Mission sein, mit denen sie die nächsten Tage oder gar Wochen zusammen verbringen würde? Eine Gesellschaft, die einen schaudern lassen konnte. Mörder und Söldner, die skrupellos töteten und vermutlich sogar ihrer eigenen Mutter die Kehle durchschneiden würden, wenn der Preis stimmte.

Was, bei allen sieben Höllen, tat sie hier? Auf den versprochenen Lohn kam es ihr nicht an. In ihren verschiedenen Verstecken in der Unterwelt stapelten sich unvorstellbare Reichtümer, die sie sich im Laufe der letzten Jahre zusammengestohlen hatte, aber Geld bedeutete ihr nichts. Das einzig Kluge wäre es, auf der Stelle zu verschwinden und zu vergessen, dass diese Zusammenkunft jemals stattgefunden hatte.

Dennoch blieb sie und schwieg genau wie die anderen.

»Kein Widerspruch«, stellte Silvan zufrieden fest. »Gut. Dann können wir uns jetzt den Einzelheiten des Auftrags widmen. Angesichts der ungeheuerlichen Summe, die mein Herr dafür zu zahlen bereit ist, dürfte klar sein, dass es sich um eine äußerst gefährliche Mission handelt. Sie erfordert eine weite Reise, und es gibt keinerlei Garantien, dass wir alle lebend zurückkehren.«

»Wir?«, hakte Adamurt nach. »Heißt das, dass Ihr uns begleiten werdet?«

»Das heißt es«, bestätigte Silvan. »Nicht nur ich, sondern außerdem eine schlagkräftige Truppe aus zweihundert erfahrenen Kriegern, von mir persönlich ausgewählt. Und ihr Schutz wird aller Voraussicht nach dringend erforderlich sein. Der Ort, an dem sich besagter Gegenstand befindet, dürfte extrem gut gesichert und zudem bewacht sein, aber schon der Weg dorthin führt durch unbekanntes und äußerst gefährliches Gebiet.

»Ihr sprecht von den Verheerten Landen!«, stieß Olimarch hervor. »Ich habe es schon fast vermutet, als Adamurt mir die Erlangung von fremdem, lange verlorenem Wissen in Aussicht stellte. Aber ich wollte nicht glauben, dass Ihr wirklich einen solchen Wahnsinn im Sinn habt.«

Silvan war für einen Moment überrascht, fing sich aber sofort wieder.

»Eure Vermutung ist richtig«, bestätigte er. »Unser Ziel liegt in den Verheerten Landen.«

Mytha stieß hörbar die Luft aus. Sie spürte, wie sich auf ihrem Rücken und ihren Armen eine Gänsehaut bildete.

Die Verheerten Lande …

»Aber das … das ist Irrsinn!«, keuchte Adamurt. »Niemand kehrt lebend von dort zurück!«

»Angst, großer Held?«, fragte Nariz D'huzhoryn spöttisch und ergriff damit erstmals das Wort. »Und ich dachte, Euren Prahlereien nach könnte Euch nichts schrecken.«

»Nicht wenn es um Menschen geht«, erwiderte Adamurt und gestikulierte aufgebracht mit den Händen. »In den Verheerten Landen aber erwartet uns weit Schlimmeres. Niemand kann gegen Dämonen kämpfen. Ich bin Meuchelmörder, kein Selbstmörder.«

»Obwohl es mir schwerfällt, das zuzugeben, aber Ihr habt recht«, erklärte die Magierin. Offenbar hatte auch sie bislang keine Einzelheiten des Auftrags gekannt. »Mein Orden hat sich eingehend mit den Verheerten Landen beschäftigt und eine Zeit lang sogar erwogen, selbst eine Expedition dorthin zu entsenden. Aber obwohl in den dortigen Tempeln und Kultstätten der ersten menschlichen Hochkultur zweifellos ein ungeheures Wissen verborgen liegt, wurde eine solche Expedition als zu gefährlich verworfen.«

Mytha spürte, wie erneut ein Schauer über ihren Rücken kroch.

Sie wusste kaum etwas über die Verheerten Lande, aber das Wenige reichte bereits aus, sie mit Schrecken zu erfüllen. Die Verheerten Lande bildeten den Südteil des Kontinents, das gesamte Gebiet jenseits der Düsterberge an der Landenge im Süden Volariens. Einst sollten es fruchtbare Landstriche gewesen sein, das mächtige trakanische Reich, das als die Wiege der Menschheit galt, von wo aus sich die Menschen über die gesamte bekannte Welt ausgebreitet hatten. Dann aber musste es eine beispiellose Katastrophe gegeben haben, die alles in eine lebensfeindliche Einöde verwandelte. Rauch und Feuer speiende Vulkane sollten den Himmel verdunkeln und das Land in ewige Finsternis hüllen, in der furchterregende Unholde und Monster jenseits aller Vorstellungskraft und sogar Dämonen und andere Kreaturen aus den dunklen Schattensphären frei umherstreiften, nachdem sie alles herkömmliche Leben dort ausgerottet hatten.

Vielleicht waren das nur Schauergeschichten, aber Mytha verspürte keinerlei Verlangen, es am eigenen Leib herauszufinden.

»Ohne mich«, verkündete sie. »Wenn sich nicht einmal ein Orden von Magiern, die sich am ehesten gegen dämonische Gefahren zur Wehr setzen können, dorthin traut, welche Chance sollen dann wir normalen Menschen dort haben? Der Lohn, den Ihr bietet, ist äußerst großzügig, aber ich habe nicht vor, mein Leben dafür wegzuwerfen.«

»Und ohne mich«, schloss sich Adamurt ihr an. »Verlangt von mir, den am besten bewachten Mann der Welt umzubringen, und ich würd' keinen Moment zögern. Aber kein Geld der Welt ist es wert, mit offenen Augen ins Verderben zu lauf'n. Bei meiner Glatze, Ihr hättet gleich sag'n sollen, um was es geht. Dann hätten wir uns dieses Treffen und den ganzen übrigen Quatsch ersparen können.«

Er wandte sich um, doch Silvans Zuruf ließ ihn verharren.

»Wartet! Hört mir wenigstens einen Moment zu, damit ich alles erklären kann«, verlangte er. »Ihr seid alle zu diesem Treffen erschienen, also habt Ihr grundsätzlich Interesse an diesem Auftrag. Das Geld mag dabei ein wichtiger Anreiz sein, aber den meisten von euch geht es nicht allein darum. Mytha, von Euch berichtet man, dass Ihr hauptsächlich das Neue, das Noch-nie-Dagewesene sucht, die Herausforderung. Kann es eine größere Herausforderung geben, als etwas aus den Verheerten Landen zu stehlen? Ihr würdet Euren Namen damit unsterblich machen! Und Ihr, Nariz D'huzhoryn, habt Euch mir angeschlossen, weil ich Euch magisches Wissen versprochen habe, das nirgendwo sonst zu finden ist. Das Gleiche gilt für Euch, Olimarch Thephilos. Ihr betrachtet Euch als Forscher und Gelehrter, wie man mir berichtete. Nun, ich biete Euch die Möglichkeit, das Wissen der ersten Menschen zu erforschen. Verlorene Erkenntnisse einer Kultur, die auf vielen Gebieten der unseren weit überlegen war.«

»Die aber dennoch ausgelöscht wurde«, entgegnete der Giftmischer trocken. »Der all ihr Wissen nichts gegen den Feind genützt hat, der ihre Lande verheerte und heute noch beherrscht.«

»Weil sie ihren Höhepunkt überschritten hatte und von innen zu verfaulen begann«, ereiferte sich Silvan. »Weil die Menschen sich einem Leben in Dekadenz und Luxus hingaben, während in ihrer Überheblichkeit wahnsinnig gewordene Forscher mit ihren Experimenten an die Urkräfte der Schöpfung rührten, derer sie schließlich nicht mehr Herr wurden. Sie vermochten Stahl in unvergleichlicher Qualität herzustellen und daraus Waffen mit seither unerreichter Kunstfertigkeit, aber niemand war mehr willens und fähig, diese Waffen zu führen. Sie hatten das Land unterworfen und seit Langem keine Feinde mehr, deshalb waren sie verweichlicht und hatten verlernt zu kämpfen. So wurden sie zu leichten Opfern, als sie plötzlich mit einer Bedrohung konfrontiert wurden, die sie selbst hervorgerufen hatten.«

»Das deckt sich weitgehend mit den Erkenntnissen meines Ordens«, bestätigte Nariz. »Das trakanische Reich erstickte an seinem eigenen Wohlstand. Die Trakani wurden faul und behäbig, kümmerten sich um nichts mehr, waren nur noch auf der Suche nach immer neuen Vergnügungen. Vor allem in der Hauptstadt Trakania, dem Zentrum des Reichs, der größten und reichsten Stadt, die es je gegeben hat. Verglichen mit ihr ist selbst Meridor nur ein Provinzdorf. Während sich die Masse des Volkes in wilden Ausschweifungen erging, widmeten die vermeintlich Weisen sich immer blasphemischeren Forschungen. Es heißt, dass sie sogar mit magischen Toten experimentierten, um durch diese auch die entlegensten Winkel ihres Reiches ohne Zeitverlust aufsuchen zu können.«

Die Magierin machte eine kurze Pause und atmete tief durch, ehe sie weitersprach.

»Dann aber vergingen sie sich gegen die Götter selbst. Sie schufen unheiliges Leben im Bemühen, eine Sklavenrasse zu züchten, die den Menschen auch noch die letzten Arbeiten abnehmen sollte. Um das dafür nötige Wissen zu erlangen, schreckten sie nicht einmal davor zurück, ihre magischen Tore so zu verändern, dass sie Wege in die Schattensphären öffneten. Doch damit besiegelten sie ihr Verderben. Zu spät erst erkannten sie, welche Schrecken dort lauerten. Es gelang ihnen zwar, die Tore unter Kontrolle zu halten, doch schließen konnten sie sie nicht mehr. Und auch ihre anderen Experimente schlugen fehl; statt folgsamer Dienerwesen entstiegen ihren Trögen und Retorten entartete Ungeheuer, deformiert an Körper und Geist. Den Trakani blieb nichts anderes übrig, als sie zu töten.«

Die Magierin erschauerte, und als sie weitersprach, schwang in ihrer Stimme eisige Kälte mit. »Einige der Ungeheuer konnten entkommen. Sie verbargen sich in den Wäldern und anderen unzugänglichen Orten, wo sie sich fortpflanzten und in rasender Geschwindigkeit zu einer regelrechten Armee heranwuchsen. Die Trakani ahnten nichts von dieser Gefahr, zumindest unternahmen sie nichts dagegen. Ihre Gelehrten waren vollauf damit beschäftigt, die Kontrolle über die magischen Tore aufrechtzuerhalten. Da es ihnen nicht gelang, sie wieder zu schließen, drohten ständig Sphärengestalten von der anderen Seite in unsere Welt einzudringen. Schließlich fielen die Kreaturen aus den Wäldern über ihre Schöpfer her. Sie töteten einen Teil der Gelehrten. Das gab den Ausschlag im Ringen um die Tore. Plötzlich standen diese offen und unbewacht.«

Adamurt knurrte etwas Unverständliches und die Magierin brachte ihn mit einer raschen Handbewegung zum Schweigen. »Niedere Dämonen und andere Sphärenwesen strömten ungehindert durch die Tore hindurch. Zusammen mit den Ungeheuern aus den Retorten fielen sie über die ahnungslosen Menschen her. In einer einzigen Nacht verwüsteten sie Trakania und richteten ein unvorstellbares Massaker an.«

Bedrücktes Schweigen herrschte, als die Magierin ihren langen Bericht beendet hatte.

»War ja 'ne tolle Geschichtsstunde«, brummte Adamurt schließlich. »Interessiert mich aber nicht die Bohne. Das hat mich höchstens noch in meinem Beschluss bestätigt, mich euch in gar keinem Fall anzuschließen. Einem Menschen kann man mit 'nem Messer die Kehle aufschlitzen, nicht aber einem Dämon.«

»Das alles ist mehr als tausend Jahre her«, gab Silvan zu bedenken. »Niedere Sphärenwesen können auf Dauer nicht in unserer Welt existieren. Mit großer Wahrscheinlichkeit haben sie die Verheerten Lande also längst wieder verlassen.«

»Nur 'ne Vermutung.« Der Mörder schüttelte den Kopf. »Nein. So großzügig Euer Angebot auch ist, das Geld kann ich mir auch auf weniger gefährliche Weise verdienen.«

»Und wenn ich Euch sage, dass dieser Lohn nur ein kleiner Teil des Gewinns ist, der Euch erwartet? Nariz sagte bereits, dass Trakania die reichste Stadt war, die es je gab, und unser Ziel liegt ganz in ihrer Nähe. In den Ruinen liegen mehr Reichtümer, als Ihr Euch überhaupt vorstellen könnt. Und das ist noch nicht alles.«

»Oh, ich kann mir 'ne Menge vorstellen. Aber sprecht ruhig weiter.«

»Die trakanische Kultur war der unseren in vielerlei Hinsicht überlegen. Das gilt auch für ihre Schmiedekunst, wie ich bereits erwähnte. Ich spreche von trakanischem Stahl und den daraus gefertigten Waffen. Das Wissen darum ging wie so vieles andere verloren. Unsere Schmiede sind nicht in der Lage, etwas herzustellen, das sich nur annähernd damit messen kann. Würde es Euch nicht reizen, solche Waffen zu besitzen, mit denen Ihr jedem Gegner überlegen wärt?«

Adamurt antwortete nicht, aber man konnte seinem Gesicht ansehen, wie es in ihm arbeitete.

»Das Gleiche gilt auch für das Wissen der Trakani auf nahezu jedem anderen Gebiet«, fuhr Silvan fort. »Ihre Kultur ist nicht untergegangen, weil sie ihren Feinden nicht gewachsen war, sondern weil das Volk schwach geworden war. Wir hingegen werden mit einem Trupp von zweihundert kampferfahrenen und zu allem bereiten Kriegern in die Verheerten Lande ziehen.«

»Es wurden bereits weitaus größere Armeen dorthin geschickt, und sie sind gescheitert«, warf die Magierin ein. »Zuletzt vor knapp zweihundert Jahren. Die damaligen Könige von Latronia und Volarien sandten in der Hoffnung auf unermessliche Beute ein gemeinsames Heer von mehreren Tausend Mann aus, um einen Stützpunkt zu errichten und eine spätere Invasion der Verheerten Lande vorzubereiten. Kaum ein Drittel der Krieger kehrten lebend zurück, und von diesen hatten rund die Hälfte den Verstand verloren. Die geplante Invasion fand daraufhin nie statt.«

»Auch ich habe davon gehört, aber die Situation ist nicht zu vergleichen«, behauptete Silvan. »Diese Narren haben allein auf ihre Stärke vertraut und sich den Bedrohungen dort in offenem Kampf gestellt, einem Kampf, den sie freilich nicht gewinnen konnten. Wir hingegen werden auf Schnelligkeit und Heimlichkeit vertrauen. Es ist leider kaum zu erwarten, dass wir nicht entdeckt werden und uns verteidigen müssen, aber so gut es geht, werden wir jedem Kampf ausweichen und zusehen, dass wir unser Ziel so schnell wie möglich erreichen. Auch ich hänge am Leben, und ich hätte niemals eine Mission übernommen, die keine Aussicht auf Erfolg verspricht. Und den sehe ich, nicht zuletzt deshalb, weil er geweissagt wurde, wenn Ihr alle an einem Strang zieht.«

»Diese Weissagung«, hakte Nariz nach. »Erzählt mir mehr darüber. Jeder Narr kann irgendetwas prophezeien. Ob das dann wirklich eintrifft, steht allerdings auf einem ganz anderen Blatt.«

»Bei dieser ist es anders. Sie stammt direkt von einem Dämon, den mein Herr beschworen hat, um zu erfahren, wo sich der von ihm gesuchte Gegenstand befindet und wie er ihn erringen kann.«

»Ein Dämon!« Adamurt stieß ein gekünsteltes Lachen aus. »Na, dann kann ja wirklich nichts schiefgehen. Dämonen würden ja niemals lügen, schließlich sind sie ja für ihre unbedingte Aufrichtigkeit bekannt.«

»Schweigt!«, fuhr ihn die Magierin an. »Wenn Ihr nichts von diesen Dingen versteht, dann solltet Ihr besser den Mund halten. Ein beschworener Dämon wird seinem Meister gegenüber immer die Wahrheit sagen. Er kann versuchen, ausweichend und mehrdeutig zu antworten, aber er kann niemals lügen. Wenn also ein Dämon prophezeit hat, dass unser Unternehmen Aussicht auf Erfolg hat, dann ist dem auch so.« Sie zögerte kurz, dann wandte sie sich an Silvan. »Unter diesen Umständen werde ich mich Euch anschließen, wenn auch alle anderen folgen.«

»Und wenn schon. Waffen aus trakanischem Stahl und die Reichtümer Trakanias könnten vielleicht sogar mich verlocken, aber das alles hier ist sinnlos, weil der Tattergreis sowieso nich' mitkommen wird«, stellte Adamurt mit einem Blick zu Olimarch fest. »Und selbst wenn, würde er uns höchstens behindern. Also lasst mich die Gelegenheit nutzen, ihm die Gedärme rauszureißen, und dann gehen wir unserer Wege und tun so, als hätt's dieses Treffen nie gegeben.«

»Zweifellos würde dir das große Befriedigung verschaffen, alter Freund, aber ich muss dich enttäuschen«, erwiderte der Giftmischer. »Es gibt einen Unterschied zwischen lähmender Angst und der Vermeidung unnötiger Gefahren, wie ich es tue. Die Betonung dabei liegt auf unnötig. Da ich bereits geahnt habe, wohin diese Expedition gehen soll, hatte ich viel Gelegenheit, darüber nachzudenken. Wie bereits gesagt wurde, habe ich mich stets als Forscher betrachtet, wenn ich auch schon seit Jahren mit meinen Forschungen kaum noch vorankomme. Mittlerweile bin ich ein alter Mann und kann entweder bis zu meinem Lebensende weitermachen wie bisher, oder ich gehe einmalig ein Risiko ein und schwinge mich zum vielleicht bedeutendsten Gelehrten der Gegenwart auf. Hätte ich mich nicht bereits für Letzteres entschieden, wäre ich jetzt gar nicht hier. Ich bin kein

Kämpfer, aber meine Tränke werden zweifellos alles andere als eine Behinderung sein.«

Das stellte auch für Mytha eine Überraschung dar, die vieles änderte. Genau wie Adamurt war sie bislang davon ausgegangen, dass dies alles zu nichts führen würde, da der Auftrag letztlich ohnehin an Olimarchs Weigerung scheitern würde.

»Wie denkt Ihr darüber, Linton Decour?«, fragte sie. »Ihr habt bislang noch gar nichts gesagt.«

»Was ich denke, ist ohne Bedeutung«, antwortete der Söldner. »Silvan hat mich angeworben und meinem Orden den Sold für meine Dienste bezahlt. Damit ist er mein Herr. Ich werde seinen Befehlen gehorchen und ihm folgen, wohin auch immer er mich führt. Ich bin ein Schwert, und ein Schwert trifft keine Entscheidungen darüber, wann, wo und gegen wen es geschwungen wird.«

»Ihr hört es, die Mehrheit ist bereit, diesen Auftrag anzunehmen. Wollt Ihr Eure Entscheidung unter diesen Umständen nicht noch einmal überdenken, Mytha? Eine größere Herausforderung und Aussicht auf mehr unsterblichen Ruhm werdet Ihr schwerlich finden.«

»Ihr täuscht Euch in mir«, widersprach sie. »Wenn ich ständig neue Herausforderungen suche, dann nur, um Ödnis und Langeweile zu entfliehen. Ruhm interessiert mich nicht. Es schert mich nicht, was andere über mich denken, und mir ist erst recht gleichgültig, was man nach meinem Tod über mich erzählt. Ich brauche niemandem etwas zu beweisen.«

Olimarch schnitt eine Grimasse und begann gleich darauf zu lachen.

»Unsinn«, sagte er barsch. »Ich weiß nicht, wem du etwas vorzumachen versuchst, uns oder dir selbst. Ich kenne dich seit rund fünf Jahren, seit du aus der Diebesgilde verstoßen wurdest. Nahezu alles, was du seither getan hast, diente nur dazu, dich an der Gilde zu rächen und zu beweisen, wie gut du dich auch ohne sie behaupten kannst.«

Im ersten Moment wollte Mytha gegen seine Behauptung

aufbegehren, schwieg dann aber doch. Möglicherweise hatte Olimarch nicht einmal ganz unrecht; sie hatte alle Gedanken in diese Richtung bislang stets verdrängt. Das Gesicht Mowans blitzte in ihrer Erinnerung auf, doch wie immer verbannte sie es auch jetzt augenblicklich zurück in die Tiefen ihres Gedächtnisses. Es gab Vorkommnisse, an die *wollte* sie gar nicht erst denken.

»Selbst wenn ein beschworener Dämon nicht lügen kann, woher will er wissen, dass unsere Mission erfolgreich sein wird?«, wechselte sie stattdessen das Thema.

»Wisst Ihr denn überhaupt nichts über die Grundlagen der Magie, Kindchen?«, entgegnete die Magierin und schnaubte verächtlich. »Die Zukunft ist ungeschrieben, sie ist wie ein Fluss mit unzähligen Abzweigungen und Nebenarmen. In den dunklen Sphären herrschen andere Gesetze von Zeit und Raum, sodass halbwegs fähige Dämonen erkennen können, wann und wie eine dieser zahllosen möglichen Entwicklungen zu welchem Ziel führt. Besser kann ich es nicht erklären, jedenfalls nicht so, dass einer von Euch es verstehen würde. Entscheidet Euch endlich, was Ihr tut, aber hört auf, mich mit Fragen zu nerven.«

»Kein Grund, gleich unfreundlich zu werden«, brummte Mytha. War das wirklich die Gesellschaft, in der sie die nächsten Wochen verbringen wollte? Ihre anfängliche Abneigung gegen jeden von ihnen war keineswegs geringer geworden, nachdem sie sie nun ein bisschen kannte, sondern hatte sich eher noch verstärkt.

Anderseits wäre es wirklich eine ungeheure Herausforderung, etwas in den Verheerten Landen zu stehlen, die wohl größte Herausforderung, die man sich denken konnte. Hinzu kam, dass der immense Lohn, den Silvan zahlen wollte, gemessen an den Schätzen, die dort nur darauf warteten, dass jemand sie sich holte, lediglich die Spitze eines Goldberges darstellte. Und wenn wirklich berechtigte Aussichten bestanden, dass sie Erfolg haben würden …

Olimarch hatte unrecht damit, dass sie der Gilde etwas beweisen wollte, und doch war er der Wahrheit sehr nahegekommen. Sie wollte wirklich etwas beweisen, allerdings nicht anderen, sondern sich selbst. Wenn sie vor dieser Gelegenheit zurückschreckte, würde sie sich für den Rest ihres Lebens selbst verachten.

»Ich bin dabei«, verkündete sie zögernd. »Zwar habe ich ein verdammt ungutes Gefühl bei der Sache, aber ich bin dabei.«

»Dann hängt jetzt alles allein von Euch ab«, wandte Silvan sich an Adamurt.

»Das macht es nicht gerade leichter«, stellte der Mörder fest. »Ein Schwert aus trakanischem Stahl wäre es schon wert, dafür ein Risiko einzugehen. Außerdem wär' es tödlich für meinen Ruf, wenn sich herumsprechen würde, dass ich vor einem Auftrag zurückgeschreckt bin, bei dem sogar Olimarch mitmachen würd', und wie ich meinen guten Freund kenne, würd' er das ohne Zweifel sofort herumerzählen.«

»Ohne Zweifel«, bestätigte der Giftmischer.

»Nun, dann bleibt mir wohl nichts anderes übrig, als auch mitzumachen, schon um nicht zu verpassen, wie du verreckst. Allerdings hab' ich eine Bedingung: Schluss mit diesem *Ihr* und *Euch*! Niemand in der Unterwelt Meridors verwendet die ehrenvolle Anrede und ich kann dieses hochgestochene Gequatsche nicht mehr hör'n. Sind wir uns einig?«

ZWEITES BUCH

DIE VERHEERTEN LANDE

Nein, fragt nicht, Euer Majestäten! Fragt nicht, ich flehe Euch an! Ich weiß, Ihr erwartet Bericht und Rechtfertigung über mein Scheitern, doch vermag ich sie Euch nicht zu geben. Lasst ab von den Verheerten Landen, vergesst, je von ihnen gehört zu haben, so wie ich jede Erinnerung daran zu verdrängen versuche. Kein lichter Geist übersteht es, zu lange in einen Abgrund zu schauen und von der Schwärze umfangen zu werden. Jeder Blick zurück würde bedeuten, doch noch von der Finsternis verschlungen zu werden. Keine Worte beschreiben Unheil und Schrecken, die ich dort sah … Grenzenlose Verderbnis … Wahnsinn, Grauen und Tod … Dämonenwerk … Bestien, wie sie kein Auge zuvor sah! Ich sehe sie … sehe sie erneut, sie greifen nach mir …

Leotard Bilien, Befehlshaber der Expedition in die Verheerten Lande, bei seinem Bericht vor den Königen von Latronia und Volarien, unmittelbar bevor er sich mit einem Dolch selbst die Kehle durchschnitt.

DIE ÜBERFAHRT

1 Sie befanden sich erst den zweiten Tag auf See, doch Mytha war überzeugt davon, dass sie den Abend nicht mehr erleben würde.

Direkt im Anschluss an die Besprechung waren sie Silvan zum Hafen gefolgt, wo er ihnen wie versprochen den ersten Teil ihres Lohns ausgezahlt hatte. Anschließend hatten sie einige persönliche Dinge für die Reise zusammengepackt und waren kaum zwei Stunden später an Bord der *Seeadler* gegangen, einem großen, stattlichen Schiff, auf dem sich außer ihnen und der Besatzung auch rund hundert Söldner befanden. Die übrigen waren zusammen mit den Pferden und Wagen für den Tross auf ihre kaum minder großen Begleitschiffe, die *Meeresmöwe* und die *Nordstern* verteilt worden; dazu gehörten auch einige Heiler, die sich um ihre Wunden kümmern sollten, wenn es in den Verheerten Landen zu Kämpfen kommen sollte.

Während der ersten Stunden nach dem Ablegen, die sie in Sichtweite der Küste gesegelt waren, war noch alles in Ordnung gewesen; die Seefahrt hatte Mytha sogar Spaß gemacht. Sie hatte den Anblick des blauen Meeres mit den winzigen schaumgekrönten Wellen genossen, ebenso die frische, nach Salz und Tang riechende Luft und sogar das sanfte Schaukeln des Schiffes.

Über Nacht jedoch hatten sie die Küste weit hinter sich gelassen. Der zuvor sanfte Wind hatte sich in eine steife Brise verwandelt, und aus dem gemächlichen Schaukeln war eine rasante Berg- und Talfahrt geworden, ein wildes Auf und Ab und Hin und Her, wie der Ritt auf einem durchgehenden Pferd.

Schon beim Aufwachen war es Mytha so schlecht gewesen wie noch nie zuvor in ihrem Leben. Mit knapper Not hatte sie es aus ihrer Hängematte heraus und an Deck geschafft, wo sie sich über die Reling ins aufgewühlte Meer erbrach. Mehr als zwei Stunden war das nun her, in denen sie diesen Platz nicht mehr verlassen hatte. Krämpfe wühlten in ihrem Unterleib und alles schien sich um sie herum zu drehen. Verzweifelt klammerte sie sich an der hölzernen Reling fest und stützte sich darauf, wusste, dass sie ohne diesen Halt augenblicklich zusammenbrechen würde. Wieder und wieder musste sie würgend brechen, obwohl längst schon nur noch bittere Galle in ihr hochkroch, die sie mit Todesverachtung ins Meer spie.

Vergiftet!, dachte sie. Das war nicht einfach nur normale Übelkeit oder ein verdorbener Magen. Jemand hatte sie vergiftet. Es konnte gar nicht anders sein, und es war klar, wer dahintersteckte. Zumindest lag der Verdacht nahe, wenn man zusammen mit dem wohl berühmtesten Giftmischer der bekannten Welt unterwegs war.

Aber warum? Welchen Zweck verfolgte Olimarch damit? Sie waren sicherlich keine Freunde, sondern lediglich gelegentliche Handelspartner, die sich nun auf eine gemeinsame Mission begeben hatten, aber obwohl sie seine Skrupellosigkeit verabscheute, verstand sie sich im Grunde recht gut mit ihm. Warum also sollte er sie töten wollen? Und war es überhaupt ein tödliches Gift?

Fragen über Fragen. Zu gerne hätte sie ihn damit konfrontiert, doch er hatte sich an diesem Tag noch nicht an Deck sehen lassen, und umgekehrt war sie unmöglich in der Lage, ihn aufzusuchen.

Oder handelte es sich gar nicht um Gift, sondern womöglich um einen magischen Bann? Sie wusste so gut wie nichts über Nariz D'huzhoryn und welche Pläne sie verfolgte.

Sie vernahm Schritte, die sich ihr näherten. Silvan trat neben sie.

»Geht es dir allmählich besser?«, erkundigte er sich.

»Olimarch oder Nariz«, stieß Mytha hervor. Ihre Stimme klang krächzend, und ihr Hals brannte so sehr, dass jedes Wort wehtat.

»Was ist mit ihnen?«

»Einer von beiden hat mir das angetan. Entweder Gift oder …«

Der Mann von der Bäreninsel lachte kurz auf.

»Du denkst an Gift? Nein, sei unbesorgt. Was du hast, nennt man Seekrankheit. Eine Menge Leute leiden daran, wenn sie mit dem Schiff unterwegs sind. Der Gleichgewichtssinn wird durch das beständige Schaukeln gestört. Bei manchen vergeht es nach einer Weile, bei anderen nicht. Es ist unangenehm, aber du wirst nicht daran sterben.«

Seine Worte hätten Mytha beruhigen sollen, aber es fiel ihr schwer, ihm zu glauben. Nur eine lumpige Krankheit? Sie fühlte sich noch immer, als würden die Gedärme in ihrem Leib zerrissen und von Feuer verzehrt.

»Mein Gleichgewichtssinn ist ausgezeichnet«, widersprach sie. »Bestimmt besser als bei jedem der anderen. Oder glaubst du, einer von denen könnte wie ich auf einem Seil balancieren oder …«

»Gerade deshalb ist er auch besonders empfindlich«, fiel ihr Silvan ins Wort. »Es war gut, dass du ein bisschen frische Luft geschnappt hast, aber jetzt solltest du dich wieder hinlegen und dir Ruhe gönnen.«

Mytha nickte und versuchte einen Schritt zu machen, doch sobald sie ihren Halt an der Reling aufgab, verweigerten ihr die Beine den Dienst, und sie wäre gestürzt, hätte Silvan nicht rasch zugegriffen und sie aufgefangen.

»Immer langsam«, sagte er und winkte einen Matrosen herbei. »Bring sie in ihre Kabine!«

Der Seemann nahm sie kurzerhand auf die Arme und trug sie unter Deck. Man hatte ihr eine winzige, stickige Kajüte zugewiesen, doch immerhin hatte sie diese für sich allein, während die Besatzung sich einen großen Schlafraum teilen musste und die

Söldner in den leeren Frachträumen zusammengepfercht wurden, wo sie in Hängematten und auf Strohlagern schliefen.

In ihrer Kabine ließ der Matrose Mytha auf die hölzerne Pritsche sinken, die ihr als Bett diente. Sie bekam kaum etwas davon mit. Alles drehte sich vor ihren Augen und ihre Gedanken verwirrten sich. Nur Sekunden später fiel sie in einen tiefen Schlaf.

Als sie nach einiger Zeit wieder erwachte, fühlte sie sich nicht besser, sondern eher noch schlechter, und das änderte sich weder während des restlichen Tages noch am nächsten. Immer wieder erbrach sie sich in einen Holzeimer, den jemand neben ihr Bett gestellt hatte. Zwischendurch zwang sie sich, etwas Wasser zu trinken, das man ihr brachte, manchmal würgte sie auch ein wenig wässrige Grütze oder etwas Brühe hinunter, nur um kurz darauf alles wieder zu erbrechen.

Sie bekam Fieber, weil sie zu wenig Flüssigkeit zu sich nahm, konnte aber nichts dagegen tun, da sie jeden Schluck, den sie trank, fast augenblicklich wieder von sich gab.

Mittlerweile befürchtete sie nicht mehr, sterben zu müssen, sie wünschte es sich fast schon.

Am Abend des vierten Tages auf See suchte schließlich Olimarch sie in ihrer kleinen Kajüte auf. Zum Schutz gegen den ärgsten Gestank hielt er sich ein Tuch vor Mund und Nase.

»Immer noch nicht besser?«

»Nein«, krächzte sie. Das Sprechen tat weh im Hals.

»Du siehst auch ziemlich schlecht aus. Deinem Körper fehlt Flüssigkeit, weil du alles direkt wieder erbrichst. Deshalb bin ich hier. Ich habe etwas zusammengemixt, das dir helfen wird.«

»Und warum … hast du das nicht sofort getan, statt … mich die ganze Zeit … leiden zu lassen?«

»Dafür gibt es gleich zwei Gründe. Normalerweise ist Seekrankheit zwar unangenehm, aber nicht gefährlich. Der Vorrat an Ingredienzien, den ich mitnehmen konnte, ist begrenzt, deshalb sind Silvan und ich übereingekommen, nichts davon zu verschwenden.«

»Verschwenden«, echote Mytha. Allein für dieses Wort hätte

sie ihn erwürgen können, wenn sie nicht mittlerweile zu schwach gewesen wäre, sich auch nur aus eigener Kraft aufzurichten.

»Außerdem hat er mir erzählt, dass du zunächst geglaubt hast, ich hätte dich vergiftet. Einen solchen Mangel an Vertrauen mag ich gar nicht. Er kränkt mich und lähmt mich beim Brauen eines Heiltranks. Dadurch werde ich furchtbar langsam und bin erst jetzt fertig geworden, musst du wissen.« Bevor sie etwas sagen konnte, fuhr er rasch fort: »Aber grundsätzlich mag ich dich, und deshalb habe ich beschlossen, trotzdem etwas für dich zu tun. Ich hoffe, dir ist klar, dass es sich um einen reinen Freundschaftsdienst handelt und du mir dafür einen Gefallen schuldest.«

Er zog ein kleines Fläschchen aus der Tasche und entkorkte es. Sofort breitete sich ein würziger, beißender Geruch im Raum aus.

»Es hat dich offenbar extrem schlimm erwischt und scheint auch nicht von selbst besser zu werden. Wenn das so weitergeht, wärst du halb tot, bis wir die Verheerten Lande erreichen, und würdest uns für geraume Zeit keinerlei Hilfe sein. Das hier wird dir helfen.«

Die berechnende Kaltblütigkeit seiner Logik widerte Mytha an, aber in diesem Moment hätte sie alles getan, damit es ihr nur endlich besser ging. Bereitwillig öffnete sie den Mund und ließ ich von Olimarch den Trank einflößen. Er schmeckte bitter, aber kaum hatte sie ihn geschluckt, breitete sich fast augenblicklich eine wohlige Wärme in ihrem ganzen Körper aus. Sie schloss die Augen und sank erneut in einen tiefen Schlaf.

Als sie Stunden später wieder erwachte, fühlte sie sich noch immer schwach, aber Fieber und Übelkeit waren verschwunden.

2

Um sich vollends zu erholen, brauchte Mytha fast ebenso lange, wie sie krank gewesen war. Sie hatte das Gefühl, als wäre ihr Körper völlig ausgedörrt, und zumindest in den ersten zwei

Tagen verspürte sie fast ständigen Durst. Aber sie merkte rasch, dass sie nicht zu viel auf einmal trinken durfte, sondern nur nach und nach kleine Mengen, um das Wasser nicht sofort wieder zu erbrechen, obwohl ihr das Schaukeln und Stampfen des Schiffes nun nichts mehr ausmachte.

Sie ruhte sich nach wie vor viel aus, hielt sich aber auch immer häufiger an Deck auf. Nach dem Mief in ihrer Kajüte genoss sie die frische Meeresluft und allmählich kehrten ihre Kräfte zurück.

Mit den anderen sprach sie nur wenig. Nariz und Olimarch ließen sich nur selten an Deck blicken, sondern gaben sich irgendwelchen Studien hin, und Adamurt vertrieb sich die Zeit hauptsächlich damit, mit einigen der Söldner zu würfeln und vor ihnen mit seinen Erlebnissen zu prahlen.

Blieb noch Linton. Ihn sah sie zwar recht häufig, doch war er meist damit beschäftigt, alleine Kampf- oder Meditationsübungen zu absolvieren. Es war seltsam, jemanden wie ihn stundenlang in sich versunken reglos im Schneidersitz dasitzen zu sehen, und auch wenn er Übungen mit seinem Schwert machte, sah es mehr wie ein langsamer Tanz als wie Kampftraining aus.

Überhaupt entsprach er in vielerlei Hinsicht nicht dem Bild, dass sie sich seinem Ruf zufolge von ihm gemacht hatte. Mit den angeheuerten Kriegern hatte er kaum etwas gemein und gab sich kaum mit ihnen ab. Sein Körper war kräftig und durchtrainiert, wenn auch längst nicht so muskulös wie viele der Söldner. Obwohl er als einer der besten Kämpfer der bekannten Welt galt, nahm er sich im Vergleich mit ihnen geradezu klein und unscheinbar aus.

Mytha erinnerte sich noch deutlich an seine Worte bei ihrem ersten Zusammentreffen, als er sich als ein Schwert bezeichnet hatte, das nicht zu entscheiden hätte, gegen wen es geschwungen wurde. Es fiel ihr schwer, ihn sich als erbarmungslosen Killer vorzustellen, der vermutlich schon ähnlich viele Menschen auf dem Gewissen hatte wie Adamurt. Sie wurde aus ihm nicht recht schlau. Manchmal stand er lange Zeit an der Reling und starrte aufs Meer hinaus, doch machte er dabei nicht den Eindruck, als ob er Gesellschaft wünschte, weshalb sie ihn nicht anzusprechen wagte.

So blieb auch sie weitgehend für sich allein, doch sobald es ihr besser ging, nahm sie ihr eigenes tägliches Training wieder auf. Für sie als Diebin war es überlebensnotwendig, geschickt und geschmeidig zu bleiben, und wie sie schon vor geraumer Zeit festgestellt hatte, neigte der menschliche Körper dazu, genau diese Fähigkeiten rasch einzubüßen und träge und behäbig zu werden, wenn man nicht regelmäßig daran arbeitete.

Das Schiff bot ihr geradezu ideale Trainingsmöglichkeiten, fand sie schnell heraus. Unter den zunächst verblüfften Blicken der Matrosen kletterte sie bald schneller und geschickter als diese in den Wanten umher, balancierte auf den Rahen, zog sich an Seilen in die Höhe und schwang sich an ihnen von einem Mast zum anderen.

Am zweiten Tag ihres Trainings bemerkte sie, dass sie nicht mehr allein war. Aus den Augenwinkeln nahm sie wahr, dass jemand ein Stück neben ihr die Wanten aufenterte. Zuerst nahm sie an, es wäre einer der Matrosen, doch als sie den Kopf wandte, stellte sie fest, dass es sich um Linton handelte.

Er grinste zu ihr herüber und kletterte weiter, überholte sie sogar. Das wollte Mytha nicht auf sich sitzen lassen. So schnell sie konnte, nahm sie seine Verfolgung auf, erreichte den Mastkorb jedoch erst eine Winzigkeit nach ihm.

Fragend blickte Linton zu ihr herüber. Sie begriff, dass er sie zu einem Wettkampf herausforderte, nickte und kletterte sofort los. Diesmal blieb sie Sieger, erreichte das Deck kurz vor ihm. Mehrere Male trieben sie dieses Spiel mit wechselndem, stets extrem knappem Ausgang. Beim Aufentern hatte Linton durch seine größere Kraft einen kleinen Vorteil, während Mytha in umgekehrter Richtung ihre Flinkheit besser ausspielen konnte.

Schließlich blieben sie schwer atmend am Fuß des Mastes stehen.

»Nicht schlecht«, lobte er.

»Du auch nicht. Von einem Krieger hätte ich so viel Geschick nicht erwartet.«

»Ich bin ein Clansmann.« Er machte eine Kopfbewegung in Richtung einer Gruppe Söldner, die ein Stück entfernt an Deck standen. »Mit diesen primitiven Schlagetots habe ich nicht viel gemein.«

»Ach nein? Dann tötest oder verstümmelt du nicht gegen Geld andere Menschen?«

»Das ist so ziemlich unsere einzige Gemeinsamkeit«, räumte er ein. »Ich bin wie ein Schwert, das …«

»… nicht darüber zu entscheiden hat, ob oder gegen wen es geschwungen wird«, fiel Mytha ihm ins Wort. »Ja, ja, das hast du schon mal gesagt. Aber das ändert nichts daran, dass du genau wie die da oder wie Adamurt für Geld tötest.«

»Wenn du es *so* sehen willst, kann ich es nicht ändern.« Lintons Stimme klang traurig. Obwohl sie seinen Standpunkt nicht teilen konnte, hatte Mytha ihn nicht verletzen wollen.

»Wie siehst du es denn?«, fragte sie.

»Die Unterschiede beginnen schon beim Geld. Anders als beim normalen Söldner hat das Kämpfen für uns keinen Eigennutz, wir trachten nicht nach Reichtümern.«

»Dafür sollen deine Dienste allerdings ziemlich teuer sein.«

»Ja, wir Clansmänner sind teuer, aber das Geld bekommen nicht wir, sondern der Orden«, erklärte Linton. »Wir betrachten uns als Diener, die nach Ehre streben, und Ehre erwerben wir, indem wir unseren Dienst so gut wie möglich erfüllen. Dazu werden wir von Kindheit an erzogen. Es ist unser Lebenszweck.«

So wie ich von Kindheit an erzogen wurde, für den Reichtum der Gilde zu stehlen, dachte Mytha, ging aber nicht weiter darauf ein.

»Du siehst nicht wie ein typischer Krieger aus«, sagte sie stattdessen. »Sieh sie dir an, alles muskelbepackte Hünen, die einen Streithammer oder ein Langschwert wahrscheinlich wie ein Spielzeug schwingen können.«

»Deshalb ziehe ich ein Kurzschwert vor. Ein Kampf wird nicht durch Kraft entschieden, sondern im Kopf, noch bevor er überhaupt beginnt. Konzentration und geistige Stärke sind wesentlich wichtiger als körperliche Kraft. Aber das wird keiner von denen je begreifen. Ihre Kraft mag manchmal nützlich sein, aber im Gegenzug schränkt sie ihre Schnelligkeit ein. Ich könnte jeden von ihnen dreimal töten, bevor er auch nur mit seinem Schwert ausgeholt hätte.«

»Hast du schon oft getötet?«

»Bei Weitem nicht so oft, wie du offenbar denkst. Für was hältst du mich eigentlich?« Zorn schwang in seiner Stimme mit. »Mir scheint, du hast eine völlig falsche Vorstellung von uns Clansmännern. Denkst du, wir sind Meuchelmörder wie Adamurt, die man nach Belieben anheuern kann, wenn man jemanden aus dem Weg räumen will? Oder Söldner wie die da hinten? Niemand, nicht einmal der reichste Herrscher der Welt, könnte es sich leisten, auch nur einen nennenswerten Teil seiner Armee mit Clansmännern zu verstärken. Ganz abgesehen davon, dass unsere Zahl dafür gar nicht ausreichte und der Orden einen solchen Auftrag überhaupt nicht annehmen würde. Man kann niemals mehr als einen von uns zur gleichen Zeit im Dienst haben.«

»Und was macht ihr stattdessen? Wofür sollte sonst jemand so herausragende Kämpfer anheuern, wenn nicht zum Töten?«

»Wir Clansmänner zerstören nicht, sondern wir schützen und bewahren«, behauptete Linton. »Unsere Aufgaben bestehen darin, zu bewachen, sei es das Leben oder das Gut unseres jeweiligen Meisters. Selbst wir können keine absolute Sicherheit garantieren, aber wer sich bedroht fühlt und unseren Preis zu bezahlen bereit ist, kann sich an den Orden wenden, um den vermutlich besten Schutz zu erhalten, den man für Geld bekommen kann. Und da uns unser Ruf vorauseilt und abschreckt, habe ich noch selten wirklich mein Schwert ziehen müssen, um eine Gefahr abzuwehren.«

Mytha senkte betroffen den Kopf und starrte auf die Holzplanken des Decks. Das hatte sie nicht gewusst, hatte sich wohl in der Tat eine völlig falsche Vorstellung von den Clansmännern und ihren Aufgaben gemacht.

»Und jetzt hat Silvan dich also zu seinem Schutz angeheuert«, sagte sie nach einer Weile.

»Du irrst dich. Meine Aufgabe besteht nicht allein darin, *ihn* zu schützen, sondern euch alle fünf. Ihn, dich, Adamurt, Olimarch und die Magierin«, berichtigte er zu ihrer Überraschung. »Wenn es sein muss, auch voreinander.«

»Wie … meinst du das?«

Er lachte trocken und humorlos auf.

»Eine Diebin, ein Meuchelmörder, ein Giftmischer und eine Magierin – ihr seid nicht gerade das, was man als besonders vertrauenswürdig bezeichnen würde. Paart man das mit der Aussicht auf Schätze von schier unermesslichem Wert, dann ergibt das eine höchst brisante Mischung. Deshalb soll ich euch vor Gefahren von außen wie von innen schützen.«

Mytha bemühte sich, sich nichts anmerken zu lassen. Auch sie hatte schon mit dem Gedanken gespielt, nach einer Möglichkeit zu suchen, zumindest Adamurt bei der Rückkehr um seine Beute zu bringen. Zweifellos hegte dieser ähnliche Pläne, nur dürfte zu diesen auch gehören, dass sie und vielleicht noch andere einen bedauerlichen tödlichen *Unfall* erlitten. Da sie alle grundverschiedene Temperamente besaßen, war sogar möglich, dass sie aufeinander losgingen, noch bevor sie ihr Ziel erreichten und die ganze Mission dadurch gefährdeten.

»Natürlich wurde ich nicht nach meiner Meinung gefragt, aber gerne habe ich diesen Auftrag nicht angenommen«, fuhr der Clansmann nach einer kurzen Pause fort. »Und das nicht wegen der Gefahren in den Verheerten Landen.«

»Warum dann?«

Linton seufzte.

»In zwei Fällen waren Ordensbrüder von mir zum Schutz von Leuten angeheuert worden, die Adamurt töten sollte. Er prahlt zwar gerne damit herum, dass er seine Opfer Auge in Auge tötet, aber bei uns Clansmännern hat er sich das dann doch nicht getraut. Weil sie ihm im Weg standen, hat er sie feige und hinterrücks ermordet. Einer der beiden starb durch Gift, und es ist anzunehmen, dass Olimarch dieses hergestellt hat. Möglicherweise hat er auch an andere Gifte verkauft, die gegen Clansmänner eingesetzt wurden. Du kannst dir vorstellen, dass es mir nicht leichtfällt, nun selbst genau diese beiden Männer schützen zu müssen.«

Mytha nickte. Das war in der Tat ein schrecklicher Gewissenskonflikt.

»Ich habe dich falsch eingeschätzt«, gab sie zu. »Ich dachte, du wärst nicht viel mehr als ein besonders gut ausgebildeter Söldner. Aber jetzt scheint mir, dass wir beide die einzigen unseres kleinen Zweckbündnisses sind, die sich wenigstens einen Funken Ehre bewahrt haben.«

»Ehre«, wiederholte Linton und blickte sie ausdruckslos an. »Du weißt doch gar nicht, was das ist. Du bist eine Diebin, daran ist nichts Ehrenhaftes. Wenn wir diese Mission überleben, kann es durchaus passieren, dass wir uns eines Tages auf verschiedenen Seiten gegenüberstehen. Glaube nicht, dass ich dich dann mehr schonen würde, als ich es bei Adamurt oder sonst wem täte.«

3

Mythas Hoffnung, dass sich zwischen Linton und ihr so etwas wie eine Freundschaft entwickeln könnte, war durch seine Worte zunichte gemacht worden. Während er in ihrer Achtung gestiegen war, betrachtete er sie offenbar als Abschaum, nicht besser als Adamurt oder Olimarch. Dennoch blieb er derjenige, mit dem sie auch weiterhin den meisten Kontakt hatte, vor allem nachdem es nach einer Woche auf See die ersten Toten gab.

Wie so oft saß Adamurt würfelnd mit einigen der Söldner zusammen an Deck, doch schien ihm das Glück an diesem Tag nicht hold zu sein, denn er fluchte und schimpfte andauernd, und die Stimmung wurde immer aggressiver.

»Bei meiner Glatze, was glaubst du eigentlich, wen du vor dir hast?«, brüllte er einen der Männer plötzlich an und sprang auf.

»Denkst du stinkender Affenarsch tatsächlich, du könntest mich betrügen?«

»Ich und betrügen? Wie denn? Die Würfel fallen, wie sie wollen. Du hast heute einfach Pech.«

»Keine Ahnung, wie du's anstellst, ist mir auch scheißegal. Jedenfalls lass' ich mir das von 'nem dahergelaufenen Hanswurst nicht bieten. Du weißt wohl nich', wer ich bin?«

Er hatte ganz offensichtlich vor, den Söldner zu provozieren, und der Mann war dumm – oder unbeherrscht – genug, darauf einzugehen. Sein Gesicht rötete sich vor Zorn. Er schüttelte die Hände seines Kameraden neben ihm, der ihn zurückzuhalten versuchte, ab und sprang ebenfalls auf. Auch er war ein Hüne mit gewaltigen Muskeln, noch ein Stück breiter und einen halben Kopf größer als Adamurt.

»Ich weiß genau, wer du bist«, stieß er hervor und legte die Hand auf den Griff seines Schwertes. »Ein Prahlhans, der sich damit brüstet, ein paar fette Händler hinterrücks aufgeschlitzt zu haben, und die Hälfte davon wahrscheinlich frei erfunden hat, wie es bei Angebern üblich ist. Wahrscheinlich habe ich schon wesentlich mehr Menschen erschlagen als du. Jedenfalls lasse ich mich von dir nicht beleidigen und habe auch keine Angst vor dir, und wenn du hundertmal der ach so große und berühmte Adamurt bist!«

»Dann komm, lass uns die Sache wie Männer austrag'n«, sagte der Meuchelmörder mit sichtlicher Zufriedenheit. »Auf diesem lahmen Kahn roste ich noch ein, wenn das so weitergeht. Da kommt mir ein Großmaul wie du grad' recht.« Er warf einen Blick in die Runde. »Das gilt auch für euch. Ich lass' mich nich' betrüg'n, deshalb werdet ihr mir alle schön euren Gewinn zurückgeb'n.«

Protestierende Rufe klangen auf. Auch die anderen Männer erhoben sich nun und starrten Adamurt finster an.

»Keiner von uns hat betrogen«, behauptete einer von ihnen. »Wir denken gar nicht daran, unser Geld wieder herauszurücken. Überleg dir besser, was du sagst! Du wirst dich ja wohl kaum mit uns allen anlegen wollen, wir sind sechs gegen einen.«

»Stimmt, das ist ein bisschen unfair.« Adamurt grinste. »Wenn ihr wollt, könnt ihr euch ja noch ein bissch'n Verstärkung holen.«

Mytha ahnte, was kommen würde, doch sie sah keine Möglichkeit, es zu verhindern. Sie war keine Kämpferin, und wenn sie sich einmischte, würde sie nur zwischen die Fronten geraten. Wenn Sie sich hätte sicher sein können, dass alles ohne Waffen abginge und Adamurt endlich einmal eine längst überfällige Abreibung bekäme, hätte sie das Schauspiel sogar genossen, doch daran glaubte sie nicht. Der Meuchelmörder wollte töten, das sah sie seinem Gesicht an. Vielleicht um seine Fähigkeiten zu demonstrieren, vielleicht auch nur aus Langeweile oder purer Lust am Morden.

»Na los doch, kommt schon.« Mit in die Seiten gestemmten Fäusten stand Adamurt da und grinste die Männer, mit denen er bis vor ein paar Minuten friedlich gewürfelt hatte, höhnisch an. »Eure verhurten Mütter haben anscheinend vergess'n, euch Manieren beizubringen. Wird höchste Zeit, dass das jemand nachholt.«

Zwei der Söldner stürmten auf ihn zu. Mit einer Schnelligkeit, die Mytha einem Mann seiner Größe und Körpermasse kaum zugetraut hätte, wich er aus. Etwas blitzte im Sonnenlicht in seiner Hand auf. In der Kehle des einen Kriegers klaffte plötzlich ein Schnitt, der fast von einem Ohr zum anderen reichte. Ein Blutschwall quoll daraus hervor und ergoss sich über seine Brust. In einer ebenso hilflosen wie nutzlosen Geste presste der Mann seine Hände auf die schreckliche Wunde und versuchte, das Blut zurückzuhalten. Er taumelte noch zwei, drei Schritte weiter, dann brach er zusammen. Sein Körper zuckte noch ein paarmal und lag dann still.

Noch bevor er starb, ereilte das Schicksal auch seinen Kameraden. Adamurts Hand schoss vor, und er rammte ihm sein Messer mit solcher Kraft ins Auge, dass die Spitze der Klinge am Hinterkopf heraustrat. Tot blieb auch dieser Mann vor ihm liegen.

Die Brutalität und Schnelligkeit, mit der die Morde ausgeführt wurden, schockierte selbst Mytha. Es war das erste Mal, dass sie unmittelbar Zeuge davon wurde, wozu Adamurt fähig war.

»Na los, wer ist der Nächste?«, fragte der Mörder und schlenkerte die blutige Klinge einmal kräftig in Richtung der übrigen Söldner, dass ein roter Tröpfchenregen auf sie niederging. Schrecken malte sich auf den Gesichtern der Männer ab, als sie erkannten, dass aus der vermeintlichen Prügelei tödlicher Ernst geworden war. Doch sie waren Krieger und bewiesen gleich darauf, dass Silvan sie nicht ohne Grund angeworben hatte. Grimmig zogen sie ihre Schwerter und rückten gegen Adamurt vor. Auch er tauschte das Messer gegen sein Schwert aus.

»Aufhören!«, befahl jemand mit schneidender Stimme. Linton war auf dem Achterdeck erschienen, flankte über die Brüstung auf das Mannschaftsdeck hinunter und trat zwischen die Streithähne. »Hört sofort auf!« In seiner Stimme klang eine Schärfe mit, die Mytha noch nie bei ihm gehört hatte.

»Halt dich da raus!«, zischte Adamurt. »Das geht dich nichts an, Clansmann.«

»Es geht ihn sehr wohl etwas an.« Auch Silvan war auf das Achterdeck getreten. »Er tut nur seine Pflicht, und die besteht darin, die Teilnehmer dieser Mission vor Gefahren zu schützen.«

»Ich brauch' niemanden, der mich beschützt. Mit den paar Weichlingen werd' ich auch allein fertig.« Kampfeslustig ließ Adamurt die Breitseite seiner Klinge ein paarmal in die Handfläche klatschen.

»Wenn du keinen Beschützer brauchst, dann offenbar einen Aufpasser.« Silvan stützte seine Hände auf die Brüstung. »Seid ihr denn alle von Sinnen? Ihr seid hier, weil wir gemeinsam eine Aufgabe zu erledigen haben, und nicht, um euch schon auf dem Weg dorthin gegenseitig umzubringen. Also Schluss jetzt mit dem Wahnsinn!«

»Spielverderber. Nich' einmal 'n bisschen Spaß darf man auf diesem verlotterten Kahn hab'n«, brummte Adamurt, rammte sein Schwert zurück in die Scheide und stapfte davon. Auch die Söldner steckten ihre Waffen weg.

Die beiden Toten wurden in Segeltuch eingenäht und über Bord geworfen. Anschließend scheuerten zwei Matrosen das Deck, um das Blut zu beseitigen.

Kaum eine Stunde später saß Adamurt bereits wieder würfelnd mit einem Grüppchen Söldner zusammen, als wäre nichts geschehen.

4

Die beiden Toten blieben nicht die einzigen während der Reise. Bereits am nächsten Morgen wurde einer der Söldner vermisst und konnte auch nach gründlicher Durchsuchung des Schiffes nicht aufgefunden werden. Die nächtliche Deckwache hatte weder etwas Verdächtiges gesehen noch gehört.

Rasch geriet Adamurt unter Verdacht. Mytha gehörte zu den Wenigen, die nicht daran glaubten, dass er etwas damit zu tun hätte, obwohl es ihr zutiefst widerstrebte, für ihn Partei zu ergreifen. Wie mehrere Zeugen berichteten, hatte er bis spät in die Nacht mit einigen anderen Söldnern zusammengesessen und war anschließend so betrunken gewesen, dass er kaum noch alleine stehen konnte.

Viel mehr noch überzeugte sie jedoch, dass ein solch heimlicher nächtlicher Mord überhaupt nicht zu ihm passte. Bei jeder Gelegenheit prahlte er voller Stolz mit seinen abscheulichen Taten. Auch den Streit mit den Söldnern am Vortag hatte er bewusst in aller Öffentlichkeit angezettelt, um seine Fähigkeiten zu demonstrieren und ein Exempel zu statuieren.

Nein, es hätte kein bisschen seiner Art entsprochen, den Krieger in aller Heimlichkeit zu ermorden und die Tat anschließend abzustreiten.

Längst nicht bei allen trafen diese Argumente auf offene Ohren. Vielen war der Meuchelmörder unheimlich und sie trauten ihm jede Schandtat zu; hätten ihn am liebsten eingesperrt gesehen, zumal es auf dem zweiten Schiff außer ein paar belanglosen Streitereien bislang keinerlei Zwischenfälle gegeben hatte, während auf der *Seeadler* nun schon drei Tote zu beklagen gab.

Da es außer diesen Vorurteilen aber keinerlei Beweise für Adamurts Schuld gab, jedoch einiges, was dagegen sprach, entschied sich Silvan, nichts gegen ihn zu unternehmen. Die Untersuchungen verliefen im Nichts, man einigte sich darauf, dass der Söldner vermutlich in betrunkenem Zustand durch eigene Unvorsichtigkeit über Bord gegangen war.

Damit riss die Kette der Unglücksfälle jedoch nicht ab, aber glücklicherweise ereignete sich an diesem Vormittag etwas, das die Männer zumindest für einige Zeit auf andere Gedanken brachte.

Abgesehen von den ersten Tagen hatte während der bisherigen Fahrt nur mäßiger Wind geherrscht. Die meiste Zeit hingen die Segel schlaff von den Rahen, sodass sie nur wenig Fahrt machten und langsam vorankamen. Am Himmel zeigte sich kaum ein Wölkchen; unbarmherzig brannte die Sonne herab und verwandelte das Schiff in einen Backofen, auf dem es tagsüber fast unerträglich heiß war. Erst abends, wenn die Sonne hinter dem Horizont versank, kühlte es ab und wurde nachts geradezu eisig.

An diesem Vormittag nun frischte der Wind von Norden her plötzlich auf und brachte die lang ersehnte Abkühlung, blähte die Segel und trieb das Schiff voran. Die angespannte Stimmung wich allgemeiner Erleichterung. Selbst Mytha freute sich. Dank Olimarchs Trank machte ihr das Schaukeln des Schiffes zwar nichts mehr aus, nicht einmal bei dem nun deutlich stärkeren Seegang. Trotzdem freute sie sich darauf, endlich wieder festen Boden unter den Füßen zu spüren, selbst wenn es sich dabei um die Verheerten Lande mit ihren unbekannten Gefahren handelte.

Am nächsten Tag verkündete Silvan, dass sie nun rund die Hälfte der Strecke zurückgelegt hätten und den Rest des Weges wohl in deutlich kürzerer Zeit bewältigen würden, wenn der Wind weiter so wehte, wonach es derzeit aussah.

Tatsächlich hielt sich das Wetter, nicht aber die gute Stimmung an Bord des Schiffes, denn nach nur drei weiteren Tagen wurde erneut ein Mann vermisst, diesmal ein Matrose.

Obwohl er sich in der Zwischenzeit nichts mehr hatte zuschulden kommen lassen, flammte das Misstrauen gegenüber Adamurt sofort wieder auf, doch konnte Silvan den Verdacht rasch entkräften. Wie sich herausstellte, war er nach dem letzten Vorfall nicht so untätig geblieben, wie es den Anschein gehabt hatte. Stattdessen hatte er einige der Söldner damit beauftragt, den Meuchelmörder abwechselnd zu überwachen. Wie sich herausstellte, hatte Adamurt sich bereits früh am Abend in seine Kajüte zurückgezogen und diese die ganze Nacht über nicht mehr verlassen.

Im ersten Moment reagierte er zornig, als er erfuhr, dass er beschattet worden war, doch da dies nun zu seiner Entlastung diente, legte sein Ärger sich rasch wieder.

Was mit dem verschwundenen Mann geschehen war, konnte auch jetzt nicht ermittelt werden, und diese Ungewissheit war tausendmal schlimmer, als wenn es Beweise für die Schuld Adamurts oder eines anderen gäbe. Außer ihm musste sich noch ein weiterer Mörder auf dem Schiff befinden, einer, der im Verborgenen zuschlug und seine Opfer scheinbar willkürlich auswählte, was bedeutete, dass jeder der nächste sein konnte.

Furcht breitete sich aus, und Angst war stets ein hervorragender Nährboden für Verdächtigungen und wilde Theorien. Als wäre die Vorstellung eines heimtückischen Mörders nicht genug, machten hinter vorgehaltener Hand Geschichten von Seeungeheuern die Runde, die mit ihren Krakenarmen Menschen packten und ins Meer rissen, von Seeunholden, die nachts auf der Suche nach einem Opfer an Bord kletterten, und deren Existenz angesichts der Nähe zu den Verheerten Landen plötzlich nicht mehr ganz so abwegig erschien. Und das waren noch längst nicht alle Gerüchte.

Normalerweise hätte Mytha über solchen abergläubischen Unsinn nur der Kopf geschüttelt. Doch wenn sie sich vor Augen hielt, dass sie unterwegs zu einem Ort waren, der von solchen und vermutlich noch schlimmeren Ungeheuern bevölkert war, an dem Albträume Wirklichkeit wurden und sogar Dämonen aus den jenseitigen Sphären hausten, sah alles plötzlich anders aus. Dass es in den Verheerten Landen gefährlich sein würde, hatten sie alle gewusst. Nun jedoch hatten sie bereits vier Tote zu beklagen, noch bevor sie ihr Ziel überhaupt erreicht hatten.

Was hatte sie sich bloß dabei gedacht, sich dieser Expedition anzuschließen? Abenteuer und Herausforderungen konnte sie auch überall anderswo finden, ebenso Reichtümer, obwohl diese ihr wenig bedeuteten.

Am Nachmittag des gleichen Tages, als sie sich im Schatten einiger Decksaufbauten von ihrer vorherigen Kletterei in den Wanten erholte, kam zu ihrer Überraschung Olimarch auf sie zugeschlendert. Seit er ihr den Trunk gegen die Seekrankheit verabreicht hatte, hatte sie ihn kaum noch gesehen, da er nur äußerst selten sein Quartier verließ. Während sie selbst mittlerweile durch ihren häufigen Aufenthalt im Freien von der Sonne braun gebrannt war, war seine Haut noch immer fast weiß, was ihn zwischen den ebenfalls gebräunten Söldnern und Seeleuten fast wie ein Gespenst erscheinen ließ.

»Ich muss mit dir reden«, sagte er knapp.

Mytha blinzelte träge zu ihm auf, dann deutete sie auf das Deck neben sich.

»Meinetwegen. Setz dich.«

»Nicht hier. Zu viele neugierige Augen und Ohren. Warte ein bisschen und komm dann unauffällig in mein Quartier.«

»Wie du willst.« Mytha lehnte sich wieder zurück und schloss die Augen, während Olimarch weiterschlenderte, als hätte er nur ein paar Höflichkeitsfloskeln mit ihr ausgetauscht.

Seine Geheimniskrämerei erschien ihr reichlich übertrieben, und sie verspürte auch keine sonderlich große Lust, sich mit ihm zu unterhalten. Entsprechend hatte sie es auch nicht eilig, ihm zu folgen. Wenn er etwas von ihr wollte, sollte er sich gefälligst gedulden. Allzu wichtig konnte es ohnehin nicht sein, wenn es ihm erst jetzt, nachdem sie sich schon wochenlang gemeinsam auf diesem Schiff befanden, einfiel. Schließlich jedoch siegte ihre Neugier.

Olimarchs Kabine lag nicht weit von ihrer eigenen entfernt. Nachdem Mytha eingetreten war, stellte sie zu ihrer Überraschung fest, dass sie jedoch mehr als dreimal so groß war und dennoch kaum Platz für zwei Personen bot. Zahllose Pflanzenbündel hingen zum Trocknen von der Decke herab und verströmten eine so intensive Geruchsvielfalt, dass ihr fast übel wurde und sie das Gefühl hatte, kaum atmen zu können. Weitere Pflanzen, Wurzeln und die verschiedensten anderen Ingredienzien lagen auf Kisten, Koffern und Fässern ausgebreitet. Auf einem Tisch waren komplizierte, mit Kerzen erhitzte Retorten aufgebaut, aus denen es zischte und blubberte.

Fassungslos blickte Mytha sich um.

»Das … das ist …«

»Mein Labor«, führte Olimarch den Satz zu Ende. »Du hast dir eine Menge Zeit gelassen.«

»Was soll das alles?«, fragte sie, ohne auf seinen Vorwurf einzugehen. »Wir können das doch nicht alles in die Verheerten Lande mitschleppen.«

»Was du nicht sagst. Genau deshalb arbeite ich ja schon, seit wir an Bord sind, wie ein Besessener. Ich betrachte mich gerne als einen vorausschauenden Menschen.« Er seufzte. »Unser Aufbruch erfolgte recht kurzfristig. Mir blieb keine Zeit, vorher all die vielen Tränke und sonstigen Mittelchen, die wir vielleicht brauchen werden, anzufertigen, also musste ich die Zutaten frisch verladen lassen. Und da wir all das später nicht mitschleppen können, wie du ganz richtig sagst, und bei Gefahr wohl auch kaum die Zeit bleiben dürfte, sie dann erst herzustellen, produziere ich jetzt auf Vorrat. Ist alles erst einmal verarbeitet, wird es sich in kleinen Fläschchen, Tiegeln und anderen Gefäßen befinden, die wir leicht mit uns führen können.«

»Umso besser.« Es gab nicht einmal einen Stuhl oder Schemel in der Kabine, weshalb Mytha sich kurzerhand aufs Bett setzte, nachdem sie einige dort ausgebreitete Folianten zur Seite geschoben hatte. »Aber du hast mich sicherlich nicht herkommen lassen, nur um mir das zu zeigen. Um was also geht es?«

»Du hast recht. Wie schon erwähnt, halte ich mich für einen vorausschauenden Menschen. Und das betrifft auch den Verlauf dieser ganzen Mission. Dir ist hoffentlich klar, dass gerade wir beide mit großer Wahrscheinlichkeit nicht lebend zurückkehren werden, und damit meine ich nicht nur die Gefahren in den Verheerten Landen.«

»Was dann?« Mytha runzelte die Stirn.

»Ich spreche von Adamurt und Silvan und vielleicht auch Nariz und Linton, die beiden kann ich in dieser Hinsicht noch nicht richtig einschätzen.«

»Ich begreife immer noch nicht.«

Olimarch seufzte erneut.

»Ich kenne Adamurt seit Jahren. Er liebt es, das Großmaul und den überheblichen Angeber zu spielen, weil er dadurch leicht unterschätzt wird. In Wahrheit aber ist er gierig, eiskalt und ohne einen Funken Skrupel oder Moral, wenn es sich für ihn lohnt.«

»Damit sagst du mir nichts Neues. Seine Maske ist leicht zu durchschauen.«

»Ich weiß. Du besitzt eine hervorragende Menschenkenntnis und kannst dich gut in andere hineinversetzen, sonst wärst du nicht so gut in dem, was du tust. Deshalb ist dir sicherlich auch klar, was Silvan für ein Mensch ist.«

»Ohne es direkt zu sagen, versucht er den Eindruck zu vermitteln, dass er von gediegener Abstammung ist«, erwiderte Mytha. »Nicht gerade von edelstem Geblüt, aber zumindest aus niederem Adel. In Wahrheit aber stammt er aus der Gosse. Vermutlich hat er sich beim Militär hochgedient und hat dabei an seinen Umgangsformen gefeilt, um seine Herkunft zu verschleiern.«

»So ist es. Außerdem hat er einen reichen und einflussreichen Auftraggeber als Gönner. Was dieses Artefakt betrifft, wird er ihn vermutlich nicht hintergehen, denn wenn er klug ist, dürfte er

Silvan etwas geboten haben, das diesem mehr bedeutet als nur Geld. Vielleicht ein Gut, vielleicht einen Titel, etwas, das ihm Ansehen bringt und seine niedere Herkunft vergessen lässt. Aber das ändert nichts daran, dass er vom gleichen Schlag wie Adamurt ist. Beide sind im Grunde ihres Herzens gierige, berechnende Ratten. Sie sind von Kindheit an hungrig auf mehr und immer mehr; das steckt ihnen im Blut. Wenn alles so läuft, wie wir es uns vorstellen, werden wir von dieser Expedition mit gewaltigen Schätzen beladen zurückkehren. Auch wenn ich nicht so sehr an Gold und Edelsteinen, sondern mehr an Schriftrollen und Folianten interessiert bin, so wären diese doch ebenfalls ein Vermögen wert. Bist du wirklich so naiv zu glauben, dass sie der Versuchung widerstehen werden, ihre Beute zu vergrößern, indem sie einen oder mehrere von uns anderen umbringen, sobald wir wieder auf dem Schiff sind? Und wir beide sind eindeutig die leichtesten Opfer, denn wir sind beide keine Krieger.«

Mytha schwieg einige Sekunden und dachte über seine Worte nach. Auch ihr war dieses Problem schon in den Sinn gekommen, doch sie hatte es verdrängt und die Lösung auf später verschoben. So viel Unerwartetes konnte noch passieren, dennoch konnte es nicht schaden, schon jetzt Pläne für den Fall der Fälle zu schmieden.

»Was schlägst du vor?«

»Wenn wir eine Chance haben wollen, müssen wir uns zusammentun. Allein wird keiner von uns überleben, aber zu zweit steigen unsere Aussichten. Am besten wäre natürlich, wir würden ihnen zuvorkommen.«

»Zuvorkommen«, echote Mytha. Bislang hatten Olimarchs Ausführungen für sie sehr vernünftig geklungen, und sie war der Vorstellung nicht abgeneigt, mit ihm ein vorübergehendes Zweckbündnis zu schließen. Jetzt aber hatte sie das Gefühl, sie hätte einen Eimer eiskaltes Wasser über den Kopf geschüttet bekommen. Mit diesem einen Wort hatte der Giftmischer alles zerstört und ihr wieder ins Bewusstsein gerufen, wer und was er war. Sie sprang auf. »So sehr ich Adamurt und Silvan auch verabscheue, ich werde an keinem Mordkomplott mitwirken, nur um zu verhindern, dass sie mir *vielleicht* etwas antun«, entrüstete sie sich.

»Bei dir klingt es so negativ, wenn du das Wort in den Mund nimmst«, tadelte Olimarch kopfschüttelnd. »Adamurt hingegen hätte sicherlich schon bei der bloßen Erwähnung eines Mordkomplotts seine helle Freude. Vielleicht sollte ich mich doch besser mit ihm als einem der zu erwartenden Sieger in dieser Auseinandersetzung zusammentun.« Für einen Moment blitzte Verschlagenheit in seinen Augen auf, doch dann zuckte er mit den Achseln. »Das Dumme ist nur, dass das mein Problem nicht lösen würde. Spätestens wenn wir alle anderen aus dem Weg geräumt hätten, würde er mit mir genauso verfahren. Nein, würde ich mich mit ihm verbünden, würde das die Gewissheit meines Todes nur festschreiben. Und mit Silvan wäre es ganz genauso. Aber mit *zuvorkommen* meinte ich nicht zwangsläufig töten, obwohl dies die sicherste Methode wäre. Besonders begeistert wäre ich davon allerdings auch nicht. Du und ich, Mytha, dürften die Einzigen hier sein, die sich noch einen Funken Würde, Ehre und Anstand bewahrt haben. Zumindest dürften wir beide – abgesehen vielleicht noch von einem Teil der Besatzung – noch nie jemanden umgebracht haben. Jedenfalls stehst du in diesem Ruf.«

Mytha schwieg. Außer ihr selbst wusste niemand, dass ihre Hände nicht wirklich so rein waren, wie sie anderen weiszumachen und oft genug auch sich selber einzureden versuchte, und dabei wollte sie es auch belassen. Aber dass Olimarch dies auch für sich in Anspruch nahm …

»Wenn ausgerechnet du dich als unschuldigen Ehrenmann bezeichnest, dann ist das ja wohl blanker Hohn«, stieß sie mit einem bitteren Lachen hervor. »Zahllose Menschen sind schon an den von dir hergestellten Giften jämmerlich krepiert.«

»Demnach ist wohl auch jeder Schmied für dich ein Mörder? Immerhin fertigt er Waffen, mit denen dann andere getötet werden. Nichts anderes tue ich. Ich stelle Werkzeuge zur Verfügung. Was andere damit anstellen, dafür bin ich nicht verantwortlich.

Ich selbst habe jedenfalls noch nie jemanden umgebracht. Und nun setz dich wieder.«

Die Antwort kam zu schnell und klang zu einstudiert; sie verriet, dass er dieses Gespräch nicht zum ersten Mal führte, wenn auch bislang vielleicht nur mit seinem eigenen Gewissen.

Sein Vergleich hinkte, und es gab einiges, das sie darauf erwidern könnte: dass ein Schwert beispielsweise auch der Selbstverteidigung dienen konnte oder dass ein Schwertkampf immerhin offen geführt wurde und dem Gegner eine Chance ließ, während Gift jemandem heimtückisch und ohne dass er davon ahnte, verabreicht wurde. Aber diese Argumente kamen ihr nicht minder konstruiert vor wie seines, weshalb sie es vorzog zu schweigen, selbst wenn er das als Bestätigung werten mochte.

Widerstrebend nahm sie wieder Platz.

»Lassen wir das. Ich vermute, du hast schon einen Plan, wie wir Silvan und Adamurt daran hindern können, uns zu töten, ohne dass wir sie umbringen.«

»Keinen fertigen Plan, nur ein paar Ideen. Da gäbe es zum Beispiel den kleinen Trick, mit dem ich mich immer absichere, wenn ich Kunden empfange. Allerdings werden sie auf der Hut sein und es dürfte nicht leicht werden, ihnen allen ein entsprechendes Gift zu verabreichen. Ich fürchte, zumindest bei Nariz würde uns das nicht gelingen.«

»Demnach müssten wir sie ebenfalls auf unsere Seite bringen«, folgerte Mytha. »Auch sie ist keine Kriegerin und entsprechend gefährdet.«

Olimarch schnitt eine Grimasse.

»Das Problem ist nur, dass ich ihr nicht weiter traue, als ich spucken kann. Du etwa?« Ohne auf eine Antwort zu warten, fuhr er fort: »Außerdem glaube ich nicht, dass sie sich vor Adamurt oder Silvan fürchten muss. Sie dürfte von uns allen sogar diejenige sein, die sich am besten ihrer Haut wehren kann. Wenn wir uns vor einem Mordanschlag schützen wollen, schließt das in jedem Fall auch sie mit ein, auch wenn sie vielleicht kein allzu großes Interesse an irdischen Reichtümern hat. Und ich denke, das gilt ebenso für Linton. Er ist Silvans Schoßhund und folgt seinen Befehlen.«

»Nicht ganz«, widersprach Mytha. »Zwar hat Silvan ihn angeworben, aber sein Auftrag lautet, den Erfolg unserer Mission sicherzustellen. Er soll also genau das verhindern, was du befürchtest und wäre damit eher ein potenzieller Verbündeter.«

»Ja, bis wir unsere Mission erfüllt haben. Und dann? Kindchen, manchmal bist du wirklich zu naiv. So einfach wie Silvan ihm diesen Auftrag erteilt hat, so einfach kann er ihn auch ändern und ihm befehlen, uns alle zu töten.«

Mytha verzichtete darauf, ihm darzulegen, dass Satiri keine Killer waren, die sich für Mordaufträge anheuern ließen. Ihr entsprechendes Wissen stammte nur von Linton selbst, und sie hatte nicht deshalb trotz ihrer vielen Feinde bis jetzt überlebt, weil sie leichtfertig glaubte, was man mir erzählte, mochte es auch noch so einleuchtend klingen.

Erneut stand sie auf.

»Ich werde über alles nachdenken«, versprach sie. »Und falls mir eine Lösung für unser kleines Dilemma einfallen sollte, sage ich dir Bescheid.« Sie zwängte sich zwischen zwei Fässern hindurch in Richtung Tür.

»Einen Moment noch«, bat Olimarch. »Wie ich gehört habe, sind mittlerweile zwei Männer ermordet worden, ohne dass es die geringste Spur von ihnen gibt. Wenn ich du wäre, würde ich Nariz D'huzhoryn im Auge behalten.«

»Du glaubst, sie hat etwas damit zu tun?«

»Was weiß ich schon?« Olimarch sah sie mit betont unschuldigem Blick an. »Ich weiß nur, dass geheime Kulte schon immer ein besonderes Geschick darin hatten, Menschen unbemerkt verschwinden zu lassen. Und dass sie für ihre verbotenen Riten einen niemals versiegenden Bedarf an ihnen haben.«

5

In den folgenden Tagen dachte Mytha viel über das Gespräch mit Olimarch nach, nicht nur über seinen Verdacht gegen die Magierin, sondern auch alles Übrige. Die Gefahr, die ihnen allen drohte, wenn es darum ging, ihre Beute lebend nach Hause zu bringen, war zweifellos real, aber ebenso stand für sie außer Frage, dass auch der Giftmischer versuchen würde, sie genau wie die anderen übers Ohr zu hauen, wenn sie ihm Gelegenheit dazu bot. Gelänge ihm beispielsweise sein flüchtig erwähnter, auf den ersten Blick durchaus verlockend erscheinender Vorschlag, die anderen durch heimlich verabreichtes Gift in Schach zu halten, würde *ihm* das einen gewaltigen Vorteil sichern, ihr hingegen nichts nutzen. Sie musste sich stets vor Augen halten, dass er nicht minder verschlagen und skrupellos wie die anderen war.

Davon nahm sie auch Linton nicht aus, solange sie nicht sicher wussten, wie viel von dem, was er ihr erzählt hatte, der Wahrheit entsprach.

Und erst recht nicht Nariz D'huzhoryn. Überhaupt stellte die Magierin für sie noch das größte Rätsel dar. Das war ihr nicht erst durch Olimarch wieder bewusst geworden. Noch nie hatte sie mit ihr ein persönliches Wort gewechselt, wusste nicht einmal, wie sie aussah, denn trotz der Hitze trug diese selbst auf dem Schiff bei den wenigen Gelegenheiten, bei denen sie sich überhaupt an Deck sehen ließ, ständig ihre Kutte mit hochgeschlagener Kapuze, unter der ihr Gesicht allenfalls zu erahnen war. Mytha mochte es nicht, mit jemandem zu tun zu haben, der kaum mehr als ein ungreifbarer Schatten war.

Deshalb erwies sich auch Olimarchs Rat, sie im Auge zu behalten, als ziemlich unnütz, da Nariz ihre Kabine fast nie verließ. Mytha kam sogar der Gedanke, dass seine Bemerkung nur dazu gedient hatte, ihr Misstrauen gegen die Magierin zu schüren. *Spalte und herrsche* war schon immer nicht nur für Könige eine erfolgreiche Strategie gewesen. Weniger vermutlich noch als ihm selbst kam es Nariz auf materielle Beute an, sodass der Giftmischer womöglich nur verhindern wollte, dass sie sich mit der einzigen anderen Frau verbündete.

Mytha bekam Kopfschmerzen, wenn sie allzu intensiv darüber nachdachte. Die angebliche Gemeinschaft, die Silvan hatte schmieden wollen, war in Wahrheit eine Schlangengrube.

Von Zeit zu Zeit schloss Linton sich ihr weiterhin bei ihren Übungen an, was regelmäßig zu einem Wettklettern führte. Doch da sie nun wusste, wie er über sie dachte, sprachen sie nur noch selten miteinander.

All das führte dazu, dass Mytha sich wie der einsamste Mensch auf der Welt fühlte. Es gab niemanden, dem sie vertrauen konnte, und immer häufiger fragte sie sich, welcher Dämon sie geritten hatte, an dieser Expedition teilzunehmen. Normalerweise mochte sie die Einsamkeit und war froh, wenn sie sich möglichst wenig mit anderen abgeben musste, sofern es sich nicht um Opfer handelte. Hier aber, auf so engem Raum mit so vielen anderen Menschen zusammengepfercht und in Erwartung unzähliger Gefahren, empfand sie das Alleinsein erstmals als eine erstickende Bürde.

Weitere Tage verstrichen ohne besondere Ereignisse und somit glücklicherweise auch ohne weitere Tote, bis der Ausguck eines Morgens eine dunkle Wolkenbank voraus meldete, möglicherweise ein Unwetter, auf das sie direkt zusegelten.

Es handelte sich jedoch um kein Unwetter, und die Wolken – wenn es sich überhaupt um welche handelte – waren äußerst merkwürdig. Sie besaßen keine kompakte Form, sondern waren eher wie treibende, an den Rändern zerfasernde Schwaden, die immer dichter wurden, je näher das Schiff ihnen kam. Schon bald bedeckten sie den ganzen Himmel, so weit man sehen konnte, und verbargen die Sonne hinter einem milchigen Schleier.

»Bei allen Dämonen! Die Vulkane von Trakan, deren Rauch den Himmel verdunkeln soll! Also ist es wahr. Mögen die Götter uns gnädig sein!«, stieß einer der Söldner in ihrer Nähe hervor.

Natürlich!

Erst jetzt erkannte Mytha, dass es sich nicht um Wolken, sondern um Rauch handelte, und sie erinnerte sich wieder an das, was Nariz bei ihrem ersten Zusammentreffen über die ewige Dämmerung in den Verheerten Landen erzählt hatte. Die Schwaden wurden vom Wind bis auf das Meer hinausgetrieben. Die Küste konnte nicht mehr allzu weit entfernt sein.

Ihr Ziel lag nahe.

6

Die Verheerten Lande …

Selten hatte Mytha eine Bezeichnung gehört, die ihr so treffend erschien. Mit dem ersten Blick auf die im ewigen Dämmerlicht unter der bedrückend tief hängenden Decke aus Rauch und Wolken daliegenden Küste erfüllte ein Gefühl unsagbarer Trostlosigkeit ihr Herz; eine Beklommenheit, die aus den tiefsten Tiefen ihrer Seele emporkroch.

Dies also war die Heimat der ersten Menschen, oder wenigstens das, was von dem einst großen und mächtigen Reich Trakan übrig geblieben war. Das Land, von dem aus mutige Pioniere und Abenteurer vor langer Zeit aufgebrochen waren, um dorthin zu gehen, wo noch niemand zuvor gewesen war, um fremde Länder zu entdecken, sie zu bevölkern und das Licht der Zivilisation selbst in die entferntesten Gegenden zu tragen.

Jetzt war die einstige Wiege der Menschheit nur noch eine lebensfeindliche Einöde. Sie waren noch zu weit entfernt, als dass man Einzelheiten erkennen konnte, doch bedurfte es dessen gar nicht. Tief in ihrem Inneren fühlte Mytha es; mit jeder einzelnen Faser ihres Körpers spürte sie, dass dies kein Ort mehr für Menschen war und sie nicht dorthin gehen sollten.

Dass alles, was ein Mensch dort finden konnte, der Tod oder noch Schlimmeres war!

Sie war ganz offenkundig nicht die Einzige, die so empfand. Abgesehen vom Knarren des Holzes und dem Geräusch des Windes in den Segeln war es totenstill geworden. Niemand bewegte sich, alle starrten reglos zur Küste, als reiche der bloße Anblick, sie in Statuen zu verwandeln. Auf allen Gesichtern sah Mytha den gleichen Ausdruck, eine Mischung aus Furcht, Abscheu, Schrecken und ungläubiger Fassungslosigkeit, gleichgültig, ob es sich um Söldner oder Seeleute handelte.

»Sieht ja richtig heimelig aus. Ein Ort, so recht nach mein'm Geschmack!«, tönte Adamurt schließlich und durchbrach damit die Stille. Doch selbst er konnte ein leichtes Beben in seiner Stimme nicht völlig unterdrücken. Immerhin reichten seine Worte aus, die Männer aus ihrer Erstarrung zu reißen. Die Seeleute nahmen ihre Arbeit wieder auf und die Söldner begannen leise miteinander zu tuscheln. Um was es dabei ging, war unschwer zu erraten.

Sie hatten gewusst, wohin die Reise ging. Auch hatten sie natürlich zuvor schon Gerüchte über die Verheerten Lande gehört, aber da sie tapfere, mutige Männer waren, hatten sie diese als Geschichten, mit denen man Kinder erschreckte, abgetan und sich eingeredet, sie würden schon mit allem fertigwerden, was sie erwartete.

Aber zwischen dem Aufschnappen von Gerüchten und dem Sehen mit eigenen Augen bestand ein himmelweiter Unterschied, und was immer sie sich zuvor eingeredet hatten, verblasste gegenüber dem unmittelbaren Eindruck, den der Landstrich vor ihnen vermittelte, zur Bedeutungslosigkeit. Mit unverhohlener Brutalität offenbarte der Anblick der Küste ihnen, worauf sie sich wirklich eingelassen hatten, auch wenn es aufgrund der Entfernung nur ein erster, noch vager Eindruck war.

Glückliche Gesichter sahen anders aus als das, was Mytha jetzt erblickte.

Mehr und mehr Söldner kamen an Deck. Es war erschreckend zu beobachten, wie die harten, durch zahlreiche Schlachten gestählten Männer beim bloßen Anblick der Küstenlinie blass wurden und ihre Tapferkeit dahinschmolz.

Unsicherheit und Furcht traten an ihre Stelle und wie so oft gebaren diese Zorn. Die Emotionen kochten in die Höhe und die Stimmung wurde aggressiv. Flüche und Drohungen wurden ausgestoßen. Selbst eine Meuterei erschien Mytha nicht mehr völlig ausgeschlossen.

Verstohlen blickte sie sich um. Silvan schien diese Situation vorhergesehen zu haben, denn gewiss nicht zufällig hatten er und Adamurt sich an dem einen, Linton und sogar Nariz an dem zweiten der Aufgänge zum Achterdeck postiert, die so schmal waren, dass sie selbst gegen eine große Übermacht leicht zu verteidigen waren.

Aber der gefährliche Moment ging vorbei und auch auf den beiden anderen Schiffen blieb alles ruhig. Dort hätte ein Aufstand ohnehin wenig Sinn gehabt. Die *Seeadler* war nicht nur das schnellste und wendigste Schiff der kleinen Flotte, es war auch als einziges mit mehreren großen Katapulten bewaffnet und würde verhindern, dass eines der anderen Schiffe aus dem Konvoi ausscherte.

Die Seeleute nahmen ihre Arbeit wieder auf, während die meisten Söldner nach und nach unter Deck verschwanden, um den Anblick nicht länger ertragen zu müssen.

Mytha konnte sie gut verstehen. Auch sie hätte sich am liebsten in ihrer Kabine verkrochen, doch sie zwang sich, an Deck zu bleiben und zu der fernen Küstenlinie hinüberzustarren. Angespannt lauschte sie in sich hinein, versuchte zu ergründen, was das Gefühl von Furcht in ihr auslöste. Es wollte ihr nicht gelingen. Sie war ein rational denkender Mensch, dem man so leicht nichts vormachen konnte. Aber sie wusste auch, dass Intuition mehr als bloße Einbildung war und man meistens gut daran tat, sie nicht zu ignorieren. Mehr als einmal schon hatte sie bei einem Auftrag nur ein vages Bauchgefühl gehabt, etwas würde damit nicht stimmen, und zumeist hatte sich das bewahrheitet. Vermutlich handelte es sich weniger um ein Gefühl als vielmehr um Wahrnehmungen, die so subtil waren, dass sie ihrem bewussten Denken verborgen blieben, während ihr Unterbewusstsein darauf reagierte und sie mit einem Gefühl des Unbehagens erfüllte.

Hier jedoch schied diese Erklärung aus. Die Küstenlinie war nur ein dünner, kaum richtig sichtbarer Strich fern am Horizont, der ihr nicht die geringste neue, rational erklärbare Information lieferte, auf die ihr Verstand mit einem so ausgeprägten Fluchtinstinkt reagieren könnte.

Blieb nur noch die Möglichkeit, dass diese Gefühle durch etwas Irrationales ausgelöst wurden, und allzu abwegig war dieser Gedanke ja auch nicht. Es war ein typisch menschliches Verhalten, alles, was man nicht verstand, mit Magie zu erklären, doch in diesem speziellen Fall traf zweifellos genau das zu.

Mytha war im Laufe der Jahre oft genug mit Magie konfrontiert worden, um zu wissen, dass diese existierte, obwohl sie nach Möglichkeit nichts damit zu tun haben wollte. Nach allem, was sie bislang über die Verheerten Lande gehört hatte, stand zudem außer Frage, dass es dort Mächte gab, die finsteren Zauber beherrschten.

So Furcht einflößend der Gedanke auf der einen Seite war, beruhigte er sie trotzdem. Sie verstand sie so gut wie nichts von Magie, wusste nur, dass diese ihren eigenen Regeln und Gesetzmäßigkeiten gehorchte. Somit war sie nichts völlig Irrationales. Es könnte interessant sein, sich darüber einmal mit Nariz D'huzhoryn zu unterhalten.

Überhaupt war ein Gespräch mit ihr längst überfällig. Erst jetzt wurde Mytha vollends bewusst, dass sie seit Beginn der Reise noch kein einziges Wort mit der Magierin gewechselt hatte und so gut wie nichts über sie wusste. Dabei waren sie die einzigen beiden Frauen unter Hunderten von Männern und somit natürliche Verbündete.

Sie blickte sich nach ihr um, doch Nariz war bereits wieder vom Achterdeck verschwunden. Nun, später würden sich noch Gelegenheiten zu einem Gespräch ergeben, spätestens, wenn sie an Land gegangen waren.

Weiterhin segelten sie in südlicher Richtung dahin, ohne den Abstand zum Festland zu verändern. Die Küste blieb stets als nur undeutlich erkennbare Linie in der Ferne sichtbar. Fast regungslos verharrte Mytha an der Reling und starrte hinüber. Gelegentlich trat Silvan zu ihr und beobachtete durch ein Fernrohr ebenfalls die Küste.

Sie hatte gehofft, dass mit der Zeit ein Gewöhnungseffekt einsetzen würde, aber an dem Gefühl des Unbehagens, mit dem der Anblick sie erfüllte, änderte sich nichts. Immerhin gelang es ihr, es mit der Zeit in den Hintergrund ihres Bewusstseins zu verdrängen, sodass die Angst nicht übermächtig wurde und sie lähmte.

Nach mehr als zwei Stunden schließlich gab es eine Veränderung an der Küstenlinie. Sie war nur minimal und in dem herrschenden Dämmerlicht kaum wahrzunehmen, aber die Konturen wirkten an einem Abschnitt plötzlich schroffer. Mytha winkte Silvan zu sich heran. Er blickte erneut durch sein Fernrohr, dann nickte er mit sichtlicher Zufriedenheit.

»Endlich«, stieß er hervor. »Ich habe schon befürchtet, die alten Karten würden nicht stimmen, oder wir hätten falsch navigiert. Das dort ist Seeheim, der Ort, wo wir an Land gehen werden.«

»Seeheim?«

»Eine der kleineren Hafenstädte. Das Handelszentrum Trakans lag weiter nördlich, in Sarilon, etwa vergleichbar mit der Bedeutung, die Meridor für den Handel Latronias hat. Die Stadt wuchs und wuchs, wurde zu einem regelrechten Moloch, und die Hafenanlagen wurden so schnell vergrößert, wie es nur ging, aber alles reichte nicht aus, das immer größer werdende Handelsaufkommen zu bewältigen. Es war einfach unmöglich, alle Schiffe zeitnah zu löschen, die Waren fachgerecht zu lagern und ihren Weitertransport zu organisieren. Zudem entwickelte sich Korruption fast noch schneller als die Stadt selbst. In der Folge wichen immer mehr Händler auf andere Städte aus. Kleine Fischerdörfer bauten ihre Häfen aus und erlebten einen beispiellosen Aufschwung. Seeheim war eines davon. Dort werden wir an Land gehen.«

»Warum gerade dort?«, hakte Mytha nach. »Wäre es nicht

besser, irgendeine abgelegene Stelle zu nehmen? Die Ruinen einer Stadt bieten unzählige Verstecke für Unholde aller Art.«

»Der Gefahr bin ich mir bewusst, aber mir kommt es vor allem auf Schnelligkeit an«, erklärte Silvan. »Würden wir an einem normalen Küstenabschnitt landen, müssten wir Menschen, Tiere und die gesamte Ausrüstung aufwendig mit Booten an Land bringen. In Seeheim jedoch können wir die Kaianlagen nutzen. Das verkürzt die Zeit erheblich. Die heutige Nacht werden wir bereits in den Verheerten Landen verbringen.«

KREATUREN DER NACHT

1 »Das wird mir jetzt zu dumm!«, stieß Adamurt hervor. »Ich seh' doch nicht tatenlos zu, wie die zuerst an Land gehen und sich die besten Schätze unter den Nagel reiß'n!«

»Du wirst wie wir anderen warten!«, entgegnete Silvan scharf. »Keiner der Söldner wird nach Schätzen suchen, sondern sie werden das Hafengebiet abriegeln, bis es für uns sicher ist, das Schiff ebenfalls zu verlassen. Sollte einer von ihnen auch nur eine Sekunde in seiner Wachsamkeit nachlassen, um etwas aufzuheben, das direkt vor seinen Füßen liegt, werde ich ihm höchstpersönlich den Kopf abschlagen.« Er machte eine kurze Pause, dann fügte er leiser hinzu: »*Die* sind ersetzbar, aber keiner von euch.«

Mytha schnitt eine Grimasse. Sie fragte sich, woher er hier neue Söldner nehmen wollte, um Opfer eines Angriffs zu ersetzen, aber natürlich begriff sie, was er meinte. Seine menschenverachtende Kaltblütigkeit stieß sie ab.

Während sie Kurs auf Seeheim genommen hatten, war es rasch dunkler geworden. Zusätzlich zu der in Landnähe beständig dichter werdenden Rauchdecke war die Abenddämmerung hereingebrochen und mittlerweile in eine tiefschwarze, sternenlose Nacht übergegangen.

Silvan hatte sich mit Nariz darüber beraten, ob dies für sie eher ein Vor- oder Nachteil wäre und sie die Landung besser auf den nächsten Tag verschieben sollten. Dämonen und andere Kreaturen aus den Schattensphären liebten die Dunkelheit, doch hatten sich die Geschöpfe der Nacht durch den Rauch ohnehin eine ihnen angenehme Umgebung geschaffen, sodass der Vorteil für sie nicht groß war. Anderseits dürfte die zumindest zahlenmäßig weitaus größere Gefahr von den einst aus den Retorten der Trakani entflohenen Ungeheuern drohen. Da diese trotz aller über die Jahrhunderte hinweg zweifellos erfolgten Anpassung an die veränderten Bedingungen einst von Menschen gezüchtet worden waren, würden auch sie mit völliger Dunkelheit ihre Probleme haben.

Natürlich wurde zumindest ein bisschen Licht benötigt, damit die Söldner sahen, wohin sie traten. Im Lichtschein einiger weniger Fackeln marschierten sie in Zweierformation über eine breite Planke vom Schiff auf den steinernen Kai und sicherten diesen gegen eventuelle Angreifer. Die auf den anderen Schiffen untergebrachten Söldner schlossen sich ihnen an.

Nur wenn man genauer hinsah, war zu erkennen, dass die kleine Armee in verschiedene Gruppen unterteilt war, die jede einen eigenen Anführer besaß. Diese Hauptmänner unterschieden sich in nichts von den normalen Söldnern. Während der Überfahrt hatten sie sich ohne alle Privilegien zwischen die anderen gemischt, doch schien dies ihrer Autorität nicht geschadet zu haben. Alles lief mit einer militärischen Präzision ab, die Mytha von diesem undiszipliniert erscheinenden Haufen nicht erwartet hatte.

Lediglich die uneinheitliche Kleidung störte den Eindruck, es mit einer regulären Armee zu tun zu haben. Mytha verstand herzlich wenig vom Kriegshandwerk, hatte sich nur ein paarmal mit Linton darüber unterhalten.

Keiner von ihnen trug eine Rüstung, was nicht verwunderlich war. Ein einfacher Söldner konnte sich dergleichen nicht leisten, und ihr jeweiliger Lohnsherr würde sich hüten, sie mit einem derart teuren Schutz auszustatten. Meist wurden Söldner als erste Angriffsreihe eingesetzt und hatten nur die Aufgabe, die Formation eines Feindes aufzubrechen, selbst wenn viele von ihnen dabei den Tod fanden. Zudem besaßen sie keinerlei Loyalität. Sie kämpften nicht für ein Land oder einen Herrscher, sondern verdingten sich nur dem, der ihnen den höchsten Sold zahlte, oder von dem sie sich die größte Aussicht auf Beute erhofften. Entsprechend kam es nicht selten vor, dass sie sich plötzlich im Kampf gegen jene wiederfanden, mit denen sie kurz zuvor noch Seite an Seite gestanden hatten.

Was sie an Ausrüstung besaßen, das mussten sie sich selbst beschaffen – meist als Beute auf dem Schlachtfeld. Entsprechend trugen sie die unterschiedlichsten Helme und Kettenhemden und was es mehr gab, sodass es aussah, als würde sich eine bunt gemusterte Schlange ins Dunkel der Nacht davonschlängeln.

Auch Mytha hatte sich umgezogen und trug nun das, was sie als ihre *Arbeitskleidung* bezeichnete. Anstelle der lockeren Bluse und der weiten, unförmigen Hose trug sie nun ein hauteng anliegendes Oberteil aus weichem schwarzem Leder und eine ebenso enge Hose, gleichfalls aus schwarzem Leder. Ihre ausgelatschten Stulpenstiefel hatte sie durch solche aus schwarzem Leder ersetzt, die ihre Beine bis über die Knie wie eine zweite Haut umgaben. Am Gürtel trug sie ihre zusammengerollte Peitsche, außerdem eine kleine Steinschleuder und einen Dolch. Normalerweise verabscheute sie Waffen und diese dienten ihr hauptsächlich als Werkzeuge. Wenn sie gezwungen wurde, sie zur Selbstverteidigung einzusetzen, bedeutete das, dass ihr eigentlicher Plan fehlgeschlagen war. Doch diesmal stand zu befürchten, dass sie mehr als nur einmal um ihr Leben würde kämpfen müssen.

In den letzten Jahren hatte sie sich stets so gekleidet, wenn sie auf Diebestour ging. Lockere Kleidung war ungeeignet, wenn es galt, Hindernisse zu überwinden oder sich durch winzige Öffnungen zu zwängen, denn zu leicht konnte man irgendwo hängen bleiben, und für das Schwarz hatte sie sich entschieden, weil es ihr nachts eine optimale Tarnung bot.

Was sie verblüffte, war jedoch die Wirkung, die ihr verändertes Aussehen auf die Männer auf dem Schiff ausübte. Normalerweise diente diese Kleidung dazu, zu verhindern, dass sie von jemandem gesehen wurde. Hier trat sie darin hingegen erstmals einer größeren Menschenmenge gegenüber und deren Reaktion verwirrte sie. Seeleute und Söldner waren gleichsam für Sekunden erstarrt und hatten sie angestarrt, was sie zunächst nur für Überraschung gehalten hatte. Gleich darauf aber war in ihre Augen ein begehrliches, lüsternes Funkeln getreten, wie sie es nur von Opfern her kannte, an die sie sich in besonders offenherziger Kleidung heranmachte, um sie leichter um den Finger wickeln zu können und Informationen von ihnen zu erhalten.

Selbst Adamurt, der sie zuletzt, so gut er es vermochte, ignoriert hatte, hatte sie mit diesem lüsternen Blick angestarrt und sah auch jetzt noch dauernd zu ihr herüber.

Silvan hingegen war fast sofort, als sie so gekleidet an Deck erschienen war, auf sie zugeeilt.

»Bist du verrückt, dich so zu zeigen?«, hatte er sie angeherrscht und dabei grob am Arm gepackt. »Schon in Meridor würdest du so einen Volksauflauf auslösen, aber hier sind Hunderte Männer, die seit Wochen keine Frau mehr gehabt haben. Willst du, dass sie durchdrehen und über dich herfallen?«

»Aber wieso denn? Beim zweiköpfigen Schattenhund, ich bin sogar züchtiger bekleidet als vorher. Die einzige nackte Haut, die ich zeige, sind mein Gesicht und meine Hände. Was soll also das Getue?«

»Bist du wirklich so naiv oder tust du nur so? Das Leder sitzt so eng, dass es alle Proportionen, jedes Fältchen deines Körpers so deutlich erkennen lässt, als wärst du nackt. Dass du es in Wahrheit nicht bist, lässt der Fantasie Spielraum und wirkt sogar noch aufreizender. Also zieh dir gefälligst etwas anderes an, oder willst du eine Massenvergewaltigung provozieren?«

Seine Worte hatten einiges erklärt und aus dieser Perspektive hatte Mytha die Sache noch nicht betrachtet. Sie hatte sich diese Kleidung nur nach praktischen Gesichtspunkten schneidern lassen und keinen Gedanken daran verschwendet, dass sie auf Männer aufreizend wirken könnte. Aber sie zu wechseln kam für sie nicht infrage. In den Verheerten Landen lauerten zweifellos größere Gefahren als ein paar Söldner, die ihre Triebe nicht unter Kontrolle halten konnten. Außerdem ärgerten sie Silvans barsche Worte.

»Es dürfte wohl deine Aufgabe sein, das zu verhindern und deine Männer im Zaum zu halten. Ich bleibe so gekleidet, wie ich bin«, hatte sie erwidert, und dabei war es geblieben.

Nachdem alle Söldner die Schiffe verlassen und schützend vor dem Kai Stellung bezogen hatten, begann das Entladen des Trosses. Vermutlich würden sie in den Verheerten Landen nichts finden, das sie gefahrlos essen konnten, womöglich nicht einmal trinkbares Wasser. Entsprechend mussten sie alles mitführen. Zahlreiche mit Kisten und Fässern beladene Wagen wurden von den Seeleuten über besonders breite und stabile Planken von Bord der *Nordstern* auf den Kai gerollt, wo die Pferde angespannt wurden.

Erst als alle Schiffe entladen waren, ohne dass einer der Söldner etwas Verdächtiges bemerkt oder es gar einen Angriff gegeben hatte, verließ schließlich auch Silvan zusammen mit Mytha und den anderen die *Seeadler*. Anders als Adamurt, der es nach wie vor kaum erwarten konnte, endlich an Land zu kommen, weil er sich wohl einbildete, dort vor lauter Schätzen kaum treten zu können, zögerte Mytha am Ende der Laufplanke einen kurzen Moment.

Sie hatte erwartet, dass das Gefühl des Unbehagens und Schreckens sich weiter steigern würde, je näher sie der Küste kamen, vielleicht sogar in nackte Panik münden würde, doch das war nicht geschehen. Auch als sie jetzt den Fuß auf den Kai setzte und damit endgültig die Verheerten Lande betrat, geschah nichts. Das Land schien ihr weiterhin seine Ablehnung entgegenzuschreien, eine nur geistig und körperlich spürbare Warnung, aber solange diese nicht stärker wurde, gelang es Mytha auch jetzt ohne Probleme, sie so weit zu verdrängen, dass sie kaum noch wahrnahm.

Kaum waren sie von Bord gegangen, wurde die Planke eingezogen und die *Seeadler* legte, gefolgt von den beiden anderen Schiffen, ab. Sie würden ein gutes Stück außerhalb der Küste ankern und dort auf ein Signal warten, um sie nach erfolgreichem Abschluss der Mission wieder abzuholen.

Wenn es denn einen erfolgreichen Abschluss geben sollte …

Mytha befestigte den Beutel mit ihren wenigen Habseligkeiten am Sattel eines der für Silvan, sie und die anderen ihres Paktes bereitstehenden Pferde und schwang sich hinauf. Nicht nur um ihre Kräfte zu schonen, sondern auch um im Falle eines Angriffs beweglicher zu sein, würden sie reiten, während die Söldner zu Fuß gehen mussten. Sie reihten sich unmittelbar vor dem Tross ein, nach vorne, hinten und zu den Seiten von Kriegern geschützt. Lediglich Olimarch hatte auf dem Bock des vordersten Wagens Platz genommen. Auf dessen Ladefläche befanden sich hauptsächlich die zahlreichen Gerätschaften und Ingredienzien des Giftmischers.

Silvan wollte Seeheim so schnell wie möglich verlassen, und da inzwischen einige Söldner die nähere Umgebung erkundet hatten, ohne auf Anzeichen einer Gefahr zu stoßen, machten sie sich unverzüglich auf den Weg.

Der Lichtschein der nach wie vor nur wenigen Fackeln ließ Mytha kaum etwas von ihrer Umgebung erkennen. Die Stadt lag in Trümmern, so viel immerhin war klar. Von den meisten Gebäuden waren nur noch Schutthaufen übrig, aus denen vereinzelte Balken wie schiefe Grabpfeiler ragten. Nur wenige Mauern standen noch, aus deren ausgefransten, an tote Augen erinnernden Fensteröffnungen heraus sich Mytha von lauernden Blicken beobachtet fühlte.

Vereinzelt war leises Rascheln und Schleifen zu hören, manchmal ein Knacken oder andere gedämpfte Geräusche. Bei vielen davon mochte es sich um nichts weiter als ein Spiel des Windes oder den zubeißendem Zahn der Zeit handeln, doch manche wurden eindeutig von schleichenden Bewegungen hervorgerufen. Seeheim war nicht so tot und verlassen, wie es den Anschein hatte.

Auch Silvan hatte dies erkannt, denn er blickte sich immer wieder nervös um, ebenso wie Linton und Adamurt. Lediglich Nariz saß zusammengesunken und mit gesenktem Kopf auf ihrem Pferd, als wäre sie im Sattel eingeschlafen. In Wahrheit jedoch, so vermutete Mytha, war sie hoch konzentriert und suchte mit Sinnen, die anderen nicht zur Verfügung standen, ihre Umgebung ab.

Nicht weit entfernt erklang plötzlich ein Heulen wie von einem Wolf, aber kraftvoller, durchdringender, und verursachte ihr eine Gänsehaut. Fast unmittelbar darauf wurde es von einem gleichartigen Heulen aus einer anderen Richtung und nur Sekunden später von noch einem weiteren beantwortet.

Wiederum schauderte sie. Angestrengt starrte sie in die Nacht, und es schien ihr, als wäre die Dunkelheit nicht mehr ganz so intensiv wie zuvor, als könnte sie um eine Winzigkeit besser sehen. Vielleicht gewöhnten sich ihre Augen daran, vielleicht aber war es auch nur …

Hinter ihr stieß Olimarch ein überraschtes Keuchen aus. Mytha blickte sich zu ihm um, und sah, dass er zum Himmel hinaufdeutete. Auch sie hob den Kopf und erkannte sofort, was er meinte. Die Rauchwolke, die bislang wie eine undurchdringliche Decke über dem Land gelegen hatte, war sichtlich dünner geworden. Ganz schwach, bislang noch mehr zu erahnen als wirklich zu erkennen, konnte man winzige, milchige Lichtpunkte darin ausmachen. Ein Windstoß trieb die Schwaden auseinander und ließ sie aufreißen. Durch ein Loch im Rauch waren mehrere Sterne am Firmament zu sehen.

Immer dünner wurde der Rauch. Die Schwaden wurden nun an mehreren Stellen auseinandergerissen, und plötzlich brach sogar der Mond durch, übergoss das Land mit seinem silbernen Licht und verdrängte die Finsternis.

Mytha kam es vor, als wäre ein schweres Gewicht von ihrer Seele genommen worden. Die nun deutlich erkennbaren Ruinen boten einen deprimierenden Anblick. Aber kein wirkliches Grauen war so schlimm wie das, was sich die Fantasie ausmalte.

»Unglaublich«, murmelte Adamurt. »Als ob die Vulkane plötzlich erloschen wär'n. Ob es was mit unserer Landung zu tun hat?«

Nariz D'huzhoryn stieß ein verächtliches Schnauben aus.

»Miss uns paar Menschlein bloß nicht zu viel Bedeutung bei«, stieß sie hervor. »Der Rauch ist keines natürlichen Ursprungs. Die Vulkane werden durch Magie befeuert, und das nur zu einem Zweck: die Kreaturen aus den Schattensphäre durch den Rauch vor dem Tageslicht zu schützen. Nachts ist er nicht nötig, deshalb kommen die Vulkane während dieser Zeit zur Ruhe. Mit uns hat das nicht das Geringste zu tun. Aber immerhin verschafft es uns einen Vorteil, wenn wir wenigstens einigermaßen sehen können. Also freu dich lieber darüber und rede nicht solchen Blödsinn.«

»Irgendwann reiß' ich ihr die Zunge aus'm Hals«, brummte Adamurt, aber wohlweislich so leise, dass die Magierin seine Worte nicht hörte. Selbst Mytha, die deutlich näher bei ihm ritt, konnte sie kaum verstehen. Bei einem anderen hätte sie ihnen keine Bedeutung beigemessen, doch bei Adamurt klangen sie mehr wie ein Schwur als wie eine zornige Äußerung, um seinem Ärger Luft zu machen.

Schon bald ließen sie die Ruinen hinter sich zurück, ohne dass es irgendwelche Zwischenfälle gegeben hatte. Mytha atmete auf, vor allem, weil ohne die Begrenzungen durch die Enge der Straßen die Söldner sie nun auch zu den Seiten hin besser schützen konnten.

Sonst jedoch gab es wenig Grund zur Erleichterung. Einst war dieser Landstrich wie viele im Küstennähe vermutlich besonders fruchtbar gewesen. Davon war nun nichts mehr zu erkennen.

Das Land war braun und grau und ausgedörrt, als hätte ein großes und heißes Feuer alles Lebendige daraus getilgt. Auch musste schon seit langer, langer Zeit kein Regen mehr gefallen sein, denn die Erde war krustig und in kleinen Schollen aufgebrochen. Nirgends wuchs auch nur ein Grashalm. Kein grünes Blatt, keine bunte Blüte, nichts. Nicht der geringste Farbtupfer hatte sich gegen die bräunlich graue Ödnis und Trostlosigkeit behaupten können, die sich beschienen vom kalten Licht des Mondes um sie herum ausbreitete, nicht einmal blattloses Buschwerk oder sonstiges Gewächs der Art, wie es in den Menschen bekannten Landen gedieh.

Ganz tot war die Landschaft allerdings nicht. Es *gab* so etwas wie Vegetation, doch von anderer Art, als Mytha sie kannte, und sie unterstützte den Eindruck von Trostlosigkeit eher noch, statt ihn zu brechen. So gab es stellenweise Flechten, die kleinere Flächen wie Netze bedeckten, ebenso braun wie das Erdreich und deshalb kaum zu entdecken. Da waren vereinzelt schilfartige, an aus dem Boden ragende Speere erinnernde Gewächse, die sich stärker hin und her wiegten, als durch den nur schwachen Wind zu erklären war, und schließlich vermoderte, weißliche Stümpfe größerer Pflanzen, deren ursprüngliche Form nicht einmal mehr zu erahnen war.

Zum wiederholten Male stellte sich Mytha die Frage, was sie geritten hatte, sich dieser irrsinnigen Expedition anzuschließen. Kein Gold der Welt war es wert, sich dem hier auszusetzen. Sie hatte sich beschwatzen, sich von der Belohnung und der zusätzlichen Aussicht auf unvorstellbare Reichtümer verblenden lassen, aber nichts davon würde in Erfüllung gehen. Das wurde ihr erst jetzt, in diesem Moment vollends bewusst.

Zuvor hatte sie mit praktischen Erwägungen gehadert, mit Gefahren durch die Gier ihrer Begleiter und dergleichen mehr, doch nun erkannte sie, dass diese nur bedeutungslose Randerscheinungen waren.

Es würde keine Beute geben. Dieses Land würde nichts von sich hergeben. Alles hier war verflucht und vom Pestilenzhauch des Bösen durchdrungen. Statt mit Reichtümern würden sie sich mit diesem Fluch beladen und ihn mit sich nehmen.

Aber so weit würde es gar nicht erst kommen. Sie würden nicht mehr von hier zurückkehren, daran gab es zumindest in diesem Moment für Mytha keinerlei Zweifel. Die Verheerten Lande würden sie verschlucken, so wie sie einst seine Bewohner und später den größten Teil der Soldaten aus Latronia und Volarien verschlungen hatten. Daran würde auch das Häufchen Söldner, das Silvan für eine starke Armee halten mochte, nichts ändern.

Und selbst wenn es ihnen gelingen sollte, mit dem Leben davonzukommen, würden sie für den Rest ihres Lebens gezeichnet und nie mehr dieselben wie vorher sein.

Wie zur Bestätigung ihrer Gedanken stieß einer der Söldner nicht allzu weit von ihr entfernt plötzlich einen Schrei aus und geriet ins Wanken. Seine Kameraden wichen entsetzt von ihm zurück, sodass Mytha sehen konnte, was mit ihm geschah.

Der Mann war unvorsichtig gewesen oder hatte die Gefahr schlichtweg nicht gesehen, war mit einem Fuß auf einen der trügerisch ruhig daliegenden Flechtenteppiche getreten.

Im gleichen Augenblick erwachte dieser zu schrecklichem, unheiligem Leben. Wie mit gierigen Klauen packten die dürren Ranken seinen Stiefel, wickelten sich blitzschnell darum und krochen dabei mit rasender Geschwindigkeit in die Höhe. Schon waren sie über seinen Stiefel hinaus, schlangen sich um sein Bein und zerrten dabei an ihm, bis er vollends das Gleichgewicht verlor und direkt in die wimmelnde Masse stürzte.

Blut spritzte auf. Voller Entsetzen beobachtete Mytha, dass die Flechten wie scharfe Messer in seine Haut schnitten und begannen, Stücke aus seinem Fleisch zu reißen. Die zuvor erschrockenen Schreie des Mannes steigerten sich zu einem irrsinnig schrillen Crescendo der Pein, doch sie dauerten nicht lange an. Flechten schoben sich über sein Gesicht, drangen in Mund, Nase und Ohren ein, einige bohrten sich sogar in seine Augen.

Mytha wollte den Blick abwenden, um den schrecklichen Todeskampf des Mannes nicht weiter mitansehen zu müssen, doch sie war wie gelähmt.

Dafür erwachten einige der Söldner endlich aus ihrer Erstarrung. Obwohl es für eine Rettung längst zu spät war, zogen sie ihre Schwerter und hackten auf die Flechten ein. Doch so dünn und zerbrechlich diese auch aussahen – sie waren doch zäher als erwartet. Es bedurfte mehrerer harter Hiebe, eine von ihnen zu durchtrennen, und sofort schlängelten sich andere an ihre Stelle.

»Zurück, ihr begebt euch nur unnötig in Gefahr!«, befahl Silvan. »Er ist längst tot. Lasst euch das eine Warnung sein und passt künftig noch besser auf, wohin ihr tretet!«

Obwohl Silvan recht hatte und der Söldner inzwischen zweifellos tot war, rissen die Flechten weiterhin an seinem Fleisch, weideten ihn geradezu aus, sodass kaum noch mehr als das Skelett von ihm übrig war. Dennoch war die im Mondlicht schwarz glänzende Blutlache, die sich unter ihm gebildet hatte, wesentlich kleiner, als zu erwarten gewesen wäre. Ohne Zweifel sogen die Flechten es in sich auf.

Mytha schüttelte sich und war froh, als Silvan den Befehl gab, weiter vorzurücken. Die Überreste des Toten zu bergen und ordentlich zu begraben, hätte nur Zeit gekostet und wäre ein zu großes Risiko gewesen. So ließen sie das Skelett unbestattet hinter sich zurück.

Sie waren noch nicht einmal eine Stunde unterwegs und hatten bereits einen ersten blutigen Vorgeschmack auf die Schrecken bekommen, die sie in den Verheerten Landen erwarteten.

2

Adamurt war es gewohnt, zu jagen, nicht gejagt zu werden. Normalerweise wählte er den für ihn günstigsten Zeitpunkt und das geeignetste Terrain aus, um zuzuschlagen und sein Opfer zu töten.

Hier aber waren die Rollen vertauscht. *Er* war zusammen mit seinen Begleitern das Opfer und hatte die Lage nicht selbst im Griff, während unbekannte Feinde sich möglicherweise bereits im Schutz der Dunkelheit zusammenrotteten, sie mit gierigen Augen belauerten und nur auf eine günstige Gelegenheit warteten, über sie herzufallen. Es war eine Situation, die ihm ganz und gar nicht gefiel.

Auch die Anwesenheit der Söldner beruhigte ihn nur wenig. Die anderen mochten glauben, dass er während der Überfahrt nur so viel Zeit mit ihnen verbracht hatte, um sich die Langeweile zu vertreiben, doch in Wahrheit hatte dies vor allem dazu gedient, sie kennenzulernen und sich ein Bild von ihren Fähigkeiten und Ansichten zu machen.

Silvan hatte eine sorgsame Auswahl getroffen, das ließ sich nicht bestreiten. Die Männer waren hervorragend gedrillt und allesamt bereits kampferprobt, anderseits aber keine Veteranen, die nur noch von der Erinnerung an bessere Zeiten zehrten. Sie würden sich jedem Angreifer tapfer entgegenstellen und kämpfen, daran gab es keinen Zweifel. Und während Söldner in einem herkömmlichen Feldzug stets einen Risikofaktor darstellten, weil sie dazu neigten, zu desertieren oder gar die Fronten zu wechseln, wenn sich das Kriegsglück gegen sie wendete, bestand diese Gefahr hier nicht.

Und dennoch wäre es Adamurt lieber, wenn sie nicht da wären. Ganz davon abgesehen, dass sie es nicht gewöhnt waren, vom Rücken eines Pferdes aus zu kämpfen, wäre es unmöglich gewesen, für sie alle Pferde mitzuführen. Dafür wäre eine ungleich größere Flotte nötig gewesen. Da die Söldner aber zu Fuß unterwegs waren und für ihre Versorgung außerdem der umfangreiche Tross an Wagen nötig war, verlangsamten sie ihr Vorankommen erheblich.

Hätte er bei diesem Kommando das Sagen, würde er auf Schnelligkeit und Unauffälligkeit statt auf trügerische Sicherheit setzen. Ein halbes Dutzend Menschen zu Pferd, die in schnellem Galopp ritten, hatten seiner Meinung nach eine wesentlich größere Chance, ihr Ziel zu erreichen, als der lange Heerzug.

Er hatte während der Überfahrt mit Silvan darüber gesprochen, der ihm zumindest teilweise hatte recht geben müssen, aber dennoch bei seinem ursprünglichen Plan geblieben war. Dieser sah vor, dass die Söldner ihnen zunächst einmal etwas Schutz bieten würden, bis sie ein gutes Stück des Weges zurückgelegt hätten und die hier lauernden Gefahren besser kannten. Die meisten der Krieger, wenn nicht alle, würden dabei voraussichtlich draufgehen, sodass sie mit den wenigen eventuellen Überlebenden das letzte Stück des Weges dann tatsächlich in schnellem Ritt bewältigen könnten.

Die eiskalte Berechnung, die der Planung des Mannes von der Bäreninsel zugrunde lag und den Tod der in seinen Dienst getretenen Männer vorsah, beeindruckte Adamurt, beunruhigte ihn aber zugleich auch. Offenbar bedeutete Silvan ein Menschenleben nicht mehr als ihm selbst, aber das dürfte auch ebenso für ihn und die anderen Gesetzlosen gelten.

Zumindest, wenn sie ihre Aufgabe erst einmal erfüllt hätten. Bis dahin drohte von Silvans Seite keine Gefahr und mit allem anderen musste er sich arrangieren. Langes Grübeln lag ihm ohnehin nicht, davon bekam er nur Kopfschmerzen.

Auf jeden Fall ging es für seinen Geschmack viel zu langsam vorwärts. Obwohl Silvan die Söldner zu einem schnellen Marschtempo antreiben ließ, hatte Adamurt das Gefühl, dass sie kaum von der Stelle kamen. In der Ferne ging die flache Küstenebene in hügeliges Terrain über, wo Silvan eine längere Rast einlegen wollte, doch obwohl sie nun schon gut zwei Stunden unterwegs waren, schienen sie diesem Ziel bislang kaum näher gekommen zu sein.

Zwischenfälle hatte es seit dem Tod des Trottels, der auf die Flechten getreten war, keine mehr gegeben. Adamurt war sich nicht sicher, ob das gut oder schlecht war. Nach dem, was Silvan und auch Nariz D'huzhoryn erzählt hatten, sollte es in den Verheerten Landen von wilden Bestien nur so wimmeln. Bislang jedoch hatten sie noch kein einziges Ungeheuer zu Gesicht bekommen.

Aber sie waren da, daran gab es keinen Zweifel.

Die Nacht war von mannigfaltigen Geräuschen erfüllt. Obwohl bedrücktes Schweigen herrschte und die Söldner sich instinktiv möglichst leise zu verhalten versuchten, war es für einen Heerzug dieser Größe völlig unmöglich, lautlos voranzukommen. Da waren die Schritte der Krieger, ein gelegentliches Klirren von Metall, das Klappern der Pferdehufe, vor allem aber das Rollen der Wagenräder und das Ächzen und Knarren von Holz.

Allerdings kam es darauf nicht an. Sie hätten lauthals ein Marschlied schmettern können, ohne dass es eine Rolle gespielt hätte, denn in der flachen, busch- und baumlosen Ebene waren sie im Mondlicht ohnehin über viele Meilen hinweg zu entdecken. Sosehr Adamurt das Weichen der Finsternis im ersten Moment begrüßt hatte, sosehr verfluchte er mittlerweile das für seinen Geschmack viel zu helle Licht des Mondes, das es ihnen in diesem Terrain unmöglich machte, unbemerkt vorzudringen.

Denn sie waren längst bemerkt und beobachtet worden, das stand fest. Neben den von ihnen selbst verursachten Geräuschen gab es noch andere. Immer wieder war in unregelmäßigen Abständen weit entferntes Heulen zu hören, manchmal auch ein Brüllen oder ähnliche Laute. Es waren Signale, mit denen sich irgendwelche Bestien über weite Entfernung hinweg verständigten, vermutete Adamurt, doch zu sehen war bislang keine von ihnen, sehr zu seinem Leidwesen.

Wenn ein Kampf schon unvermeidlich erschien, dann lieber früher als später. Die Ungewissheit und das Warten, der Gedanke, dass die Feinde sich sammelten und somit immer zahlreicher wurden, war schlimmer als eine offene Konfrontation.

Er fürchtete sich nicht vor irgendwelchen geistlosen, tierischen Kreaturen, mochten sie noch so stark und schnell sein. Sich mit solch einem Wesen im Kampf zu messen, wäre für ihn eine Herausforderung, auch wenn Silvan vermutlich versuchen würde, ihn davon abzuhalten, sich in Gefahr zu bringen. Jede Bestie, ob auf natürlichem Wege entstanden oder in den Retorten der Trakani gezüchtet, war ein Lebewesen, was bedeutete, dass sie zu töten war.

Dennoch war auch Adamurt nicht frei von Furcht, obwohl er das niemals anderen gegenüber zugeben würde. Was ihn ängstigte, war jedoch etwas ganz anderes.

Ihm bereiteten die Kreaturen des Chaos Sorgen, die Wesen, die aus den Schattensphären Einlass in diese Welt gefunden haben sollten. Sie gehorchten völlig anderen Naturgesetzen, falls so etwas für sie überhaupt galt. Sie waren unsterblich, zumindest waren sie nicht durch Waffengewalt zu töten, und sie waren keine primitive, tiergleiche Existenzform, sondern hochintelligent, wenn man Nariz glauben durfte. Darüber hinaus besaßen sie magische Kräfte, die ihm gänzlich unbekannt waren.

Gegen sie würde ihm weder sein Schwert noch seine Geschicklichkeit im Kampf noch seine Verschlagenheit etwas nützen. Einzig die Magierin würde – hoffentlich – in der Lage sein, sie abzuwehren.

Und genau da lag sein Dilemma. Durch leidvolle Erfahrungen in früheren Jahren hatte er sich angewöhnt, niemandem, absolut niemandem vorbehaltlos zu vertrauen. Deshalb widerstrebte es ihm zutiefst, Nariz in solchem Maße ausgeliefert zu sein.

Aus genau diesem Grund hatte Silvan Nariz D'huzhoryn schließlich als Mitglied dieser Expedition ausgewählt. Linton und er als Kämpfer gegen Feinde aus Fleisch und Blut, Nariz zur Abwehr magischer Bedrohungen, Olimarch, der ihre Kampfkraft und Fähigkeiten durch seine Wundermittelchen unterstützen konnte.

Und Mytha – was sie zu diesem Unternehmen beitragen könnte, beziehungsweise, was Silvan sich von ihrer Teilnahme versprach, blieb ihm nach wie vor schleierhaft. Immerhin aber sah sie, die er bislang eher als graue Maus betrachtet hatte, in ihrer neuen Aufmachung scharf aus, sodass sie wenigstens den einzigen erbaulichen Anblick in dieser Ödnis bot. Obwohl Adamurt bezweifelte, dass sie in dieser lebensfeindlichen Umgebung lange durchhalten würde, hoffte er doch, dass sie überlebte, bis sie ihren Auftrag erfüllt hatten.

Schließlich war sie, abgesehen von der Hexe, deren Gesicht er noch nicht einmal gesehen hatte, weshalb er vermutete, dass sie hässlich wie die Nacht war, die einzige Frau auf dieser Expedition. Wenn sie erst das Artefakt, dessentwegen sie hier waren, in ihren Besitz gebracht hatten, würde er Lust verspüren, seinen Erfolg mit einem Weib zu krönen. Zwar bereitete das Töten ihm meistens eine weitaus größere Befriedigung als Sex, aber in diesem Fall ließe sich beides ja hervorragend miteinander kombinieren. Bevor sie wieder an Bord der Schiffe gingen, würde er

Mytha eigenhändig töten, sich aber zuvor ausgiebig mit ihr amüsieren.

Bei dem Gedanken daran schnalzte Adamurt mit der Zunge, schüttelte aber gleich darauf verärgert über sich selbst den Kopf, als wollte er den Gedanken daran vertreiben. Jetzt war nicht die Zeit, sich in wohliger Vorfreude auf kommende Vergnügungen zu suhlen. Noch waren sie weit von ihrem Ziel entfernt und die eigentlichen Gefahren lagen noch vor ihnen.

Aber das bedeutete lediglich einen Zeitaufschub für die Diebin!

3

Adamurts Eindruck, dass sie sich den Hügeln nur im Schneckentempo näherten, schien sich zu bewahrheiten, doch lag das nicht an ihrer nach wie vor hohen Marschgeschwindigkeit, sondern daran, dass die Sichtverhältnisse täuschten und das Hügelland deutlich weiter entfernt lag, als es zunächst aussah. Zudem nahm Anzahl und Ausdehnung der von den gefährlichen Flechten bewachsenen Flächen zu, je weiter sie vordrangen, sodass sie zu teils erheblichen Umwegen gezwungen wurden.

Auch war das Land am Fuße der Hügel nicht mehr so unbelebt wie zuvor – wenn man denn bei den Kreaturen, die sie vereinzelt erblickten, von Leben sprechen konnte. Zwei Gruppen, die eine aus zwei, die andere aus drei der Wesen bestehend, hielten sich in erheblichem Abstand voneinander gut eine halbe Meile südlich von ihnen auf. Eine weitere Gruppe aus rund einem halben Dutzend Unholden befand sich kaum zweihundert Meter entfernt nördlich von ihnen und war recht deutlich zu sehen.

Die Kreaturen waren grob menschenähnlich, zumindest besaßen sie einen Torso, zwei Arme, zwei Beine und einen Kopf, doch damit hörte die Ähnlichkeit auch schon auf. Sie waren kaum halb so groß wie ein ausgewachsener Mann, und ihr Leib war überall von fast armlangem, zotteligem Fell bedeckt, das zumindest im Mondlicht gräulich-bläulich schimmerte. Ihre Gesichter schienen fast nur aus riesigen runden Augen und einem gewaltigen Maul zu bestehen, das mit fingerlangen, nadelspitz zulaufenden Zähnen gespickt war. Widerlich schmatzende, knackende und saugende Geräusche waren zu hören.

»Ghoule!«, stieß Nariz hervor. Unverhohlener Abscheu schwang in ihrer Stimme mit. »Leichenfresser. In ihnen pulsiert kein Blut, sondern eine eklige Lymphe, deswegen können die Flechten ihnen nichts anhaben.«

Erst jetzt wurde Adamurt bewusst, dass sie sich mitten auf einem Flechtenteppich befanden. Zwischen ihnen lagen die Überreste eines gewaltigen Tiers. Nachdem sie das Fleisch offenbar schon verzehrt hatten, machten sie sich mittlerweile sogar über das Skelett her. In unbeschreiblicher Gier rissen sie Knochen heraus, zerbrachen sie und sogen das Mark heraus, anschließend zermalmten sie sie mit ihren mächtigen Zähnen. Das beantwortete wenigstens eine Frage, die er sich zuvor flüchtig gestellt hatte, was nämlich mit den Überresten der Opfer geschah, die den Flechten zu nahe kamen.

Sah man von ihrem Maul mit den riesigen Zähnen ab, machten die Ghoule keinen übermäßig gefährlichen Eindruck. Aber niemand wusste, wie viele von ihnen sich noch in der Nähe aufhalten mochten, deshalb war Adamurt froh, dass sie von dem Heerzug keine Notiz zu nehmen schienen. Als Aasfresser waren sie nicht an lebendem, sich bewegendem – und sich vor allem auch verteidigendem – Fleisch interessiert.

Zumindest galt das, bis sie auch den letzten Knochen des verendeten Tieres vertilgt hatten. Offenbar war ihr Hunger jedoch noch nicht gestillt und aus irgendeinem Grund schienen sie miteinander in Streit zu geraten. Sie stießen und rempelten sich an, bis plötzlich das Rad eines der Trosswagen mit lautem Krachen in eine Vertiefung des Bodens rumpelte und ihnen die Gegenwart der Menschen wieder in Erinnerung rief.

Sofort ließen die Ghoule voneinander ab. Ihre Köpfe ruckten in verschiedene Richtungen, als würden sie sich umsehen, doch wirkten ihre Bewegungen seltsam ungelenk; mal starrten sie zum Himmel hinauf, mal zu Boden.

»Was hat das zu bedeuten?«, fragte Mytha mit klammer Stimme, doch nicht Nariz antwortete, sondern Silvan.

»Ihre Augen sind schwach, sie können nicht weit sehen«, erklärte er. »Auch hören sie nicht besonders gut, aber dafür können sie umso besser riechen. Sie können Aas über beträchtliche Entfernungen hinweg wittern.«

»Beim Höllenschlund, wir sind aber kein Aas!«, keuchte Adamurt. »Trotzdem greifen sie uns an!«

Mit Schrecken sah er, wie die Ghoule auf sie zugestürmt kamen. Trotz ihrer grob humanoiden Gestalt liefen sie dabei nicht aufrecht, sondern bewegten sich mit weit ausholenden Sprüngen auf allen vieren und entwickelten dabei eine beachtliche Geschwindigkeit.

»Wenn ihre Gier allzu groß ist, greifen sie manchmal auch lebende Opfer an, aber das kommt selten …«, stieß Nariz hervor, wurde jedoch von Silvan übertönt.

»Verteidigungsstellung einnehmen!«, brüllte er.

Erneut zeigte sich, dass die Söldner hervorragend gedrillt waren. Es gab keinerlei Durcheinander, jeder wusste genau, was er zu tun hatte. Binnen weniger Sekunden hatten sie mit gezogenen Schwertern einen ovalförmigen, mehrfach gestaffelten Schutzwall um den Tross und ihn und die anderen Reiter gebildet, der sich zu einem Rund verkleinerte, als die hinteren Wagen zu den vorderen aufschlossen.

Gleich darauf waren die Ghoule heran. Aus der Nähe betrachtet, waren sie noch hässlicher als von Weitem. Voller Todesverachtung stürzten sie sich in die stählerne Abwehrphalanx. Einem von ihnen gelang es, einen Schwertstreich auszuweichen. Mit einem einzigen Zuschnappen seiner Zähne biss er einem der Söldner den Arm dicht unterhalb des Ellbogens ab, wich mit seiner Beute zurück und begann, schmatzend darauf herumzukauen.

Die anderen Unholde hatte weniger Glück. Zwei von ihnen

wurden von Schwertern durchbohrt, einem weiteren wurde der Arm abgeschlagen. Aus dem Stumpf spritzte Blut und senkte sich wie ein feiner Regen auf die in unmittelbarer Nähe stehenden Söldner herab.

Aber es war kein Blut, sondern eine eklige Lymphe, wie Nariz es genannt hatte, erinnerte sich Adamurt, und wie er gleich darauf sah, handelte es sich dabei nicht um irgendeine Flüssigkeit. Die Söldner, die von den Tröpfchen getroffen wurden, begannen vor Schmerz zu schreien, schlugen die Hände vors Gesicht und taumelten blindlings umher. Aber nicht nur ihre Gesichter waren betroffen. Wo immer ihre Körper nicht durch Metall geschützt waren, färbte sich ihre Haut rot und begann, Blasen zu werfen, die gleich darauf aufplatzten.

Säure!, erkannte Adamurt schaudernd. Statt Blut floss hochprozentige Säure im Leib der Ghoule!

Auch Silvan hatte die Gefahr erkannt.

»Verstümmelt sie nicht, sondern ersticht sie!«, brüllte er, doch seine Stimme kam kaum gegen die Schreie an. Auch von der anderen Seite klangen nun welche auf.

Als Adamurt den Kopf wandte, sah er, dass auch von dort die Ghoule heranstürmten, aber es waren deutlich mehr als nur die fünf, die er zuvor gezählt hatte. Weitere schienen geradewegs aus dem Boden zu wachsen, und das war keine Einbildung, wie er gleich darauf erkannte. Die Ghoule wühlten sich tatsächlich aus dem Boden heraus. Binnen weniger Sekunden war ihre Zahl auf mehr als zwanzig angewachsen.

Zusammen mit zwei Heilern kümmerte Olimarch sich um die Verwundeten, doch für mehrere der Söldner, die in der ersten Reihe gestanden hatten und mehr als nur ein paar Spritzer von der Säure abbekommen hatten, kam jede Hilfe zu spät. Sie waren bereits tot.

Mit einem Fluch griff Adamurt nach seinem Bogen, den er auf dem Rücken trug, zog einen Pfeil aus dem Köcher und schoss ihn ab. Er traf einen der Ghoule in die Brust, der zu Boden stürzte und leblos liegen blieb.

»Verdammt, warum hast du nicht wenigstens ein paar Bogenschützen mitgenommen?«, blaffte er Silvan an. Außer ihm war nur noch Linton mit Pfeil und Bogen bewaffnet. Auch er hatte bereits begonnen, auf die Ungeheuer zu schießen.

Adamurt bekam keine Antwort, kannte sie auch so. Söldner wurden zumeist angeheuert, um als Erste in eine Schlacht geschickt zu werden und die gegnerische Formation aufzubrechen. Dafür wurden Nahkämpfer gebraucht, die vor allem mit Schwert oder Axt umzugehen verstanden. Gute Bogenschützen hingegen waren nicht so leicht zu ersetzen. Deshalb wurden sie meist in die regulären Truppen aufgenommen und bezogen auch in Friedenszeiten ihren Sold, sodass es für sie keinen Grund gab, ihre Herren zu wechseln – ganz abgesehen davon, dass dies für sie nur durch Desertation möglich wäre.

Obwohl sie eigentlich Aasfresser waren, fielen die Ghoule, anders als erhofft, nicht über ihre toten Artgenossen her, sondern beachteten diese gar nicht. Genau wie Linton schoss Adamurt Pfeil auf Pfeil ab, aber beinahe schneller, als sie sie töten konnten, stürmten von allen Seiten neue Ghoule heran. Zwar gelang es ihnen nicht, die Reihen der Söldner zu durchbrechen, doch ihre Zähne, Klauen und vor allem ihre Säure forderten immer wieder Opfer.

Besorgt stellte Adamurt fest, dass seine Pfeile allmählich zur Neige gingen. Immerhin hatte er zugleich den Eindruck, dass der Ansturm der Leichenschänder allmählich nachließ. Nur noch wenige kamen neu aus der Erde hervorgekrochen; es mochte jedoch sein, dass noch mehr dort lauerten und lediglich durch die eigenen hohen Verluste abgeschreckt wurden. Vielleicht aber lebten auch nicht mehr Ghoule in dieser Gegend. Schließlich hing alles davon ab, wie viel Beute sie hier für gewöhnlich machen konnten.

Ein Warnruf Mythas riss ihn aus seinen Gedanken. Dicht neben seinem Pferd war die Erde aufgebrochen und der hässliche Schädel eines Ghouls schob sich ins Freie. Für einen kurzen Moment war Adamurt wie gelähmt. Er würde es nicht mehr schaffen, den Bogen herumzureißen, einen neuen Pfeil auf die Sehne zu legen und ihn abzuschießen. Auch würde die Zeit nicht reichen, den Bogen fallen zu lassen und stattdessen sein Schwert zu ziehen. Er hatte gesehen, wie blitzschnell die Unholde aus der Erde hervorkamen. Schon setzte das Monstrum zum Sprung an, und es starrte auf ihn, nicht auf das Pferd.

Im gleichen Moment, in dem es sich abstieß, ertönte ein scharfer Knall. Etwas Dünnes, Schwarzes wickelte sich um die Kehle des Ungeheuers und riss es im Sprung zurück. Verblüfft erkannte Adamurt, dass es sich um eine Peitschenschnur handelte.

Alles hatte kaum länger als eine Sekunde gedauert. In wilder Panik wieherte sein Pferd und bäumte sich auf. Um ein Haar wäre Adamurt aus dem Sattel geschleudert worden. Mit knapper Not gelang es ihm, sich festzukrallen, nachdem er den Bogen losgelassen hatte.

»Mach endlich!«, brüllte Mytha. »Ich kann ihn nicht mehr lange halten!«

Sie musste den Peitschengriff mit beiden Händen umklammern, damit er ihr nicht entrissen wurde. Der Ghoul tobte und wand sich auf der Erde, aber noch immer drohte Adamurts Pferd durchzugehen, sodass er sich weiterhin festklammern und es zu bändigen versuchen musste.

Etwas Silbernes sauste durch die Luft und durchbohrte zielsicher den Hals des Unholds. Der Ghoul zuckte noch ein paarmal und lag dann still.

Adamurt atmete auf und auch sein Pferd beruhigte sich wieder. Er nickte Mytha zu, die ihre Peitsche in aller Ruhe zusammenrollte und wieder an ihrem Gürtel befestigte.

»Das war Rettung im letzt'n Moment«, stieß er hervor. »Du kannst verdammt gut mit dem Ding umgeh'n.«

Auch die Diebin deutete ein Nicken an.

»Bin wohl doch zu irgendwas gut«, sagte sie.

Der Kampf war vorüber, die letzten Ghoule getötet worden. Linton stieg von seinem Pferd, vergewisserte sich, dass der Aasfresser wirklich tot war, und zog dann das Messer aus seinem

Hals, wobei er aufpasste, dass er nicht mit der aus der Wunde sprudelnden Säure in Berührung kam.

»Auch dir mein'n Dank«, sagte Adamurt.

»Ich habe nur meine Aufgabe erfüllt«, erklärte der Söldner und blickte sich um. »Wir müssen die Pfeile zurückholen. Sieht nicht so aus, als ob es hier irgendwas gäbe, woraus wir neue machen können. Ich werde das übernehmen.«

»Nein, das wirst du nicht!«, befahl Silvan. »Wir wissen nicht, ob da draußen nicht doch noch irgendwelche von den Kreaturen lauern.«

»Aber wir brauchen Pfeile. Der Angriff gerade hat gezeigt, wie wichtig Waffen sind, mit denen wir auf Distanz ...«

»Die Pfeile bleiben, wo sie sind«, fiel Silvan ihm ins Wort. »Das Risiko ist zu groß, und ich glaube ohnehin nicht, dass sie noch brauchbar sind. Wo sie in den Leib der Bestien eingedrungen sind, hat die Säure zweifellos das Holz der Schäfte zerfressen.«

Adamurt verzichtete ungern auf seine Pfeile, aber diesem Argument hatte er nichts entgegenzusetzen. Auch Linton zuckte nach kurzem Zögern mit den Schultern und gab seinen Plan offenbar auf.

»Was soll mit den Toten geschehen, Herr?«, wandte sich einer der Söldner an Silvan.

»Lasst sie liegen. Wir können uns weder mit ihnen belasten noch haben wir Zeit, Gräber für sie auszuheben. Ganz davon abgesehen, dass diese auch keinen Schutz vor weiteren Ghoulen bieten würden. Es wäre also sinnlos.«

Der Söldner schluckte, dann eilte er davon, um den Befehl weiterzuleiten. Wie sich herausstellte, hatten insgesamt elf Krieger den Kampf nicht überlebt. Darüber hinaus hatten zahlreiche Männer leichte Verletzungen, vor allem durch Säurespritzer, erlitten, aber abgesehen von dem armen Kerl, dem gleich zu Beginn der Arm abgebissen worden war, gab es glücklicherweise keine Schwerverletzten. Er lag ohnmächtig neben einem der Wagen auf dem Boden. Die Heiler hatten die Blutung zum

Stillstand gebracht und den Rumpf verbunden, aber es stand außer Frage, dass er Wochen brauchen würde, um sich zu erholen, und dass er nie wieder einen Kampf würde bestreiten können.

Silvan ging zu ihm hinüber, ging neben dem Bewusstlosen in die Hocke und griff nach seiner verbliebenen Hand.

»Tut mir leid, mein Junge, aber so bist du für uns nicht mehr von Nutzen. Wer in diesen Landen nicht kämpfen kann, der ist verloren und wird einen vielleicht langsamen und qualvollen Tod sterben. Betrachte es als eine Gnade.«

Während er noch immer seine Hand festhielt, zog er mit der anderen einen Dolch und schnitt ihm die Kehle durch.

4

Obwohl die Söldner nach dem bisherigen Marsch und vor allem dem Kampf gegen die Ghoule erschöpft waren, gönnte Silvan ihnen keine Pause, sondern ließ sie im Gegenteil zu noch höherem Tempo antreiben. Dennoch brauchten sie noch mehr als eine Stunde, bis sie endlich die ersten Ausläufer des Hügellandes erreichten. Ein Dutzend Tote, die sie unbestattet hinter sich zurückgelassen hatten und deren Leichen vermutlich ein Fressen für die Ghoule würde, hatte der Marsch durch die Ebene gefordert, und die Nacht war noch nicht einmal vorbei.

Zwölf Tote in der ersten Nacht, dazu noch die Opfer, die sie bereits während der Überfahrt zu beklagen gehabt hatten, dachte Mytha bitter. Silvan hatte erklärt, sie würden etwa zwei bis drei Wochen brauchen, um ihr Ziel zu erreichen. Wenn sich die Zahl der Verluste so fortsetzte wie bisher – und sie zweifelte nicht daran, dass die Gefahren wachsen würden, je weiter sie ins Landesinnere vordrangen – würde auch der letzte Söldner sterben, ehe sie den Tempel überhaupt erreichten. Selbst wenn sie und die anderen Gesetzlosen es bis dorthin schafften und in ihn einzudringen vermochten, würden sie während des Rückwegs ohne Eskorte auf sich allein gestellt sein.

Sie verabscheute sich dafür, dass sie den Verlust an Menschenleben, und was dieser für sie bedeutete, so kalt berechnete, aber bei einem Unternehmen wie diesem war sich jeder selbst der Nächste. Ausgenommen davon waren lediglich Silvan und ihre Begleiter, mit denen sie eine Schicksalsgemeinschaft bildete. Wenn einer von ihnen starb, bevor sie am Ziel anlangten, wäre ihr Vorhaben der Prophezeiung zufolge zum Scheitern verurteilt, und sie könnten ebenso gut umkehren.

Vielleicht nicht einmal das Schlechteste, dachte sie.

Die Söldner hingegen ... Ihr Leben war Silvan gleichgültig. Er würde sie allesamt, ohne auch nur mit der Wimper zu zucken, opfern, wenn er sich davon einen größeren Nutzen als von ihrem Schutz verspräche. Das war ihr schon vorher klar gewesen, doch die Kaltblütigkeit, mit der er den Verletzten ermordet hatte, hatte ihr dies mit grausamer Deutlichkeit vor Augen geführt.

Sosehr es Mytha auch widerstrebte, die Söldner nicht als Menschen, sondern nur als Waffen aus Fleisch und Blut zu betrachten, musste sie doch genau das lernen. Anders als Adamurt hatte sie sich deshalb schon auf dem Schiff so gut wie gar nicht mit ihnen abgegeben, hatte sie nicht als Individuen mit einer eigenen Geschichte und mit Hoffnungen und Träumen kennenlernen wollen. Umso näher würde ihr nun ihr Tod gehen, während dem Mörder ein Leben ohnehin nichts bedeutete, ob er das Opfer nun kannte oder nicht.

Fast bedauerte Mytha es schon, ihn vor dem Ghoul gerettet zu haben, der es geschafft hatte, sich bis in Innere der Verteidigungsstellung vorzugraben. Wäre Adamurt gestorben, hätte der ganze Spuk ein rasches Ende gefunden. Silvan hätte aufgeben müssen und sie hätten rasch und vielleicht ohne weitere Verluste zu den Schiffen zurückkehren können.

Aber so hatte Mytha nicht gedacht und so wollte sie auch jetzt nicht denken. Sie verabscheute den Mörder und möglicherweise würde sie noch vor Ende dieser Expedition einen Kampf auf Leben und Tod gegen ihn bestreiten müssen. Aber im Moment waren sie Verbündete, und sie hatte ihm geholfen, ohne zu überlegen oder einen Moment zu zögern, wie sie es bei jedem anderen auch getan hätte. Der Grund dafür war nicht, dass sie besonders mitfühlend oder hilfsbereit oder allgemein ein sonderlich großer Menschenfreund wäre. In Meridor hätte – und *hatte* oft genug – sie sich vermutlich anders verhalten, würde sich aus allem heraushalten, was sie nicht unmittelbar betraf, auch wenn ein anderer in Not war. Hier aber mussten sie sich aufeinander verlassen können, wenn sie überhaupt eine Chance haben wollten.

Die niedrigsten Hügel vor ihnen waren kaum mehr als kleine Erderhebungen, nicht mehr als ein bis zwei Meter hoch, doch dahinter schlossen sich beständig größere Hügel an. Manche erreichten Höhen bis zu hundert Meter und mehr. Teils waren ihre Hänge sanft geschwungen, teils gab es aber auch schroffe und felsige Steilhänge, die über Dutzende Meter nahezu senkrecht in die Höhe ragten. Manchmal hatte Mytha das Gefühl, durch ein tiefes Tal zu reiten, während sie zwischen den Hügeln dahinzogen.

Erst nach gut einer Meile ließ Silvan die Kolonne anhalten. Er deutete auf einen besonders hohen Hügel, auf dessen Kuppe die Ruine eines einst sicherlich großen und prachtvollen Bauwerks stand, vermutlich eines Schlosses oder einer Burg.

»Dort werden wir unser Lager aufschlagen. Die steilen Hänge und die alten Mauern werden uns Schutz vor eventuellen Angriffen bieten. Lasst uns nur hoffen, dass nicht schon andere Kreaturen dort hausen.«

Der Platz war gut gewählt, und Mytha bezweifelte, dass sie einen besseren finden würden, selbst wenn sie noch lange suchten. In zwei Richtungen fielen die Wände von der Kuppe aus über viele Meter lotrecht ab, auch im Süden wurde der Aufstieg durch zumindest ein Stückchen Steilhang vereitelt. Lediglich auf der Westseite stieg das Gelände vergleichsweise sanft an. Dahinter bildeten überall verstreut liegende Felsbrocken natürlich Hindernisse, zwischen denen sich in zahlreichen Kehren und Windungen ein Pfad in die Höhe schlängelte. Auf ihm konnten auch die Wagen die Ruine erreichen, doch würde er im Notfall selbst gegen eine Übermacht heranstürmender Feinde leicht zu verteidigen sein.

Silvan schickte einige Späher voraus, die die Ruine auskundschaften sollten. Schon nach kurzer Zeit kehrten sie zurück und berichteten, dass sie nichts Auffälliges hatten entdecken können.

Mytha runzelte die Stirn. Sie traute dem Frieden nicht; für ihren Geschmack waren die Späher zu schnell zurückgekehrt, als dass sie ein Bauwerk dieser Größe gründlich hätten durchsuchen können.

Erst als sie wenig später selbst die Kuppe des Hügels erreichte, legte sich ihr Misstrauen. Einst mochte es sich bei dem Bauwerk tatsächlich um eine mächtige Festung gehandelt haben. Jetzt war kaum noch etwas davon übrig. Nur ein Teil der mächtigen Außenmauern stand noch, doch selbst darin klafften an vielen Stellen Lücken, und sie waren nicht mehr als eine leere Hülle. Im Inneren war wahrscheinlich alles in sich zusammengebrochen oder geschleift worden, nur vereinzelte kleine Mäuerchen standen noch. Viele der Steine waren geschwärzt. Vermutlich hatte hier einst ein gewaltiger Brand getobt und das Gebäude in Schutt und Asche gelegt.

Zwischen den herumliegenden Trümmerstücken und den niedrigen Mäuerchen war mehr als genug Platz für sie alle. Es gab sogar eine Quelle, deren Wasser aus dem Boden sprudelte und durch eine gemauerte Rinne floss, ehe es sich über eine der Steinwände ergoss und als kleiner Wasserfall in die Tiefe stürzte.

Erschöpft ließen sich die Söldner nieder, wo gerade Platz war, aber auch Mytha und die anderen stiegen aufatmend aus dem Sattel und vertraten sich die Beine. Niemand achtete auf die Pferde, und bevor Silvan die Gefahr bemerkte und eine Warnung rufen konnte, waren drei von ihnen bereits zu der Quelle geeilt und tranken aus der Rinne.

»Ihr Narren!«, tobte der Mann von der Bäreninsel. »Habe ich euch nicht gewarnt, dass das meiste Wasser in diesem Land nicht trinkbar ist, ihr verdammten Dummköpfe?«

»Aber es ist frisch und kommt direkt aus der Erde«, widersprach Linton, während einige Söldner die drei Pferde wegzerrten und genau wie die anderen an Mauervorsprüngen festbanden.

»Das bietet keine Sicherheit, dass das Wasser nicht trotzdem verseucht ist«, ereiferte sich Silvan weiter. »Dieses ganze Land ist verseucht vom Odem des Bösen, falls ihr es noch nicht gemerkt habt! Selbst auf einer unscheinbaren Quelle wie dieser mag ein Fluch liegen. Die Pferde gehören zu unseren wichtigsten Gütern. Wenn sie durch eure Nachlässigkeit sterben …«

Wütend trat er gegen einen Stein und wandte sich dann kopfschüttelnd und mit geballten Fäusten ab.

Während sie aus ihren Wasserschläuchen tranken und von ihren mitgebrachten Vorräten aßen, warfen sie immer wieder besorgte Blicke zu den Tieren hinüber. Immerhin zeigte bislang keines von ihnen irgendwelche Auffälligkeiten.

Nariz und Olimarch traten auf die Quelle zu und begannen sie zu untersuchen, wenngleich auf völlig unterschiedliche Art. Olimarch füllte etwas von dem Wasser in kleine Gläschen ab und mischte es mit verschiedenen Tinkturen, wohingegen die Magierin ihre Hände über die Quelle breitete und unverständliche Beschwörungen zu murmeln begann.

»Nichts«, verkündete Olimarch schließlich. »Wenn das Wasser verseucht ist, dann durch kein mir bekanntes Gift oder eines, das ihm auch nur entfernt ähnelt. Und ich behaupte von mir, zumindest in der bekannten Welt jedes Gift zu kennen.«

»Wir sind hier aber nicht in der bekannten Welt«, stieß Silvan hervor, doch seine Stimme klang schon nicht mehr ganz so zornig. Fragend blickte er Nariz an.

»Nichts«, bestätigte auch die Magierin. »Ich kann keinerlei Fluch oder sonstige Magie entdecken, die das Wasser beflecken. Wir sollten dem natürlichen Instinkt der Tiere vertrauen, der sie davon trinken ließ.«

Mytha hielt vor Schrecken einen Moment lang den Atem an, als Nariz ihre Hände in das Wasser tauchte, etwas davon schöpfte und mehrere Schlucke zu sich nahm.

»Sehr kühl und erfrischend«, verkündete sie. »Besser als die abgestandene Plörre, die wir mit uns führen.«

Silvan sog scharf die Luft ein und ballte erneut die Fäuste, verzichtete aber darauf, sie zurechtzuweisen. Stattdessen stoppte er mit einem lauten Ruf einige Söldner, die sich erhoben und den Worten der Magierin folgend offenbar ebenfalls aus der Quelle trinken wollten.

»Bleibt zurück, ich befehle es! Hat denn Torheit euch alle überkommen? Offenbar hält die Hexe ihre flüchtige Prüfung für so unfehlbar, dass sie närrischerweise bereit ist, ihr Leben darauf zu verwetten. Mein Misstrauen aber schlummert tief, und ich will nicht meine Armee verlieren, nur weil ihr das Wasser in den Schläuchen und Fässern nicht gut genug mundet. Und jetzt schlagt das Lager auf, damit ihr auf andere Gedanken kommt!«

Seine Worte ergaben Sinn und doch auch wieder nicht. Trotz des Urteils von Olimarch und Nariz erschien es auch Mytha im Moment noch zu riskant, aus der Quelle zu trinken. Insofern hielt sie sein Misstrauen für angemessen. Anderseits aber hatte die Magierin bereits davon getrunken. Sollte das Wasser also auf eine Art verdorben sein, die ihr und auch Olimarch unbekannt war, brauchte Silvan sich über den Fortgang der Expedition keine Gedanken mehr zu machen. Das Verhalten der Magierin erschien Mytha völlig verantwortungslos. Sie war zusammen mit einigen der berüchtigtsten und grausamsten Verbrecher in der wohl gefährlichsten Region der Welt unterwegs, doch manchmal hatte sie fast das Gefühl, es mit unreifen Kindern zu tun zu haben. So ähnlich dürfte es auch Silvan empfinden.

Ohne sonderliches Interesse sah sie zu, wie die Söldner die Zelte von den Wagen abluden und aufbauten. Sie mussten sich zu zehnt eines der großen Zelte teilen, während Silvan genau wie sie und die anderen Gesetzlosen jeder ein eigenes kleines Zelt bekamen.

Der Mond versank nun rasch hinter einer fernen Gebirgskette, und die Sterne allein spendeten kaum Licht. Es wurde so dunkel im Lager, dass man nur noch undeutliche Gestalten sehen konnte. Dennoch verbot Silvan, auch nur eine Fackel anzuzünden.

»Jedes Licht hier oben wäre von weither sichtbar«, erklärte er. »Wir würden nicht nur auf uns aufmerksam machen, sondern auch unübersehbar unsere genaue Position signalisieren. Ich wüsste keine verhängnisvollere Methode, um Feinde anzulocken. Nein, wir müssen abwarten. Es wird nicht lange so dunkel bleiben. Bald bricht ein neuer Tag an.«

Tatsächlich zeigte sich schon bald ein erster schwacher Grauschimmer am Himmel und ließ die Sterne verblassen. Gleich darauf begannen zahlreiche ferne Berggipfel in düsterem Rot aufzuleuchten, dass es aussah, als wären sie in Feuer getaucht. Aber es waren nicht die Morgendämmerung und das Licht der aufgehenden Sonne, wie Mytha für einen kurzen Moment hoffte, sondern ganz im Gegenteil die wieder aktiv werdenden Vulkane, die erneut gewaltige Rauchwolken ausspien, die sich ausbreiteten, erneut den Himmel zu verhüllen begannen und eine Decke aus Rauch über das Land breiteten, um das Tageslicht fernzuhalten. Einige der Vulkane spien Feuer und Lava aus, die in orangeroten Bächen an den Flanken der Berge herabrann. Es war ein unheimlicher, zugleich aber auch beeindruckender Anblick, weithin über die Landschaft verteilt die zahllosen Lichtpunkte rötlich glosen zu sehen.

Wie eine gigantische, dunkle Flutwelle, in der es wallte und brodelte und die sich dabei immer mehr auftürmte, kroch der Rauch im Wettlauf mit dem Tagesanbruch über den Himmel, war bald auch über ihnen und breitete sich weiter in Richtung Küste aus. Schaudernd fragte sich Mytha, welch eine Macht in der Lage war, den Bergen zu gebieten und Vulkane erwachen oder einschlafen zu lassen, wie ein Mensch eine Kerzenflamme entzündete oder ausblies.

Jenseits des Rauchs mochte ein klarer Himmel sein, an dem strahlend hell die Sonne aufging, doch hier unten war nichts davon zu bemerken. Immerhin sickerte selbst durch den dichten

Dunst etwas Licht, sodass es nicht mehr völlig finster war. Das war allerdings nur ein schwacher Trost.

Wie an jedem Tag seit dem Fall des ersten großen Reiches der Menschen blieben die Verheerten Lande in immerwährendes Dämmerlicht getaucht.

5

Im Lager herrschte eine gedrückte Stimmung. Nur wenige der Söldner sprachen leise miteinander, ansonsten herrschte tiefes Schweigen, ein Schweigen, das fast spürbar war, als hätte sich ein erstickender Schleier über sie gebreitet. Die meisten saßen lediglich stumm da und starrten ins Leere, begannen zu begreifen, dass dies für viele von ihnen, vielleicht sogar für alle, eine Reise ohne Wiederkehr werden würde. Einige schärften ihre Schwerter, aber nach und nach verkrochen sich, mit Ausnahme der für die ersten Stunden eingeteilten Wachen, immer mehr von ihnen niedergeschlagen und erschöpft von dem langen Marsch und dem Kampf in ihre Zelte, um den Schrecknissen der Wirklichkeit wenigstens im Schlaf für ein paar Stunden zu entfliehen.

Auch Olimarch, Adamurt und Linton hatten sich bereits zurückgezogen. Zu ihrer Überraschung sah Mytha, dass Nariz D'huzhoryn mehrere Minuten lang mit einem der Söldner sprach, ehe schließlich auch sie ihr Zelt aufsuchte.

Silvan kam zu ihr herübergeschlendert und setzte sich ungefragt neben sie. Eigentlich hatte sie keine Lust, sich zu unterhalten, wollte ihn aber auch nicht wegschicken.

»Den ersten Abschnitt unseres Weges haben wir geschafft«, sagte er.

»Ja, aber die Verheerten Lande haben uns ein blutiges Willkommen bereitet. Wir haben höhere Verluste erlitten, als wir sie uns leisten können. Wenn es so weitergeht, wird dein Vorrat an Söldnern aufgebraucht sein, lange ehe wir unser Ziel erreichen«, erwiderte sie, bewusst den zynischen Tonfall imitierend, in den er so gerne verfiel.

»Das macht nichts, das habe ich einkalkuliert. Wenn wir weiter ins Landesinnere vordringen, werden wir voraussichtlich auf immer schrecklichere Kreaturen treffen. Gegen sie wird uns militärische Stärke nicht mehr viel nützen. Dann können wir nur noch auf Schnelligkeit vertrauen und darauf, möglichst unbemerkt zu bleiben.«

Mytha scharrte mit einem Stiefelabsatz in der ausgedörrten Erde.

»Es wird eine Rebellion geben, wenn die Männer weiterhin wie die Fliegen sterben.«

»Das wird es nicht«, behauptete Silvan. »Die Krieger wissen, dass die Schiffe nur auf mein Geheiß und ein bestimmtes Zeichen hin zur Küste kommen werden, um uns abzuholen. Und sie kennen mich gut genug, dass ich dieses niemals verraten würde, selbst wenn sie mich foltern. Deshalb wäre ein Aufstand sinnlos. Sie wären hier gestrandet, und das ist das Letzte, was sie wollen, denn sie wissen, dass es ihren sicheren Tod bedeuten würde, während es zumindest für einige von ihnen Hoffnung gibt, solange sie treu zu mir stehen.«

Mytha erkannte die verhüllte Drohung in seinen Worten. »Das bedeutet, auch wir wären verloren, wenn dir etwas zustieße.«

Silvan zögerte kurz mit der Antwort. »Nicht unbedingt. Sollte ich sterben, es euch aber gelingen, das Artefakt auch ohne mich in euren Besitz zu bringen, wird der Kapitän der *Seeadler* euch dennoch an Bord nehmen und nach Meridor zurückbringen, wenn ihr es ihm aushändigt.«

Mytha beschloss, nicht näher darauf einzugehen.

»Dieser Platz ist für eine Rast gut gewählt«, stellte sie fest. »So gut, dass es mir schwerfällt, an einen Zufall zu glauben. Du hast uns bewusst hierhergeführt. Mir scheint, du weißt mehr über die Verheerten Lande, als anzunehmen wäre.«

»Als anzunehmen wäre? Nein. Was wäre ich für ein Anführer, wenn ich mich nicht auf diese Reise vorbereitet hätte? Ich habe Wochen damit zugebracht, so viel wie möglich an Wissen, das über Trakan noch existiert, zusammenzutragen. Alte Karten und Beschreibungen des Landes vor der Verheerung, sowie Aufzeichnungen und Protokolle von Teilnehmern der missglückten Invasion. Diese sind niemals für die Öffentlichkeit freigegeben worden, sondern verschimmeln in uralten, geheimen Archiven. Wie ich schon sagte, ist mein Auftraggeber ein sehr reicher und einflussreicher Mann. So wusste ich, dass hier einst eine mächtige Festung stand. Dass zumindest einige Überreste von ihr noch vorhanden sein würden, konnte ich nur hoffen, aber wie man sieht, war es eine berechtigte Hoffnung.«

»Du hättest uns die Karten vor unserem Aufbruch oder spätestens während der Schiffsreise zeigen sollen.«

Silvan zuckte mit den Schultern.

»Keiner von euch hat bislang eine entsprechende Frage gestellt oder irgendwelches entsprechende Interesse über die Details der Expedition erkennen lassen«, behauptete er. »Wenn du die Karten sehen willst, zeige ich sie dir gerne. Aber versprich dir nicht allzu viel davon. Sie sind viele Hundert Jahre alt und sehr ungenau, außerdem hat sich die Landschaft seither in vielfacher Hinsicht verändert. Salinos der Jüngere, der an der ersten Expedition teilgenommen hat, hat berichtet, dass Flüsse versickert sind, riesige Wälder verbrannt oder vertrocknet, und sogar ganze Gebirge durch die vulkanische Aktivität ihre Form verändert haben.«

»Es würde nicht nur mir, sondern, wie ich glaube, auch den Kriegern die Strapazen erleichtern, wenn sie wüssten, wo ungefähr unser Ziel liegt und welche Etappenziele sie auf dem Weg bewältigen müssen.«

Silvans Gesicht wurde hart.

»Sie sind Söldner und haben ihren Befehlen zu gehorchen, nichts weiter. Und meine Aufgabe ist es, dafür zu sorgen, dass sie es tun.«

»Trotzdem«, murmelte Mytha. »Ich bin nicht von ihrer Treue und Standhaftigkeit überzeugt, wenn sie zu der Überzeugung kommen, dass unser Weg ins Verderben führt. Nicht einmal, wenn es für sie zur Folge hätte, dass sie hier festsäßen. Verzweiflung treibt Menschen manchmal zu verzweifelten Taten und fegt alle klaren Überlegungen hinweg. Keiner von ihnen hätte sich dir angeschlossen, wenn sie gewusst hätten, was sie erwartet. Und das gilt auch für mich.«

»Aber du wusstest, wohin unsere Reise geht, und hast dich aus freien Stücken dafür entschieden.«

»Vielleicht«, murmelte sie. »Obwohl ich keine solche Trostlosigkeit und Öde erwartet habe. Dass hier Gefahren auf uns lauern und wir auf Feinde treffen würden, das stand außer Frage. Aber dieses Land selbst ist so … so lebensfeindlich. Sicher, die Ghoule waren widerliche Ungeheuer, aber eben nicht mehr als wilde Bestien. Viel schlimmer ist das Böse selbst. Es ist unsichtbar und ungreifbar, trotzdem scheint es hier alles zu durchdringen. Es kriecht einem unter die Haut und raubt einem Willen, Kraft und Hoffnung, lässt nur Verzweiflung zurück. Hoffnungslosigkeit eben. Verstehst du, was ich meine?«

Silvan nickte bedächtig.

»Ich empfinde es ebenso. Und ich denke, dass deshalb genau ihr fünf der Weissagung zufolge für diese Mission ausgewählt wurdet. Nicht nur wegen eurer unbestreitbaren, einzigartigen Fähigkeiten, sondern weil ihr dem Bösen nähersteht als die meisten anderen Menschen.«

»Das mag für Adamurt, Nariz und Olimarch gelten, in gewissem Sinne vielleicht auch für Linton, aber nicht für mich«, widersprach Mytha heftig.

»In gewissem Sinne?« Silvan schmunzelte. »Damit lässt sich alles relativieren. Aber es ändert nichts daran, dass du ebenso außerhalb des Gesetzes stehst wie die anderen, abgesehen von Linton, und dass auf dich ein fast ebenso hohes Kopfgeld ausgesetzt ist wie auf Adamurt und Olimarch.«

»Dennoch bin ich anders als sie! Ich töte nicht zum Vergnügen oder aus Forschungszwecken oder weil man mir Geld dafür bezahlt. Mir bedeutet ein Menschenleben etwas. Ich stehle von denen, die ohnehin im Überfluss haben, das bestreite ich nicht, aber ist das verwerflicher oder bin ich deshalb böser als jemand, der zahllose Leben auf dem Gewissen hat?«

»Manch einer, dem sein Reichtum mehr bedeutet als alles andere, dürfte das zweifellos so sehen. Aber das ist eine moralische Frage, und ich bin kaum der Richtige, um darüber zu urteilen. In gewisser Hinsicht hast du tatsächlich recht. Du *bist* anders als die anderen. Was ich über das Böse gesagt habe, gilt für dich nur sehr eingeschränkt, denn offenbar hast du dir wirklich eine Moral bewahrt, auch wenn sie eigenwillig ist und nicht von vielen geteilt werden dürfte. Aber du lebst ebenfalls außerhalb der bestehenden Ordnung. Die meisten Menschen brauchen strenge Regeln und Gesetze, und sie halten sich mehr oder weniger für gut, solange sie sich daran halten. Du hingegen bist eine Außenseiterin, vielleicht noch mehr als die anderen, weil du zwischen Gut und Böse stehst, weil du keiner Seite zugehörst. Adamurt und Nariz leben ungehemmt ihre dunkle Seite aus, sie stehen dieser Welt hier im Grunde näher als der, aus der sie kommen. Olimarch schert sich einen Scheißdreck um moralische Wertungen und Linton kennt nur Gehorsam. Deshalb sind sie abgestumpfter gegenüber dem Bösen hier als normale Menschen, es setzt ihnen weniger zu. Deshalb dürfte es kaum jemanden geben, der für eine Aufgabe wie diese besser geeignet wäre. Das wollte ich damit sagen.«

Das war eine lange Rede gewesen, und Mytha dachte über seine Worte nach, als er geendet hatte. Sie enthielten viel Wahres, und sie hätte ihm so viel Tiefgründigkeit gar nicht zugetraut. Für einen Moment wurde Silvan ihr fast sympathisch.

Einige Minuten lang saßen sie schweigend nebeneinander.

»Vielleicht ist das deine wahre Prüfung«, ergriff er dann erneut das Wort. »Vielleicht musst du dich deiner dunklen Seite mehr öffnen als bisher, um in dieser Welt der Finsternis zu bestehen.« Er stand auf. »So, ich lege mich schlafen. Genießen wir ein paar Stunden der Ruhe. Was uns danach erwartet, dürfte kaum angenehmer werden als das, was hinter uns liegt.«

»Warte noch einen Augenblick«, bat Mytha. »Schon seit unserem Aufbruch geht mir etwas im Kopf herum. Nariz hat erwähnt, dass die Trakani so etwas wie magische Tore geschaffen haben. Falls sie noch existieren, könnten wir sie nicht nutzen, um schneller und ungefährdeter an unser Ziel zu kommen?«

»Selbst wenn ich wüsste, wo sie liegen, glaube ich kaum, dass dieser Weg ungefährlicher wäre. Ein solches Tor zu kontrollieren, dürfte selbst Nariz' Wissen und Können weit übersteigen. Wir könnten sonst wo rauskommen, vielleicht würde uns ein magisches Tor sogar geradewegs in die Schattensphären schleudern, denn laut der Magierin wurden die Tore ja zuletzt genutzt, um Wege dorthin zu öffnen, und die Dämonen haben die Macht über sie gewonnen.« Er schüttelte den Kopf. »Nein, lieber würde ich allein gegen eine Million Ungeheuer kämpfen, als mich einem solchen Tor anzuvertrauen. Aber da niemand weiß, wo sie liegen, stellt sich diese Frage gar nicht erst.«

Mytha blickte ihm nach, als er zu seinem Zelt ging. Sie wusste, es wäre nur vernünftig, wenn sie sich ebenfalls hinlegte. Da sie geritten war, war sie längst nicht so erschöpft wie die Söldner, aber auch sie spürte die Strapazen. Vor allem geistig fühlte sie sich ausgelaugt. Die ständigen neuen Eindrücke und die in jeder Sekunde gegenwärtige Gefahr hatten ihren Verstand ununterbrochen auf Trab gehalten und verhindert, dass er auch nur einen Moment zur Ruhe kam.

Dennoch verspürte sie einen regelrechten Widerwillen, ihr Zelt aufzusuchen. Einerseits war sie noch viel zu aufgekratzt, um schlafen zu können, anderseits begann die Luft wie schon am Vortag wieder drückend zu werden und roch nach Rauch. Im Inneren des Zeltes würde es schon bald noch wärmer und die Luft noch schlechter sein.

Außerdem traute Mytha dem Frieden nicht so recht. Hier draußen konnte sie alles beobachten, was vorging, und jede eventuelle Gefahr frühzeitig erkennen. In ihrem Zelt hingegen hätte sie sich eingesperrt und von allem abgeschnitten gefühlt. Sie hätte Kontrolle abgeben müssen und wäre vollständig auf andere angewiesen gewesen. Das war etwas, was sie nicht gewöhnt war und wogegen sie sich Zeit ihres Lebens gesträubt hatte. Stets hatte sie sich allein auf sich selbst verlassen.

Überhaupt war sie es nicht gewöhnt, von so vielen Menschen umgeben zu sein. Dazu kam das Land, die offene Landschaft im Gegensatz zu der Enge einer übervölkerten Stadt, die Menschen, mit denen sie unterwegs war, die bloße Tatsache, dass sie nur umgeben von ein paar Stoffbahnen statt massiver Mauern diesen Widrigkeiten ausgesetzt sein würde – alles war fremd und ungewohnt.

Sie sehnte sich zurück nach Meridor, wo sie allein die Regeln bestimmte, nach denen sie lebte. Wo sie in einem bequemen Bett, umgeben von unvorstellbaren Reichtümern und geschützt durch massive Mauern und dicke Türen aus Stahl in einem ihrer Verstecke in der Unterwelt übernachten konnte. Wo sie tage- oder gar wochenlang keinem anderen Menschen zu begegnen brauchte, wenn sie es nicht wünschte, und fast vergessen konnte, dass es überhaupt noch andere Menschen auf der Welt gab.

Silvan war der Wahrheit nahegekommen, als er gesagt hatte, dass sie sich vermutlich ihrer dunklen Seite mehr öffnen müsste, um in den Verheerten Landen zu überleben. Möglicherweise mochte dies stimmen, aber so weit war es noch nicht. Zunächst stand ihr eine ganz andere Prüfung bevor, wie sie in diesem Moment mit völliger Klarheit erkannte: Sie musste lernen, sich normalem menschlichem Verhalten anzupassen, sich dem Schutz anderer anzuvertrauen und – was ihr bislang stets unvorstellbar erschienen war – sich als Teil einer Gemeinschaft zu begreifen.

Welche dieser Prüfungen die größere Herausforderung sein würde oder welche sie schon beim bloßen Gedanken daran mit mehr Unsicherheit und Furcht erfüllte, vermochte Mytha nicht zu sagen.

Ihre Gedanken begannen sich zu verwirren, und sie sank in ein bizarres Halbreich, in dem sie nicht mehr richtig wach war, aber auch noch nicht gänzlich eingeschlafen war, als etwas sie plötzlich aufschrecken ließ. Einen Moment lang war sie verwirrt, glaubte schon, sie hätte sich in ihrem Halbschlaf etwas eingebildet, doch dann nahm sie erneut eine Bewegung wahr.

Jemand schlich durch das Lager, einer der Söldner, wie sie gleich darauf erkannte. Wobei – schleichen war nicht der richtige Ausdruck. Er schlich nicht wie jemand, der etwas Böses im Schilde führte, sondern bewegte sich einfach nur so leise wie möglich, offenbar darum bemüht, die Wachen nicht auf sich aufmerksam zu machen, die mit dem Rücken zu ihm standen oder saßen und das Gelände rund um den Hügel nach sich nähernden Gefahren absuchten. In ihrer schwarzen Kleidung verschmolz Mytha perfekt mit den Schatten, sodass er sie nicht wahrnahm, sie aber jeden seiner Schritte beobachtete.

Er näherte sich dem Zelt der Magierin, und erst jetzt erkannte Mytha, dass es sich um den Mann handelte, mit dem Nariz vor einer Weile gesprochen hatte. Ein süffisantes Grinsen glitt über ihr Gesicht. Anscheinend war die durch ihre stets hochgeschlagene Kapuze so unnahbar erscheinende Magierin menschlicher, als sie gedacht hatte, zumindest schien sie einem zwischenmenschlichen Vergnügen nicht abgeneigt zu sein.

Lautlos erhob sich Mytha. Ihre Neugier war geweckt, und wenn sich jemand auf das Schleichen verstand, dann war sie es. Neugier hatte sie gepackt. Aller Wahrscheinlichkeit nach ging es nur um ein Schäferstündchen, aber es war immerhin auch möglich, dass mehr hinter dem heimlichen Treffen der beiden steckte.

Inzwischen hatte der Söldner das Zelt der Magierin erreicht und war wahrscheinlich darin verschwunden. Der Stoff war so dick, dass Mytha zwar leises Stimmengemurmel hörte, ohne aber ein einziges Wort verstehen zu können. Auch ließ er keinerlei Licht durch. Selbst bei den kleinen Zelten war sogar der Eingang nach dem Prinzip einer Schleuse doppelt dagegen gesichert. Es gab einen äußeren Vorhang, dann einen kleinen Zwischenraum und einen inneren Vorhang, durch den man erst ins eigentliche Zelt gelangte. In diesen Zwischenraum schlüpfte Mytha nun lautlos.

Sie war sich nicht sicher, warum sie dies tat. Sah man von ihrem Interesse als Diebin ab, war sie gewöhnlich kein sonderlich neugieriger Mensch und es scherte sie kaum, was andere taten, sofern sie nicht selbst davon betroffen war. Jetzt aber entwickelte ihre Neugier eine fast magische Anziehungskraft.

Das Stimmengemurmel war verstummt, dafür drang nun leises Stöhnen an ihr Ohr. Wiederum grinste sie. Es war eindeutig, was die beiden trieben, und es war eindeutig nur deren ureigene Angelegenheit. Spätestens jetzt hätte sie sich zurückziehen müssen, und ein Teil von ihr wollte dies auch, dennoch rührte sie sich nicht vom Fleck. Ihr wurde wieder bewusst, dass sie nach all der Zeit, die sie nun schon mehr oder weniger miteinander verbrachten, noch immer nicht das Gesicht der Magierin gesehen hatte. Dies war eine vermutlich ideale Gelegenheit, sich über diese Geheimniskrämerei hinwegzusetzen, da Nariz beim Sex wohl kaum ihre Kutte anbehalten würde.

Und es war etwas, dass sie durchaus persönlich betraf, sagte sie sich. Immerhin gehörte Nariz D'huzhoryn zu ihren Gefährten, und es mochte durchaus der Moment kommen, an dem ihr Leben von der Magierin abhing. Es fiel Mytha schon generell schwer, einem anderen Menschen zu vertrauen. Das galt umso mehr, wenn sie nicht einmal dessen Gesicht kannte.

Ganz vorsichtig und behutsam schob sie den Vorhang zur Seite, bis sie durch einen winzigen Spalt ins Innere des von einer einzelnen Kerze erleuchteten Zeltes spähen konnte.

Wie nicht anders erwartet, befanden sich die beiden auf dem Lager aus Fellen, das im Zelt bereitet worden war. Der Söldner lag auf dem Rücken und hatte lediglich seine Hose bis zu den Knien hinuntergestreift. Nariz saß auf ihm, hatte sich sein steifes Glied einverleibt und ritt mit leisem Stöhnen wild auf ihm. Sie hatte ihre Kutte ausgezogen und einen schlanken Körper mit kleinen, spitzen Brüsten entblößt, dennoch war sich Mytha im ersten Moment nicht sicher, ob sie wirklich nackt war.

Abgesehen von Gesicht, Hals und den Armen bis hinab zu den Händen war ihr gesamter Körper dicht an dicht mit farbigen Bildern und Symbolen aus ineinander verschlungenen Linien bedeckt, dass es aussah, als würde sie ein eng anliegendes Oberteil und eine Hose tragen. Aber das war nicht der Fall, wie Mytha gleich darauf erkannte. Die Symbole waren direkt auf ihre Haut aufgetragen und verwischten auch dort nicht, wo der Söldner mit seinen Händen darüber strich.

Eine magische Zeremonie?

Mytha konnte es sich kaum vorstellen, obwohl sie auch keine Erklärung dafür fand, aus welchem Grund sonst Nariz sich vor der Ankunft des Söldners so bemalt haben sollte.

Allerdings erschien ihr das in diesem Moment auch so nebensächlich, dass sie nur einen flüchtigen Gedanken daran verschwendete. Viel bedeutender war, dass sie Nariz erstmals ohne Kapuze sah, und es war ein Anblick, den sie nicht so schnell wieder vergessen würde.

Ihr Haar war schwarz und glatt und fiel ihr bis weit über den Rücken, bildete einen scharfen Kontrast zu ihrer milchweißen Haut, die aussah, als wäre sie noch nie von einem Sonnenstrahl befleckt worden. Schwarz – oder zumindest so dunkel, dass sie im Kerzenlicht schwarz aussahen – waren auch ihre Augen, ausdrucksstarke, anziehende Augen mit langen Wimpern in einem makellosen Gesicht mit starken, hohen Wangenknochen, einer schmalen, geraden Nase und vollen, sanft geschwungenen Lippen.

Schön und lieblich wie eine milde Sommernacht unter einem Sternenhimmel war dieses Gesicht. Selbst wer mehr dem heiteren, fröhlichen Typ Frauen mit Haar wie goldenem Weizen zugetan war, konnte sich der Anmut dieses Gesichts unmöglich verschließen.

Mytha erschien es einfach perfekt und sie konnte den Blick nicht davon abwenden. Sie wollte Nariz küssen und an sich drücken, wollte sie Haut an Haut spüren. Am liebsten wäre sie ins Zelt gestürzt, doch sie wollte sich nicht an dem Treiben beteiligen, sondern sie wollte allein Nariz, nicht den Söldner. Er erschien ihr in diesem Moment geradezu hassenswert, weil er das bekam, was sie wollte.

Was war nur mit ihr los?

Gefühle dieser Art waren ihr völlig fremd. Sie war keine Jungfrau mehr, und vielleicht trugen die Umstände ihrer Entjungferung dazu bei, dass sie niemals großes Interesse an Sex verspürt hatte. Einige wenige Male hatte sie mit jungen Burschen geschlafen, aber es waren unbefriedigende Erfahrungen, die einen schalen Nachgeschmack hinterlassen und sie nur darin bestärkt hatten, dass diese Art von Sinnesfreuden weit überschätzt wurde.

Jetzt hingegen hatte sie das Gefühl, innerlich vor Begierde zu verbrennen. Während sie mit Daumen und Zeigefinger der rechten Hand den Spalt am Rande des Vorhangs offen hielt, glitt ihre linke Hand in ihren Schritt und strich über das eng anliegende Leder. Sie wollte es nicht, aber es gelang ihr nicht, damit aufzuhören und die Hand zurückzuziehen. Zu sehr erregte sie der erotische Akt, den sie beobachtete, ein zu starkes Verlangen empfand sie.

Besonders befremdlich für sie war, dass dieses Verlangen einer Frau galt. Mytha hatte sich noch nie von Frauen angezogen gefühlt, auch nicht von besonders hübschen. Wenn sie schon einmal ein entsprechendes Interesse verspürt hatte, dann hatte dieses bislang stets nur Männern gegolten.

Aber vielleicht ist genau das ja der Fehler, überlegte sie. Vielleicht hatte sie nur deshalb bislang nie ein erfülltes Sexualleben gehabt, weil sie sich in die falsche Richtung orientiert hatte. Noch während sie diesen Gedanken dachte, spürte sie jedoch, dass dies nicht die Erklärung war. Ihr Interesse galt nicht Frauen generell, sondern einzig und allein Nariz. Nicht *weil* sie eine Frau war, sondern *trotzdem*.

Und es würde aller Voraussicht nach auf ewig unerfüllt bleiben. Wie sie unschwer sehen konnte, zog Nariz es vor, ihr Lager mit Männern zu teilen. Noch immer ritt sie den Söldner voller Leidenschaft. Eine Hand hatte sie zur Faust geballt und hielt sie vor den Mund gepresst, um ihr Stöhnen zu unterdrücken. Der Söldner hingegen lag laut- und fast bewegungslos da, ließ sie machen. Seine Hände, mit denen er anfangs noch über ihren Körper gestrichen hatte, waren herabgesunken.

Plötzlich jedoch hielt Nariz in ihren Bewegungen inne und wandte den Kopf in Richtung des Zelteingangs. Erschrocken ließ Mytha den Vorhang los, dass sich der winzige Schlitz, durch den sie geschaut hatte, schloss. Hatte die Magierin sie bemerkt? Es war eigentlich unmöglich, dass sie sie gesehen hatte, aber vielleicht hatte sie ihre Gegenwart irgendwie gespürt.

In diesem Moment war laut und klar der Schall eines Horns zu vernehmen. Die Wachen bliesen Alarm!

6

Einen Augenblick lang stand Mytha da wie gelähmt, dann stürzte sie Hals über Kopf ins Freie. Erst als sie sich ein Stück vom Zelt der Magierin entfernt hatte, blieb sie stehen und holte ein paarmal tief Luft. Was war nur mit ihr los, fragte sie sich zum wiederholten Male. So kannte sie sich überhaupt nicht. Verknallt wie ein Straßenmädchen in einen Prinzen auf Brautschau, wie man in Meridor sagte. Sie hoffte, dass Nariz nichts davon bemerkt hatte, dass sie sie beobachtet hatte. Eine größere Peinlichkeit könnte es wohl kaum geben, und Mytha war sich nicht sicher, dass sie die Scham darüber ertragen könnte. Wahrscheinlicher aber erschien ihr, dass die Magierin mit irgendwelchen Sinnen schon unmittelbar vor Ertönen des Alarmsignals eine sich nähernde Gefahr bemerkt hatte.

Das Erschallen des Horns hatte die Söldner aufgeschreckt. Sie kamen aus ihren Zelten gestürzt und bildeten rasch einen waffenstarrenden Wall an den Außenmäuerchen der Ruine.

Noch immer war Mytha durch das seltsame Erlebnis, das sie gerade gehabt hatte, verwirrt, und das Chaos um sie herum trug ein Übriges dazu bei, dass es mehrere Sekunden dauerte, bis ihr bewusst wurde, dass ein Teil der Söldner nach oben starrte. Sie hob ebenfalls den Kopf, konnte aber außer ein paar dunklen Punkten, offenbar Vögel, die hoch oben flogen und sich kaum von der brodelnden Rauchdecke abhoben, nichts entdecken, das auf eine Gefahr hindeutete.

»Was ist los? Warum wurde Alarm geblasen?«, brüllte Silvan. Auch er blickte zum Himmel hoch, empfand den Anblick aber offenbar ebenfalls nicht als bedrohlich.

Einer der Wachposten eilte auf ihn zu.

»Diese Kreaturen dort oben … Wir haben sie erst für harmlos gehalten, aber sie kreisen genau über uns«, berichtete er. »Es scheint, als würden sie sich sammeln. Und es kommen immer noch weitere von Osten hinzu. Wir …«

»Ihr habt die Männer aus ihrem dringend benötigten Schlaf geweckt und das ganze Lager in Aufregung versetzt, nur wegen ein paar Vögeln am Himmel? Das …«

»Ich habe keinen einzigen Vogel oder etwas Vergleichbares gesehen, seit wir an Land gegangen sind«, fiel Linton ihm ins Wort, der zusammen mit Adamurt zu ihnen geeilt kam. »Vielleicht sind sie harmlos, vielleicht aber auch nicht. Ich hätte auch Alarm gegeben. Besser einmal zu oft als einmal zu wenig.«

»Du glaubst wirklich, dass von ihnen eine Gefahr ausgehen könnte?« Silvans Zorn war so schnell wieder verflogen, wie er aufgekommen war.

»Wer weiß?« Linton starrte einige Sekunden lang angestrengt in die Höhe. »Sie fliegen sehr hoch. Da wir sie trotzdem sehen können, müssen sie also ziemlich groß sein.«

»Das sind sie«, beteuerte der Wachposten. »Zwei von ihnen kamen für kurze Zeit weiter herunter. Nicht so nah, dass sie viel besser zu sehen gewesen wären, aber man konnte ihre ungeheure Größe erahnen. Es sah aus, als wären sie herabgekommen, um einen genaueren Blick auf unser Lager zu werfen, und das war der Moment, als ich befahl, Alarm zu blasen. Sofort stiegen die beiden geflügelten Kreaturen wieder in die Höhe, aber es hat nach wie vor den Anschein, als würden sie sich sammeln.«

Silvan blickte einige Sekunden lang durch sein Fernrohr, dann nickte er.

»Also gut, möglicherweise habe ich vorschnell geurteilt. Es war richtig, Alarm zu geben, obwohl es noch besser gewesen wäre, zuerst nur mich zu wecken, damit ich die Entscheidung treffe. Die Frage ist, was wir jetzt tun. Wir können nicht Stunde um Stunde warten, ob diese Wesen uns angreifen, oder ob sie sich als harmlos erweisen und einfach nur weiter am Himmel ihre Kreise ziehen. Die Männer sind todmüde und brauchen Schlaf, sonst sind sie einem weiteren Marsch nicht gewachsen.«

Erneut starrte Mytha zum Himmel hinauf. Die Zahl der Punkte über ihnen hatte sich in den ein, zwei Minuten, seit sie hier stand, fast verdoppelt. Es waren inzwischen mehr als zwei Dutzend und immer noch gesellten sich weitere hinzu. Ihre Augen waren scharf, dennoch konnte sie nicht erkennen, ob und wie viele der Kreaturen sich noch näherten.

Sie wollte gerade etwas sagen, doch Linton kam ihr zuvor.

»Harmlos dürfte hier wohl überhaupt nichts sein, das zeigen unsere bisherigen Erfahrungen«, sprach er das aus, was ihr ebenfalls gerade durch den Kopf gegangen war. »Ich fürchte, diese Biester sammeln sich wirklich da oben und warten nur darauf, bis es genug sind, um einen Angriff auf uns zu wagen.«

Da sie nun ohnehin entdeckt waren und Heimlichkeit ihnen nicht mehr half, gab Silvan Befehl, an möglichst vielen Stellen des Lagers Fackeln zu entzünden.

»Vielleicht schreckt ihr helles Licht die Ungeheuer ab«, sagte er. »Auf jeden Fall brauchen wir Licht zum Kämpfen.«

»Ein paar mehr Bögen und vor allem Pfeile wär'n bestimmt ganz nützlich gegen sie«, brummte Adamurt. »Aber irgendwer wollt' ja nicht, dass wir die verschossenen Pfeile wieder einsammeln.«

»Nicht einmal ein absoluter Meisterschütze könnte einen Pfeil so hoch schießen, dass er eines dieser Wesen da oben erwischt«, erwiderte Silvan unwirsch. »Und vermutlich hätten wir gar keinen Meisterschützen mehr, wenn er sich auf die Suche nach Pfeilen gemacht hätte.«

»Trotzdem wär'n ein paar Pfeile jetzt sehr hilfreich. Wenn wir die Biester abschießen könnten, sobald sie sich nähern, käme es erst gar nicht zu einem Angriff. Aber was soll's, jetzt ist es eh zu spät.« Adamurt wandte sich an Linton. »Wie viele Pfeile hast du noch?«

»Nur noch drei.«

»Ich hab' noch vier. Weit kommen wir damit nicht.«

Mytha lauschte dem Gespräch nicht länger, denn in diesem Moment entdeckte sie Nariz D'huzhoryn, die sich ihnen wie ein finsterer Schatten langsam näherte und zu ihnen gesellte. Sie war wieder von Kopf bis Fuß in ihre Kutte gehüllt, zeichnete sich nur als schwarzer Scherenschnitt im herrschenden Zwielicht ab.

Nichts wies mehr darauf hin, welch perfekter Körper und welch unvergleichlich anmutiges Gesicht sich darunter verbargen. Mit einem Mal begann Mytha zu begreifen, warum die Magierin sich so verhüllte. Durch ihr Erscheinungsbild war sie vielen unheimlich, aber sie wurde auf jeden Fall geachtet und von einigen wohl sogar gefürchtet. Unverhüllt wäre dies sicher nicht der Fall. Je schöner eine Frau war, desto mehr neigten die meisten Männer dazu, sie völlig unabhängig von ihrem Wissen und ihren Fähigkeiten nicht richtig ernst zu nehmen, diese Erfahrung hatte Mytha schon oft gemacht. Würde Nariz ihr Gesicht zeigen, würde es ihr nicht anders ergehen, man würde in ihr keine geheimnisvolle und mächtige Magierin mehr sehen, sondern in erster Linie eine schöne und außerdem noch recht junge Frau, ein Objekt der Begierde.

Das war der zweite Grund, der für ihr Verhalten sprach. Nariz und sie waren die einzigen Frauen unter fast zweihundert Männern. Sie hatte selbst erfahren, wie anders man sie wahrgenommen hatte, nachdem sie sich in ihre enge Lederkleidung gehüllt hatte. Dabei betrachtete sie sich beileibe nicht als Schönheit. Ihr Gesicht war zu nichtssagend, was ihr als Diebin und Betrügerin entgegenkam, da man sich schlecht an sie erinnerte, solange sie sich nicht durch Schminke und andere Hilfsmittel gezielt herausputzte. Dennoch erinnerte sie sich noch gut an die lüsternen, schmierigen Blicke, die Adamurt und auch viele der Söldner ihr nach ihrer Verwandlung zugeworfen hatten, und die sie auch jetzt noch häufig erntete.

Um wie viel schlimmer würde das erst bei einer echten Schönheit wie Nariz der Fall sein?

Nein, Mytha konnte gut verstehen, dass die Magierin sich dem überhaupt nicht erst aussetzen wollte, wenn es sich so leicht und wirkungsvoll vermeiden ließ. Auch der Söldner, den sie sich als Bettgefährten gewählt hatte, würde nichts sagen, wenn er andernfalls ihren Liebesentzug befürchten müsste. Vielleicht hatte sie ihn auch mit einem Bann belegt, der ihn zum Schweigen zwang.

»Nariz«, stieß Silvan hervor. »Kannst du nichts tun? Ein Schutzzauber oder etwas Ähnliches?«

Die Magierin schüttelte den Kopf.

»Nicht über eine so große Fläche und bei so vielen Menschen.«

»Es würde schon reichen, wenn dein Zauber nur ein paar Stunden wirken würde. Nur eine kleine Frist, damit die Männer sich wieder hinlegen können, aber genug Zeit hätten, sich im Falle eines Angriffs zur Abwehr zu formieren.«

»Dazu reicht meine Kraft nicht aus«, behauptete Nariz. »Und es wäre zudem äußerst töricht. Es gibt gefährlichere Mächte in diesem Land als ein paar geflügelte Ungeheuer, und ich kann mir kaum einen Weg vorstellen, sie mit größerer Sicherheit auf uns aufmerksam zu machen, als ein so großer, weithin wahrnehmbarer Zauber.«

Mytha hatte sich an den rauen, fast männlich herben Klang ihrer Stimme gewöhnt, aber erst jetzt, nachdem sie ihr Aussehen kannte, wurde ihr bewusst, wie wenig beides zusammenpasste. Aber darauf kam es schließlich nicht an. Nariz verhielt sich völlig normal, hatte offenbar tatsächlich nicht bemerkt, dass sie beobachtet worden war, wie Mytha erleichtert feststellte. Wenigstens diese Peinlichkeit schien ihr erspart zu bleiben.

»Zudem scheint mir ein Angriff nicht einmal sicher«, fuhr die Magierin nach einer kurzen Pause fort. »Es kam mir gleich seltsam vor, einen Ort wie diesen unbewohnt vorzufinden. Selbst Ungeheuer und wilde Bestien schätzen eine sichere Höhle, und ich denke, dass diese geflügelten Wesen hier hausen. Während der Nacht waren sie auf Beutefang ausgeflogen und nun finden sie ihren Horst von uns besetzt vor. Wenn sie reiche Beute gefunden haben, mag es sein, dass sie vollgefressen und wenig angriffslustig sind, dass sie einfach warten, bis wir weiterziehen.«

»Möglicherweise«, sagte Silvan. »Aber vielleicht warten sie auch nur, bis alle von der Jagd zurückgekehrt sind, um sich mit vereinter Kraft auf uns zu stürzen.« Er blickte sich um. »Wo ist eigentlich Olimarch?«

»Der Tattergreis hat wahrscheinlich den Alarm gar nicht gehört und pennt noch«, vermutete Adamurt. »Wenn man alt und senil ist, braucht man nun mal viel Schlaf. Oder er verkriecht sich in seinem Zelt, weil er sich vor Angst in die Hosen geschissen hat.«

»Alt ja, aber mitnichten senil, und meine Hose ist vermutlich sauberer als deine, teurer Freund«, ertönte eine Stimme. Langsam kam der Giftmischer auf sie zu. »Ich habe lediglich etwas aus meinem Gepäck geholt. Wenn Pfeile schon so knapp sind, sollte wenigstens ihre Wirksamkeit verstärkt werden.« Er reichte Adamurt ein kleines Fläschchen. »Das ist ein äußerst wirkungsvolles Gift. Wenn ihr nur einen Tropfen davon auf eure Pfeilspitzen gebt, wird jede noch so leichte Wunde absolut tödlich sein.«

»Hört sich an, als ob der Tattergreis doch mal zu was zu gebrauchen wär'«, sagte Adamurt grinsend. Er beträufelte seine Pfeile und reichte das Fläschchen dann an Linton weiter. »Wär' vielleicht gut, wenn wir auch unsere Schwerter damit behandeln.«

»Vielleicht aber auch nicht. Ich habe nur wenig von dem Elixier und keine Möglichkeit, hier weiteres herzustellen. Es wird nicht annähernd für alle reichen.«

»Aber doch wenigstens für *unsere* Schwerter und sonstigen Waffen«, beharrte Adamurt. »Das Söldnergesindel muss eben weiterhin ohne auskommen.«

»Auch das halte ich für keine gute Idee. Das Gift lässt sich nicht abwischen oder abwaschen und es verliert seine Wirkung erst nach Jahrzehnten. Eure Klingen würden also dauerhaft vergiftet sein. Irgendwann würdet ihr nicht mehr daran denken und euch womöglich selbst durch einen versehentlichen Kratzer töten. Oder ihr kreuzt eure Schwerter mit jemandem, den ihr vielleicht gar nicht töten wollt, und bringt ihn durch eine winzige Wunde um. Nein, vergiftete Waffen können sich leicht gegen einen selbst wenden und sollten nur mit großer Bedacht verwendet werden.«

Mytha begriff sofort, was Olimarch *wirklich* meinte. Er dachte bereits voraus zu dem Punkt, wenn sie ihren Auftrag erfüllt hätten und es zwischen ihnen voraussichtlich Auseinandersetzungen wegen der Beute geben würde, wenn sie die vergifteten Waffen womöglich gegeneinander richteten.

»Wie du meinst«, brummte Adamurt, doch klang er nicht überzeugt. »Meine Klinge ist auch ohne Gift tödlich.«

»Dann wäre das geklärt. Und auch ich habe meine Entscheidungen getroffen.« Silvan warf erneut einen Blick zum Himmel hinauf. Gut drei oder vier Dutzend der geflügelten Wesen zogen mittlerweile dort ihre Kreise, doch mochten es noch mehr sein, die aus der Entfernung schlecht zu sehen waren. »Da sowohl Nariz wie auch die Pferde, die von der Quelle getrunken haben, wohlauf sind, scheint das Wasser in der Tat genießbar zu sein. Die Männer sollen sich daran erfrischen, wenn sie mögen, und dann versuchen, noch etwas Schlaf zu finden. Allerdings werden die Wachen vervierfacht. So sollten sie in der Lage sein, die Kreaturen im Falle eines Angriffs lange genug abzuwehren, bis auch die übrigen Krieger kampfbereit sind.«

Er stapfte davon und die kleine Gruppe zerstreute sich. Zu Mythas Überraschung kam Nariz auf sie zu.

»Ich schätze es nicht, wenn man sich in mein Zelt schleicht und mich heimlich beobachtet, Diebin«, sagte sie mit leiser, aber scharfer Stimme. Mytha hatte das Gefühl, der Boden würde sich unter ihren Füßen öffnen und sie verschlingen. Mit etwas sanfterer Stimme fügte die Magierin hinzu: »Hat dir wenigstens gefallen, was du gesehen hast? Wenn du mir nah sein willst, bedarf es keiner solchen Heimlichkeiten. Du solltest mich möglichst bald einmal aufsuchen.«

Ihre letzten Worte drangen kaum zu Mytha durch. Überwältigt von Scham über die Peinlichkeit der Situation hatte sie das Gefühl, die Stimme würde aus weiter Ferne kommen, und alles würde sich um sie herum drehen. Ein, zwei Sekunden blieb sie noch wie erstarrt stehen, dann wandte sie sich ab und stürmte davon, ohne Ziel, einfach nur weg von der Magierin, von deren Blicken sie sich durchbohrt fühlte, obwohl sie ihre dunklen Augen nicht einmal sehen konnte.

Erst als sie mehrere der großen Zelte zwischen sich und Nariz gebracht und die Außenmauer der Ruine erreicht hatte, blieb sie stehen. Ihr Gesicht schien zu brennen und sie fühlte sich gedemütigt wie noch nie zuvor in ihrem Leben. Noch vor wenigen Stunden hätten Spott oder eine verächtliche Bemerkung der Magierin ihr nichts ausgemacht, aber seither hatte sich alles verändert.

Auf irgendeine unbegreifliche Weise war Nariz für sie plötzlich der wichtigste Mensch der Welt geworden und deshalb tat eine Demütigung von ihrer Seite mindestens doppelt weh. Mytha konnte ihre eigenen Gefühle nicht richtig deuten. Es wäre vermessen, von Liebe zu sprechen, denn schließlich hatten sie nicht miteinander geredet, sich nicht besser kennengelernt oder durch sonst irgendetwas ein Band der Verbundenheit zwischen sich gewoben. Die Veränderung war allein durch den Anblick von Nariz' unverhülltem Gesicht erfolgt, dessen Schönheit sie in seinen Bann geschlagen und ein Verlangen in ihr geweckt hatte, das heiß wie Lava durch ihren Körper und ihren Geist brauste.

Nariz jedoch glaubte nun, sie hätte ihr nachspioniert, nahm vermutlich sogar an, dass Mytha sich in ihr Zelt geschlichen hätte, um sie zu bestehlen. Warum sonst hätte sie sie in diesem Zusammenhang so überdeutlich Diebin nennen sollen? Bestimmt verachtete sie sie nun und misstraute ihr noch mehr als zuvor.

Obwohl …

Zwar hatte Nariz sie wegen ihrer Heimlichkeit getadelt, aber hatte sie sie nicht gleichzeitig auch ermuntert, sie unverhohlen aufgefordert, zu ihr zu kommen, wenn sie ihr nah sein wolle?

Alles war plötzlich so kompliziert und verworren, zudem auf einem Gebiet, auf dem sie ohnehin nicht viel Erfahrungen besaß. Wie viel einfacher war es doch gewesen, irgendeinem hübschen Burschen in Meridor schöne Augen zu machen, ihm zu sagen, was er hören wollte, und dann ein bedeutungsloses sexuelles Abenteuer mit ihm zu haben. Ein Abenteuer, das leer und kaum befriedigend blieb, wie ein paar Blätter Salat, die für den Moment den Magen füllten, aber wenig sättigten.

Genau so hatte sie es im Grunde aber auch haben wollen. Liebe war für sie nicht mehr als ein abstrakter Begriff, echtes Vertrauen einem anderen gegenüber war etwas, das sie nicht kannte und wofür sie nicht bereit war, bestenfalls eine Unsicherheit, schlimmstenfalls eine Gefahr. *Ein rollender Stein kann kein Moos ansetzen*, wie man in Latronia sagte, und obwohl sich oberflächlich betrachtet in den letzten Jahren vor dieser Fahrt in ihrem Leben nicht viel verändert hatte, war sie stets und unermüdlich gerollt. In dieses Leben passte kein anderer Mensch, deshalb konnte und wollte sie es nicht mit einem anderen teilen.

Daran hatte sich auch jetzt nichts geändert. Ungeachtet ihrer sanften Schönheit war Nariz grausam und skrupellos, hatte von Anfang an keinen Hehl daraus gemacht, dass sie keinerlei Skrupel hatte, Menschen als Opfervieh zu betrachten und abzuschlachten, wenn ihre Pläne und abartigen magischen Praktiken es erforderten.

Und doch ging etwas von ihr aus, das all das bedeutungslos machte, das stärker war als der Panzer, den Mytha in vielen Jahren seit ihrer Kindheit um sich herum errichtet hatte. Etwas, das stärker war als jede Vernunft und klare Überlegung.

Zornig auf sich selbst und ihre Schwäche versuchte Mytha, diese Gedanken zu verdrängen und ihre Gefühle zu unterdrücken, die allem, was ihr bisheriges Leben ausgemacht hatte, so zuwiderliefen.

Laute Rufe klangen auf. Erst jetzt wurde Mytha sich wieder ihrer Umgebung bewusst. Sie war einfach blindlings davongerannt und erkannte nun, dass sie sich bei den Wagen des Trosses befand.

Als sie nach oben blickte, sah sie, dass etwa ein halbes Dutzend der geflügelten Kreaturen tiefer gesunken waren. Nun legten sie ihre Schwingen an und kamen pfeilschnell herabgeschossen. Die Rufe der Männer wurden von dem lauten Schmettern des Alarmhorns übertönt.

Der befürchtete Angriff hatte begonnen.

7

Angesicht der Bedrohung in der Luft war erst ein Teil der Söldner Silvans Aufforderung gefolgt, sich wieder schlafen zu legen, was sich nun als glückliches Geschick erwies. Blitzartig formierten sie sich wieder zur Kampfposition. Auch die Männer, die bereits in ihre Zelte zurückgekehrt waren, kamen sofort wieder heraus, denn sie hatten sich nur in voller Montur und mit gegürteten Schwertern auf ihr Lager sinken lassen.

Nun wurden die Schwerter gezogen und in die Höhe gereckt, streckten sich mit ihren Spitzen wie Spieße den Ungeheuern entgegen.

Lanzen, dachte Mytha. Lanzen oder Speere wären die richtigen Waffen gegen diese Angreifer, doch beides besaßen sie nicht. Sie selbst trug nicht einmal ein Schwert. Instinktiv ging sie hinter einem der Wagen in Deckung.

Es hatte fast den Anschein, als ob die Ungeheuer wie lebende Geschosse zur Erde stürzen wollten, um durch die bloße Wucht ihres Aufpralls wenigstens einige der Söldner zu zerschmettern, auch wenn es ihren eigenen Tod bedeutete. Aber als sie nur noch wenige Meter von den Spitzen der Schwerter entfernt waren, entfalteten sie ihre Flügel und schossen im Gleitflug darüber hinweg. Zum ersten Mal konnte Mytha sie genauer betrachten, und was sie sah, erstaunte sie.

Die Leiber der Gestalten waren in Gestalt und Größe fast menschlich. Sie erinnerten an schlanke, extrem zierliche Frauen, waren aber von einer dunklen, lederartigen Haut bedeckt. Bei den Gesichtern jedoch hörte jegliche Ähnlichkeit auf. Sie besaßen zwei winzige Augen, ansonsten schien ihr Gesicht fast ganz aus einem riesigen, gebogenen Schnabel wie dem eines Papageien zu bestehen.

Aus einer ähnlichen Haut bestanden auch ihre Flügel. Diese waren nicht wie bei Vögeln oder auch Fledermäusen weit vom Flügel vom Körper abgespreizt. Stattdessen besaßen sie nur eine vergleichsweise kleine Fläche und waren entlang der in dolchartigen Klauen endenden Arme bis hinunter zu ihren gleichfalls in Klauen endenden Füßen mit dem Körper verbunden, sodass sie fast ein Dreieck bildeten, wenn sie ihre Arme hocherhoben ausstreckten und die Flügel und die Flughäute damit entfalteten. Ohne ihren furchtbaren Schnabel und die zum Reißen, Packen und Durchbohren geschaffenen Krallen an den Enden ihrer Arme und Beine hätten sie fast anmutig ausgesehen. Doch so bildeten sie eine zweifellos tödliche Gefahr.

Linton und Adamurt behielten die Nerven und verzichteten darauf, mit ihren wenigen verbliebenen Pfeilen auf sie zu schießen. Offenbar hatten sie rechtzeitig erkannt, dass es sich noch nicht um einen ernst gemeinten Angriff handelte.

Es war nicht mehr als ein erster Vorstoß, um die Verteidigungsbereitschaft der Menschen zu prüfen und nach Möglichkeit Unordnung in ihre Reihen zu bringen. Der eigentliche Angriff begann erst anschließend, als sie sich wieder in die Höhe schraubten, den übrigen Kreaturen entgegen, die sich nun alle gemeinsam in die Tiefe stürzten und in ihren Schwarm einreihten, als sie sich auf gleicher Höhe befanden. Vier der Ungeheuer wurden von Pfeilen Lintons und Adamurts getroffen und waren bereits tot, als sie zwischen die Verteidiger stürzten. Die übrigen fingen ihren Sturzflug wieder gerade rechtzeitig ab und kamen von der Seite auf die Verteidiger zugestürzt.

Schwerter hackten und stachen nach ihnen, töteten oder verwundeten einige von ihnen, doch die übrigen durchbrachen durch ihre bloße Masse und die Wucht und Geschwindigkeit ihres Angriffs mühelos die Verteidigungslinien. Sie hackten mit ihren Schnäbeln und ihre Klauen rissen furchtbare Wunden. Einige der Söldner sanken tot oder schwer verletzt zu Boden, andere duckten sich oder ließen sich fallen, um dem Angriff auszuweichen. Wieder andere wurden vom bloßen Zusammenprall mit den Ungeheuern zurückgeschleudert oder durch die Luft gewirbelt.

Binnen weniger Sekunden, die der Angriff nur dauerte, war eine viele Meter breite Schneise aus Tod und Wunden in die Reihen der Söldner geschlagen worden. Auch einige der Bestien blieben auf dem Schlachtfeld zurück, die meisten tot, aber nicht alle. Zumindest zwei von ihnen waren noch am Leben. Mytha sah, wie eine sich herumwälzte und mit einem einzigen Zuschnappen ihres Schnabels einem Mann das Bein abbiss.

Ein weiteres schwer verletztes Ungeheuer mit völlig zerfetzten Flughäuten stieß sich vom Boden ab und sprang mit einem Satz auf eine Gruppe Söldner zu, die sich gerade wieder aufrappelte. Mit den rasiermesserscharfen Klauen am Ende seiner Arme riss es ihnen die Gesichter auf, während sich die Krallen seiner Beine tief in ihre Leiber bohrten, als es auf ihnen landete.

Gleich darauf waren andere Söldner zur Stelle und schlugen mit ihren Schwertern auf die Bestie ein. In ihrem zügellosen Zorn hörten sie auch nicht auf, als diese sich bereits nicht mehr regte, sondern hackten sie regelrecht in Stücke. Erst ein scharfer Befehl Silvans riss sie aus ihrer Raserei.

Die übrigen Kreaturen waren über die Außenwände der Ruine hinweggeflogen. Nun beschrieben sie einen Bogen und sammelten sich wieder für einen neuen Angriff. Eine kurze Gnadenfrist für die Verteidiger, die dringend benötigt wurde, aber viel *zu* kurz sein würde, wie Mytha befürchtete.

Schon der erste Angriff hatte die Verteidigung grundlegend erschüttert. Die Schwerter waren wenig wirksam gegen einen Feind, der mit solcher Geschwindigkeit und Wucht angriff und dem es gleichgültig zu sein schien, wenn die vordersten Angreifer ihr Leben verloren, solange sie die Abwehrformation aufrissen und die nachfolgenden Ungeheuer Tod und Verderben in die Reihen der Söldner trugen. Nun war es fast unmöglich, die Reihen wieder zu schließen. Die Zeit reichte nicht, die Kadaver der Ungeheuer und die Leichen der Gefallenen beiseitezuschaffen, auch erschwerten die umhertaumelnden oder zum Teil nur noch auf dem Boden kriechenden Verletzten die Bildung einer neuen Verteidigungsfront.

Obwohl sie nicht viel von Kriegsführung verstand, war das sogar für Mytha offensichtlich, die alles beobachtet hatte, ohne eingreifen zu können. Dafür war alles zu schnell gegangen und sie befand sich zu weit abseits. Nun aber erwachte sie aus ihrer Erstarrung. Auch wenn sie kein Schwert besaß, war sie dennoch keineswegs waffenlos.

Ihre Peitsche würde ihr in diesem Kampf nicht viel nützen, deshalb löste sie ihre Steinschleuder vom Gürtel. Als Adamurt diese entdeckt hatte, als er nach ihrem Wechsel der Kleidung endlich aufgehört hatte, lüstern auf ihren Hintern und ihre Brüste zu starren, deren Form sich unter dem eng anliegenden Leder abzeichnete, hatte er verächtlich das Gesicht verzogen und etwas von »Spielzeug« gemurmelt. Er würde sich noch wundern. Sie würde ihm schon zeigen, was man mit so einem *Spielzeug* anrichten konnte, wenn man damit umzugehen verstand.

Scharfkantige Steinchen lagen genügend auf dem Boden herum. Um sie noch schneller greifen zu können, raffte Mytha sie mit beiden Händen zusammen und schichtete sie zu einem Häufchen auf.

Von der Seite kam der Schwarm der Ungeheuer in Form eines großen, finsteren Keils erneut herangerast. Mytha fragte sich warum Linton und Adamurt nicht schossen, aber dann wurde ihr klar, dass die beiden keinen der wertvollen Pfeile opfern wollten. Schon beim ersten Angriff hatten sie nur auf Bestien geschossen, die sich direkt über der Ruine befanden, sodass sie die Pfeile wieder aus den Kadavern hatten ziehen können.

Ihre eigene Reichweite war bei Weitem nicht so groß wie die eines starken Bogens. Trotzdem ließ sie die Schleuder bereits über ihrem Kopf kreisen, und sobald sie sicher war, dass die Distanz klein genug war, ließ sie den Stein fliegen. Zielsicher und mit großer Wucht traf er das vorderste Ungeheuer am Kopf.

Weder war der Treffer tödlich, noch betäubte er die Bestie, sodass sie abstürzte, aber die Wirkung war sogar noch größer, als Mytha erhofft hatte. Das Ungeheuer war benommen und geriet ins Trudeln, prallte mit zwei, drei weiteren Angreifern zusammen, die hinter ihm flogen und nicht rechtzeitig ausweichen konnten, und verschmolz mit ihnen zu einem Gewirr wild schlagender Flügel und blindlings um sich hackender Klauen. Nachfolgende Ungeheuer versuchten sie zu umfliegen, gerieten aus ihrer Flugbahn und behinderten dabei wieder andere. Binnen Sekunden verwandelte sich die gesamte wohlgeordnete Keilformation in ein Chaos.

Zu diesem Zeitpunkt hatte Mytha bereits zwei weitere Steinsplitter geschleudert. Da die Bestien inzwischen näher gekommen waren, trafen die Steine sie mit noch größerer Wucht. Eine von ihnen stürzte in die Tiefe. Ein weiteres Ungeheuer wurde nicht am Körper, sondern nur am Flügel getroffen. Der Stein riss ein kaum faustgroßes Loch in die dünne Membran, das sich jedoch bei jedem Flügelschlag vergrößerte und binnen Sekunden zu einem langen Riss wurde. Das Ungetüm begann sich um sich selbst zu drehen und sank dabei ebenfalls tiefer. Beide gerieten rasch außer Mythas Sicht, sodass sie nicht wusste, ob sie am Fuß des Hügels zerschellten oder ihren Sturz noch abfangen konnten.

Im Alleingang hatte sie den Angriff der Kreaturen ins Stocken gebracht. Doch ihr Erfolg war nicht von langer Dauer. Die allermeisten Ungeheuer konnten dem Hindernis ausweichen, und auch diejenigen, die mit anderen zusammengeprallt waren, lösten sich rasch wieder aus dem Gewirr.

Aber sie begingen den Fehler, den begonnenen Anflug fortzusetzen, statt sich erst neu zu formieren. Da sie jedoch erst wieder neu Geschwindigkeit aufnehmen mussten, fehlten ihrem Angriff das Tempo und die daraus resultierende Wucht, die es ihnen bei ihren ersten Ansturm ermöglicht hatte, so zerstörerisch in die Reihen der Verteidiger einzubrechen und die Söldner hinwegzufegen.

Auch hatten diese von Mytha gelernt und sich ebenfalls mit Steinen bewaffnet. Sobald die Ungeheuer nahe genug heran waren, prasselte ihnen ein regelrechter Hagel von Geschossen entgegen. Die von Hand geworfenen Steine entfalteten weniger Durchschlagskraft, dafür verwendeten die Söldner größere, zumeist gut faustdicke Brocken, als Mytha sie mit ihrer Schleuder verschießen konnte.

Die Wirkung war verheerend. Die meisten Angreifer wurden von gleich mehreren Gesteinsbrocken getroffen. Viele stürzten mit schrillen Schreien in die Tiefe, andere schafften es mühsam, abzudrehen und sich flügelschlagend wieder in die Höhe zu schrauben.

Nur wenigen gelang es, die Verteidiger überhaupt zu erreichen. Diese hatten nach dem Schleudern der Steine ihre Schwerter sofort wieder in die Hand genommen und hieben damit nach den nun nur noch langsam und verwirrt umherflatternden Bestien, die ein leichtes Opfer wurden.

Mehr als die Hälfte der Flugungeheuer waren tot oder lagen verletzt auf den Hängen und am Fuße des Hügels. Trotzdem erfüllte sich Mythas Hoffnung, dass diese furchtbaren Verluste sie abschrecken und in die Flucht schlagen würden, nicht. Schon sammelten sich die Überlebenden wieder am Himmel und setzten zu einem neuen Angriff an, diesmal erneut aus der Höhe. Sie wusste nicht, ob es sich um bloße Tiere handelte, die aus einem Instinkt heraus handelten, oder ob sie intelligent genug waren, dass sie bewusst auf die Art des Angriffs zurückgriffen, die ihnen den größeren Erfolg beschert hatte. Vielleicht eine Mischung aus beidem. Auf jeden Fall wurde die Lage trotz der jetzt wesentlich geringeren Zahl an Feinden wieder brenzlig.

Umso mehr, als die Ungeheuer sie nun als Bedrohung ausgemacht zu haben schienen. Entsetzt erkannte sie, dass zwei von ihnen aus dem übrigen Schwarm ausscherten und direkt auf sie herabstießen. Ihre momentane Position bot ihr keinerlei Schutz gegen einen Angriff von oben, denn das Gefährt, hinter dem sich Deckung gesucht hatte, stand etwas abseits von den übrigen.

Mytha rannte los. Sie konnte bereits den Luftzug der Flügel über sich spüren, als sie sich mit einem weiten Sprung gerade noch rechtzeitig zwischen zwei dicht beieinanderstehenden Wagen zu Boden warf. Eines der Ungeheuer drehte mit einem enttäuschten Schrei ab, doch das andere ließ sich mit seinen Klauen über ihr auf den seitlichen Ladeklappen der Wagen nieder.

Aus unmittelbarer Nähe sah Mytha die kleinen, tückisch funkelnden Augen und den riesenhaften, gebogenen Schnabel vor sich. Verzweifelt rollte sie sich zur Seite, als das Ungeheuer damit zuhackte. Der Schnabel verfehlte ihren Kopf um kaum eine Handbreit. Spitze und scharfkantige Steine, mit denen der Boden übersät war, bohrten sich schmerzhaft in ihre Haut, dennoch rollte sie weiter, bis sie direkt unter einem der Wagen lag.

Für den Moment war sie in Sicherheit, hier konnte das Ungeheuer sie nicht erreichen, da es selbst mit angelegten Flügeln nicht in den schmalen Raum zwischen den Wagen passte. Aber der Schutz war trügerisch, wie sie gleich darauf feststellen musste. Die zweite Bestie landete auf der anderen Seite des Wagens auf dem Boden. Mytha bemerkte die Gefahr fast zu spät. Sie überlebte den ersten Angriff nur, weil auch diese Kreatur zuerst mit dem Schnabel nach ihr zu hacken versuchte, sie aber nicht erreichen konnte.

Erschrocken zuckte Mytha zusammen, als ihr bewusst wurde, wie leichtfertig sie sich ganz entgegen ihrer üblichen Gewohnheit verhalten hatte.

Als das Ungeheuer gleich darauf einen Arm mitsamt des daran festgewachsenen Flügels ausstreckte und mit den Krallen nach ihr hieb, hatte sie bereits ihren Dolch gezogen; die einzige Waffe, die sie in ihrer beengten Lage führen konnte. Sie schlug damit nach der auf sie zuzuckenden Klaue und fügte ihr eine tiefe Schnittwunde zu, aus der dunkles Blut herausquoll. Zwei der furchtbaren Krallen trennte sie fast vollständig ab. Sie hingen nur noch nutzlos herab, als das Ungeheuer seine Klaue mit einem zugleich schmerzerfüllten wie auch wütenden Schrei zurückzog.

Noch einmal schauderte Mytha, als sie daran dachte, was geschehen wäre, wenn das Ungetüm sie direkt auf diese Art angegriffen hätte. Vermutlich wäre sie jetzt schon tot. Doch wie es aussah, hatte sie allenfalls einen kurzen Aufschub erreicht.

Voll rasendem Zorn packten die beiden Bestien den Wagen und zerrten, drückten und rüttelten daran. Auch jetzt wieder kamen Mytha Zweifel, ob sie es nur mit geistlosen Tieren zu tun hatte, denn trotz ihrer Wut stellten sie sich dabei so geschickt an, dass das Gefährt immer stärker von einer Seite auf die andere schaukelte und die Räder sich jedes Mal etwas weiter vom Boden lösten.

Nur das bisschen Holz über ihr bot Mytha noch Schutz, aber die Raserei verlieh den beiden Bestien solche Kraft, dass es nicht mehr lange dauern konnte, bis der Wagen umkippte. Dann war sie ihnen ausgeliefert.

Mytha war entschlossen, ihr Leben so teuer wie möglich zu verkaufen.

Sie erkannte, dass ihre einzige Chance darin bestand, das absolut Unerwartete zu tun, um durch den Überraschungseffekt vielleicht einige Sekundenbruchteile zu gewinnen. Sie stemmte die Füße gegen den Unterboden und drückte im richtigen Moment mit aller Kraft die Beine durch. Der zusätzliche Druck reichte aus, um den Wagen endgültig ins Kippen zu bringen. Noch während sich das Gefährt zur Seite neigte und mit lautem Krachen umstürzte, sprang sie wie von einer Stahlfeder getrieben auf und direkt auf eines der Ungeheuer zu.

»Mytha! Helft ihr!«, drang wie aus weiter Ferne Silvans entsetzte Stimme zu ihr. Aus den Augenwinkeln bekam sie mit, dass Linton auf sie zugerannt kam, während sie mit dem Dolch zwei-, dreimal auf den Körper der Kreatur einstach.

Obwohl schwer verletzt, schlang diese ihre Flügel wie in einer tödlichen Umarmung um sie. Die Krallen bohrten sich durch das Leder ihrer Kleidung tief in ihre Haut und gruben feurige Furchen in ihren Rücken.

Noch einmal rammte sie den Dolch tief in den Leib der Bestie, gleichzeitig stieß diese mit dem Schädel nach ihr. Mit knapper Not konnte Mytha ihren Kopf so weit zur Seite beugen, dass der Schnabel sie nicht im Gesicht traf. Stattdessen explodierte ein greller Schmerz an ihrer rechten Schläfe. Feuerräder schienen in ihrem Kopf zu zerplatzen, doch inmitten der bunten Lichter herrschte Dunkelheit, die sich rasend schnell ausdehnte und die Welt verschlang.

Dann war nichts mehr.

8

Der dritte Angriff würde der letzte sein. Die Ungeheuer würden auch ihn verlieren, aber er würde erneut zahlreiche Opfer auf beiden Seiten fordern. Obwohl nur noch weniger als ein Dutzend von ihnen am Leben waren und sie keine Aussicht mehr auf einen Sieg hatten, griffen die Bestien weiterhin mit unglaublicher Verbissenheit an. Offenbar waren sie entschlossen, lieber allesamt ihr Leben zu opfern, als zurückzuweichen.

Linton Decour war keineswegs zart besaitet, dennoch widerte ihn das Gemetzel an, weil es so völlig überflüssig war. Einem Clanskrieger wie ihm bedeutete Ehre mehr als das Leben, und er wusste, dass es Situationen gab, in denen ein heldenhafter Kampf bis zum letzten Mann ehrenhafter war als ein Rückzug. Aber solche Begriffe galten zweifellos nicht für Tiere wie die geflügelten Angreifer, die nur von einem selbstmörderischen Instinkt getrieben wurden. Sie konnten es nicht wissen, aber wenn die Ruine wirklich ihr Unterschlupf war, ihr Horst, den sie zurückerobern wollten, dann bräuchten sie nur ein paar Stunden zu warten, bis er und die anderen weiterziehen würden, statt in einem vergeblichen Kampf den Tod zu finden und dabei möglichst viele Eindringlinge mit ins Verderben zu reißen.

Es war einfach nur eine völlig überflüssige Vergeudung von Leben.

Geschmeidig wich er zur Seite und entging so den zupackenden Krallen, als eine der Bestien auf ihn zuschoss. Gleichzeitig schlug er mit dem Schwert zu, trennte ihr einen Flügel vollständig vom Körper.

»Mytha! Helft ihr!«, hörte er einen lauten Ruf Silvans und blickte sich um. Erst jetzt entdeckte er, in welcher Gefahr die Diebin schwebte. Sie befand sich neben einem umgestürzten Wagen etwas abseits der Stelle, von der aus sie die Angreifer zuvor mit ihrer Steinschleuder attackiert hatte, und wurde von gleich zwei Ungeheuern bedrängt. Eines von ihnen hielt sie fest gepackt, obwohl sie sich mit einem Dolch immer wieder nach ihm stieß.

Linton überließ die Bestie, der er den Flügel abgehackt hatte, den Söldnern und rannte los. Noch bevor sich das zweite Ungeheuer, das sich auf dem Boden sehr viel plumper als in der Luft bewegte, ebenfalls auf Mytha stürzen konnte, hatte er es erreicht und rammte ihm sein Schwert von hinten fast bis zum Heft durch den Leib. Sofort zog er die Waffe zurück, und noch während das schwer verletzte Monster zu ihm herumzufahren versuchte, holte er aus und schlug ihm mit einem wuchtigen Hieb den Schädel ab.

Noch immer in einer verhängnisvollen Umarmung gefangen, waren Mytha und das zweite Ungeheuer derweil zu Boden gestürzt und regten sich nicht mehr. Blut quoll aus mehreren Verletzungen an ihrem Rücken und einer Wunde an ihrem Kopf. Unter den beiden breitete sich eine dunkle Lache aus, doch er konnte nicht erkennen, wie viel Blut von Mytha und wie viel von der geflügelten Kreatur stammte. Immerhin atmete die Diebin noch. Wenngleich nur sehr schwach, hob und senkte sich ihre Brust. Also war sie nur bewusstlos, während die Augen des Ungeheuers gebrochen waren.

»Heiler!«, rief Linton. Er streifte sein Oberteil ab und presste es auf ihre Kopfwunde, um die Blutung einzudämmen. Sonst wagte er nicht, sie zu berühren, aus Furcht, ihre Verletzungen noch zu verschlimmern.

Auch die letzten beiden Ungeheuer wurden gerade erschlagen und Silvan kam herübergehastet.

»Heiler!«, brüllte auch er in so lautem und barschem Befehlston, dass seine Stimme das Schreien und Stöhnen der verletzten Söldner mühelos übertönte. »Sofort hierher!«

Einer der Heiler vernahm seinen Ruf, blickte von einem Verwundeten auf und kam zu ihnen geeilt. Er untersuchte kurz die Kopfwunde der Diebin, dann bog er behutsam die Flügel der Bestie zur Seite und machte sich daran, die Krallen zu lösen, die noch immer in ihrem Rücken steckten. Mehr Blut begann zu fließen.

Widersprüchliche Gefühle tobten in Linton, während er zusah, wie der Heiler die Wunden zu versorgen begann. Noch auf dem Schiff hatte er zu Mytha gesagt, in seinen Augen wäre auch sie Abschaum wie die anderen, und er würde sie ebenso verabscheuen. Damit hatte er sie vor den Kopf gestoßen und wie beabsichtigt war der Kontakt zwischen ihnen danach auf das Nötigste beschränkt geblieben.

Aber was er gesagt hatte, war nur die halbe Wahrheit gewesen. Natürlich war sie eine Gesetzlose und somit nach dem Kodex des Clans nichtswürdig und ohne Ehre, das ließ sich nicht bestreiten. Gleichzeitig jedoch gab es erhebliche Unterschiede zwischen ihr und solchen Kretins wie Adamurt, Olimarch und Nariz, denen ein Menschenleben nicht das Geringste galt, während Mytha es zu seiner Überraschung sehr hoch einschätzte.

Im Kodex des Clans gab es keine Unterscheidungen, welcher Verbrechen sich jemand schuldig machte, doch in seinen Augen war diese Verallgemeinerung zu oberflächlich. Vor allem, wenn man bedachte, dass auch auf ihn genau wie auf zahlreiche andere Clansmänner ein hohes Kopfgeld ausgesetzt war. Obwohl der Clan selbst nicht verboten war, gerieten viele seiner Mitglieder immer wieder in einen Konflikt zwischen dem Gesetz auf der einen und Pflichterfüllung und ehrenvollem Gehorsam ihren Auftraggebern gegenüber auf der anderen Seite.

»Sie wird es überstehen«, riss die Stimme des Heilers ihn aus seinen Gedanken. »Die Wunden bluten stark, sind aber nicht allzu schlimm. Sobald ich die Blutungen gestoppt habe, braucht sie nur etwas Ruhe, dann wird sie sich rasch erholen. Vielleicht kann Euer Hexenmeister das noch etwas beschleunigen.«

Silvan stieß einen Seufzer der Erleichterung aus und rief Olimarch herbei. Auch Linton atmete auf. Er warf noch einen letzten Blick auf Mythas blasses und zum Teil blutüberströmtes Gesicht, dann wandte er sich ab.

Der wahre Grund, weshalb er ihr mit Vorsatz wehgetan und sie gegen sich aufgebracht hatte, war das Band der Freundschaft gewesen, das sich zu seiner eigenen Überraschung und gegen seinen Willen zwischen ihnen zu bilden begonnen hatte. Während seiner Zeit in aktiver Pflichterfüllung schloss ein Clansmann keine Freundschaften, um sich nicht auf diese Art angreifbar zu machen, und erst recht pflegte er keine über bedeutungslose sexuelle Abenteuer hinausgehenden Kontakte zu einer Frau. Genau diese aber waren zwischen Mytha und ihm im Entstehen gewesen, eine gefährliche Annäherung auf geistiger statt körperlicher Ebene.

Die spielerischen Wettkämpfe im Klettern hatte er zunächst lediglich als Ergänzung seines Trainings betrachtet, doch nach und nach hatten sich daran immer häufigere und vertrautere Gespräche angeschlossen. Clansmänner lebten einsam, deshalb spürten sie das Verlangen nach einem vertrauten Menschen besonders stark und waren durch solcherlei Verlockungen in besonderem Maße gefährdet. Zuletzt hatte Linton sich dabei ertappt, ihr sogar ansatzweise von sich und seinem Leben zu erzählen. Diese Erkenntnis hatte ihn so entsetzt, dass er sich entschlossen hatte, dieser Entwicklung einen Riegel vorzuschieben, bevor sie sich noch weiter vertiefen konnte.

Seither spürte er die Last der Einsamkeit noch drückender als zuvor. Fast war er froh über die zahlreichen Gefahren in den Verheerten Landen, die seine volle Aufmerksamkeit erforderten und ihn vom Grübeln abhielten.

Auch jetzt gab es mehr als genug zu tun, womit er sich ablenken konnte. Der Kampf gegen die Flugungeheuer war vorbei und hatte mit deren vollständiger Vernichtung geendet. Dennoch wäre es eine völlig Verkennung der Realität, von einem Sieg zu sprechen. Dafür waren ihre Verluste viel zu hoch. Zehntausende, Hunderttausende, vielleicht sogar Millionen Monster mochten in den riesigen Weiten der Verheerten Lande leben, während sie selbst zu Beginn der Reise nur etwas über zweihundert Menschen gewesen waren, inzwischen bereits erheblich weniger. Wenn ihre *Erfolge* in gleicher Weise andauerten, würden sie sich binnen kürzester Zeit zu Tode siegen, selbst wenn jeder von ihnen vor dem eigenen Tod hundert oder mehr Feinde erschlug.

Linton versuchte, sich nützlich zu machen, indem er half, die weniger schwer Verwundeten zu versorgen und die Toten etwas abseits auf einen Haufen zu legen. Es waren erschreckend viele. Immerhin brauchten sie die Leichen nicht offen zum Fraß für irgendwelche Bestien liegen zu lassen. Es gab genügend Geröll, das sie zu einem Grabhügel über ihnen aufschichten konnten.

Weitere Söldner waren so schwer verletzt, dass sie die nächsten Stunden nicht überleben würden, und wieder andere hatten Verletzungen davongetragen, die zwar heilen, aber dafür Tage oder Wochen benötigen würden. Bis dahin würden sie den weiteren Vormarsch erheblich behindern. Darunter befanden sich auch einige, die nie wieder oder zumindest für eine geraume Zeit nicht mehr würden kämpfen können.

Linton war überzeugt, dass Silvan sich nicht mit ihnen belasten, sondern Befehl geben würde, sie zu töten, doch er sah sich getäuscht. Der Mann von der Bäreninsel überließ ihnen die Wahl, ob sie einen raschen Tod durch die Schwerter ihrer Kameraden finden oder ausgestattet mit genügend Nahrungsmitteln hier im Schutz der Ruine zurückbleiben wollten. Ihre Chancen standen zwar auch hier miserabel, aber anders als auf freiem Feld, wo er sie ohne Zweifel hätte töten lassen, gab es eine winzig kleine Chance, dass sie überlebten. Falls sie es schafften und die Mission ein Erfolg würde, könnten sie sich dem Trupp auf dem Rückweg wieder anschließen.

Es überraschte Linton nicht, dass sich ausnahmslos alle dafür entschieden. Er selbst hätte eine andere Wahl getroffen. Zwar war die Gefahr durch die Flugungeheuer gebannt, aber andere, womöglich noch grausamere Bestien würden bald diesen Platz für sich beanspruchen und angesichts einer nur schwachen Verteidigung erobern.

Für ihn gab es keinen Zweifel, dass er keinen der Männer lebend wiedersehen würde.

9

Schmerz war das Erste, was Mytha bei ihrem Erwachen verspürte. Ein heftiger, feuriger Schmerz, der in ihrem Kopf und ihrem gesamten Oberkörper wütete und ständig neu angefacht wurde, weil der Untergrund schwankte und alle paar Sekunden von Stößen erschüttert wurde, die neue Schmerzwellen durch ihren Leib sandten. Dazu kam, dass sie äußerst unbequem und entgegen ihrer gewohnten seitlich zusammengerollten Haltung gerade ausgestreckt auf dem Bauch lag.

Noch halb in ihrer Ohnmacht gefangen, versuchte sie instinktiv, sich zur Seite zu drehen. Doch dann spürte sie, wie jemand nach ihr griff und sie zurückdrückte. Vertraut klingende Geräusche, die sie dennoch nicht zuordnen konnte, erfüllten die Luft, und nun erklang zusätzlich eine Stimme, ohne dass sie in ihrer Benommenheit die Worte verstehen konnte.

Nur langsam, scheinbar widerwillig, begann sich ihr Verstand zu klären. Sie begriff, dass sie auf einem fahrenden Wagen lag, und es sich bei den Geräuschen um das Knarren von Holz, das Rollen der Räder und das Klappern von Pferdehufen handelte. Die dauernden Stöße wurden durch Unebenheiten des Bodens hervorgerufen. Um ihren Kopf war ebenso wie um ihren Opferkörper ein fester Verband geschlungen.

Erst jetzt fiel ihr alles wieder ein. Die Verheerten Lande, die Rast in der Ruine auf dem Hügel, der Angriff der Flugungeheuer, ihr Kampf gegen eine der Bestien …

Sie wollte auffahren, beherrschte sich jedoch und drehte stattdessen nur vorsichtig den Kopf etwas zur Seite. Der Wagen war nicht wie die meisten anderen offen, sondern durch eine Plane über einem halbbogenförmigen Gestell abgedeckt. Sie lag auf einigen auf dem Boden ausgebreiteten Decken. Neben ihr saß einer der Heiler. Eine an dem Gestell über ihr hängende Laterne sorgte für schwachen Lichtschein.

Mytha versuchte, etwas zu sagen, doch ihr Mund war wie ausgetrocknet, ihre Zunge fühlte sich rau und kratzig an, schien vor Trockenheit am Gaumen festzukleben.

»Was … ser«, brachte sie schließlich krächzend heraus. Sie wollte sich herumdrehen, um sich zum Trinken aufzusetzen, doch der Heiler drückte sie abermals zurück.

»Euer Rücken ist verletzt. Bleibt auf dem Bauch liegen, sonst besteht die Gefahr, dass die gerade erst verschorften Wunden wieder aufbrechen«, sagte er und hielt ihr das Mundstück eines ledernen Wasserbeutels an die aufgesprungenen Lippen. Mit dem ersten Schluck spülte sie ihre Mundhöhle vor dem Schlucken mehrfach aus, dann begann sie gierig zu trinken, doch nach wenigen Sekunden zog der Heiler den Wasserbeutel bereits wieder weg.

»Langsam, oder Ihr werdet alles wieder ausbrechen«, ermahnte er sie. »Ihr wart mehr als zwei Tage ohne Bewusstsein.«

»Zwei Tage? Aber …«

»Der Hexenmei … Ich meine, Olimarch Thephilos hat Euch etwas zum Schlafen eingeflößt. Er sagte, so könnten Eure Wunden am besten heilen. Er hat sie außerdem mit einer Paste eingerieben, und tatsächlich haben sie sich bereits gut geschlossen. Nur Eure Kopfwunde macht uns noch etwas Sorgen.«

Seine letzten Worte hörte Mytha kaum noch.

Zwei Tage …

Sie hatte das Gefühl, als wäre sie nur ein paar Stunden ohnmächtig gewesen. Anscheinend war sie doch schwerer verletzt worden, als sie gedacht hatte. Auch die hämmernden Schmerzen vor allem in ihrem Kopf sprachen dafür.

»Mehr … Wasser«, stieß sie hervor.

Der Heiler hielt ihr erneut den Wasserbeutel an die Lippen und ließ sie einige Schlucke trinken, dann richtete er sich auf.

»Silvan hat befohlen, ihn sofort zu benachrichtigen, wenn Ihr aufwacht«, erklärte er. »Bitte bleibt solange ganz ruhig in genau dieser Position liegen.«

Mytha wartete, bis er von dem Wagen abgesprungen war, dann drehte sie sich auf die Seite, stopfte sich das Kissen etwas bequemer unter den Kopf und war Sekunden später erneut eingeschlafen.

10

Als Mytha das nächste Mal erwachte, war nicht annähernd so viel Zeit vergangen, das spürte sie. Diesmal folgte der Rückkehr aus dem Reich des Schlafes keine Benommenheitsphase, sondern sie war auf einen Schlag hellwach. Ihr Kopf und ihr Rücken taten noch immer weh, doch waren die Schmerzen auf ein erträgliches Maß herabgesunken. Der Wagen rollte nicht mehr, sondern stand still, offenbar legte der Trupp gerade eine Rast ein. Sie war allein, und man hatte sie wieder auf den Bauch gedreht, doch gelang es ihr nicht, ihre Position zu verändern. Zu ihrer Verärgerung stellte sie fest, dass mehrere Stricke fest über ihren Körper gespannt und an Ringen in den Seitenklappen des Wagens verknotet waren. Zweifellos hatte man es nur gut mit ihr gemeint und ihre Reaktion für trotzig und kindisch halten, doch schon immer hatte sie auf jegliche Einschränkung ihrer Freiheit im übertragenen oder – wie hier – im körperlichen Sinne allergisch reagiert.

Schlangengleich bewegte sie sich auf dem Bauch ein paarmal hin und her und vor und zurück, bis es ihr gelang, ihre Arme unter zwei der Stricke hervorzuziehen. Wahrscheinlich spannte sie die Haut ihres Rückens dabei wesentlich mehr an und riskierte ein erneutes Aufplatzen der Wunden, als wenn man ihr ermöglicht hätte, sich einfach in eine bequemere Position zu drehen.

Mit den Händen tastete sie nach den Knoten, erfühlte ihre Beschaffenheit und begann damit, sie zu lösen. Das hatte sie schon in ihrer Kindheit bei der Diebesgilde gelernt, und sie brauchte nicht länger als ein paar Sekunden dafür.

Nachdem sie sich befreit hatte, blieb sie ein paar Sekunden reglos liegen und wartete, bis der durch die Anstrengung neu angefachte Schmerz abgeklungen war. Dann setzte sie sich auf. Vorsichtig drehte und dehnte sie ihren Körper vom Hals bis zu den Füßen, um festzustellen, welche Bewegungen ihr wehtaten und wie stark sie eingeschränkt war.

Es ging besser als erwartet. Von der Hüfte abwärts spürte sie keinerlei Beeinträchtigung, nur hatte die Beweglichkeit ihres gesamten Körpers durch das lange Liegen grundlegend ein wenig gelitten. Am Rücken spürte sie zwar die Wunden, die die Klauen der Bestie ihr zugefügt hatten, doch sie besaß ein so ausgeprägtes Körperbewusstsein, dass sie fühlen konnte, dass diese sich bereits in einem fortgeschrittenen Heilungsprozess befanden und außer bei extremer Belastung nicht wieder aufreißen würden.

Da sie sich auch geistig frisch und erholt fühlte, beschloss sie, dass die Zeit des tatenlosen Herumliegens vorbei war. Einzig die Kopfwunde bereitete ihr noch Sorgen, doch war sie entschlossen, sich davon nicht unterkriegen zu lassen.

Mytha trank ein paar Schlucke Wasser, dann stand sie auf, so weit es die Plane über ihr zuließ, und machte einige leichte Lockerungsübungen. Anfangs fühlte sie sich noch etwas unsicher auf den Beinen, doch das legte sich rasch.

Man hatte ihr das Oberteil ausgezogen, um ihr den Verband anlegen zu können, außerdem war es von den Krallen vermutlich völlig zerfetzt worden. Neben ihrem Lager entdeckte sie jedoch den Beutel mit ihren Habseligkeiten. Darin befand sich fast nur Kleidung zum Wechseln, darunter mehrere zusätzliche Exemplare ihrer *Arbeitskleidung*. Angesichts der in den Verheerten Landen zu erwartenden Gefahren hatte sie damit gerechnet, dass diese Schaden nehmen würde und für Ersatz gesorgt. Angesichts des dicken, unförmigen Verbands streifte sie jetzt allerdings nur die lockere Bluse über, die sie schon an Bord des Schiffes getragen hatte.

Schließlich schlug sie die Plane am Heck des Fahrzeugs zurück und kletterte vorsichtig vom Wagen. Auch das bereitete ihr keine Probleme, selbst die Kopfschmerzen hielten sich in Grenzen.

Ohne die Plane um sich herum, die ihr das Gefühl gegeben hatte, gleichzeitig gefangen und von allem abgeschnitten zu sein, fühlte sie sich sofort wohler. Daran änderte auch die trostlose Landschaft nichts. Sie befanden sich in einer Art Geröllfeld. Überall lagen mehr als mannsgroße Felsbrocken herum, als hätte ein Riese einen ganzen Berg mit seinen Fäusten zermalmt und die Trümmer wahllos verstreut. Es herrschte offenkundig Tag, denn der Himmel war wieder von einer dichten Rauchdecke verhüllt, und die Luft roch auch danach. Wie gigantische Lampions leuchtete die Glut der Vulkane in der Ferne.

Die Söldner, denen sie begegnete, nahmen nur wenig Notiz von ihr. Dann aber entdeckte Silvan sie. Verblüfft riss er die Augen auf, doch gleich darauf verdunkelte sich sein Gesicht. Mit schnellen Schritten kam er auf sie zu.

»Was machst du denn hier?«, fuhr er sie an. »Du sollst liegen und dich erholen, damit deine Wunden heilen und du wieder in Hochform bist, wenn wir unser Ziel erreichen.«

»Das werde ich bestimmt nicht sein, wenn ich so lange faulenze, bis ich schwach und steif und unbeweglich geworden bin«, gab sie nicht minder scharf zurück. Sie hasste es, wenn jemand sie zu bevormunden versuchte. »Dazu führt es nämlich, wenn ich nur herumliege und mich pflegen lasse. Und übrigens, ja, es geht mir besser, vielen Dank der Nachfrage.«

»Beim Dämonenpfuhl, ich bezahle dich nicht, um Höflichkeiten mit dir auszutauschen! Willst du, dass diese Expedition scheitert, nur weil du zu ungeduldig bist, ein paar Tage still zu liegen? Mehrere Dutzend gute Männer haben bereits ihr Leben verloren. Soll alles umsonst gewesen sein, nur weil du dich wie ein störrisches Kind benimmst?«

Mytha zuckte erschrocken zusammen und schluckte. Mit einer derart aggressiven Reaktion hatte sie nicht gerechnet. So hatte schon lange niemand mehr gewagt, mit ihr zu reden.

Sicher, sie hatte sich von ihm anwerben lassen, aber das gab ihm nicht das Recht, sie als sein Eigentum zu betrachten und nach Belieben herumzukommandieren. So ließ sie sich von niemandem behandeln. Sie gehörte nicht zu seinen Söldnern, die jedem Befehl blind gehorchten; unter solchen Voraussetzungen hätte sie sich seiner Expedition niemals angeschlossen. Noch nie hatte sie einem anderen gestattet, über sie zu verfügen, hatte stattdessen sogar ihren Rausschmiss aus der Diebesgilde in Kauf genommen.

»Geh jetzt zurück in deinen Wagen und leg dich wieder hin!«, befahl er, ohne zu merken, wie sehr sein Auftreten sie empörte. »Wir mussten wertvolle Ladung zurücklassen, um dir darin ein Lager zu bereiten.«

»Ich … ich denke nicht daran!«, schleuderte Mytha ihm bebend vor Zorn entgegen und ballte die Fäuste. Am liebsten hätte sie ihm noch viel mehr an den Kopf geworfen, doch sie war so aufgebracht, dass sie nicht einmal mehr klar denken konnte. »Geh und leg dich selber hin! Ich bin nicht deine Sklavin!«, war alles, was sie noch herausbrachte, dann stürmte sie blindlings davon.

Es war kein besonders gelungener Abgang, so wie ihre ganze Reaktion auf seine Anmaßung nicht sonderlich gelungen war; weder allzu pfiffig noch voller Witz und Esprit, nicht drohend und erst recht nicht so überlegen, dass er das Gefühl haben musste, sich an ihrem Spott die Zunge verbrannt zu haben und es nicht noch einmal wagen würde, so zu ihr zu sprechen. Aber ihr war einfach nichts eingefallen, und nun stürmte sie auch noch wie ein beleidigtes Kind davon. Sie hätte sich selbst ohrfeigen können. Wut und Demütigung trieben ihr Tränen in die Augen, und sie nahm ihre Umgebung nur noch wie durch einen Schleier wahr.

Dabei hatte er aus seiner Sicht zum Teil sogar recht. Er war besorgt um sie, und hätte er sie vernünftig angesprochen, hätte sie ihm erklären können, dass sie sich viel besser fühlte und etwas Bewegung ihr jetzt wohler tat, als weiter nur zu liegen. Aber nachdem er sie direkt zu Beginn wie irgendeine beliebige Befehlsempfängerin angebrüllt hatte, war ein vernünftiges Gespräch nicht mehr möglich gewesen. Natürlich hatte sie sich ihm verpflichtet, aber er war mindestens genauso auf sie angewiesen, wie sie auf ihn.

Sie bog um die Ecke eines Zeltes und wäre um ein Haar mit Nariz D'huzhoryn zusammengeprallt. Ausgerechnet Nariz! Dass diese sie jetzt in diesem aufgelösten Zustand zu sehen bekam, hatte ihr gerade noch gefehlt.

Sie murmelte eine Entschuldigung und wollte weitereilen, aber die Magierin hielt sie mit einem harten Griff am Arm fest.

»Nanu. Ich dachte, du lägest schwer verletzt darnieder. Stattdessen stürmst du wie ein wild gewordener Troll durchs Lager und scheinst alles niederwalzen zu wollen, was dir in den Weg kommt«, sagte sie spöttisch. Sie musterte Mytha ein wenig genauer und fügte dann mit erstaunlich sanfter Stimme hinzu: »Du bist aufgebracht und hast geweint, aber es sind sicherlich keine Tränen des Schmerzes. Was ist geschehen?«

»Ich … ich hatte eine Auseinandersetzung mit Silvan«, berichtete Mytha fast gegen ihren Willen. Wahrscheinlich würde auch Nariz sie für albern halten, wenn sie erfuhr, wie kindisch sie sich verhalten hatte, aber selbst das war ihr in diesem Moment egal. Nachdem sie einmal angefangen hatte, quollen die Worte fast von allein über ihre Lippen. Sie berichtete, wie aggressiv er ihr gegenüber aufgetreten war und wie sehr sie sich von ihm gedemütigt gefühlt hatte.

Jetzt, als sie es in Worte zu kleiden versuchte, klang alles viel banaler und harmloser, als es ihr vorher erschienen war. Dennoch lachte Nariz zu ihrer Erleichterung nicht.

»Männer!«, sagte sie schließlich verächtlich, als Mytha geendet hatte. »Wenn sie uns brauchen, tun sie manchmal so, als würden sie uns als gleichwertig akzeptieren, aber das ist immer nur

Verstellung. Tief in ihrem Inneren glauben sie alle, dass sie besser als wir wären und wir zu tun hätten, was sie sagen.«

»Ich glaube kaum, dass er auch Adamurt, Olimarch oder Linton so angefahren hätte.« Mytha war froh über das Verständnis, das Nariz ihr entgegenbrachte.

»Nein, bestimmt nicht. Aber Silvan steht unter Druck. Er hat bereits mehr als ein Drittel seiner Söldner verloren, wesentlich mehr, als er erwartet hat, nachdem wir erst so kurz an Land sind. Und unter den anderen gärt es. Sie beginnen zu begreifen, dass es für die meisten von ihnen eine Reise ohne Rückkehr wird.«

»Das habe ich ihm prophezeit, aber es war ihm egal, weil sie ohne ihn nicht an Bord der Schiffe zurückkönnen.«

»Inzwischen denkt er anders darüber. Die Söldner werden es nicht wagen, offen gegen ihn zu rebellieren, aber etwas anderes geschieht, das fast genauso schlimm ist. Hoffnungslosigkeit breitet sich unter ihnen aus und ihre Kampfmoral sinkt von Tag zu Tag. Sie werden …« Nariz unterbrach sich und zog Mytha hinter die Ecke des Zeltes. »Da kommt Silvan angestapft wie ein aufgeplusterter Pfau. Ich nehme an, du hast wenig Lust, ihm erneut zu begegnen.«

»Nein, wahrlich nicht«, sagte Mytha lachend. »Er wird sich inzwischen beruhigt haben und freundlicher mit mir sprechen. Aber ob freundlich oder unfreundlich, er wird trotzdem darauf beharren, dass ich mich wieder hinlege. Soll er ruhig eine Weile nach mir suchen.«

»Dann komm herein«, bot Nariz an und schob die Plane vor dem Eingang des Zeltes zur Seite. Auch jetzt brannte eine Kerze im Inneren. »Ich glaube kaum, dass er dich hier suchen wird.«

Mytha lächelte erneut und folgte der Magierin. Mittlerweile hatte sie erkannt, dass nicht allein der Drang nach Bewegung sie veranlasst hatte, ihr Lager zu verlassen, sondern dass auch das Verlangen, Nariz wiederzusehen, dabei eine Rolle gespielt hatte, obwohl sie nicht einmal bewusst an die Magierin gedacht hatte. Da sie sich sonst so barsch gab, verwunderte ihre jetzige Freundlichkeit Mytha ein wenig, doch sie war froh darüber. Wie es schien, hatte auch Nariz schlechte Erfahrungen mit Männern gemacht, und vielleicht war weiblicher Zusammenhalt tatsächlich der Schlüssel zu ihrer Freundschaft.

»Setz dich zu mir«, forderte Nariz sie auf und ließ sich auf ihrem Lager nieder. »Der Platz ist etwas beengt, und ich kann nicht mit der Annehmlichkeit eines Divans oder Tisches aufwarten.«

Sie schlug ihre Kapuze zurück, sodass Mytha erneut ihr Gesicht sah, diesmal aus unmittelbarer Nähe. Es war, als würde in der Enge des Zeltes und der Dunkelheit der Verheerten Lande die Sonne aufgehen. Verzückt betrachtete Mytha ein weiteres Mal ihre so unvergleichlich lieblichen und anmutigen Züge. Sie sehnte sich danach, über das seidige schwarze Haar zu streichen und die Haut an den Wangen zu streicheln, in den dunklen Augen zu versinken, die schwellenden roten Lippen zu küssen und …

Es kostete sie ihre ganze Willenskraft, ihren Blick abzuwenden. Gedanken wie diese waren ihr vor der Begegnung mit Nariz völlig fremd gewesen. Sie war ein Mensch, der alles mit dem Kopf entschied, nicht mit dem Herzen, und Gefühle hatten ihr stets weniger gegolten als die Klarheit des Verstands. Gefühle konnten trügerisch sein und brachten ihrer Meinung nach selten etwas Gutes hervor. Sie verleiteten zu Narretei, führten zu Schmerz und Abhängigkeit. Dabei war es gleichgültig, ob sie einer Frau galten oder einem Mann.

»Was ist los? Tun deine Wunden weh?«, fragte Nariz, ihre plötzliche Anspannung missverstehend. »Ich fürchte, viel kann ich mit Magie da nicht ausrichten. Aber wenn du willst, sehe ich einmal nach ihnen.«

Ungeachtet dessen, was sie gerade noch gedacht hatte, barg die Vorstellung, ihre Finger auf ihrem Körper zu spüren, wenn auch nur an ihren Verletzungen, eine zu große Verlockung, als dass Mytha sie ablehnen konnte. Deshalb nickte sie nur, dann wandte sie Nariz den Rücken zu und hob die Arme, damit diese sich erst gar nicht mit der Kopfwunde aufhielt. Die Magierin streifte ihr die Bluse über den Kopf und löste vorsichtig den Verband um ihren Oberkörper. Behutsam strich sie über die Wunden. Ihre Fingerspitzen schien auf Mythas Haut zu brennen, ohne Schmerz zu verursachen.

»Alles ist wunderbar verheilt und viel schneller, als zu erwarten wäre. Auf allen Wunden sitzt eine dicke Schorfschicht, unter der sich schon neue Haut bildet. Ich lobe Olimarch wirklich nicht gerne, aber von Heilsalben versteht er was.«

»Dann muss ich deiner Meinung nach nicht länger liegen?«

»Das scheint mir nicht nötig. Ich verstehe allerdings nicht viel von der Heilkunst.« Noch immer strichen ihre Finger sanft wie Federn über Mythas Rücken, entfernten sich langsam von den Wunden. »Du hast eine schöne, weiche Haut.«

Mytha erwiderte nichts darauf, wagte nicht einmal, sich zu bewegen, aus Angst, den Zauber des Augenblicks zu zerstören. Sie erschauerte wohlig, als Nariz ihr am Rückgrat entlangstrich. Gleich darauf legte sie ihr statt nur der Fingerspitzen beide Hände flach auf ihren Rücken und bewegte sie wie bei einer angedeuteten Massage mit langsamen, kreisförmigen Bewegungen.

Nach und nach glitten ihre Hände mehr zu den Seiten, berührten im Vorbeistreichen flüchtig die Ansätze von Mythas nackten Brüsten. Dann glitten sie zu ihrer Taille und weiter nach vorne, liebkosten ihren Bauch und wanderten wieder höher. Mytha stöhnte auf, als sie sich auf ihre Brüste legten, diese umschlossen und leicht zudrückten. Beinahe augenblicklich verhärteten sich ihre Brustwarzen.

Mehrere Minuten lang strich Nariz mit den Fingern darüber, nahm sie zwischendurch immer wieder mal zwischen Daumen und Zeigefinger und massierte sie mal leicht, mal etwas fester. Mytha spürte, wie schon diese Berührungen ausreichten, ihre Erregung immer weiter steigen zu lassen. Ein Prickeln schien von den Händen der Magierin auszugehen, das ihren ganzen Körper durchdrang.

Es waren Gefühle, wie sie sie noch nie empfunden hatte, weder mit einem Mann, noch wenn sie sich manchmal selbst berührte. Die jungen Burschen, die sie sich in ihr Bett holte, dachten in erster Linie an sich selbst. Wenn sie sich ihren Brüsten zuwandten, dann war es meist ein unbeholfenes, manchmal sogar schmerzhaftes Drücken und Kneten. Ansonsten schienen sie nur an der Öffnung zwischen ihren Beinen interessiert zu sein, konnten es kaum erwarten, ihr Glied in sie hineinzustecken, kaum dass sie Zeit gehabt hatte, selbst Gefühle zu entwickeln und feucht zu werden. Dann stießen sie schwitzend und keuchend ein paar Dutzend Mal so schnell und fest in sie hinein, als ginge es um ihr Leben. Nachdem sie sich in ihr ergossen hatten, hatten sie es so eilig zu verschwinden, als wären sie bei etwas Verbotenem ertappt worden – während sich Mytha bei Olimarch um einen Trank bemühen musste, der verhinderte, dass sie schwanger wurde.

Nariz hingegen nahm sich Zeit, viel Zeit und schien überhaupt nicht an sich zu denken, sondern nur darauf aus zu sein, ihr Wohlbehagen zu bereiten. Sie hauchte Mytha einige Küsse auf die Schultern und biss ihr dabei leicht in die Haut, was erneute wohlige Schauer in ihr auslöste.

Der Druck der Magierin verstärkte sich, und Mytha gab ihm bereitwillig nach, ließ sich nach hinten ziehen, bis sie flach ausgestreckt mit dem Kopf auf ihrem Schoß ruhte.

Während sie mit den Händen weiterhin ihre Brüste liebkoste, beugte Nariz sich vor und küsste sie auf die Stirn, dann auf den Nasenrücken und anschließend die Nasenspitze. Mytha sehnte sich danach, ihre Lippen auf den ihren zu schmecken, doch wie in einer kleinen sadistischen Quälerei, die Erwartung und Vorfreude noch schürten, küsste sie ihr ganzes Gesicht, ließ ihren Mund aber aus.

Erst als Mytha glaubte, es gar nicht mehr aushalten zu können, näherte sie sich langsam ihrem Mund, verharrte ganz dicht davor noch einmal und ließ nur ihre Zungenspitze kaum merklich über die Lippen der Diebin gleiten. Bislang war diese vollkommen passiv gewesen, aber jetzt bereitete sie diesem Spiel ein Ende, indem sie ihren Kopf ein wenig anhob und ihre Lippen auf die von Nariz presste.

Die Zunge der Magierin schlüpfte in ihren Mund, berührte die ihre und schien sie zu streicheln, glitt über ihre Zähne und zog sich dann wieder zurück, als wollte sie sie locken. Mytha nahm die Einladung bereitwillig an. Ihre Zungen begannen einander wie in einem Tanz zu umspielen.

Die Diebin begriff kaum, wie ihr geschah. So intensive Gefühle hatte sie noch nie zuvor gefühlt. Sie konnte ihr Glück kaum fassen, sehnte sich nach mehr, immer mehr. Seit sie Nariz vor wenigen Tagen zum ersten Mal in unverhüllter Schönheit gesehen hatte, hatte sie sich gewünscht, sie zu küssen und zu berühren, hatte sich aber gleichzeitig nicht vorstellen können, dass es tatsächlich dazu kommen würde. Das barsche, abweisende Verhalten der Magierin hatte ebenso dagegengesprochen wie der Söldner, mit dem sie an diesem Tag ihr Lager geteilt hatte. Doch offensichtlich beherrschte sie das Liebesspiel mit einer Frau genauso gut wie mit einem Mann und mit der gleichen Leidenschaft und Hingabe.

Nariz' Hand wanderte tiefer über ihren Bauch, strich über ihre Hüfte und den Ansatz ihres Beins und streichelte die Innenseite ihrer Schenkel. Auch durch das Leder ihrer Hose konnte Mytha die Berührung so deutlich spüren, als wäre sie nackt. Sie glaubte, vor Wollust zu vergehen und hätte laut aufgestöhnt, wenn die Magierin ihren Mund nicht immer noch mit ihren Lippen verschlossen hätte.

So wie ihre Zungen zu einer einzigen geworden zu sein schienen, wollte sie, dass auch ihre ganzen Körper miteinander verschmolzen, eins wurden. Sie unterbrach den Kuss und richtete sich ein wenig auf, um Nariz Gelegenheit zu geben, ihre Kutte abzustreifen und selbst ihre Stiefel und ihre Hose auszuziehen, doch bei der Bewegung wurde ihr plötzlich schwindelig. Alles drehte sich mit einem Mal vor ihren Augen. Ihr Blick trübte sich. Nariz' Gesicht wurde zu einem undeutlichen hellen Flecken.

Kraftlos ließ Mytha sich zurücksinken. Ein ersticktes Keuchen kam über ihre Lippen.

»Was ist mit dir?«, hörte sie Nariz fragen, doch sie konnte nicht antworten. Eine bleierne Müdigkeit senkte sich über ihren Körper und Geist. Selbst das Denken fiel ihr schwer. Nur undeutlich nahm sie wahr, dass die Magierin ihren Kopf von ihrem Schoß hob, sie auf das Lager bettete und aufsprang.

Mytha hatte nicht einmal mehr die Kraft, ihre Augen geöffnet zu halten. Dunkelheit schwemmte ihr Bewusstsein fort.

11

Mytha träumte von Wasser, einem dunklen, riesigen Pfuhl, dessen Wellen über ihr zusammenschlugen. Sie träumte von einem Sog, der sie gepackt hielt und versuchte, sie immer weiter in eine finstere, lichtlose Tiefe hinabzuziehen, an deren Grund namenlose Schrecken, aber auch ewiges Vergessen auf sie lauerten. Mit aller Kraft stemmte sie sich dagegen, versuchte, sich an die Oberfläche zurückzukämpfen.

Selbst ihr Erwachen vollzog sich langsam, wie ein mühsames Emportauchen aus der Finsternis ans Licht. Sie schlug die Augen auf, aber selbst diese winzige Anstrengung schien ihre Kräfte fast zu überfordern. Ihr Körper schien sich in tonnenschweres Gestein verwandelt zu haben, zu schwer, um auch nur ein Glied zu rühren, und ihre Gedanken schien nur zähflüssig wie Sirup zu rinnen. Zumindest aber wusste sie sofort, wer sie war und was geschehen war.

Nariz D'huzhoryn …

Sie erinnerte sich ihrer Berührungen, die ihr so viel Wonne und Glücksgefühle bereitet hatten, und sehnte sich zurück in ihre Arme.

Aber die Magierin war nicht da. Stattdessen saß Olimarch neben ihrem Lager und blickte besorgt auf sie herab. Man hatte sie wieder in ihren Wagen gebracht, ließ sie aber immerhin auf dem Rücken liegen.

»Wie fühlst du dich?«

»Schwach«, presste sie hervor. Das Sprechen war so anstrengend, dass es ihr größte Mühe bereitete, Worte zu formulieren. »Hab mich … wohl über…nommen.«

»So scheint es. Obwohl ich nicht glaube, dass dein Zusammenbruch nur daran liegt. Nariz hat uns erzählt, was passiert ist.«

»Hat sie?« Etwas in Mytha schrie gequält auf, aber sie war sogar zu schwach, um Schrecken zu empfinden. Wie hatte Nariz ihr das antun können, wie hatte sie anderen erzählen können, was sich zwischen ihnen abgespielt hatte?

»Ja«, bestätigte Olimarch. »Sie hat von deiner Auseinandersetzung mit Silvan berichtet. Er scheint mit seinen Nerven derzeit ziemlich am Ende zu sein und reagiert bei jeder Kleinigkeit über. Ich kann gut verstehen, dass du keine Lust hattest, ihm noch einmal zu begegnen und dich in Nariz' Zelt geflüchtet hast. Wie sie selbst sagt, versteht sie nichts von Heilzaubern, deshalb weiß ich nicht, was es bringen sollte, dass sie deine Wunden untersucht hat. Sie behauptet, sie hätte nichts getan, sondern du seist schon ohnmächtig geworden, als sie den Verband kaum abgewickelt hatte.«

So wie sie zuvor kaum Schrecken empfinden konnte, verspürte Mytha auch nur vage Erleichterung über Nariz' Lüge.

»Stimmt das?«, hakte Olimarch nach. »Versuch dich zu erinnern. Hat sie wirklich nichts getan? Irgendeine gemurmelte Beschwörung vielleicht oder sonst irgendetwas?«

»Was … was meinst du?«

»Ich traue dieser Magierin nicht. Deine Wunden scheinen hervorragend zu heilen. Ich hätte es gern gesehen, wenn du nach deinem langen Schlaf noch mindestens einen halben Tag liegen geblieben wärst, aber offenbar hast du dich besser erholt als erwartet. Dann aber untersucht sie deine Verletzungen, und ganz plötzlich erleidest du einen so heftigen Schwächeanfall, dass du völlig zusammenbrichst. Es mag sein, dass du dich nur übernommen hast, aber, wie gesagt, ich traue dieser Magierin nicht. Ich will nur sichergehen, dass sie nicht versucht hat, den Heilungsprozess mit ihrer Magie irgendwie zu beschleunigen und das fehlgeschlagen ist.«

So träge ihre Gedanken auch immer noch zu fließen schienen, allmählich begriff Mytha, worauf er hinauswollte. Hätte sie sich nicht so erschöpft gefühlt, hätte sie gelacht. Olimarchs Verdacht mochte aus seiner Sicht berechtigt sein, zielte aber in eine Richtung, die kaum weiter von der Wahrheit entfernt liegen konnte.

»Nein«, behauptete sie. »Nariz hat ... nichts gemacht. Mir wurde schon schwindelig, als ... sie nur den Verband ... abgewickelt ... hat.«

Sie konnte die Augen nicht länger offen halten. Gleichzeitig aber wollte sie auf keinen Fall wieder einschlafen. Mit dem Schlaf würden auch die Träume zurückkehren, und sie fürchtete sich davor, erneut gegen den Sog ankämpfen zu müssen, der sie in die abgrundlose Tiefe zu ziehen drohte.

Olimarch sagte irgendetwas zu ihr, doch Mytha verstand seine Worte nicht. Sie trieb in einem Dämmerzustand dahin, zu wach, als dass die Träume Gewalt über sie bekommen konnten, aber zu benommen, um noch wahrzunehmen, was um sie herum vorging.

Es war angenehm, einfach so dahinzutreiben, scheinbar körper- und schwerelos, ohne die Last von Sorgen oder irgendwelchen anderen belastenden Gedanken.

Mytha wusste nicht, wie lange sie einfach nur mit geschlossenen Augen dalag, bis sie schließlich durch einige abrupte Bewegungen aus ihrem Dämmerzustand gerissen wurde. Der Wagen hatte sich rumpelnd wieder in Bewegung gesetzt. Unwillig öffnete sie die Augen. Olimarch saß noch immer – oder schon wieder – neben ihr.

»Hast du ... nichts anderes zu tun, als ... mich anzustarren?«, krächzte sie.

Er schüttelte den Kopf.

»Nein. Im Moment zählt nur, dass du dich erholst und wieder zu Kräften kommst. Du weißt doch, die seltsame Prophezeiung, dass wir unsere Mission nur alle zusammen mit vereinten Kräften bewältigen können. Deshalb macht sich Silvan ziemliche Sorgen um dich.«

»Wie schön, wenn ... man weiß, was ... man anderen wert ist.«

»Jetzt tu nicht so, als würde dich das überraschen, du kennst ihn so gut wie ich. Der Kerl ist eiskalt. Andere Menschen sind für ihn stets nur Mittel zum Zweck, er bemisst sie nur nach ihrer Nützlichkeit für seine Pläne. Ich bezweifle sogar, dass er darüber hinaus überhaupt zu irgendwelchen menschlichen Gefühlen fähig ist.«

»Was ihn ... zu einem perfekten Mitglied ... unseres Bundes macht, nicht wahr?« Sie dachte an Nariz. Auf die Männer traf ihre zynische Betrachtung zweifellos zu, aber wenigstens die einzige Frau außer ihr war anders.

Olimarch seufzte.

»Sieh es von der positiven Seite. Wir alle wollen Erfolg haben, deshalb hat keiner vom anderen etwas zu befürchten, bis wir unser Ziel erreichen. Im Gegenteil, jeder kümmert sich um den anderen. Glaubst du, sonst säße ich jetzt hier bei dir? So eine gute Kundin warst du nicht in Meridor.«

Seine Worte trafen Mytha nicht. Es war ihr egal, was er oder einer der anderen Mistkerle von ihr hielt und über sie dachte. Für sie war nur eine einzige Person von Bedeutung. Sie wünschte, Nariz wäre anstelle des Giftmischers bei ihr.

»Ich hoffe, du bist nicht enttäuscht«, fuhr Olimarch süffisant fort. »Schließlich hast du es abgelehnt, mit mir einen Pakt gegen die anderen zu schließen, sonst würde ich deinen Wert für mich natürlich wesentlich höher einschätzen. Darüber solltest du noch einmal nachdenken.« Er räusperte sich. »Aber lassen wir das jetzt. Da wir dich brauchen, zählt nur, dass du schnell gesund wirst.«

Er griff in seine Tasche und zog ein kleines Fläschchen heraus. Als er es entkorkte, erfüllte rasch ein würziger, frischer Duft das Innere des Wagens. Die Luft schien beinahe zu prickeln.

»Was ist das?« Das Sprechen fiel Mytha allmählich leichter.

»Ein Stärkungsmittel, das dir frische Kräfte verleiht. Wenn du wirklich nur einen Schwächeanfall hattest, wird es dir rasch helfen. Aber ich rate dir, beim Trinken die Nase zuzuhalten. Obwohl der Trank frisch riecht, ist er äußerst bitter.«

Seine Erwähnung des Paktes, den er mit ihr hatte schließen wollen, hatte ihr wieder seine Idee ins Gedächtnis gerufen, die anderen zu vergiften, um sie sich als Einzigem, der ihnen das Gegenmittel geben konnte, gefügig zu machen. Ihr Misstrauen war erwacht.

»Und wenn ich mich weigere?« Es gelang ihr sogar, ihrer Stimme etwas Schärfe zu verleihen.

Olimarch zuckte mit den Schultern.

»Dann wird es dir eben nicht besser gehen, jedenfalls nicht so schnell. Die Entscheidung liegt bei dir, obwohl ich mir vorstellen könnte, dass Silvan dir in seiner momentanen Gereiztheit das Mittel auch mit Gewalt verabreichen würde, wenn er davon hört. Also lass den Unsinn, Kindchen. Wenn ich dich vergiften wollte, hätte ich mühelos etwas in die Salben mischen können, mit denen ich deine offenen Wunden bestrichen habe. Außerdem habe ich dir mehrfach Tränke eingeflößt, während du bewusstlos warst.«

Seine Worte klangen einleuchtend, dennoch bewirkten sie das Gegenteil und verstärkten Mythas Argwohn noch, statt ihn zu besänftigen.

Auf den ersten Blick mochte es glaubwürdig erscheinen, dass sie sich nach Verletzungen und langer Bewusstlosigkeit schlichtweg übernommen und deshalb einen Zusammenbruch erlitten hatte. Aber sie wusste, dass dem nicht so war. Sie hatte sich ohne jede Anstrengung kaum mehr als ein paar Dutzend Schritte bewegt, und von Nariz hatte sie sich verwöhnen lassen, fast ohne selbst aktiv zu werden. Dies konnte nicht der Grund für einen so massiven Schwächeanfall sein, dass sie fast daran gestorben wäre. Indirekt hatte Olimarch dies sogar selbst bestätigt.

Wenn er hingegen etwas in die Heilmittel für sie gemischt und sie damit vergiftet hatte, sah alles plötzlich ganz anders aus und ergab einen erschreckenden Sinn. Dazu passte auch, dass er versucht hatte, Nariz die Schuld in die Schuhe zu schieben, sie zumindest als Verdächtige ins Spiel gebracht hatte. Welchen besseren Weg konnte es geben, von eigenen Missetaten abzulenken? Sie gab den perfekten Sündenbock ab, da Magie höchstens für einen Eingeweihten wahrnehmbare Spuren hinterließ.

Sie war nahe daran, Olimarch aufzufordern, zuerst selbst zu trinken. Dann wurde ihr bewusst, dass dies nichts bringen würde. Wenn er ihr tatsächlich Gift verabreichen wollte, besaß er mit Sicherheit ein Gegenmittel, das er jederzeit nehmen konnte, denn schließlich wollte er sie nicht umbringen, sondern nur ihre Loyalität erzwingen.

»Was ist nun? Willst du den Trank oder nicht?«

»Ich hasse dich!« zischte sie. »Möge ein Dämon dir die Därme herausreißen und dich mit deinen eigenen Eingeweiden füttern! Gib schon her das Zeug!«

12

Während der nächsten Tage veränderte sich Mythas Zustand kaum. Es gab ein Auf und Ab, mal fühlte sie sich etwas besser, dann wieder schien Erschöpfung sie wie eine bleierne Decke einzuhüllen. Sie schlief viel, doch wurde sie im Schlaf oft von Albträumen gequält, in denen es fast immer um Wasser ging, in dem sie zu ertrinken drohte. Mal stand der Wagen still, wenn sie erwachte, doch meistens fuhr er. Gelegentlich waren Kampfgeräusche zu hören. Sie fragte Olimarch danach, aber er antwortete stets nur, dass sie sich nicht damit beschäftigen, sondern erholen solle. Dabei beunruhigte sie die in seiner Stimme mitschwingende Besorgnis mehr als alles, was er ihr darüber berichten könnte, was außerhalb des Wagens geschah, der ihr immer mehr wie ein Gefängnis vorkam.

In den ersten zwei Tagen nach ihrem Zusammenbruch waren er und Silvan die einzigen Menschen, die sie zu sehen bekam, und Silvan auch nur ein einziges Mal, als er kam, um sich zu erkundigen, wie es ihr ginge. Mytha erschrak, als sie ihn sah. Er sah abgemagert aus, irgendwie ausgezehrt, schien nur noch ein Schatten seiner selbst zu sein. Seine Wangen waren eingefallen. Seine Augen flackerten nervös und ein beunruhigender Glanz funkelte darin. An den Armen hatte er mehrere Verletzungen davongetragen, seine linke Hand war verbunden. Obwohl er in der Enge des Wagens kaum zwei Schritte machte, erkannte sie, dass er ein Bein etwas nachzog.

Die Expedition lief ganz offenbar nicht so, wie er es geplant hatte, aber ebenso wie Olimarch weigerte er sich, darüber zu sprechen und verließ sie schon nach wenigen Minuten und ein paar belanglosen Worten wieder.

Ansonsten bekam sie nur Olimarch zu sehen, der oft bereits neben ihr saß, wenn sie erwachte oder spätestens ein paar Minuten später kam, um nach ihr zu sehen. Stets gab er ihr irgendwelche Tränke.

»Ich begreife das einfach nicht«, murmelte er einmal. »Es müsste dir längst besser gehen. Deine Wunden sind fast verheilt. Hier ist irgendetwas Dunkles am Werk.«

»Was meinst du?«

»Alles deutet auf ein Gift hin, das ich jedoch nicht erkennen und deshalb auch nicht bekämpfen kann.«

»Die Flugungeheuer ...«

»Das war natürlich mein erster Gedanke, aber kein anderer, der von ihnen verletzt wurde, leidet an ähnlichen Folgen.« Er schüttelte den Kopf. »Nein, es muss etwas anderes sein. Möglicherweise ist die Bestie, die dich verletzt hat, zuvor mit Gift in Berührung gekommen, und etwas davon haftete noch an ihren Krallen. Ich hätte die Krallen abhacken und mitnehmen sollen, dann wüsste ich vielleicht mehr, aber dazu schien es keine Veranlassung zu geben. Ich habe Proben vom Holz des Wagens genommen, den sie umwarf, aber bislang kein Gift daran finden können. Es ist wie verhext. Ich wünschte, ich wäre in meinem Labor in Meridor, wo mir viel mehr Möglichkeiten zur Verfügung stünden, aber es muss irgendwie auch so gehen.«

Es fiel Mytha immer schwerer, seinen Ausführungen zu folgen. Auch ihre Konzentrationsfähigkeit litt unter ihrer Schwäche, und wenn Olimarch über seine Arbeit sprach, pflegte er sich oft in Ausschmückungen und Abschweifungen zu ergehen, die schon unter normalen Umständen ermüdeten.

Immerhin glaubte sie nicht mehr, dass er ihr etwas gegeben

hatte, das für ihren Zustand verantwortlich war, so wie sich sein Hauptverdacht nicht mehr gegen Nariz D'huzhoryn zu richten schien, was sie sehr erleichterte. Sie vermisste Nariz, die einzige Person, die sie wirklich gerne sehen wollte. Erst am dritten Tag erfüllte sich ihr Sehnen, als die Magierin während einer Rast zu ihr in den Wagen geklettert kam.

»Nariz«, hauchte Mytha. »Endlich. Ich habe mir gewünscht, dass du kommst.«

»Es ging nicht eher. Silvan hat befohlen, dass außer Olimarch niemand zu dir darf.« Die Magierin schlug die Kapuze zurück, beugte sich über Mytha und küsste sie auf die Stirn, dann setzte sie sich neben sie und griff nach ihrer Hand. »Ich vermute, der Giftmischer hat ihn aufgehetzt.«

»Ich habe mir schon so etwas gedacht. Er hat dich verdächtigt, einen Heilzauber bei mir versucht zu haben, der fehlgeschlagen ist. Aber ich glaube, davon ist er allmählich abgekommen.«

»Trotzdem hält Silvan seinen Befehl aufrecht, und sie sind äußerst wachsam. Auf eine offene Konfrontation wollte ich es nicht ankommen lassen. Aber länger wollte ich jetzt auch nicht mehr warten und habe mit ein paar kleinen Tricks nachgeholfen, dass wir für eine Weile sicher sind. Lange kann ich jedoch nicht bleiben. Wie fühlst du dich?«

»Noch immer so schwach, als hätte ich überhaupt keine Kraft mehr in mir. Olimarch glaubt, es wäre ein Gift, mit dem die Bestie mich irgendwie infiziert hat. Leider findet er nicht heraus, welches.«

»Es wird ihm schon gelingen.« Sie strich sanft mit dem Zeigefinger über Mythas Handrücken. »Ich weiß nicht viel über ihn, aber es heißt, er wäre der Beste auf seinem Gebiet. Wenn jemand es schafft, dann er.«

»Jedenfalls freue ich mich, dass du hier bist, und ich habe das Gefühl, es geht mir schon besser. Was in deinem Zelt geschehen ist …«

»Lass uns jetzt nicht davon sprechen«, unterbrach Nariz sie.

»Wenn man Stunde um Stunde untätig hier liegt, macht man

sich eine Menge Gedanken und Sorgen. Ich habe noch nie so etwas gespürt und muss wissen, ob es für dich nur ein flüchtiges Vergnügen war, oder ob du wirklich etwas für mich empfindest«, beharrte Mytha und drückte Nariz' Hand etwas fester. »Sonst werde ich noch verrückt.«

»Ein flüchtiges Vergnügen war es für mich gewiss nicht«, beteuerte die Magierin. »Und es wäre noch viel schöner geworden, wenn nicht … Aber wir werden noch viel Zeit haben, uns besser kennenzulernen und die Wonnen zu erforschen, die wir einander schenken können, wenn du erst einmal gesund bist.«

Mytha lächelte. Nariz' Worte waren ein Labsal für sie, beruhigten ihre von Zweifeln, Unsicherheit und Angst gepeinigte Seele. Glücksgefühle fegten all das hinweg und eine schwere Last schien von ihr abzufallen. Selbst ihr momentaner Zustand erschien ihr mit einem Mal wesentlich erträglicher. Sie hätte jubilieren können, und hatte sogar das Gefühl, dass neue Kraft sie erfüllte.

»Du sagtest, wir wären für eine Weile sicher … Aber wie? Was, wenn Olimarch jetzt hereinkommt?«

»Das wird er nicht, verlass dich darauf. Ich habe den Wagen mit einigen magischen Symbolen gesichert.«

»Aber er wird doch erst recht wissen, dass du hier bist, wenn …«

»Aber, aber, aber«, äffte Nariz sie nach und wirkte für einen Moment ungehalten. »Hältst du mich für einen Dummkopf? Ich verstehe mein Geschäft. Er wird nicht gegen einen Bannkreis laufen oder so etwas, sondern er wird den Wagen einfach nicht mehr bewusst wahrnehmen oder daran denken. Weder er noch sonst jemand wird auf die Idee kommen, jetzt hierherzukommen. Selbst wenn Olimarch oder Silvan bereits auf dem Weg gewesen wären, wären sie verwundert stehen geblieben und hätten sich gefragt, was sie eigentlich gerade vorhatten, um sich dann etwas anderem zuzuwenden. Der Wagen – und damit auch du – sind ihrem Geiste gewissermaßen entschlüpft. Aber der Zauber wirkt nicht allzu lange.«

»Lange genug, dass du mir einen Kuss geben kannst?«

Nariz lachte.

»Das hatte ich ohnehin vor. Dafür bleibt uns mit Sicherheit genug Zeit.«

Sie beugte sich vor und küsste sie sanft, aber so ein fast schwesterlicher Kuss war Mytha nicht genug. Einen Moment lang setzte Nariz ihrer ungestüm vorschnellenden Zunge Widerstand entgegen, aber dann öffnete auch sie ihre Lippen, sodass sie in ihren Mund eindringen konnte und ihre Zungen einander erneut zu umspielen begannen.

Mytha stöhnte leise auf. Wie lange hatte sie diesen Moment schon herbeigesehnt! Sie wünschte, sie könnten dort weitermachen, wo sie zuletzt aufgehört hatten, wünschte sich, Nariz' Hände erneut auf ihrem Körper zu spüren, während sie der Magierin die Kutte auszog und auch ihren nackten Körper mit ihren Fingern zu erforschen begann. Aber das war unmöglich, sie war vor Schwäche ja kaum in der Lage, ihre Arme zu heben.

Plötzlich aber spürte sie etwas. Es war ein vager Schrecken, der sie mit Furcht erfüllte, die sich binnen Sekunden zu Angst und Panik steigerte. Eine grausige Kälte, die nicht von dieser Welt stammte, erfasste sie. Alles in ihr schien zu Eis zu erstarren.

Es war keine Einbildung. Auch Nariz spürte es und löste sich von ihr. Sie hob den Kopf, als würde sie lauschen. Ihr Gesicht war verzerrt. Fast ohne es zu merken, presste Mytha ihre Hand, so fest sie nur konnte. Am liebsten hätte sie in blinder Panik geschrien, hätte sich unter ihrer Decke verkrochen oder noch lieber in einem Loch tief, tief unter der Erde. Selbst das Licht der Laterne schien schwächer zu werden.

Nach wenigen, ihr fast endlos und unerträglich erscheinenden Sekunden flaute das Gefühl der Angst schließlich ab.

»Was ... was war das?«, presste sie zitternd hervor.

»Etwas sehr Mächtiges, Dunkles und Böses, das hoch über uns hinweggeflogen ist.« Nariz' Stimme bebte. »Ich kann nicht sagen, was genau, aber ich fürchte, wir haben nunmehr die Aufmerksamkeit sehr viel schrecklicherer Feinde als bisher auf uns gezogen. Aber was immer es war, es ist weitergezogen, zumindest für den Moment.« Sie stand ruckartig auf. »Ich muss jetzt gehen. Werde recht schnell gesund, hörst du?«

»Komm bald wieder«, bat Mytha. Die Woge der Finsternis, die sie verspürt hatte, war über sie hinweggeschwappt, ohne sie zu verschlingen, und hatte einen ihr jetzt nur noch wenig real vorkommenden Schatten hinterlassen, der rasch verblasste. Sie wollte nicht, dass Nariz ging und sie allein zurückließ. In ihrer Gegenwart fühlte sie sich geborgen und sicherer, zudem meinte sie noch immer die Süße ihres Kusses auf den Lippen zu schmecken. »Es ist mir egal, was Silvan und Olimarch befehlen. Ich gehöre keinem von ihnen. Sie haben nicht darüber zu bestimmen, wen ich sehen darf und wen nicht. Ich fürchte mich nicht vor ihnen.«

»Das solltest du aber«, entgegnete Nariz mit ernster Stimme. »Vielleicht nicht jetzt im Moment, aber die Zeit wird kommen, zu der du allen Grund haben wirst, sie zu fürchten. Und nun schlaf, damit du dich schnell erholst.«

Lächelnd schloss Mytha die Augen und war nur Sekunden später fest eingeschlafen.

13

Tag um Tag verstrich, ohne dass sich Mythas Zustand besserte. Sie schlief die meiste Zeit und fühlte sich ansonsten so müde und erschöpft, dass es ihr inzwischen schwerfiel, länger als ein paar Minuten oder vielleicht mal eine halbe Stunde wach zu bleiben.

Olimarch versuchte mit den verschiedensten Tränken und anderen Mittelchen eine Heilung herbeizuführen, ohne dass es ihm gelang. Dabei beschränkte er sich mittlerweile nicht mehr nur auf die Neutralisierung eines Giftes, sondern schloss nicht mehr aus, dass es sich stattdessen möglicherweise um eine von der Flugbestie übertragene Krankheit handelte. Schließlich setzte er Mytha sogar Näpfe zum Schröpfen an und ließ sie zur Ader, die bevorzugten Methoden vieler Heiler, von denen er allerdings wenig hielt. Dass er nun darauf zurückgriff, war nur eine Verzweiflungsmaßnahme, und sie wirkte so wenig wie alles andere. Obwohl er sich bemühte, hoffnungsvoll zu wirken, machte er einen immer ratloseren Eindruck und schien mit seiner Kunst am Ende.

»Ich bin mit praktisch allen in der bekannten Welt verbreiteten Giften und Krankheiten vertraut und habe sie erforscht, habe viele Gifte noch verbessert und ganz neue geschaffen, habe sogar für fast alle Gegenmittel entwickelt, aber hier stoße ich an die Grenzen meiner Kunst«, gab er niedergeschlagen zu. »Wenn es ein Gift ist, dann finde ich nichts, um seine Wirkung aufzuheben. Besonders bitter ist, dass ich mich dieser Expedition hauptsächlich angeschlossen habe, um genau solche Funde zu machen und mein Wissen zu vergrößern. Aber dass ausgerechnet einer von uns fünf sich nun an etwas infiziert hat, gegen das ich machtlos bin …«

Als er schließlich sogar Nariz drängte, sie zu untersuchen, ob sie durch irgendetwas womöglich Opfer eines Fluchs oder dergleichen geworden wäre, wusste Mytha, dass er nahezu aufgegeben hatte. Die Magierin legte ihr die Hand auf die Stirn und murmelte einige Beschwörungen, von denen sie ihr hinterher berichtete, dass es sich lediglich um einige Segenssprüche handelte, aber finden konnte sie nichts. Wenn irgendeine Form von Magie für Mythas Zustand verantwortlich wäre, hätte sie das vorher schon längst bemerkt.

Ob es schlichtweg an Resignation lag oder der vagen Hoffnung, sie könnte doch noch etwas finden, jedenfalls hob Silvan sein Verbot auf, dass niemand außer Olimarch zu Mytha dürfte. Fortan musste Nariz sich nicht mehr heimlich zu ihr stehlen, sondern konnte sie ganz offen aufsuchen. Da Olimarch den größten Teil seiner Zeit entweder bei ihr oder in seinem eigenen Wagen mit seinen Forschungen verbrachte, konnte er ihr nicht viel von der Reise erzählen, vielleicht wollte er es auch nicht. Dadurch wurde Nariz für Mytha zur fast einzigen Informationsquelle, was außerhalb ihres Wagens vorging.

Wie sie erfuhr, hatten sie zwischen den Ruinen am Rande einer größeren Stadt das Lager aufgeschlagen. Ursprünglich hatte

Silvan sie weitflächig umgehen wollen, sich angesichts der miserablen Stimmung unter den Söldnern allerdings anders entschieden. Nachdem sie sich vergewissert hatten, dass dort keine Gefahr lauerte, hatte er ihnen erlaubt, einige der Häuser am Stadtrand zu plündern, und sie hatten eine Menge Schmuck und andere kleine Wertgegenstände erbeutet, die sie ohne Mühe mit sich führen konnten. Es war unsinnig, sich schon jetzt damit zu beladen, und selbst Adamurt verzichtete darauf, sich daran zu beteiligen. Aber es war gut für die Moral der Männer, und es störte nicht, wenn sie ein paar goldene Ringe an ihre Finger steckten oder sich Ketten mit Perlen und Edelsteinen um den Hals hängten. Es gab ihnen einen Vorgeschmack darauf, was sie erwartete, wenn sie erfolgreich waren.

»Tiefer in der Stadt steht ein Palast oder sonst ein großes Gebäude«, schloss Nariz. »In dem Dämmerlicht ist es nicht genau zu erkennen. Es befinden sich nur noch wenige Ziegel auf den Dächern, aber es sieht aus, als wären sie aus purem Gold.«

»Ein Anblick, der sicher auch sehr motivierend gewirkt hat«, sagte Mytha mit einem schwachen Lächeln. »Mich hätte er jedenfalls motiviert. Wäre ich gesund, wäre ich losgezogen und hätte mir einen dieser Ziegel geholt, und wenn Silvan Gift und Galle gespuckt hätte.«

»Und was hättest du damit gemacht? Zum Plündern bleibt auf dem Rückweg noch Gelegenheit genug.«

»Mag sein. Aber so bin ich nun einmal. Ich habe in den letzten Jahren so viele Reichtümer angehäuft, dass ich längst schon nicht mehr auf das Stehlen angewiesen bin. Aber was verboten ist und unmöglich erscheint, übt nun einmal einen unwiderstehlichen Reiz auf mich aus. Sonst wäre ich gar nicht hier.« Sie fühlte, dass die Müdigkeit wieder stärker wurde und hatte keine Lust, mit Nariz zu streiten. »Vielleicht wäre ich aber auch vernünftig geblieben und hätte bis zum Rückweg gewartet«, fügte sie mit einem weiteren matten Lächeln hinzu. »Wichtig ist vor allem, dass die Kampfmoral der Söldner wieder gestiegen ist.«

Nariz zuckte mit den Schultern.

»Mag sein, oder auch nicht. Im Grunde spielen ihre Stimmung und Kampfmoral kaum noch eine Rolle. Ich denke, spätestens in zwei, drei Tagen werden Silvan und wir uns von den meisten von ihnen trennen, sofern dann überhaupt noch mehr am Leben sind, als wir brauchen können. Das Auftauchen des Schattens, dessen Gegenwart wir gespürt haben, verändert alles. Gegen das, was uns bevorsteht, werden uns die Söldner keinen Schutz bieten.«

»Aber was war es?«, fragte Mytha. Die bloße Erwähnung der Finsternis und Kälte, die über sie hinweggezogen war, genügte bereits, sie erneut schaudern zu lassen. »Und wie können wir uns davor schützen?«

»Schützen?«, wiederholte Nariz. »Ich denke nicht, dass wir das können. Selbst meine Kräfte wären damit weit überfordert. Unser einziger Schutz können Heimlichkeit und Schnelligkeit sein. Bislang sind wir viel zu offen und langsam durch dieses Land gezogen. Das hat nun ein Ende. Wir können uns nicht länger mit zu Fuß marschierenden Kriegern belasten.«

»Und was geschieht mit den Männern? Und was ist mit den Heilern?«

Nariz hob die Schultern. »Was schert es uns? Sie haben allesamt ihre Schuldigkeit getan und werden nicht mehr gebraucht. Ein Großteil des Trosses wurde bereits aufgelöst, dadurch sind Pferde freigeworden. Mag Silvan einige besonders vertrauensvolle Männer bestimmen, die darauf reiten und uns weiterhin begleiten werden; vielleicht mögen sie doch noch von geringem Nutzen sein.«

Was sie sagte, passte zu der eiskalten und zynischen Nariz, als die Mytha sie kennengelernt hatte, aber nicht zu der Frau, für die sie so intensive Gefühle entwickelt hatte und von der sie wusste, dass auch sie starke und liebevolle Gefühle zu empfinden und zu spenden in der Lage war. Es fiel ihr schwer, die zwei Seiten der Magierin miteinander in Einklang zu bringen. Ihr Gesicht wirkte so sanft und unschuldig, als wäre sie zu keinerlei bösen Gedanken fähig, dabei sprach sie, ohne auch nur eine Miene zu verziehen, davon, die Männer, mit deren Hilfe sie überhaupt erst so weit gekommen waren, zurückzulassen und damit dem fast sicheren Tod zu überantworten.

Wie konnte sie eine solche Frau lieben?

Aber war es überhaupt Liebe?

Nariz hatte etwas in ihr geweckt, dass sie zuvor so nicht gekannt hatte. Es war nicht nur ein körperliches Begehren, obwohl allein dieses schon stark genug war, dass jede Faser ihres Seins davon erfüllt war. Aber das war es nicht allein. Sie liebte alles – oder zumindest *fast* alles – an Nariz. Ohne sie kam sie sich leer vor, als würde ein Teil von ihr selbst fehlen. Am liebsten hätte sie jede Sekunde in ihrer Gegenwart verbracht, selbst wenn die Verachtung und Gleichgültigkeit, die sie anderen Menschen gegenüber zu empfinden schien, sie immer wieder abschreckte.

Aber das war unbedeutend; schon ein einziger Blick in ihre unergründlichen dunklen Augen reichte aus, alle Bedenken fortzuwischen.

»Dieser Schatten …«, lenkte sie das Gespräch wieder zum Kern ihrer tief empfundenen Angst zurück. »Worum handelt es sich? Ist es nur eine namenlose, finstere Macht, oder ist es ein Lebewesen, eine Art Wächter?«

»Weder noch, soweit ich es einschätzen kann. Aber ich glaube, er ist nicht nur ein finsteres *Ding*, sondern er ist von einem bösen Willen erfüllt, der sich jetzt auf uns richtet. Und dennoch bezweifle ich, dass diese Kreatur lebt, jedenfalls nicht in dem Sinne, wie wir dieses Wort verstehen.«

»Aber wie kann das sein?«

»Wir wussten, dass wir es in den Verheerten Landen nicht nur mit irgendwelchen geistlosen Ungeheuern zu tun bekommen würden, sondern dass hier Mächte hausen, die nicht von dieser Welt stammen und unser Vorstellungsvermögen weit übersteigen. Dieser Schatten mag uns einen ersten Vorgeschmack darauf liefern. Weniger ein Wächter als vielmehr ein Späher, der uns entdeckt und ausgekundschaftet hat. Er wird wiederkommen, und höchstwahrscheinlich nicht allein.«

Ein eisiger Windhauch schien bei diesen Worten durch den Wagen zu streichen. Obwohl sie unter einer dicken, warmen Decke lag, fröstelte Mytha plötzlich.

Nariz beugte sich über sie, strich ihr mit der Hand die Haare aus dem Gesicht und küsste sie auf die Stirn.

»Fürchte dich nicht«, sagte sie. »Wir sind nicht völlig hilflos. Vielleicht wurden wir nicht einmal entdeckt. Der Schatten flog schnell und hoch, und es brannte kein Licht im Lager, obwohl ich bezweifle, dass Dunkelheit uns vor so einer Kreatur verbergen kann. Aber auch wenn wir entdeckt wurden, bleibt uns zumindest noch eine Frist. Das Wesen hat uns nicht direkt angegriffen, deshalb habe ich es als eine Art Späher bezeichnet. Es wird zu seinem dämonischen Meister zurückkehren und Bericht erstatten. Vielleicht wird er unseren kleinen Trupp für zu unbedeutend halten, um deshalb aktiv zu werden. Zumindest mag er zaudern und unsicher sein, wie mit uns zu verfahren ist. Ich denke, er wird erst weitere Späher entsenden, um mehr über uns herauszufinden. Und nun ist es an uns, von ihnen nach Möglichkeit nicht gefunden zu werden.«

Es fiel Mytha immer schwerer, sich zu konzentrieren und ihren Worten geistig zu folgen. Nariz erkannte, dass sie zu müde war, um das Gespräch fortzusetzen, und stand auf.

»Obwohl ich nicht die Kraft habe, es mit dem Schatten oder gar seinem Meister im Kampf aufzunehmen, werden mein Rat und meine Fähigkeiten nun in verstärktem Maße gebraucht. Ich fürchte, dass ich deshalb in den kommenden Tagen nicht so oft wie bisher zu dir kommen kann. Aber ich werde versuchen, wenigstens einmal am Tag kurz nach dir zu sehen.«

Mytha gab keine Antwort mehr. Sie war schon fast eingeschlafen. Doch kurz bevor sie vollends ins Reich der Albträume hinüberglitt, schoss ihr ein beunruhigender Gedanke durch den Kopf: Wenn Schnelligkeit nun so vonnöten war, dass Silvan den Tross auflöste, was würde dann mit ihr geschehen?

HERZ DER FINSTERNIS

1 Mytha hatte nahezu jedes Gefühl für die Zeit verloren, sowohl im Kleinen wie im Großen. Schon längst wusste sie nicht mehr zu sagen, wie viele Tage oder Wochen sie nun bereits hier lag, aber inzwischen konnte sie sich beim Aufwachen auch nicht mehr auf ihr Empfinden verlassen, ob sie lang oder nur kurz geschlafen hatte. Sie meinte, es wäre nur kurz gewesen, als sie plötzlich hochschrak, aber das mochte trügerisch sein. Sie wusste nur, dass sie unruhig geschlafen hatte und ihre letzten bewussten Gedanken eine Fortsetzung in ihren Träumen gefunden hatten.

In diesen Träumen hatten Silvan und die anderen an ihrem Lager gestanden, und er hatte ihr mit hohntriefender Stimme erklärt, dass sie nun Abschied voneinander nehmen müssten, da sie nur noch eine Belastung darstellte. Sie hatte ihn angefleht, ihr wenigstens die Gnade eines schnellen Todes zu gewähren, aber er hatte genau wie die anderen nur gelacht und mit ihnen den Wagen verlassen, bis nur noch Nariz übrig war.

»Hilf du mir wenigstens, wenn ich dir etwas wert bin«, hatte Mytha gefleht und kraftlos die Arme nach ihr ausgestreckt, aber auch die Magierin hatte nur gelacht.

»Du bist nichts wert, weder für mich noch für sonst jemanden«, hatte sie gehöhnt. »Du bist ein Nichts, eine Verliererin von Geburt an, ganz egal, wie viele Schätze du zusammengestohlen hast. Was bleibt ohne deine Reichtümer, deine Berühmtheit und deinen Ruf unter all deinen Masken und Verkleidungen jetzt noch von dir übrig? Nur die bedeutungslose Leere, die dein ganzes Leben ausgemacht hat.«

»Aber ich … ich dachte, du liebst mich?«

»Dich lieben? Wie könnte dich jemand lieben? Niemand will mehr von dir als ein flüchtiges Vergnügen. Deine Liebe ist tödlich, oder hast du geglaubt, das Blut an deinen Händen mit Gold abwaschen zu können?«

Mit diesen Worten war auch sie gegangen. Allein, verlassen und hilflos war Mytha auf ihrem Lager zurückgeblieben. Der Wind war raschelnd über die Plane gestrichen und schon bald gesellten sich andere Geräusche dazu. Ein sich näherndes Fauchen und Heulen, das Kratzen scharfer Krallen am Holz des Wagens und ein körperloser Schatten, schrecklich, namenlos und eisig, der in das Innere vordrang und nach ihr griff …

Das war der Moment, in dem sie aus dem Traum hochgeschreckt war, keuchend und schwitzend, noch immer von Entsetzen und Panik erfüllt. Ihr Herz hämmerte, und zunächst war sie überzeugt, der Traum wäre Wirklichkeit geworden. Die anderen waren fortgeritten und hatten sie hier wehrlos sich selbst und den Bestien überlassen, die sie als Erste finden mochten. Selbst das Kratzen am Holz des Wagens war nicht nur Traum, sondern Realität …

… und dann wurde die Plane am hinteren Ende zurückgeschlagen. Nur mit Mühe konnte sie einen Schrei unterdrücken. Aber es war weder ein Ungeheuer noch eine Kreatur aus den Sphären des Chaos, sondern Linton Decour, der in den Wagen kletterte.

Erleichtert atmete sie auf, obwohl sein Besuch sie verwunderte. Seit ihrem letzten Gespräch auf dem Schiff war er ihr aus dem Weg gegangen und hatte sich nicht einmal blicken lassen, seit sie an der mysteriösen Schwäche litt.

»Kannst du aufstehen?«, fragte er, ohne sich erst mit einer Begrüßung aufzuhalten.

Überrascht starrte sie ihn an, war viel zu verblüfft, um zu antworten.

»Kannst du aufstehen?«, fragte er noch einmal, drängender diesmal.

»Ich … nein. Dafür habe ich zu wenig Kraft.«

»Dann werde ich dich tragen.« Er beugte sich über sie, schlang die Decke fester um ihre Schultern und Beine und hob sie mühelos hoch.

»Aber …«

»Ich weiß jetzt, woran du leidest«, behauptete er. »Aber es hätte keinen Sinn, es dir nur zu sagen. Du musst es mit eigenen Augen sehen, nur so kannst du Heilung finden. Still jetzt. Uns bleibt nicht viel Zeit, wir dürfen nicht entdeckt und aufgehalten werden.«

Seine Worte vergrößerten das Rätsel nur noch. Was hatte er mit ihr vor? Wie konnte sie von Gift oder Krankheit geheilt werden, indem er ihr etwas zeigte? Aber mittlerweile war sie so weit, dass sie sich an jeden Grashalm klammerte, der Rettung versprach, und so erhob sie keinen Widerspruch und sträubte sich auch nicht gegen seinen Griff, was ohnehin sinnlos gewesen wäre.

Es erforderte etwas Geschick, mit ihr auf den Armen von dem Wagen hinunterzusteigen, aber er schaffte es, ohne dass sie irgendwo anstieß. Es war das erste Mal, dass sie das Gefährt verließ, und sie genoss es, nicht mehr in dem winzigen Raum unter der Plane eingesperrt zu sein. Die Luft roch nach Rauch und Pestilenz, dennoch atmete sie sie tief ein.

Wie Nariz ihr geschildert hatte, befanden sie sich in den Außenbezirken einer Stadt. Ruinen ragten als steinerne Mahnmale einer besseren Zeit empor und zwischen ihnen waren die Zelte aufgeschlagen. Erschreckend wenige Zelte nur noch. Nicht weit jenseits der Stadt erhoben sich die ersten Ausläufer der Berge, die sie bislang nur aus der Ferne gesehen hatte. Vereinzelt liefen zähe Bäche aus Lava an den Hängen herab, ohne jedoch die Ebene zu erreichen.

Geschickt nutzte Linton jede Deckung, die ihm Mäuerchen, Trümmerstücke und Geröllanhäufungen boten, um ungesehen mit ihr voranzukommen. Sie erkannte nun, dass sein Ziel eines der großen Zelte war, das ein Stück entfernt von den anderen stand.

»Die an sich recht harmlose Wunde eines Söldners hat sich entzündet und er hat hohes Fieber bekommen«, raunte er ihr leise zu. »Olimarch hat ihm Arznei gegeben und ist zuversichtlich, dass er sich rasch wieder erholt, falls er die nächsten Stunden übersteht und das Fieber fällt. Allerdings wälzt er sich ständig im Delirium hin und her, stöhnt und beginnt manchmal zu schreien. Damit seine Kameraden ihren dringend benötigten Schlaf finden, hat Silvan nur für ihn etwas abseits ein Zelt aufschlagen lassen. Er hat bereits so viele Männer verloren, dass er nicht mehr so verschwenderisch mit ihrem Leben umgeht.«

»Aber was hat das mit mir zu tun?«

»Warte ab. Bruman, der letzte uns noch verbliebene Heiler, sollte eigentlich über den Mann wachen, aber er ist ganz plötzlich von einem tiefen Schlaf übermannt worden. Dafür hat sich jedoch jemand anderes des Verletzten angenommen. Ich hoffe, wir kommen nicht zu spät.«

Sie hatten das Zelt erreicht. Kein Licht und auch kein Laut drang durch den dicken Stoff nach draußen. Obwohl viel größer, war es doch von gleicher Bauart wie die kleineren Zelte. Lautlos schob Linton die Plane vor dem Eingang zur Seite. Auch hier erstreckte sich dahinter ein kleiner Raum wie eine Schleuse, damit nicht jedes Mal, wenn jemand hinein- oder hinausging, verräterischer Lichtschein nach draußen fiel.

»Versuch, ob du auf eigenen Beinen stehen kannst«, wisperte er ihr zu. »Leg deinen Arm um meine Schultern und stütz dich auf mich, dann wird es schon gehen. Und keinen Laut!«

Behutsam setzte er sie ab. Allein hätte sie sich kaum halten können, aber auf ihn gestützt, sodass er den Großteil ihres Gewichts trug, ging es einigermaßen. Ein paar Sekunden lang wurde ihr schwindlig und alles begann sich vor ihren Augen zu drehen. Aber dann fühlte sie sich etwas besser.

Es kam ihr vor, als wäre sie in der Zeit zurückversetzt worden. Schon einmal hatte sie sich in fast derselben Situation befunden, damals jedoch noch gesund und von eigener Neugier dazu getrieben, durch einen Spalt in der Zeltplane zu spähen.

Und auch jetzt bot sich ihr abgesehen von dem bewusstlos am Boden liegenden Heiler ein nahezu identisches Bild. Natürlich war das Zelt größer, aber es befand sich nur ein Lager darin. Auf dem Lager lag einer der Söldner mit heruntergelassener Hose auf dem Rücken. Nariz kniete nackt über ihm, hatte sich sein Glied einverleibt und ritt ihn. Ein feiner Schweißfilm ließ ihre Haut glänzen und noch verführerischer aussehen.

Der Anblick versetzte Mytha einen heftigen Stich. Nein, es war eher, als hätte sie einen Faustschlag in die Magengrube bekommen. Fassungslos starrte sie die Frau an, zu der sie in so großer Liebe entflammt war, beobachtete, wie diese sich mit dem Söldner vergnügte, während es ihr selbst so sterbenselend ging.

Wut und Enttäuschung trieben Mytha Tränen in die Augen. Durch ihre Krankheit hatte sich noch keine Gelegenheit ergeben, offen mit Nariz über ihre Gefühle zu reden; unausgesprochen hatten sie beide dieses Thema auf einen Zeitpunkt verschoben, wenn sie hoffentlich wieder gesund sein würde. Aber sie hatte schon geglaubt – oder zumindest gehofft –, ihr auch etwas zu bedeuten, mehr als nur ein oberflächliches sexuelles Abenteuer für sie zu sein.

Mittlerweile stand nicht einmal mehr fest, ob sie überhaupt überleben würde. Und Nariz besaß nicht einmal den Funken von Anstand, so lange zu warten, ehe sie zu einem anderen ins Bett kroch. Mann oder Frau schien ihr völlig gleichgültig zu sein, offenbar nahm sie, was sich ihr gerade bot.

Sie öffnete den Mund, wollte in hilflosem Zorn Nariz' Namen schreien, doch Linton hatte dies vorher geahnt und presste ihr rasch die Hand auf die Lippen. Auch ihm galt in diesem Moment ihr Hass, aber sie war zu schwach, sich gegen ihn zu sträuben. Bereitete es ihm etwa Vergnügen, ihr dies zu zeigen? Genügte es ihm nicht, dass sie vermutlich bald sterben würde, wollte er sie zuvor noch demütigen? Sie hatte gewusst, dass es wie ein Sprung in ein Haifischbecken sein würde, sich mit Silvan und seiner ganzen Bande zusammengewürfelter Halsabschneider einzulassen, aber wie verkommen sie allesamt waren, wurde ihr erst jetzt richtig bewusst. Die Hoffnung, bei einem von ihnen so etwas wie Anstand zu finden, und sei es nur ein winziger Hauch, war offenkundig eine zu hohe Erwartung gewesen.

»Ich weiß, dass es wehtut, aber sei still und sieh genau hin«, flüsterte Linton ihr kaum hörbar ins Ohr.

Erst jetzt wandte sie ihre Aufmerksamkeit dem Söldner zu. Er lag völlig still und bewegungslos da. Sein Gesicht war schweißüberströmt, und seine Brust hob und senkte sich in sehr schnellen, aber dafür nur flachen Atemzügen. Linton erklärte, dass er in Fieberträumen läge und es fraglich wäre, ob er den nächsten Tag noch erleben würde. In seinem benommenen Zustand machte der Söldner nicht den Eindruck, als ob er überhaupt wahrnahm, was mit ihm geschah.

Das alles ergab keinen Sinn, zumindest keinen, den Mytha erkennen konnte. Selbst wenn Nariz so wenig für sie empfand, dass sie nicht einmal unter den gegenwärtigen Umständen auf sexuelle Abenteuer verzichten wollte: Warum hatte sie sich dafür dann gerade diesen Kerl ausgesucht? Die Söldner hatten seit Wochen keine Frau mehr gehabt. Bei ihrer Schönheit hätte sie mit Sicherheit jeden von ihnen haben können. Warum hatte sie sich dann ausgerechnet für jemanden entschieden, der offenkundig bereits an der Schwelle zum Tod stand und ihr schwerlich richtiges Vergnügen bereiten konnte?

Ein flüchtiger Gedanke blitzte hinter Mythas Stirn auf, verschwand jedoch wieder, bevor sie ihn greifen konnte.

Sie musste daran denken, dass es ganz ähnlich gewesen war, als sie Nariz schon einmal heimlich beim Sex beobachtet hatte. Obwohl ihr damaliger Gespiele völlig gesund gewesen war, hatte auch er völlig teilnahmslos und apathisch dagelegen. Und auch bei ihr selbst war es kaum anders gewesen.

Dann starb der Söldner.

Es geschah gänzlich unspektakulär. Er bäumte sich nicht in einer letzten Kraftanstrengung auf, stieß nicht einmal ein Röcheln oder sonst einen Laut aus, sondern entschlief friedlich und hörte einfach von einem Moment zum anderen auf zu atmen.

Dafür stieß Nariz ein Stöhnen aus, das verzückt, fast wollüstig klang, obwohl sie es zu dämpfen versuchte. Sie drückte ihren Rücken durch und breitete die Arme aus, als ob sie eine Art perversen Segen empfänge. Jeder Muskel in ihrem Körper schien angespannt zu sein. Ein ekstatischer Ausdruck lag auf ihrem Gesicht.

Mytha begriff, dass sie im gleichen Augenblick, in dem der Söldner starb, einen Orgasmus bekam. Es war so unglaublich obszön, dass es sie anekelte. Wie konnte sie für diese Frau nur etwas empfinden, gleichgültig, wie schön Nariz war.

Nach ein paar Sekunden stieß die Magierin die Luft aus und sackte in sich zusammen. Sie richtete sich auf und streifte ihre Kutte über, ohne den Toten noch eines Blickes zu würdigen.

Linton schob die Plane vor dem Eingang zur Seite.

»Ein weiteres Opfer auf deiner Liste«, sagte er kalt. »Weißt du noch, wie viele du seit unserem Aufbruch bereits umgebracht hast, oder hast du gar nicht mehr mitgezählt?«

2

Erschrocken fuhr Nariz herum. Als Mytha sie zum ersten Mal beobachtet hatte, hatte sie es bemerkt, hatte aus den Augenwinkeln vermutlich den kaum zwei Meter von ihr entfernten Spalt neben der Eingangsplane entdeckt. Hier, in dem wesentlich größeren Zelt, war ihr entgangen, dass sie nicht allein mit ihrem Opfer war. Sie wirkte völlig überrascht.

»Linton! Mytha!«, stieß sie hervor, und Schrecken zeichnete sich auf ihrem Gesicht ab, aber gleich darauf fing sie sich wieder. »Es scheint zu einem beliebten Zeitvertreib zu werden, mich heimlich zu beobachten, während ich mit jemandem schlafe. Hat euch wenigstens gefallen, was ihr gesehen habt?«

»Er … er ist tot!«, stieß Mytha hervor. »Du hast ihn umgebracht!«

»Ja, es scheint, als hätte er sich ein bisschen zu viel zugemutet. Insofern ist es gut, dass ihr gekommen seid. Wir könnten zu dritt dort weitermachen, wo dieses Fiasko gerade geendet hat.« Ihr

Lächeln wurde verführerisch. Langsam, mit wiegenden Hüften, kam sie näher, strich dabei aufreizend über ihre unter der Kutte nur zu erahnenden Brüste und ließ ihre Hände tiefer wandern.

Noch vor einer halben Stunde hätte sie Mytha damit schier um den Verstand gebracht. Jetzt hingegen empfand die Diebin das Verhalten nur als abstoßend und widerlich.

»Was meinst du, Linton?«, fragte sie und lächelte ihn strahlend an. »Wann hattest du zuletzt eine Frau? Ich kann alle deine Begierden erfüllen und Dinge mit dir tun, die du dir in deinen erotischsten Träumen noch nie ausgemalt hast.«

»Gib dir keine Mühe«, erwiderte Linton kühl. »Ich weiß, was du bist. Dein Zauber verfängt bei mir nicht. Und ich denke, Mytha ist nun ebenfalls davon kuriert.«

Nariz erstarrte und wich zurück. Erneut zeigten sich Unsicherheit und Schrecken auf ihrem Gesicht. Offenbar war sie es nicht gewöhnt, dass jemand ihren Verführungskünsten widerstehen konnte.

»Sie ist eine Art Lamia«, fuhr Linton fort. »Jeder, der in ihr Angesicht blickt, fühlt sich augenblicklich von ihr angezogen und verfällt ihr. Anscheinend nicht nur Männer, sondern auch Frauen. Sexuelle Handlungen sind für sie kein vergnüglicher Selbstzweck. In Wahrheit saugt sie einem Opfer die Lebenskraft aus, während sie mit ihm schläft. Manchmal schnell und endgültig, wie bei dem armen Kerl da, manchmal nur langsam und behutsam, ohne zu töten, wie bei dir. Der einzige Weg, den Zauber zu durchbrechen, ist zu erkennen, was sie wirklich ist. Deshalb habe ich dich hergebracht.«

»Hör nicht auf ihn«, rief Nariz. »Er lügt nur, um sich zwischen uns zu drängen. Hast du nicht bemerkt, wie er dich immer wieder mit lüsternen Augen betrachtet hat? Er kann es nicht ertragen, dass zwischen uns etwas besteht, das er niemals haben wird. Deshalb denkt er sich diese abscheulichen Lügen aus!«

»Ich habe mit eigenen Augen gesehen, was geschehen ist«, schleuderte Mytha ihr mit bebender Stimme entgegen.

Noch immer musste sie sich auf Linton stützen, aber sie

fühlte sich schon nicht mehr so schwach wie zuvor, auch wenn im Moment wohl hauptsächlich Zorn und Hass sie aufputschten. Der Söldner hatte recht, Nariz' Bann über sie war im gleichen Moment von ihr abgefallen, in dem sie gesehen hatte, wie sie den Söldner ermordete. Denn es war kaltblütiger Mord gewesen, kein Unglück, weil der Söldner sich zu viel zugemutet hatte, daran gab es für sie keinen Zweifel.

Auch alles andere fügte sich nun zu einem kompletten Bild zusammen, all die offenen Fragen, die sie in den letzten Tagen gequält hatten, erhielten eine Antwort. Nun war klar, warum sie so plötzlich in Leidenschaft zu einer Frau entflammt war, warum sie alle verstandesmäßigen Einwände gegen diese Gefühle beiseitegeschoben hatte, warum Olimarch kein Heilmittel gegen ihre Schwäche hatte finden können.

»Hast du denn schon vergessen, wie schön es zwischen uns war?«, versuchte die Magierin sie zu locken. »Welche Gefühle du in meinen Armen verspürt hast?«

»O doch, daran erinnere ich mich noch gut. Es war zum Sterben schön und dazu wäre es ja wohl bald auch gekommen. Den ersten Schwächeanfall hatte ich, als wir uns zum ersten Mal näherkamen, und bei jeder weiteren Begegnung hast du mir dann wieder ein klein bisschen Lebenskraft entzogen. Wie lange hattest du denn noch vor, dich an mir zu mästen, ehe du mich schließlich tötest?«

Nariz kniff die Lippen zusammen, dann begann sie plötzlich zu lachen.

»Nun gut«, sagte sie mit veränderter Stimme, in der Überheblichkeit und Eiseskälte mitschwangen. »Anscheinend ist es dir gelungen, dich meinem Bann vollständig zu entziehen, und bei diesem Narren wirkt mein Zauber auch nicht. Also Schluss mit den Nettigkeiten. Ich hatte gerade erst mit dem Vorspiel begonnen, aber selbst das erregte dich schon so sehr, dass deine Lebenskraft nur so zu strömen begann. Ich hätte dich zu Ekstasen treiben können, wie du sie nicht für möglich hältst. Allerdings hätte das deinen Tod bedeutet.« Sie lachte kalt. »Aber auch ich habe es genossen. Du ahnst nicht, wie süß es war, immer wieder von deiner Lebenskraft zu kosten, und wie viel Spaß es mir gemacht hat, dich um den Finger zu wickeln und dir vorzuspielen, welche großen Gefühle ich für dich empfinden würde. Deine Naivität war einfach köstlich, so amüsiert habe ich mich schon lange nicht mehr. Hast du wirklich geglaubt, ich würde etwas für eine naive, einfältige Göre wie dich empfinden? Für ein bedeutungsloses Nichts wie …«

»Es reicht«, fiel Linton ihr ins Wort. »Du hast nicht nur eine offenbar beträchtliche Zahl an Söldnern getötet, die für unseren Schutz sorgen sollten, sondern wolltest außerdem eine von uns töten, was ein Scheitern der ganzen Expedition bedeutet hätte. Silvan wird nicht begeistert sein, wenn er davon hört.«

»Na und?« Nariz stieß ein verächtliches Schnauben aus. »Was soll er machen? Mich töten? Dann schlägt die Mission erst recht fehl. Bei dem, was jetzt vor uns liegt, werden meine Kräfte wichtiger sein als alles andere. Ich weiß gar nicht, warum ihr so empört tut. Die Aufgabe der Söldner war es, uns zu schützen. Viele sind für diese Pflicht im Kampf gefallen. Von anderen habe ich eben die Lebenskraft in mich aufgenommen, damit diese uns auch weiterhin schützt. Tot ist tot, und es war doch von Anfang an klar, dass nicht viele der Söldner überleben würden. Zu sterben ist nun mal die Aufgabe eines Kriegers, wer kräht später noch danach, wie es geschah?«

»Das ist eine perverse, abscheuliche Logik«, empörte sich Linton. »Nur ein paar schöne Worte, um deine Morde zu verschleiern.«

»Dass du das so siehst, ist keine Überraschung, schließlich bist du selbst kaum mehr als ein besonders gut bezahlter Söldner«, höhnte Nariz. »Ich hätte mehr von dir erwartet, aber offenbar seid ihr beide sentimentale Narren. Silvan hingegen ist aus anderem Holz geschnitzt. Er wird diese Logik verstehen und mir recht geben.«

»Nein, das wird er nicht!«, stieß Silvan mit zornbebender Stimme hervor und trat an Mytha und Linton vorbei durch den Eingang. Voller Abscheu musterte er die Magierin. Unsicher wich sie einen Schritt zurück, doch er vergewisserte sich nur, dass dem noch immer reglos am Boden liegenden Heiler nichts fehlte.

»Keine Sorge, er hat nur eine Beule am Hinterkopf«, stieß Nariz hervor. »Wie viel hast du gehört?«

»Genug, dass ich dein schmutziges kleines Geheimnis ebenfalls kenne. Anscheinend hast du vergessen, dass auch ich ein Krieger bin, der sich für Lohn bei einem Herrn verdingt. Für eine Schlange wie dich mag es keinen Unterschied machen, aber die Aufgabe eines Söldners ist nicht der Tod. Das ist nur eine allgegenwärtige Gefahr. Diese Männer waren meiner Führung anvertraut. Sie kannten die Gefahr, ehrenhaft im Kampf zu fallen, aber das ist etwas anderes, als von dir mit deinen Zaubertricks willenlos gemacht und abgeschlachtet zu werden, damit du dich an ihnen mästest.« Er legte die Hand auf den Knauf seines Schwertes. »Ich sollte dir auf der Stelle den Kopf abschlagen!«

»Damit würdest du gleichzeitig dich und alle anderen zum Tode verurteilen.« Trotzig schürzte Nariz die Lippen. »Ganz davon abgesehen, dass es das Ende dieser ach so wichtigen Mission bedeuten würde.«

»Die du mit deinem Verrat an Mytha ohnehin fast zum Scheitern gebracht hättest.«

»Dieses einfältige Dummchen hätte ich schon nicht getötet, jedenfalls nicht, ehe wir unsere Aufgabe erfüllt hätten. Wenn ich das gewollt hätte, hätte ich oft genug Gelegenheit dazu gehabt. In der nächsten Zeit hätte ich sie in Ruhe gelassen, damit sie sich wieder erholt, bis wir unser Ziel erreichen. Umso mehr hätte ich es genossen, ihrem geistlosen Liebesgeplapper dann auf einen Schlag ein Ende zu setzen.«

Mytha fühlte sich noch immer stark geschwächt, aber nicht mehr so extrem wie zuvor. Es schien, als hätten schon das bloße Wissen, woher die Schwäche rührte, und ihre Befreiung aus dem Bann der Magierin ausgereicht, ihre Kräfte schneller als erwartet zurückkehren zu lassen. Auch ihre Enttäuschung hatte sie überwunden. Dafür loderten Wut und Hass umso brennender in ihr und schienen sie mit frischer Kraft zu versorgen.

Sie löste ihren Arm, mit dem sie sich bislang auf ihn gestützt hatte, von Lintons Schulter und schob seine Hand weg, als er nach ihr zu greifen versuchte. Zum ersten Mal seit Tagen stand sie wieder allein auf eigenen Beinen. Sie schwankte ein wenig und hatte das Gefühl, die Knie würden ihr den Dienst versagen, dennoch machte sie einige unsichere Schritte. Sie ging auf Nariz zu, blieb dicht vor ihr stehen und hielt mühelos ihrem herablassenden Blick stand, bis diese schließlich wegsah.

»Das einfältige Dummchen, das nur geistloses Liebesgeplapper von sich gibt, schuldet dir noch etwas«, sagte sie.

Sie legte alle noch verbliebene Kraft in ihren Schlag. Ihre Faust traf Nariz am Kinn und schleuderte sie zurück.

»Das hat gutgetan«, murmelte sie, während sie selbst das Gleichgewicht verlor und zu Boden stürzte.

3

Adamurt und Olimarch mussten darüber informiert werden, was geschehen war. Außerdem galt es noch eine Menge offener Fragen zu klären und festzulegen, wie sie weiter vorgehen sollten. Zu diesem Zweck hatte Silvan verfügt, dass sie sich in einer Stunde zu einer Besprechung in seinem Zelt einfinden sollten.

»Damit wir uns bis dahin etwas beruhigen und wieder einen klaren Kopf bekommen können«, hatte er die Verzögerung begründet.

Mytha war froh über diese Frist. Es gab eine Menge, worüber sie nachdenken musste, außerdem ertrug sie es zurzeit einfach nicht, Nariz erneut zu begegnen. Der Schlag hatte ihr etwas Erleichterung verschafft, dennoch würde sie auch jetzt noch am liebsten ihre Hände um den Hals der Magierin legen und sie genüsslich erwürgen. Nicht einmal so sehr wegen des Raubs ihrer Lebenskraft, obwohl auch das schon schlimm genug war.

Schlimmer und viel schmerzhafter für sie war jedoch, dass Nariz mit ihren Gefühlen gespielt und sie darüber hinaus noch verhöhnt hatte.

Ihre Fingerknöchel schmerzten, dennoch bereute sie den Schlag nicht. Sie hatte all ihre Wut und ihre Verachtung für die Magierin hineingelegt und sie wesentlich härter getroffen, als sie es sich selbst in ihrem Zustand zugetraut hätte. Anschließend hatte Linton sie aufgehoben und aus dem Zelt getragen, aber Mytha hatte sich geweigert, in ihren Wagen zurückzukehren. Dort hatte sie lange genug wie lebendig begraben gelegen. Stattdessen hatte sie Linton gebeten, sie neben dem Wagen abzusetzen, wo sie auch jetzt noch an die Speichen eines der großen Räder gelehnt saß.

Olimarch hatte ihr auf Befehl Silvans erneut einen seiner Tränke verabreicht, der ihr helfen sollte, möglichst bald wieder zu Kräften zu kommen. Da Nariz ihr nun nicht mehr alle neue Kraft stahl, konnte das Mittel seine Wirkung diesmal entfalten. Vielleicht war es nur Einbildung, weil sie die Ursache ihrer Schwäche inzwischen kannte und wusste, dass sie wieder gesund werden würde. In jedem Fall fühlte sie sich schon wesentlich besser. Natürlich hatte Olimarch von ihr zu erfahren versucht, was geschehen war und warum Silvan wollte, dass er ihr Arznei gab, die zuvor bereits versagt hatte. Aber weder hatte Mytha der Besprechung vorgreifen wollen, noch hatte sie sonderliche Lust verspürt, sich mit ihm zu unterhalten, und schließlich hatte er ihren Wunsch respektiert.

Sie war glücklich, der Enge und Stickigkeit ihres Wagens entronnen zu sein, selbst wenn sie sie nur gegen die von Trümmern übersäte Straße einer toten Stadt eingetauscht hatte. Ein leichter Wind wehte, und sie genoss es, sein Streicheln auf der Haut zu spüren. Um sie herum herrschte das ewige Dämmerlicht der Verheerten Lande, aber wenn sie die Augen schloss, konnte sie sich vorstellen, sie säße auf einer grasbewachsenen Klippe und die Sonne schiene ihr ins Gesicht.

»Mytha? Es ist Zeit«, riss eine Stimme sie aus ihren Träumen.

Sie öffnete die Augen und blinzelte. Linton stand vor ihr.

»Ist die Stunde schon um? Ich muss wohl eingeschlafen sein, ohne es zu merken. Schade, ich würde gerne noch etwas hier sitzen.«

»Später«, vertröstete er sie, reichte ihr die Hand und half ihr beim Aufstehen. »Kannst du gehen?«

»Einen Wettlauf würde ich wohl noch nicht gewinnen, aber für ein paar Schritte wird es schon reichen.«

Tatsächlich bereiteten ihr die ersten Schritte überraschend wenig Mühe. Ihre Kräfte kehrten schneller zurück, als sie erwartet hatte. Sie konnte kaum glauben, dass weniger als zwei Stunden verstrichen waren, seit sie völlig erschöpft auf ihrem Lager gelegen und geglaubt hatte, sie müsste sterben. Sie vermutete, dass Nariz nicht nur bei ihren Besuchen an ihrer Kraft gezehrt hatte, sondern sie ohne Unterlass geschwächt worden war, solange sie sich unter dem Bann der Magierin befunden hatte. Anders war nicht zu erklären, wieso sie sich jetzt so rasch erholte, nicht aber während der Zeit, in denen Nariz nicht bei ihr gewesen war.

Silvans Zelt war nicht so groß wie die Mannschaftsunterkünfte, wenn auch deutlich größer als die kleinen Zelte für sie und die anderen Gesetzlosen. Auf dem Boden lagen bequeme Sitzkissen, auf denen er, Nariz, Adamurt und Olimarch bereits Platz genommen hatten. Auch Mytha und Linton ließen sich darauf nieder.

»Mit Sex töt'n, und die Opfer wehren sich nicht mal dageg'n, sondern woll'n immer noch mehr«, stieß Adamurt gerade hervor, doch sah er alles andere als abgestoßen davon aus. Offenbar hatte Silvan bereits die wichtigsten Informationen berichtet. »Das hat was. Das ist …«

»Das ist Mord«, fiel Olimarch ihm ins Wort. »Es ist und bleibt Mord, wie man es auch drehen und wenden will.«

»Aber ja, sicher. Das macht's ja gerade so unglaublich faszinierend. Kann man so was lernen? Könntest *du* es mir beibring'n? Eine solche Fähigkeit wäre mir mehr wert, als sämtliches Gold und Silber, das sich hier zusammenraff'n lässt.«

Mytha verzog das Gesicht. Natürlich, sie hätte sich denken können, dass der Meuchelmörder von einer solchen Fähigkeit nicht angeekelt wäre, sondern sie bewundern würde und sie zu gern selbst besäße. Er starrte Nariz an, die ihr Gesicht wieder unter der weit nach vorn gezogenen Kapuze verbarg.

Die Magierin reagierte nicht auf seine Worte. Dafür gab Olimarch ein verächtliches Schnauben von sich.

»Wenn ich geahnt hätte, dass du so schlecht rechnen kannst, hätte ich dir in Meridor für meine Tränke das Doppelte berechnet, alter Freund. Hier geht es um die Schätze eines ganzen Landes. Selbst wenn du hundert Jahre alt würdest und jeden Tag jemanden umbrächtest, würde dir das nicht annähernd so viel einbringen, wie die Reichtümer, die uns hier zu Füßen liegen.«

»Altersschwachsinniger Tattergreis, wasch dir die Ohren, bevor du dein zahnloses Maul aufmachst«, gab Adamurt zurück. »Ich hab' gesagt, dass so eine Fähigkeit *mir* mehr wert wäre, und dabei denk' ich nicht nur an Geld, sondern vor allem an den Spaß, den ich dabei hätte.« Er wandte sich wieder an Nariz. »Vielleicht red'n wir besser ein andermal darüber, wenn wir unter uns sind. Aber da ist noch was anderes. Bist du wirklich so unglaublich schön, dass jeder sich in dich verliebt, der dein Gesicht sieht?« Seine Augen zeigten einen lüsternen Ausdruck, und erneut starrte er sie so eindringlich an, als versuchte er mit seinen Blicken das Dunkel unter der Kapuze zu durchdringen.

»Hast du nicht zugehört?«, rief Silvan ihn scharf zur Ordnung. »Wer sie ansieht, der verfällt ihrem Bann und wird zu einem willfährigen Sklaven seiner Gefühle für sie, bis sie ihm alle Lebenskraft ausgesaugt hat. Wenn es das ist, was du unbedingt willst, dann warte damit wenigstens, bis unsere Mission erfüllt ist. Danach kannst du dich von mir aus umbringen lassen.«

»Schon gut«, brummte der Meuchelmörder, aber der beunruhigende Glanz verschwand nicht aus seinen Augen. »Hast du nicht gesagt, der Trick verliert seine Wirkung, sobald man ihn durchschaut hat? Demnach kann mir ja wohl nicht viel passier'n.«

»Wenn du deines Lebens einmal überdrüssig sein solltest, kannst du es ja ausprobieren«, sagte Linton. »Allein das Wissen nutzt nicht viel. Hätte ich Mytha nur gesagt, was Nariz wirklich ist, hätte sie mir niemals geglaubt. Erst der Schock, als sie mit ansah, wie sie den Söldner tötete, konnte den Bann brechen. Bei dir hätte vermutlich nicht einmal das geholfen, weil es dich wohl gar nicht schockiert hätte.«

Mytha senkte den Blick. Erst jetzt begriff sie, dass ihre wiedergewonnene geistige Freiheit und ihre Heilung mit dem Tod des Söldners erkauft war. Linton hätte ihn retten können, hatte aber stattdessen entschieden, ihn sterben zu lassen, um sie dadurch aus Nariz' Bann zu befreien. Sein Blut klebte nicht direkt an ihren Händen, denn sie war vor vollendete Tatsachen gestellt worden. Dennoch war es für sie schwer erträglich, dass jemand ihretwegen hatte sterben müssen. Daran änderte auch nichts, dass der Mann seiner Verletzung möglicherweise ohnehin erlegen wäre.

»Was ist mit dir?«, fragte sie, ohne aufzublicken. »Du hast sie angesehen, bist ihr aber trotzdem nicht verfallen. Und woher wusstest du überhaupt, dass sie für meinen Zustand verantwortlich war?«

»Ich hatte … vor einigen Jahren schon einmal mit jemandem wie ihr zu tun«, berichtete er stockend. »Damals sollte ich einen sehr reichen und mächtigen Mann beschützen, der ebenfalls immer schwächer wurde. Gift schied aus, da ich dafür sorgte, dass alles, was er zu sich nahm, vorgekostet wurde, und ich durchsuchte jeden, der ihn aufsuchte. Ich will euch nicht mit den Einzelheiten langweilen. Schließlich gelang es mir, ein vermeintliches Dienstmädchen zu entlarven, das ihm langsam die Lebenskraft stahl, während es mit ihm schlief. Obwohl ich die Zauberin durchschaute, brauchte ich all meine Kraft und Selbstdisziplin, um ihrem Bann zu widerstehen und sie schließlich zu töten.«

»Arisil Luthurian, ich kannte sie flüchtig«, warf Nariz ein. »Du also hast sie getötet. Sie war hochnäsig und beherrschte ihre Kräfte nie richtig. Ich konnte sie nicht ausstehen. Mit ihrem Tod hast du mir und der Welt einen großen Dienst erwiesen.«

»Beim Dämonenpfuhl, wie viele von euch Sex-Mörderinnen gibt's eigentlich?«, platzte Adamurt heraus. »Jemanden durch einen Fick umzubring'n, das ist … das ist …«

»Es ist faszinierend, wie du vorhin selbst gesagt hast«, warf Olimarch ein. »Oder hast du deine Meinung inzwischen geändert?«

»Ich mag eben keine Konkurrenz, schon gar nicht so 'ne heimtückische.«

»Du kannst beruhigt sein. Es gibt nur sehr wenige von uns. Die Ausbildung dauert lange und ist überaus kompliziert. Nur wenige stehen sie durch.« Nariz wandte sich Linton zu. »Wie bist du mir auf die Schliche gekommen? Ich dachte, ich wäre sehr vorsichtig gewesen.«

»Warst du auch. Inzwischen gehe ich davon aus, dass du schon vorher dein Unwesen getrieben hast und auch die Männer auf dem Schiff ermordet hast. Mein Misstrauen ist allerdings erst durch Mythas Zusammenbruch erwacht. Anfangs hatte ich Olimarch in Verdacht, aber er hatte kein Motiv, sie zu vergiften.«

Mytha öffnete den Mund, um ihn dann umso schneller wieder zu schließen. Durch sein Bemühen, sie auf seine Seite zu ziehen, hätte der Giftmischer durchaus ein Motiv gehabt, aber das gehörte nicht hierher.

»Dann wurden mir die Parallelen zu den damaligen Ereignissen bewusst«, sprach Linton weiter. »Ich versuchte, Nariz möglichst unauffällig zu beschatten, doch sie war sehr vorsichtig. Mal war sie spurlos verschwunden, dann wieder wich ich scheinbar grundlos von einem Ziel ab und ging in eine ganz andere Richtung, und manchmal vergaß ich einfach, was ich vorhatte, vergaß für einige Zeit sogar, dass es sie überhaupt gab. Simple Zaubertricks, die aber einen Nachteil hatten. Ich begann mich zu fragen, warum ich ihre Beschattung immer wieder zeitweilig aufgab und nicht mehr an sie dachte. So erkannte ich, dass ich genau wie alle anderen ein Opfer von Magie wurde, und ich ergriff Gegenmaßnahmen.«

»Gegenmaßnahmen?«, hakte Silvan nach.

»Es kann vorkommen, dass wir jemanden gegen einen magischen Angriff schützen müssen. Deshalb gehört zur Ausbildung eines Clansmannes auch Grundwissen über Magie und wie man sie abwehren kann. Gegen mächtige Zauber kann ich zwar nichts ausrichten, aber einfacher Beeinflussung vermag ich mich zu entziehen. Seit gestern habe ich Nariz kaum einen Moment aus den Augen gelassen. So bekam ich mit, wie sie den verletzten Söldner aufsuchte, und nutzte den Mord an ihm, um Mytha die Augen zu öffnen.«

Die Diebin verkrampfte innerlich, als sie erneut daran erinnert wurde, dass er den Söldner ihretwegen hatte sterben lassen. Dabei war ihr klar, dass ihm keine andere Wahl geblieben war: Sein Auftrag lautete schließlich, sie und die anderen Gesetzlosen zu schützen.

»Na schön, ich gebe es zu«, sagte Nariz mit gelangweilt klingender Stimme. »Ja, ich habe dem Mann die Lebenskraft ausgesaugt, und ja, ich habe dich unterschätzt. Können wir das Thema damit nun endlich abschließen und uns wichtigeren Dingen zuwenden?«

Der Fehler, den sie in Bezug auf Linton gemacht hatte, hatte Nariz für einen Moment geradezu menschlich erscheinen lassen, doch ihre verächtlichen Worte zerstörten diesen Eindruck sofort wieder. Ihr Zynismus verschaffte dem Hass in Mytha neue Nahrung, aber bevor sie etwas sagen konnte, kam Silvan ihr zuvor.

»Würden wir dich nicht so dringend brauchen, würde ich dir allein dafür doch noch den Kopf abschlagen«, stieß er zornbebend hervor. »Es waren meine Männer, die du kaltblütig abgeschlachtet hast.«

»Und wenn schon.« Auch Nariz' Stimme klang nun zornig. »Ich kann dieses scheinheilige Getue nicht länger ertragen. All das Geschwafel von einem ehrenvollen Tod und dergleichen mehr. Denkst du, die Männer, die du in den letzten Wochen erschlagen hast, weil sie verletzt waren, hätten das als besonders ehrenvoll empfunden? Sie mussten sterben, weil du dich nicht mit ihnen belasten wolltest. Und ein paar andere mussten eben sterben, weil ich ihre Lebenskraft brauchte. Du wusstest es doch, zumindest hast du es geahnt. Nicht einer der Männer hätte sterben müssen, wenn du auf meinen Vorschlag eingegangen wärst.«

»Welchen Vorschlag?«, fragte Olimarch. Unter finster zusammengezogenen Augenbrauen starrte er Silvan an.

»Würd' mich auch interessieren«, grollte Adamurt. »Die Söldner sind mir egal, aber ich mag's nicht, wenn hinter meinem Rücken über Leben und Tod geschachert wird. So was macht mich nervös. Ich denk' dann, dass es mir auch so gehen könnt', und wenn ich nervös werd', kann ich ziemlich unausstehlich sein.«

Nicht Silvan beantwortete die Frage, sondern Nariz selbst.

»Ich habe ihn gebeten, mir die Schwerverletzten zu überlassen, um durch sie stärker zu werden, statt sie mit dem Schwert nutzlos töten zu lassen«, sagte sie. »Er hat es entrüstet abgelehnt. Ich bin mit meiner Bitte ein großes Risiko eingegangen, denn von dem Moment an musste er wissen, dass ich durch Sterbende Kraft gewinnen kann, aber ich konnte nicht einfach zusehen, wie kostbare Leben vergeudet wurden. Da er mich später nicht mehr darauf angesprochen hat, bin ich davon ausgegangen, dass er mich stillschweigend gewähren lässt.« Sie warf einen Blick zu Adamurt. »Wenn andere beim Würfeln ihre Mitspieler massakrierten, hat er das schließlich auch hingenommen.«

Ihre Vermutung war nach Mythas Ansicht nicht einmal allzu abwegig. Zugetraut hätte sie es Silvan jedenfalls, aber selbst wenn es so gewesen wäre, würde er es niemals zugeben. Sie erwartete, dass er die Behauptung von sich weisen würde.

Stattdessen schüttelte er nur verdrossen den Kopf. »Das hört auf, und zwar sofort. Mir scheint, ich habe den Bedrohungen von außen zu viel Aufmerksamkeit gewidmet und deshalb nicht bemerkt, was direkt vor meiner Nase passiert. Wir sind weit gekommen, und ich habe keine Lust, dass wir kurz vor dem Ziel wegen eurer Alleingänge scheitern.«

»*Kurz vor dem Ziel* klingt gut«, stellte Mytha fest. »Du hast vor einer Weile Karten von diesem Gebiet erwähnt. Ich denke, es ist an der Zeit, dass wir sie zu Gesicht bekommen.«

»Wie du willst.«

Silvan stand auf und holte aus einer Truhe mehrere Papierrollen. Eine davon breitete er vor ihnen auf dem Boden aus.

»Aus naheliegenden Gründen gibt es keine Karten der Verheerten Lande, aber es sind auch keine vollständigen Karten des trakanischen Reiches erhalten geblieben. Diese hier konnte nach Fragmenten, die mein Auftraggeber in mühsamer Arbeit zusammengetragen hat, angefertigt werden. Wie ihr sehen könnt, ist sie nicht vollständig, aber eine genauere dürfte es nirgendwo geben.«

Mytha musterte die Karte. Es war offenkundig, dass es sich um eine detaillierte Kopie zahlreicher verschiedener Originale handelte. Die Zeichenstile waren zum Teil völlig unterschiedlich, die Beschriftungen in verschiedenen Schriftformen. Einige Ausschnitte waren geradezu künstlerisch gemalt, andere nur grobe Skizzen. Dazwischen gab es immer wieder freie weiße Flächen.

»So sah dieser Landstrich einst aus«, erklärte Silvan. »Fruchtbare Ebenen, üppige Wälder, Flüsse, Seen und Gebirge, außerdem zahlreiche Städte und kleine Orte. Bis auf einige Ruinen und die Gebirge ist nichts davon geblieben, und selbst die Berge haben sich verändert, wie ich inzwischen festgestellt habe. Erdbeben und Vulkane haben das Land verändert. Nichts wächst mehr ohne das Licht der Sonne, jedenfalls keine Pflanzen, wie wir sie kennen. Flüsse und Seen sind ausgetrocknet und das Land verdorrt. Dennoch ist die Karte besser als nichts. Wir wissen wenigstens ungefähr, wohin wir uns wenden müssen.«

»Ich erkenn' überhaupt nichts darauf«, brummte Adamurt. »Zeig uns einfach, wo wir sind und wo wir hinmüssen.«

»Hier liegt Seeheim, wo wir an Land gegangen sind«, erklärte Silvan und deutete auf einen Punkt an der Küste. Er fuhr mit dem Finger auf der Karte entlang bis zu einer lang gezogenen Gebirgskette, die sich von Südwesten nach Nordosten erstreckte.

»Das ist der Weg, den wir zurückgelegt haben. Die große Ebene, die wir durchquert haben, war früher ein See, wie ihr sehen könnt.«

Er breitete eine weitere Rolle aus. Sie war sehr viel weniger künstlerisch, kaum mehr als eine Skizze, und sie umfasste nur den Teil des Landes, den sie bislang durchquert hatten. Städte und Dörfer waren als angedeutete Ruinen eingezeichnet, ebenso das Hügelland, das Gebiet der Ghoule, die ehemalige Festung, in der sie von den Flugungeheuern angegriffen worden waren und zahlreiche weitere Stellen, an denen Kämpfe stattgefunden hatten, an denen Mytha nicht beteiligt gewesen war.

»Die habe ich während unserer Reise angefertigt. Sie zeigt, wie die Verheerten Lande heute aussehen. Wenn man beide miteinander vergleicht, zeigt sich, dass sich mehr verändert hat, als durch das Austrocknen des Sees und das Verschwinden der Pflanzen erklärbar wäre.«

»Ich kann mir schlecht vorstellen, dass du als Forscher und Entdecker in die Geschichte eingehen willst«, wandte Olimarch ein. »Wozu also die neue Karte, wenn dein Auftraggeber nur an diesem Artefakt interessiert ist und diese Expedition eine einmalige Angelegenheit sein soll?«

»Fürs Erste«, erwiderte Silvan. »Unser Auftrag jetzt gilt nur dem Artefakt, aber angesichts der Schätze, die es hier zu heben gibt, mag es in Zukunft vielleicht weitere Expeditionen geben.«

»Du verdammter Drecksack!«, stieß Adamurt hervor, und der Ausdruck auf seinem Gesicht wurde deutlich finsterer. »Du hast erzählt, es ginge nur um dieses Artefakt, und nur wir fünf könnten diese Mission meistern. Und jetzt rückst du damit heraus, dass es im Grunde doch nur um die Schätze geht und wir quasi die Vorhut weiterer Expeditionen sind. Wir sollen das Land erforschen, sollen herausfinden, welche Gefahren hier lauern, wo es am meisten zu erbeuten gibt, und unseren Kopf hinhalten, um den Weg freizuräumen. So ist es doch, nicht wahr? Es würde mich nicht wundern, wenn es dieses ominöse Artefakt gar nicht gäbe.«

»Unsinn!«, schnaubte Silvan. »Dreht ihr jetzt alle durch? Ich wiederhole es gerne noch einmal: Diese Expedition gilt ausschließlich dem Artefakt, das mein Auftraggeber benötigt. Es bedeutet ihm mehr als alle irdischen Reichtümer. Ich weiß nicht, ob er weitere Expeditionen ausrüsten wird, aber irgendjemand wird es mit Sicherheit tun, wenn sich herumspricht, dass wir tief in die Verheerten Lande vorgedrungen und mit Reichtümern beladen zurückgekehrt sind. Und wie ich euch kenne, wird es im Falle unserer Rückkehr nicht lange dauern, bis das bekannt wird. Sogar ihr selbst könntet von eurer Beute ein Schiff kaufen und eine weitere Expedition ausrüsten, wenn ihr den Hals nicht voll bekommen solltet und euch Sehnsucht nach den Verheerten Landen packt.«

»Mit dem Gedanken hab' ich schon gespielt«, brummte Adamurt. »Selbst wenn ich die Hälfte aller Einwohner von Latronia umbringe, lässt sich damit nicht so viel verdienen, wie hier herumliegt. Deshalb würd's mir nicht gefallen, wenn irgend so'n Hurensohn mir zuvorkommt und das im großem Rahmen aufzieht.«

»Irgendein anderer wird es auch versuchen, und er würde für eine Karte, wie ich sie zeichne, garantiert ein Vermögen bezahlen.«

»So ist das also.« Adamurt schien seinen Groll vergessen zu haben und grinste. »Scheiß auf das Gequatsche von Pflicht und Ehre. Du bist auch nichts weiter als ein schlitzohriger Gauner, der seinen Lohn für diese Fahrt was aufpolstern will. Meinetwegen, aber eins versprech' ich dir: Wenn du uns belogen hast, wird es dir leidtun. Ich finde dich, in welchem Loch du dich auch versteckst.«

»Glaub mir, ich habe kein Interesse, vom besten Mörder Latronias gejagt zu werden.«

»Nachdem das geklärt ist, können wir vielleicht wieder zum Thema zurückkommen«, mischte sich Linton ein. »Wir wissen immer noch nicht, wo unser Ziel liegt und wie weit es noch bis dahin ist.«

Silvan rollte die zweite Karte wieder zusammen und tippte auf einen Punkt auf der ersten.

»Derzeit befinden wir uns hier, am Fuß der Eisenberge, wo früher in großem Umfang Erz abgebaut wurde. Der Ort heißt Sycarion. Ursprünglich lebten hier nur ein paar Bergarbeiter, aber mit der Zeit wurde es eine bedeutende Schmiedestadt.«

»Dafür, dass es nicht einmal mehr vollständige Karten gibt, weißt du eine Menge über das trakanische Reich«, stellte Olimarch fest.

»Ich habe mich eben gründlich auf diese Reise vorbereitet. Karten dieses Landes waren in der Fremde nie sonderlich verbreitet, wozu auch? Aber dafür gibt es noch heute eine Menge anderer Wissensquellen. Siedler, die in die Ferne zogen, berichteten dort von ihrer Heimat, und man kann noch eine Menge an Aufzeichnungen finden, wenn man sich die Mühe macht, danach zu suchen. Und wenn ihr mich endlich ausreden lasst, schaffe ich es auch, euch unseren weiteren Weg zu beschreiben.«

»Bin ja schon still«, brummte Olimarch.

»Der Tempel, den wir suchen, ist auf der Karte nicht eingezeichnet. Ich weiß deshalb nicht genau, wo er liegt. Wir ...«

»Soll das etwa heißen, du weißt nicht, wo du uns hinführst?«, brauste Adamurt erneut auf.

Silvan warf ihm einen zornigen Blick zu, während er unbeirrt weitersprach.

»... brauchen aber trotzdem nicht blindlings auf der Suche danach umherzuirren. In alten Aufzeichnungen wird überliefert, dass der Tempel etwa ein Dutzend Meilen östlich von Trakania liegt. Die frühere Hauptstadt befindet sich hier.« Erneut tippte er auf einen Punkt der Karte, diesmal ein gutes Stück östlich der letzten Ausläufer des Gebirges. »Es dürfte am besten sein, wenn wir dem Verlauf des Gebirges folgen.«

Mit Schrecken erkannte Mytha, dass der Weg dorthin noch einmal mindestens so weit war wie der, den sie bislang zurückgelegt hatten. Da sie tagelang nur gelegen und so gut wie nichts davon mitbekommen hatte, was außerhalb des Wagens vorging, hatte sie nicht nur das Gefühl für die Zeit, sondern auch für die Entfernungen verloren.

»Es ist ein Umweg, wenn wir am Fuß des Gebirges entlangziehen«, wandte Olimarch ein und runzelte die Stirn. »Der direkte Weg nach Trakania ist ein gutes Stück kürzer.«

»Ist er«, bestätigte Silvan. »Aber der kürzeste Weg ist nicht immer der beste. Weil es keine Alternative gab, sind wir bis jetzt überwiegend durch flaches Land gezogen, waren weithin für feindselige Augen sichtbar und wurden entsprechend häufig angegriffen. Nun wird es Zeit, unsere Taktik zu ändern.«

»Immerhin sind wir sehr viel weiter gekommen als das stärker bewaffnete und zahlenmäßig viel größere latronische und volarische Heer vor Jahrhunderten«, erinnerte Linton. »Ganz falsch war unsere Taktik offenbar nicht.«

»Nein, wir konnten nur auf Schnelligkeit setzen. Der damalige Befehlshaber ist nach militärischer Standardstrategie vorgegangen, hat erst Befestigungsanlagen errichtet und von diesen aus Streifzüge unternommen. Damit haben sie sich praktisch ihren Gegnern ausgeliefert, und sie wurden von Schlimmerem als nur Ungeheuern angegriffen. Dank unserer Schnelligkeit sind wir von diesen bislang verschont worden, aber diese Zeit scheint vorbei. Ihr alle habt den Schrecken gespürt, der schon mehrfach über uns dahingezogen ist. Ich habe mit Nariz gesprochen. Sie glaubt, es handele sich um einen dämonischen Späher.«

»Es *ist* ein Späher, und es *ist* dämonischen Ursprungs«, bekräftigte die Magierin. »Es war hoch in der Luft, und selbst ohne es zu sehen, konnten wir es auf die große Entfernung hin spüren. Nur dämonische Kreaturen aus den Schattensphären verbreiten eine solche Aura von Grauen und Furcht. Und wenn es etwas anderes als ein Späher gewesen wäre, hätte es sich sofort auf uns gestürzt.«

»Soll es nur kommen!«, stieß Adamurt hervor. »Mit einem einzelnen Wesen werden wir schon fertig.«

»Du bist und bleibst ein Idiot«, gab Nariz verächtlich zurück. »Hast du nicht zugehört? Diese Kreatur stammt nicht von dieser

Welt, sondern ist aus den Schattensphären hierhergekommen. Schwerter oder andere Waffen können ihr nichts anhaben.«

Mytha schluckte.

»Und wie können wir uns dann gegen sie verteidigen?«

»Ihr? Gar nicht, Dummchen. Auch ich kann mich nicht mit einem wirklichen Dämon messen, aber gegen dämonische Hilfskreaturen, wie dies eine zu sein scheint, bin ich nicht völlig hilflos. Ich habe einige Bannzauber um uns gewoben, die uns bislang vor einer Entdeckung bewahrt zu haben scheinen. Die Kreatur spürt, dass etwas in ihr Reich eingedrungen ist, aber noch sind wir vor ihr verborgen, und das treibt sie zur Raserei. Lange wird dieser Schutz jedoch nicht mehr anhalten, erst recht nicht in offenem, ungeschütztem Gelände. Sie sucht nach uns und nähert sich uns immer mehr. Deshalb habe ich Silvan geraten, den Schutz des Gebirges zu nutzen.«

Einige Sekunden herrschte Schweigen. Mytha spürte, wie sich auf ihren Armen eine Gänsehaut bildete, und ein Schauder nach dem anderen rann ihr über den Rücken. Worauf hatte sie sich mit dieser Mission bloß eingelassen? Statt umgeben von tausend Gefahren und inmitten von Menschen, die sie nicht ausstehen konnte, in Silvans Zelt zu hocken, könnte sie es sich im unvorstellbaren Luxus ihres Quartiers in Meridor gut gehen lassen und hin und wieder reiche Pfeffersäcke um ihr Geld, ihre Juwelen oder sonstigen Kostbarkeiten bringen. Weder die hier wartenden Schätze noch die Aussicht auf Ruhm waren das wert, was sie die letzten Wochen durchgemacht hatte, und ihre Abenteuerlust war schon lange verflogen.

Obwohl sowohl die Diebesgilde wie auch die Stadtwache Jagd auf sie machten, hatte sie sich in Meridor häufig gelangweilt. Das war der Fluch, wenn man schon in jungen Jahren nahezu alles erreicht hatte, was man erreichen konnte. Sie hatte sich innerhalb weniger Jahre zur reichsten Diebin hochgearbeitet, war damit trotz ihrer Jugend bereits eine Legende. Deshalb hatte sie immer verrückte Herausforderungen gesucht, um sich und ihr Können zu beweisen.

Aber es war leicht, von Abenteuern zu träumen, wenn man in der Behaglichkeit einer mit allem erdenklichen Luxus eingerichteten Wohnhöhle Langeweile verspürte. In Meridor waren dämonische Kreaturen für sie nur etwas Abstraktes, Ungreifbares gewesen. Etwas, dessen Vorstellung ihr allenfalls wohlige Schauder verursacht hatte. Von dieser Wohligkeit war jetzt, im direkten Angesicht der Gefahr, nichts mehr geblieben. Sie verspürte nur noch Angst vor dieser Bedrohung, über die sie so gut wie nichts wusste und der sie hilflos gegenüberstand.

»Sehen diese Kreaturen denn auf die gleiche Art wie wir, sodass ein paar Felsen ausreichen, um uns vor ihnen zu verbergen?«, brach Linton schließlich das Schweigen.

»Den Überlieferungen nach sehen sie nicht im herkömmlichen Sinne, wohl aber auf eine andere Art als wir. So sollen sie beispielsweise Umrisse wahrnehmen können, ebenso schnelle Bewegungen. Darüber hinaus haben sie wohl noch andere, uns völlig unbekannte Möglichkeiten der Wahrnehmung. Aber diese kann ich teilweise durch Banne und Beschwörungen blockieren. Insofern würde es schon etwas nützen, wenn Felsen uns Sichtschutz böten. Ich zweifle nicht daran, dass wir in freier Ebene sehr schnell entdeckt würden, nachdem der Schatten nun intensiver nach uns sucht.«

»Deshalb habe ich mich für den Weg entlang des Gebirges entschieden«, erklärte Silvan. »Er ist etwas weiter, und wir kommen vermutlich langsamer voran, aber wenn man jemanden wie Nariz D'huzhoryn zur Begleiterin hat, sollte man ihren Rat in magischen Fragen nicht leichtfertig ausschlagen.«

Voller Verbitterung erkannte Mytha, dass die Magierin damit wieder rehabilitiert war und auf ganzer Linie gewonnen hatte. Man brauchte sie zu dringend, als dass es noch eine Rolle spielte, dass sie ein paar Söldner getötet und einer Diebin von zumindest bislang recht zweifelhaftem Nutzen für die Mission ein bisschen Lebenskraft ausgesaugt hatte.

Aber was hatte sie erwartet? Ihre Begleiter waren Abschaum, für den ein paar Tote mehr oder weniger kein sonderliches Gewicht besaßen. Was bedeutete es gegenüber ihrer Bösartigkeit schon, wenn sie eine andere Vorstellung von dem Begriff *Eigentum* hatte als die meisten Menschen?

Aber darum ging es bei dieser Mission schließlich. Wenn sie erst einmal am Ziel waren, musste ein zweifellos gut gesicherter Gegenstand entwendet werden, und dafür brauchte man eine Diebin. Dann würde man ihre Mithilfe ganz anders wertschätzen, und niemand würde mehr daran denken, dass die Magierin sie fast umgebracht hätte.

»Ginge es allein nach mir, würden wir sogar für eine Weile vom Angesicht der Erde verschwinden«, sagte Nariz. Fragende Blicke trafen sie und sie fügte hinzu: »Wie wir gehört haben, wurde früher hier in großem Maße Bergbau betrieben. Entsprechend dürfte das Gebirge von zahlreichen Minen und Stollen durchzogen sein. Wir könnten uns einige Zeit darin verstecken. Mit ein wenig Glück können wir den Schatten so von unserer Spur und schließlich von der Suche nach uns abbringen. Wir haben eine Menge Tote auf unserem Weg zurückgelassen. Er könnte zu dem Schluss kommen, dass keiner von uns überlebt hat.«

»Oder die dämonischen Wesen sammeln sich vor dem Gebirge. Wir wären dort gefangen«, widersprach Silvan. »Beide Pläne haben Vor- und Nachteile. Aber mir erscheint es besser, wenn wir in Bewegung bleiben. Da unsere Zahl so stark geschrumpft ist, können wir ein Großteil des Trosses auflösen. So stehen für die meisten Söldner Pferde bereit. Die übrigen können auf den restlichen Wagen mitfahren. So kommen wir wesentlich schneller voran, als wenn sie marschieren, und wir werden …«

Er brach ab und hob lauernd den Kopf. Auch Mytha verspürte plötzlich wieder den Schrecken, über den sie sprachen, am eigenen Leib, vor allem aber in ihrem Geist. Ein Gefühl von Angst, das nicht einmal der Gefahr selbst galt, sondern einfach so vorhanden war, erfüllte sie und schien sich wie ein eiserner Reif um ihre Brust zu legen. Ihr Herz hämmerte und Schweiß brach ihr aus. Die Angst wurde immer stärker, steigerte sich zur Panik. Alles in ihr drängte danach, sich auf den Boden zu werfen und den Kopf schützend mit den Händen zu bedecken. So stark wie diesmal war das Gefühl des Entsetzens noch nie gewesen.

Ein eisiger Luftzug strich durch das Zelt.

»Es hat uns gefunden!«, keuchte Nariz. »Es ist hier!«

4

Der eisige Lufthauch hatte alle Wärme aus dem Zelt vertrieben und es wurde immer noch kühler. Die Kälte drang durch ihre Kleidung und ließ den Atem vor ihrem Mund kondensieren. Und sie schien auch tief in ihr Inneres einzudringen, jedenfalls empfand Mytha es so. Aber es war nicht allein Kälte.

Schon aus der Ferne hatte das Wesen Angstgefühle in ihr erzeugt, aber erst jetzt begann sie zu begreifen, was Nariz ihr über die Kreatur mitzuteilen versucht hatte, was es bedeutete, mit etwas so ungeheuer *Fremdem* konfrontiert zu werden. Obwohl die Lampe mit unveränderter Helligkeit brannte, schien es im Zelt dunkler zu werden. Mehr noch: Licht und Farben schienen zu schwinden und mit ihnen alles, was schön und gut war. Zuversicht und jeder Gedanke an Schönheit oder Freude oder Glück zerfielen zu Asche, Hoffnung verwandelte sich in Hoffnungslosigkeit.

Mytha hatte geglaubt, bereits die Verheerten Lande wären von der Pestilenz des Bösen erfüllt, doch jetzt musste sie erkennen, dass es sich nur um einen schwachen Widerschein dessen handelte, was die Kreatur verströmte. Sie stammte wahrlich aus einer anderen Welt, einer Welt, in der es nichts als Finsternis, Trostlosigkeit, Hass und Vernichtungswillen gab.

»Egal was passiert, rührt euch nicht von der Stelle«, zischte Nariz.

Der Aufforderung hätte es zumindest für Mytha gar nicht erst bedurft. Die Kälte schien sie zu lähmen. Selbst wenn sie gewollt hätte, wäre sie gar nicht in der Lage gewesen, sich zu bewegen.

Etwas drang in das Zelt ein und fachte ihre nackte Panik an. Es war wie eine Rauchschwade, eine Art finsterer Tentakel, und sie begriff, warum Nariz das Wesen als Schatten bezeichnet hatte. Es war nicht einfach nur schwarz, sondern so, wie ein Schatten durch das Fehlen von Licht entstand, schien die Kreatur aus der Abwesenheit von *allem* zu bestehen, ein an den Rändern diffus waberndes Loch, das in der Welt klaffte.

Sie wogte in der Luft langsam hin und her, veränderte dabei ständig ihre Form. Mal war sie fast eine Kugel, dann wieder wie ein Krake mit schattenhaften Fangarmen, und mal nur einfach ein formloses Gespinst.

Mytha wollte schreien, als sie sich ihrem Gesicht näherte, war aber nicht einmal dazu in der Lage. Sie wusste, sie würde sterben, wenn der Schatten sie packte. Er würde in ihren Mund, ihre Nase, die Ohren und selbst ihre Augen eindringen, würde Besitz von ihr ergreifen und sie zu einem Teil seiner Welt machen. Wie gebannt starrte sie in die Schwärze. Sie wagte weder zu atmen noch zu blinzeln, flehte gedanklich nur mit aller Inbrunst, dass dieses Grauen sie verschonen und weiterziehen möge.

Als wären ihre stummen Gebete erhört worden, bewegte sich das Wesen in Richtung auf den neben ihr sitzenden Linton zu. Sie wusste, dass Selbstbeherrschung zu den wichtigsten Tugenden der Clansmänner gehörte, und sie hatte ihn auf dem Schiff manchmal stundenlang reglos dasitzen und meditieren sehen, deshalb hoffte sie, dass es ihm auch in dieser Extremsituation gelingen würde.

Auch jetzt wagte sie noch nicht, den Kopf zu bewegen, aber aus den Augenwinkeln konnte sie sehen, dass er in der Tat so reglos wie eine Statue dasaß.

Ein anderer hingegen war dem Druck nicht gewachsen. Olimarch rissen die Nerven.

»Ich ertrage das nicht!«, schrie er mit schriller Stimme und von Panik verzerrtem Gesicht, während er aufsprang und zum Ausgang hastete.

Gedankenschnell fuhr der Schatten herum und raste auf ihn

zu, aber Adamurt war noch schneller. Fast unmerklich hatte er seine Hand bereits vorher zum Griff eines Dolches in seinem Gürtel wandern lassen, bis sie auf dem Griff ruhte. Obwohl Nariz erklärt hatte, dass herkömmliche Waffen gegen ein Sphärenwesen machtlos wären, riss er den Dolch nun hervor und stach damit nach dem an ihm vorbeihuschenden Schatten.

Und das Wunder geschah!

Ein schier unerträglicher Schrei, der nicht wirklich zu hören war, sondern direkt in ihrem Geist aufklang, schien Mythas Nerven zu zerfetzen und ihr Gehirn in Gallerte zu verwandeln. Genau wie die anderen krümmte sie sich vor Pein und begann ebenfalls zu schreien.

Einzig Nariz behauptete sich noch gegen die Qual.

»Schützt eure Augen!«, rief sie und schleuderte etwas zu Boden. Noch bevor Mytha ihre Worte richtig verstand, geschweige denn befolgen konnte, schien eine grelle Sonne im Inneren des Zeltes aufzulodern. Sie sah, wie Adamurt zurückgeschleudert wurde, während sein Dolch in der körperlosen Schwärze zurückblieb und gleich darauf zu Asche zerfiel, dann gleißte ein unvorstellbar grelles Licht auf, das sich selbst durch ihre geschlossenen Lider fraß und ihr die Augen auszubrennen schien.

Sie glaubte, dass sie noch immer schrie, aber sie wusste es nicht sicher, denn erneut ertönte der Schrei der dämonischen Kreatur in ihrem Geist und überlagerte alle anderen Empfindungen.

Abrupt riss er ab. Das Sphärenwesen war fort, denn sie verspürte auch das Gefühl unirdischer Panik nicht mehr. Ebenso erlosch die grelle Lichtflut. Mytha war so geblendet, dass sie nichts als Dunkelheit wahrnahm. Einige Sekunden lang fürchtete sie, das Licht hätte ihr wirklich die Augen ausgebrannt und sie blind gemacht, doch dann nahm sie als ganz schwachen Schimmer den Schein der Lampe über ihr wahr. Sie blinzelte ein paarmal und rieb sich die schmerzenden Augen. Sie würden einfach nur etwas Zeit brauchen, sich wieder an das Dämmerlicht zu gewöhnen. Schon konnte sie wieder ganz vage Umrisse erkennen.

»Flieht!«, rief Nariz. »Wir müssen fliehen! Das Licht hat den Schatten vertrieben, aber ebenso gut hätten wir ein riesiges Signalfeuer entzünden können. Jedes magisch begabte Wesen in weitem Umkreis weiß nun, wo wir sind. Wir …« Sie stockte und stieß dann hervor, als wäre es ihr gerade erst bewusst geworden: »Dein Dolch … er hat die Kreatur verletzt. Aber das ist unmöglich, das ist …«

»Trakanischer Stahl«, fiel Adamurt ihr ins Wort und rappelte sich auf. »Während diese hirnlosen Söldner in der Stadt Gold und Juwelen zusammengerafft hab'n, hab' ich nach was Nützlichem gesucht und in einer ehemaligen Schmiede ein ganzes Waffenlager entdeckt. Sollte 'ne Überraschung für euch werd'n.«

»Die ist dir gelungen. Ich hatte keine Ahnung, dass die Trakani Waffen zu schmieden verstanden, die sogar ein Sphärenwesen verletzen können, zumindest ein niederes«, sagte Nariz ehrfürchtig. »Aber es wird zurückkehren, rasend vor Wut. Und auch andere, mächtigere, werden kommen, nachdem wir uns nun offenbart haben. Bis dahin müssen wir möglichst weit fort sein. Keine Zeit, die Zelt abzubauen. Holt die trakanischen Waffen, die Adamurt entdeckt hat, aber lasst alles zurück, was nicht unbedingt nötig ist! Wir müssen weg, einfach nur weg!«

5

In Latronia war die Redewendung *»Flieh, als säße dir ein Dämon im Nacken«*, weit verbreitet. Mytha hatte sie selbst verschiedene Male verwendet, aber sich in ihren schlimmsten Albträumen nicht vorstellen können, dass sie einmal im wortwörtlichen Sinne dazu gezwungen sein würde.

Obwohl sie sich vom Verlust ihrer Lebenskraft besser und schneller als erwartet erholte, hatten die Anstrengungen und Aufregungen der vergangenen Stunden Spuren hinterlassen. Sie fühlte sich wieder fast so schwach wie vor der Entlarvung Nariz' und konnte sich kaum auf den Beinen halten. An eigenständiges Reiten, noch dazu schnell, war erst recht nicht zu denken.

Erstmals sehnte sie sich zurück nach ihrem bequemen Lager auf dem Wagen. Aber das gab es nicht mehr.

Silvan hatte den Tross fast ganz aufgelöst, damit Pferde frei wurden. Nahezu sämtliche Ausrüstung ließen sie zurück, und da ihre Zahl so geschrumpft war, konnten sie auch auf einen Teil der Wasserfässer und Vorräte verzichten. Der Rest wurde auf einen Wagen verladen, und auf einem weiteren nahmen die Söldner Platz, für die es auch jetzt noch keine Pferde gab.

Mytha wollte nicht eng gedrängt zwischen ihn sitzen und hatte deshalb neben Olimarch auf dem Bock des Wagens Platz genommen, auf dem sich seine Aufrüstung befand. Der Giftmischer hatte sich mit aller Entschiedenheit geweigert, sie zurückzulassen und argumentiert, dass niemand sagen könnte, was er davon noch brauchen würde. Mit seinen Mittelchen, Tränken und Tinkturen hatte er zwar bereits einen Beitrag zum bisherigen Erfolg der Expedition geleistet, aber keinen so großen, dass er unverzichtbar gewesen wäre. Wenn sich die Prophezeiung bewahrheiten sollte, musste also noch etwas kommen, bei dem sie auf ihn und seine Kenntnisse angewiesen wären, und wenn er dann nicht mehr über die benötigten Hilfsmittel verfügte, könnte das für sie alle den Untergang bedeuten. Schließlich hatte Silvan widerstrebend zugestimmt, wohl nicht zuletzt deswegen, weil der kleine Karren von nur einem Pferd gezogen wurde, auf dem Kutschbock aber zwei Menschen Platz fanden.

Genau wie die Fahrer der anderen Kutschen trieb Olimarch das Pferd zum Äußersten an, um mit den Reitern mithalten zu können.

Vor Müdigkeit und Schwäche fielen Mytha immer wieder die Augen zu, doch an Schlaf war nicht zu denken. Mit aller verbliebenen Kraft musste sie sich auf dem Bock festklammern, trotzdem wäre sie ein paarmal fast heruntergeschleudert worden.

Mittlerweile hatten sie die Ruinen Sycarions hinter sich gelassen und folgten einer Straße, die sich dicht an einer steil ansteigenden, sogar etwas überhängenden Felswand dahinzog. Gelegentlich klafften große Stolleneingänge im Fels, doch waren die meisten davon verschüttet. Die Straße befand sich in einem unerwartet guten Zustand, da sie durch die überstehende Wand weitgehend vor im Laufe der Zeit herabgebrochenem Gestein geschützt war. Große Felsbrocken türmten sich jenseits davon auf und boten ihnen sogar Sichtschutz, als wären sie in einer Schlucht unterwegs.

Aber natürlich waren Felstrümmer auch auf die Straße selbst geschleudert worden. Es befanden sich nur wenige größere dabei, die meisten waren kaum mehr als faustgroß. Olimarch versuchte, ihnen, so gut es ging, auszuweichen, aber bei der hohen Geschwindigkeit war das nahezu unmöglich. Immer wieder ratterten die hölzernen Kutschenräder über solche Brocken, und es war nur noch eine Frage der Zeit, bis eins von ihnen brechen würde.

Auch Silvan schien das endlich zu begreifen und einzusehen, dass das Wechseln eines Rads wesentlich mehr Zeit kosten würde, als sie jetzt gewannen, denn er ließ das Tempo verringern. Sie hatten sich inzwischen ein gutes Stück von Sycarion entfernt, und anscheinend erschien es ihm vertretbar, kein ganz so hohes Risiko mehr einzugehen.

Immer wieder lauschte Mytha in sich hinein, doch gegenwärtig verspürte sie nur eine allgemeine Furcht, nicht aber die rasend schnell anwachsende Panik, die die Annäherung der dämonischen Kreatur stets begleitet hatte. Das war die einzige Schwäche, die die Sphärenwesen bislang offenbart hatten. Es war ihnen unmöglich, sich heimlich zu nähern und aus dem Verborgenen heraus anzugreifen.

Instinktiv tastete sie nach dem Griff des Dolches aus trakanischem Stahl, der zusätzlich zu ihrer eigenen Waffe in ihrem Gürtel steckte. Der alte Dolch war hervorragend gearbeitet und hatte ihr über Jahre hinweg gute Dienste geleistet, außerdem war der Griff mit kostbaren Juwelen verziert. Deshalb hatte sie sich nicht von ihm trennen wollen, obwohl sie wusste, dass er gegen Sphärenwesen wirkungslos sein würde. Nariz hatte die von Adamurt entdeckten Waffen untersucht und festgestellt, dass in

Form feiner, fast unsichtbarer Linien mächtige magische Symbole und Formeln in die Klinge graviert waren. Nicht der zweifellos hervorragend gearbeitete Stahl, sondern deren Zauberkraft hatte dem Dämon Schmerz zugefügt.

Den Untergang des trakanischen Reiches jedoch hatten auch dieses Wissen und diese Fertigkeit der Schmiede nicht verhindern können.

Während der bisherigen Fahrt hatte Olimarch geschwiegen und sich ganz aufs Kutschieren konzentriert.

»Das war kein Meisterstück von mir«, sagte er nun unvermittelt. »Bin ich wirklich paranoid, wie Adamurt so gern behauptet?«

Verwirrt blickte Mytha ihn an, verstand nicht, was er meinte und worauf er hinauswollte.

»Früher hatte ich Nerven aus Drahtseilen«, sprach er weiter. »Aber in der direkten Konfrontation mit dem Dämon vorhin … Ich konnte es einfach nicht mehr aushalten. Die Angst war zu stark. Vor lauter Panik konnte ich nicht mehr denken, wollte nur noch weg.«

»Kein Grund, sich zu schämen«, behauptete Mytha, als sie endlich begriff, wovon er sprach. »Ich konnte mich auch nur mit äußerster Mühe beherrschen, hätte mir fast in die Hose gemacht. Und ich bin sicher, den anderen erging es ebenso.«

»Mag sein, aber ausgerechnet ich war derjenige, der dem Druck nicht standgehalten hat. Der Älteste und Abgeklärteste, wie man meinen sollte. Mir haben einfach die Nerven versagt. Von Nariz habe ich erwartet, dass die Konfrontation mit einer solchen Kreatur sie nicht so leicht aus der Bahn wirft. Linton verfügt als Clansmann über eine ungeheure Selbstbeherrschung, und bei Silvan kann ich immer noch nicht beurteilen, ob er wirklich so abgebrüht ist, wie er sich gibt. Aber du und Adamurt … Adamurt ist großspurig und hält sich für unbesiegbar, dabei ist er tatsächlich ein großer Kämpfer, der sich jeder noch so großen Übermacht mutig stellen würde. Aber Magie ist ihm fremd. Was einem fremd ist, jagt einem meistens die größte Angst ein, und er trägt eine Menge Ängste mit sich herum, die er durch sein Auftreten zu überspielen versucht. Ich war sicher, dass er zu den Ersten gehören würde, dem in einer solchen Situation die Nerven versagen. Genau wie dir … Du bist die Jüngste von uns, bist keine Kämpferin und gesundheitlich angeschlagen. Dennoch hast du dich als nervenstärker erwiesen und im Gegensatz zu mir standgehalten.«

Mytha schwieg. Obwohl er sich an sie wandte, war sie nicht einmal sicher, ob er wirklich mit ihr sprach oder mehr mit sich selbst. Deshalb beschloss sie, ihn einfach reden zu lassen.

»Wie ich schon sagte, als ich noch jung war, besaß ich Nerven wie aus Drahtseilen«, fuhr er fort. »Die brauchte ich auch, sonst hätte ich es nie so weit gebracht. Ich scheute kein Risiko, um mir Wissen anzueignen, und ich ging im wahrsten Sinne des Wortes über Leichen. Der berühmteste Giftmischer der damaligen Zeit lebte in Valoria, einer Stadt weit im Norden Latronias, in der man es mit den Gesetzen des Königs nicht allzu genau nahm. So manches andernorts verbotene Handwerk wurde dort ganz offen ausgeübt, und besonders alle Gebiete der Alchimie waren in Valoria hoch angesehen.«

Olimarch warf ihr einen nachdenklichen Seitenblick zu, bevor er weitersprach. »Der Mann, von dem ich spreche, hieß Tereni, aber der Name wird dir nichts sagen. Ein cholerischer und verschlagener Mensch, der seine beste Zeit bereits hinter sich hatte. Immerhin erkannte er mein Talent und nahm mich als Lehrling bei sich auf. Ich lernte schnell und stellte mich geschickt an, und schon bald war ich ihm annähernd ebenbürtig. Es kam, wie es kommen musste. Er ertrug es nicht, dass sein Lehrling mehr Talent als er besaß und ihn zu übertrumpfen drohte. Es kam zum Streit, und er verstieß mich, aber damit war die Geschichte nicht ausgestanden. Schon bald machte ich mir selbst einen Namen und viele seiner früheren Kunden kamen fortan zu mir. Das konnte Tereni nicht ertragen. Neid und gekränkter Stolz fraßen wie eines seiner Gifte an ihm, und er beschloss, sich zu rächen. Aber ich hatte es mittlerweile selbst zu Einfluss und einem gewissen Wohlstand gebracht, sodass ich kein wehrloses Opfer war. In diesen Tagen entwickelte sich hinter den ehrwürdigen Fassaden Valorias ein heimlicher, aber äußerst heimtückischer und gnadenloser Krieg.«

Olimarch seufzte und schwieg eine Weile, hing alten Erinnerungen nach.

»Es gab da ein Mädchen«, sagte er dann. »Alali. Sie war die große Liebe meines Lebens. Auch später gab es nie eine andere für mich. Ihre Familie war angesehen, aber verarmt, und da ich wie gesagt bereits recht wohlhabend geworden war, willigte ihr Vater schließlich in eine Heirat ein. Aber bevor es dazu kam, schlug Tereni zu und vergiftete sie. Sein Angriff erfolgte aus dem Hinterhalt und traf mich völlig unvorbereitet. Ich war fassungslos über seine Heimtücke und vor Schmerz und Trauer am Boden zerstört. Der Kummer raubte mir allen Antrieb und ich verkroch mich vor Gram, trank zu viel und vernachlässigte mein Geschäft. Nicht einmal an Rache konnte ich denken. Vielleicht hätte Tereni tatsächlich gewonnen, wenn er es dabei hätte bewenden lassen.«

Olimarch lenkte die Pferde um ein Hindernis herum, dann machte er eine wegwerfende Handbewegung. »Wahrscheinlich wäre sogar ich selbst zu dieser Zeit ein leichtes Opfer für ihn geworden, aber sein Hass kannte keine Grenzen. Bevor er mir den Gnadenstoß versetzte, wollte er erst alles vernichten, was ich mir aufgebaut hatte. Ich hatte damals selbst einen jungen Lehrburschen, ein halbes Kind noch, aber äußerst talentiert. Er erinnerte mich an mich selbst. Ein altes Marktweib verkaufte seiner Mutter im Auftrag Terenis vergiftete Rüben. Die ganze Familie starb äußerst qualvoll. Aber statt mich noch weiter zu brechen, fachte dieser Anschlag meinen Kampfeswillen wieder an.«

Ein unheiliges Feuer schien in den Augen des alten Giftmischers zu brennen und selbst nach den vielen seither vergangenen Jahren schwang plötzlich unverhohlener Hass in seiner Stimme mit.

»Voller Zorn nahm ich die Herausforderung an und schlug

mit gleichen Mitteln zurück. Tereni hatte genau wie ich mehrere Hilfskräfte in seinen Diensten, Leute, die für uns Kräuter und andere Pflanzen sammelten und uns bei der Herstellung von Tränken und Tinkturen halfen. Trotz äußerster Vorsicht gelang es ihm, mehrere von meinen Bediensteten zu töten, und ich tötete mehrere von seinen. An ihn selbst hingegen kam ich nicht heran, und er nicht an mich. Als er merkte, dass er mich mit seinen eigenen Waffen nicht mehr schlagen konnte, heuerte er gedungene Mörder an, und wieder tat ich es ihm gleich. Es gab weitere Tote.«

»So viel zu deinen sauberen Händen, mit denen du dich immer gebrüstet hast«, warf Mytha ein. »*An meinen Händen klebt kein Blut, schließlich ist es nicht meine Angelegenheit, wozu andere die Gifte nutzen, die ich zusammenpantsche.* Aber offenbar klebt an deinen Händen ebenso Blut wie an denen der anderen. Nicht nur indirekt, sondern du hast sie dir auch selbst schmutzig gemacht.«

»So ist es«, sagte Olimarch leise. »Und ich bin nicht stolz darauf, und nur wenige kennen diese Geschichte. Aber darauf kommt es jetzt nicht mehr an. Ich habe kaum noch Hoffnung, dass auch nur einer von uns diese Expedition überleben wird.«

Wieder herrschte für ein paar Sekunden Schweigen.

»Was geschah dann?«, fragte Mytha schließlich. »Ist es dir schließlich doch gelungen, diesen Tereni zu töten?«

»Nein.« Olimarch schüttelte den Kopf und begann plötzlich zu lachen. »Er starb an einem Herzanfall, ganz plötzlich und unerwartet. Ist das nicht ein Witz? Über mehr als ein Jahr hinweg haben wir beide versucht, einander auf die ausgefallensten Arten zu töten, und dieser Mistkerl fällt auf einmal einfach so um und ist tot! Natürlich hat jeder geglaubt, dass ich dabei meine Hände im Spiel gehabt hätte, und ich sah keinen Grund, dem zu widersprechen.«

»Weil du ein überaus ehrenwerter Mann bist«, vermutete Mytha.

Olimarch ging darauf nicht ein. »Mein Ruhm stieg schlagartig an, aber ich hatte eine Menge Leute gegen mich aufgebracht. Schließlich wurde mir der Boden in Valoria zu heiß, deshalb verließ ich die Stadt. Jahrelang zog ich umher, um weiteres Wissen zu sammeln, ehe ich mich schließlich in Meridor niederließ. Dort stieg ich zum wahrscheinlich berühmtesten Giftmischer Latronias auf, aber in Wahrheit war es ein Abstieg. Du kennst die Stadt und weißt, was für ein Schlangennest die Katakomben sind.«

Mytha nickte knapp.

»Mein Ruhm und mein wachsender Reichtum riefen Neider auf den Plan, und ich war gezwungen, immer mehr Sicherheitsmaßnahmen zu ergreifen. Abgeschottet durch massive Türen und meterdicke Mauern saß ich wie eine Spinne in meinem Reich, wurde träge und bequem und mit den Jahren schließlich alt, während das wahre Leben an mir vorbeizog. Manchmal mischte ich mich in Verkleidung unter die anderen Menschen, aber nach und nach geschah das immer seltener. Je perfekter meine Sicherheitsvorkehrungen wurden, desto mehr wuchs meine Angst, dass ich irgendetwas übersehen haben könnte, das mir zum Verhängnis würde. Deshalb meine Frage: Glaubst, dass Adamurt recht hat, wenn er behauptet, ich wäre paranoid?«

»Ohne jeden Zweifel«, erwiderte Mytha nach kurzem Zögern.

Es war fast tragisch. Die meisten Gesetzlosen in Meridor versuchten, sich einen Tag um den anderen mit kleinen Gaunereien irgendwie durchzuschlagen. Nur wenige hatten es wie sie und Adamurt zu einem Wohlstand gebracht, der dem der reichen Händler zumindest gleichkam. Olimarch gehörte ohne Zweifel ebenfalls dazu, aber im verzweifelten Bemühen, sein Leben zu schützen, hatte er auf einen Großteil dessen, was das Leben erst lebenswert machte, verzichtet, hatte es ausgesperrt und war zu einem verbitterten, alten Mann geworden.

»Dann traf ich Maline«, berichtete er weiter. »Dank ihr änderte sich das etwas. Ich war nicht in sie verliebt, aber sie hat meine Einsamkeit geteilt und dadurch ein wenig erträglicher gemacht. Ohne sie …«

»Und zum Dank hast du ihr Gift gegeben, um sie durch das Gegenmittel an dich zu ketten. Und wenn wir schon von blutigen Händen gesprochen haben: Da du das Mittel nicht mehr für sie zubereiten kannst, hast du sie jämmerlich verrecken lassen, ist es nicht so?«

»Du begreifst gar nichts«, murmelte Olimarch. »Das ist nur die Geschichte, die ich alle Welt glauben gemacht habe. In Wahrheit kam Maline zu mir, weil sie an einer seltenen, unheilbaren Krankheit litt. Unheilbar selbst für mich. Ich konnte ihr Sterben nur verzögern, aber inzwischen war der Punkt erreicht, an dem ihr körperlicher Verfall trotz meiner Heilkunst immer rascher voranschritt. Ihr wären nur noch ein paar Wochen, bestenfalls wenige Monate mit immer schlimmer werdenden Schmerzen geblieben. Das habe ich ihr erspart, wie sie es selbst gewünscht hat. Sie ist am Tag vor unserem Aufbruch sanft in meinen Armen entschlafen.«

»Das … das habe ich nicht gewusst«, stieß Mytha hervor. Sie schämte sich plötzlich, dass sie ihn in dieser Hinsicht völlig falsch eingeschätzt und so barsch angefahren hatte.

»Wie solltest du auch? Aber vielleicht begreifst du jetzt, warum ich mich dieser Expedition angeschlossen habe, was viele überrascht haben dürfte«, sagte er. »Es waren weder Forschungsdrang noch die Verlockung der Beute, sondern der Versuch, mir mein Leben zurückzuholen, das ich in den letzten Jahren so unachtsam durch meine Finger habe rinnen lassen. Etwas zu erleben, die Gefahr, die ich so lange gemieden habe, zu schmecken, etwas von dem nachzuholen, was ich verpasst habe. Selbst wenn wir das überleben, glaube ich nicht, dass ich nach Meridor zurückkehren werde, wo ein Tag wie der andere in bleierner Eintönigkeit ertrinkt. Ohne Maline nun noch mehr. Ich kann es nicht mehr ertragen, nur einsam die ewig gleichen Wände anzustarren. Begreifst du, was ich meine?«

O ja, Mytha verstand ihn, vielleicht sogar besser, als er ahnen mochte. Ähnliche Gedanken, wie er sie ausgesprochen hatte, waren auch ihr schon mehr als einmal durch den Kopf gegangen.

Es gab Parallelen zwischen ihnen, und sie war selbstkritisch genug, diese nicht vor sich selbst zu verleugnen. Sie litten beide an derselben Krankheit; dem Fluch des Außenseiters. Es ließ sich nicht bestreiten, dass Olimarch einen brillanten Verstand besaß, aber das änderte nichts an seiner moralischen Verkommenheit.

»Und was willst du stattdessen machen?«, fragte Mytha, ohne auf seine Frage zu antworten.

»Ich weiß es noch nicht. Vielleicht genau das, was wir jetzt tun, nur in weniger gefährlichen Landstrichen. Mit einem Wagen ohne Ziel durch die Gegend ziehen und die wenigen Jahre, die mir noch bleiben, damit verbringen, Orte aufzusuchen, an denen ich noch nie gewesen bin. Natürlich müsste ich mir einen anderen Namen zulegen. Ich wäre einfach nur ein fahrender Reisender.«

»Und statt Giften würdest du nur noch Heiltränke brauen und den Menschen helfen, denen du auf deinem Weg begegnest, und würdest so einen Teil des Unrechts wiedergutmachen, das du begangen hast, wie?«, stieß Mytha spöttisch hervor. »Ein Wohltäter, der nur noch Gutes im Herzen trägt.«

Olimarch gab ein abfälliges Schnauben von sich.

»Ich wusste, dass du mich nicht verstehen würdest. Es geht mir nicht um Wiedergutmachung oder so etwas. Ich stehe zu dem, was ich die meiste Zeit meines Lebens über getan habe, und Gifte haben mich immer mehr fasziniert als Heiltränke. Ich will kein Wohltäter sein, stattdessen sind meine Motive sogar egoistischer Natur.«

»Trotzdem. Stell dir das nicht so einfach vor«, beharrte Mytha. »Die Welt hat sich geändert, seit du jung warst. Du hast von weniger gefährlichen Landstrichen gesprochen. Ich weiß nicht, ob es so etwas noch gibt. Weniger gefährlich als hier, sicherlich, aber dennoch voll dunkler Energie. Hier sind die Monster wenigstens direkt als solche zu erkennen, doch in den sogenannten zivilisierteren Gegenden laufen viele in der Maske von Menschen umher, ohne deshalb weniger verdorben zu sein. Latronia wird von einem schwachen König regiert, dessen Macht immer mehr schwindet und keine Sicherheit auf den Straßen mehr gewährleisten kann. Ein alter Mann, der allein mit einem Karren durch die Gegend zieht und vermutlich noch ein paar Dinar mit sich führt, wird manchem als eine verlockende Beute erscheinen. Du würdest kaum länger als ein paar Tage oder Wochen überleben.«

Olimarch straffte sich, wirkte mit einem Mal nicht mehr greisenhaft, sondern stattlicher, als sie ihn seit dem Aufbruch aus Meridor erlebt hatte.

»Du scheinst zu vergessen, mit wem du redest, Kind«, sagte er mit nun deutlich kraftvoll klingender Stimme. »Selbst wenn ich den Namen ablegte, wäre ich immer noch der berüchtigte Olimarch Thephilos und wüsste mich eines dahergelaufenen Strauchdiebs sehr wohl zu erwehren. Aber lassen wir das. Ich weiß nicht, warum ich dir das alles erzählt habe. Eigentlich wollte ich nur sagen, dass ich mich in den vielen Jahren selbst gewählter Isolation so an meine Ängste gewöhnt habe und sie solche Macht über mich gewonnen haben, dass es eine Weile dauern wird, mich von ihnen zu befreien. Deshalb konnte ich dem Schrecken des Dämons nicht standhalten und habe die Nerven verloren. Noch einmal wird so etwas nicht geschehen. Was ist denn da vorne los?«

Silvan hatte die Reiter anhalten lassen. Bereits während Olimarch das Pferd zügelte und den Wagen zum Stehen brachte, hörten sie ihn wild fluchen.

»Was ist denn los?«, erkundigte sich Mytha.

»Die Berge«, antwortete Olimarch an seiner Stelle leise. »Sieh dir doch die Berge an.«

Mytha strengte die Augen an und erkannte endlich, was er meinte. Im Zwielicht kaum zu erkennen, beschrieb ein Ausläufer des Gebirges einen sanften Bogen nach rechts und umschloss hufeisenförmig einen riesigen Talkessel, in den sie die Straße hineingeführt hatte. Auf der Karte war er nicht eingezeichnet gewesen. Wenn es außer der Straße, auf der sie hergekommen waren, noch einen Weg hinaus gab, dann höchstens über Gebirgspässe, die von hier aus nicht zu erkennen waren, aber mit

Sicherheit für die Wagen und höchstwahrscheinlich auch für die Pferde unpassierbar sein würden.

»Zurück!«, brüllte Adamurt. »Wir müssen zurück und einen anderen Weg um das Gebirge herum finden, ehe …«

»Zu spät!«, fiel Nariz ihm ins Wort. »Der Feind nähert sich und er ist zahlreich. Ihr könnt ihn vielleicht noch nicht spüren, aber es wird nicht mehr lange dauern, bis er hier ist. Wenn wir umkehren, reiten wir ihm direkt entgegen.«

Mit Schrecken begriff Mytha, was ihre Worte bedeuteten. Die Gebirgskette versperrte ihnen den Weg nach vorne und von hinten näherten sich dämonische Sphärenwesen.

Sie saßen in einer Falle, in die sie sich selbst hineinmanövriert hatten.

6

Verzweiflung schlug wie eine dunkle Woge über Mytha zusammen und raubte ihr ebenso wirksam, aber sehr viel abrupter ihre Kräfte, als Nariz es in den vergangenen Tagen mit ihrem Zauber getan hatte. Angst und Hoffnung hatten sie bislang aufrecht gehalten, aber die Hoffnung war nun zu Asche verbrannt, und die Angst würde schon bald wieder zu unmenschlicher Panik anwachsen. Sie sackte in sich zusammen. Zwar verlor sie nicht das Bewusstsein, aber alles um sie herum schien weit entrückt zu sein.

Es blieb keine Zeit für lange Beratungen, und da eine Umkehr sie dem Verderben nur näher bringen würde, gab Silvan Befehl, der Straße weiter zu folgen. Irgendwo musste sie schließlich hinführen. Vielleicht gab es Schluchten, die sich durch das Gebirge zogen und in die Ebene jenseits der Berge führten, aber Mytha glaubte es nicht.

Der Wagen setzte sich wieder in Bewegung. Das Rütteln und Schaukeln riss sie ein wenig aus ihrer Benommenheit, denn erneut musste sie sich festklammern, um nicht vom Bock geschleudert zu werden.

Gnadenlos trieb Olimarch das Pferd an, ohne Rücksicht auf die Räder oder darauf, dass es bald vollends erschöpft sein würde. Sie mussten größtes Risiko wagen. Höchstwahrscheinlich waren sie ohnehin verloren, ein gebrochenes Rad würde dies nur beschleunigen. Ihre einzige Chance bestand darin, irgendwo ein Versteck zu finden, aber auch danach sah es nicht aus. Fast wie mit einem unvorstellbar großen Messer geschnitten, ragte zu ihrer Linken die steile Felswand auf, während sich in dem Talkessel zu ihrer Linken nur flaches, weithin überschaubares Land erstreckte.

Immer wieder fielen Mytha die Augen zu, und nach einer Weile unternahm sie erst gar nicht mehr den mühsamen Versuch, sie offen zu halten. Eine Hand um die Kante der hölzernen Sitzbank, die andere um den dünnen, metallenen Bügel an der Seite des Bocks geklammert, sank sie in einen Dämmerzustand zwischen Schlafen und Wachen, in dem sich Wirklichkeit und Fetzen, die aus einem Traum herüberwehten, zu einer bizarren Mixtur vermischten.

Ein Lärm wie Donnergrollen ertönte hinter ihr. Als sie den Kopf wandte, entdeckte sie eine ganze Horde riesiger schwarzer Streitrösser, die die Kutsche verfolgten. Und auf den Rössern …

Wabernde, brodelnde Schwärze, die die ungefähre Gestalt hünenhafter Reiter angenommen hatte. Unbarmherzig trieben sie die Pferde an und näherten sich rasch der Kutsche. Schon streckten sie rauchige Schattenarme aus, um nach ihr zu greifen. Gleichzeitig erkannte sie entsetzt, dass sich die Straße immer weiter verengte, schon bald nicht mehr breit genug für die Kutsche sein würde. Aber das spielte keine Rolle mehr, weil sie ein Stück dahinter ohnehin im Nichts endete.

Erst jetzt fiel ihr auf, dass die Kutsche überhaupt nicht mehr auf der Straße fuhr, sondern sich in die Luft erhoben hatte. Das Pferd hatte sich in einen Pegasus mit riesigen Flügeln verwandelt, die direkt aus seinem Rücken wuchsen. Mit langsamen, aber kräftigen Schlägen stieg das Tier höher und zog dabei die Kutsche hinter sich her.

Ihre Verfolger ließen sich dadurch jedoch nicht abhängen. Pferde und Reiter schienen zu einer Einheit verschmolzen zu sein, waren zu gewaltigen drachenartigen Gestalten geworden, deren Gesichter an die von Fledermäusen erinnerten. Mit ihren ledrigen Schwingen peitschten sie die Luft, holten die Kutsche mühelos ein. Zwei von ihnen stürzten sich auf den Pegasus, zerfetzten mit ihren Krallen seine Flügel. Die Kutsche überschlug sich in der Luft und stürzte ab.

Ein heftiger Stoß traf Mytha und schleuderte sie ins Nichts. Sie begann zu fallen und riss mit einem Schrei die Augen auf.

Noch immer saß sie neben Olimarch auf dem Kutschbock und sie rasten in halsbrecherischem Tempo dahin. Eines der Räder war über einen größeren Stein gerumpelt, aber nicht gebrochen.

Wieder fielen ihr vor Müdigkeit die Augen zu.

Sie fiel, aber nicht so schnell, wie zu erwarten gewesen wäre. Stattdessen war es eher ein Trudeln, und dann bemerkte sie, dass auch ihr wie zuvor dem Pferd Flügel gewachsen waren. Probehalber breitete Mytha sie aus und ihr Sturz ging in ein sanftes Gleiten über. Sie schlug ein paarmal mit den Schwingen und gewann wieder an Höhe. Es war ein unvergleichliches Gefühl, nahezu schwerelos durch die Luft zu gleiten.

Ihre Verfolger stießen zornige Schreie aus und schossen schneller auf sie zu. Lähmende Furcht eilte ihnen wie ein Todesbote voraus.

»Dort, die Ruinen!«, drang eine Stimme wie aus weiter Ferne an ihr Ohr. »Vielleicht finden wir dort ein Versteck!«

Tatsächlich tauchten nicht weit entfernt die verfallenen Überreste eines winzigen Dorfes vor ihr auf. Mit an den Körper angelegten Flügeln schoss sie pfeilschnell darauf zu. Als sie näher kam, musste sie erkennen, dass nur noch vereinzelte Wände der früheren Häuser standen. Die meisten waren nicht mehr als Hütten aus mittlerweile vermodertem Holz gewesen, die ihr keinerlei Schutz bieten würden.

»Der Stollen!«

Sie blinzelte, als die Kutsche ihre Fahrt verlangsamte. Gleich darauf verließ sie die Straße, bog in eine schwarze, gähnende Öffnung in der Felswand ein. Das ohnehin nur dämmrige Licht wurde von vollkommener Finsternis verschlungen, dann kam die Kutsche zum Stehen. Ihre Verfolger blieben hinter ihr zurück. Noch immer konnte sie die Furcht wahrnehmen, die wie eine üble Ausdünstung von ihnen ausging, jetzt aber nur noch abgeschwächt.

Mytha wusste nicht mehr zu unterscheiden, was Wirklichkeit und was Trugbild war. Die Dunkelheit lockte mit angenehmem Vergessen und drohte zugleich mit Albträumen, die schrecklicher als die Realität waren.

»Ich habe gleich geraten, dass wir für eine Weile von der Bildfläche verschwinden«, hörte sie eine vertraute Stimme, konnte sich aber nicht erinnern, wem sie gehörte. »Wie es scheint, ist uns die Entscheidung abgenommen worden.«

Sie kämpfte nicht länger gegen den Sog, der sie mit sich zu reißen versuchte, tauchte hinein in die Schwärze und ließ sich von ihr davontragen.

7

Wie sie erwartet hatte, war sie im Schlaf von grässlichen Albträumen gepeinigt worden. Dennoch war er tief und erholsam gewesen, und die Traumgespinste verblassten beim Erwachen so rasch, dass Mytha sich schon nach wenigen Sekunden kaum noch an sie erinnern konnte.

Was jedoch blieb, war ein überwältigendes Gefühl der Angst, und es war nicht nur ein Schatten der Träume, der in die Realität hinübergeschwappt war. Im Gegenteil, vermutlich war es genau anders herum. Was sie spürte, war auch jetzt die Nähe dämonischer Kreaturen, deren Aura sie bis in den Schlaf hinein wahrgenommen hatte. Das Gefühl von Unheil und Verderben war fast greifbar. Ein grausamer Klammergriff schien ihr Herz zusammenzupressen, und sie zitterte, ohne dass ihr kalt war.

Vorsichtig und anfangs noch gegen etwas Schwindel und wackelige Knie ankämpfend, stand Mytha auf und blickte sich um. Sie befanden sich in einer großen Höhle. Zuletzt waren Müdigkeit und Erschöpfung so stark gewesen, dass sie nicht mehr richtig zwischen Wachtraum und Realität hatte unterscheiden können. Nun erkannte sie, dass sie sich in einen der alten Bergwerksstollen geflüchtet hatten. Nur eine einzelne Fackel brannte und reichte kaum aus, irgendetwas zu erkennen, was sich nicht in unmittelbarer Nähe befand. Die meisten Söldner saßen oder lagen neben den Wagen auf dem Boden, einige schliefen.

Mytha beschloss, sich umzuziehen. Es wurde Zeit, die verschwitzte Bluse loszuwerden, die sie die ganze Zeit getragen hatte, während sie an ihr Lager gefesselt gewesen war. Ihr schwarzes Lederoberteil war von den Krallen der geflügelten Bestien fast zerfetzt worden, aber in weiser Voraussicht hatte sie Ersatz mitgenommen. Hinter einem der Wagen zog sie sich um. Sofort fühlte sie sich wohler, als würde ihr das Diebeskostüm neue Kraft verleihen.

Nariz, Silvan und Adamurt standen nicht weit von ihr entfernt und unterhielten sich. Wie Mytha befürchtet hatte, schienen die Morde und das, was die Lamia ihr angetan hatte, angesichts ihrer Bedeutung für dieses Unternehmen bereits vergeben und von allen außer ihr vergessen worden zu sein.

Sie ging zu der kleinen Gruppe hinüber.

»… gehen wir nicht hinaus und schlagen ihnen die Köpfe, oder was immer sie sonst haben, ab?«, ereiferte sich Adamurt gerade. »Wir wissen doch, dass die trakanischen Waffen ihnen gefährlich werden können. Es gefällt mir nicht, dass wir uns hier unter dem Berg für wer weiß wie lange verkriechen sollen.«

»Weil du es von Meridor her ja überhaupt nicht gewöhnt bist, dich unter der Erde aufzuhalten, nicht wahr?«, spottete die Magierin. »Du hast es anscheinend noch immer nicht kapiert. Im Gegensatz zu den Ungeheuern, mit denen wir es bislang zu tun hatten, stammen die Dämonen aus einer anderen Daseinsebene, aus den Schattensphären. Sie sind kein Teil dieser Welt und unterliegen nicht ihren Gesetzmäßigkeiten. Du kannst ihnen weder den Kopf noch sonst etwas abschlagen, weil sie nicht stofflich sind, begreifst du? Sie haben keinen festen Körper! Kannst du Rauch mit dem Schwert aufspießen? Oder einen Schatten?«

»Ich hab' einen festen Widerstand gespürt, als ich nach dem Dämon geschlagen hab'«, beharrte der Meuchelmörder. »Durch Rauch oder Schatten wär' mein Schwert ja wohl einfach so durchgeglitten. Dein Beispiel hinkt, und ich glaub', du erzählst einfach nur Blödsinn, weil du Schiss hast!« Herausfordernd streckte er sein Kinn vor.

Nariz seufzte.

»Jede normale Waffe wäre auch wirkungslos durch den Dämon hindurchgeglitten«, behauptete sie. »Der Widerstand, den du gespürt hast, war der Zusammenprall der Magie, die der Klinge innewohnt, mit der des Dämons. Sie kann ihn nicht töten, sondern bereitet ihm höchstens Unbehagen.«

»Genug Unbehagen, dass er geflohen ist!«

»Das dürfte in größerem Maße an meiner Blitzkugel gelegen haben«, widersprach Nariz. »Aber wenn es dir so wichtig ist, gut, deine Klinge war auch daran beteiligt. Allerdings handelte es sich nur um einen Späher, einen äußerst schwachen Dämon. Da draußen lauern jetzt ganz andere Bestien und suchen nach uns. Ihre Aura des Schreckens dringt sogar durch die Hunderte von Tonnen Felsgestein um uns herum. Ohne diesen Schutz wäre sie schier unerträglich. Aber wenn du glaubst, du könntest einem solchen Dämon mit deinem lächerlichen Schwert Schaden zufügen oder ihn sogar töten, dann geh doch hinaus und versuch es.«

»Schluss jetzt!«, befahl Silvan. »Niemand verlässt die Höhle. Bist du sicher, dass sie uns hier nicht finden können?«

Nariz zuckte mit den Schultern.

»Wie schon gesagt, Dämonen unterliegen nicht den Gesetzmäßigkeiten dieser Welt und nehmen sie auch anders wahr. Im Gegensatz zu uns registrieren sie materielle, tote Dinge kaum oder gar nicht. Jegliche magische Kraft hingegen ist für sie überdeutlich. Ähnlich verhält es sich mit allem, was lebt. Sie hassen es, weil es anders ist als sie, und sie begehren es, weil es ihnen Kraft gibt, wenn sie es verschlingen. Aber ob ein Berg nun massiv ist, oder eine Öffnung darin klafft, das hat für sie keine Bedeutung, wenn sie den Unterschied überhaupt wahrnehmen. Sie werden deshalb nicht die Stolleneingänge systematisch untersuchen, um uns aufzuspüren, aber das schließt nicht aus, dass sie uns hier zufällig entdecken. Die Gefahr ist jedoch sehr gering.«

»Was glaubst du, wie lange wir uns hier verstecken müssen, bis sie aufhören, auf uns zu lauern?«, hakte Silvan nach.

»Auch das ist schwer zu sagen. Grundsätzlich hat Zeit für einen Dämon eine ganz andere Bedeutung. Unter Umständen verstreichen Jahre oder gar Jahrzehnte für sie nicht anders als Sekunden für uns.«

»Jahre? Jahrzehnte? Das ist …«

»Jedenfalls ist das in ihrer eigenen Welt, in den Schattensphären, so«, behauptete Nariz. »Aber es gibt Hinweise, dass unser Zeitverlauf immer mehr Einfluss auf sie gewinnt, je länger sie ihm ausgesetzt sind. Sie müssen sich ihm anpassen, um hier existieren zu können. Deshalb glaube ich, dass sie bald das Interesse verlieren und wieder abziehen werden.«

»Hinweise?«, fragte Mytha. »Was für Hinweise gibt es wohl darauf, was im Inneren eines Dämons vorgeht?«

»Sieh an, unsere kleine Schlafmütze ist aufgewacht und hat sogar wieder ihre Ausgehuniform angezogen«, spottete Nariz, als hätte sie sie gerade erst bemerkt. »Wieder ein bisschen Lebensenergie angesammelt, die ich mir holen kann, wenn wir unseren Auftrag erfüllt haben? Wird hoffentlich nicht mehr lange dauern.«

»Erstick an deinem eigenen Gift!«, entgegnete Mytha.

Wie hatte sie nur jemals glauben können, diese Frau zu lieben? Schon früher war die Magierin mit ihrem Zynismus kaum zu ertragen gewesen, aber seit sie sie unter ihren Zauberbann gezwungen hatte, war ihr Verhalten in offene Feindschaft umgeschlagen. Offenbar konnte sie es nur schwer verwinden, dass es Mytha gelungen war, sich aus ihrem Bann zu befreien.

»Wo sind Linton und Olimarch?«, erkundigte sie sich.

»Linton untersucht die Höhle genauer und Olimarch steckt in seiner Hexenküche«, sagte Silvan.

»Hexenküche?«

»In seinem Laboratorium, wie er seinen Wagen hochtrabend nennt. Er ist nicht recht zufrieden damit, was der bisherige Verlauf der Expedition für seine Forschungen gebracht hat, da er seine Mittelchen hauptsächlich aus Pflanzen herstellt und es hier so gut wie keine gibt. Aber in Sycarion ist er auf ein paar alte Aufzeichnungen gestoßen, die er nun zu entziffern versucht.«

Mytha wandte sich um, als sie das Hallen eisenbeschlagener Stiefel hinter sich hörte. Mit einer Fackel in der Hand kam Linton mit raschen Schritten näher.

»Diese Minen sind gigantisch«, berichtete er. »Und doch haben sie nichts von einem Labyrinth. Sie sind in ihrer Anlage so klar strukturiert, dass man sich schon äußerst ungeschickt anstellen muss, um sich darin zu verirren. Die meisten Stollen verlaufen fast schnurgerade und werden von ebenso geraden Quergängen geschnitten.«

»War'n wohl tolle Bergleute, die ollen Trakani«, sagte Adamurt. »Und was hat das mit uns zu tun? Wir hab'n ganz andere Probleme, als ein uraltes Bergwerk zu erforschen.«

Linton beachtete ihn gar nicht.

»Einer der Stollen verläuft fast parallel zur Flanke des Berges. Ich bin gut eine Meile in ihn eingedrungen und bin auf kein Ende gestoßen. Sogar Schienen liegen dort. Offenbar wurde das abgetragene Gestein einst mit Loren transportiert.«

»Echt toll, trotzdem interessiert mich das Bergwerk nicht die Bohne. Ich hab' jedenfalls keine Lust, hier auf Entdeckungsreise zu gehen.«

»Sollten wir aber. Die Hauptstollen sind hoch und breit genug, dass wir darin reiten und mit den Wagen fahren können. Ich vermute, dass wir über kurz oder lang auch auf weitere Stollen stoßen werden, die ins Freie führen, vielleicht sogar auf der anderen Seite des Gebirges. Auf die Art kämen wir aus dem Talkessel heraus und würden unseren Weg sogar ein erhebliches Stück abkürzen. Zudem kämen wir unbemerkt von den da draußen lauernden Kreaturen weg und würden auch allen anderen Gefahren im Freien entgehen.«

Einige Sekunden lang herrschte Schweigen. Die Vorstellung, womöglich tagelang durch uralte, lichtlose Stollen mit Tausenden Tonnen Gestein über sich zu irren, jagte Mytha eine Gänsehaut über den Rücken. Aber das taten die dämonischen Jäger außerhalb des Berges auch.

»Klingt verlockend«, stellte Silvan fest und kratzte sich am Kinn. »Allerdings gibt es auch eine Menge Unwägbarkeiten. Ich hatte eigentlich vor, genau das Gegenteil zu tun, nämlich alle von dieser Höhle abzweigenden Stollen zu unserem Schutz mit Gestein zu verschließen.«

»Und warum?«, fragte Adamurt.

»Weil ich mir schlecht vorstellen kann, dass ein so idealer Unterschlupf unbewohnt ist. Manche der Ungeheuer, auf die wir bislang getroffen sind, sind offenbar einfach nur ziellos umhergestreift, wobei die meisten offenbar genug Intelligenz besitzen, sich so etwas wie ein Nest, eine Höhle oder was auch immer zu suchen. Denken wir nur an die Festungsruine, die den geflügelten Bestien als Horst diente.«

»Und wenn schon!«, verteidigte Linton seinen Vorschlag. »Da draußen treffen wir mit Sicherheit auf weitere Feinde, hier nur vielleicht. Außerdem können wir uns in den Stollen sehr viel besser verteidigen.«

»Trotzdem wissen wir nicht, ob wir wirklich irgendwo wieder ins Freie gelangen und wo. Möglicherweise sind die Stollen tiefer im Berg auch verschüttet.«

»Dann können wir immer noch umkehren und landen schlimmstenfalls wieder hier, ohne etwas erreicht zu haben.«

»Das Trappeln der Pferde und das Rollen der Wagenräder wird Lärm und Erschütterungen verursachen. Es besteht die Gefahr, dass alles über uns zusammenbricht.« Silvan blickte sie der Reihe nach an. »Was meint ihr?«

»Ich finde, wir sollten es versuchen«, unterstützte Nariz zu Mythas Erstaunen den Plan. Sie hatte erwartet, dass die Magierin ihn schon deshalb ablehnen würde, weil er von Linton stammte. »Natürlich gibt es Risiken, aber im Vergleich zu den Gefahren da draußen erscheinen sie mir ziemlich unbedeutend.«

»Alles is' besser, als nur wie blöd hier rumzusitzen und tatenlos zu warten«, stimmte Adamurt zu.

»Und du, Mytha?«

»Ich bin ebenfalls dafür. Wir riskieren wenig und haben nichts zu verlieren, aber viel zu gewinnen«, sagte sie. Noch immer schreckte sie die Vorstellung einer Reise durch die Unterwelt des Gebirges ab, aber wie Adamurt erschien es ihr noch unerträglicher, unter dem beständigen Grauen der dämonischen Schrecken einfach nur abzuwarten. Sie hatte noch längst nicht zu ihrer alten Stärke zurückgefunden, auch wenn der Schlaf ihr Kraft verliehen hatte. Nach der langen Zeit der Untätigkeit verspürte sie einen kaum zu bändigenden Tatendrang.

Nachdenklich und fast ein bisschen widerwillig nickte Silvan, aber Mytha kannte ihn mittlerweile gut genug, dass er sich auch von ihnen allen nicht zu etwas drängen lassen würde, was er nicht auch selbst für richtig hielt. Letztlich traf er allein alle Entscheidungen, und wenn er ihnen von Zeit zu Zeit das Gefühl gab, darüber mit entscheiden zu können, dann diente das nur dazu, sie bei Laune zu halten.

»Also gut«, sagte er. »Dies scheint seit unserer Landung der einzige einigermaßen sichere Ort zu sein, und ich gebe ihn nicht gern auf. Nutzen wir ihn zumindest dazu, uns gründlich auszuruhen und wieder zu Kräften zu kommen. Anschließend brechen wir auf.«

8

»Warte, ich komme mit.«

»Tust du nicht.« Linton runzelte die Stirn und fuhr fort, sein Pferd zu satteln. »Ich halte das für keine gute Idee. Du bist noch geschwächt und solltest dich besser ausruhen. Du wirst deine Kräfte noch für Wichtigeres brauchen.«

»Und du solltest mich nicht wie ein Kind behandeln«, blaffte Mytha ihn an. »Ich bin es leid, dass mir dauernd jemand sagt, was ich zu tun und zu lassen habe, und ich bin es auch leid, verhätschelt zu werden.«

»Schon gut, kein Grund, dich so aufzuregen.«

»O doch, das ist es!«, ereiferte sich Mytha.

Linton hatte beschlossen, das Bergwerk zu Pferd in einem größeren Umkreis als vorher zu Fuß zu erkunden, während die anderen sich ausruhten, was ihr als eine gute Gelegenheit erschienen war, auch den eigenen Tatendrang auszuleben. Zudem hatte sie gehofft, durch Nariz' Verrat und ihre Rettung durch Linton hätte sich zwischen ihr und dem Söldner etwas verändert. Aber das war wohl eine Täuschung gewesen.

»Ich hasse das alles hier!«, brach es plötzlich aus ihr heraus. »Ich wusste, dass es hart werden würde und wir diese Expedition vielleicht nicht einmal überleben. Und mir war auch klar, dass wir alle keine Engel sind und einige von uns sich gegenseitig an die Kehle fahren würden, wenn wir unseren Auftrag erfüllt haben. Aber ich habe trotzdem geglaubt, wenigstens bis dahin würde uns nur von außen Gefahr drohen. Schließlich sind wir von mehr als genug Feinden umgeben! Stattdessen gibt es auch innerhalb unserer Gruppe Verrat und wir machen uns das Leben gegenseitig zur Hölle.«

»Nariz ist nicht typisch für uns alle. Was sie getan hat, ist unentschuldbar.«

»Ich spreche nicht nur von ihr. Jeder verfolgt seine eigenen finsteren Pläne und Absichten. Adamurt freut sich schon darauf, möglichst viele von uns abzuschlachten, sobald wir zur Küste zurückgekehrt sind, um seinen eigenen Anteil an der Beute zu vergrößern. Nariz wird schon aus Wut und Rache versuchen, uns zu töten, das hat sie ganz offen angekündigt. Und Olimarch überlegt, wie er uns alle vergiften kann, damit er uns durch sein Gegenmittel in der Hand hat.« Wütend trat sie gegen einen Stein, der kollernd davonrollte. »All das könnte ich ertragen, aber nicht mit solcher Herablassung behandelt zu werden, als ob ich keine eigenen Entscheidungen treffen könnte und nicht selbst wüsste, was für mich das Beste ist.«

»Es tut mir leid, so habe ich das nicht gemeint.«

»Und doch benimmst du dich so, genau wie alle anderen. Würdest du auch Adamurt oder Olimarch oder Nariz vorschreiben, was sie zu tun hätten? Oder gar Silvan? Ich brauche niemanden, der auf mich aufpasst. Seit ich fünfzehn bin, schlage ich mich allein durch. Obwohl ich von der Diebesgilde ebenso wie von der Stadtwache Meridors gejagt werde, habe ich es in dieser Zeit geschafft, zur berühmtesten und erfolgreichsten Diebin Latronias, vielleicht sogar der ganzen bekannten Welt zu werden. Das ist für mich ein Grund, stolz zu sein, und ich denke, dass ich dafür etwas Respekt verdient habe. Ich weiß, dass du in mir nur eine Verbrecherin siehst und nicht viel von mir hältst, das hast du deutlich gesagt. Aber hör wenigstens auf, mich so herablassend zu behandeln! Du hast den Auftrag, uns zu beschützen, auch voreinander, und obwohl ich nicht weiß, was in deinem Inneren vorgeht, bist du bislang der Einzige, der nicht nur zu überlegen scheint, wie er uns andere hintergehen kann, sobald wir dieses verdammte Artefakt erst einmal haben. Der Einzige, von dem ich mir einbilde, dass man ihm wenigstens ein bisschen vertrauen kann. Du bist ein Mann, dem Ehre wichtig ist, jedenfalls behauptest du es, und auch wenn du glaubst, dass ich keine hätte, werde ich mich von jetzt an mehr an dich als an irgendeinen der anderen halten, ob es dir passt oder nicht. Und jetzt werde ich dich bei der Erkundung des Bergwerks begleitest. Wenn du mich nicht dabeihaben willst, dann werde ich dir einfach auf eigene Faust folgen.«

Linton rang sich ein Lächeln ab, doch es wirkte schmerzlich.

»Also gut. Sattle dein Pferd, aber beeil dich.«

Und ob Mytha sich beeilte! In Meridor war sie vor dieser Reise lange nicht mehr geritten, aber sie hatte es während ihrer Ausbildung bei der Diebesgilde gelernt und auch, wie man ein Pferd sattelte. Nur wenige Minuten später brachen sie auf.

Der Stollen, in den sie eindrangen, war in der Tat mehrere Meter breit und mehr als drei Meter hoch. Die Fackel, die Linton auch jetzt in der Hand hielt, reichte aus, um ihre Umgebung gut erkennen zu können. Stählerne Träger stützten die Decke ab. Nahe der rechten Wand verliefen die Gleise, von denen Linton gesprochen hatte, aber es blieb noch genügend Platz, um von den Schwellen unbehindert zu reiten oder mit einem Wagen zu fahren.

Dennoch war Mytha nicht sicher, ob es eine gute Idee gewesen war, Linton zu begleiten. Das Hämmern der eisenbeschlagenen Pferdehufe auf dem Felsboden hallte verstärkt und unheimlich von den Wänden wider, als ob ihnen eine ganze Reiterhorde im Genick säße. Unheimlich war auch das über die Wände huschende Fackellicht, das sich immer wieder an Vorsprüngen und Kanten brach und so Leben und Bewegung vorgaukelte. Noch stärker als zuvor glaubte Mytha, das Gewicht des tonnenschweren Felses auf sich lasten zu spüren. Trotz ihrer inneren Unrast wünschte sie, sie wäre in der Höhle zurückgeblieben, doch würde sie sich lieber die Zunge abbeißen, als das zuzugeben.

»Du musst eins begreifen, auch auf die Gefahr hin, dass das wieder herablassend klingt«, brach Linton unverhofft das Schweigen, während sie in gemächlichem Tempo nebeneinanderher ritten. »Respekt erwirbt man sich durch besondere Leistungen und nicht, indem man ihn einfordert. Sonst erreicht man nur das Gegenteil und wirkt wirklich wie ein Kind, das trotzig plärrt und mit den Füßen aufstampft, weil es nicht bekommt, was es will.«

Seine Worte trafen Mytha hart und sie musste die Zähne zusammenbeißen. Ihr Gefühlsausbruch war nicht geplant gewesen, und sie hatte sich die Worte nicht zurechtgelegt, sondern sie waren einfach aus ihr herausgebrochen. Dennoch war sie stolz auf sich gewesen, dass sie ihren Standpunkt so deutlich klargemacht hatte. Sie hatte sich sogar eingebildet, dass sie ein Umdenken bei Linton bewirkt und ihn dazu gebracht hätte, sie auf diesen Erkundungsritt mitzunehmen. Nun aber fegte er diesen Stolz mit einer simplen Bemerkung fort.

»Das ist es also, was du in mir siehst, nur ein trotziges Kind«, presste sie hervor. »Da war es mir sogar lieber, dass du mich wegen meines Erfolgs als Diebin verachtet hast.«

»Weder das eine noch das andere trifft zu«, widersprach er. »Ich war voreilig mit dem, was ich auf dem Schiff gesagt habe. Nach dem Kodex eines Clansmannes ist Diebstahl oder Betrug in der Tat nicht ehrenhaft, aber das war nicht der wahre Grund für meine schroffe Zurückweisung.«

»Und was dann?«

»Genau das, was du mir jetzt vorwirfst. Ich habe dich noch für ein halbes Kind gehalten und unfähig, das hier durchzustehen. Ich dachte, du würdest keine zwei Tage in dieser feindlichen Umgebung überleben, deshalb wollte ich weder dein Aufpasser werden, noch mich zu sehr mit dir anfreunden.«

Mytha runzelte die Stirn.

»War das nun eine Beleidigung oder ein Lob?«

»Nur eine Feststellung. Und ich gebe zu, dass ich unrecht hatte. Du hältst den Schrecken dieses Landes bewundernswert gut stand. Beim Kampf um die Hügelruine hast du dich besser geschlagen, als ich erwartet hatte, und ohne Nariz' hinterlistige Machenschaften hättest du seither sicherlich weitere Gelegenheiten bekommen, dich zu bewähren. Aber als ich dir gezeigt habe, was sie wirklich ist, ist es dir gelungen, dich aus ihrem Bann zu befreien, und das setzt viel innere Stärke voraus. Damit ist es dir tatsächlich gelungen, meinen Respekt zu erringen, ebenso durch die Verbissenheit, mit der du seither gegen die Nachwirkungen dieser schrecklichen Erfahrung ankämpfst. Du siehst, du hast es gar nicht nötig, dich auf das zu reduzieren, was du in Meridor erreicht hast. Denn das zählt hier überhaupt nichts.«

Seine Worte brachten ein Lächeln auf ihr Gesicht, aber obwohl sie im Grunde genau das waren, was sie sich seit Langem zu hören wünschte, hielt sich ihr Glücksgefühl in Grenzen. Sie begriff, dass man sich Respekt nicht nur mit Taten statt mit Worten verdienen musste, sondern dass er auch schal erschien, wenn man ihn nur mit Worten statt mit Taten bekundete.

»Was ist mit den anderen? Mit Adamurt zum Beispiel. Er prahlt wie kein anderer, den ich kenne, mit seinen abscheulichen Taten, dennoch nimmt ihn niemand deshalb nicht für voll.«

»Weil bei ihm nicht der Wunsch nach Anerkennung dahintersteckt, sondern es nur eine leicht zu durchschauende Masche ist. Er *möchte*, dass man ihn unterschätzt, aber in seiner Gegenwart spürt man instinktiv, wozu er imstande ist und dass es gefährlich wäre, ihn zu sehr zu reizen. Obwohl er es durch seine Prahlerei abzumildern versucht, strahlt er Stärke und Gefahr aus, während dein Erfolg zum Teil darauf beruht, dass man dich für schwach und harmlos hält. Es ist fast unmöglich, gegen ein Image anzukämpfen, das man sich selbst gegeben hat und mit jeder Faser verkörpert.«

»Ach ja?« Nachdem sie Linton gerade noch am liebsten umarmt hätte, keimte jetzt wieder Zorn in Mytha auf. »Du redest Unsinn. Ich will ganz bestimmt nicht schwach wirken, sondern als stark und selbstbewusst angesehen werden. Und wenn du nicht glaubst, dass ich auch gefährlich sein kann, werde ich dir gerne das Gegenteil beweisen.« Sie schloss eine Hand um den Griff ihrer Peitsche.

Linton lachte laut auf und brachte sie damit so zur Weißglut, dass sie ihm liebend gern wirklich eins mit der Peitsche übergezogen hätte.

»Du machst dir selbst etwas vor«, behauptete er. »Wie könntest du wohl ein Opfer täuschen, dir sein Vertrauen erschleichen und es dazu bringen, etwas zu tun, was es eigentlich nicht will und mit etwas mehr Wachsamkeit auch niemals tun würde, wenn es dich nicht für harmlos, sondern für stark und gefährlich halten würde? Seit Beginn deiner Ausbildung zur Diebin und Gaunerin arbeitest du daran, deine wahre Stärke tief in dir zu verbergen, selbst wenn es dir vielleicht gar nicht bewusst ist.«

Von dieser Seite hatte Mytha die Sache noch nicht betrachtet. Ihr Zorn verflog so schnell, wie er aufgekeimt war. Sie musste zugeben, dass Linton recht hatte.

»Und du bist wirklich gut darin«, fügte er hinzu. »Immerhin hast du auch mich anfangs glauben lassen, dass nicht viel in dir steckt. Ich bin normalerweise nicht leicht zu täuschen, aber es hat eine Weile gedauert, bis ich die Wahrheit erkannt habe. Auch Nariz hat dich unterschätzt und tut es noch immer. Also beklage dich nicht darüber, sondern sieh es als einen Vorteil, den du für dich nutzen kannst.«

Mytha antwortete nicht darauf, sondern musste erst einmal über das nachdenken, was er gesagt hatte. Seit ihrer Kindheit hatte sie stets um Anerkennung gerungen und war bitter enttäuscht gewesen, wenn ihr diese nicht in angemessenem Maße zuteil geworden war. Dass genau das ein Vorteil sein konnte, war ihr nie bewusst geworden. Aber es stimmte, sie hätte sich nie das Vertrauen eines Opfers erschleichen können, wenn dieses in ihr mehr als ein harmloses, naives Mädchen gesehen hätte, und sie hätte die Rolle als graue Maus niemals so überzeugend spielen können, wenn sie diese nicht ihr ganzes Leben hindurch auch außerhalb ihrer Gaunereien bis zur Perfektion kultiviert hätte.

Welchen Grund also gab es, darüber enttäuscht zu sein, wenn man sie immer wieder unterschätzte und deshalb herablassend behandelte? In Wirklichkeit bewies das doch nur, dass sie eine noch bessere Gaunerin als bislang gedacht war, da sie die Menschen selbst dann täuschen konnte, wenn sie es gar nicht bewusst darauf anlegte.

Mit einem Mal stieß sie ein lautes, befreiendes Lachen aus und trieb ihr Pferd zu einer schnelleren Gangart an.

»Komm schon, statt so herumzutrödeln«, rief sie Linton zu. »Ich denke, wir wollen erkunden, welche Gefahren in diesem Bergwerk lauern!«

9

Sie ritten nun schneller als vorher, allerdings waren ihrem Tempo Grenzen gesetzt. Das Licht der Fackel reichte nicht allzu weit, und wenn sie nicht aufpassten, bestand die Gefahr, dass sie einem unverhofft auftauchenden Hindernis nicht rechtzeitig würden ausweichen können. An einigen wenigen Stellen war trotz der stählernen Stützen etwas Gestein von der Decke herabgebrochen, doch handelte es sich nur um lockeres Geröll. Auf größere Felsbrocken, die ihnen den Weg versperrten, oder gar einen kompletten Einsturz des Stollens stießen sie nicht. Das Gestein war außerordentlich massiv. Die Trakani hatten es offensichtlich auch auf dem Gebiet des Bergbaus zu einer ihr bislang unbekannten Meisterschaft gebracht.

Der Gang verlief weiterhin weitgehend gerade. Wenn er von Zeit zu Zeit eine leichte Biegung beschrieb, dann wohl nur, weil die Form des Gebirges dies vorgab. Wie Linton behauptet hatte, zweigte in fast regelmäßigen Abständen alle paar Hundert Meter ein ebenso gerader Stollen ab, der tiefer in den Berg hineinführte. Von Zeit zu Zeit, wenn auch nur sehr selten, gelangten sie sogar an Treppen, die zu höher oder tiefer gelegenen Flözen führten. Nur weitere Durchbrüche ins Freie fanden sie nicht.

Manchmal hielten sie an und lauschten. Um sie herum herrschte Totenstille, Gefahren schienen nirgendwo zu drohen.

Sie waren mehr als zwei Stunden unterwegs und hatten zahlreiche Meilen zurückgelegt, ehe sie beschlossen, umzukehren. Mytha war das äußerst recht. Silvan würde ihren Bericht sicherlich schon ungeduldig erwarten, und sie rechnete nicht damit, dass sie noch irgendetwas anderes als bisher entdecken würden, egal, wie weit sie noch ritten. Außerdem lag schließlich in umgekehrter Richtung noch einmal die gleiche Wegstrecke vor ihnen. Schon jetzt fiel ihr das Reiten schwerer als zu Beginn, und vermutlich würde sie bei ihrer Rückkehr ziemlich erschöpft sein. Vielleicht hatte sie sich doch ein bisschen viel zugemutet, obwohl sie das niemals laut zugeben würde.

Auch während des Rückwegs ereignete sich nichts. Silvans Befürchtung, dass die Höhlen und Stollen von irgendwelchen Ungeheuern als Unterschlupf genutzt werden könnten, war sicherlich berechtigt, traf aber offensichtlich nicht zu. Zumindest nicht in dem Bereich, den sie bislang erforscht hatten, was wahrscheinlich nur ein winziger Teil des ehemaligen Bergwerks war.

Wie Mytha nicht anders erwartet hatte, schalt Silvan sie bei ihrer Rückkehr, weil sie so unvernünftig gewesen war, Linton zu begleiten. Noch vor ein paar Stunden hätte sie auf diese Bevormundung ebenso heftig reagiert, wie sie es dem Söldner gegenüber getan hatte. Jetzt aber erinnerte sie sich stattdessen des Gesprächs mit ihm, ließ die Standpauke mit gespielter Demut über sich ergehen und grinste innerlich über seine Unfähigkeit, mehr von ihr zu sehen als den äußeren Schein, die von ihr selbst geschaffene Maske.

»Sehr schön. Wenn ich noch mal einen Ersatzpapa brauche, der mir sagt, was ich zu tun habe, wende ich mich wieder an dich«, entgegnete sie, als er geendet hatte und ließ ihn stehen, ohne sich um seinen gleichermaßen verblüfften wie verärgerten Blick zu kümmern.

Sie fühlte sich nicht nur körperlich ausgelaugt von dem Ritt, denn obwohl sie auf keine Bedrohung gestoßen waren, hatte stets die Gefahr eines Angriffs aus dem Hinterhalt bestanden. Das hatte für eine beständige seelische Anspannung gesorgt, die erst jetzt von ihr abfiel. Trotzdem widerstand sie der Versuchung, sich bis zum Aufbruch auszuruhen. Das lange, fast regungslose Liegen hatte ihrem Körper nicht gutgetan, das hatte ihr der Ritt deutlich vor Augen geführt. Ihre Kondition und Gelenkigkeit hatten nachgelassen, ihre Muskeln hatten angefangen, sich zurückzubilden. Sie musste unbedingt etwas für ihre körperliche Fitness tun, denn es war abzusehen, dass sie sie schon bald wieder dringend benötigen würde.

Gut eine Stunde verbrachte sie mit Dehn-, Streck- und Kraftübungen. Was sonst für sie kein Problem war, sondern eher ein Vergnügen darstellte, wurde jetzt schon nach kurzer Zeit zu einer Qual. Trotzdem zwang sie sich zum Durchhalten. Offenbar befand sich ihr Körper in einem noch schlechteren Zustand als befürchtet. Auch das war eine Folge von Nariz' Heimtücke, für die Mytha ihr am liebsten den Hals umgedreht hätte. Sie nutzte den Hass auf die Magierin, um zusätzliche Kraft daraus zu schöpfen.

Anschließend schien ihr jeder einzelne Muskel wehzutun,

und es war zu erwarten, dass sie spätestens am nächsten Tag an einem gewaltigen Muskelkater leiden würde. Dennoch würde sie ihr Training von nun an wieder regelmäßig betreiben, um möglichst rasch in Form zu kommen. Da ihr ganzer Körper wehtat und sie an diesem Tag bereits genug geritten war, nahm sie erneut neben Olimarch auf dem Bock seiner Kutsche Platz.

Sie verließen die Höhle durch denselben breiten Stollen, den sie mit Linton erkundet hatte. Es gab nichts Wichtiges mit Olimarch zu besprechen und ihr war nicht nach belanglosem Gerede zumute. Auch er schien wenig Interesse an einem Gespräch zu haben und so schwiegen sie in ihre Gedanken vertieft.

Ihrer Umgebung widmete Mytha wenig Aufmerksamkeit, sie kannte sie ja bereits. Auch als sie den Punkt überquerten, bis zu dem sie den Stollen zusammen mit Linton erforscht hatte, änderte sich nichts, so wenig wie in den folgenden Tagen.

Das größte Problem, auf das sie stießen, war ein Erdrutsch. Einer der massiven Stahlträger hatte nachgegeben und einige größere Felsbrocken waren von der Decke herabgestürzt und blockierten den Stollen. Wahrscheinlich hätten sie ihn binnen kurzer Zeit so weit freiräumen können, dass sie mit den Pferden hindurchgekommen wären, nicht aber mit den Wagen. Da sie kaum hundert Meter zuvor erst an einem Seitenstollen vorbeigekommen waren, schickte Silvan zwei Söldner aus, diesen zu erkunden, während die anderen eine Rast einlegten. Nach einiger Zeit kehrten die Späher zurück und berichteten, dass dieser Weg frei passierbar wäre.

Sie folgten dem Stollen bis zu einer großen Höhle ähnlich der, in der sie zuvor gelagert hatten. In alle vier Richtungen zweigten von dort Gänge ab. Sie bogen in den rechten ein und hielten sich bei der ersten Abzweigung eine knappe Meile später erneut rechts, bis sie unbeschadet weit hinter dem Deckeneinbruch wieder in den Stollen gelangten, dem sie zuvor gefolgt waren. Statt sich dem natürlichen Verlauf von Gesteins- und Erzschichten anzupassen, hatten die Trakani das Bergwerk zumindest in diesem Bereich nahe der Außenseite des Berges, offenbar tatsächlich nach einem geometrischen Muster fast exakt parallel verlaufender Gänge angelegt.

Meile reihte sich an Meile, Stunde an Stunde und Tag an Tag, ohne dass sich irgendetwas änderte. War Mytha anfangs noch froh gewesen, dass sie auf keine Ungeheuer stießen, so bereitete ihr genau das mittlerweile dumpfes Unbehagen. Es passte einfach nicht zu den Verheerten Landen. Während sie entkräftet im Wagen gelegen hatte, hatte sie nicht selbst an den Kämpfen teilnehmen können. Trotzdem hatte sie mitbekommen, dass sie immer wieder von den abscheulichsten Ungeheuern angegriffen worden waren. Nur diese Bergwelt schien völlig frei von ihnen zu sein. Nicht einmal Ratten oder Spinnen oder sonstige Tiere schienen hier zu leben.

Sie sprach diesen Punkt Olimarch gegenüber an, doch dieser nahm ihre Bedenken nicht sonderlich ernst.

»Sei doch froh, dass wir mal eine Weile von Ungeheuern verschont bleiben«, antwortete er nur mit einem gleichgültigem Schulterzucken.

Adamurt brummte unsinnigerweise, dass der Stahl seines Schwertes spröde würde, wenn es nicht regelmäßig in frisches Blut getaucht würde, und der Versuch, mit Nariz darüber zu sprechen, führte lediglich zu einem erneuten Austausch exquisiter Höflichkeiten, die sie sich gegenseitig an den Kopf warfen. Die Einzigen, die ihre Besorgnis teilten, waren Linton und Silvan, doch eine Erklärung konnten sie auch nicht anbieten.

Wie sie es sich vorgenommen hatte, nutzte Mytha alle sich bietenden Gelegenheiten, um sich wieder in Form zu bringen. Obwohl ihr Körper schon am zweiten Tag bei jeder noch so kleinen Bewegung wehtat, absolvierte sie eisern bei jeder Rast ihre Übungen. Am vierten Tag schließlich ließen die Schmerzen nach, und sie spürte, dass sich ihre Kraft, vor allem aber ihre Gelenkigkeit, wieder deutlich zu verbessern begannen.

Von diesem Zeitpunkt an ritt sie wieder selbst, während einer der Söldner ihren Platz neben dem Giftmischer einnahm. Meist hielt sie sich an der Seite von Linton.

»Da ist etwas, das mir schon seit geraumer Zeit im Kopf herumgeht«, sagte sie eines Tages nachdenklich. Wenn sie sich nicht verzählt hatte, befanden sie sich mittlerweile seit einer Woche unter dem Berg. »Diese Ungeheuer, so schrecklich sie auch sein mögen, sind doch keine magischen Geschöpfe, sondern lebende und atmende Geschöpfe, im Grunde nicht viel mehr als wilde Raubtiere, nicht wahr?«

»Sie lassen sich jedenfalls wie welche töten.« Linton runzelte die Stirn. »Worauf willst du hinaus?«

»Nun, Dämonen und andere Kreaturen aus den Schattensphären unterliegen nicht unseren Naturgesetzen, wie Nariz erklärt hat, sie dürften auch keine Nahrung im herkömmlichen Sinne benötigen. Wovon aber ernähren sich eigentlich diese Ungeheuer, wenn sie nicht gerade ein paar Söldner bekommen, die durch ihr Gebiet ziehen?«

»Ganz einfach, sie fallen übereinander her.«

Mytha schüttelte den Kopf.

»Das funktioniert nicht, jedenfalls nicht auf Dauer, wenn sich alle nur gegenseitig fressen. Irgendwelche Wesen müssen die schwächsten Glieder dieser Kette sein. Für sie gäbe es kein anderes Fressen und sie müssten aussterben. Ohne sie gäbe es auch für die nächststärkere Gattung keine Nahrung mehr. Schon nach kurzer Zeit blieben nur noch die Allerstärksten übrig und würden sich kannibalistisch gegenseitig selbst ausrotten. Nach diesem geschlossenen System müssten die Verheerten Lande tot und leblos sein. Stattdessen gibt es unzählige dieser Bestien.«

Linton überlegte einen Moment.

»Irgendwo muss in deiner Logik ein Denkfehler liegen. Außerhalb der Verheerten Lande funktioniert es ja auch.«

»Eben nicht!«, trumpfte Mytha auf. »Dort sind zahlreiche Tiere Pflanzenfresser, die wiederum den Fleischfressern als Nahrung dienen, ohne selbst Fleisch zu benötigen. Gras und Blätter, von denen sie leben, wachsen stets von alleine nach. Jedenfalls in anderen Gegenden der Welt. Aber hast du außer den Flechtenteppichen, die selbst Blut benötigen, hier schon Pflanzen entdeckt? Bis auf die eine Quelle, die wir entdeckt haben, gibt es ja nicht einmal Wasser, zumindest kein sichtbares. Keine Flüsse, keine Seen. Das Land ist völlig ausgedörrt. Da wächst nichts.«

»Hm. Das mag ja ein interessanter Punkt für einen Forscher sein. Ich sehe nur, dass es irgendwie funktioniert. Vielleicht solltest du dich besser mit Olimarch darüber unterhalten.«

»Das habe ich bereits. Er war schon zu ähnlichen Überlegungen gekommen und hat eine einfache Erklärung dafür. Da ohne Pflanzen und Wasser kein Leben möglich ist, muss es beides hier geben, ohne dass wir es sehen.«

»Wie weise, ein echter Gelehrter.« Linton lachte laut auf. »Was nicht in ihr Bild passt, wird so zurechtgebogen, dass es irgendwie doch passt, selbst wenn die Wirklichkeit eine andere Sprache spricht. Es gibt kein Wasser? Es *muss* aber welches da sein. Es gibt keine Pflanzen? Es *müssen* aber welche da sein, wir sind nur zu beschränkt, sie wahrzunehmen. Und wo sollen sie seiner Expertenmeinung zufolge sein?«

»Wo schon? Unter der Erde natürlich. Knollen, Wurzelgeflechte und dergleichen mehr. Seiner Meinung nach gibt es auch große unterirdische Wasseradern, die das ganze Land durchziehen.«

»Und wenn schon! Dann soll er meinetwegen anfangen zu graben, sobald wir aus diesem Berg wieder heraus sind, um seine Theorie zu beweisen. Wir haben ganz andere Probleme, wenn wir nicht bald einen Weg ins Freie finden. Unser Vorrat an Fackeln schwindet.«

Mytha erschrak. Sie wusste, dass sie einen beträchtlichen Vorrat an Fackeln auf einem der Wagen mit sich führten, aber der Gedanke, dass dieser Vorrat irgendwann aufgebraucht sein würde, war ihr bislang nicht gekommen. Vielleicht hatte sie ihn auch einfach nur verdrängt – genauso wie die Frage, wann ihre Essens- und Wasservorräte aufgebraucht sein würden.

Silvan, der an der Spitze ihres Zuges ritt, hielt die einzige brennende Fackel in der Hand. Mit diesem bisschen Licht mussten sie auskommen. Aber trotz ihrer Sparsamkeit mussten sie Silvans Fackel alle paar Stunden ersetzen, bis irgendwann alle aufgebraucht sein würden. Eine Zeit lang könnten sie noch alles nicht dringend benötigte Holz der Wagen verbrennen, doch wäre das nur eine kurzfristige Übergangslösung.

Der Gedanke, ohne Licht durch diese unterirdische Welt zu irren, erfüllte sie mit Schrecken. Sie würden sich ihren Weg ertasten müssen und nur noch quälend langsam vorankommen, und irgendwann würden auch ihre mitgeführten Nahrungs- und Wasservorräte zur Neige gehen. Ganz abgesehen davon, dass sie ohne Licht ein leichtes Opfer für eventuell doch hier lauernde Gefahren würden.

»Für ein paar Tage reicht es noch«, versuchte Linton sie zu beruhigen. »Aber falls wir auf keinen Ausgang stoßen sollten, sondern das Bergwerk irgendwo einfach endet und wir den ganzen Weg wieder zurück müssen, wird es haarig. Allerdings halte ich das für wenig wahrscheinlich. Meiner Schätzung nach müssen wir uns bald dem Ende des Gebirgszuges nähern. Wenn die Trakani die Minen schon bis hierher vorangetrieben haben, wäre es nur logisch, auch auf der anderen Seite einen Ausgang zu schaffen.«

»Die Trakani haben eine Menge unlogischer Dinge getan, sonst wären sie nicht ausgestorben, und ihr Land sähe nicht so aus«, murmelte Mytha.

Dem war nichts hinzuzufügen und ihr Gespräch schlief ein.

Wenig später ordnete Silvan eine Rast an. Schlank, wie sie war, war Mytha nie eine große Esserin gewesen, doch selbst ihr fiel auf, dass die ausgegebenen Rationen immer kleiner wurden, und sie wurde kaum satt. Silvan hatte die Menge der Vorräte, die sie weiterhin mitführten, äußerst großzügig anhand der Schätzung, wie lange sie noch bis zum Tempel und dann zurück zur Küste brauchen würden, bemessen. Allerdings hatte er vorgehabt, so schnell wie möglich zum Ziel zu reiten, doch diese Planung war bereits mit ihrer Flucht in den Berg hinfällig geworden.

Falls sich der Weg durch das Bergwerk nun noch als Sackgasse erweisen sollte und sie die ganze Strecke noch einmal in umgekehrter Richtung zurücklegen mussten – einen Teil davon möglicherweise gar im Dunkeln und somit wesentlich langsamer – würden sie den Gürtel erheblich enger schnallen müssen.

Manch böser Blick traf Linton, weil er diesen Weg vorgeschlagen und Silvan dazu überredet hatte. Dass sie anfangs alle froh gewesen waren, den Gefahren und ständigen Angriffen im Freien dadurch wenigstens für eine Weile zu entrinnen, schienen die Söldner bereits wieder vergessen zu haben. Und sollte sich der Weg doch als erfolgreich erweisen, würden sie Linton vermutlich hochleben lassen. Nichts war unbeständiger als menschliche Launen.

Erste murrende Stimmen wurden laut, die eine Umkehr forderten, doch Silvan wies die Unzufriedenen mit wenigen barschen Worten in ihre Schranken. Noch hatte er Hoffnung, dass sie einen Ausgang am Ende des Gebirgszuges finden würden.

Mytha hoffte intensiv, dass er recht behielt, denn sie begriff plötzlich etwas, was den Söldnern offenbar nicht bewusst war: Wenn sie umkehren und zusätzlich noch den großen Umweg um den von dem Gebirge umschlossenen Talkessel in Kauf nehmen mussten, dürften die Vorräte keinesfalls für sie alle reichen. Unter normalen Umständen würde dies das Ende der Expedition bedeuten, sie müssten erfolglos umkehren, um wenigstens lebend die Schiffe zu erreichen.

Manch einer der Söldner mochte sogar genau darauf spekulieren. Dabei übersahen die Narren jedoch, dass dies keineswegs eine Reise war, die sich zu einem späteren Zeitpunkt erneut in Angriff nehmen ließ. Dafür waren Kosten und Aufwand viel zu hoch, ganz abgesehen davon, dass von den fünf angeblich unabdingbar nötigen Beteiligten die meisten wohl nicht noch einmal dazu bereit wären. Sie jedenfalls ganz bestimmt nicht!

Und sie übersahen, dass Silvan alles andere als ein normaler Kommandant war. Er betrieb dieses Unternehmen mit einem Fanatismus, als hinge sein Leben davon ab. Vielleicht war genau das ja sogar der Fall, und er musste im Falle eines Fehlschlags mit einer drakonischen Bestrafung bis hin zum Tod rechnen.

Dafür wusste sie zu wenig über die Hintergründe. Dass er nicht einfach aufgeben würde, wusste sie jedoch mit unzweifelhafter Bestimmtheit. Eher würde er auf den Schutz durch die Söldner verzichten und sie alle oder zumindest einen Teil von ihnen umbringen, um mit ihr und den anderen Gesetzlosen seinen Weg fortzusetzen.

Aber Silvans Entscheidung stand ohnehin fest. Wenn die Vorräte ohnehin nicht reichen würden, um im Ernstfall alle Söldner versorgen zu können, hatte er nichts mehr zu verlieren. Also konnte er nach seiner grausamen Logik auch alles auf eine Karte setzen. Er würde nicht eher umkehren, bis es gar keine Chance auf einen Ausgang jenseits des Gebirges mehr gab.

Nach knapp einer Stunde setzten sie ihren Weg fort. Stunde um Stunde ritten sie den Stollen in östlicher Richtung entlang, ohne dass sich irgendetwas änderte. Die einzige Schwierigkeit, auf die sie stießen, waren ein paar von der Decke herabgebrochene Steine, wie sie sie auch in den vergangenen Tagen vereinzelt passiert hatten. Allerdings handelte es sich nicht um einen richtigen Einsturz, der einen Umweg nötig gemacht hätte, sondern die Brocken ließen sich mit vereinten Kräften zur Seite räumen.

Der neunte Tag schließlich war der Tag, der alles veränderte.

Der Tag, an dem sie herausfanden, dass sie nicht allein waren.

10

Silvan tobte und das angesichts der Situation mit vollem Recht. Bei der Verteilung der Essenrationen während einer Rast war festgestellt worden, dass sich jemand an den Vorräten zu schaffen gemacht hatte. Drei Laibe des zwiebackartigen, lange haltbaren Brots waren verschwunden, außerdem zwei ganze Laibe Käse. Jemand hatte sie gestohlen, und da niemand während des Ritts von seinem Pferd hatte absteigen und unbemerkt auf den Wagen klettern können, musste der Raub bereits während der vorangegangenen Rast passiert sein. Sofort ordnete er eine Durchsuchung ihrer aller Gepäck an, doch die Inspektion blieb ergebnislos.

Anklagende Blicke trafen Mytha. Angesichts ihres Rufs als Meisterdiebin waren diese sicherlich nicht unberechtigt, wie sie sich eingestehen musste, dabei machte die Tat sie selbst mindestens ebenso wütend wie Silvan. Begriffen die Dummköpfe, die sich auf Kosten der anderen heimlich den Bauch vollgeschlagen hatten, denn nicht, dass sie ihre eigene Lebenserwartung damit drastisch reduzierten und den Zeitpunkt, an dem Silvan sich zwischen ihnen und der Fortsetzung der Mission entscheiden musste, zusätzlich verkürzten?

Sicherlich waren die Rationen gekürzt worden und reichten nicht mehr aus, sich satt zu essen, aber noch musste niemand echten Hunger leiden oder stand gar vor dem Hungertod. Das wäre selbst für sie als Diebin die einzige Entschuldigung für diese Art von Raub gewesen.

Auch Silvan entgingen nicht die Blicke, die man ihr zuwarf, doch er fegte den Verdacht gegen sie mit wenigen Worten beiseite.

»Niemand kann zwei Käselaibe und dazu noch mehrere Laibe Brot allein vertilgen, schon gar nicht eine zierliche Person wie sie«, brüllte er zornbebend. »Da offenbar alles bereits aufgegessen wurde, muss es sich also um mehrere Täter handeln. Da es unmöglich sein dürfte, die Schuldigen zu ermitteln, müssen alle darunter leiden. Aber ich appelliere an eure Soldatenehre: Wenn jemand gestehen möchte oder irgendetwas Verdächtiges bemerkt hat, soll er jetzt sprechen. Ansonsten werden die Rationen für alle noch weiter verringert.«

Murren ertönte, ansonsten blieb der Appell wirkungslos. Diese Männer waren keine Soldaten, sondern Söldner, und Ehre bedeutete ihnen nichts. Die Angelegenheit verlief im Sande, aber ihre Folgen waren unübersehbar. Misstrauen und Verdächtigungen hatten Besitz von ihrer Truppe ergriffen, die doch so dringend auf inneren Zusammenhalt angewiesen war. Jeder belauerte jeden, ob nicht vielleicht jemand beim Verschlingen seiner kargen Ration weniger Appetit zeigte, als zu erwarten wäre. Auch als sich die meisten anschließend hinlegten, um ein paar Stunden zu schlafen, änderte sich daran nichts. Obwohl Silvan eine Wache für die Wagen mit den Vorräten eingeteilt hatte, reichte jede kleine Bewegung, die jemand machte, aus, andere aus ihrem nur leichten Schlummer zu reißen, und wenn jemand sich gar erhob und ein Stück entfernte, um seine Notdurft zu verrichten, wurde er von misstrauischen Blicken verfolgt, bis er im Dunkel verschwand.

Allein – es half nichts.

Bevor er wenige Stunden später das Zeichen zum Aufbruch gab, ließ Silvan die Vorräte noch einmal kontrollieren. Alles schien vollständig an seinem Platz zu sein, bis er einen flüchtigen Blick in den etwas abseits stehenden und nicht gesondert bewachten Wagen warf, in dem sich das Futter für die Pferde befand.

Ein kompletter Sack Hafer fehlte.

Erneut bekam Silvan einen Tobsuchtsanfall und begann so laut herumzubrüllen, dass Mytha einen besorgten Blick zur Decke hinauf warf.

»Das ist Sabotage!«, wütete er. »Es hat wohl kaum jemand einen ganzen Sack Hafer gefressen, also hat ihn offenbar jemand versteckt. Aber ihr täuscht euch, wenn ihr glaubt, mich damit zur Umkehr zwingen zu können! Ich werde nicht aufgeben, und wenn es …« Linton trat auf ihn zu und flüsterte ihm etwas ins Ohr. Selbst bei dem schwachen Licht der Fackel war zu erkennen, dass Silvan eine Spur blasser wurde. »Nariz, Mytha, Adamurt, Olimarch! Zu mir!«, befahl er.

Beklommen trat Mytha zusammen mit den anderen zu ihm. Sie stellten sich ein wenig abseits von den Söldnern.

»In den vergangenen Stunden waren die meisten mehr damit beschäftigt, einander zu belauern, als mit schlafen«, wiederholte Linton, was er Silvan gesagt hatte. »Es ist völlig unmöglich, dass sich jemand unbemerkt dem Wagen nähern, den schweren Sack abladen und ihn dann noch fortschaffen konnte.«

»Wohin auch?«, ergänzte Olimarch. »Er könnte ihn höchstens ein Stück weit in den Stollen geschleift haben. Ein Stück hinter uns gibt es zwar eine Abzweigung, aber bis dahin sind es mehrere Hundert Meter.«

»So'n Sack wiegt hundert Pfund. Für dich mag das so viel wie 'ne Tonne sein, alter Sesselfurzer. Ich aber würd' ihn mir auf die Schultern laden und damit spazieren geh'n, fast ohne ihn zu spür'n«, prahlte Adamurt: »Und die meisten von denen auch«, fügte er mit einem Blick zu den Söldnern hinzu.

»Aber nicht unbemerkt, damit hat Linton völlig recht«, stellte Silvan fest. »Ich wette, wir könnten den Stollen noch so lange absuchen, ohne den Sack zu finden. Das war keiner von uns.«

»Aber das bedeutet …«, sprach Nariz aus, was sie alle dachten, brach dann aber ab.

»So ist es.« Silvan nickte grimmig. »Ich konnte von Anfang an nicht richtig glauben, dass dieses gesamte Bergwerk so leer ist, wie es scheint. Nun wissen wir es besser. Wir sind nicht mehr allein, waren es vielleicht nie.«

Einige Sekunden lang herrschte bedrücktes Schweigen.

»Das bedeutet auch, dass wir es mit einer völlig neuartigen Art von Feind zu tun haben«, sagte Linton dann. »Die Ungeheuer, auf die wir bislang gestoßen sind, waren mehr oder weniger hirnlose Bestien, die sich auf uns gestürzt haben, kaum dass sie uns erblickten. Um was für Wesen es sich hier auch handelt, sie haben sich stattdessen Mühe gegeben, uns unbemerkt etwas Essen zu stehlen. Hauptsächlich aus Pflanzen hergestelltes Essen wohlbemerkt. Nur der Käse passt nicht in dieses Bild, aber vielleicht wussten sie nicht, um was es sich dabei handelt. Das Pökel- und Trockenfleisch haben sie nicht angerührt.«

»Und wenn die nur die Scheiße aufgesammelt hätt'n, die wir hinter uns zurückgelassen hab'n«, stieß Adamurt hervor. »Sie sind trotzdem Feinde. Also lasst uns die Bastarde such'n und umbring'n!«

»Du kannst ja schon mal vorgehen und nach ihnen Ausschau halten. Es sähe bestimmt herrlich aus, wenn du laut brüllend und mit Schwert und Fackel fuchtelnd durch die Stollen rennst«, schlug Olimarch vor. »Diese Wesen leben hier und kennen sich mit Sicherheit bestens aus. Wir hätten keine Chance, sie zu finden, wenn sie es nicht wollen. Außerdem – woher wollen wir wissen, ob sie wirklich Feinde sind? Bislang haben sie uns nicht angegriffen, sondern uns nur ein paar Lebensmittel gestohlen. Dabei lässt ihr Vorgehen zumindest eine gewisse Intelligenz vermuten. Möglicherweise handelt es sich nicht um Ungeheuer, sondern um Nachkommen von Trakani, die sich damals hierhergeflüchtet haben, und wir können sie als Verbündete gewinnen.«

Adamurt schnaubte verächtlich, aber für Mytha klangen die Worte des Giftmischers nicht einmal allzu abwegig.

»In dem Fall bräuchten sie sich bloß zu zeigen und ihre Friedfertigkeit zu demonstrieren. Das wäre eine weitaus freundlichere Geste, als uns unsere Vorräte zu rauben«, behauptete Silvan, doch Mytha schüttelte den Kopf.

»Wäre eine solche Geste denn wirklich an ihnen?«, fragte sie. »Immerhin sind wir diejenigen, die in ihr Gebiet eingedrungen sind. Ich nehme an, sie beobachten uns schon geraume Zeit, wissen aber nicht, was sie von uns halten sollen. Da sich sonst vermutlich höchstens mal eines der Ungeheuer in die Stollen verirrt, können wir von Glück sagen, dass sie uns nicht direkt angegriffen haben. Wir sollten ihnen ein Zeichen unseres guten Willens geben, bevor sie sich anders entscheiden.«

»Aber klar doch, sicher«, höhnte Adamurt. »Werfen wir doch einfach all unsere Waffen weg und liefern uns ihnen aus, dann werden wir ja seh'n, wie gut sie's mit uns meinen.«

»Deine Beiträge werden immer nutzloser«, entgegnete Olimarch. »Ich glaube, Mytha hat recht. Sie beobachten uns schon seit Tagen, verlieren aber allmählich die Geduld. Vielleicht nähern wir uns den von ihnen bewohnten Bereichen, und sie wollen uns nicht weiterziehen lassen, bevor sie wissen, woran sie mit uns sind. Deshalb haben sie uns gezeigt, was sie wollen.«

Seine Vermutung verblüffte Mytha. Von dieser Warte aus

hatte sie den Diebstahl der Nahrungsmittel noch gar nicht betrachtet, dabei war sie überaus naheliegend.

»Da es den Unbekannten gelungen ist, die Nahrungsmittel völlig unbemerkt zu stehlen, hätten sie vermutlich auch wesentlich mehr beiseiteschaffen können, wenn es ihnen nur darauf angekommen wäre«, sagte sie. »Ich denke, sie erwarten jetzt, dass wir etwas tun, um unsere Friedfertigkeit unter Beweis zu stellen.«

»Klar, wie ich schon gesagt hab', unsere Waffen wegwerfen und uns ihnen ausliefern, damit sie uns gefahrlos abmurksen können«, wiederholte Adamurt.

Niemand beachtete ihn.

»Wenn ich euch richtig verstanden habe, dann sollen wir also noch mehr unserer ohnehin knappen Lebensmittel an sie abtreten«, sagte Silvan. »Kommt auf keinen Fall infrage, nur über meine Leiche!«

»Zu der könntest du schnell werden, wenn wir es nicht tun«, ergriff Linton Partei für Mytha und Olimarch. »Wir wissen nicht, mit wem oder was wir es hier zu tun haben, aber wer immer diese Wesen sind, sie sind uns in dieser für sie vertrauten Umgebung hoffnungslos überlegen. Offenbar haben sie keine Probleme mit der Dunkelheit. Aber wie sollen wir ein aus dem Dunkel geschleudertes Messer oder einen Pfeil abwehren? Ich bin überzeugt, sie könnten uns mühelos töten, wenn sie beschließen sollten, das zu tun, ohne dass wir die geringste Chance zur Verteidigung hätten. Ich weiß nicht, ob sie intelligent genug sind, um zu verstehen, was wir sagen, aber beobachten werden sie uns auch in diesem Moment ganz bestimmt.«

»Klingt einleuchtend für mich«, stimmte Nariz zu.

»Hm«, machte Silvan und rieb sich das Kinn. Er wirkte noch nicht überzeugt.

»Die Argumente hab'n was für sich«, sagte Adamurt überraschend. »Nun glotzt mich nicht so blöd an! Mir stinkt's gewaltig, uns einfach anzubiedern. Tausendmal lieber würd' ich mir den Weg freikämpfen, aber dabei würd'n wir wohl wirklich nur zweiter Sieger.« Er warf einen Blick zu den Söldnern hinüber. »Schlimmstenfalls müssen wir uns eben ein paar Esser vom Hals schaffen, wenn's sonst nicht reicht«, fügte er hinzu und zeigte damit, dass er bereits ähnliche Überlegungen angestellt hatte, wie Mytha sie bei Silvan vermutete.

Was soll man von einem Mörder auch anderes erwarten, dachte sie.

»Es braucht nicht einmal viel zu sein«, setzte Linton nach. »Es geht nur um eine symbolische Geste, um zu zeigen, dass wir nicht ihre Feinde sind und ihnen auch den Diebstahl verzeihen. Ein paar Brote sind ein geringer Preis für unser Leben. Und vielleicht erweist sich alles sogar als guter Handel, wenn sie uns dafür zu einem Ausgang führen, den wir sonst womöglich nicht finden würden.«

Dieses Argument gab den Ausschlag, denn nach kurzem Zögern nickte Silvan, wenn auch sichtlich widerstrebend.

»Also gut«, sagte er. »Versuchen wir, uns Freundschaft zu erkaufen. In diesem Land halte ich allmählich nichts mehr für unmöglich.«

11

Sie luden einen weiteren Sack Hafer und ein halbes Dutzend Brote ab und schichteten sie inmitten des Stollens auf. Angesichts ihrer knappen Reserven und der ohnehin bereits geraubten Mengen erschien ihnen das als eine bloße Geste ihres guten Willens ausreichend. Anders als Silvan halb scherzhaft gesagt hatte, ging es in Wahrheit schließlich nicht darum, sich die Freundschaft der Unbekannten oder zumindest eine gefahrlose Passage durch ihr Gebiet zu erkaufen, sondern sie wollten nur ihre Friedfertigkeit demonstrieren.

Weitere Schritte lagen nun bei den Fremden. Vermutlich würden sie sich ihnen bald zeigen und versuchen, Kontakt mit ihnen aufzunehmen. Vielleicht waren sie aber auch mit der Geste zufrieden und ließen sie unter weiterer heimlicher Beobachtung einfach ziehen, ohne sie zu behelligen.

Und vielleicht begnügten sie sich nicht mit einem Teil ihrer Vorräte, sondern griffen trotzdem an, um auch den Rest zu erbeuten …

Alles war möglich und entsprechend hatte Silvan auch die Söldner instruiert. Sein Plan war einfach: Statt aufs Geratewohl weiterzuziehen, wollte er unter allen Umständen die Bewohner dieser Unterwelt für sich gewinnen, damit sie ihm den Weg heraus aus dem unterirdischen Labyrinth weisen konnten. Deswegen hatte er ihnen im Falle einer Kontaktaufnahme jegliche Feindseligkeit untersagt, es sei denn, ihnen bliebe keine andere Wahl, als um ihr Leben zu kämpfen, obwohl sie hofften, dass dieser Fall nicht eintreten möge.

Als sie ihren Weg fortsetzten, ließ er die Hälfte der Söldner an der Spitze der Kolonne reiten, die andere Hälfte am Schluss, damit er und die Gesetzlosen, aber auch die Wagen, bestmöglich geschützt waren.

Gut zwei Stunden verstrichen, ohne dass sich etwas ereignete. Mytha begann bereits zu hoffen, dass die Unbekannten sich mit ihrem Geschenk zufriedengeben und sie tatsächlich einfach ziehen lassen würden, ohne in irgendeiner Form Kontakt mit ihnen aufzunehmen, sei er friedlicher oder feindlicher Natur. Obwohl sie Silvans Beweggründe nur zu gut nachvollziehen konnte, wäre ihr das am liebsten gewesen. Sie wussten nichts über die Bewohner dieses Bergwerks und selbst ein zunächst friedlicher Kontakt mochte ungewollt in einer Katastrophe enden. Sie waren alle überaus nervös und schon ein unbedachtes Wort oder eine missverstandene Bewegung konnten dazu führen.

Ihr Wunsch ging nicht in Erfüllung.

Der Stollen mündete, wie schon mehrfach während ihres Weges, in eine größere Höhle. Während sie sie durchquerten, schien plötzlich die Dunkelheit außerhalb des Lichtscheins der Fackel lebendig zu werden. Gestalten schälten sich aus den Schatten und versperrten ihnen den Weg.

Sofort gab Silvan den Befehl anzuhalten und näher zusammenzurücken. Mytha warf einen raschen Blick in die Runde.

Auch seitlich und hinter ihnen war Bewegung entstanden. Die Gestalten hatten sie eingekreist. Es mussten Dutzende sein, vielleicht mehr als hundert.

Ihre Körper waren menschenähnlich, wenn auch schmächtig und klein, reichten einem Erwachsenen kaum bis zur Brust. Im ersten Moment glaubte sie, Kinder vor sich zu haben, aber ein Blick in ihre Gesichter zerstörte diesen Eindruck. Sie ähnelten zwar denen von Menschen, waren jedoch unglaublich faltig und wurden von zwei kreisrunden, übergroßen Augen beherrscht, die leicht rötlich schimmerten. Graues Haar hing zottelig von ihren Köpfen bis auf die Schultern. Gekleidet waren sie in primitive Felle, die sie lediglich um ihren Körper geschlungen und irgendwie befestigt hatten. Um die Hüften trugen sie Stricke, in denen Schwerter steckten, die nach menschlichen Maßstäben allenfalls lange Messer waren.

Im Grunde wirkten sie nicht übermäßig bedrohlich, wenn nicht die Speere gewesen wären, deren Spitzen sich ihnen aus allen Richtungen wie eine Batterie stählerner Stacheln entgegenstreckten. Als sie zwei Schritte vortraten und den Ring um sie damit noch enger schlossen, wurde eine zweite, gleichfalls mit Speeren bewaffnete Reihe der gnomenartigen Wesen hinter ihnen sichtbar.

Genau wie einige andere Tiere wurde Mythas Pferd nervös, und sie brauchte all ihre Geschicklichkeit, um es wieder zu beruhigen.

»Das habt ihr nun von eurer Gutmütigkeit und euren friedlichen Gesten«, stieß Adamurt hervor. »Im Stollen hätt' den Scheißern ihre Überzahl nicht viel genutzt, deshalb hab'n se bis zu 'nem für sie günstigeren Ort gewartet, um uns abzumurksen. Aber wenn die Winzlinge glaub'n, ich hätt' vor ihren Zahnstochern Angst, dann …«

»Nicht so hastig! Wir könnten sicherlich ihre Reihen durchbrechen, aber sie würden mindestens einige unserer unersetzbaren Pferde töten«, fiel Silvan ihm ins Wort und drückte den Arm des Mörders nach unten, als dieser nach seinem Schwert greifen wollte. »Außerdem wissen wir nicht, wie viele noch von ihnen im Dunkeln lauern.«

»Noch greifen sie nicht an«, ergänzte Linton. »Warten wir erst einmal ab, was sie vorhaben.«

»Ist doch klar! Wenn 'se uns nich' direkt töten, dann woll'n 'se uns wahrscheinlich gefangen nehmen, um uns irgend'nem Götzengott zu opfern! Aber nich' mit mir, die putz' ich notfalls im Alleingang …«

Adamurt brach ab, als sich die Reihen vor ihnen teilten. Einer der Gnome, der im Gegensatz zu den anderen eine Art bunte Schärpe über der Brust trug, trat durch die Lücke auf sie zu. Er reckte seinen Speer in die Höhe, dann bückte er sich und legte ihn vor sich auf den Boden.

»Dankgabens«, sagte er mit kehlig klingender Stimme.

»Ich hoffe mal, dass das eine versöhnliche Geste darstellt«, sagte Silvan. »Wenn wir nur verstehen könnten, was er sagt.«

»Ist doch ganz einfach«, erklärte Nariz. »Er hat sich für unsere Gaben bedankt.«

»Du verstehst seine Sprache? Aber wie …«

»Ich verstehe und spreche sie seit der Kindheit, und ihr anderen auch«, behauptete die Magierin süffisant. »Es ist nämlich auch unsere Sprache, nur ein bisschen verfremdet.«

»Aber wie kann das sein?«

»Unsere Länder wurden einst von Trakani gegründet und natürlich brachten sie ihre Sprache mit. Im Laufe der Zeit hat sie sich etwas verändert und dieser Wichtelmann verstümmelt sie außerdem noch stark. Dennoch ist es die gleiche Sprache. Damit dürfte feststehen, dass wir es hier nicht mit gezüchteten Monstern, sondern mit Nachkommen der Trakani zu tun haben, die degenerierten und sich zu dieser halb tierischen Stufe zurückentwickelten. Ach ja, das Gebrabbel, das Adamurt meist von sich gibt, ist übrigens ein hervorragendes Training, um ihre verstümmelte Version unserer Sprache zu verstehen.«

»Er erwartet eine Antwort«, sagte Linton rasch, bevor Adamurt aufbrausen konnte.

Langsam, um nicht durch zu schnelle Bewegungen zu provozieren, stieg Silvan von seinem Pferd, zog sein Schwert und legte es ebenfalls auf den Boden.

»Wir kommen in friedlicher Absicht und hegen keine bösen Absichten gegen euch«, sagte er und verbeugte sich. »Wir möchten nur diesen Berg durchqueren und auf der anderen Seite wieder ins Freie.«

Der Gnom legte den Kopf schief und starrte ihn aus seinen großen Augen fragend an.

»Wassagn?«

Nachdem sie einmal wusste, dass es sich bei dem Kauderwelsch nur um eine verstümmelte Form ihrer eigenen Sprache handelte, fiel es Mytha nicht schwer, ihn zu verstehen.

»Sprich keine ganzen Sätze«, riet sie. »Die sind zu kompliziert für ihn. »Benutze besser einzelne Wörter, am besten Hauptwörter ohne Ausschmückungen. Stell dir vor, du würdest mit einem Kleinkind sprechen.«

Silvan nickte. Obwohl es nicht sonderlich warm war, glänzten Schweißtropfen auf seiner Stirn. Stärker als je zuvor hing vermutlich in diesem Moment der ganze Fortgang der Expedition allein von ihm ab.

»Wir Frieden«, sagte er langsam und übermäßig betont. »Wir durch Berg, dann weg.«

»Ihrnixtötet?«, vergewisserte sich der Gnom. »Ihrfrieden?«

»Wir Frieden. Ich sein Silvan.«

»Silvan«, wiederholte der Gnom, dann schlug er sich mit der Hand auf die Brust. »Quarrix.«

»Du Quarrix, ich Silvan. Wir Frieden.«

»Ihrfrieden, ihrbeweis!« Der Gnom deutete auf das niedergelegte Schwert, dann auf den Rest ihrer Kolonne und dann auf den Boden.

Silvan zögerte einen Moment und rang mit sich, dann schien er zu dem Entschluss zu kommen, dass ihre Schwerter ihnen in ihrer Lage ohnehin nicht viel nützen würden.

»Steigt ab und legt eure Waffen nieder!«, ordnete er an.

»Ich denk' gar nicht daran!«, begehrte Adamurt auf. »Begreift ihr nicht, was hier läuft? Die tun harmlos, dabei sind sie's doch, die ihre Waffen auf uns richten. Sobald wir unsere ablegen, fall'n die über …«

»Das war ein Befehl!«, sagte Silvan mit schneidernder Stimme. »Und er gilt für euch alle. Diese Wesen misstrauen uns, weil sonst höchstens schon mal ein paar der blutgierigen Bestien in ihren Berg eindringen. Und jetzt runter von euren Pferden und nieder mit den Waffen. Wir sind ihnen so oder so ausgeliefert. Wenn sie uns töten wollten, könnten sie das jederzeit tun.«

Genau wie die anderen stieg Mytha ab und warf ihren Dolch zu Boden, während auch die anderen ihre Waffen ablegten. Die Peitsche ließ sie an ihrem Gürtel und hoffte, dass die Gnome sie nicht als Waffe betrachten würden.

Einzig Adamurt saß noch mit trotzigem Gesicht im Sattel und wirkte, als würde er lieber allein einen Durchbruch wagen, als dem Befehl zu gehorchen. Sie hoffte, dass er keine Dummheiten machen und damit nicht nur sich selbst, sondern sie alle in noch größere Gefahr bringen würde, als ihnen ohnehin schon drohte.

»Wird's bald?«, fuhr Silvan ihn an.

»Ihr seid alle verdammte Idioten!«, stieß der Mörder hervor, stieg dann aber dennoch von seinem Pferd und schleuderte sein Schwert und ein ebenfalls sichtbar in seinem Gürtel steckendes Messer zu Boden. Seine Wurfsterne behielt er bei sich, wohl wie Mytha mit ihrer Peitsche darauf hoffend, dass sie nicht als Bedrohung angesehen werden würden. Dass er darüber hinaus noch weitere Waffen versteckt am Körper trug, stand für Mytha fest.

Die Gnome schienen zu dem gleichen Schluss zu kommen und bewiesen damit, dass sie weder dumm noch leichtgläubig waren. Zwei von ihnen traten auf ihn zu. Während der eine seinen Speer auf ihn richtete, dass die Spitze fast seine Kehle berührte, begann der zweite ihn zu durchsuchen. Einigen der Söldner fiel plötzlich ein, dass auch sie ein paar Waffen vergessen hatten, die sie hastig zu den anderen legten, aber für Adamurt gab es keine solche Gelegenheit mehr. Der Gnom fand ein weiteres

Messer, das im Rücken des Mörders unter seiner Kleidung im Gürtel steckte und förderte zwei weitere aus seinen Stiefelschäften zutage.

»Dutäuschen, dubetrugst«, radebrechte er, stellte sich auf die Zehenspitzen und versetzte Adamurt eine schallende Ohrfeige.

Mytha stöhnte in Gedanken auf. Es war völlig klar, dass der unbeherrschte Mörder das ohne Rücksicht auf die Folgen nicht einfach hinnehmen würde. Tatsächlich brüllte er im nächsten Moment wütend, schlug den auf seine Kehle gerichteten Speer zur Seite und stürzte sich auf den vor ihm zurückweichenden Gnom, der ihn geschlagen hatte.

»Nein!«, schrie Silvan, aber in seinem rasenden Zorn ignorierte Adamurt ihn, hörte ihn vermutlich nicht einmal.

Instinktiv griff Mytha nach ihrer Peitsche, um ihn damit aufzuhalten, auch wenn sie diese damit als Waffe offenbarte, doch Linton kam ihr zuvor. Blitzschnell sprang er zwischen die beiden und versetzte dem Hünen mit dem Handballen einen Schlag gegen die Brust, der diesen zwei Schritte zurücktaumeln ließ.

Wenn er jedoch gehofft hatte, ihn damit wieder zur Besinnung zu bringen, dann sah er sich getäuscht. Der Mörder befand sich in einem Zustand der Raserei, in dem er keinerlei Vernunft mehr zugänglich war. Mit einem weiteren Brüllen stürzte er sich auf den neuen Gegner, der ihn an seiner Rache für die Schmach hindern wollte, und prügelte blindlings auf ihn ein. Mühelos blockte Linton die ungezielten Schläge mit seinen Unterarmen ab.

Keiner der Gnome machte Anstalten, in den Kampf einzugreifen. Ungerührt beobachteten sie das Schauspiel, amüsierten sich vielleicht sogar darüber.

Unter normalen Umständen hätte selbst Linton sicherlich mehr Probleme gegen den Hünen gehabt, aber es hieß nicht umsonst, dass ein wütender Gegner ein schwacher Gegner wäre. In seiner Raserei vergaß Adamurt jegliche taktische Finesse und drosch einfach mit seiner unbändigen Kraft drauflos. Jeder seiner Hiebe hätte einen Ochsen fällen können, doch Linton wehrte sie fast beiläufig ab oder wich ihnen aus. Als sich ihm eine Lücke bot, rammte er dem Mörder seinen Handballen unter das Kinn und gleich noch einmal gegen die Brust. Sofort darauf ließ er sich auf ein Knie sinken, stützte sich mit den Fingerspitzen am Boden ab und sichelte Adamurt mit einem Tritt in die Kniekehlen die Beine weg. Schwer stürzte der Hüne zu Boden.

»Aufhören!«, brüllte Silvan.

Möglicherweise drang sein Befehl diesmal bis zu Adamurt durch, aber wahrscheinlich war, dass die harten Treffer und der Sturz die Wut des Hünen abgekühlt und ihn wieder zu Verstand gebracht hatten. Keuchend blieb er ein paar Sekunden lang liegen, dann rappelte er sich langsam auf. Sein Blick war leicht glasig.

Weitere Gnome traten nun vor und tasteten nacheinander jeden nach verborgenen Waffen ab, ohne noch weitere zu finden. Dann sammelten sie sämtliche Waffen auf und legten sie ein Stück entfernt auf einen Haufen.

»Dugut. Dasmanngut«, wandte Quarrix sich wieder an Silvan und deutete erst auf ihn, dann auf Linton. Anschließend zeigte er auf Adamurt. »Dasmannböse. Dasmannfessel.«

Sofort sprangen zwei Gnome vor, bogen dem Mörder die Arme auf den Rücken und banden seine Handgelenke mit einem Strick zusammen. Adamurt ließ es erstaunlicherweise widerstandslos geschehen.

»Wir Berg verlassen«, sagte Silvan. »Ihr zeigen Ausgang? Wir geben mehr Essen.«

»Euchessen nixgut«, behauptete Quarrix. »Gebenzurück.«

»Wir danken«, erklärte Silvan. »Ihr zeigen Ausgang ohne Essen?«

»Nixausgang«, antwortete der Gnom.

Das klang gar nicht gut, fand Mytha. Wenn die Gnome weder weitere Nahrungsmittel noch sie zu einem Ausgang bringen wollten, was hatten sie dann mit ihnen vor? Hatte Adamurt mit seinem Misstrauen doch richtiggelegen, und ihnen drohte nichts anderes als Gefangenschaft und Tod oder vielleicht auch Zwangsarbeit?

»Was geschehen?«, fragte Silvan. Auch seine Stimme klang nun beklommen.

»Bringenhäuptling«, erklärte Quarrix. »Häuptlingentscheiden. Ihrmitkommen.«

12

Obwohl außer Adamurt keiner von ihnen gefesselt wurde, konnte es doch keinen Zweifel daran geben, dass sie Gefangene waren. Allein Quarrix entschied, was zu geschehen hatte, und eine seiner ersten Entscheidungen lautete, dass sie die Wagen zurücklassen mussten. Alle Versuche Silvans, ihn umzustimmen, schlugen fehl. Schließlich musste er sich beugen und befahl, alles, was nicht absolut dringend benötigt wurde, zurückzulassen und dafür so viel Nahrungsmittel wie möglich in die Satteltaschen zu packen. Zusätzlich wurde jedem der Tiere noch ein Sack Hafer aufgeladen. So bekamen sie immerhin einen beträchtlichen Teil ihrer Vorräte verstaut.

Was sie nicht mitnahmen, wurde auch von den Gnomen nicht angerührt. Im Gegenteil, wie angekündigt, brachten sie sogar das gestohlene Essen zurück und legten es neben die Wagen. Es schien ihnen tatsächlich nicht zu schmecken, und obwohl Mytha sich nicht erklären konnte, wie dies in dieser lebensfeindlichen Felsenwelt der Fall sein sollte, schienen sie genug eigene Vorräte zu besitzen, dass sie darauf verzichten konnten.

Wie nicht anders zu erwarten, gab es vor allem mit Olimarch Probleme. Er tobte und lamentierte minutenlang, raufte sich die Haare und versuchte sogar selbst noch einmal, bei Quarrix eine Ausnahme wenigstens für seinen Wagen zu erwirken, doch letztlich blieb auch ihm nichts anderes übrig, als zumindest einen Teil seiner Tränke, Tinkturen und sonstigen Mittelchen mit Leichenbittermiene in einen Beutel zu packen, den er sich umhängte, und alles andere zurückzulassen.

»Ich möchte wetten, dass ich von so manchem, was wir demnächst dringend benötigen werden, nicht mehr genug bei mir habe«, orakelte er düster, doch niemand nahm ihn allzu ernst. Bislang hatte er ihnen fast nur durch seine Heiltränke und heilenden Salben nützlich sein können.

Als sie schließlich aufbrachen, setzten sie ihren Weg nicht in der bisherigen Richtung fort, sondern die Gnome wählten einen Stollen, der sich tiefer in den Berg hinein erstreckte. Statt zu reiten, mussten sie ihre Pferde am Zügel führen, und jede ihrer Bewegungen wurde von den Gnomen misstrauisch beäugt. Immerhin sah Mytha, dass die eingesammelten Waffen nicht zurückblieben, sondern von einigen der Geschöpfe mitgeschleppt wurden, sodass die Aussicht bestand, dass sie diese zurückerhalten würden, wenn das Treffen mit dem Häuptling gut verlief. Unbewaffnet hingegen wären sie hilflose Beute für die Bestien außerhalb des Berges; etwas, das sie auf keinen Fall hinnehmen konnten. Wenn es hart auf hart käme, würden sie sicherlich eine Möglichkeit finden, mit den Gnomen fertigzuwerden – sofern diese nicht eine wirklich große Übermacht aufbieten konnten oder noch ein paar Tricks auf Lager hatten, von denen sie jetzt noch keine Ahnung hatten.

Sie folgten dem Stollen nur ein paar Hundert Schritte weit, dann bogen sie in einen anderen ein und erreichten kurz darauf eine Treppe, die in die Tiefe führte. Mytha begriff, dass die Zwerge sie nicht aus Schikane gezwungen hatten, auf die Wagen zu verzichten, sondern weil es unmöglich gewesen wäre, sie heil die Treppe hinunterzubekommen.

Schon bei den Pferden war es schwer genug. Glücklicherweise waren die Stufen nicht sonderlich hoch, und jede von ihnen durchmaß nicht nur mehrere Meter in der Länge, sondern auch gut eine halbe Armlänge in der Breite, sodass die Tiere sicheren Tritt fanden. Dafür war die Treppe allerdings ziemlich lang. Mytha zählte mit und kam auf knapp zweihundert Stufen. Dennoch schafften sie es, sie zu bewältigen, ohne dass eines der Tiere strauchelte und fiel oder sich sonst wie verletzte.

Ihre Erleichterung darüber war jedoch verfrüht. Schon nach wenigen Dutzend Metern erreichten sie eine gleichartige Treppe, danach eine weitere. Insgesamt fünf Treppen mussten sie in die Tiefe steigen, dann schienen sie es geschafft zu haben, denn sie folgten einem Stollen mehrere Minuten lang, ohne an eine weitere Treppe zu gelangen.

Mytha bewegte sich ziemlich an der Spitze des Zuges, wurde jedoch langsamer, als sie bei einem Blick zurück sah, dass Linton sich nicht weit hinter ihr befand. Es dauerte nicht lange, bis er zu ihr aufgeschlossen hatte.

»Das gefällt mir nicht«, sagte er. »Wir sind nun mindestens siebzig oder achtzig Meter unter der Erde, vielleicht noch mehr. Auf jeden Fall weit tiefer, als eventuelle Ausgänge liegen.«

»Wahrscheinlich liegen die von den Gnomen bewohnten Höhlen irgendwo hier unten. Quarrix hat schließlich angekündigt, uns zu seinem Häuptling zu bringen und nicht ins Freie. Also kann es uns egal sein, wie tief wir sind.« Mytha sah keinen Anlass für seine Besorgnis.

»Nicht ganz. Mal angenommen, das Treffen mit ihm verläuft nicht gut für uns, und wir wären doch noch gezwungen, uns zu verteidigen. Im Augenblick hätten wir sicherlich noch eine gute Chance, die Gnome zu überwältigen – selbst ohne Waffen. Wenn wir aber erst einmal in ihrem Hauptquartier sind, sieht das wahrscheinlich ganz anders aus. Und falls uns von dort doch die Flucht gelingen sollte, müssten wir uns erst mal die nach oben führenden Treppen durchkämpfen, und das mit den ohnehin ermüdeten Pferden. Und dann noch den Weg nach Osten wiederfinden. Das erschwert alles erheblich und wir würden uns wohl hoffnungslos verirren.«

Mytha rang sich ein Lächeln ab.

»Bist du nun ein Schwarzseher oder ein Optimist?«, gab sie zurück. »Du fürchtest, dass es zu einem Kampf kommen könnte, hoffst im gleichen Atemzug, dass wir ihn gewinnen und gehst gleichzeitig auch noch davon aus, dass wir uns verirren. Ziemlich widersprüchlich, findest du nicht?«

»Das Leben ist nun mal oft widersprüchlich, und das ist ein nicht ganz unwahrscheinliches Szenario. Auf jeden Fall stehen unsere Chancen alles andere als gut, wenn wir uns mit diesem Häuptling nicht einigen … Horch mal, was ist das?«, unterbrach er sich selbst.

Auch Mytha vernahm nun ein fernes, leises Rauschen und Brausen, das zunahm, je weiter sie gingen.

»Hört sich fast wie Wasser an. Aber hier, tief unter dem Gebirge?« Etwas anderes fesselte plötzlich Mythas Aufmerksamkeit. »Sieh doch nur. Da sind kleine Lichter an der Decke.«

Tatsächlich glitzerten und funkelten vereinzelte helle Pünktchen, deren Farbe von Blau bis Violett reichte, an der Decke des Stollens.

»Das müssen Kristalle oder sogar Edelsteine im Gestein sein, in denen sich das Licht der Fackel bricht«, erklärte Linton zögernd. »Immerhin sind wir hier in einem Bergwerk. Früher gab es hier vielleicht ganze Adern davon.«

Auch Silvan, der ein Stück hinter ihnen ging, hatte die Lichtpünktchen bemerkt. Er streckte den Arm mit der Fackel ganz nach oben, und sofort begannen die Kristalle, stärker zu funkeln. Vielleicht bildete Mytha sich nur etwas ein, aber sie meinte, dass es im Stollen sogar um eine Winzigkeit heller würde.

Es war keine Einbildung. Als sie weitergingen, wurden immer mehr und auch größere Kristalle an der Decke und zum Teil auch den Wänden sichtbar, und es wurde tatsächlich merklich heller. Das Fackellicht wurde in den Kristallen gebrochen, verstärkt und zurückgeworfen.

Vor ihnen bog der Stollen scharf nach rechts ab. Als sie um den Knick bogen, wurde es zunächst dunkler, weil nur ein schwacher Widerschein des Lichts um die Ecke drang, doch das änderte sich grundlegend, als auch Silvan die Biegung erreichte. Es wurde so hell, dass Mytha geblendet die Augen zusammenkneifen musste und sie nur vorsichtig blinzelnd wieder öffnen konnte.

Der Anblick war unglaublich. Wände und Decke waren fast vollständig von den Kristallen bedeckt, ganz am Rand sogar kleine Teile des Bodens. Blau und Violett waren auch hier die vorherrschenden Farben, aber das Licht wurde wie in einem geschliffenen Edelstein so stark in ihnen gebrochen, dass sie in unglaublicher Helligkeit und Farbenpracht gleißten und funkelten. Man konnte fast das Gefühl haben, sich selbst inmitten eines einzigen gigantischen Juwels zu befinden.

»Das … das ist wunderschön!«, stieß Mytha hervor. »Das einzig Schöne bisher, seit wir die Verheerten Lande betreten haben. Ob das Diamanten sind?«

»Diamanten, pah«, echote Olimarch verächtlich, der hinter sie getreten war. »Hast du schon mal einen unbearbeiteten Diamanten gesehen? Von dir als Diebin hätte ich ein bisschen mehr Sachverstand erwartet. Mit ein paar wenigen Zutaten kann ich dir Lösungen anrühren, die binnen weniger Stunden auf ebensolche Art kristallisieren. In dem Gestein muss es entsprechende Minerale geben, und als sich Feuchtigkeit darauf niederschlug, reichte das aus, die Kristalle wachsen zu lassen. In der Tat recht hübsch, aber wertloser als Glas und nicht einmal so fest.«

Er streckte die Hand aus und brach mühelos ein Kristallstück von der Wand. Als er die Faust darum schloss und zu pressen begann, zerbröckelte es zwischen seinen Fingern.

Mytha ärgerte sich ein wenig über die Gleichgültigkeit, mit der er etwas so Schönes zerstörte, selbst wenn es wertlos war. Noch mehr aber ärgerte sie sich, dass naives Staunen kurzzeitig ihren Verstand verdrängt und sie die Kristalle für echte Edelsteine gehalten hatte. Ausgerechnet sie, die sich einbildete, bei jedem Schmuckstück augenblicklich erkennen zu können, ob es sich um echte oder gefälschte Juwelen handelte.

»Aber woher kommt das Wasser?«, murmelte sie, mehr an sich selbst gewandt, doch Linton hatte sie verstanden.

»Sieh mal nach da vorne.«

Durch das Staunen über die Kristalle war ihr gar nicht bewusst geworden, dass das Rauschen nun sehr viel lauter an ihre Ohren drang. Auch fiel ihr erst jetzt, nachdem ihre Augen sich an das helle Gleißen gewöhnt hatten, auf, dass der Gang kaum ein Dutzend Meter lang war und dann in einen weiteren mündete. Da sich Silvan mit der Fackel noch zu weit von dem Durchgang entfernt befand, funkelten die Kristalle dort bei Weitem nicht so hell, aber das Licht reichte aus, um zu erkennen, was sich dort befand.

»Das … das ist ein Fluss«, stammelte sie. »Ein richtiger unterirdischer Fluss.«

Sie hatte es plötzlich sehr eilig, zu den Zwergen vor ihr aufzuschließen, die bereits am Durchgang warteten.

Der Querstollen war wesentlich breiter als der, aus dem sie kamen, und sie sah, dass sie sich nicht getäuscht hatte. Ein nicht besonders tiefer, dafür aber sicherlich sieben, acht Meter breiter Fluss strömte durch den Gang. Gurgelnd und brausend brach sich das Wasser an in seinem Bett liegenden Felsbrocken, schien zu schäumen und ließ Gischt meterhoch aufspritzen.

»Aber wie … ist das möglich?«, stieß sie hervor.

»Ich habe so etwas erwartet«, behauptete Olimarch, als er neben sie trat. »Aber ich habe kaum zu hoffen gewagt, dass wir es tatsächlich zu sehen bekommen würden. All das Wasser … das Wasser eines ganzen Landes, Millionen und Milliarden Liter – sie konnten nicht einfach spurlos verschwinden, sonst wäre keine Form von Leben mehr möglich. Die Oberfläche dieses Landes mag ausgetrocknet sein, aber ich war mir sicher, dass es noch Wasser in der Tiefe geben müsste.«

»Aber gerade hier unter dem Gebirge …« Mytha schüttelte den Kopf. »Woher kommt der Fluss und wohin fließt er?«

»Gerade hier«, entgegnete der Giftmischer. »Die meisten Flüsse, die sich irgendwann als breiter Strom ins Meer ergießen, entspringen irgendwo in den Bergen. Eine Quelle, aus der vielleicht nur ein dünnes Rinnsal quillt … Es vereinigt sich mit anderen Rinnsalen, wird zu einem Bach, während es talwärts sprudelt, und dort angekommen ist es oft schon zu einem Fluss geworden, der während seines langen Wegs durch das Land von weiteren Flüssen gespeist und dadurch immer größer und mächtiger wird. Ich vermute, hier ist es ähnlich. Die Oberfläche mag ausgedörrt sein, aber tief unter der Erde haben die Flüsse sich neue Läufe gegraben.«

»Aber ohne Regen ist der Kreislauf unterbrochen«, warf Linton ein. »Es mag noch so gigantische Hohlräume mit unvorstellbaren Mengen an Wasser unter der Erde geben, aber irgendwann werden diese leer sein, wenn kein neues Wasser nachsickert.«

»So ist es!«, rief Olimarch aus. »Und ich glaube, dass dies nach all den Jahrhunderten schon längst der Fall wäre. Deshalb bin ich überzeugt, dass es selbst in den Verheerten Landen regnet. Selten zwar, aber dann umso intensiver.«

»Unmöglich!«, behauptete Linton. »Was ich an der Oberfläche gesehen habe …«

»Als ich jung war, habe ich ausgedehnte Reisen unternommen«, fiel ihm Olimarch ins Wort. »Ich habe sogar die Kalao-Wüste durchquert. Auf unzähligen Meilen nichts als staubtrockener Sand, Geröll und einzelne Felsbrocken. Nicht eine Pflanze, nicht ein einziger Grashalm. Wenn man dort ist, kann man sich nicht vorstellen, dass dort jemals auch nur ein einziger Tropfen Regen gefallen ist. Aber es passiert. Ich habe es selbst erlebt. Während ich dort war, hat es zwei Tage lang ununterbrochen geregnet, und zwar kaum vorstellbare Mengen. Der Boden konnte gar nicht so schnell und so viel Wasser aufnehmen, wie vom Himmel fiel. Und anschließend wurde die tote Wüste binnen weniger Stunden grün, ob ihr es glaubt oder nicht. Ein unvorstellbares Meer von Blumen und anderen Pflanzen, wie ich sie zum Teil noch nie gesehen hatte, spross – nein, *schoss* – aus dem Boden. Die Saat muss über Monate dort gelegen und nur darauf gewartet haben, durch ein paar Tropfen Wasser zum Leben erweckt zu werden. Es war, als würde die Zeit tausendfach beschleunigt ablaufen.«

»Und dann?«, fragte Mytha, als er nicht von allein weitersprach. Skeptisch musterte sie den Giftmischer, wusste nicht, ob sie ihm glauben sollte, oder ob er ihnen nur einen Bären aufband.

»So schnell, wie die Pflanzen gewachsen und erblüht waren,

so schnell vergingen sie auch wieder«, behauptete er. »Schon nach nicht mal einem Tag war alles unter der gnadenlos vom Himmel sengenden Sonne wieder verdorrt, und die Wüste sah so trocken und lebensfeindlich aus, wie man sie kennt. Aber zuvor hatten die Pflanzen neue Samen hervorgebracht, die nun im Boden auf den nächsten Regen warteten, wie lange das auch dauern mochte.«

Auch jetzt war Mytha sich noch nicht sicher, ob er die Wahrheit erzählte, aber wenn es sich so verhielt, dann war es ein schönes Beispiel für die Hartnäckigkeit und Unbezwingbarkeit des Lebens, selbst unter noch so widrigen Umständen.

»Weitergehns«, forderte einer der Gnome sie auf. Dabei deutete er auf einen gut zwei Meter breiten Sims, der etwas erhöht am Fluss entlangführte. Misstrauisch musterte Mytha den Weg. Auch er war über und über mit Kristallen in unterschiedlicher Form und Größe bedeckt und dadurch mehr als uneben. Außerdem waren sie durch gelegentlich bis hierher spritzende Gischt feucht und rutschig. Wenn sie ausglitt und in den Fluss stürzte, wäre das vermutlich ihr Todesurteil.

Aber als sie genauer hinsah, entdeckte sie, dass dort, wo die Gnome umherwuselten, bereits zahlreiche Kristalle zu Staub und winzigen Splittern zerstampft worden waren. Probehalber trat sie selbst auf eines der farbenprächtigen Gebilde. Mit leisem Knirschen zersplitterte es unter ihrem Stiefel, fast ohne dass sie einen Widerstand spürte.

Erleichtert atmete sie auf und ging weiter, ihr Pferd am Zügel hinter sich her führend. Nun zeigte sich, dass die Kristalle sogar einen Vorteil besaßen. Ihre feinen Splitter wirkten fast wie Schotter, der ihren Sohlen Halt verlieh, während bloßes Gestein durch die Feuchtigkeit vermutlich wesentlich glitschiger gewesen wäre.

Gut zweihundert Meter zogen sie so dahin, bis sie in eine große Höhle gelangten. Auch hier war alles mit Kristallen bedeckt. Auf dem diesseitigen Ufer hatte der Fluss sein Bett seitlich ausgespült – vielleicht hatten auch die Gnome mit Hämmern und Hacken nachgeholfen – sodass eine regelrechte Bucht entstanden war. Und in der Bucht …

Mytha riss die Augen weit auf. Mit Schrecken erkannte sie plötzlich, wie die Gnome die Reise offenbar fortsetzen wollten.

In der Bucht lagen mehrere große Flöße.

13

Das Flussbett war breiter geworden, weshalb das Wasser etwas ruhiger dahinfloss. Auch gab es keine Felsbrocken oder anderen Hindernisse mehr, gegen die das Floß prallen könnte. Dennoch meinte Mytha, tausend Tode zu sterben.

Jedes der Flöße durchmaß gut sechs, sieben Meter in der Breite und mehr als das Doppelte in der Länge. Sie bestanden aus mehreren Lagen dicker Stämme aus einem holzartigen Material mit Schichten aus dünneren, ineinander verwobenen Flechten dazwischen. An der Oberseite befanden sich glatte Planken.

Immerhin lagen die Flöße recht ruhig im Wasser und bewegten sich zwar schnell, aber nicht rasend vorwärts. Aber es gab keinerlei Begrenzung wie eine Bootswand oder dergleichen an den Seiten. Falls sie doch irgendwo aufliefen oder es durch sonst etwas einen heftigen Ruck geben sollte, gab es nichts, was sie aufhalten oder woran sie sich festklammern konnten, sie würden direkt ins Wasser geschleudert werden. Genau das verursachte Mytha Todesangst.

Es war verrückt – sie war bereits an steilen Wänden mit so winzigen Unebenheiten, dass man sie kaum sehen konnte, hochgeklettert, war auf schmalsten Dachfirsten oder sogar auf nur fingerdicken Seilen über einem tiefen Abgrund entlangbalanciert, ohne auch nur einen Gedanken an die Gefahr zu verschwenden. Zu gut wusste sie, dass Furcht einen nur lähmte und schwach machte und in ihrem Beruf nur allzu leicht zu einem unerfreulichen, frühzeitigen Tod führte. Hier jedoch …

Mit aller Gewalt versuchte sie, an etwas anderes zu denken, um sich abzulenken. Jeweils mehrere von ihnen befanden sich mitsamt ihren extrem nervösen und unruhigen Pferden an Bord eines Floßes, bewacht von einer nur kleinen Zahl Gnome. Sie war überzeugt, dass es ihnen mühelos gelingen könnte, diese zu überwältigen. Aber was gewännen sie dadurch? Nachdem sie sich den Höhlenbewohnern ausgeliefert hatten, mussten sie jetzt auch an Silvans Plan festhalten und den Häuptling überzeugen, dass er ihnen den Weg zu einem passenden Ausgang wies – sonst würde der Mann von der Bäreninsel mit seinem Pessimismus letztlich recht behalten und sie würden die Höhlen nicht mehr lebend verlassen.

Die Winzlinge verfügten offensichtlich über große Erfahrung in dieser Form des Reisens. Manchmal floss das Wasser nur äußerst träge dahin, dann nutzten sie Metallstangen, um sich vom Grund abzustoßen und die Flöße zu beschleunigen. Wurde der Fluss hingegen schneller, dann hielten sie mit den Stangen die Flöße in der Mitte und verhinderten, dass sie den Felswänden zu nahe kamen. Mytha bezweifelte, dass einem von ihnen das auch nur annähernd so gut gelingen würde.

Zudem befanden sich auf dem vordersten Floß sicher nicht zufällig ausschließlich Gnome. Im Ernstfall konnten sie ihnen den Weg blockieren, außerdem wurden dort auch ihre Waffen aufbewahrt. Kein guter Zeitpunkt, um sich zur Wehr zu setzen. Da war es besser, an ihrem ursprünglichen Plan festzuhalten, auch wenn sie bald vermutlich einer noch viel größeren Zahl von Gnomen gegenüberstehen würden.

Mytha wusste nicht zu sagen, wie lange die Höllenfahrt dauerte. Eine Ewigkeit schien zu vergehen, bis sie schließlich eine weitere Höhle erreichten, größer als alle, die sie bislang gesehen hatten. Mehrere turmdicke Felssäulen ragten an verschiedenen Stellen auf, um die Decke zu tragen. Hier gab es deutlich weniger Kristalle, sodass nur dämmeriges Licht herrschte.

Der Fluss mündete in einen regelrechten See, an dessen Ufer wie befürchtet überall Gnome herumwuselten. Viel zu viele, um jetzt den Kampf gegen sie aufzunehmen. Es gab richtige Anlegestellen, mehrere steinerne Kais, an denen noch zahlreiche weitere Flöße, aber auch wesentlich kleinere Boote, fast wie Kanus, angebunden lagen.

Geschickt stakten die Gnome die Flöße auf einen Kai zu und banden sie dort an pollerartigen Gesteinsbrocken fest. Mytha atmete erleichtert auf, als sie endlich wieder festen Boden unter den Füßen spürte.

Neugierig blickte sie sich um. Der See nahm nur einen kleinen Teil der Höhle ein. Es gab noch einen zweiten, allerdings etwas kleineren Zufluss, außerdem einen breiten Stollen, durch den das Wasser weiterfloss. Im Hintergrund der Höhle schien der Boden nicht aus Fels zu bestehen oder zumindest mit einer dicken Schicht Erde bedeckt zu sein. Dort wuchsen zahlreiche dicke, nicht besonders hohe Büsche, an denen gut faustgroße Beeren oder Früchte hingen.

Sie reichte die Zügel an einen Gnom weiter, als dieser darauf zeigte. Auch den anderen wurden die Pferde abgenommen und ein Stück entfernt angebunden.

Kurz darauf entdeckte sie Quarrix. »Wohin fließt Wasser?«, fragte sie und deutete auf die Fortsetzung des Flusses.

»Großesstadt«, antwortete er. »TiefunterErde wasserzu großesgroßesstadt.«

»Trakania«, stieß Silvan aufgeregt hervor. »Er kann nur Trakania meinen, die einstige Hauptstadt.«

»Er kann alles meinen«, widersprach Linton. »Wir wissen nicht, ob er uns überhaupt richtig versteht. Vielleicht erscheint ihm schon groß, was für uns nur ein Dorf ist. Der Karte nach, die du uns gezeigt hast, liegt Trakania gut hundert Meilen weiter südöstlich in der Tiefebene. Glaubst du wirklich, dass der Fluss unter der Erde bis dorthin fließt?«

»Warum nicht?«, mischte sich Olimarch ein. »Ich bin sogar überzeugt, dass er bis ins Meer fließt. Aber ihr habt mir ja schon nicht glauben wollen, dass es hier überhaupt unterirdische Flüsse gibt.«

»Nun wissen wir es besser«, stellte Silvan fest. »Wenn der Fluss wirklich bis nach Trakania fließt und wir die Gnome überzeugen können, uns mit den Flößen dorthin zu bringen, kürzen wir unseren Weg erheblich ab und umgehen die Gefahren an der Oberfläche.«

Nein! Bloß nicht noch einmal! dachte Mytha und verkrampfte sich innerlich. Während sie noch darüber nachdachte, was schlimmer sein mochte, eine weitere, diesmal noch viel längere Floßfahrt oder die Gefahren im Freien, sagte Nariz etwas, das ihre Beunruhigung noch steigerte.

»Hauptsache, wir verschwinden möglichst schnell von hier«, stieß die Magierin hervor. Ihre Stimme klang nervös. »Ich spüre etwas, das mir nicht gefällt. Ich kann es nicht richtig greifen, aber uns droht Gefahr.«

»Was habt ihr anderes erwartet«, knurrte Adamurt. Auf dem Floß hatte man seine Fesseln wieder gelöst und seither hielt er seine Aggressivität im Zaum. »Ich wette, die Zwerge kriegen nicht jeden Tag ein paar knusprig gebratene Menschen als Fleischbeilage zu ihrem Gemüsekram.«

»Nicht die Gnome«, murmelte Nariz. »Etwas anderes, eine fremde, sehr starke Macht. Ich bekomme sie nicht zu greifen. Es ist, als ob sie sich verbirgt und sich mir immer wieder entzieht, sodass ich sie nicht erkennen kann, sondern nur ein vages Gefühl von Gefahr bleibt.«

Mytha lauschte in sich hinein, doch sie spürte nichts, nur den bleiernen Druck der Verderbnis, der auf ihr lastete, seit sie dieses Land betreten hatten. Auch die Aura der Dämonen war kaum noch wahrzunehmen. Während ihrer Reise unter dem Gebirge war sie mit jeder Meile um eine Winzigkeit schwächer geworden und mittlerweile weit hinter ihnen zurückgeblieben.

»Dortlangs«, sagte Quarrix. Er wirkte ungeduldig, während er auf einen der Höhlenausgänge deutete. »Häuptlingwartens.«

Die Fackel war inzwischen fast ganz heruntergebrannt, und Silvan musste eine neue anzünden, dann verließen sie begleitet – *bewacht*, dachte Mytha – von einer großen Zahl Gnome die Höhle. Sie war fast ein bisschen froh über Nariz' Warnung, denn diese hatte sie aufgerüttelt und ihre Wachsamkeit geschärft, mochte die wahre Ahnung einer Gefahr berechtigt sein oder nicht. Denn tödliche Gefahr drohte ihnen in jedem Fall.

Für Silvan schien bereits festzustehen, dass die Gnome sie freilassen würden, er träumte sogar bereits davon, dass diese sie mit ihren Flößen bis nach Trakania bringen würden. Dass sie nichts besaßen, was sie ihnen als Belohnung dafür anbieten konnten, und freundliche Nächstenhilfe ganz sicher keine in den Verheerten Landen sonderlich verbreitete Tugend war, schien für ihn zweitrangig zu sein.

Aber auch für die anderen – sah man von Adamurt mit seiner sorgsam kultivierten Schwarzseherei ab – schien die Gefahr eher geringer als größer geworden zu sein. Die Gnome hatten sich zweifellos etwas von der Intelligenz ihrer Vorfahren bewahrt und verfügten im Gegensatz zu den Ungeheuern an der Oberfläche über eine gewisse Kultur im Zusammenleben, wenn auch auf einer sehr niedrigen Stufe. Das verführte dazu, sie trotz ihres fremdartigen Aussehens allzu sehr zu vermenschlichen und davon auszugehen, dass man auf Vernunft basierende Einigungen mit ihnen erreichen konnte.

Aber Mytha machte sich nichts vor. Trotz ihrer Kleidung, ihrer Schifffahrt auf den Flüssen, ihrem Ackerbau und ihrer rudimentären Sprachkenntnisse handelte es sich doch um Wilde, die jeden Feind erbarmungslos töteten. Dass sie es nun schon seit so langer Zeit schafften, das von ihnen beanspruchte Bergwerk frei von allen Eindringlingen zu halten, belegte dies deutlich.

Falls die Wesen zu der Überzeugung kommen sollten, dass von ihnen eine Bedrohung ausging, und sei es nur dadurch, dass sie von ihnen wussten und die Eingänge in ihr geheimes Reich kannten, würden sie auch mit ihnen so verfahren. Sie waren nach wie vor keine Gäste, sondern Gefangene, und ihr Leben hing an einem seidenen Faden.

Am Beginn des Stollens glitzerten noch vereinzelte Kristalle an der Decke, doch schon nach kurzer Zeit gab es gar keine mehr. Entweder barg das Gestein hier keine entsprechenden Mineralien mehr, oder es war zu trocken, um welche wachsen zu lassen. Mytha bedauerte das sehr, bedeutete es doch, dass sie wieder allein auf das dürftige Licht der Fackel angewiesen waren, um etwas zu sehen. Die Gnome hingegen schienen dieses Problem nicht zu haben. Als es deutlich dunkler wurde, bemerkte sie bei einem der Wesen in ihrer unmittelbaren Nähe, wie sich etwas wie ein leicht milchiges Lid über seine Augen schob.

Der Stollen mochte etwa hundert Meter lang sein, dann ging es eine Treppe mit achtundvierzig Stufen hinab, an die sich ein weiteres Stück Gang anschloss, an dessen Ende düster flackernder Lichtschein zu erkennen war.

»Dort brennen Fackeln oder sonstiges Feuer«, murmelte Linton. »Ich frage mich nur, wieso, da die Gnome offenbar auch hervorragend im Dunkeln sehen können.«

»Wie sollten sie ohne Feuer wohl einen knusprigen Braten aus uns machen«, brummte Adamurt.

Mytha ignorierte ihn. Sie glaubte nicht, dass die Gnome sie so einfach töten wollten. Das hätten sie längst erledigen können. Zumindest wollten sie sie vorher anhören, und sei es nur, um Informationen von ihnen zu bekommen – immerhin etwas, das sie mit ihnen gemein hatten.

Auch Mytha spürte nun das, wovon Nariz gesprochen hatte: etwas Fremdes, äußerst Mächtiges, das sie nicht richtig zu fassen bekam. Es war, als blicke man durch einen Schleier. Man nahm war, dass sich dahinter etwas befand, konnte es aber nicht klar erkennen, nicht einmal sagen, um was genau es sich handelte.

Aber es war ganz sicher keine Macht, die ihnen wohlgesonnen war.

Am liebsten hätte sie den anderen zugerufen, sie sollten fliehen, so schnell sie konnten. Aber sie wusste, dass man nicht auf sie hören würde, außerdem würden die Gnome natürlich jede Flucht verhindern.

Der Stollen führte in eine weitere große Höhle. Hunderte von Gnomen waren bereits dort versammelt, und im gleichen Moment, in dem Mytha sie betrat, zerriss der Schleier und gab preis, was sich dahinter verbarg.

Während sie von Nariz' geradezu vampirischen Küssen zu Tode geschwächt niedergelegen hatte – eine Ewigkeit schien das nun schon zurückzuliegen – hatte sie gedacht, es wäre die größte Schwäche der Dämonen, dass man ihre Gegenwart schon von Weitem spürte. Nun musste sie erkennen, dass sie sich getäuscht hatte. Dämonen vermochten sehr wohl, sich abzuschirmen!

Grauenhaftes, panisches Entsetzen ergriff von ihr Besitz, als eine dämonische Ausstrahlung des absolut Bösen und Fremdartigen aus unmittelbarer Nähe über sie hereinbrach, wesentlich stärker als die des Spähers, mit der sie zuvor einmal konfrontiert worden war. Gepeinigt kreischte ihr Verstand auf, wand sich wie ein Wurm und kämpfte dagegen an, in die Abgründe des Wahnsinns hinabgerissen zu werden.

Sie wollte schreien, aber es gelang ihr nicht. Ein Kribbeln durchlief ihren Körper, machte ihn gefühllos und starr. Alle Kraft schien daraus zu weichen und er gehorchte ihr nicht mehr. Dennoch brach sie nicht zusammen, sondern setzte weiterhin langsam einen Fuß vor den anderen. Mit neuerlichem Entsetzen begriff sie, dass sie zu einer Gefangenen in ihrem eigenen Leib geworden war, dass ein anderer ihn wie eine Puppe bewegte.

Ihren Gefährten schien es ebenso zu ergehen, denn auch sie staksten wie Schlafwandler stumm vorwärts.

Verzweifelt versuchte Mytha, gegen den fremden Bann anzukämpfen, aber vergeblich. Unbeirrt schritt sie auf ein mehrere Meter durchmessendes Loch im Boden zu, aus dem Flammen emporloderten.

Lachen ertönte, und ihr Blick fiel auf eine Art barbarischen Thron aus Holz und Stein und Knochen, auf dem einer der Gnome saß. Er musste uralt sein, denn sein Gesicht schien nur aus Falten und Runzeln zu bestehen. Sein Körper wirkte so schmächtig und ausgezehrt, dass es an ein Wunder grenzte, dass er noch am Leben war. Das musste der Häuptling sein, von dem Quarrix gesprochen hatte.

»Fremdensgut«, höhnte er. »Fremdensgernkommen. Fremdensgernopfer. Sylchoriswollenfremdens. Fremdensbesser Opferalsuns.«

Sein Gebrabbel war noch schwerer zu verstehen als das von Quarrix, aber es war unschwer zu begreifen, dass man sie töten, sie bei lebendigem Leib verbrennen wollte, um sie so irgendeiner heidnischen Gottheit als Opfer darzubieten. Dafür schienen sie in den Augen Sylchoris – das war offenbar der Name des Greises – als Opfer besonders geeignet. Also hatte Adamurt mit seinen Warnungen doch recht gehabt, und nun war es zu spät, sich noch zu wehren, da irgendein Zauber sie hilflos machte.

Nackte Panik überschwemmte Mythas Geist, als sie mit gleich drei ihrer Urängste konfrontiert wurde. Was sie tat, wurde von anderen bestimmt, sie war fremden Mächten hilflos ausgeliefert, ohne selbst irgendeinen Einfluss auf ihr Schicksal nehmen zu können, und zweifellos erwartete sie nichts anderes als der Tod.

Ihr Verstand drohte unter dem Ansturm nackter Panik zu zerbrechen, dennoch nahm sie zusammen mit den anderen willenlos rund um das Loch im Boden Aufstellung. Die Flammen begannen stärker zu lodern, Stichflammen schossen in die Höhe. Mytha hatte geglaubt, es könnte kein größeres Grauen mehr geben, aber eine Steigerung war immer noch möglich.

Inmitten des Feuers bewegte sich etwas!

Ein sich windender, mit Flammen bedeckter Fangarm, dicker als ein menschliches Bein, schoss aus der Tiefe empor, wickelte sich um einen der Söldner und riss ihn mit sich. Der Unglückliche konnte nicht einmal einen Schrei ausstoßen, dafür lief ein fast ekstatisches Geraune durch die Menge der Gnome.

14

Obwohl unerträgliches Entsetzen jede Faser ihres Seins erfüllte und sie erkannte, dass sie bestenfalls noch Sekunden zu leben hatte, blieb Mytha auch weiterhin stumm und reglos stehen. Sie konnte kaum noch klar denken, dennoch begriff sie, dass sie sich geirrt hatte. Dies war nicht einfach nur ein Feueropfer für irgendeine mythische, von den Gnomen verehrte Gottheit, und Sylchori war auch nicht der Name des Greises.

Sylchori, das war der Name, den die Gnome einer dämonischen Bestie verliehen hatten, einer Kreatur aus den Schattensphären, die in diesem Abgrund hauste und nur durch regelmäßige Opfer zu besänftigen war. Opfer, die die Gnome normalerweise aus ihrer eigenen Mitte bringen mussten, aber wenn schon einmal Fremde geradewegs in ihr Reich getappt kamen, nutzten sie diese Gelegenheit natürlich. Und sie waren so einfältig gewesen und hatten geglaubt, hier potenzielle Verbündete gefunden zu haben, von denen sie sich ohne Gegenwehr zur Schlachtbank hatten führen lassen!

Das begeisterte Geraune der Gnome verstummte, dafür vernahm Mytha eine leise gemurmelte Beschwörungsformel, die vermutlich für ihre Reglosigkeit verantwortlich war.

Erst als sie aus den Augenwinkeln neben sich plötzlich eine Bewegung wahrnahm, begriff sie, dass sie sich erneut geirrt hatte.

Während aus der Tiefe ein weiterer Fangarm emporzuckte, schleuderte Nariz diesem etwas Winziges entgegen. Wie schon im Kampf gegen die dämonische Späherkreatur loderte ein greller Lichtblitz auf. Ein vielhundertstimmiger Schrei aus den Kehlen der Gnome klang auf. Auch Mytha schrie, plötzlich wieder Herrin über ihren Körper, als die Helligkeit ihr die Augen auszubrennen schien, obwohl es ihr im letzten Moment noch gelungen war, sie zu schließen. Schlimmer war noch ein von rasendem Zorn erfülltes Brüllen, das direkt in ihrem Kopf aufklang. Blindlings taumelte sie zurück.

Feurige Kreise tanzten vor ihren Augen, und sie war nahezu blind, als sie die Augen wieder öffnete. Dennoch sah sie, wie ein ganzer Wald peitschender Tentakel aus dem Abgrund emporwuchs.

»Schützt eure Augen!«, brüllte die Magierin und warf erneut etwas in die Tiefe.

Mytha presste beide Arme vor das Gesicht und im nächsten Moment schien die gesamte Höhle in einem Inferno unvorstellbarer, sonnengreller Helligkeit zu explodieren. Erschütterungen durchliefen den Boden wie bei einem Erdbeben, und mit lautem Krachen und Bersten schlugen von der Decke herabstürzende Felsbrocken auf, als der Dämon zu toben begann. Sein Brüllen steigerte sich zu einem irrsinnigen Kreischen.

Einen Arm noch immer schützend vor das Gesicht erhoben, taumelte Mytha in die Richtung, in der sie den Ausgang vermutete. Manchmal prallten gleichfalls umherirrende Gnome gegen sie, die sie zur Seite stieß. Ihre empfindlichen Augen mussten unter der grellen Lichtexplosion noch schlimmer leiden.

Jemand packte sie am Arm und zerrte sie mit sich. Jetzt erst wagte sie, auch den zweiten Arm zu senken und blinzelte ein paarmal. Sie konnte nur ganz grobe Umrisse wahrnehmen. Nachdem Nariz' Sonnenblitze erloschen waren, schien alles dunkel zu sein, nur ganz schwach erleuchtet von gigantischen Feuerlohen, die aus dem Dämonenpfuhl schossen und bis zur Decke reichten.

Undeutlich erkannte sie Linton, der sie noch immer am Arm hielt und mit sich in Richtung Ausgang zog. Sie tauchten in den Stollen ein, aus dem sie gekommen waren, und es wurde noch dunkler. Ein Stück vor ihnen glomm ein kaum wahrzunehmendes Licht. Es musste sich um Silvan handeln, der weiterhin die Fackel in der Hand hielt, da er offenbar während der unheimlichen Fremdbeeinflussung keinen Befehl erhalten hatte, sie abzulegen. Aber ihr Licht war für Mythas geblendete Augen so schwach, dass es nicht ausreichte, sie irgendetwas um sich herum erkennen zu lassen.

Noch immer bebte der Boden, und hinter ihr war erneut das Bersten von Gestein zu hören, als sich gewaltige Brocken von der Höhlendecke lösten. Sie wagte nicht, sich vorzustellen, wie viele Gnome von den Felsen erschlagen wurden, und sie hoffte, dass nicht die ganze Höhle einstürzen würde. Dennoch hielt sich ihr Mitgefühl in Grenzen. Immerhin hatten die Höhlenbewohner sie eiskalt ihrem Dämonengott opfern wollen. Nun wurden sie stattdessen selbst zu Opfern seines Zorns.

Sie stolperte und fiel nach vorne, als ihr Fuß unerwartet gegen ein Hindernis prallte. Ihr Arm rutschte aus Lintons Griff. Sie hatte die Treppe nicht gesehen und nicht mehr daran gedacht. Hart stürzte sie auf die steinernen Stufen, rappelte sich aber sofort wieder auf und hastete sie hinauf. Sie erinnerte sich noch, dass es achtundvierzig Stufen waren, und zählte sie auch diesmal mit, um nicht am oberen Ende der Treppe erneut zu stolpern.

Das war eine Gewohnheit, die sie sich schon in jungen Jahren antrainiert hatte. Es kam häufig vor, dass sie sich bei einem Einbruch in völliger Dunkelheit bewegen musste, deshalb zählte sie stets ihre Schritte und vor allem eventuelle Stufen, denn Treppen waren besonders tückisch. Durch die Ereignisse in der Opferhalle war sie durcheinandergeraten, hatte durch das Umhertaumeln die Orientierung verloren und mit dem unbewussten Zählen aufgehört, aber jetzt wusste sie wieder genau, wo sie war und hätte ihren Weg auch mit geschlossenen Augen gefunden – was so gut wie keinen Unterschied zu dem bedeutet hätte, was sie mit geöffneten Augen sah.

Mytha erinnerte sich, dass es in dem Stollen vereinzelte Kristalle an der Decke gegeben hatte, doch noch immer waren ihre Augen zu sehr geblendet, als dass sie sie hätte sehen können. Dennoch erholten sich diese allmählich. Das merkte sie, als sie erneut die Höhle mit dem See erreichte. Hier gleißten die Kristalle im Licht der Fackel so hell, dass sie ihre Umgebung so deutlich erkennen konnte wie im zaghaften Licht einer Morgendämmerung.

Und was sie sah, gefiel ihr gar nicht. Natürlich gab es nur einen Fluchtweg, nämlich genau den, den Silvan auch nach einem regulären Kampf gewählt hätte. Zusammen mit Linton und einigen Söldnern war der Mann von der Bäreninsel bereits damit beschäftigt, die Pferde loszubinden und auf eines der Flöße zu führen. Es handelte sich um das größte davon, das, auf dem sich während der Fahrt hierher nur Gnome befunden hatten und auf dem erfreulicherweise immer noch ihre Waffen lagerten. Niemand hinderte sie daran. Offenbar hatten alle Gnome der geplanten Opferzeremonie beigewohnt, denn es waren nicht einmal Wachen zurückgeblieben.

Wie es aussah, würden sie zu Mythas Schrecken sogar mit dem einen Floß auskommen. Außer Silvan, Linton, Nariz und ihr war nur fünf Söldnern die Flucht hierhin gelungen. Auch Adamurt und Olimarch waren nirgendwo zu entdecken.

»Auf das Floß!«, rief Linton ihr zu. »Ich bringe dir dein Pferd.«

»Wir können noch nicht los, es fehlen noch zu viele!«, rief sie, während sie zum Ufer eilte.

»Sie hat recht, wir müssen zumindest auf Adamurt und Olimarch warten«, stimmte Silvan zu. »Ohne sie wird die Mission scheitern.«

»Das wird sie auch, wenn wir alle tot sind«, rief Linton. »Wir können nicht warten, in ein paar Minuten haben wir die ganze Meute auf …«

Er brach ab, denn in diesem Moment kam Adamurt aus dem Stollen getaumelt. Mytha traute ihren noch immer stark beeinträchtigten Augen kaum, denn er trug den Giftmischer wie ein Kind auf seinen Armen. Blut sickerte aus einer Wunde an dessen Bein. Wenige Sekunden später folgte ihnen einer der Söldner.

»Euer Glück, dass ihr nicht ohne uns abgehau'n seid, ihr Madengesindel!«, brüllte der Mörder. »Ich hätt' euch in eure verfluchten Affenärsche getret'n, dass ihr nie wieda sitzen würdet!« Er lud Olimarch auf dem Floß ab, der dabei vor Schmerz aufstöhnte. »Kümmert euch um ihn, hat sich verletzt. Nach uns wird so schnell keiner mehr komm'n. Vor dem Höhenausgang is'n Felsbrocken runtergekracht. Aber die verdammt'n Wichtel kennen bestimmt noch andere Wege.«

Mytha beugte sich über Olimarch und wollte sich um die Wunde kümmern. Doch der wehrte ab.

»Das ist nur ein Kratzer von einem Steinsplitter. Das Problem ist der rechte Knöchel. Bin mit dem Fuß umgeknickt. Hilf mir, den Stiefel auszuziehen.«

Sie zog ihm den Stiefel vom Fuß. Der Knöchel war dick angeschwollen und hatte sich dunkel verfärbt. Er sah nach Mythas Meinung ziemlich schlimm aus, doch Olimarch war anderer Meinung, nachdem er ihn vorsichtig abgetastet hatte.

»Nicht so schlimm, wie ich befürchtet habe. Jedenfalls ist nichts gebrochen.«

Er holte ein Töpfchen aus seinem umgeschnallten Bündel und strich großzügig eine Salbe auf den Knöchel. Mit einer anderen bestrich er die blutende Wunde, nachdem er sie mit Flusswasser gesäubert hatte, und verband sie ebenso wie den Fuß.

In der Zwischenzeit waren die anderen nicht untätig geblieben. Sie hatten ihre Waffen wieder an sich genommen und die Pferde geholt. Da sie nur noch zu zwölft waren, benötigten sie auch nur noch ein Dutzend Reittiere und wählten zwei weitere für das Gepäck aus. Obwohl sie das größte Floß ausgewählt hatten, wurde es darauf ziemlich eng. Gerne hätte Silvan auch die übrigen Pferde mitgenommen, doch dann hätten sie sich auf zwei Flöße aufteilen müssen, was zusätzliche Unwägbarkeiten und Risiken bedeutet hätte, die sie nicht eingehen wollten. Stattdessen nahmen sie den übrigen Tieren lediglich die Satteltaschen mit den Vorräten ab und brachten diese an Bord.

Währenddessen hieben vier der Söldner mit Äxten Löcher in die kleineren Boote, um sie für eine Verfolgung unbrauchbar zu machen. Die übrigen Flöße zu zerstören hätte zu lange gedauert, deshalb banden sie sie einfach los und ließen sie mit der Strömung davontreiben.

Alles dauerte nicht länger als wenige Minuten, doch kamen sie Mytha wie eine Ewigkeit vor. Ständig blickte sie zu den Eingängen der verschiedenen Stollen, die in die Höhle mündeten, erwartete jeden Moment, eine Horde vor Zorn rasender Gnome daraus hervorbrechen zu sehen.

Aber nichts dergleichen geschah. Vielleicht waren auch gar keine von ihnen mehr am Leben, waren alle dem Dämon zum Opfer gefallen, den sie als ihren Gott angebetet hatten. Sein Wüten und Toben dauerte immer noch an, auch wenn es hier nur gedämpft zu spüren war.

Endlich waren die letzten Vorbereitungen getroffen und alle an Bord versammelt. Silvan löste das Seil, mit dem das Floß am Kai befestigt war. Rasch wurde es von der Strömung erfasst. Die Mündung des unterirdischen Stollens, in den sie zum wohl letzten Abschnitt ihrer Reise auf dem Weg zum Tempel der Morgenröte hineintrieben, kam Mytha wie ein riesiges Maul vor, das sie verschluckte.

DER TEMPEL DER MORGENRÖTE

1 Die Floßfahrt wurde nicht nur so schlimm, wie Mytha erwartet hatte. Sie wurde schlimmer. Dabei begann sie ganz harmlos. Die Strömung des Flusses war nicht besonders stark, und so trieben sie gemächlich dahin. Silvan und Linton hatten sich mit Metallstangen in den Händen an die beiden vorderen Ecken des Floßes gestellt. Wie sie es bei den Gnomen gesehen hatten, sorgten sie mit diesen dafür, dass sie den Felswänden nicht zu nahe kamen.

Abgesehen von dem äußerst unwahrscheinlichen Fall, dass gerade jetzt Gnome mit weiteren Flößen aus anderen Teilen des Bergwerks eintreffen sollten, war die Gefahr einer Verfolgung gebannt. Die Anspannung fiel langsam von ihnen ab, doch die ausgestandenen Schrecken standen noch in ihren Gesichtern geschrieben.

Sie alle hatten dem Tod während dieser Expedition bereits mehrfach ins Gesicht geblickt, aber da hatten sie um ihr Leben kämpfen können. Diesmal war es anders gewesen. Nur schaudernd erinnerte sich Mytha, wie sie willenlos auf den Dämonenpfuhl hatte zugehen müssen, wie sie an dessen Rand gestanden und jeden Moment den geistigen Befehl erwartet hatte, sich hineinzustürzen. Ein Befehl, dem sie sich nicht hätte widersetzen können. Es war der wohl schlimmste Moment ihres Lebens gewesen. Sie alle wären jetzt tot, wenn Nariz sie nicht gerettet hätte.

Ausgerechnet Nariz!, dachte sie säuerlich.

»Wir haben dir unser Leben zu verdanken«, wandte sich Silvan an die Magierin. Ihnen allen gingen zurzeit wohl ähnliche Gedanken durch den Kopf. »Aber wie hast du es geschafft …«

»Mit so einem albernen Zauber, der einem den freien Willen raubt, kann man mir nicht beikommen«, fiel Nariz ihm überheblich ins Wort. »Den Gegenzauber habe ich bereits als Kind gelernt. Schon als ich die ersten Anzeichen einer Beeinflussung merkte, habe ich ihn direkt unauffällig gemurmelt, mir aber nichts anmerken lassen.«

»Dann hättest du uns auch schon früher befreien und uns eine Menge grauer Haare ersparen können«, warf Adamurt ihr vor, doch sie lachte nur.

Du wärst doch froh, wenn du überhaupt Haare hättest, ob grau oder nicht«, erwiderte sie anzüglich. »Wenn wir früher zu fliehen oder uns zu wehren versucht hätten, wären die Gnome sofort über uns hergefallen. Außerdem musste ich an den Abgrund heran, um den Halbdämon selbst angreifen zu können.«

»Halbdämon?«

»Es war wohl ursprünglich eine Kreatur aus den Schattensphären. Sie scheint sich dieser Welt angepasst und materielle Gestalt gewonnen zu haben. Das machte sie einerseits angreifbar, zugleich aber auch umso gefährlicher.«

»Diese Lichtblitze«, murmelte Olimarch. »Ich kann immer noch nicht richtig sehen. Was ist das für ein Teufelszeug?«

»Sonnenblitze«, erklärte Nariz bereitwillig. »Sie vereinen das Licht der Sonne und eines Blitzes in sich. Extrem schwierig und gefahrvoll herzustellen. Einige waren noch um ein Vielfaches stärker als der, den ich gegen die dämonische Späherkreatur eingesetzt habe. Leider musste ich alle opfern, die ich besaß. Hoffen wir, dass wir auf keinen weiteren Dämon mehr treffen.«

»Dem kann ich mich nur anschließen«, brummte Adamurt. »Ich kann's nicht leiden, wenn mir jemand dumm kommt und ich ihm dafür nicht mal'n Kopf abschlag'n kann.«

Mytha lächelte flüchtig. Sie würde sich glücklich schätzen, wenn das ihr einziges Problem wäre. Aber sie wollte gar nicht mehr an diese schrecklichen Minuten zurückdenken und war deshalb froh, dass niemand das Thema weiter vertiefte.

Ihre Sehfähigkeit verbesserte sich im Laufe der folgenden ein, zwei Stunden immer rascher, was ihr jedoch wenig nutzte. Wahrscheinlich hatten sie die unterirdischen Leuchthöhlen bereits hinter sich gelassen. In diesem Teil des Gebirges gab offenbar nur wenige Mineralien, die zu Kristallen heranwachsen konnten. Zwar ließ das Licht der Fackel gelegentlich etwas an der Decke oder den Wänden aufblitzen, doch handelte es sich anscheinend nur um vereinzelte andere mineralische oder erzhaltige Einschlüsse im Gestein.

Mit der Zeit wurde die Strömung stärker. Ihre Fahrt beschleunigte sich und im gleichen Maß wuchs auch Mythas Unbehagen. Sie tröstete sich damit, dass sie auf diese Art ihr Ziel schneller erreichen würden, doch wenn sie wählen könnte, wäre ihr eine zwar längere, dafür aber ruhige Fahrt lieber.

Silvan und Linton gaben ihren Posten an der Vorderseite des Floßes auf. Es bewegte sich zu schnell, und das Licht der Fackel reichte längst nicht weit genug, als dass sie ein Hindernis im Wasser frühzeitig erkennen und darauf reagieren könnten. Den Felswänden kamen sie ohnehin nicht allzu nahe, denn in der Mitte des Flusses war die Strömung am stärksten.

Dafür wurden die Pferde immer unruhiger, bis Nariz schließlich aufstand. Sie raunte jedem der Tiere etwas zu und legte ihm kurz die Hand auf den Hals. Sofort beruhigten sie sich, bewegten sich kaum noch, fast als wären sie eingeschlafen.

»Das dürfte reichen«, sagte sie und legte sich wieder hin. Kurz darauf war sie eingeschlafen, genau wie Olimarch und die meisten Söldner. Auch der Mann von der Bäreninsel saß nun in zusammengekauerter Haltung da, der Kopf war ihm auf die Brust gesunken. Die Fackel hatte er zwischen einige Hafersäcke gesteckt, wo sie nicht umfallen konnte. Mytha begriff nicht, wie jemand in dieser Situation seelenruhig schlafen konnte, doch beneidete sie die anderen darum, denn so bekamen sie zumindest einige Stunden lang von der Fahrt nichts mit.

Der Trank, den Olimarch ihr an Bord der *Seeadler* gegeben hatte, schien dauerhaft zu wirken, denn anders als während der ersten Tage auf dem Schiff machte ihr das Schaukeln nichts aus. Sie verspürte keine Seekrankheit, sondern nur eine tief empfundene Abneigung gegen das Floß als Transportmittel. Es gab keinerlei Begrenzungen an den Seiten, keine Bordwand, nichts, woran man sich festhalten oder was im Ernstfall einen Sturz in die Fluten verhindern könnte. Mit viel Glück und Geschicklichkeit würde es in diesem Fall vielleicht gelingen, sich an dem Floß festzuklammern und wieder hinaufzuklettern, doch wahrscheinlicher war, dass das Wasser sie sofort mit sich fortreißen würde.

Nicht einmal steuern ließ es sich, sondern war nur ein Spielball der Strömung, und das erfüllte sie mit Angst. Sie fühlte sich hilflos und ausgeliefert, ohne eine Möglichkeit, ihr Geschick in die eigenen Hände zu nehmen. Das Gefühl war nicht ganz so stark wie während der Opferzeremonie, ging aber in eine ähnliche Richtung.

Nach einer Weile stand sie auf, ging vorsichtig zu Linton hinüber und setzte sich neben ihn.

»Warum tun wir das alles?«, murmelte sie leise. »Gibt es irgendetwas, das dies alles wert ist?«

»Die Ehre der Pflichterfüllung«, antwortete er ebenso leise. »Soweit es mich betrifft, jedenfalls. Silvan hat den Clan um meine Dienste gebeten, hat dafür bezahlt und der Clan hat mir diesen Auftrag erteilt. Du aber hast dich ihm aus freiem Willen angeschlossen. Die Gründe dafür kennst nur du allein.«

»Wenn ich sie einmal gekannt habe, dann habe ich sie mittlerweile vergessen.« Sie blickte sich um. »Sechs Söldner. Nur sechs von zweihundert, die noch leben. Dabei haben wir unser Ziel noch nicht einmal erreicht. Und alles nur wegen irgendeines alten Artefakts. Es muss unermesslich wertvoll sein. Ich müsste mich herausgefordert fühlen, es zu stehlen, sobald Silvan es erbeutet hat, und tatsächlich war das direkt schon einer meiner ersten Gedanken, als Silvan mich anwarb. Eine Diebin denkt nun einmal so. Aber mit so viel Blut, wie schon jetzt daran klebt, würde ich es nicht einmal mehr haben wollen. Wie kann ein einzelnes Schmuckstück fast zweihundert Leben wert sein?«

»Es sind schon mehr Menschen aus weitaus nichtigeren Gründen gestorben«, behauptete Linton. »Tausende wurden in Kriegen um irgendwelche nutzlosen, kargen Landstriche abgeschlachtet, oder wegen eines einzigen unbedachten Wortes. Und ich glaube nicht einmal, dass dieses Artefakt so wertvoll ist, jedenfalls nicht, was seinen materiellen Wert betrifft. Ich denke eher, dass ihm irgendwelche Kräfte innewohnen, die seinem Träger Macht oder was auch immer verleihen. Vielleicht ist es wirklich so, vielleicht auch nur eine Legende.«

»Macht«, wiederholte Mytha gedehnt. »Darauf läuft es immer hinaus, nicht wahr? Und dafür müssen Menschen sterben. Macht und Tod sind zwei Seiten ein und derselben Medaille. Niemand bringt es in dieser Welt zu Macht und Reichtum, ohne Leichen hinter sich zurückzulassen. Und wer Macht erst einmal errungen hat, wird früher oder später erneut töten müssen, um sie zu verteidigen.«

»Selbst wenn, es betrifft uns nicht. Du willst dieses Ding nicht haben, und ich würde niemals jemanden bestehlen, in dessen Dienst ich stehe. Warum also sollten wir uns Gedanken darüber machen, was es mit diesem Artefakt auf sich hat?«

»Wer Macht besitzt, muss manchmal nicht einmal töten, um ein Leben zu zerstören.« Mytha rang mit sich und blickte sich um, um sich zu vergewissern, dass niemand ihnen zuhörte, dann fuhr sie noch leiser als zuvor fort: »Was ich dir jetzt sage, habe ich noch nie einem anderen Menschen erzählt. Aber vermutlich wird keiner von uns das alles hier überleben, und ich kann nicht sterben, ohne mit jemandem darüber gesprochen zu haben. Eine Art Beichte, um mein Gewissen zu erleichtern, wenn du so willst. Du hast gesagt, du hättest deine Meinung über mich geändert, weil ich im Gegensatz zu den anderen das Leben hoch einschätzen würde. Das ist wirklich so, aber der Grund liegt darin, dass ich das Töten kenne. Auch ich habe schon mal jemanden ermordet.«

»Ich weiß«, sagte Linton ruhig und raubte ihr damit für einen Moment vor Überraschung den Atem.

»Du … weißt?«

»Es verändert etwas in einem Menschen, das man nie mehr ganz loswird. Man kann es in seinen Augen lesen, wenn man aufmerksam genug hinsieht und weiß, wonach man zu suchen hat. Wie kam es dazu?«

»Es … es war eine Art Notwehr«, stieß Mytha hervor, plötzlich unsicher geworden. »Zumindest zu Anfang. Und Mowan hatte es verdient, wirklich verdient. Er war ein Drecksack, ein echter Scheißkerl.« Sie atmete ein paarmal tief ein und aus, um sich zu beruhigen. »Er war einer der obersten Meister der Diebesgilde, und ich war fünfzehn und hatte gerade meine Abschlussprüfung verpatzt. Zumindest betrachteten sie es so. Ich war die begabteste Schülerin, das sagte jeder, und man hatte mir bereits Aufträge anvertraut, die manchen erfahrenen Dieb überfordert hätten. Trotzdem hatte die Gilde Probleme mit mir. Ich war ihnen zu aufmüpfig, zu wenig angepasst, zu undiszipliniert und dergleichen mehr. Ich hatte eben meinen eigenen Kopf, und das wurde nicht gern gesehen. Wahrscheinlich hätte man mich längst rausgeschmissen, wenn ich nicht so ein großes Talent und solche Fähigkeiten gehabt hätte. Jedenfalls trennte mich nur noch diese Prüfung davon, als vollwertige Diebin in die Gilde aufgenommen zu werden. Ich sollte den Siegelring eines reichen und mächtigen Kaufmanns stehlen, ein nicht mal besonders wertvolles Stück. Ich gelangte trotz der zahlreichen Wachen unbemerkt in sein Haus, und als ich einmal dort war, konnte ich der Versuchung nicht widerstehen. Ich wollte meinen Gegnern in der Gilde beweisen, dass ich nicht nur gut, sondern noch viel besser wäre, als sie glaubten. Deshalb stahl ich statt des blöden Rings den Schmuck seiner Frau. Colliers und Ringe und Armbänder und Ketten aus Gold und Silber, besetzt mit den kostbarsten Juwelen. Ein ungeheurer Schatz, tausendmal mehr wert als dieser eine Ring.«

»Aber das war nicht dein Auftrag, und deshalb haben sie entschieden, dass du die Prüfung nicht bestanden hättest«, vermutete Linton.

»Ja. Man legte die Regeln idiotisch streng aus, und das war es dann für mich. Und wer bei der Prüfung scheitert, der bekommt keine zweite Chance. Ich hätte die Gilde in Schimpf und Schande verlassen müssen, hätte zurück in die Gosse gemusst und nie wieder als Diebin tätig sein dürfen. Aber dann mischte sich Mowan in die Angelegenheit ein. Ein widerlich fetter Kerl, fast wie eine Qualle. Er sagt, man könne schließlich über alles reden, und ich solle an diesem Abend zu ihm kommen.«

Sie schwieg einen Moment, und erst als sie Linton auffordernd ansah, fuhr sie fort.

»Naiv, wie ich damals war, ging ich wirklich zu ihm. Er trug nur einen Hausmantel, als er mir öffnete. Er bot mir Wein an, und während wir tranken, erklärte mir dieses widerliche Mastschwein mit vor Lüsternheit glänzenden Augen, wie er sich die Sache vorstellte. Ich sollte in dieser Nacht das Bett mit ihm teilen und ihm in allem zu Willen sein, dann würde er seinen Einfluss geltend machen, dass meine Prüfung doch noch als bestanden anerkannt würde. Anderenfalls würde er dafür sorgen, dass ich in einem besonders miesen Bordell in den tiefsten Ebenen Meridors landen würde, wo man ständig Frischfleisch braucht und niemand lange überlebt. Dort würde ich es mit Männern zu tun bekommen, gegen die er der reinste Engel wäre. Inzwischen kenne ich die unteren Ebenen und weiß, dass es dort wirklich so schrecklich zugeht.«

»Also sexuelle Erpressung. Und noch dazu einem halben Kind gegenüber.«

»Ich war kein halbes Kind mehr«, protestierte Mytha. »Ich war fünfzehn. Die meisten anderen Frauen in diesem Alter sind schon längst verheiratet, viele haben selbst Kinder.«

»Wie auch immer. Jedenfalls war es Erpressung.«

»Nein, mehr als das«, ereiferte sich Mytha und musste sich zwingen, weiterhin leise zu sprechen. »Er hoffte, dass ich mich freiwillig fügen würde, aber er war auch bereit, mich notfalls mit Gewalt gefügig zu machen. Noch während er sprach, öffnete er seinen Bademantel. Darunter war er nackt. Ich war vor Schreck wie gelähmt, starrte nur fassungslos auf diese unglaublichen Fettmassen und fragte mich, wie er sich mit diesem Gewicht überhaupt noch bewegen könnte. Aber das konnte er. Dass ich nicht zu schreien begann oder weglief, wertete er wohl als Einverständnis, denn er stemmte sich von seinem Sessel in die Höhe, kam auf mich zu und streckte die Hände nach mir aus, um mich zu packen.«

Mytha geriet ins Stocken, und als sie endlich fortfuhr, war ihre Stimme zu einem Wispern geworden. »Da endlich gewann ich meine Fassung wieder und rollte mich zur Seite, um ihm auszuweichen, doch er hatte bereits meine Bluse gepackt, und sie zerriss bei der heftigen Bewegung. Der Anblick meiner nackten Brüste trieb ihn erst recht zur Raserei. Ich schrie und brüllte ihn an, er solle mich in Ruhe lassen, aber er schien mich nicht mal zu hören. So geschwind, wie man es sich bei jemandem mit seinen Fettmassen kaum vorstellen kann, kam er hinter mir her, jagte mich durch das ganze Zimmer. Ich rüttelte an der Tür, aber er hatte sie unbemerkt abgeschlossen, als er mich hereinließ. Ich war voller Panik, wusste, dass ich ihm auf Dauer nicht entkommen könnte. Einmal bekam er mich zu packen und versetzte mir mehrere Ohrfeigen, aber ich konnte ihm das Knie zwischen die Beine rammen und mich befreien. Aber dann griff er sich plötzlich an die Brust, keuchte und fiel auf das Bett.«

»Ein Herzanfall? Er starb an einem Herzanfall? Aber dann hast du ihn doch nicht ermordet.«

»Nein. Ich hätte die Gelegenheit nutzen und den Schlüssel aus seiner Tasche nehmen sollen und dann schnellstens verschwinden. Vielleicht wäre er gestorben, vielleicht hätte er überlebt. Aber ich konnte nicht mehr klar denken in diesem Moment, war nur noch von Panik und Hass erfüllt. Ich hatte Angst, er würde sich erholen, würde aufstehen und erneut über mich herfallen. Also nahm ich ein Kissen und presste es auf sein Gesicht. Anfangs wehrte er sich, aber nicht sehr heftig. Ich wollte aufhören, wollte ihn nur betäuben, aber als ich das Kissen schließlich wegnahm, war er bereits tot.«

Sie senkte den Blick. In den vergangenen Jahren hatte sie alle Gedanken an diese schreckliche Nacht, so gut es ging, verdrängt. Nun hatte sie die Erinnerungen erstmals bewusst wachgerufen, und sie hatten sie innerlich aufgewühlt. Trotzdem hatte es ihr gutgetan, darüber zu sprechen, sie fühlte sich erleichtert.

»Kein Wunder, dass die Gilde dich seither jagt«, stellte Linton fest.

»Nicht direkt. Sie hat den Mord vertuscht und es als einen natürlichen Tod hingestellt. Vielleicht fürchtete man, dass sonst zu viel Dreck aufgewühlt würde. Ich rannte in Panik davon, wollte weg von der Leiche, weg aus Meridor, mich irgendwo verkriechen, wo die Häscher der Gilde mich nicht finden würden. Aber das wäre nicht wirklich ich gewesen. Stattdessen erwachte plötzlich mein Stolz. Ich würde gehen, aber zu meinen Bedingungen, und ich würde mir von der Gilde nicht verbieten lassen, auch künftig das zu tun, was ich am besten kann. Noch in dieser Nacht fing ich damit an. Die Gilde wollte den Schmuck der Kaufmannsfrau nicht als bestandene Prüfung anerkennen, deshalb fand ich, dass sie auch keinen Anspruch darauf hätte. Also stahl ich ihn noch einmal, diesmal aus der Schatzkammer der Gilde.« Ein verschmitztes Lächeln glitt über Mythas Gesicht. »*Dafür* ließ mich die Gilde jagen. Und natürlich für alles, was ich seither getan habe.«

Linton lachte leise.

»Und so wurdest du zu der Legende, die du heute bist. Kein Wunder, dass die Diebesgilde dich hasst. Aber was den Mord betrifft – du hattest nicht vor, diesen Mowan umzubringen. Das war kein geplanter Mord, sondern er hat dich angegriffen und bedroht. In meinen Augen war es Notwehr.«

Seine Worte taten Mytha gut, aber auch sie konnten das Gefühl der Schuld nicht von ihr nehmen, das sie nun schon seit Jahren wie eine unsichtbare Last mit sich herumschleppte. Während sie über Mowan gehockt und ihm das Kissen aufs Gesicht gepresst hatte, war etwas mit ihr geschehen. Für einen kurzen Moment nur, wenige Sekunden höchstens hatte sie Macht verspürt, den berauschenden Geschmack der Macht über Leben und Tod, und sie hatte den fetten Drecksack tatsächlich umbringen wollen. Fast sofort war das Gefühl wieder verflogen, und sie hatte das Kissen weggezogen, aber da war es bereits zu spät gewesen.

Mehr noch als der Mord selbst hatte dieses Machtgefühl sie damals entsetzt, und sie hatte sich geschworen, es niemals wieder dazu kommen zu lassen. Seither verabscheute sie Gewalt. Doch bei dieser Mission fand sie sich nun in einem regelrechten Strudel der Gewalt gefangen.

»In gewisser Weise bewundere ich dich sogar«, fuhr Linton zu ihrer Überraschung fort.

»Weil ich jemanden umgebracht habe, ob nun durch Mord oder Notwehr?« Verwirrt blickte Mytha ihn an.

»Nein, für die Freiheiten, die du dir erkämpft hast. Du wolltest dein Können unter Beweis stellen, und das hat die Gilde geärgert. Deshalb war man so kleinlich. Dann hast du dich gegen diesen Mowan zur Wehr gesetzt, obwohl die Folgen für dich schrecklich hätten sein können, wenn er seine Drohung wahr gemacht hätte. Und schließlich bist du nicht einfach davongelaufen und hast dich irgendwo verkrochen, sondern hast gegen alle Regeln der Gilde verstoßen und hast damit auch noch Erfolg gehabt. Mehr Erfolg, als du jemals hättest haben können, wenn du ihr angehört hättest. Du bist frei, das zu tun, was du willst. Das gilt für euch alle, mit Ausnahme vielleicht von Nariz. Wie viel Freiheiten sie innerhalb ihrer Sekte genießt, kann ich nicht sagen.« Er seufzte. »Für einen Clansmann wie mich hingegen ist Gehorsam die höchste Ehre. Ich muss stets meine Pflicht erfüllen, ob ich etwas für richtig halte oder nicht.«

Mytha schwieg einige Sekunden lang. Dass jemand wie Linton *sie* bewunderte – nicht für das, *was* sie tat, sondern weil sie stets die Freiheit hatte, selbst darüber zu entscheiden – kam völlig überraschend für sie. Sie hatte ihn, seit sie sich kannten, für einen sehr gefestigten, in sich ruhenden Menschen gehalten, der mit sich, seinem Tun und der Welt in Einklang lebte. Jetzt aber stellte sich heraus, dass dem ganz und gar nicht so war, dass er sich stattdessen sogar in dem vordergründig von ihm so gepriesenen Geflecht von Ehre, Gehorsam und Pflichterfüllung gefangen fühlte.

Gleichzeitig erkannte sie, dass es ein extremer Vertrauensbeweis von ihm war, ihr das zu offenbaren. Sie zweifelte nicht daran, dass es ihm eine Menge Schwierigkeiten einbringen würde, wenn sein Clan wüsste, dass er solche Gedanken hegte. Möglicherweise fühlte er sich verpflichtet, das Vertrauen, das sie ihm mit ihrem Geständnis bewiesen hatte, auf gleiche Art zu erwidern. Eher jedoch hatte sie das Gefühl, dass auch er das Verlangen verspürte, sich diese Gedanken, die er vermutlich noch keinem anderen Menschen gegenüber geäußert hatte, von der Seele zu reden.

»Du bist kein Sklave«, sagte sie schließlich. »Wenn du es wirklich willst, kannst du den Clan verlassen.«

Ein schmerzliches Lächeln verzerrte sein Gesicht.

»Den Clan verlassen? Wer einmal ein Clansmann ist, der bleibt es für immer. Man kann nicht einfach fortgehen und etwas anderes tun.«

»Wenn man sich an die Regeln hält. Aber davon spreche ich nicht. Ich habe die Regeln gebrochen, als ich mich gegen die Gilde stellte. Ich war ein fünfzehnjähriges Mädchen, und ich habe mich erfolgreich gegen eine mächtige, jahrhundertealte Gilde aufgelehnt, obwohl sie alles darangesetzt hat, mich zu fassen zu kriegen. Da dürfte es dir erst recht gelingen.«

»Nein«, behauptete er. »Das lässt sich nicht vergleichen. Der Clan ist etwas anderes als die Diebesgilde. Ich mag gut sei, aber der Clan würde mich finden, und wenn ich mich für den Rest meines Lebens als Eremit in einem Erdloch verkriechen würde.«

»Dann liegt dir auch nicht so viel an der Freiheit, wie du behauptest, wenn du nicht bereit bist, dafür Risiken einzugehen, sogar wenn der Einsatz dein Leben ist«, ereiferte sie sich. »Würdest du sie wirklich wollen, würdest du lieber im Kampf darum sterben, als in Unfreiheit weiterzuleben. Freiheit bekommt man nicht geschenkt. Niemals! Man muss sie sich erkämpfen. Ein Sklave mag sich die Freiheit erträumen, aber selbst wenn sein Meister ihn vor dem Gesetz freiließe, wäre er es nicht, bevor es ihm gelänge, auch die unsichtbaren Ketten in seinem Inneren in einem langen, zähen Ringen abzustreifen. Ich weiß nicht, ob ich selbst es geschafft hätte, wenn ich nicht dazu gezwungen gewesen wäre, aber wenn ich zurückblicke, war es das Beste, was mir passieren konnte. Und du kannst es auch! Wenn dir jemand im Weg steht, dann nur du selbst.«

Obwohl er äußerlich völlig ruhig blieb, konnte sie spüren, wie seine Worte ihn trafen, wie sich etwas in ihm wie ein getretener Wurm zusammenkrümmte.

»Ich ... werde später darüber nachdenken, wenn das alles hinter uns liegt«, murmelte er. »Im Augenblick ist es müßig, sich damit zu beschäftigen.«

Er würde es nicht tun, erkannte Mytha mit einer gewissen Traurigkeit. Das heißt, nachdenken würde er schon darüber, wie er es anscheinend schon seit Jahren tat, aber es würde zu nichts führen. Man beschloss nicht nach kühler Überlegung, alles hinter sich zurückzulassen und ein neues Leben zu beginnen. Nicht unter solchen Umständen, wenn man damit rechnen musste, künftig nur noch ein Gejagter zu sein. So etwas geschah höchstens spontan oder aus der Not heraus, wenn einem keine Wahl blieb, wie es bei ihr der Fall gewesen war.

Linton jedoch würde grübeln und grübeln und sich weiterhin unglücklich fühlen, doch falls nicht irgendetwas Bedeutsames geschah, das sein ganzes Leben auf den Kopf stellte, würde er diesen Schritt nicht wagen. Bequemlichkeit, Feigheit, Gewohnheit, Unsicherheit, bei ihm noch gepaart mit dem Gefühl, es wäre unehrenhaft – all das entwickelte Beharrungskräfte, die sich jeder Veränderung erfolgreich widersetzten.

Sie hoffte nur, dass er an diesem seelischen Konflikt nicht irgendwann zerbrechen würde.

2 Das Eintauchen in die Vergangenheit und das Berichten darüber hatten Mytha geistig so beschäftigt, dass sie ihre Umgebung für eine Weile kaum noch wahrgenommen hatte. Erst jetzt wurde ihr bewusst, dass sich die Strömung verstärkt hatte und das Floß deutlich schneller geworden war. Sofort ergriff die unterschwellige Furcht wieder Besitz von ihr. Sie lehnte sich etwas zurück und stützte die Hände seitlich von sich auf die Holzplanken, was ihr zumindest ein bisschen das Gefühl verlieh, sich daran festhalten zu können, obwohl sie viel zu glatt dafür waren.

»Du magst diese Art des Reisens wohl nicht besonders?«, vermutete Linton.

»Du etwa?«

Er zuckte mit den Schultern.

»Eigentlich auch nicht. Zu wenig Möglichkeiten, selbst etwas zu beeinflussen. Aber die Gnome fahren mit ihren Flößen hier offenbar regelmäßig, da werden wir es auch schaffen. An der Oberfläche wäre es sicherlich nicht weniger gefährlich. Vor allem, da wir nur noch so wenige sind.«

»Wenige, um uns gegen Angriffe zu verteidigen, aber dafür könnten wir ohne die Wagen des Trosses schnell reiten und vielen Gefahren einfach ausweichen. Vermutlich wären nur wenige der Ungeheuer in der Lage, uns einzuholen.«

»Mag sein. Obwohl wir auch hier ziemlich schnell unterwegs sind. Sogar sehr schnell, obwohl es schwierig ist, unsere Geschwindigkeit richtig einzuschätzen. Aber ich denke, mit einem galoppierenden Pferd könnten wir es durchaus aufnehmen. Das bedeutet, dieser Weg ist nicht nur kürzer, sondern wir reisen auch schneller und brauchen keine Rast für die Pferde einzulegen. Wenn wir diese Geschwindigkeit beibehalten, dürften wir Trakania schon morgen oder spätestens übermorgen erreichen. Selbst wenn wir einen Ausgang aus dem Berg gefunden hätten, würden wir an der Oberfläche hingegen mindestens vier bis fünf Tage brauchen.«

»Ich frage mich nur, wie wir erkennen sollen, wo wir sind, das Floß an der richtigen Stelle anhalten und dort ins Freie gelangen sollen«, überlegte Mytha laut.

»Das wird sich schon zeigen, wenn wir unser Ziel erreichen.«

»Deine Ruhe und deinen Optimismus möchte ich haben.«

»Was nutzt es, sich den Kopf über etwas zu zerbrechen, was sich ohnehin nicht ändern lässt? Ein kluger Mann hat einmal gesagt, es wäre weise, sich gelassen mit dem Unabänderlichen abzufinden und alle Kraft stattdessen dem Veränderbaren zuzuwenden.«

»Oh, bist du jetzt auch noch unter die Philosophen gegangen?«

»Nein, unter die Pragmatiker, und zu denen habe ich schon immer gehört. Hätten wir nach einem anderen Ausgang gesucht, wäre das garantiert unser Todesurteil gewesen. Uns blieb nur dieser Weg und vielleicht entpuppt er sich sogar als Vorteil. Es wird schon alles gut gehen. Wie schon gesagt, die Gnome nutzen diesen Weg auch, sonst wüssten sie nicht, wo der Fluss hinführt.«

Er sprach ruhig, gefasst und überzeugend, aber nicht überzeugend genug. Sie war selbst eine Meisterin der Verstellung, und es gelang kaum jemandem, ihr etwas vorzumachen. Sie hatte gelernt, anhand der winzigsten Anzeichen zu erkennen, ob jemand genau das meinte, was er sagte. Linton log nicht direkt, aber er täuschte eine Zuversicht vor, die er so nicht empfand. Dafür irrte sein Blick zu oft über den Fluss und die vorbeirauschenden Stollenwände und in seiner Stimme schwang ein winziger nervöser Unterton mit. Auch er war besorgt, doch wollte er sich seine Unsicherheit nicht anmerken lassen, um ihre Angst nicht noch zu vergrößern. Letztlich erreichte er damit genau das Gegenteil.

Die Strömung war richtiggehend reißend geworden, und Mythas Hoffnung, dass dies nur auf eine kurzzeitige Verengung des Stollens zurückzuführen wäre, schien sich nicht zu erfüllen.

Sie rasten so schnell an den Wänden vorbei, dass diese zu vagen grauen Flächen zerliefen. Einzelheiten wie Vorsprünge, Vertiefungen oder Farbveränderungen durch unterschiedliche Gesteinsschichten waren überhaupt nicht mehr zu erkennen. Dazu trug auch bei, dass die Fackel nicht mehr besonders hell brannte. Der längst schon deutlich spürbare Fahrtwind, der ihnen fast die Worte von den Lippen riss, zerrte an der Flamme und drückte sie nieder. Ohne Nariz' Zauberbann wären die Pferde mit Sicherheit längst in Panik geraten und durchgegangen, was nicht nur deren, sondern ihrer aller Ende bedeutet hätte. Ohne Pferde wären sie inmitten der Verheerten Lande, einen wochenlangen Marsch von der Küste entfernt, ebenso verloren wie ohne Waffen.

Vor einer Weile hatte Mytha sich immerhin noch geringe Chancen ausgerechnet, bei einem Sturz ins Wasser das Floß wieder erreichen und zurück an Bord klettern zu können. Nun war schon der bloße Gedanke daran aberwitzig. Wer immer bei dieser Geschwindigkeit über Bord geschleudert wurde, würde das Floß vermutlich nicht einmal mehr zu sehen bekommen.

Das Erstaunliche war nur, dass es nach wie vor relativ ruhig auf dem Wasser lag. Sie hätte erwartet – *befürchtet!* –, dass es wie ein Stück Holz, das man in einen schnell dahinfließenden Bach warf, wild umhertanzen, auf und ab hüpfen und sich womöglich immer wieder um sich selbst drehen würde, doch nichts davon geschah. Vielleicht lag es an der seltsamen Konstruktion aus unterschiedlichen Schichten. Wenn sich die Gnome auf etwas verstanden, dann war es offenbar auf den Bau hervorragender Flöße.

Ihre Angst wurde dadurch allerdings nicht gemindert. Die Fahrt war nicht ganz so schrecklich, wie sie schlimmstenfalls sein könnte, aber immer noch schrecklich genug.

Mehr als einmal in den folgenden Stunden, in denen die irrsinnige Fahrt andauerte, war Mytha nahe dran, Nariz zu bitten, einen ähnlichen Bann über sie zu legen, wie sie es bei den Pferden getan hatte – aber letztlich schreckte sie natürlich stets davor zurück. Ihre Idee scheiterte schon an rein praktischen Überlegungen. Sie hätte aufstehen und zu der Magierin hinübergehen müssen, wozu sie sich überhaupt nicht in der Lage fühlte. Zudem war der Fahrtwind inzwischen so stark geworden, dass er einem jedes Wort von den Lippen riss und eine Verständigung damit so gut wie unmöglich machte.

Aber selbst wenn diese Probleme nicht gewesen wären, hätte Mytha die Magierin nicht um Hilfe gebeten, weil sie sich deren Reaktion lebhaft vorstellen konnte. Nariz würde nicht nur einen ganzen Kübel voller Hohn und Spott über sie auskippen. Ihr war auch zuzutrauen, dass sie einen Bann über sie legte, der sie nicht beruhigte, sondern lediglich lähmte, was alles noch viel schlimmer machen würde. Mytha grauste es bei der bloßen Vorstellung. Sie würde bei vollem Bewusstsein bleiben, sich aber nicht mehr bewegen können und dadurch erst recht vollkommen hilflos sein.

Nachdem sie ausführlich von ihrem Erlebnis mit Mowan berichtet hatte, wurde ihr nun bewusst, dass das Geschehen von damals vermutlich ihre Angst vor Hilflosigkeit und Ausgeliefertsein ausgelöst hatte. Er hatte ihr ungleich mehr angetan, als sie bislang geglaubt hatte; an den Folgen litt sie noch immer.

Die Erkenntnis lenkte sie ein paar Sekunden lang von ihrer Situation ab, mehr aber auch nicht. Zu wissen, woher die Angst stammte, bedeutete noch lange nicht, sie überwunden zu haben.

Dann erlosch die vom Fahrtwind gepeitschte und ohnehin kaum noch Licht gebende Fackel. So vollkommene Dunkelheit, wie es sie nur tief unter der Erde geben konnte, hüllte sie ein.

Mytha wollte schreien, aber sie hatte keinen Mund.

Zumindest spürte sie ihn nicht mehr und hatte auch keine Kontrolle darüber. Das Entsetzen lähmte ihren Körper ebenso vollkommen, wie es zuvor der Bann der Gnomen und des Feuerdämons getan hat. Sie war unfähig, auch nur ein Glied zu rühren. Gleich darauf berührte etwas ihre Hand und schloss sich darum. Erneut stieg ein Schrei in ihr auf, den sie niemals ausstoßen würde, doch dann erkannte sie, dass es nur Linton war, der versuchte, sie auf diese Art zu beruhigen.

Tatsächlich fühlte sie sich durch die Berührung ein wenig besser. Seine Gegenwart vermittelte ihr das Gefühl, nicht allein und haltlos mitten durch das Nichts zu wirbeln. Es gelang ihr, sich so weit zu bewegen, dass sie sich an ihn lehnen konnte. Schützend legte er einen Arm um ihre zitternden Schultern.

Fast wie ein Liebespaar, durchfuhr sie trotz aller Angst ein Gedanke. Er erschien ihr interessant genug, ihn weiter zu verfolgen, und sei es nur, um sich ein weiteres Mal abzulenken und ihren aufgewühlten Verstand ein paar Sekunden lang mit etwas anderem zu beschäftigen.

Sie hatte Linton viel zu verdanken. Nicht nur ihre Rettung vor Nariz' heimtückischem Verrat, sondern das Gefühl, nicht allein zu sein, jemanden gefunden zu haben, mit dem sie selbst über ihre intimsten Geheimnisse sprechen konnte, der sie ernst zu nehmen und zu verstehen schien. Trotz seines Ruhms und seiner unvergleichlichen Fähigkeiten im Kampf war er eine ähnlich gepeinigte und von Zweifeln zerrissene Seele wie sie selbst.

Aber genau da lag auch das Problem. *Wir würden ein herrliches Paar abgeben,* dachte sie. Zwei seelische Krüppel, die sich gegenseitig stützten und der Welt eine Maskerade vorspielten. In einer Extremsituation wie dieser, umgeben von Monstern und anderen unzähligen Gefahren und Begleitern, die verschlagener und noch gefährlicher als alle Monster der Verheerten Lande waren, mochte es gelingen, dass sie sich gegenseitig Halt und Stärke gaben. Wobei es wohl hauptsächlich er war, der ihr half.

Mytha war sich ihrer Gefühle für ihn höchst unsicher. Zu nah lag noch der Verrat der Magierin an ihren Empfindungen, und angesichts ihrer Umgebung war sie viel zu aufgewühlt, um sich über sich selbst klar zu werden. Sie waren wohl eher Gefährten als Liebende, und zumindest im Moment verlieh ihr das tatsächlich etwas Kraft.

Spätestens wenn sie in ihre gewohnte Welt zurückkehrten, würde dies jedoch zerbrechen. Keiner von ihnen war bereit, sein bisheriges Leben aufzugeben, und deshalb würden ihre Wege sich zwangsläufig wieder trennen.

Aneinandergekauert saßen sie da. Längst schon hatte Mytha jedes Gefühl für die Zeit verloren. Minuten, Stunden – sie wusste nicht, wie viel Zeit verstrich. Jede Sekunde kam ihr wie eine Ewigkeit vor.

»Merkst du es?«, riss Lintons Stimme sie irgendwann aus ihrer scheinbar endlosen Hölle der Panik. »Die Strömung lässt nach.«

Hoffnungsvoll öffnete Mytha die Augen, die sie seit geraumer Zeit geschlossen hatte, aber natürlich lastete noch immer undurchdringliche Finsternis um sie herum. Sie konzentrierte sich auf die Bewegungen des Floßes und den Fahrtwind, doch es dauerte noch Minuten, bis auch sie eine Veränderung wahrnehmen konnte. In der Tat schien der reißende Luftzug auf ihrem Gesicht ein wenig nachzulassen. Auch während der nächsten Minuten wurde er beständig schwächer, sodass Mytha es allmählich wagte, ein wenig aufzuatmen und auf ein baldiges Ende dieses Albtraums zu hoffen.

Ihre Gesichtshaut prickelte von dem kalten Luftzug, der mit Sturmstärke die ganze Zeit über sie hinweggezogen war, wodurch es ihr schwerfiel, abzuschätzen, wie sehr sich ihre Fahrt verlangsamte. Nach einer Weile sprühten nicht weit von ihr entfernt Funken auf, die ihr im ersten Moment wie grelle Lichtblitze vorkamen. Silvan benötigte eine Weile und musste die Fackel mit seinem Körper abschirmen, doch schließlich gelang es ihm, die Fackel wieder in Brand zu setzen.

Geblendet blinzelte Mytha ein paarmal. Auch wenn es nicht viel zu sehen gab, war es herrlich, wieder Licht zu haben und nicht in einer Finsternis gefangen zu sein, die von ihrer außer Rand und Band geratenen Fantasie mit unzähligen Hindernissen für das Floß und ganz allgemein den schrecklichsten Gefahren ausgekleidet wurde. Auch in den Gesichtern der anderen sah sie Erleichterung.

Der Stollen war erheblich breiter geworden, durchmaß nun deutlich mehr als zwanzig Meter, was erklärte, wieso die Strömung nachgelassen hatte. Noch immer trieb das Floß schnell dahin, aber es war keinerlei Vergleich mehr mit vorher.

Dennoch blieb Mytha auch weiterhin verkrampft. Sie traute dem Frieden noch nicht recht. So wie sie vorher stets gehofft hatte, der Stollen wäre nur für kurze Zeit so verengt, so fürchtete sie nun, dass die Verbreiterung nur ein kurzes Stück anhalten würde.

Im Moment deutete jedoch nichts darauf hin. Er wurde eher noch breiter, und wenige Minuten später zeigte sich, wie gut es gewesen war, dass Silvan die Fackel wieder entzündet hatte, denn unvermittelt wichen die Wände völlig zurück. Der unterirdische Fluss ergoss sich in eine Höhle, was sie im Dunkeln vermutlich nicht einmal bemerkt hätten, da er auf der gegenüberliegenden Seite wieder in einem Gang verschwand.

»Ans Ufer!«, rief Silvan und griff nach einer der Stangen. Adamurt packte die zweite. Gemeinsam stakten sie das Floß aus der Strömung heraus. Anders als in der Höhle im Berg des Feuerdämons gab es hier keine Kais. Sie ließen das Gefährt auf das sanft ansteigende Felsgestein auflaufen und banden es an einem großen Brocken fest.

Mytha war die Erste, die ans Ufer sprang, überglücklich endlich wieder festen Boden unter den Füßen zu spüren. Auch die anderen konnten es kaum erwarten. Es dauerte kaum eine Minute, bis sie alle das Floß verlassen hatten, einschließlich der Pferde, die Nariz von ihrem Bann befreit hatte. Die Tiere waren sichtlich verstört, scheuten und versuchten auszubrechen, als sie merkten, dass sie sich wieder bewegen konnten. Es bedurfte allen Geschicks der Söldner, sie halbwegs zu beruhigen. Trotzdem blieben sie verstört und nervös. Schließlich blieb der Magierin nichts anderes übrig, als sie erneut mit einem Bann zu belegen; einem deutlich schwächeren diesmal, der sie nicht lähmte, aber lammfromm werden ließ.

Olimarch hinkte noch ein wenig, konnte aber auftreten und aus eigener Kraft gehen. Kaum an Land, setzte er sich auf einen Felsen und wickelte den Verband ab. Sein Knöchel war nach wie vor dunkel angelaufen, aber bei Weitem nicht mehr so stark geschwollen wie zuvor. Er bestrich ihn erneut mit Salbe und erneuerte den Verband, dann zog er seinen Stiefel wieder an.

Außer den beiden Öffnungen, durch die der Fluss strömte, gab es nur einen weiteren Stollen, der aus der Höhle führte. Sie konnten nur hoffen, dass er an die Erdoberfläche führte und sich nicht so stark verästelte, dass sie in ein Labyrinth gerieten. Der Boden stieg beständig an und war feucht. Ein flacher Bach benetzte ihre Füße, was Mytha überhaupt nicht gefiel. Wo ein Bach war, konnte auch ein Fluss sein. Die Vorstellung, statt auf einen regulären Ausgang auf eine weitere Wasserstraße zu stoßen, gefiel ihr ganz und gar nicht.

Sie teilte ihre Überlegungen den anderen mit, als sie bald darauf tatsächlich an eine Gabelung des Weges gelangten, doch Silvan schüttelte den Kopf.

»Mag sein, dass du recht hast«, entgegnete er. »Aber der Bach kann uns Orientierung bieten. Deshalb werden wir erst einmal herausfinden, wohin er führt. Wenn es sich so verhält, wie du befürchtest, wird uns nichts anderes übrig bleiben, als systematisch mit Markierungen die anderen Stollen zu erforschen. Aber ich hoffe, dass wir das vermeiden können.«

Mytha zuckte mit den Schultern. Irgendwo mussten sie ohnehin anfangen, und wenn sich der Weg des Baches als Sackgasse entpuppen sollte, konnten sie diesen immerhin ausschließen.

Sie wurde angenehm überrascht. Beständig führte der Weg weiter nach oben, beschrieb zwar Kehren und Windungen, ohne jedoch erneut abzuzweigen. Sie wussten nicht, wie tief der Fluss sie unter die Erde geführt hatte. Es hatte die ganze Zeit ein zum größten Teil starkes Gefälle gegeben, doch da das gesamte Land vom Gebirge zur Tiefebene hin abfiel, war eine Höhenschätzung ein reines Glücksspiel. Seit sie das Floß verlassen hatten, hatten sie nach Mythas Schätzung einen Höhenunterschied von bestimmt hundert bis hundertfünfzig Meter überwunden, und sie glaubte inzwischen nicht mehr, dass sie auf einen weiteren Fluss stoßen würden, aus dem sich der Bach speiste. Dann doch eher eine Quelle, die irgendwo aus dem Gestein sprudelte.

Doch auch diese Befürchtung erfüllte sich nicht. Als sie um eine weitere Ecke bogen, setzte sich der Stollen noch etwa dreißig Meter weit fort und endete dann in einem von Licht erfüllten Ausgang. Das Licht war nicht hell, die düstere Dämmerung, die in den Verheerten Landen auch am Tage herrschte. Aber es war das erste Tageslicht, das Mytha seit mehr als einer Woche sah, und gegenüber dem Schein der Fackel kam es ihr geradezu grell vor.

Einige Jubelrufe klangen auf, und sie beschleunigten unwillkürlich ihren Schritt, bis sie fast liefen. Adamurt war der erste, der den Ausgang erreichte. Wie gebannt blieb er auf der Schwelle stehen.

»Was'n das für'n Scheißwetter?«, brummte er.

Auch Mytha konnte den Anblick, der sich ihr bot, kaum fassen, und den anderen ging es sicherlich ebenso.

Es regnete in Strömen!

3

Nach allem, was sie in diesem völlig ausgedörrten Land, an dessen Oberfläche es kaum einen Tropfen Wasser zu geben schien, bislang gesehen hatten, war der Anblick, der sich ihnen bot, einfach bizarr. Der Himmel bestand aus einer tief hängenden Decke aus dicken, dunklen Wolken, vermischt mit dem auch jetzt aus den Vulkanen aufsteigenden Rauch. Der schlimmste Wolkenbruch schien bereits vorüber zu sein, denn es regnete nicht übermäßig stark, doch musste das noch vor kurzer Zeit anders gewesen sein. So weit sie blicken konnten, hatte die Tiefebene sich in eine Seenplatte verwandelt. Nur vereinzelt war noch festes Land zu sehen.

Aber wie sah dieses Land aus! Mit dem, welches sie hier bislang zu Gesicht bekommen hatten, besaß es praktisch keinerlei Ähnlichkeit mehr. Es fiel Mytha schwer zu glauben, dass sie sich überhaupt noch in den Verheerten Landen befanden.

Wohin sie auch blickte, gab es Leben. Unwillkürlich musste sie an Olimarchs Geschichte von seiner Reise durch die Wüste denken. Unzählige Pflanzen der unterschiedlichen Art, deren

Samen geduldig im Boden geruht und auf ein Ereignis wie dieses gewartet hatten, hatten binnen kürzester Zeit Triebe gebildet und waren emporgewachsen. Nicht einmal das Wasser, das große Teile des Landes überflutet hatte, weil der Boden es gar nicht schnell genug aufsaugen konnte, hinderte sie daran. Stellenweise wuchsen die Pflanzen so dicht aus den Seen und Teichen heraus, dass deren Oberfläche kaum noch zu sehen war.

»Ich habe es gewusst!«, stieß Olimarch triumphierend hervor. »Habe ich es nicht gleich gesagt? Mit den unterirdischen Wasserläufen hatte ich recht, und mit dem Regen ebenfalls!«

»Ja ja, bist schon ein toller Typ«, brummte Adamurt. »Aber weißte eigentlich auch, dass niemand Klugscheißer leiden kann?«

»Auch keine Klugscheißer, die dir sagen, dass wir nun endlich unsere Wasser- und Essensvorräte auffrischen können?«, stichelte Olimarch. »Viele dieser Pflanzen dürften auch für uns genießbar sein. Und wer weiß: Vielleicht verrate ich dir sogar, welche giftig sind – und welche nicht.«

Mytha beachtete die beiden gar nicht, war von dem sich bietenden Anblick völlig in Bann geschlagen. Durch die unzähligen Blüten bot das ganze Tal eine einzige Farbenpracht. Selbst im Dämmerlicht sah es aus, als hätte jemand eine aus zahlreichen bunten Fäden gewebte Decke darüber ausgebreitet.

Das Einzige, was den Anblick störte, waren die gleichfalls unzähligen Monster in verschiedensten Größen und Gestalten, die zwischen den Pflanzen herumtobten. Manche schienen sich einen Wettbewerb mit den Pflanzen zu liefern, ob diese schneller wachsen oder sie sie schneller vertilgen konnten. Einige fraßen direkt mit dem Maul, andere rissen die Pflanzen mit ihren Krallen oder Klauen aus und stopften sie dann erst hinein.

Und wieder andere fraßen die Pflanzenfresser.

Erst nach und nach erkannte Mytha, dass in der Ebene eine erbarmungslose Schlacht tobte. Viele der Pflanzenfresser waren riesig. Die meisten erinnerten an Würmer, die mehrere Meter durchmaßen und mehr als zwei Dutzend Meter lang waren. Andere glichen wandelnden Fleischbergen, teils mit, teils ohne Schwanz, manche mit einem, manche aber auch mit mehreren Köpfen. Ihnen allen gemein waren ihre massiven Panzerplatten, die mit langen, spitzen Dornen und Widerhaken gespickt waren.

Einen sicheren Schutz boten diese jedoch nicht. Vor allem, wenn ganze Rudel der Bestien über sie herfielen, waren sie meist verloren. Über kurz oder lang gelang es den Angreifern, ihren Schutz zu durchbrechen, und wenn sie erst einmal an einer Stelle das Schuppenkleid zerstört hatten, vermochten sie rasch weitere Panzerplatten herauszureißen und fraßen sich ins Innere der Giganten, zerfetzten sie regelrecht.

»Wie sollen wir bloß an denen vorbeikommen?«, stöhnte Linton. »Gegen diese Übermacht haben wir keine Chance.«

»Wir müssen warten«, erwiderte Olimarch. »Meinen Erfahrungen aus der Kalao-Wüste nach sind diese seltenen Wolkenbrüche zwar extrem heftig, dauern aber nicht lange. Der Regen hat bereits erheblich nachgelassen. Das bisschen, was jetzt noch fällt, hätte niemals solche Überschwemmungen verursachen können.«

»Das klingt hoffnungsvoll«, stellte Silvan fest. »Und mit ein bisschen Glück sind die Ungeheuer dann so vollgefressen und träge, dass sie uns unbehelligt ziehen lassen.«

»Anderseits sind die Verheerten Lande keine klassische Wüste«, fügte Olimarch mit einem boshaften Lächeln hinzu, als würde ihm das Verkünden schlechter Nachrichten wesentlich mehr Spaß machen, als das Verbreiten von Hoffnung. »Es wäre auch möglich, dass sich hier Dürreperioden mit wochen- oder gar monatelangen Regenfällen abwechseln und es sich gerade erst einzuregnen beginnt.«

Mytha trat ein paar Schritte vor, aus dem Stolleneingang ins Freie hinaus. Es war herrlich, den Regen auf der Haut zu spüren. Sie hob das Gesicht zum Himmel, breitete die Arme aus und drehte sich ein paarmal um sich selbst, wobei sie mit den Stiefeln im knapp knöchelhohen Wasser platschte.

Die Stollenöffnung klaffte in einem von mehreren nur wenige Meter hohen Gesteinshügeln, wie sie jetzt sehen konnte. Der Boden war felsig, weshalb hier keine Pflanzen wuchsen und sich auch keine Ungeheuer in direkter Nähe aufhielten.

In der Ferne, weit im Norden, ragten die hohen Gipfel des Gebirges auf, unter dem sie entlanggezogen waren. Aber noch etwas entdeckte sie dort. Einer der letzten Gipfel gloste in düsterrotem Licht, dunkler als die Vulkane, und etwas wie ein dünner Speer aus diesem blutigem Licht stach bis hinauf in das brodelnde Gemisch aus Rauch und Wolken. Möglicherweise, dachte Mytha, war dieses Phänomen für den Regen verantwortlich.

Auch Trakania, die *große, große Stadt*, von der Quarrix gesprochen hatte, konnte sie nun etwa eine halbe Meile entfernt seitlich des Hügels aufragen sehen. Jedenfalls nahm sie an, dass es sich um Trakania handelte, denn obwohl ähnlich verfallen wie die Orte, die sie bislang in den Verheerten Landen gesehen hatten, war die Stadt riesig, der Hauptstadt dieses einst so bedeutenden Reiches würdig.

Steinerne Stümpfe ließen selbst jetzt noch einen Wald himmelhoch aufragender Türme erahnen, verbunden durch Brücken in luftiger Höhe. Gewaltige Bauwerke, die hinter den geschwärzten Stadtmauern aufragten, jedes groß genug, ein ganzes Dorf zu beherbergen.

Die Stadt mochte tot und zu Ruinen zerfallen sein, aber selbst ihr Leichnam vermittelte noch einen Eindruck ihrer ehemaligen Schönheit und von der Macht und dem Reichtum ihrer längst zu Staub gewordenen Bewohner.

Mytha wandte den Blick ab. Erst jetzt wurde ihr bewusst, dass der pestilente Gestank, der die Verheerten Lande bislang erfüllt hatte, fast völlig verschwunden war. Stattdessen roch die Luft frisch und war vom Duft der unzähligen Blüten erfüllt. Wären nicht die Monster und die Rauchdecke gewesen, die sich mit den Wolken vermischte und einen Großteil des Tageslichts abhielt, hätte dies ein geradezu paradiesischer Ort sein können.

Ein gefährliches Paradies, wie sie gleich darauf erfahren musste!

»Da drüben liegt Trakania!«, rief sie den anderen zu und deutete in die entsprechende Richtung, als Linton einen Warnschrei ausstieß. Eine Bestie mit zwei Köpfen, die fast nur aus jeweils einem riesigen Maul voller langer Reißzähne zu bestehen schienen, kam auf langen, dürren Beinen hinter dem Hügel hervorgeschossen.

Für einen kurzen Moment war Mytha vor Schrecken wie gelähmt. Dann riss sie den Dolch aus ihrem Gürtel, wohl wissend, dass dieser nur eine erbärmliche Waffe gegen das Ungeheuer darstellte.

Dieses verlangsamte seinen Lauf und musterte sie aus winzigen Augen, entschied dann aber wohl, dass es lohnendere Beute gab, und stürzte in die andere Richtung davon, einem kleineren Ungeheuer hinterher.

Mytha atmete auf, konnte kaum glauben, dass sie ungeschoren davongekommen war. Der Zwischenfall hatte ihr wieder ins Gedächtnis gerufen, dass jede noch so kleine Unaufmerksamkeit in dieser Umgebung tödlich enden konnte.

Während Olimarch die Pflanzen in ihrer Nähe hingebungsvoll untersuchte und etliche von ihnen in die Beutel verstaute, die zuvor das zwiebackartige Brot enthalten hatten, machten sich zwei Söldner daran, ihre Wasserschläuche in den Pfützen aufzufüllen. Mytha war sich nicht sicher, ob das alles auch wirklich genießbar war. Aber das zu entscheiden oblag dem Giftmischer, und der würde sich selbst nicht leichtfertig in Gefahr bringen.

Hoffte sie.

Die anderen wagten sich nach und nach ebenfalls aus dem Stolleneingang, der ohnehin keinerlei Schutz bot. Wie zuvor schon Mytha schlug sie vor allem der Anblick Trakanias in ihren Bann. Allerdings bezweifelte sie, dass auch sie die Überreste der ehemaligen Pracht und Schönheit dieser Stadt würdigten. Vielmehr malten sie sich vermutlich aus, welche Schätze ihrer als Belohnung für alles, was sie bislang durchgemacht hatten, dort harren mochten.

Der Gedanke führte zu einem anderen, der sie selbst überraschte. Gerade ihr als Diebin steckte es im Blut, fast unbewusst alles nach seinem Wert zu taxieren und die Schwierigkeiten abzuwägen, etwas in ihren Besitz zu bringen oder irgendwo einzudringen.

Warum also, bei den sieben Brüsten Rahaels, hatte ausgerechnet sie – wahrscheinlich als Einzige außer Linton – bislang nicht einen Gedanken an die Schätze dort verschwendet, deretwegen sie sich dieser Expedition überhaupt nur angeschlossen hatte?

Aber das stimmte nicht ganz, wie sie gleich darauf feststellen musste. Auch Silvan war nicht an Trakania selbst interessiert, sondern an etwas anderem, das lediglich in der gleichen Richtung lag.

»Diese dunkle Linie am Horizont hinter der Stadt«, stieß er hervor. »Das müssen die Hügel sein, wo der Tempel der Morgenröte liegt. Wir sind unserem Ziel nahe!«

»Du übersiehst hoffentlich nicht, dass sich ein paar Tausend Monster zwischen uns und den Hügeln befinden und es auf dem Weg dorthin keinerlei Deckung gibt«, warf Olimarch ein. »Wie willst du an ihnen vorbeikommen? Das sind ein bisschen viel für unser kleines Resthäufchen.«

»Für 'ne tatterige Memme wie dich bestimmt. Zum Glück sin' nich' alle von uns solche Waschlappen«, prahlte Adamurt.

»Dann reite du doch vor und räume uns eine Gasse frei, durch die wir dann nachkommen«, schlug der Giftmischer vor. »Für einen großen Krieger wie dich dürfte das doch kein Problem sein.«

Silvan reagierte nicht auf die Flachserei der beiden. Reglos beobachtete er eine Weile das Treiben in der Ebene.

»Ich denke, Adamurt hat recht. Wir brechen durch«, verkündete er schließlich. »Jetzt sofort.«

»Durchbrechen?«, keuchte Adamurt und starrte ihn mit ungläubig aufgerissenen Augen an. Auch die Söldner wechselten fassungslose Blicke. »Haste nu völlig den Verstand verlor'n? Davon hab' ich nix gesagt.«

»Da wird der große Prahlhans plötzlich ganz klein«, spottete Olimarch. »Allerdings freut es mich immer, wenn er und ich ausnahmsweise mal einer Meinung sind. Es wäre Wahnsinn, die Ebene zu durchqueren, solange sich all diese Ungeheuer dort tummeln!«

»Wir müssen nun mal hinüber, weil unser Ziel dort liegt«, sagte Silvan scharf. »Falls Nariz uns also nicht ein paar Flügel anzaubern kann, bleibt uns nichts anderes übrig, als zu reiten.«

»Sicher, aber warum jetzt sofort?« wollte Linton wissen. »Du hast selbst gesagt, wenn wir ein paar Stunden warten, werden die Bestien wahrscheinlich träge und vollgefressen sein, und sofern sie so etwas wie einen Unterschlupf haben, werden sie sich dorthin zurückziehen.«

»Ja, aber für wie lange?«, entgegnete Silvan. »Zurzeit sind diese Kreaturen völlig damit beschäftigt, übereinander herzufallen. Ich nehme an, Regen ist hier ein äußerst seltenes Ereignis, und viele der Biester werden in der übrigen Zeit in Höhlen oder unter der Erde so was wie Winterschlaf halten, vor allem die großen Pflanzenfresser. Wenn sie durch die sprießenden Pflanzen hervorgelockt werden, geraten auch ihre Feinde außer Rand und Band. Wir werden fast zwei Tage brauchen, um die Hügel zu erreichen. Je länger wir warten, desto größer wird die Gefahr, dass am Ende unserer Reise, spätestens aber auf dem Rückweg, alles wieder genauso wie vor dem Regen sein wird. Das heißt, die Kreaturen sind hungrig und angriffslustig. Da erscheint mir die Gefahr jetzt geringer. Mit ein wenig Glück ignorieren sie eine so kleine und schnelle Beute wie uns.«

»Das gefällt mir trotzdem nicht.« Linton schnitt eine Grimasse. »Aber wahrscheinlich wird es mir in zehn Stunden auch nicht besser gefallen. Also bringen wir es hinter uns, wenn es ohnehin unvermeidbar ist. Hast du wenigstens einen Plan?«

»Wir halten uns rechts von der Stadtmauer und reiten von dort aus direkt auf die Hügel zu.« Unter den Söldnern klang gedämpftes Murren auf, und er fügte hinzu: »Die Stadt könnt ihr auf dem Rückweg plündern. Jetzt kommt es auf Schnelligkeit an, da können wir uns nicht mit Schätzen beladen. Was an Reichtümern in Trakania liegt, wird auch in zwei, drei Tagen noch dort liegen.«

Mit einem beklommenen Gefühl schwang sich Mytha genau wie die anderen auf ihr Pferd. Der Stolleneingang bot kaum Sicherheit, sondern konnte ihnen allenfalls etwas Schutz vor Entdeckung bieten. Auch bot ihre Begegnung mit dem Ungeheuer, das sie kaum beachtet hatte, realen Anlass zu der Hoffnung, dass sich auch andere so verhalten würden. Dennoch war der Gedanke, mitten zwischen den unzähligen Bestien hindurchzureiten, alles andere als verlockend.

Langsam ritten sie los. Ihnen allen war klar, dass sie keine Rast würden einlegen können, bis sie die ferne Hügelkette erreichten. Schon so standen ihre Chancen nicht gerade gut, aber es würde ihr sicheres Todesurteil bedeuten, wenn sie durch irgendwelche Umstände gezwungen würden, inmitten der Bestien anzuhalten und abzusteigen.

Entsprechend gut mussten sie ihre und die Kräfte ihrer Pferde einteilen.

Mytha wünschte, es wären noch mehr Söldner am Leben, am liebsten natürlich alle zweihundert. Eine starke, kampfkräftige Truppe hätte ihr nicht nur ein größeres Gefühl der Sicherheit verliehen. Sie hätten auch eine Formation bilden können, die es ihnen ermöglichte, sich optimal gegen Angriffe von allen Seiten zu verteidigen.

Sehnsuchtsvoll dachte sie an die ersten Tage ihrer Reise durch die Verheerten Lande zurück. Damals – war das wirklich erst wenige Wochen her? – hatte sie zumindest teilweise ein schlechtes Gewissen gehabt, dass sie sicher im Zentrum der Kolonne ritt, während die Söldner sie abgeschirmt hatten. Aber sie war nun einmal keine Kriegerin, trug nicht einmal ein Schwert. Aus diesem Grund hatte Silvan auch jetzt zwei Söldner zu ihrem Schutz eingeteilt, die auf Armlänge rechts und links von ihr ritten. Sollten sich die Kreaturen allerdings in größerer Zahl auf sie stürzen, würden die beiden nicht viel ausrichten können, da gab sie sich gar keinen Illusionen hin.

Mythas Nerven waren zum Zerreißen gespannt, als sie sich einem der gigantischen Würmer näherten. Dutzende der Bestien hingen von allen Seiten an ihm und fraßen von seinem Fleisch. Es sah beinahe aus, als würden zahlreiche Welpen an den Zitzen eines Muttertieres saugen, doch dies war eine weitaus tödlichere Fütterung. Obwohl ihm das Fleisch bei lebendigem Leib herausgerissen wurde, war der Wurm noch nicht verendet. Schwerfällig wälzte er sich von einer Seite auf die andere, seine einzige Form der Verteidigung. Manches Monstrum, dass die Gefahr nicht rechtzeitig erkannte oder zu gierig war, rechtzeitig von ihm abzulassen, wurde unter der bloßen Masse seines Fleisches begraben und von den aus seiner stellenweise unversehrten Panzerhaut ragenden Dornen aufgespießt.

Andere machten sich gegenseitig ihren Platz streitig und fielen übereinander her. Ein Aufgeben gab es nicht, sie schlugen mit ihren Klauen aufeinander ein und verbissen sich ineinander, bis einer vor ihnen tot war und gleichfalls gefressen wurde. Wieder andere, die sich bereits vollgefressen hatten, ließen von ihrer Beute ab und zogen sich zurück. Genügend andere lauerten bereits auf ihre Chance und nahmen ihren Platz ein, sobald sie sich entsprechend weit vorgekämpft hatten.

Obwohl es so reichliche Beute gab, tobte eine unbarmherzige Schlacht darum, in der sich nur die Stärksten und Schnellsten behaupten konnten.

Immerhin aber schien Silvans Hoffnung aufzugehen. Was ihnen noch vor kurzer Zeit unvorstellbar erschienen wäre, wurde jetzt Realität. Sie ritten geradewegs zwischen Horden von Bestien hindurch, ohne von ihnen nennenswert behelligt zu werden. Anscheinend betrachteten die Ungeheuer auch sie eher als Jäger, denn als Beute.

Aber nicht alle ignorierten sie. Als sie sich einem weiteren Wurm näherten, der bereits tot war und auf dem Dutzende der verschiedensten Kreaturen herumwimmelten und sich an seinem Fleisch satt fraßen, wandten mehrere der Bestien ihnen den Kopf zu und fauchten oder brüllten drohend. Einige ließen sogar von dem Wurm ab und stellten sich ihnen in Angriffshaltung entgegen. Offenbar hielten sie sie für Rivalen, die ihnen ihre Beute streitig machen wollten.

»Halt!«, befahl Silvan und hob eine Hand. Sie verharrten gut eine halbe Minute, bis zwei, drei Bestien das Interesse an ihnen verloren und sich wieder dem Wurm zuwandten. Die übrigen jedoch blieben wachsam und angriffslustig, sodass sie einen großen Bogen um den Wurm machen mussten.

Bald darauf erreichten sie Trakania. Obwohl auch die mächtige Stadtmauer deutliche Spuren von Zerfall und Zerstörung davongetragen hatte, befand sie sich noch in überraschend gutem Zustand und bot ihnen zu einer Seite Schutz, als sie daran entlangritten. Obwohl die Stadt riesig war, hatten sie nach einiger Zeit ihr Ende erreicht und befanden sich wieder auf freiem Feld, auf allen Seiten umgeben von Bestien.

Es gab einige kleinere Arten von Pflanzenfressern, wie Mytha erst jetzt erkannte, die durch Schnelligkeit ihren Jägern zu entkommen versuchten. Immer wieder schlugen sie Haken und schnappten dabei hastig mit ihrem Maul nach einigen Gewächsen. Dominiert aber wurde ihre Gattung von den riesigen Würmern und den Kolossen, die auf fast einem Dutzend kurzen, säulenartigen Beinen umherstapften. Sie besaßen keine Reißzähne, dennoch bildeten ihre auf schlangenartigen Hälsen sitzenden Köpfe eine Gefahr für jeden Angreifer. Wenn sie einen zu packen bekamen, dann töteten sie ihn allein durch die Kraft ihres Bisses.

Auch ihr langer Schwanz stellte eine wirksame Waffe dar. Mytha beobachtete, wie sie zahlreiche Feinde mit einem einzigen Hieb zerschmettern konnten. Letztlich nutzte ihnen das gegen die Horden von Angreifern nichts, aber solange sie lebten, war es gefährlich, ihnen zu nahe zu kommen. Immer wieder mussten sie einen weiten Bogen reiten, um den Giganten auszuweichen.

Die Jäger waren nicht nur weitaus zahlreicher, es gab auch viel mehr verschiedene Arten. Manche Ungeheuer ähnelten entfernt Tieren, die Mytha kannte, was kein Wunder war, weil die

Magier von Trakan bei ihren Experimenten wohl hauptsächlich auf das zurückgegriffen hatten, was es schon gab. Allerdings waren die Ergebnisse ihrer Züchtungen fast immer sehr viel größere, wildere und mit tödlicheren natürlichen Waffen ausgerüstete Exemplare ihrer Gattung.

Andere hingegen besaßen keinerlei Ähnlichkeit mit irgendetwas, was Mytha kannte, und manche sahen aus, als wäre ihr Inneres nach außen gedreht worden.

Ein Bestiarium, das ihre schrecklichsten Albträume überstieg, und sie ahnte, dass sie wohl lange Zeit nicht mehr – wenn überhaupt noch einmal – so ruhig würde schlafen können, wie vor ihrer Ankunft in diesem von allen Göttern verfluchten Land.

Nun war sie Nariz fast schon dankbar für das, was sie ihr angetan hatte. Dank der Heimtücke der Magierin hatte sie einen Teil der Reise in relativer Geborgenheit in dem Wagen verbringen können, während alle anderen bereits gegen diese Ungeheuer gekämpft hatten. Da aber waren nur kleinere, umherstreifende Gruppen von Monstern auf sie aufmerksam geworden und hatten sie angegriffen. Dennoch hatte es ausgereicht, die Armee der Söldner fast völlig auszulöschen.

Hier aber waren sie von Tausenden und Abertausenden der Bestien umgeben, und deren Beute wurde immer weniger.

Der Regen war inzwischen in ein kaum noch spürbares Nieseln übergegangen, und die Seen und Tümpel schrumpften sichtbar, während das Wasser in den Boden sickerte. Noch wuchsen an vielen Stellen Pflanzen, doch die großen Pflanzenfresser, die noch am Leben waren, schienen ihren Hunger gestillt zu haben. Mytha beobachtete, wie ein Stück entfernt einer der Würmer mit dem Schädel ins Erdreich tauchte und nach und nach darin verschwand. Die Ungeheuer, die bis zuletzt versucht hatten, seine Panzerhaut zu durchdringen, ließen von ihm ab, und wenige Sekunden später war er vollends verschwunden.

Nur wenigen der Kolosse gelang dies. Den meisten war ihr Aufenthalt an der Oberfläche zum Verhängnis geworden. An vielen Stellen lagen ihre Kadaver, gigantische Fleischberge, über die die fleischfressenden Bestien sich hermachten. Andere waren bereits bis auf die Knochen abgenagt worden, oder – vor allem bei den Würmern – bis auf Teile ihrer mit Panzerschuppen bedeckten Haut.

Noch immer aber waren viele Kreaturen nicht zum Zug gekommen, weil stärkere Rivalen sie stets verjagt hatten. Hungrig und aggressiv lauerten sie darauf, dass andere sich abwandten, um über das herzufallen, was diese übrig gelassen hatten.

Eine Horde wolfsähnlicher Kreaturen, die allerdings deutlich größer, zotteliger und mit weitaus Furcht einflößenderen Fängen voller dolchartiger Reißzähne ausgestattet waren als die Wölfe in den nördlichen Ländern, hatten lediglich einige der kleineren Pflanzenfresser gerissen. An die von weitaus schrecklicheren Bestien umlagerten Kadaver der Kolosse trauten sie sich jedoch nicht heran, wichen immer wieder zurück, sobald einer der anderen Jäger auch nur den Schädel in ihre Richtung wandte.

Der kleine Reitertrupp schien ihnen da gerade recht zu kommen, um ihre Gier zu stillen.

Mit weiten Sprüngen kamen sie auf sie zugejagt.

4 »Da rüber!«, brüllte Silvan und deutete nach rechts. Ein großes, dichtes Dornengestrüpp erstreckte sich dort, wie auch an vielen anderen Stellen in der Ebene. Zahlreiche bunte Blüten waren daran aufgebrochen, weshalb es sich von Weitem kaum von den übrigen Pflanzen abhob. Allerdings schien es nicht erst durch den Regen gewachsen zu sein, denn die dunklen, zu einem undurchdringlichen Geflecht ineinander verschlungenen Stränge waren knorrig und teilweise gut zwei Finger dick.

Sie erreichten es nicht.

Überall um sie herum wimmelte es plötzlich von geifernden, zähnefletschenden Schatten. Das Rudel bestand aus gut zwei Dutzend Bestien, die sich mit einer Wildheit auf sie stürzten, die die normaler Tiere weit übertraf.

Mytha sah, wie Adamurt und Linton zweien der Ungeheuer mit gewaltigen Hieben den Schädel spalteten. Silvan rammte einer der Bestien, die ihn ansprang, sein Schwert in den weit aufgerissenen Rachen, doch noch im Tod hätte sie ihn fast mit zu Boden gerissen.

Einer der Söldner entging einem auf ihn zuspringenden Schatten nur, indem er sich tief über den Hals seines Pferdes duckte. Zwei weitere Bestien wurden von den Söldnern erschlagen, woraufhin die übrigen ihren Angriff abbrachen. Ihre vermeintlich leichte Beute entpuppte sich als ein Feind, der sich mit stählernen Zähnen zur Wehr setzte, und ließ sie vorsichtiger werden.

Noch aber gaben sie nicht auf.

Lauernd umkreisten sie die Reiter, die enger zusammenrückten und dabei vor allem Mytha und Olimarch schützten. Die Diebin hatte alle Mühe, ihr in Panik geratendes Pferd zu bändigen. Auch wünschte sie nun, sie hätte sich ebenfalls mit einem Schwert ausgerüstet. Da sie nie gelernt hatte, mit einer solchen Waffe zu kämpfen, hatte sie es lediglich als Behinderung betrachtet, hatte stattdessen auf ihre Geschicklichkeit sowie auf Dolch und Peitsche vertraut. Gegen diesen Feind aber waren es erbärmliche, fast nutzlose Waffen.

Urplötzlich griffen die Bestien erneut an. Wider fielen mehrere von ihnen unter wuchtigen Hieben, aber auch sie erzielten einen Erfolg. Während einer der Söldner nach einer der Wolfskreaturen hieb, schnappte eine andere nach einem der Vorderläufe seines Pferdes und biss ihn mit seinen gewaltigen Fängen glatt durch.

Das Tier stürzte und der Söldner wurde aus dem Sattel geschleudert. Er hatte nicht den Hauch einer Chance. Noch bevor er wieder auf die Beine kommen konnte, waren die grauen Mörder über ihm, rissen ihn in Stücke. Andere fielen über sein Pferd her, während drei weitere mit weiten Sprüngen durch die plötzlich entstandene Lücke in der Abwehr hetzten.

Ein silberner Blitz raste auf eines der Monster zu. Adamurts Wurfstern bohrte sich tief in seinen Hals und zerfetzte seine

Kehle. Das Schwert eines Söldners traf eine weitere Bestie im Nacken und trennte ihr den Schädel halb ab.

Das dritte Ungeheuer jedoch kam durch.

Mytha war wie erstarrt, unfähig, sich zu bewegen, als es nur wenige Schritte von ihr entfernt sein Maul mit den gewaltigen Fängen aufriss und ein lautes Heulen ausstieß. Gleich darauf stieß es sich mit den Hinterläufen ab und sprang auf sie zu.

Wie aus weiter Ferne drang eine Stimme an ihre Ohren, die kehlige, fremdartig klingende Worte rief. Mitten im Sprung schien die Wolfskreatur gegen ein unsichtbares Hindernis zu prallen, überschlug sich und wurde zurückgeschleudert. Ihr triumphierendes Heulen verklang in einem klagenden, schmerzerfüllten Laut. Mit eingekniffenem Schwanz hastete sie davon.

Es dauerte einen Moment, bis Mytha begriff, was geschehen war. Nariz hatte die Arme vor sich ausgestreckt, die Hände gekrümmt, als würde sie etwas Unsichtbares festhalten. Zwischen ihren Fingerspitzen sprangen bläuliche Funken hin und her.

»Alchahara chtuon ruchal«, rief die Magierin erneut, und ein weiteres Ungeheuer wurde zurückgeschleudert. Mit gebrochenem Genick stürzte es zu Boden.

Die übrigen Bestien erkannten, dass sie einen zu hohen Blutzoll zahlen mussten. Sie brachen ihren Angriff ab und begnügten sich damit, über die getöteten Kreaturen des eigenen Rudels herzufallen. Kaum die Hälfte der Meute war noch am Leben.

Nariz ließ ihre Arme sinken und die Funken zwischen ihren Fingern erloschen. Sie wankte im Sattel, sank vornüber und musste sich an der Mähne ihres Pferdes festklammern. Silvan griff nach ihr, um sie zu stützen, doch sie schüttelte den Kopf.

»Es … geht schon«, presste sie hervor. »Der Zauber ist ungeheuer anstrengend. Ich brauche nur einen Moment, um wieder zu Kräften zu kommen.«

»Kannst du reiten? Je schneller wir von hier wegkommen, desto besser.«

Naríz nickte, und sie setzten ihren Weg fort, zunächst langsam, dann allmählich schneller, als die Magierin sich wieder erholt zu haben schien. Mytha wurde bewusst, dass sie ihr nun schon zum zweiten Mal ihr Leben verdankte. Vielleicht war es an der Zeit, die Schuld als beglichen anzusehen. Alles wäre viel leichter, wenn Nariz ihr nur ihre Kraft geraubt hätte, statt ihre Gefühle in so widerlicher Weise zu manipulieren und sie zu verhöhnen. Das würde Mytha ihr nie vergeben. Immerhin konnte sie versuchen, Frieden mit ihr zu schließen. Sie lenkte ihr Pferd neben das der Magierin.

»Danke«, sagte sie schlicht.

Nariz wandte ihr den Kopf zu. Ihr Gesicht war unter der weit vorgezogenen Kapuze wie üblich nicht zu erkennen. Flüchtig fragte sich Mytha, ob es wirklich so schön war, wie sie es in Erinnerung hatte, oder ob auch das nur eine Täuschung gewesen und ihr nur aufgrund des magischen Bannes so erschienen war.

»Wofür?«, fragte die Magierin. »Dass ich dich gerettet habe? Purer Eigennutz. Angeblich brauchen wir dich ja noch.«

Mytha biss die Zähne zusammen. Offenbar legte Nariz keinen Wert auf eine Versöhnung, dennoch wollte sie nicht direkt aufgeben.«

»Egal aus welchem Grund, du *hast* mich gerettet. Dafür stehe ich in deiner Schuld.«

Ein kaltes Lachen drang unter der Kapuze hervor.

»Und die wirst du bezahlen, verlass dich darauf. Später, wenn all das vorbei ist. Ich werde noch viel Vergnügen mit dir haben, und das lasse ich mir nicht von ein paar geistlosen Kreaturen verderben.«

Erneut lachte sie.

Mytha trieb ihr Pferd an. Es hatte keinen Zweck, mit ihr zu reden. Sie zweifelte nicht daran, dass Nariz ihr großspurigen Worte ernst meinte. Aber die Magierin würde noch erkennen, dass sie kein wehrloses Opfer war.

5 Binnen weniger Stunden verwandelte sich das Land abermals grundlegend. Die Seen und Teiche verschwanden, als das Wasser im Boden versickerte und ihn in Morast verwandelte, der allmählich trocknete, obwohl keine Sonne schien, die ihn ausdörrte. Die noch verbliebenen Pflanzen verwelkten. Lediglich die riesigen Dorngestrüppe blieben übrig, nachdem die Blüten von ihnen abgefallen waren.

Nach kaum einem halben Tag sahen die Verheerten Lande wieder so trostlos und lebensfeindlich aus, wie sie sie bei ihrer Landung vorgefunden hatten.

Es schien auf den ersten Blick verrückt, aber Mytha begrüßte diese Veränderung sogar. Selbst dieses tote Land besaß seine eigenen Regeln und Gesetzmäßigkeiten. Der Regen hatte alles außer Rand und Band geraten lassen, hatte jegliche Ordnung in einem quirligen Durcheinander aufgelöst, in dem nicht abzusehen war, was als Nächstes geschehen würde.

Jetzt erfolgte eine Rückkehr zu dieser Ordnung, und das bedeutete auch, dass die Zahl der Monster immer geringer wurde. Die meisten von ihnen waren entweder vollgefressen oder gefressen worden. Manche waren nur zum Fressen von den fernen Hügeln und Bergketten in die Ebene herabgekommen und kehrten nun wieder in ihre angestammten Regionen zurück. Andere besaßen einen Unterschlupf in unterirdischen Höhlen, in den sie sich nach dem Fressen zurückzogen, oder auch inmitten der fast undurchdringlichen Dornenhaine.

Nur wenige Ungeheuer streiften noch umher. Einige machten sich über die Reste her, die die größeren und stärkeren Bestien übrig gelassen hatten. Um die Eindringlinge kümmerten sie sich nicht, es sei denn, sie fühlten sich von ihnen gestört oder griffen sie aus purem Blutdurst und Vernichtungswillen an, obwohl sie vollgefressen waren. Das geschah jedoch nur selten.

Meist reichte es schon, dass sie nur etwas schneller ritten, sodass die Ungeheuer sich mit ihrer Vertreibung begnügten und die Jagd rasch wieder aufgaben.

Und selbst wenn es zu einem Angriff kam, handelte es sich stets nur um einzelne oder einige wenige Bestien, mit denen sie ohne große Mühe fertigwurden. Einmal geriet Adamurt sogar so in Zorn, dass er zwei bereits fliehende Ungeheuer verfolgte und nicht eher aufgab, bis er einem von ihnen den Kopf abgeschlagen hatte. Silvan hielt ihm anschließend zornbebend eine Standpauke, die er jedoch mit einem Achselzucken von sich abprallen ließ.

Abgesehen von diesen kleineren Zwischenfällen kamen sie gut voran, sehr viel ungefährdeter sogar, als es ohne den Regen vermutlich der Fall gewesen wäre. Anders als ursprünglich geplant, konnten sie sogar einige Male eine Rast einlegen, wenn sie eine gut geschützte Stelle fanden. Dann rieben sie die Pferde trocken und ließen sie von dem mitgeführten Hafer fressen, ruhten sich auch selbst ein wenig aus, während jeweils zwei von ihnen Wache hielten.

Mit dämonischen Kreaturen bekamen sie es kein einziges Mal zu tun. Wenn diese noch nach ihnen suchten, dann taten sie es weit im Norden, wo noch immer der Lichtspeer zum Himmel aufragte.

Auf diese Weise erreichten sie bis zum Abend des nächsten Tages ihre Ziel. Was sie für Hügel gehalten hatten, erwies sich aus der Nähe als ein Gebirgszug, der zwar nicht übermäßig hoch war, dafür aber zum größten Teil aus unbezwingbar steil aufragenden Felswänden bestand.

»Den Beschreibungen zufolge muss der Tempel hier irgendwo liegen«, stieß Silvan hervor. »Und wenn er hier liegt, muss es auch einen Weg geben, der zu ihm hinführt. Also suchen wir!«

Sie brauchten kaum eine halbe Meile zu reiten, bis sie eine Schlucht erreichten, einen nur wenige Meter breiten Einschnitt im Berg, als hätte ein Riese mit dem Hieb einer unvorstellbar großen Axt das Gebirge gespalten. Hoch und steil ragten die Felswände zu beiden Seiten auf.

»Da«, keuchte Silvan. »Das muss der Weg sein.« Ohne zu zögern, wollte er in die Schlucht reiten, doch Linton hielt ihn zurück.

»Warte, du Narr! Willst du so kurz vor dem Ziel alles aufs Spiel setzen, nur weil du vor Gier alle Vorsicht vergisst?«

»Lass mich!« Silvan wollte sich losreißen und blickte den Clansmann ein paar Sekunden fast hasserfüllt an, dann gewann sein Verstand wieder die Oberhand. Er senkte den Blick und nickte. »Schon gut, du hast recht. Ich habe mich gehen lassen. Aber das ändert nichts daran, dass dies unser Weg ist.«

»Gefällt mir nich'«, brummte Adamurt und sprach damit auch Mytha aus der Seele. »Is' wie geschaff'n für 'ne Falle.«

Silvan schnaubte.

»Eine Falle? Wer sollte …«

»Schon in Meridor hast du selbst angedeutet, dass der Tempel gesichert sein könnte«, fiel Olimarch ihm ins Wort. »Wenn nicht durch Wachen, dann zumindest durch Fallen. Und dafür wäre hier der ideale Ort.«

»Und sollte es nichts dergleichen geben, dann wäre es zumindest ein idealer Unterschlupf für einige der Ungeheuer«, ergänzte Linton. »Leicht gegen andere Bestien zu verteidigen, und möglicherweise gibt es tiefer in der Schlucht sogar Höhlen im Fels. Es wäre Wahnsinn, wenn wir einfach so hineinreiten würden.«

Silvan massierte sich das Kinn.

»Und was sollen wir machen? Hinein müssen wir, wenn wir den Tempel erreichen wollen.« Er ließ seinen Blick an den steil aufragenden Felswänden entlang in die Höhe gleiten. »Wenn wir von dort oben in die Schlucht hinunterblicken könnten, könnten wir Gefahren frühzeitig entdecken. Aber die Wände sind wohl zu steil zum Klettern, oder was meinst du, Mytha? Würdest du es schaffen?«

Auch die Diebin musterte die Felswände genauer, suchte nach noch so winzigen Vorsprüngen oder Vertiefungen, die einer Hand oder einem Fuß Halt bieten konnten. Aber es schien, als hätten Wind und Regen das Gestein nicht porös werden lassen, sondern stattdessen alle Unebenheiten abgetragen.

Schließlich schüttelte sie den Kopf.

»Unmöglich«, erklärte sie. »Normalerweise finde ich selbst an der steilsten Wand einen Weg, aber da käme höchstens eine Spinne hinauf.«

Silvan schien nichts anderes erwartet zu haben.

»Dann muss eben jemand vorausreiten und die Schlucht auskundschaften«, sagte er und warf einen Blick in die Runde.

Die Söldner schienen auf ihren Pferden zu schrumpfen, hätten sich wohl am liebsten in einem Erdloch verkrochen oder unsichtbar gemacht, um nicht für diese gefährliche Aufgabe ausgewählt zu werden. Nach allem, was hinter ihnen lag und dem Tod ihrer vielen Kameraden hofften sie nur noch, dass wenigstens sie das letzte Stück des Weges unbeschadet überstehen würden, und wollten keinerlei Risiko mehr eingehen.

»Bartan«, schied Silvan und deutete auf einen bulligen Mann mit einem gewaltigen Schnauzbart, dessen Gesicht sich verfinsterte, während die anderen sichtlich aufatmeten. »Du wirst reiten. Aber sei auf der Hut. Solltest du irgendetwas entdecken, das dir gefährlich erscheint, kehrst du sofort um und berichtest davon. Wir werden dann gemeinsam entscheiden, wie wir weiter vorgehen.«

Mit immer noch finsterem Gesicht nickte der Mann, wagte nicht, gegen die Entscheidung aufzubegehren. Langsam setzte er sich in Bewegung. Als er die Schlucht fast erreicht hatte, trieb plötzlich auch Adamurt sein Pferd an und preschte hinter ihm her.

»Nein!«, brüllte Silvan. »Komm zurück, du verdammter Narr!«

Wenn Adamurt ihn hörte, dann reagierte er nicht darauf. Gleich darauf verschwanden die beiden Männer in dem Einschnitt zwischen den Felsen.

»Dieser Dummkopf! Dieser undisziplinierte, sture Idiot!«, tobte Silvan weiter und umklammerte den Sattelknauf so fest, dass seine Fingerknöchel sich weiß färbten. »Immer muss er seinen eigenen Willen durchsetzen und tut nur das, wozu er Lust hat, egal welche Folgen das für andere hat! Mit seinen Alleingängen bringt er die ganze Expedition in Gefahr. Am liebsten würde ich ihn auspeitschen, um ein bisschen Verstand in seinen hirnlosen Schädel …«

»Meine Peitsche bekommst du dafür nicht«, unterbrach Mytha ihn trocken.

Einen Moment lang starrte Silvan sie nur stumm an, dann begannen seine Mundwinkel zu zucken. Sein Zorn verflog und er brach in schallendes Gelächter aus.

»Mythas Peitsche bekomme ich dafür nicht«, rief er und schnitt noch immer lachend eine Grimasse. »Das kommt davon, wenn man sich gehen lässt und Unsinn redet, das habe ich wohl verdient.« Er wurde wieder ernst. »Aber das ändert nichts daran, dass Adamurt mit seiner Eigenmächtigkeit alles in Gefahr bringt, was wir bislang geschafft haben. Nun, hoffen wir, dass ihm nichts zustößt.«

»Und selbst wenn, ich würde ihm keine Träne nachweinen«, sagte Nariz. »Wenn er für dieses Unternehmen wirklich unverzichtbar war, dann hat er seine Aufgabe vermutlich schon erfüllt. Es gibt nicht viele Kämpfer wie ihn oder Linton. Ihr Kampfgeist hat auch die anderen immer wieder mitgerissen, sonst wären wir wohl gar nicht erst bis hier gekommen. Deine Söldner waren sicherlich auch tapfere Männer, aber mit ihnen allein …« Sie führte den Satz nicht zu Ende. Das zusammengeschmolzene Häuflein der verbliebenen Söldner sprach eine eigene Sprache. »Jetzt aber werden uns Schwerter wohl nicht mehr viel nützen. Ich glaube kaum, dass nach dieser langen Zeit noch irgendwelche Tempelwachen leben. Eher dürfte er durch Fallen und magische Sperren geschützt sein, und dafür brauchen wir keinen Mörder mehr. Wir können also auf Adamurt verzichten, wenn der Idiot sich unbedingt selbst umbringen will.«

Das war eine für Nariz ungewöhnlich lange Rede gewesen, während die Kaltblütigkeit in ihren Worten äußerst typisch für sie war. Dennoch vermutete Mytha, dass sie recht hatte. Höchstens während des Rückweges würden Adamurts Fähigkeiten im Kampf noch einmal gebraucht werden.

Soweit es den Tempel betraf, würden hingegen nun vor allem endlich ihr eigenes Können, ihr Wissen und ihre Geschicklichkeit vonnöten sein. Und wohl leider tatsächlich auch Nariz' Fähigkeiten, denn es war zu erwarten, dass die Trakani sich bei der Absicherung ihres Heiligtums nicht allein auf Schlösser und mechanische Fallen verlassen hatten.

6

Es hieß, die Zeit verstreiche immer und überall gleich schnell, doch des Öfteren kamen Mytha erhebliche Zweifel an dieser Behauptung. Manchmal schienen die Stunden nur so dahinzurasen, dann wieder dehnte sich jede Minute zu einer Ewigkeit. So war es jetzt, während sie ungeduldig auf die Rückkehr Adamurts und des Söldners wartete. Genau wie die anderen hatte sie auf einem Felsbrocken Platz genommen. Von Zeit zu Zeit fielen ihr die Augen zu. Obwohl sie einen langen Ritt hinter sich hatte und sich entsprechend erschöpft fühlte, war sie jedoch viel zu aufgeregt, um zu schlafen, da sie wusste, dass schon bald alles allein von ihr abhängen würde.

Ob sie den in sie gesteckten Erwartungen wirklich gerecht werden konnte? Sie kannte alle Arten von Schlössern, die in Meridor, im Grunde sogar in der gesamten bekannten Welt, verbreitet waren. Letztlich beruhten sie alle auf dem gleichen Prinzip, stellten nur mehr oder weniger komplizierte Abwandlungen davon dar. Es gab wahre Meister, die pausenlos daran arbeiteten, immer kompliziertere Schlösser und Schlüssel zu entwickeln, und doch war es Mytha bislang gelungen, jedes noch so fortschrittliche System zu überwinden, auf das sie bei ihren Diebeszügen gestoßen war.

Hier aber würde sie es mit den Hinterlassenschaften einer uralten Kultur zu tun bekommen, von deren Wissen ein beträchtlicher Teil im Laufe der Jahrhunderte verloren gegangen war. Was, wenn die Trakani Schlösser besessen hatten, die so kompliziert waren, dass nicht einmal sie dagegen ankam? Hunderte Menschen hatten ihr Leben verloren, damit sie bis hierher gelangen konnten, und alles würde vergebens gewesen sein, wenn sie versagte.

Diese Vorstellung lastete wie ein tonnenschweres Gewicht auf ihr. Sie versuchte sie zu verdrängen. Sofort trat ein anderer, kaum weniger quälender Gedanke an ihre Stelle. Nicht zum ersten Mal fragte sie sich, was so ungeheuer wertvoll sein konnte, dass sein Besitz einen solchen Preis und Aufwand rechtfertigte.

Endlich kehrten Adamurt und der Söldner zurück, beide offensichtlich unversehrt. Silvan stand auf und trat ihnen entgegen. Erst unmittelbar vor ihm brachte Adamurt sein Pferd zum Stehen und sprang aus dem Sattel.

»Wir sind bis zum Ende der …«, begann er, doch Silvan ließ ihn erst gar nicht ausreden.

»Was, bei allen Dämonen, sollte das?«, blaffte er den Mörder an. »Ich bin deine Eigenmächtigkeiten endgültig leid! Damit bringst du unseren Erfolg so kurz vor dem Ziel völlig unnötig in Gefahr. Das werde ich nicht länger dulden! Weder von dir noch von sonst jemandem. Wenn dies eine normale Armee und du ein Soldat unter meinem Kommando wärst, würde ich dich …«

»Wenn das 'ne normale Armee und ich 'n Soldat unter deinem Kommando wär', wär' ich schon am ersten Tag desertiert«, fiel Adamurt ihm nicht minder scharf ins Wort. »Oder nee, ich wär' gar nich' erst eingetreten. Ich hab mich dir angeschloss'n, aba das heißt nich', dass ich mir von dir vorschreiben lass', wann ich mir 'n Arsch abzuputz'n hab', ist das klar?«

Kaum eine halbe Armlänge voneinander getrennt, standen die beiden Männer einander gegenüber und starrten sich zornig an. Beide waren Hünen und einander an Kraft vermutlich ziemlich ebenbürtig und beide beherrschten meisterhaft die Kunst des Tötens. Im Falle eines Kampfes hätte Mytha auf keinen von beiden eine Wette abschließen wollen, aber dazu würde es natürlich nicht kommen.

Zehn, zwanzig Sekunden lang starrten die beiden sich nur stumm an, ohne dass einer den Blick senkte.

»Soll'n wir noch bis morgen so hier steh'n, oder will lieber jemand hör'n, was wir entdeckt hab'n?«, fragte Adamurt schließlich. Ohne eine Antwort abzuwarten, fuhr er fort: »Ihr hattet mit beiden Befürchtungen recht. Zahlreiche Ungeheuer haben in der Schlucht Unterschlupf gesucht und sie wimmelt nur so vor tödlichen Fallen.«

»Scheinen aber nicht allzu gefährlich zu sein, sonst wärt ihr wohl kaum wieder zurückgekommen«, warf Olimarch ein.«

»Stimmt. Für sich allein wär' beides höllisch gefährlich gewes'n, aber so war's 'ne tolle Kombination. Die Biester ham nämlich die Fallen ausgelöst und so entschärft.«

Ein breites Grinsen glitt über sein Gesicht, während er davon erzählte, und auch Mytha musste lächeln. Normalerweise würde es ihre Aufgabe sein, solche Fallen zu entdecken und unschädlich zu machen. Wenn ausgerechnet die Ungeheuer ihr diese Arbeit nun schon abgenommen hatten – umso besser.

»Ihr seid auf keinerlei lebende Kreaturen gestoßen?«, vergewisserte sich Silvan.

»Nee, nur Gerippe. Sind wohl schon 'ne ganze Weile tot und schreck'n andere ab.«

»Dann seid ihr bis zum Ende der Schlucht geritten? Habt ihr den Tempel entdeckt?«

»Kann sein. Am Ende is 'ne Felswand mit 'nem Tor drin. Wir sin' nich' ganz bis hin, da's wohl sowieso versperrt sein wird.«

Also doch Arbeit für mich, dachte Mytha. Aber das war wohl auch nicht anders zu erwarten gewesen, und sie glaubte nicht, dass es bei diesem einen Schloss bleiben würde.

Ihr entging nicht, dass Silvan den Mörder noch immer mit zornigen Blicken bedachte, als sie wenige Minuten später aufbrachen. Bei ihnen allen lagen die Nerven blank, da konnte jeder noch so nichtige Anlass zu einer Explosion führen.

Das ohnehin düstere Zwielicht verblasste noch mehr, als sie in die Schlucht eintauchten, und schon nach wenigen Metern wurde es so dunkel, dass Mytha nur noch ganz vage Umrisse wahrnehmen konnte. Senkrecht wuchsen die Felswände neben ihr in die Höhe. Vom rauchverhangenen Himmel konnte sie nur noch einen schmaler Streifen hoch über sich sehen, als sie den Kopf in den Nacken legte. Für einen Moment erfasste sie Panik, da sie das Gefühl hatte, die Berghänge würden aufeinander zu rücken und sich über ihr schließen. Die Dunkelheit legte sich wie ein kaltes Leichentuch um sie und schien sie lebendig zu begraben.

»Licht!«, rief Linton. »Wir brauchen eine Fackel.«

»Wir haben keine mehr. Die letzte haben wir während der Floßfahrt verbraucht«, gab Silvan zurück.

»Ich dacht' auch schon, wir müssten umkehren, aber 's wird gleich wieder heller«, erklärte Adamurt. »Nur noch 'n Stück.«

Vorsichtig ritten sie weiter, und als sie an eine Biegung kamen, wurde die Schlucht tatsächlich breiter, und die Seitenwände ragten nicht mehr senkrecht, sondern eher V-förmig auf, sodass deutlich mehr Licht hereinfiel.

Kurz darauf erreichten sie die erste der Fallen, von denen Adamurt gesprochen hatte. Sie war nicht zu übersehen, da ein ganzer Haufen von Gerippen der Ungeheuer, die hineingeraten waren, ihre Position markierte.

Es handelte sich um eine ziemlich einfache Falle, deren Funktionsweise Mytha sofort durchschaute. Durch Druck auf einen unterhöhlten Bereich des Bodens wurde ein Haken gelöst, der mehrere spitze Stahlstäbe aus winzigen Öffnungen in der Wand schießen ließ, die alles durchbohrten, auf das sie trafen. Anschließend wurden die Stäbe durch gespannte Federn wieder zurückgezogen, und der Haken rastete erneut ein, sodass die Falle für ein neues Opfer bereit war. Den zahlreichen Skeletten toter Ungeheuer zufolge hatte sie ihre Arbeit tadellos verrichtet, bis ein Knochen sich so verkantet hatte, dass er das Zurückziehen der Stäbe blockierte.

»Wir ham schon mal was vonnem Krempel beiseitegeräumt, damit man besser vorbeikommt«, erklärte Adamurt und deutete auf die Knochenhaufen. »Dauert nich' lang, bis zur nächsten Falle.«

Und auch dabei blieb es nicht. Mal in kürzeren, mal in längeren Abständen stießen sie auf neue Fallen, die alle nach einem ähnlichen Prinzip aufgebaut waren und durch das Treten auf bestimmte Bereiche des Bodens ausgelöst wurden. Mal waren es Stahlstäbe, die aus der Felswand auf der einen oder der anderen Seite oder auch aus dem Boden hervorschossen, mal lange, über die gesamte Breite der Schlucht reichende Klingen.

Mit dieser Art von Fallen war Mytha bereits mehr als einmal konfrontiert worden, und sie war überzeugt, dass sie sie alle rechtzeitig entdeckt hätte. Allerdings wären sie dann nur sehr viel langsamer vorwärtsgekommen, doch zum Glück brauchten sie sich damit erst gar nicht aufzuhalten, weil keine einzige von ihnen mehr funktionierte. Seit Jahrhunderten hatte sich niemand mehr darum gekümmert, vor allem hatte niemand die Kadaver weggeschafft, und irgendwann hatten überall Knochen oder anderes die Mechanik blockiert, oder es waren irgendwelche Teile schlichtweg kaputt gegangen.

Ihr fiel auf, dass die Knochenhaufen immer kleiner wurden, je weiter sie vordrangen. Wie Adamurt vermutet hatte, hatten sie offenbar wirklich eine abschreckende Wirkung auf die Ungeheuer gehabt, deren Instinkte sie gewarnt hatten, dass hier Gefahr lauerte und sie abhielt.

Schließlich erreichten sie das Ende der Schlucht. Eine hohe Felswand versperrte den Weg, in der es ein zweiflügeliges, aber nicht besonders großes Tor gab. Sie stiegen ab und Silvan warf sich ein paarmal mit seinem ganzen Körpergewicht gegen das Tor. Es war jedoch kein bisschen verrottet und so massiv, dass es nicht einmal erzitterte.

»Gewaltsam können wir es auf keinen Fall aufbrechen«, stellte er fest. »Jetzt hängt alles von dir ab, Mytha.«

Die Diebin hatte bereits begonnen, das Schloss zu untersuchen. Es schien recht simpel zu sein und dürfte keine Schwierigkeiten bereiten. Sie öffnete ein ledernes Etui, das sie gut befestigt an ihrem Gürtel stets bei sich trug, da es einen ihrer größten Schätze enthielt. Der Inhalt sah auf den ersten Blick nach einem Sammelsurium von Eisenabfällen aus. Hauptsächlich handelte es sich um dünne Stifte mit feinen Schlingen und auf die absonderlichste Art gebogenen Haken an der Spitze.

Dies war das Werkzeug, mit dem sie es geschafft hatte, bislang jedes Schloss zu knacken. Sie hatte das Etui anlässlich ihrer Abschlussprüfung von der Diebesgilde geschenkt bekommen und es war praktisch unersetzlich. In praktisch jeder Stadt jedes Landes gab es einen Ableger der Gilde, und außer in ihrem Auftrag würde es kein Schmied wagen, solches Einbruchswerkzeug herzustellen. Einige wenige Teile hatte Mytha ihren Bedürfnissen entsprechend in langwieriger, mühsamer Arbeit selbst angefertigt oder nachbearbeitet.

Sie wählte einen der Stifte aus und führte ihn in das Schlüsselloch ein.

Im gleichen Moment zuckte ein greller, lodernder Schmerz durch ihren Arm, schien ihre Haut zu versengen und ihr das Fleisch von den Knochen zu brennen, als wäre ein Blitz in ihre Finger eingeschlagen. Mytha stieß einen gellenden Schrei aus und riss den Arm zurück, umklammerte ihn mit der freien Hand. Sie taumelte, wäre wahrscheinlich gestürzt, wenn Linton nicht nach ihr gegriffen und sie gestützt hätte.

»Was ist passiert?«, fragte er. Auch die anderen blickten sie erschrocken an, abgesehen von Nariz, die näher an das Tor trat und ihre Hände dicht vor das Schloss hielt, ohne es jedoch zu berühren.

»Eine magische Sperre«, murmelte sie. »Offenbar haben die alten Trakani doch nicht allein auf ihre mechanischen Spielzeuge vertraut. Das könnte ein bisschen dauern.«

Mytha hörte nur undeutlich, was sie sagte. Noch immer brannte ihr Arm bis hinauf zu den Schultern und bis in Rücken und Brust, als würde er in siedendes Öl getaucht, dabei sah der

Arm ganz normal aus, die Haut war nicht einmal gerötet. In ihrer Agonie nahm sie kaum etwas wahr, was um sie herum geschah. Sie war überzeugt davon, dass Nariz in der Lage wäre, ihre Schmerzen zu lindern, doch in ihrer Bosheit dachte diese gar nicht daran, ergötzte sich insgeheim wahrscheinlich sogar an ihren Qualen.

Linton half ihr, sich auf den Boden zu setzen und mit dem Rücken an eine Felswand zu lehnen. Jemand bog ihr den Kopf zurück und ließ etwas von einer extrem scharfen und bitteren Flüssigkeit in ihren Mund tropfen, doch auch das nahm sie kaum wahr. Gierig schluckte sie die Flüssigkeit hinunter, in der Hoffnung, dass sie ihr helfen möge. Tatsächlich begann der Schmerz kurz darauf ganz langsam nachzulassen.

»Besser?«, fragte Olimarch. Sie nickte mühsam.

»Dan...ke«, krächzte sie.

Während Mytha sich allmählich erholte, murmelte Nariz Beschwörungsformeln und vollführte mit den Händen seltsame Bewegungen vor dem Schloss. Sicherlich eine halbe Stunde verstrich, ohne dass sich etwas ereignete.

»Nun?«, fragte Silvan schließlich. »Wie sieht es aus? Kriegst du es hin?«

»Ich weiß es nicht«, gestand die Magierin. »Es handelt sich um eine völlig fremdartige Form der Magie. Wenn sie je im Norden bekannt war, dann ist das Wissen darum schon vor langer Zeit verloren gegangen.«

Silvan blickte in die Höhe, schüttelte aber gleich darauf den Kopf. Woran er dachte, war leicht zu erraten. Es war unmöglich, an den glatten Felswänden in die Höhe zu klettern und das Hindernis auf diesem Weg zu überwinden.

»Vielleicht gibt es außerhalb der Schlucht eine Möglichkeit, auf den Berg hinaufzukommen«, sagte Linton.

»Vielleicht, doch ich habe keine gesehen. Die Felsen dort sind ebenso steil wie hier. Aber falls Nariz die Sperre nicht beseitigt bekommt, wird uns nichts anderes übrig bleiben, als es dort zu versuchen.«

»Nun mal nicht gleich in Panik verfallen«, sagte Nariz etwas unwirsch. »Ich kriege den Schutzzauber schon beseitigt. Notfalls mit Gewalt, aber das wäre erst die letzte Option. Wenn es im Tempel noch irgendwelche Wächter gibt, müssen wir sie ja nicht direkt auf uns aufmerksam machen.«

»Wächter!«, höhnte Adamurt. »Wer soll'n da noch leb'n?«

»Kannst du es sicher ausschließen?«, fauchte Nariz ihn an. »Ich rede dir nicht rein, wie du jemanden umbringen sollst, also lass mich meine Arbeit machen, wie ich es für richtig halte. Selbst wenn es keine lebenden Wächter mehr gibt, könnte es andere Schutzmechanismen in Gang setzen, wenn ich das Tor gewaltsam zerstöre. Deshalb will ich vorher alle Möglichkeiten ausschöpfen, diese Magie zu verstehen und auf herkömmlichem Wege den Zauber zu beseitigen. Das könnte uns auch von Nutzen sein, wenn wir im Inneren auf weitere solche Sperren treffen.«

»Mach es, wie du es für richtig hältst«, entschied Silvan. »Es wäre auf jeden Fall besser, wenn wir unbemerkt eindringen könnten, statt uns mit Blitz und Donnergetöse anzukündigen. Ich schlage vor, dass wir uns bis dahin etwas ausruhen. Wir haben alle etwas Schlaf nötig und einen geschützteren Platz als hier dürften wir kaum finden.«

Dagegen hatte Mytha nicht das Geringste einzuwenden. Obwohl der Ritt über die Ebene nicht so schlimm wie befürchtet gewesen war, fühlte sie sich erschöpft und hundemüde. Wenigstens waren die Schmerzen mittlerweile auf ein erträgliches Maß abgeklungen. Dennoch verabreichte Olimarch ihr noch einmal ein paar Tropfen seines Heilmittels.

»Warum bloß ist jedes Gebräu von dir so bitter?«, stieß Mytha hervor und schüttelte sich.

»Ich suche mir nicht aus, was da reinkommt, sondern stellte meine Tränke so her, dass sie die beste Wirkung erzielen«, gab Olimarch zurück. »Aber es zwingt dich ja niemand. Wenn du nicht willst, dann …«

Den Rest bekam Mytha nicht mehr mit, da sie bereits eingeschlafen war.

7 Lautes, herzhaftes Fluchen weckte Mytha aus ihrem Schlaf. Die Nacht war hereingebrochen, und obwohl sich alle Wolken inzwischen verzogen hatten und der schmale Streifen Himmel über der Schlucht sternenklar war, war es noch dunkler als zuvor. Wohl auch für Nariz zu dunkel, denn ein kleines Licht beleuchtete die Felsen und das Tor. Bläuliche Flammen umspielten die mit einem Stück Stoff umwickelte Spitze des langen Knochens; offenbar ein magisches Feuer, da normale Flammen die improvisierte Fackel in Windeseile verzehrt hätten.

Erneut fluchte die Magierin und riss damit auch die Letzten aus dem Schlaf, die vorher noch nicht erwacht waren.

»Halt's Maul, ich will schlafen«, schimpfte Adamurt. Nariz schnippte mit Daumen und Zeigefinger kurz in seine Richtung, und gleich darauf fuhr er mit einem Schmerzenslaut in die Höhe.

»Verdammte Hexe, ich …«

»Zieht euch zurück!«, blaffte Nariz. »Schnell. Etwas hat sich in der magischen Sperre verändert. Vielleicht habe ich irgendeine Art von Abwehr ausgelöst. Ich will kein Risiko eingehen, deshalb werde ich es komplett zerstören.«

In aller Eile wichen sie gut zwei Dutzend Schritte weit von dem Tor zurück und führten auch die Pferde weg. Wie schon einmal im Kampf gegen die Ungeheuer krümmte Nariz die Hände vor der Brust, als hielte sie einen unsichtbaren Ball in den Fingern. Mytha hörte sie leise Beschwörungen murmeln. Sie verstand die Worte nicht, aber schon der bloße Klang war düster und verursachte ihr eine Gänsehaut.

Blaue Funken begannen zwischen den Fingern der Magierin hin und her zu springen, lösten sich davon und bildeten nun tatsächlich die Umrisse einer Kugel, die zunehmend mehr Gestalt annahm und sich auch im Inneren mit Funken zu füllen begann.

Nariz' Beschwörung wurde lauter, bis sie schließlich die bläuliche Feuerkugel losließ. Für einen kurzen Moment schwebte diese in der Luft, dann raste sie auf das Tor zu und traf es in Höhe des Schlosses. Ein Teil davon verschwand innerhalb des großen Schlüssellochs. Das Metall begann zu schmelzen und gleich darauf schien der Hieb eines ungeheuer großen Hammers das Tor zu treffen. Mit einem Donnerschlag barst es auseinander, wurde nicht nur zertrümmert, sondern regelrecht in kleine Fetzen gerissen. Splitter sausten wie Geschosse durch die Luft und flogen fast bis zu ihnen hin.

Im gleichen Moment brach Nariz entkräftet zusammen. Olimarch eilte zu ihr und wollte ihr spontan die Kapuze vom Kopf ziehen, doch ein warnender Zuruf Silvans stoppte ihn gerade noch rechtzeitig. Es hätte gerade noch gefehlt, wenn die restlichen Söldner und möglicherweise auch Adamurt und der Giftmischer in jäher Liebe zu der Magierin entflammt wären.

Es schockierte Mytha ein wenig, über welche Kräfte Nariz verfügte, sobald sie diese entfesselte. Wenn es dafür nicht längst zu spät wäre, hätte sie gesagt, die Magierin wäre ein Mensch, den sie nicht zum Feind haben wollte. Aber es war auch unverkennbar, dass diese Kräfte ihren Preis forderten. Allzu häufig würde Nariz nicht darauf zurückgreifen können – es sei denn, sie fand neue Opfer, deren Lebenskraft sie ausrauben konnte.

Keine sympathische Vorstellung.

Die Magierin begann sich wieder zu regen und stöhnte leise. Offenbar war ihr nichts passiert, sondern sie hatte nur einen Schwächeanfall erlitten.

Zusammen mit einigen anderen näherte sich Mytha dem Durchgang, der durch das Tor versperrt gewesen war. Anders als erhofft handelte es sich nicht um den Eingang zum Tempel selbst, sondern um den Zugang zu einer dahinter liegenden großen Höhle. Sie durchmaß mehrere Hundert Meter in jeder Richtung, und hoch darüber wölbte sich die Decke. Silvans Idee, einen Weg von oben in das Tal zu suchen, falls Nariz das Tor nicht hätte öffnen können, wäre damit zum Scheitern verurteilt gewesen. Es schien der einzige Zugang zu sein.

Es gab nicht einmal Öffnungen, durch die Licht hereinfallen konnte, dennoch war es nicht dunkel, sondern sogar heller als in der Schlucht. Eine Art Geflecht, ähnlich dem Leuchtmoos, das an manchen Stellen in den Katakomben Meridors wuchs, bedeckte den größten Teil der Decke, wucherte stellenweise in Fladen auch ein Stück weit die Wände herunter und erfüllte die Höhle mit einem gespenstischen grau-grünlichen Schein.

In der Mitte des Talkessels erhob sich der Tempel der Morgenröte.

Mit den meist prachtvollen, mit Säulen und Türmchen verzierten Tempeln, die sie aus Meridor oder anderen Städten kannten, hatte er nichts gemeinsam. Vielmehr handelte es sich um ein großes, rechteckiges und völlig schmuckloses Gebäude mit zyklopischen, mehr als zehn Meter hoch aufragenden Mauern mit Zinnen an der Oberseite. In der ihnen zugewandten Seite versperrte ein zweiflügeliges Tor, ein fast exaktes Ebenbild dessen, das Nariz gerade zerstört hatte, den Zugang. Rechts und links wurde es von je einer steinernen Statue flankiert, die einen Krieger mit einer Mischung aus Hellebarde und Streitaxt in den Händen darstellte.

»Sieht nicht gut aus«, murmelte Mytha. »Keine Fenster oder sonstige Öffnungen in den Mauern, durch die ein heimliches Eindringen möglich wäre, nicht einmal kleine Schießscharten. Das Tor scheint den einzigen Zugang zu bilden, und wenn es ebenso gesichert ist wie das andere … Ich glaube nicht, dass Nariz noch einmal die Kraft aufbringt, es zu zerstören.«

»Ganz sicher nicht«, keuchte die Magierin, die auf Olimarch und einen Söldner gestützt herangehumpelt kam. »Mit mir könnt ihr auf absehbare Zeit nicht mehr rechnen. Es sei denn …« Sie warf einen Blick zu Silvan, dann zu den Söldnern. »Ein bisschen Vergnügen könnte meine Kräfte ziemlich rasch auffrischen.«

»Auf keinen Fall«, erwiderte der Mann von der Bäreninsel, doch Mytha entging nicht, dass er einen Sekundenbruchteil zögerte. Es zeigte ihr, dass er seine Entscheidung nicht aus moralischen Überlegungen getroffen hatte, sondern nur aus Angst um die eigene Sicherheit bei dem Gedanken an das, was sie im Tempel und während des Rückwegs noch erwarten mochte. Wären noch mehr Männer ihrer Schutztruppe am Leben, hätte er einen davon vermutlich skrupellos geopfert.

»Schade. Dann müsst ihr eben sehen, wie ihr allein zurecht kommt.«

»Es ist nicht gesagt, dass das Schloss hier ebenfalls magisch gesichert ist«, erklärte Linton. »Im Gegenteil. Wenn ich das hier erbaut hätte, wäre ich davon ausgegangen, dass jemand, der das andere Tor öffnen konnte, das auch bei diesem schaffen würde, eine gleichartige magische Sperre also sinnlos wäre.«

»Du hasses aber nich' erbaut, Klugscheißer«, stellte Adamurt fest. »Is' nich' gesagt, dass die ollen Trakani so wie du gedacht ham.«

»Die Trakani waren ein weit fortgeschrittenes Volk und dürften wohl die einfachsten Regeln der Logik beherrscht haben.« Linton ließ sich nicht aus der Ruhe bringen. »Sehen wir uns den Bau doch mal aus der Nähe an.«

Langsam ging er auf das Gebäude zu. Als er nur noch drei oder vier Schritte von dem Tor entfernt war, erwachten die beiden Statuen plötzlich zum Leben.

Alles geschah so rasch und warnungslos, dass Mytha einen erschrockenen Schrei ausstieß. Von einem Moment zum anderen bewegten sich die steinernen Standbilder mit leisem Knirschen. Sie sprangen einen Schritt vor und hieben mit ihren Waffen nach dem Eindringling, und das nicht nur so überraschend, sondern auch so blitzschnell, dass kaum jemand eine Chance gehabt hätte, ihrem Angriff auszuweichen.

Allein seine bis zum Äußersten trainierten Instinkte und Reflexe retteten den Clansmann. Schon beim leichtesten Zucken der Statuen, noch bevor sein Verstand bewusst begreifen konnte, was geschah, warf er sich bereits zur Seite. Die eine Hellebarde hieb dort in den Boden, wo er sich gerade noch befunden hatte. Die gewaltige Schneide der anderen wirbelte horizontal durch die Luft und hätte ihn zweifellos in Höhe des Brustkorbs in zwei Teile gehackt, wenn er stehen geblieben wäre.

Kaum am Boden, wälzte er sich sofort zur Seite und entging so knapp einem weiteren Hieb. Erst dann gelang es ihm, sein Schwert zu ziehen. Sofort führte er einen Schlag gegen die Beine eines der Giganten, doch war er diesem so nah, dass ihm kaum Platz zum Ausholen blieb und der Hieb entsprechend schwach ausfiel.

Wie sich gleich darauf zeigte, erwies sich genau das als seine Rettung. Obwohl die Statuen sich auf unbegreifliche Art bewegen konnten, bestanden sie doch auch weiterhin aus massivem Stein. Selbst Lintons Schwert aus trakanischem Stahl prallte davon ab und hinterließ höchstens eine kleine Kerbe. Bei einem kraftvolleren Hieb wäre es ihm fraglos aus der Hand geprellt worden.

»So tut doch etwas! Helft ihm!«, rief Mytha, doch weder Silvan noch Adamurt machten Anstalten, in den ungleichen Kampf einzugreifen, und ohne direkten Befehl hielten sich die Söldner erst recht zurück.

Lintons Lage wurde derweil immer verzweifelter. Er riss mit beiden Händen sein Schwert hoch, um eine niedersausende Hellebarde abzuwehren. Mytha konnte sehen, dass er es so schräg wie möglich hielt, um möglichst viel von der Kraft des Aufpralls abgleiten zu lassen. Dennoch wurde er zurückgeschleudert und verlor das Schwert fast aus den Händen.

Das war ein Kampf, den er nicht gewinnen konnte. Seine Gegner waren zu zweit, ihm an Schnelligkeit fast gleichwertig, an Kraft weit überlegen, und sie schienen unverletzlich zu sein.

Mehrfach noch gelang es Linton mit knapper Not, Hiebe abzuwehren. Dann duckte er sich zwischen den Beinen der einen Statue hindurch und gelangte in ihren Rücken, wodurch er ein paar Sekundenbruchteile gewann, bis der steinerne Gigant herumgewirbelt war. Diese Zeit nutzte er, um loszulaufen.

Die beiden Wächter verfolgten ihn ein paar Schritte weit, doch als sie ihn fast eingeholt hatten, blieben sie wie durch ein

Wunder plötzlich stehen. Gleich darauf wandten sie sich um, kehrten an ihren alten Platz zurück und erstarrten wieder.

Linton taumelte noch ein paar Schritte weiter, dann brach er zusammen. Mytha hastete zu ihm. Bis auf eine nicht besonders tiefe Schnittwunde am linken Arm schien er unverletzt zu sein.

»Ist dir was passiert?«

»Nein«, presste er keuchend hervor. »Nur ein paar Prellungen und Schnittwunden. Aber statt eines Schwertes hätte ich lieber Hammer und Meißel mitnehmen sollen. An denen kommen wir nicht so leicht vorbei.«

Sie half Linton beim Aufstehen und humpelnd kehrten sie zu den anderen zurück. In sicherem Abstand ritt Adamurt einmal um das Gebäude herum, doch es gab keinen weiteren Eingang. Eine Menge Pläne wurden entworfen, wie man die Statuen zerstören könnte, doch fast alle erwiesen sich als unmöglich umzusetzen, vor allem, da sie kaum noch über Ausrüstung verfügten.

Am meisten Zeit widmeten sie der Idee, die Giganten mit Seilen zu Fall zu bringen, doch letztlich kam auch dabei nichts heraus. Weder verfügten sie über die Möglichkeit, Stolperfallen am Boden zu errichten, noch würde es ihnen gelingen, schnell genug um die Steinkreaturen herumzulaufen, um dabei Seile mehrfach um ihre Beine zu wickeln. Und auch der Einfall, die Seile zu Schlingen zu knüpfen und diese über die Statuen zu schleudern, mussten sie verwerfen. Selbst wenn es ihnen gelänge, würde es den magisch belebten Riesen höchstwahrscheinlich mühelos gelingen, die Seile zu zerreißen.

»Vergessen wir das Tor«, seufzte Mytha schließlich. »Wenn ein Eindringen auf dem Hauptweg nicht möglich ist, muss man sich eben einen anderen Weg suchen. Das ist schon seit Langem meine Devise.«

»Gibt aba keinen, du Klugscheißerin«, blaffte Adamurt sie an. »Hasse nich zugehört, dass das der einzige Eingang is?«

»Doch, habe ich. Aber ich glaube kaum, dass du auch aus der Luft gesucht hast.«

»Und?«

»Wir wissen nicht, was hinter der Mauer liegt«, erklärte sie und ließ ihren Blick an der Fassade entlang nach oben gleiten. »Vielleicht ist das Ganze ein einziger massiver Gebäudeblock, aber das glaube ich eigentlich nicht. Ich nehme eher an, dass es Freiflächen gibt. Ein Hof hinter dem Tor, vielleicht sogar einige Innengärten.«

»Und was soll uns das nutzen?«, fragte Silvan mit gerunzelter Stirn.

»Ganz einfach. Wenn es uns gelingt, irgendwie über die Mauer zu kommen, dürfte es von einem Innenhof aus leicht sein, in das Hauptgebäude einzudringen. Handelt es sich hingegen um einen einzigen gewaltigen Klotz ohne Fenster oder sonstige Öffnungen, sehe ich auch keinen Weg.«

»Toll. Also nur mal so über die Mauer klettern«, höhnte Adamurt. »Kannste dich vielleicht inne Spinne verwandeln? Anders seh' ich nämlich keine Möglichkeit, da hochzukommen. Keine Vorsprünge, keine Vertiefungen. Wie willste das schaff'n? Oder haste vielleicht fliegen gelernt?«

»Nein, aber ich kann an einem Seil in die Höhe klettern, und schließlich haben wir ja ein paar starke Männer hier, die es hochschleudern können.«

»Das schaffen wir nie«, behauptete Linton nach einem skeptischen Blick zur Mauerkrone hinauf. »Wir müssten mit einer Schlinge genau eine der Zinnen treffen, was schon fast unmöglich wäre, doch ich bezweifle, dass es überhaupt möglich ist, ein Seil so hoch zu werfen.«

»Mit einer Schlinge und ohne ein Gewicht, das das Seil mit sich zieht, sicherlich.« Mytha öffnete ihr Bündel und suchte darin herum, bis sie einen etwa handgroßen, nicht besonders dicken Block aus Metall fand. Aus diesem Block klappte sie mehrere seitliche, spitz zulaufende Streben heraus, die nun wie Widerhaken davon abstanden. »Aber wie wäre es hiermit? Die Haken sind so geformt, dass sie sich hinter jeder Mauerkante oder einem anderen Hindernis verkanten und sich die Spitzen bei Zug nur noch tiefer in das Hindernis bohren.«

Silvan stieß einen leisen, anerkennenden Pfiff aus.

»Erstaunlich, was Frauen heutzutage so alles mit sich herumschleppen.«

»So was trägt die moderne Diebin nun mal«, gab Mytha grinsend im gleichen flapsigen Tonfall zurück. »Jetzt muss der Haken nur noch über die Mauer.«

In sicherem Abstand zu den Wächterstatuen umrundeten sie eine Ecke des Tempels und erreichten eine Seitenwand. Hier banden sie die Pferde an Vorsprüngen der Felswand und herumliegenden Gesteinsbrocken fest. Anschließend knotete Mytha ein Seil an einer dafür vorgesehenen Öse des Wurfhakens fest. Obwohl das Klettern dadurch schwieriger wurde, wählte sie ein ausreichend starkes, zugleich aber möglichst dünnes Seil. Angesichts seiner Länge von mehr als zehn Metern bedeutete es dennoch ein erhebliches Zusatzgewicht, das der Haken hinter sich herziehen musste.

Ein zu hohes Gewicht, wie sich kurz darauf herausstellte.

Jeder von ihnen unternahm mehrere Versuche, den Haken über die Mauerkrone zu schleudern. Am höchsten schaffte es Silvan, doch auch bei seinem besten Wurf klirrte der Haken fast einen Meter unterhalb der Zinnen gegen die Wand und stürzte wieder herab. Auch dieser Weg endete in einer Sackgasse.

Tiefe Niedergeschlagenheit folgte auf die misslungenen Versuche. Mytha versuchte, sich davon nicht anstecken zu lassen. Es war nicht das erste Mal, dass mehr als nur ein Plan scheiterte. Die Kunst war es, sich davon nicht entmutigen zu lassen, sondern weiter nach Alternativen zu suchen, so aussichtslos diese anfangs auch erscheinen mochten.

Da die Mauern des Tempels unbezwingbar schienen, suchte sie mit ihrem Blick gründlich die gegenüberliegende Felswand ab. Diese war nicht ganz so glatt wie die Wände der Schlucht. Ein Vorsprung hier, eine Vertiefung dort – alle nur winzig, zudem rar gesät und stellenweise weit voneinander entfernt. Aber es gab sie!

Mytha hörte nicht länger auf das Gezänk der anderen. Sie

war fest entschlossen, sich irgendwie Zutritt zum Tempel zu verschaffen, um zu beweisen, wie viel sie für dieses Unternehmen wert war. Ihre erste Bewährungsprobe, das Schloss in dem Tor an Ende der Schlucht, hatte Nariz ihr ruiniert, weil sie das gesamte Hindernis mit Magie zerstört hatte. Jetzt aber konnte die Magierin ihnen nicht weiterhelfen, jetzt ruhten alle Hoffnungen allein auf ihr, und deshalb war sie bereit, jedes noch so hohe Risiko einzugehen.

Und das würde auch vonnöten sein, wenn sie ihre Idee in die Tat umsetzen wollte.

Langsam ging sie an der Felswand entlang und betrachtete diese dabei fachmännisch, schätzte ab, welche Unebenheiten fest und groß genug waren, um ihr Halt zu bieten und ihr Gewicht zu tragen. Im Geist ging sie mögliche Wege in die Höhe durch, doch immer wieder landete sie in Sackgassen, erreichte einen Punkt, an dem der nächste mögliche Halt zu weit vom vorigen entfernt lag.

In Meridor hätte eine Wand wie diese kein übermäßig großes Problem für sie dargestellt. Dort besaß sie spezielle Gesteinshämmerchen, mit denen sie zusätzliche Vertiefungen schaffen und spezielle Haken, die sie in das Gestein treiben konnte. Vor dem Aufbruch aber hatte sie sich entscheiden müssen, was sie an Ausrüstung mitnahm. Die Probleme, auf die sie treffen würden, waren nicht abzuschätzen gewesen, und sie hatte sich unmöglich für alle Eventualitäten rüsten können, sonst wäre ihr Gepäck umfangreicher als Olimarchs transportable Hexenküche.

Aus dem Grund hatte sie sich dafür entschieden, nicht viel mehr als das mitzunehmen, was sie leicht am Körper tragen konnte, und sich ansonsten auf ihre Geschicklichkeit und ihren Einfallsreichtum zu verlassen.

Mytha musste eine ganze Weile suchen, bis sie endlich eine Stelle fand, die ihr geeignet erschien. Hier gab es nicht nur genügend Unebenheiten, die dicht genug beieinanderlagen, dass sie die jeweils nächste erreichen konnte. Fast ebenso wichtig für ihr Vorhaben war eine vorstehende Abbruchkante, kaum mehr als eine Art ein, zwei Meter langer Sims, das sich in rund fünfzehn Metern Höhe ein Stück weit am Berg dahinzog, also oberhalb der Tempelmauer. Er sah zwar sehr schmal aus, doch sie hoffte, dass er ausreichen würde, dass sie sich auf ihn kauern konnte.

Die anderen waren noch immer in hitzige Gespräche verstrickt. Soweit Mytha aufschnappte, wurde gerade die hirnlose Idee diskutiert, dass einige von ihnen die steinernen Wächter ein paar Meter von dem Tor weglocken und in einen Kampf verstricken sollten, damit die anderen derweil versuchen sollten, das Tor aufzubrechen. Niemand nahm Notiz von ihr, als sie das am Boden liegende Seil mit dem Wurfhaken aufhob. Sie löste den Knoten und klappte die Streben wieder ein, sodass der Haken zu einem handlichen, kleinen Kästchen wurde. Aus ihrem Bündel holte sie ein weiteres, gleichartiges Kästchen.

Ihre hautenge Kleidung besaß keine Taschen, die groß genug waren, um diese darin zu verstauen. Auch würden die Seile, selbst wenn sie sie zusammenrollte und am Gürtel befestigte, sie beim Klettern behindern und zusätzliches Gewicht bedeuten. Dennoch würde sie sie benötigen, wenn sie den Sims erreichte, doch dafür fand sie eine einfache Lösung. Sie zog ihre Stiefel aus, die beim Klettern ebenfalls nur hinderlich wären, dann packte sie alles zu einem neuen Bündel und schnürte es mit einem dünnen, aber sehr starken Garn zusammen, schnitt ein reichlich bemessenes Stück von dem Garn ab und knotete das Ende am Rücken an ihren Gürtel, wo es sie am wenigsten störte.

Noch einmal musterte sie eingehend die Felswand, prägte sich die Position aller Unebenheiten, so gut es ging, ein, damit sie später nicht blindlings danach tasten musste. Alles würde auch so schon schwer und gefährlich genug werden. Wenn ihre Kräfte nachließen und sie den Halt verlor oder wenn einer der winzigen Vorsprünge unter ihrem Gewicht abbrach, würde ein Sturz auf den Felsboden tödlich enden, sobald sie eine gewisse Höhe erreichte, oder sie würde sich zumindest schwer verletzen, was in dieser Umgebung einem Todesurteil gleichkäme.

Mytha gab sich keinen Illusionen hin. Falls die Expedition

hier, so dicht vor dem Ziel, doch noch scheitern sollte, wäre sie für Silvan nicht länger von Nutzen. Sollte sie sich verletzen und eine Last bedeuten, würde er sie ebenso skrupellos zurücklassen wie die verwundeten Söldner auf dem Weg hierhin, und abgesehen höchstens von Linton würde keiner der anderen dagegen protestieren.

Die Chancen, dass es dazu kommen würde, lagen weitaus höher als die Aussicht auf Erfolg, und doch konnte sie nicht anders handeln. Wenn Sie bereit war, eine solche Gefahr auf sich zu nehmen, dann nicht Silvan zuliebe. Da er sich ihr gegenüber nicht loyal verhalten würde, hatte er auch ihre Loyalität nicht verdient. Aber anders als während ihrer Ausbildung, als sie sich fast ständig gegen die starren Strukturen und Befehlsketten der Gilde aufgelehnt hatte, war sie gewissenhafter geworden. Als sie diesen Auftrag angenommen hatte, hatte sie sich Silvan gegenüber verpflichtet und so etwas nahm sie nicht mehr ganz so auf die leichte Schulter wie früher.

In viel stärkerem Maße aber reizte sie auch jetzt wieder die Herausforderung, etwas scheinbar Unmögliches zu vollbringen. Sie ertrug Niederlagen sehr schlecht, da sie in ihrem bisherigen Leben nur sehr wenige hatte hinnehmen müssen, und ein Scheitern dieser Mission hätte auch für sie eine persönliche Niederlage bedeutet.

Vor allem aber war sie es den zahlreichen Söldnern, die gestorben waren, damit sie und die anderen es bis hierhin schafften, schuldig, jetzt nicht aus Feigheit und Angst vor dem vermutlich einzigen Weg in den Tempel hinein zurückzuschrecken, nur weil dieser gefährlich war.

Mytha gab sich einen Ruck. Sie konnte noch stundenlang hier stehen und darüber nachdenken, ob das, was sie tun wollte, sinnvoll war oder nicht. Das diente nur dem Zweck, das Unvermeidliche hinauszuzögern, brachte sie aber kein bisschen weiter.

Sie holte noch einmal tief Luft, dann begann sie zu klettern.

8 Die ersten Meter fielen Mytha erwartungsgemäß am leichtesten. Hier hatte sie sich aus unmittelbarer Nähe die geeignetsten Greifflächen für ihre Finger und Trittflächen für ihre Füße auswählen und von kleinen Steinchen reinigen können. Außerdem war sie noch im Vollbesitz ihrer Kräfte, die bei der ungeheuren Anstrengung aber schon bald nachlassen würden, wie sorgsam sie sich diese auch einteilte.

Sie hatte bereits eine Höhe von gut drei Metern erreicht, als die anderen auf ihr Tun aufmerksam wurden. Silvan bemerkte es, als er einen wohl nur zufälligen Blick in ihre Richtung warf.

»Mytha!«, rief er. »Verdammt, was machst du da?«

Zusammen mit den anderen kam er herbeigeeilt.

»Was hast du vor?«, fragte auch Linton, dabei vermutete sie, dass gerade er ihre Absicht bereits erriet.

»Wenn sich der Haken nicht hoch genug schleudern lässt, dann klappt es vielleicht von hier aus«, antwortete sie und kletterte unbeirrt weiter. Sie konnte gar nicht anhalten, da sie im Moment keinen sicheren Halt hatte, sondern sich nur mit den Fingerspitzen in winzigen Vertiefungen festklammerte und abrutschen würde.

»Du bist verrückt, das kann nicht klappen. Der Abstand von der Felswand zum Tempel ist ja noch weiter, als die Mauer hoch ist.«

»Von schräg oben kann ich in einem Bogen werfen und komme damit sehr viel weiter.« Ihre Füße ertasteten einen Vorsprung und sie konnte ihre schmerzenden Finger etwas entlasten.

»Trotzdem. Das ist Wahnsinn! Die Wand ist viel zu glatt. Wir finden einen anderen Weg. Komm wieder runter, sonst hole ich dich.«

Mytha stieß ein abgehacktes Lachen aus.

»Ein Wettklettern wie auf dem Schiff? Du weißt, dass ich besser bin als du.« Auch mit dem zweiten Fuß fand sie eine kleine Unebenheit. »Und jetzt lass mich in Ruhe. Wie du siehst, bin ich gerade etwas beschäftigt.«

»Verdammter Dickkopf!«, schimpfte Linton. »Du wirst dir den Hals brechen.«

»Lass sie«, mischte sich Silvan ein. »Du weißt, dass es keinen anderen Weg gibt, und es heißt, sie ist die beste Diebin der Welt. Wenn jemand in ein versperrtes Gebäude eindringen kann, dann sie. Dafür ist sie schließlich bei uns.«

Während sie nach weiteren Unebenheiten tastete, verzog Mytha grimmig das Gesicht. Was nach Lob und Anfeuerung klang, war in Wahrheit nur kaltblütiges Kalkül. Mit der Bemerkung, dass er sie genau dafür schließlich angeheuert hätte, rieb er ihr überdeutlich unter die Nase, wie wenig sie bislang zum Gelingen beigetragen hatte, und dass es für sie an der Zeit wäre zu beweisen, dass ihr Ruf als brillante Diebin berechtigt wäre. Wenn sie es nicht schaffte, erfüllte sie nicht die in sie gesetzten Erwartungen. Dann wäre es nicht schade um sie, denn die Mission wäre ohnehin gescheitert. Wenn sie es hingegen schaffte – umso besser.

Sie kletterte weiter. Fünf Meter hatte sie inzwischen sicherlich zurückgelegt, als sie merkte, wie ihre Muskeln sich allmählich zu verkrampfen begannen. Wieder fand sie einen Vorsprung, auf den sie einen Fuß setzen und sich ein Stück höher schieben konnte, bis auch ihre tastende Hand Halt fand.

Etwas Geröll, fast so fein wie Sand, hatte sich in der Vertiefung abgelagert und gab unter ihrem Griff nach. Sie spürte, wie ihre Hand abglitt, und griff noch fester zu. Ein heftiger Schmerz durchzuckte ihre Fingerspitzen, aber es gelang ihr, sich zu halten.

Wieder war gut ein halber Meter geschafft. Mytha verharrte ein paar Sekunden, wartete, bis die Schmerzen in ihren Fingern etwas nachließen. Ihr Herz raste und klopfte so heftig, als wollte es aus ihrer Brust brechen. Sie bemühte sich, ruhig und gleichmäßig zu atmen, dann setzte sie ihren Weg fort.

Die Sekunden dehnten sich zu Ewigkeiten, und jedes bewältigte Stückchen, das sie höher kam, schien endlos zu sein, als wäre sie in einem Albtraum gefangen, in dem sich die Felswand ausdehnte und der noch vor ihr liegende Weg immer länger und länger statt kürzer wurde.

Mytha zwang sich, weder einen Blick nach unten noch nach oben zu werfen. Es entmutigte sie nur zu sehen, dass noch rund die Hälfte der Strecke vor ihr lag, dass sich der Absatz, den sie sich als Ziel ausgewählt hatte, so scheinbar unerreichbar fern über ihr erstreckte. Stattdessen konzentrierte sie sich allein auf das Stück der Felswand, an dem sie sich gerade befand.

Immer ein Stück nach dem anderen, manchmal kaum eine Handlänge bis zum nächsthöheren Halt, manchmal fast eine ganze Armlänge. Ein Fuß auf einem Vorsprung, der kaum mehr als ein Hubbel war oder in einer Höhlung, die gerade einmal für ihre Zehenspitzen ausreichte. Mit dem anderen Fuß nach einer ebenso winzigen Unebenheit tasten, sich darauf abstützen und höher stemmen, ihr ganzes Gewicht nur auf zwei, drei Zehen und ihren Fingerspitzen lastend.

Zeit und Raum verloren ihre Gültigkeit, nichts anderes schien mehr zu existieren als der glatte Fels eine Nasenspitze vor ihr und ihr Körper, der nur noch aus Schmerz zu bestehen schien.

Dann geschah das, was sie die ganze Zeit über befürchtet hatte. Ihre Beine und Arme zitterten bereits seit einer ganzen Weile, aber nun begann ihr rechtes Bein unkontrolliert zu zucken. Ihr Fuß glitt von dem Vorsprung ab, auf den sie ihn gerade gesetzt hatte, und feuriger Schmerz breitete sich in ihrer Wade aus. Mühsam rang Mytha die Panik nieder, die von ihr Besitz zu ergreifen drohte. Sie wusste, dass es ihr Ende bedeuten würde, wenn sich der Krampf verfestigte oder gar ausbreitete. Sie war inzwischen so hoch, dass ein Sturz auf den harten Felsboden trotz ihrer katzenhaften Geschicklichkeit unbedingt tödlich enden musste.

So gut es ging, verteilte sie ihr Gewicht auf ihre Hände und den linken Fuß. Gleichzeitig schlenkerte sie das rechte Bein ein wenig, bog den Fuß und die Zehen mehrmals in die Höhe, dann wieder nach unten. Zu ihrer grenzenlosen Erleichterung spürte sie, dass der Krampf nachließ. Sie wartete noch ein paar Sekunden, dann kletterte sie weiter.

Wie sie es schaffte, wusste Mytha hinterher selbst nicht mehr, aber irgendwann bekamen ihre Finger den Felsabbruch zu packen. Mit letzter Kraft zog sie sich auf den Absatz hinauf und blieb dort zu Tode erschöpft liegen. Ihre Muskeln schienen nur noch aus knotigen Strängen zu bestehen und spätestens am nächsten Tag würde sie sich vermutlich kaum noch bewegen können.

Aber das zählte im Moment nicht. Wichtig war nur, dass sie ihr Ziel erreicht hatte. *Zumindest ein Zwischenziel*, verbesserte sie sich in Gedanken gleich darauf selbst. Den gefährlichsten und anstrengendsten Teil des Weges hatte sie geschafft, aber das nutzte ihr nichts, wenn es ihr nicht gelang, auch die zweite Hälfte ihres Plans in die Tat umzusetzen. Und auch dieser würde alles andere als ein Kinderspiel werden.

9

Mytha gönnte sich einige Minuten Rast, bewegte dabei ihre Finger und Füße, um sie etwas zu lockern. Dann erst wälzte sie sich vom Rücken auf die Seite, sodass sie den Tempel im Blick hatte.

Von hier aus konnte sie mühelos über die Mauer schauen, und wie sie erhofft hatte, erstreckte sich dahinter ein Innenhof. Nun musste sie nur noch hinübergelangen. Sie löste den Garnfaden von ihrem Gürtel und zog damit das zusammengeschnürte Bündel zu sich hoch. Als Erstes zog sie ihre Stiefel wieder an. Eines der Seile hängte sie sich um, das zweite befestigte sie an dem Wurfhaken, nachdem sie die langen Dorne wieder herausgeklappt hatte.

Der Sims bot nicht genug Platz, um den Haken kreisen zu lassen, was ihm mehr Schwung verliehen hätte, doch Mytha hoffte, dass es auch so gehen würde. Mit aller Kraft schleuderte sie ihn in Richtung Tempel. Das Wurfgeschoss beschrieb einen Bogen, doch dieser war zu flach. Mehr als einen Meter unterhalb der Mauerkrone prallte es gegen die Wand.

Mytha ließ sich davon nicht entmutigen. Sie hatte gar nicht erwartet, dass bereits der erste Versuch gelingen würde. Deshalb wertete sie diesen auch nicht als Misserfolg, sondern als Test. Auf Anhieb hatte sie fast die Mauerkrone getroffen, sie musste nur den Bogen vergrößern.

Sie zog den Wurfhaken wieder zu sich herauf und schleuderte ihn erneut. Diesmal hätte es fast geklappt, doch hatte sie das Pech, dass der Haken eine der emporragenden Zinnen traf. Nur eine Handbreit weiter seitlich wäre er durch eine der Aussparungen dazwischen geflogen.

Beim dritten Versuch gelang es ihr schließlich. Der Haken flog zwischen zwei Zinnen hindurch und verhakte sich hinter der Mauerkrone. Mytha stieß einen gedämpften Jubelschrei aus. Auch von den anderen, die ihre Bemühungen aus der Tiefe gebannt verfolgten, kamen anfeuernde Rufe.

Sie zog ein paarmal kräftig an dem Seil, um sicherzugehen, dass es sich nicht lösen würde, wenn sie ihm ihr Gewicht anvertraute. Nun galt es nur noch, es auf ihrer Seite zu befestigen. Es gab nichts, woran sie es sicher festbinden konnte, aber damit hatte sie gerechnet und genau dafür den zweiten Haken mitgenommen. In dem Sims gab es Risse und kleine Spalten. Sie wählte die aus, die ihr am geeignetsten erschien, verankerte den Haken darin und knotete das Seil daran fest. Es war nun fest zwischen Felswand und Tempelmauer gespannt.

Unter anderen Umständen hätte sie versucht, darüberzubalancieren.

Sie beherrschte das Gehen auf einem Seil recht gut, hatte es bis zum Erbrechen trainiert. Dennoch erschien es ihr angesichts der Höhe und der Dünne des Seils zu gefährlich, und sie beschloss, kein Risiko einzugehen. Stattdessen ergriff sie das Seil mit den Händen und schlang auch ihre Beine darum. Wie ein Beutel hing sie nun daran, griff über ihrem Kopf immer wieder nach hinten und zog sich ein Stück weiter. Ihre ohnehin schon verkrampften Muskeln protestierten mit Schmerz auf diese neuerliche Belastung, doch Mytha ignorierte ihn.

Da die Tempelmauer mehrere Meter niedriger war als der Absatz in der Felswand, führte das Seil schräg nach unten, was es etwas leichter machte. Ihre größte Befürchtung war, dass sie erneut einen Krampf bekommen würde. Doch nichts dergleichen geschah.

Dafür schien sich das Seil in eine scharfe Klinge verwandelt zu haben, die mit jedem Meter, den sie zurücklegte, schärfer wurde und in ihre Finger und Handflächen schnitt.

Nachdem sie rund die Hälfte des Weges zurückgelegt hatte, schlang sie die Arme so wie ihre Beine um das Seil. Was sie erhofft hatte, geschah. Der Höhenunterschied war groß genug, dass sie langsam ins Rutschen geriet. Ihre nackte Haut hätte das raue Seil dabei in Fetzen gerissen, aber das Leder schützte ihre Unterarme.

Lediglich die letzten zwei Meter, auf denen das Seil zu stark durchhing, legte sie wieder hangelnd zurück, dann konnte sie die Steinmauer packen und schwang sich zwischen zwei Zinnen hindurch auf den Wehrgang, der an der Innenseite der Mauer verlief.

Rasch blickte sie sich um, doch nirgendwo war eine Gefahr zu entdecken. Auch auf dem Innenhof hielt sich niemand auf, weder Ungeheuer noch magisch belebte Kreaturen, und es gab auch keine Statuen oder dergleichen.

Erneut gönnte Mytha sich eine kleine Ruhepause. Dann löste sie das Seil von dem Wurfhaken und ließ es zur Felswand hinüberschwingen. Stattdessen knotete sie das zweite Seil daran fest, überprüfte den Halt des Hakens und warf das Seil in die Tiefe, damit die anderen daran in die Höhe klettern konnten.

Linton nahm die Herausforderung als Erster an. Wie sie an Bord der *Seeadler* oft an den Tauen hinaufgeklettert waren, kletterte er jetzt mit großer Geschicklichkeit an dem Seil zu ihr in die Höhe und war kurz darauf neben ihr angelangt. Er nahm ihr Bündel ab, das er sich umgehängt hatte, und reichte es ihr.

»Hier sind deine Sachen. Die dürftest du noch brauchen.«

»Danke, ich …«

»Ich weiß nicht, ob ich dich drücken oder für deine Unvernunft übers Knie legen soll«, fiel er ihr ins Wort und nahm sie in die Arme. »Ich weiß, wie gut du klettern kannst, trotzdem hätte ich nicht geglaubt, dass du das wirklich schaffst. Das war unvergleichlich. Unvergleichlich mutig und geschickt, aber auch unvergleichlich dumm. Du hast uns einen gewaltigen Schreck eingejagt.«

»Heißt das, du hast Angst um mich gehabt?« Der Gedanke erfüllte Mytha mit einem angenehmen, warmen Gefühl. Sie war Zeit ihres Lebens eine Einzelgängerin gewesen und konnte sich nicht erinnern, das sich jemals jemand um sie gesorgt hätte. Auch als es ihr während der Reise dank Nariz so schlecht gegangen war, hatte die Sorge der anderen weniger ihr persönlich gegolten, als vielmehr dem Umstand, dass man voraussichtlich noch auf ihre Fähigkeiten angewiesen sein würde.

»Ja, das hatte ich«, gestand Linton. »Mach so etwas bloß nicht noch einmal!«

»Es war der einzige Weg, und außer mir hätte ihn wohl keiner bewältigen können. Ich nehme an, genau deshalb hat Silvans Dämon erklärt, die Mission könnte nur Erfolg haben, wenn wir alle daran teilnehmen, auch ich.«

Sie verstummte und löste sich von dem Clansmann, als sich auch Silvan über die Mauer schwang.

»Gut gemacht«, sagte er knapp und klopfte Mytha auf die Schulter. Auch er war allein an dem Seil heraufgeklettert. Die anderen brauchten länger, da sie sich mit den Füßen gegen die Tempelmauer stützten, während sie sich immer eine Hand über der anderen an dem Seil in die Höhe zogen. Olimarch schaffte es nur, weil Adamurt ihm half und ihn von unten immer wieder stützte.

Schließlich hatten sie sich alle auf dem Wehrgang versammelt. Nach wie vor war nichts von einer Gefahr zu bemerken. Es schien, als hätten sie alle Fallen und sonstigen Schutz- und Abwehrsysteme hinter sich gelassen. Tempel waren Heiligtümer, deshalb war gut vorstellbar, dass es in seinem Inneren nichts Derartiges mehr gab.

Auf der Innenseite brauchten sie zu Mythas Erleichterung nicht zu klettern. Es gab eine steinerne Treppe, die von dem Wehrgang in den großen Hof hinabführte. Am oberen Ende der Treppe hielt Olimarch sie zurück.

»Wir haben unser Ziel fast erreicht«, raunte er ihr leise zu. »Und damit wird die Lage für uns gefährlich. Ich traue Silvan nicht und halte es für möglich, dass er irgendeine Schweinerei plant.« Er drückte ihr ein kleines Fläschchen in die Hand. »Hier, trink das zur Sicherheit. Ich und die anderen haben es schon genommen. Der Stolz all meiner Forschungen, ungeheuer schwer herzustellen, deshalb habe ich es für diesen Moment aufbewahrt. Das Mittel verändert deine Haut, lässt sie sehr viel zäher und widerstandsfähiger werden. Es macht dich nicht völlig unverletzlich. Ein mit aller Wucht geführter Schwerthieb wird dich trotzdem töten, aber es wird dich vor anderen Verletzungen schützen.«

Mytha zögerte, betrachtete das Fläschchen zweifelnd. Zu fantastisch klang das, was der Giftmischer da behauptete. Außerdem hatte sie seine schäbige Idee, sie und die anderen durch Gift von sich abhängig zu machen, nicht vergessen.

»Du hast das Mittel bereits genommen?«, hakte sie nach.

»Ja, und nun trink es endlich. Silvan darf nichts …«

Während er sprach, hatte Mytha blitzschnell ihren Dolch gezogen und fügte ihm einen Schnitt über den Handrücken bei. Genauer gesagt, sie versuchte es. Die Schneide war scharf geschliffen, dennoch vermochte sie seine Haut nicht zu durchdringen. Nicht einmal ein noch so winziger Kratzer war zu sehen.

»Misstrauisches Miststück«, zischte Olimarch. »Bist du jetzt überzeugt?«

Mytha nickte. Während sie hinter den anderen die Treppe hinunterstiegen, schluckte sie in den Inhalt des Fläschchens. Im Gegensatz zu den meisten seiner sonstigen Tränke schmeckte dieser weder bitter noch sauer, sondern prickelnd frisch und sogar ein wenig süßlich.

Vorsichtig näherten sie sich dem eigentlichen Tempel, einem eher kleinen Gebäude mit einem Kuppeldach. Drei breite Stufen führten zu einer verschlossenen Tür hoch. Nachdem Nariz sie untersucht und festgestellt hatte, dass es keine magische Sperre gab, nahm Mytha sich das Schloss vor. Es beruhte auf einem anderen System als die meisten Schlösser in Meridor. Sie musste mit mehreren ihrer Häkchen und Stifte gleichzeitig arbeiten, bis nach kaum einer Minute ein leises Knacken ertönte. Probehalber drückte sie die Klinke nach unten und die Tür ließ sich öffnen. Nacheinander traten sie ein.

Der Tempel bestand nur aus einem einzigen, mehrere Meter durchmessenden Raum. An einer Seite ruhte auf einem pompös bearbeiteten Steinsockel eine hölzerne Schatulle, doch das nahm Mytha nur am Rande wahr.

Obwohl es keine Fenster gab, war es nicht dunkel, denn die hintere Wand strahlte genügend Licht aus.

Wand?

Nein, das war keine Wand. Das war … *irgendetwas*. Etwas, wie Mytha es noch nie zuvor gesehen hatte. Es war wunderschön und schrecklich zugleich, vor allem aber war es unbeschreiblich fremdartig.

Die Wand war nicht massiv, sondern bestand aus einer wabernden Fläche, in der bunte Schlieren durcheinanderwirbelten. Alle Farben des Regenbogens waren vertreten, aber auch andere, düstere Töne. Es sah aus, als würde eine niemals endende Schlacht stattfinden, in der die hellen, bunten Farben gegen die dunklen Grau- und Schwarztöne kämpfen, einander zu umschlingen und so auszulöschen versuchten.

»Ein Tor«, hauchte Nariz. »Ein magisches Tor. Also vermochten die Trakani diese wirklich zu erschaffen und zu kontrollieren.«

Wie in Trance trat Mytha näher, registrierte aus den Augenwinkeln, dass die anderen es ihr gleichtaten, bis sie nur noch den Arm hätte auszustrecken brauchen, um die Farben zu berühren.

»Vorsicht!«, warnte Nariz. »Geht nicht zu nah heran. Wir wissen nicht, ob das Tor noch ordnungsgemäß funktioniert, und wir wissen vor allem nicht, wohin es führt. Es ist zu befürchten, dass die Dämonen Besitz davon ergriffen haben und es direkt in den Schattensphären endet.«

Hinter ihnen ertönte ein kaltes Lachen. Mytha fuhr herum. Erst jetzt bemerkte sie, dass Silvan und die Söldner hinter ihnen zurückgeblieben waren. Statt sich ebenfalls von dem Tor in seinen Bann ziehen zu lassen, hatte er das Kästchen an sich genommen und sich unter den Arm geklemmt.

»Ihr Narren!«, rief er. »Widerliches, undiszipliniertes Verbrechergesindel! Ohne euch hätte ich es nie bis hier geschafft, aber nun brauche ich euch nicht länger, und es ist Zeit, dass ihr endlich euren verdienten Lohn erhaltet. Sterbt!«

Mit diesen Worten schleuderte er eine Kugel von der Größe einer Kinderfaust nach ihnen.

»Nein!« brüllte Linton, überwand seinen Schreck schneller als jeder andere von ihnen. Er warf sich gegen sie, versetzte ihnen mit seinem ganzen Körpergewicht einen wuchtigen Stoß. Mytha fühlte sich zurückgeschleudert.

Wo sie gestanden hatte, prallte die Kugel auf den Fußboden. Augenblicklich schoss eine Stichflamme in die Höhe, wurde zu einer glühenden, unerträglich heißen Feuerlohe, die sich rasend schnell ausbreitete.

Während Mytha noch nach hinten fiel, sah sie, wie sich Linton auf die Überreste der Kugel warf und das Feuer mit seinem Körper zu ersticken versuchte.

Vergeblich.

Die unsägliche Hitze verwandelte ihn in eine lebende Fackel, verbrannte seinen Körper binnen Bruchteilen von Sekunden.

Das war das letzte entsetzliche Bild, das Mytha sah, bevor das magische Tor sie verschlang.

DRITTES BUCH
DULG MORTAI

Mein ist die Rache, spricht A'arton. Denn ich bin dein Herr und ich bin ein rachsüchtiger Gott.

Wer falsch Zeugnis ablegt oder lästerhafte Reden wider mich und meine Lehren führt, dem soll die Zunge mit glühenden Zangen herausgerissen werden.

Wer die Hand gewaltsam gegen einen meiner Priester erhebt, dem sollen beide Hände über offenem Feuer geröstet werden.

Wer Schätze aus einem meiner Tempel davonzutragen versucht, dessen Füße sollen in einen Bottich mit hungrigen Ratten gesteckt werden, dass sie ihm das Fleisch von den Knochen fressen.

Dies sollen die Strafen der irdischen Gerichtsbarkeit für Ketzer wider das Wort A'artons sein, und sie werden nur ein mildes Vorspiel der Qualen sein, die seiner harren, wenn er nach seinem Tod in mein Reich eingeht.

Denn ich bin A'arton und ich bin ein rachsüchtiger Gott.

Auszug aus dem Heiligen Buch A'artons

DER DRITTE SOHN

1 »Werft sie über Bord!«, befahl Silvan und deutete auf das halbe Dutzend Tote, die an Deck der *Seeadler* aufgebahrt lagen. Es handelte sich um die Leichen der Söldner, die es zusammen mit ihm in mehrtägigen, höllischen Gewaltritten geschafft hatten, die Küste zu erreichen und wieder an Bord des Schiffes zu gehen. Er hatte ihnen eine Nacht ungestörten Schlaf gegönnt und ihnen dann zur Feier der erfolgreichen Rückkehr ein festliches Mahl bereiten lassen.

Das Gift hatte schnell gewirkt.

Ein wenig bedauerte er ihren Tod. Es waren gute und ihm treu ergebene Männer gewesen, die besten von zweihundert, die allein es geschafft hatten, den Schrecken und Gefahren der Verheerten Lande die Stirn zu bieten und bis ganz zum Schluss zu überleben. Sie hatten nicht ahnen können, dass ihr Todesurteil bereits gefällt worden war, als sie sich von ihm für diese Mission anwerben ließen. Allerdings hatte Silvan seit der Konfrontation mit den dämonischen Bestien auch in den Augen der Tapfersten einen Anflug von beginnendem Wahnsinn entdeckt, und in ihren Träumen hätte sie das Erlebte vermutlich bis ans Ende ihres Lebens verfolgt. Insofern war ein rascher, früher Tod vielleicht sogar eine Gnade für sie gewesen.

Trotzdem hätte er die Männer gerne verschont. Sie hätten eine hervorragende persönliche Leibwache abgegeben, angemessen seinem künftigen Reichtum und der Stellung, die er bald bekleiden würde.

Aber die Befehle Dulg Mortais waren eindeutig gewesen: Jeder,

der ihn in die Verheerten Lande begleitet hatte und dadurch genauere Informationen über das Ziel der Reise hatte, musste sterben. Das galt auch für seine speziellen Helfer, die den Erfolg überhaupt erst möglich gemacht hatten. Für sie sogar ganz besonders!

Manchmal hatten sie ihn belustigt, manchmal hatte er sich über sie geärgert, aber in erster Linie hatte er sie alle fünf vom ersten Tag an gehasst, auch wenn er es ihnen nie gezeigt hatte. Vor allem hatte er es gehasst, sich überhaupt mit diesem Abschaum abgeben zu müssen.

Adamurt und Linton waren hervorragende Kämpfer gewesen und ihm deshalb noch am ähnlichsten. Aber der Mörder hatte sich nicht unter Kontrolle gehabt und war ein widerlicher Angeber gewesen, während Linton ihm mit seinem Gerede von Ehre mehr und mehr auf die Nerven gegangen war. Beim Kriegshandwerk war Ehre gleichbedeutend mit Ruhm, und Ruhm erwarb man einzig durch Erfolg, gleichgültig, mit welchen Methoden man ihn errang.

Olimarch Thephilos – ein Klugscheißer, dessen vornehmes Getue mindestens ebenso nervig gewesen war.

Nariz D'huzhoryn – eine Schlange, die verschlagen nur ihren Vorteil suchte und dafür alles und jeden zu verraten bereit war, wenn es ihren Plänen diente. In ihrer Gegenwart hatte er sich am unwohlsten gefühlt. Vielleicht, weil auch sie ihm ähnlich gewesen war, jedoch ohne einen Funken Disziplin.

Diese hatte auch Mytha vermissen lassen. Eine äußerst talentierte Diebin, das musste er zugeben. Aber zugleich kaum mehr als ein aufmüpfiges, innerlich zerrissenes Kind, das seinen Weg im Leben noch lange nicht gefunden hatte. Dadurch war sie der schwächste Punkt der Gruppe gewesen, obwohl sie versucht hatte, ihre Unsicherheit hinter Frechheit, manchmal geradezu Rotzigkeit zu verstecken.

Mochten sie alle im tiefsten Höllenloch schmoren!

Aber genau das taten sie ja inzwischen. Ihre ständige Gegenwart in den vergangenen Wochen hatte er nur ertragen, indem er sich immer wieder vor Augen geführt hatte, dass auch ihr

Schicksal bereits besiegelt war. Gerade *ihr* Schicksal, denn Dulg Mortai hatte keinen Zweifel daran gelassen, wie wichtig es ihm war, dass sie unter allen Umständen aus dem Weg geräumt wurden, sobald die Mission erfüllt war.

Ursprünglich hatte Silvan vorgehabt, sie erst zu töten, sobald sie sich wieder an Bord der *Seeadler* befanden, um seine Chance zu erhöhen, das gefährliche Gebiet zu durchqueren. Aber ihm war nicht entgangen, dass auch sie, wenigstens einige von ihnen, bereits eigene Pläne geschmiedet hatten, die ihm womöglich hätten gefährlich werden können. Der Regen war ein Geschenk des Himmels für ihn gewesen, denn die meisten der Ungeheuer waren noch Tage danach vollgefressen und träge gewesen, was ihm die Entscheidung erleichtert hatte, sich seiner Helfer schon im Tempel zu entledigen und den Rückweg nur mit den Söldnern zu wagen.

Silvan verdrängte die Gedanken an die Vergangenheit. Es wurde Zeit, den Blick nach vorne zu richten. Ohne weitere Gefühlsregung beobachtete er, wie die Leichen von den Seeleuten, die bald ebenso tot sein würden, ins Meer geworfen wurden.

Mit flüchtigem Unbehagen dachte er daran, dass er dann der Einzige wäre, der Einzelheiten über diese Mission kannte. Um jedes Risiko auszuschließen, dass jemals etwas darüber bekannt würde, hatte Dulg Mortai möglicherweise Pläne geschmiedet, auch ihn zu beseitigen. Wenn dem so wäre, gäbe es nichts, was er dagegen tun konnte, aber er glaubte es nicht. Seit Jahren hatte er dem drittgeborenen Königssohn Woltans treue Dienste geleistet. Kaum ein anderer hätte das vollbringen können, was ihm in den letzten Jahren gelungen war, und diesen Leistungen hatte er nun die Krone aufgesetzt. Er hatte allen Widrigkeiten zum Trotz seinen nach menschlichem Ermessen nahezu unmöglichen Auftrag erfüllt. Wer das vollbrachte, der war nicht einfach durch einen anderen Handlanger zu ersetzen.

Erfolg war alles, was zählte. Er würde weder Ruhm noch Ehre ernten, doch würde er nach seiner Rückkehr mit Titeln, Ämtern und Ländereien belohnt werden. Wenn Dulg Mortai erst einmal den Thron bestiegen hatte, konnte er das mühelos gewähren. Ein Spottpreis für ein Königreich, aber für Silvan ein Aufstieg in Höhen, die jemandem wie ihm normalerweise auf ewig verwehrt blieben.

Fürst Silvan Debair – das klang verdammt gut für einen Jungen, der als mittelloser Herumtreiber in den Slums von Orms, der größten Stadt der Bäreninsel, aufgewachsen war …

Obwohl er sich nur zu gerne an diesen Visionen einer glorreichen Zukunft ergötzte, begnügte er sich für den Moment schon mit dem Genuss weitaus kleinerer Freuden, die er früher nicht einmal wahrgenommen hatte. So war es ein unvergleichliches Gefühl gewesen, nach dem Ablegen von der Küste zum ersten Mal seit Wochen wieder kühlen Wind auf der Haut zu spüren und die frische Meeresluft zu atmen, während der Rauch am Himmel hinter ihnen zurückblieb. Heller und heller war es geworden, und sein Glücksgefühl hatte sich fast zur Ekstase gesteigert, als schließlich die Sonne zwischen den Wolken und den letzten dahintreibenden Rauchfetzen durchgebrochen war.

Er war wieder in der Welt des Lichts angekommen!

Das war eine Wonne ohnegleichen. Die Strapazen der Mission hatten allerdings auch bei ihm Spuren hinterlassen. In der vergangenen Nacht war er mehrmals aus grässlichen Albträumen hochgeschreckt, und manchmal verspürte er ohne konkreten Anlass ein irrationales, plötzliches Angstgefühl, das sich wie ein Reif um seine Brust legte und ihn hektisch nach Luft schnappen ließ. Aber diese geistigen Wunden würden vergehen, ebenso wie die Verletzungen, die sein Körper davongetragen hatte, bald verheilt sein würden. Noch lag eine mehrwöchige Seereise zurück nach Brelonia, der Hauptstadt Woltans, vor ihm, während der er sich erholen und wieder zu Kräften kommen konnte.

Und die würde er dringend benötigen. Um seine ehrgeizigen Pläne zu verwirklichen, würde Dulg Mortai auch weiterhin seine Hilfe benötigen. Gegen das, was noch vor ihm lag, würde seine Expedition durch die Verheerten Lande ihm rückblickend möglicherweise wie eine gemütliche Ausflugsreise vorkommen.

2

»Verrat, sagt Ihr? Eine Verschwörung gegen den König?« Mühsam versuchte Sarkan Mortai den Kopf einigermaßen klar zu bekommen. Es war erst Vormittag, und die Sonne hatte längst noch nicht den höchsten Punkt ihrer Bahn erreicht, also viel zu früh, um über so gewichtige Themen nachzudenken. Störungen um diese Zeit betrachtete er gewöhnlich als Körperverletzung. »Und ausgerechnet Dulg soll dahinterstecken? Das ist völlig ausgeschlossen. Mein kleiner Bruder wäre niemals fähig, so etwas zu organisieren.«

»Und doch ist es so, mein Prinz. Ich habe Beweise.«

Gähnend richtete Sarkan sich im Bett auf und stützte sich auf die Unterarme. Sein Kopf schmerzte, als wollte er zerspringen, und ein winziger Gnom schien seine Schläfen voller sadistischer Freude mit einem Hammer zu bearbeiten. Ihm war übel und schwindlig, es fiel ihm sogar schwer, die massige Gestalt des Oberkommandierenden der königlichen Leibgarde deutlich zu sehen.

Bei Tuorillions Höllenfluch, war das eine Nacht gewesen! Die Kleine war ihr Geld Taler für Taler wert gewesen. Hätte er nur am Abend nicht so viel Wein getrunken! Aber schließlich hatte er ja nicht ahnen können, dass Arbas Sethorin ihn schon in aller Frühe mit so einer lästigen Angelegenheit wecken würde.

Er warf einen Blick zu dem Mädchen, das sich ein paar Schritte entfernt demonstrativ langsam und aufreizend ankleidete. Als die Kleine seinen Blick bemerkte, wiegte sie sich verführerisch in den Hüften und strich mit den Händen ihr gelocktes schwarzes Haar zur Seite, dessen Spitzen über ihre Brüste gefallen waren. Dass sie nicht allein waren, schien sie nicht zu stören, im Gegenteil. Sie war eine Hure, und Sarkan hatte sich gar nicht erst die Mühe gemacht, sich ihren Namen zu merken, aber sie verstand etwas von ihrem Handwerk, alles, was recht war. Vielleicht würde er wieder auf ihre Dienste zurückkommen. Ohne die Störung hätten sie es nach dem Aufwachen fraglos noch einmal miteinander getrieben, doch das hatte sich nun erledigt, und deshalb ging ihm ihr Treiben eher auf die Nerven. Ihm entging nicht, dass auch Sethorin immer wieder begehrliche Blicke auf ihren noch fast nackten Körper warf.

»Zieh dich endlich an und verschwinde!«, herrschte Sarkan sie an. Sie zog einen Schmollmund, beeilte sich aber und huschte aus seinem Gemach. »Ihr behauptet also, dass Dulg einen Umsturz planen würde? Das ist eine schwere Anschuldigung, für die Ihr schon hieb- und stichfeste Beweise vorlegen solltet, damit ich sie glaube. Und überhaupt – muss ich mich eigentlich um alles kümmern? Warum kommt Ihr damit zu mir, statt meinem Vater zu berichten?«

Das war eine dumme Frage, die ihm in seiner Benommenheit nur so herausgerutscht war, aber Sethorin ließ sich nichts anmerken.

»Der König fühlt sich heute nicht wohl«, erklärte er diplomatisch. »Man wollte mich nicht einmal zu ihm lassen. Ich halte diese Angelegenheit jedoch für äußerst dringend und außerdem betrifft sie auch Euch. Zeit zu verschwenden könnte sich als verhängnisvoll erweisen.«

»Schon gut.« Sarkan setzte sich ganz auf, gähnte noch einmal herzhaft und massierte seine pochenden Schläfen. Er war neunundzwanzig Jahre alt, fühlte sich aber, als wäre er mindestens doppelt so alt. Wein von den Hängen des Arbrons war süß und stark und süffig und schmeckte einfach herrlich, war aber auch dafür berüchtigt, dass man bei übermäßigem Genuss jeden Schluck am nächsten Tag bitter bereute. Da er ohnehin nicht allzu trinkfest war, ging es zumindest ihm so. »Dies ist kaum der richtige Ort, um Dinge von solcher Tragweite zu besprechen. Wartet in der Bibliothek auf mich. Ich komme in ein paar Minuten nach.«

»Wie Ihr wünscht, mein Prinz.«

Nachdem Sethorin durch eine Tür in einen der angrenzenden

Räume getreten war, setzte sich Sarkan auf. Verdammt, er hätte das Mädchen nicht wegschicken sollen. Er würde sich wesentlich lieber noch eine Weile mit ihr vergnügen, statt sich irgendwelche wilden Verschwörungstheorien anzuhören.

Aber er wusste auch, dass Sethorin ein verantwortungsvoller Mann war und seine Arbeit sehr ernst nahm. Er hätte ihn nicht geweckt, wenn es nicht wirklich einen gewichtigen Grund dafür gäbe.

Anderseits – ausgerechnet Dulg sollte in eine Verschwörung verwickelt sein? Hätte ein anderer als gerade Sethorin diesen Verdacht geäußert, hätte Sarkan nur gelacht.

Dulg war der drittgeborene Sohn König Ortans und hatte nie irgendwelches Interesse an Staatsgeschäften erkennen lassen, weder an der Diplomatie, noch am Kriegshandwerk oder anderen Aspekten der Regentschaft. In dieser Hinsicht glich er seinem älteren Bruder Boran, dem Zweitgeborenen. Dieser hätte von einem Händler abstammen können, denn von Kindheit an hatte er eine besondere Begabung für Zahlen und das Rechnen gezeigt. Später hatte sich daraus ein beachtliches Talent im Umgang mit Geld entwickelt und ihn für das Amt des Schatzmeisters qualifiziert, das er nun schon seit Jahren mit Geschick und Freude ausübte. Darüber hinausgehende Ambitionen hatte er nie erkennen lassen, sondern schien nur daran interessiert zu sein, möglichst jeden Ball oder Empfang im gesamten Königreich zu besuchen und seinen ohnehin schon beachtlichen Körperumfang weiter zu vergrößern.

Immerhin stand sein Ruf als Frauenheld in ähnlicher Familientradition wie der Sarkans und König Ortans in jungen Jahren, während Dulg nicht einmal Interesse an fleischlichen Genüssen zeigte, sondern sich in fast asketischer Besessenheit seinen Studien widmete. Die Vergangenheit hatte ihn stets mehr interessiert als die Gegenwart. Seine Studien erstreckten sich vom trakanischen Reich und seinem Untergang über die nachfolgenden dunklen Jahrhunderte mit ihrer fast unablässigen Folge von Kriegen zwischen den in unzählige Fürstentümer und unabhängige Stadtstaaten zerfallenen Kolonien Trakans, bis hin zur Gründung der drei großen Reiche, die noch heute den Kontinent nördlich der Düsterberge prägten.

Bedauerlicherweise galten seine Studien jedoch nicht allein der Historie. Stattdessen hatte er sich vor allem der Forschung nach früherem Wissen verschrieben, von dem im Laufe der Jahrhunderte viel verloren gegangen war. Dieses Wissen dem Vergessen zu entreißen wäre ein durchaus löbliches Unterfangen, wenn es nicht immer wieder Gerüchte gäbe, dass Dulgs Interesse auch dem von den Trakani und ihren Nachkommen praktizierten Okkultismus gälte, der das Reich einst ins Verderben gestürzt hatte. Manches Wissen blieb besser für immer verschollen!

Seit damals stand Magie bei den Menschen in schlechtem Ruf, ihre Ausübung war in Woltan ebenso wie in den Nachbarländern schon seit geraumer Zeit verboten. Insofern mochte es sich bei den Gerüchten nur um einen weiteren Versuch handeln, einen Angehörigen des Königshauses zu diskreditieren.

Sarkan wusste nicht, was er davon halten sollte. Für ihn zählte vor allem, dass niemals konkrete Anschuldigungen daraus geworden waren. Weder hatte man Dulg jemals das Praktizieren von Magie nachweisen können, noch irgendwelche Kontakte zu den verbotenen, im Geheimen jedoch immer noch bestehenden magischen Kulten. Solange dies so blieb, konnte sein Bruder ruhig über vergilbten Schriftrollen brüten, so viel er wollte. Das war besser, als wenn er sich in Staatsgeschäfte einmischte.

Und jetzt sollte Dulg nicht nur plötzlich entsprechende Ambitionen entwickelt haben, sondern sich sogar an einer Verschwörung beteiligt haben?

Sarkan seufzte.

Er stand vollends auf und wartete, bis das in seinem Kopf wütende Inferno sich wieder einigermaßen gelegt hatte. Dann schlurfte er mit zunächst noch unsicheren Schritten zu einer Kommode hinüber. Aus einer bereitstehenden Schüssel schöpfte er sich mehrere Hände voll kaltes Wasser ins Gesicht und merkte, wie seine Lebensgeister allmählich zurückkehrten. Auf ein Klingeln hin erschienen seine Kammerdiener und kleideten ihn standesgemäß an.

Einer der Diener brachte ihm außerdem ein Glas Wein, das er in einem Zug hinunterstürzte, um den in seinen Schläfen hämmernden Gnom zu ertränken. Ein Gefühl angenehmer Leichtigkeit breitete sich in ihm aus.

Solchermaßen gestärkt fühlte er sich schließlich bereit, sich dem Gespräch mit Sethorin über Verschwörung, Verrat, Komplotte gegen das Königshaus und andere lästige Kleinigkeiten zu stellen.

3

Wie ein Geist schlich Silvan durch die engen Gassen Brelonias, huschte von Deckung zu Deckung und verschmolz in seinem schwarzen Mantel wie ein Schatten mit der Dunkelheit in Nischen und Hauseingängen. Dies waren die ärmeren Viertel der Stadt, in denen nachts keine Laternen in den Straßen entzündet wurden. In Gegenden wie diesen war er aufgewachsen und wusste, wie man es vermied, gesehen zu werden, wenn man es nicht wollte.

Vor etwas über einer Stunde hatte ihn ein Beiboot in einer kleinen, einsamen Bucht außerhalb der Stadt an Land gesetzt. Zuvor hatte er unbemerkt die Katapulte der *Seeadler* sabotiert. Die Schiffe würden Thornov anlaufen, weil es Dulg Mortai wichtig war, zu zeigen, dass sich die Söldner nicht mehr an Bord befanden. Anschließend würden von ihm bestochene Piraten die Schiffe überfallen und die Besatzungen töten, damit auch diese Zeugen der Reise beseitigt waren.

Silvan kümmerte es nicht. Er war froh, wieder woltanischen Boden unter den Füßen zu spüren.

Zu seiner Überraschung war seine Landung nicht ganz so unbemerkt verlaufen wie erwartet. Ein Bote Dulg Mortais hatte ihn bereits mit neuen Instruktionen in der Bucht erwartet. Woher sein Auftraggeber wusste, dass er in genau dieser Nacht zurückkehren würde, war ihm schleierhaft, so wie sich ihm auch der Sinn der merkwürdigen Anordnungen nicht erschloss. Aber er hatte gelernt, sich weder über Dulg Mortais Fähigkeiten noch über seine manchmal seltsam erscheinenden Befehle zu wundern.

Statt seine Rückkehr geheim zu halten, hatte er deshalb dafür gesorgt, dass er bei seiner Ankunft in Brelonia von Spionen der königlichen Leibgarde gesehen wurde. Arbas Sethorins Spitzel verstanden ihr Geschäft, und doch waren sie leicht zu erkennen, wenn man wusste, worauf man achten musste. Der gelangweilt wirkende Blick, das scheinbare Desinteresse an ihrer Umgebung, die sie in Wahrheit genau beobachteten, das Verharren in einem mehr oder weniger eng abgegrenzten Bereich – es gab viele Anzeichen, die verrieten, dass jemand nicht das war, was er zu sein vorgab. Entsprechend hatte es nicht lange gedauert, bis Silvan sicher sein konnte, von einem der königlichen Spitzel entdeckt worden zu sein. Das überraschte Aufblitzen in den Augen des Mannes hatte ihm gezeigt, dass dieser ihn nicht nur gesehen, sondern auch erkannt hatte.

Damit war der erste Teil seiner Aufgabe erfüllt. Der zweite bestand nun darin, wieder unterzutauchen, eventuelle Verfolger abzuschütteln und unbemerkt das Schloss zu erreichen, um Dulg Mortai endlich die Schatulle mit dem Artefakt zu übergeben, um die es bei all dem ging. Er trug das Kästchen fest an seinen Körper gepresst unter dem Arm. Obwohl es kaum etwas wog, schien die Bedeutung, die es besaß, ihm ein bleiernes Gewicht zu verleihen, und er war froh, wenn er die Verantwortung dafür endlich los wurde. Unvorstellbar, wenn nach allem, was er dafür durchgestanden und den vielen Männern, die er in den Tod geführt hatte, um in seinen Besitz zu gelangen, jetzt noch etwas schiefginge, wenn er von Sethorins Häschern geschnappt oder sonst etwas passieren würde …

Aber es ging alles glatt. Ungehindert erreichte er den Fuß des Felshügels, auf dem sich am Rande der Stadt das Schloss erhob. Fast wie ein gigantischer, rechteckiger Felsblock ragte er auf.

Schon bei der Erbauung des Schlosses vor Jahrhunderten war das Gestein so bearbeitet worden, dass es zu allen Richtungen lotrecht abfiel, um Feinden eine Erstürmung zu erschweren. Der abgetragene Fels hatte zugleich als Baumaterial gedient. Nur ein einziger, leicht zu verteidigender Pfad führte zum Schloss hinauf.

Und leicht zu beobachtender …

Es war unmöglich, sich dem Eingangsportal unbemerkt zu nähern, aber das hatte Silvan auch gar nicht vor. Der Fels war porös, zudem hatten Wind und Wetter und die Fluten des Lisuins, an dessen Ufern die Stadt errichtet worden war, ihren Teil dazu beigetragen, zahlreiche Schründe und Höhlen in das Gestein zu fressen.

Noch einmal vergewisserte Silvan sich, dass ihm niemand gefolgt war, dann huschte er in eine der Grotten. Licht zu machen wagte er nicht, da es nach draußen fallen und weithin sichtbar sein würde. So tastete er sich im Dunkeln an der Wand entlang, bis er eine bestimmte Stelle erreichte. Mit der Hand strich er darüber, bis er eine kleine Öffnung unter den Fingern fühlte. Selbst bei genauer Untersuchung würde niemand mehr als eines der zahllosen natürlich entstandenen Löcher in der Wand dahinter vermuten.

Silvan jedoch wusste es besser. Er zog einen grob schlüsselähnlichen Stab, den er von Dulg Mortai erhalten hatte, aus der Tasche, steckte ihn in das Loch und drehte ihn einmal herum. Als er sich anschließend gegen einen Teil der Wand stemmte, schwang dieser mit leisem Schaben an einer Mittelachse herum und gab einen Durchgang frei, aus dem ihm warme, stickige Luft entgegenschlug. Silvan trat ein und verschloss hinter sich die Öffnung wieder. Erst jetzt wagte er, mit einem Feuerstein eine ölgetränkte Fackel in Brand zu setzen, die in einer Halterung steckte.

Vor ihm erstreckte sich ein in beide Richtungen verlaufender Gang. Ohne zu zögern, wandte er sich nach rechts. Er kannte sich hier aus; es war nicht das erste Mal, dass er den Palast auf diesem Weg betrat.

Nach kurzer Zeit gelangte er an eine Treppe, die er hinaufstieg. Sie beschrieb mehrere Kehren, doch Silvan brauchte sie nicht bis zu den Gemächern Dulg Mortais hinaufzusteigen. An einem Absatz drang düsterer Feuerschein aus einer halb geöffneten Tür.

»Komm herein!«, forderte eine Stimme ihn auf.

Silvan schauderte, während er dem Befehl folgte. Warum, bei allen Dämonen, erwartete der Königssohn ihn ausgerechnet hier?

Hinter der Tür erstreckte sich eine große Kammer mit gewölbter Decke, die von glühenden Kohlebecken und einer einzelnen Fackel nur schwach erleuchtet war. Dulg Mortai stand mit dem Rücken zu ihm vor einem großen Felsblock, der nicht nur wie ein Altar aussah. Mit Erleichterung registrierte Silvan, dass keine menschliche Leiche darauf lag, sondern der aufgeschlitzte, im Halbdunkel nicht genau erkennbare Kadaver eines Tieres, vermutlich einer Katze. In diesem unterirdischen Gewölbe führte Mortai heimlich seine magischen Experimente und Beschwörungen durch.

»Du hast lange gebraucht«, sagte dieser anstelle einer Begrüßung und ohne sich zu ihm umzudrehen.

»Es hätte nicht viel gefehlt, und es wäre eine Reise ganz ohne Wiederkehr geworden«, erwiderte Silvan, ein wenig verärgert darüber, mit einem Vorwurf empfangen zu werden, nachdem er etwas nahezu Unmögliches vollbracht hatte.

»Ich spreche nicht von der Reise selbst, sondern von deinem Weg durch die Stadt. Haben Sethorins Leute dich gesehen?«

»Zweifelsohne. Das ist der Grund für die Verzögerung. Es war nicht leicht, mich ihnen zu zeigen und mir zugleich sichere Fluchtwege freizuhalten.«

»Aber du hast sie abgeschüttelt?«

»Ja. Aber ich verstehe nicht ...«

»Brauchst du auch nicht, solange du meine Befehle ausführst.« Endlich drehte sich Mortai zu ihm herum. Er war ein schlanker Mann mit einem hageren, von schulterlangem rabenschwarzem Haar umgebenen Gesicht und eingefallenen Wangen. Obwohl der Widerschein der Flammen darauf fiel, wirkte es fast totenbleich, während seine dunklen Augen fast von innen heraus zu glühen schienen. »Hast du es? Gib es mir!«

Silvan trat auf ihn zu und händigte ihm die Schatulle aus. Dulg Mortai stellt sie auf eine Ecke des Altars und strich andächtig mit den Fingern über das Holz.

»Ich nehme an, du warst neugierig genug, um zu versuchen, einen Blick hineinzuwerfen«, sagte er. »Dann dürftest du gemerkt haben, dass sie nicht so ohne Weiteres zu öffnen ist. Selbst wenn du mit einer Axt darauf eingeschlagen hättest, hätte das nichts genutzt. Aber dann stündest du jetzt nicht hier, denn jeder Versuch, sie mit Gewalt aufzubrechen, hätte tödliche Folgen gehabt. Ich kann den Zauber deutlich spüren, der diesem unscheinbaren Gefäß innewohnt. Es wird nicht leicht sein, ihn zu überwinden.«

»Aber Ihr könnt es?«

»Mit genügend Zeit würde es mir bestimmt gelingen. Dummerweise würde mir das jedoch nicht viel nützen, denn der Preis für das Öffnen der Schatulle wäre dennoch der Tod. Das ist ein Teil des Zaubers, der sich leider nicht beseitigen lässt. Deshalb wird sie ein anderer für mich öffnen.«

Instinktiv wich Silvan einen Schritt zurück, doch Mortai lachte nur und winkte ab.

»Keine Sorge, mein Freund. Ich gebe zu, dass ich mit dem Gedanken gespielt habe, auch dich als letzten Mitwisser zu beseitigen. Aber es wäre Verschwendung, jemanden mit deinen Fähigkeiten zu töten, und ich habe noch Verwendung für dich. Nein, es gibt Kreaturen, die für diese Aufgabe weit besser geeignet sind.« Er packte mit einer Hand die ausgeweidete Katze und schleuderte sie achtlos in eine Ecke. »Gib mir mal eine neue.«

Er deutete auf eine Kiste an der Wand. Als Silvan den Deckel zurückklappte, entdeckte er drei weitere Katzen und einen kleinen Hund, die regungslos darin lagen. Im ersten Moment hielt er sie ebenfalls für tot, doch als er nach einer der Katzen griff, spürte er, dass sie warm und weich war.

»Nur ein Lähmungszauber. Das ständige Miauen ging mir auf die Nerven. So ist es besser«, erklärte Dulg Mortai, griff nach dem Tier und legte es neben der Schatulle auf den Altar. Mit Kreide zeichnete er ein Pentagramm um beides und fügte eine Reihe magischer Symbole hinzu. »Hast du dich eigentlich nicht gefragt, woher ich wusste, dass du gerade heute Abend zurückkehren würdest, und dich durch einen Boten erwarten ließ?«

»Ich nehme an, Ihr hattet entlang der Küste Späher postiert, die unsere Schiffe gesehen haben, obwohl wir uns ziemlich weit vom Ufer entfernt …«

»Unsinn. Viel zu aufwendig. Es gibt einfachere Wege, wenn man in den magischen Künsten bewandert ist. Weißt du, was ein Druili-Dämon ist? Im Grunde trügt der Name, denn es ist nicht einmal ein richtiger Dämon, eher ein niederer, dienstbarer Geist mit nur begrenzter Macht. Schon ein primitives Tier reicht, um ihn aus den Schattensphären herbeizurufen, und es gibt viele streunende Hunde und Katzen in der Nähe des Schlosses. In den letzten Wochen habe ich mehrfach einen Druili heraufbeschworen und mir von ihm über den Fortschritt der Expedition berichten lassen. Um in die Verheerten Lande zu blicken, reichte die Macht dieser Kreaturen leider nicht aus, davon wirst du mir sicherlich noch ausführlich erzählen. Dafür war ich stets über jeden deiner Schritte außerhalb davon informiert. Vertrauen ist gut, doch Kontrolle ist besser. Abgesehen davon war ich einfach neugierig. Aber so ein Druili kann mehr, als nur in die Ferne blicken.«

Er hatte seine Kritzeleien auf der Oberfläche des Altars beendet und griff nun nach einem prächtig verzierten Zeremoniendolch, den er der reglosen Katze dicht unterhalb ihres Halses in den Leib stieß. Fast widerstandslos glitt die scharfe Klinge der Länge nach durch den Körper des Tieres, während der Magier eine unverständliche Beschwörungsformel murmelte.

Etwas bunt Schillerndes entstand wie aus dem Nichts im Inneren des Pentagramms. Ein schlürfendes Geräusch ertönte, als es das Blut der Katze in sich aufsaugte. Die Masse aus wabernden Farben ballte sich zur einer etwa kopfgroßen Kugel zusammen.

»Was wünscht ihr, Herr und Meister?«, ertönte eine quäkende Stimme.

»Öffne die Schatulle!«, befahl Dulg Mortai und wich von dem Altar zurück.

Silvan beobachtete, wie sich die Masse über das Kästchen legte und es einhüllte. Einige Sekunden lang geschah nichts, dann zuckte plötzlich lautlos ein unerträglich greller Lichtblitz auf. Geblendet riss er die Hände vor die Augen. Als er sie herunternahm und seine Augen sich wieder an das dämmerige Licht in der Kammer gewöhnt hatten, war der Druili-Dämon verschwunden, von dem Blitz offenbar auseinandergerissen, und der Deckel der Schatulle stand offen.

Dulg Mortai war bereits wieder an den Altar getreten, griff in das Kästchen und hob etwas heraus, das wie ein rundes, etwas mehr als handtellergroßes Amulett aus einem dunklen Metall aussah. Umgeben von einem Kranz fremdartiger Symbole glaubte Silvan, etwas wie stilisierte Flammen darin eingraviert zu sehen.

»Das dunkle Feuer! Endlich!«, stieß der Königssohn andächtig hervor, dann riss er mit einem Ruck sein Oberteil auseinander und setzte sich das Medaillon auf die Brust, wo es wie von Geisterhand gehalten haften blieb.

Silvan keuchte erschrocken, als es plötzlich in düsterem Rot zu glosen begann, das sich zu einem feuerfarbenen Gelborange steigerte. Er blinzelte fassungslos, aber die stilisierten Flammen begannen plötzlich, sich zu bewegen, tanzen hin und her wie echtes Feuer, blieben dabei jedoch schwarz.

Dulg Mortai begann zu schreien und vor Schmerz um sich zu schlagen. Rauch stieg von seiner Brust auf, und es stank nach verbrannter Haut, als sich das glühende Medaillon in sein Fleisch zu brennen begann.

4 Sarkan atmete noch einmal tief durch, dann betrat er die Bibliothek, wo der Kommandant der Garde ihn erwartete. Er fühlte sich nicht gerade wie ein neuer Mensch, aber immerhin deutlich besser und genügend aufnahmebereit, sich mit den seiner Meinung nach noch immer reichlich abstrus klingenden Verdächtigungen gegen seinen jüngeren Bruder auseinanderzusetzen.

Der große Raum war in erster Linie ein Arbeitszimmer. Zumindest war es dazu geworden, seit sein Vater Ortan Mortai, König von Woltan, an der Schwindsucht und einer fortschreitenden Demenz erkrankt war. Obwohl offiziell immer noch nur Thronfolger, herrschte Sarkan als Erstgeborener seither bereits faktisch über das Reich. Hier brütete er über Pläne, diktierte Briefe, las Bittschreiben und was es neben der formellen Repräsentanz an lästigen Pflichten mehr gab.

Dennoch war die Bezeichnung Bibliothek nicht ganz unzutreffend, denn noch immer bewahrte er hier zahlreiche Bücher, Folianten und Schriftrollen auf, für die es in der offiziellen königlichen Bibliothek keinen Platz gab. Kein Wunder, war ihr Inhalt doch fast ausschließlich erotischer Natur. Sarkan betrachtete sich als einen äußerst sinnlichen und sinnesfreudigen Menschen. Mochten ihn andere hinter seinem Rücken auch wesentlich weniger freundlich als zügellosen Lüstling bezeichnen, es störte ihn nicht, schließlich reihte er sich damit in eine lange Tradition woltanischer Herrscher ein.

Wesentlich weniger gefielen ihm die Gerüchte, die über seine Kinderlosigkeit kursierten. Die Kinderlosigkeit in seiner Ehe, wohlgemerkt. In wenigen Monaten würde er dreißig werden, ein kräftiger, hochgewachsener Mann mit wallendem, dunklem Haar und einem ausdrucksstarken Gesicht. Ein Mann von bester Manneskraft, und es lag sicherlich nicht an ihm, dass er nicht längst eine ganze Schar von Erben in die Welt gesetzt hatte. In jüngeren Jahren hatte er gleich mehrere Dienstmädchen geschwängert, die dezent vom Hofe entfernt werden mussten, ehe er sich auf Huren verlegt hatte, die nicht nur erfahrener und weniger zimperlich waren, sondern auch mit den Mittelchen der Heiler und Giftmischer gegen ungewollte Schwangerschaften umzugehen wussten.

Die Einzige, die dergleichen anscheinend nicht nötig hatte, war sein Weib. Tarla stammte aus einem alten Adelsgeschlecht der Thornovischen Inseln, und ihre Vermählung war eine reine Zweckehe. Sarkan liebte sie nicht. Mit ihren langen roten Haaren und ihrem wie aus Porzellan modellierten Gesicht war sie eine Schönheit, aber darüber hinaus war sie kühl, beherrscht und abweisend, ganz anders als die leidenschaftlichen Frauen, die er bevorzugte. Sie hatte ihre eigenen Gemächer, und sie schliefen nicht mehr oft miteinander, seit ihm klar geworden war, dass sie ihm wohl keine Kinder gebären würde. Angesichts der Bastarde, die er bereits gezeugt hatte, musste die Schuld dafür bei ihr liegen. Schon längst hatte Sarkan den Entschluss gefasst, sie zu verstoßen, sobald er erst einmal den Thron bestiegen hatte.

Er verdrängte diese Gedanken und ließ sich hinter seinem mit Papieren übersäten Schreibtisch nieder.

»Nun, fangen wir noch einmal von vorne an. Ihr glaubt also, dass Dulg einen Verrat plant, eine Verschwörung gar«, begann er. »Was bringt Euch zu dieser Vermutung?«

»Pflichterfüllung«, antwortete Sethorin. »Wir Ihr wisst, mein Prinz, ist es meine Pflicht, das Königshaus gegen jede Bedrohung zu schützen, sei es von außen oder von innen. Zu diesem Zweck unterhalte ich ein Netz äußerst fähiger Spione. Sie berichten mir schon seit geraumer Zeit über Merkwürdigkeiten in Bezug auf Euren Bruder, aber bislang waren die Indizien eher vage und wenig besorgniserregend.«

»Vage und wenig besorgniserregend«, wiederholte Sarkan und warf seinem Gegenüber einen finsteren Blick zu. Sethorin war ein altgedienter Veteran mit stahlgrauen Augen und einem harten, schnauzbärtigen Gesicht, dessen linke Wange durch eine lange Narbe gespalten war. Er hatte sie davongetragen, als er vor fast zwei Jahrzehnten ein Attentat vereitelt hatte, indem er sich schützend vor den König warf und einen diesem zugedachten Schwertstreich abfing. Zur Belohnung war er bald nach seiner Genesung zum neuen Kommandanten der königlichen Leibgarde ernannt worden, auf deren Soldliste seither auch eine ständig wachsende Zahl von Spitzeln und Informanten im In- und Ausland standen. Sein Ziel war, es gar nicht erst zu einem weiteren Attentatsversuch kommen zu lassen, sondern jeglichen Verrat bereits im Vorfeld zu vereiteln, und darin war er bislang erfolgreich gewesen.

Sogar ein wenig *zu* erfolgreich für Sarkans Geschmack, denn die meisten der mutmaßlichen Verschwörungen hatten sich als Fehlalarm erwiesen. Simple Unmutsäußerungen des stets aufsässigen Adels, Intrigen, die nicht dem Königshaus galten, sondern gegen ein rivalisierendes Fürstenhaus gerichtet waren und dergleichen mehr. Auch jetzt würde es nicht anders sein, davon war Sarkan überzeugt.

»Kommt endlich zum Punkt!«, verlangte er. »Ich hoffe für Euch, dass Ihr mich nicht nur wegen *vager* Hinweise aus dem Bett geholt habt.«

»Ist Euch der Name Silvan Debair ein Begriff?«

»Nie gehört.«

»Er stammt von der Däreninsel, wuchs dort in den Slums von Orms auf. Sein Vater verließ früh die Familie und verdingte sich als Söldner. Schon in jungen Jahren trat Silvan in seine Fußstapfen. Er kämpfte in den Grenzkriegen auf unserer Seite und machte durch besondere Tapferkeit von sich reden. Damals verliehen seine Kameraden ihm den Beinamen *der Bär*. Einerseits, weil er groß und kräftig war und angeblich wie ein wilder Bär kämpfte, anderseits wegen seiner Herkunft. Statt sich weiter als Söldner zu verdingen, trat er in die reguläre Armee ein und erhielt eine militärische Ausbildung. In den folgenden Jahren diente er sich bis zu einem mittleren Offiziersgrad hoch und reichte vor etwas über zwei Jahren ganz überraschend seinen Abschied ein.«

»Und was hat das alles mit meinem Bruder und seiner angeblichen Verschwörung zu tun?«, fragte Sarkan und trommelte ungeduldig mit den Fingerspitzen auf die Tischplatte.

»Ein Mann, der außer dem Kriegshandwerk nichts gelernt hat, wirft eine Stellung wie diese nicht einfach weg, wenn er kein besseres Angebot erhalten hat. Wir glauben, dass es von Eurem Bruder kam. Zumindest traf Silvan sich in der Folgezeit häufig mit ihm, meist im Geheimen und hinter verschlossenen Türen. Wir erfuhren eher zufällig davon und maßen der Angelegenheit kaum Bedeutung bei.«

»Noch mehr Mutmaßungen«, stellte Sarkan verdrossen fest. »Und ich erkenne keinerlei Verrat darin. Auch ich habe Handlanger aus dem einfachen Volk, die mir verbunden sind und manchmal im geheimen Aufträge für mich erledigen.«

»Was mir durchaus bekannt ist«, entgegnete Sethorin mit einem feinen Lächeln. »Aber ob es sich um Verrat handelt oder nicht, hängt vor allem von der Art der Aufträge ab. Dass sich Silvan wahrlich Eurem Bruder verschrieben hat, erwies sich, als dieser ihm wenige Wochen nach seinem Ausscheiden aus der Armee ohne jegliche Feierlichkeiten den Namen eines eigenen Hauses verlieh und ihn damit de facto in den Adelsstand erhob. Zwar natürlich nur niederer Adel ohne formellen Fürstentitel, aber für einen Mann, der aus den Slums stammt, ein ungeheurer Aufstieg und eine Gunst, die Euer Bruder sicherlich nicht grundlos gewährt hat.«

Das war allerdings eine Neuigkeit, die Sarkan nicht gefiel. Als Mitglied des Königshauses besaß Dulg formal das Recht, jemanden in den Adelsstand zu erheben, konnte ihm jedoch weder Titel noch Lehen verleihen. Allerdings kam es praktisch nie vor, dass jemand von diesem Recht Gebrauch machte, sondern man überließ es allein dem König, jemanden für besondere Leistungen auf diese Art zu ehren. Zumindest wäre zu erwarten gewesen, dass sein Bruder einen solchen Schritt mit ihm absprach.

»In Anlehnung an seinen alten Spitznamen wählte Silvan den fast gleich klingenden Namen Debair für sein Haus«, fuhr Sethorin fort. »Nun standen ihm manche Türen offen, die für einen Mann aus dem niederen Volk verschlossen geblieben wären. Er nahm Kontakt zu zahlreichen anderen Adeligen auf, und das sicherlich nicht in eigenen Angelegenheiten, sondern im Auftrag. Bezeichnenderweise handelte es sich fast ausschließlich um solche Angehörige des Adels, die zuvor schon durch Unzufriedenheit aufgefallen sind und deren Treue zum Königshaus nicht übermäßig ausgeprägt ist. Viele Fürsten haben trotz der erhöhten Steuern an den Grenzkriegen hervorragend verdient und betrachten den von Eurem Vater geschlossenen Frieden bis heute als eine Schmach.«

Sarkan runzelte die Stirn. Zwar verfluchte er in Gedanken weiterhin die Weitschweifigkeit von Sethorins Ausführungen, doch immerhin hatte der Kommandant sein Interesse geweckt.

Beunruhigend war vor allem, dass Dulg über diesen Silvan persönliche Kontakte zu potenziellen Aufrührern innerhalb des Adels geknüpft hatte. Möglicherweise steckten höchst ehrenwerte Absichten dahinter, doch dies war unwahrscheinlich, sonst hätte sein Bruder ein solches Vorhaben sicherlich mit ihm abgestimmt. Auf jeden Fall war die Angelegenheit verdächtig.

»Euer Bruder betreibt schon seit geraumer Zeit hinter Eurem Rücken Politik in eigener Sache, das steht inzwischen fest«, behauptete Sethorin. »Aber dazu komme ich gleich. Bleiben wir zunächst bei Silvan. Vor etwa drei Monaten verschwand er plötzlich spurlos.«

»Er verschwand?«

»So ist es. Inzwischen haben wir ermitteln können, dass er sich unbemerkt an Bord eines Schiffes nach Thornov geschmuggelt haben muss. Diese Information erreichte mich erst mit großer Verzögerung, denn ziemlich genau zur gleichen Zeit wurden meine sämtlichen Spione dort enttarnt. Ich weiß nicht, wie, aber ich bin überzeugt, dass er daran nicht ganz unbeteiligt war.«

»Ausgerechnet Thornov«, stöhnte Sarkan.

Die Indizien für einen Verrat verdichteten sich. Thornov war die größte einer Gruppe von Inseln vor der Ostküste Woltans und ein Quell ständiger Unruhe.

Vor fast zweihundert Jahren waren die Inseln, die zuvor ein unabhängiges Reich gebildet hatten, von Wilton, dem Eroberer, besetzt und dem woltanischen Reich angegliedert worden. Seither hatte es mehrere bewaffnete Aufstände gegeben, um die Unabhängigkeit wiederzuerlangen, die jedoch allesamt gescheitert waren. Ihre Bedeutung lag weniger in ihrem nicht übermäßig großem Reichtum, sondern in ihrer strategischen Lage begründet. In früheren Zeiten hatten sie Seeräuberei, die den woltanischen Handel massiv bedrohte, nicht nur inoffiziell unterstützt, indem sie den Piraten Unterschlupf gewährten, sondern sich insgeheim sogar selbst daran beteiligt. Sogar nach der langen Zeit der Unterwerfung vermutete man in abgelegenen Buchten noch zahlreiche Piratennester.

»Auf Thornov kaufte Silvan, vermutlich im Auftrag Eures Bruders, ein Schiff, die *Seeadler*, einen schnellen, großen Segler, der zuvor mit Katapulten bewaffnet und für den Transport einer großen Zahl an Menschen umgebaut worden war. So hatte man die Lagerräume in Quartiere verwandelt. Damit segelte er zu einer der kleineren Inseln, wo er zwei ähnliche Schiffe kaufte.«

»Er kaufte *drei* Schiffe?«, hakte Sarkan nach. »Mein Bruder besitzt eigenes Vermögen, aber eine solche Ausgabe dürfte seine Mittel weit übersteigen.«

»Das dürfte der Grund für Silvans vorangegangene Reisen gewesen sein. Ich vermute, er sammelte bei unzufriedenen Adeligen und Händlern Geld ein. Es muss sich um beträchtliche Summen gehandelt haben, die nur jemand aufbringt, der sich immense Vorteile davon verspricht. Aber das ist noch nicht alles. Die Schiffe nahmen nicht nur große Mengen ans Ausrüstung und Verpflegung an Bord, sondern zudem eine erhebliche Zahl zuvor angeheuerter Söldner, die sich allein oder in kleinen Gruppen nach und nach an einem geheimen Treffpunkt auf einer der Inseln eingefunden hatten. Genaue Zahlen sind mir nicht bekannt, aber ich vermute, dass es um die zweihundert gewesen sein müssen. Das allein zeigt, dass es sich um ein von langer Hand geplantes Unternehmen handelte.«

»Das Euren Spionen offenbar völlig entgangen ist, obwohl zahlreiche Mitwisser darin verwickelt sein müssen«, sagte Sarkan scharf. »Wie konnte das geschehen?«

»Ich habe keine Erklärung dafür«, gestand Sethorin. »Alles muss mit größter Heimlichkeit und Verschwiegenheit vonstattengegangen sein. Wie ich bereits sagte, diese Informationen erreichten mich erst in den letzten ein, zwei Wochen, viele sogar erst in den letzten Tagen. Zuvor galt Silvan einfach als verschwunden. Ich hielt es sogar für möglich, dass er bei Eurem Bruder in Ungnade gefallen und aus dem Weg geräumt worden wäre. Wenn Ihr es wünscht, ziehe ich die Konsequenzen aus meinem Versagen und trete von meinem Posten zurück.«

Der Thronfolger schwieg ein paar Sekunden lang nachdenklich.

»Damit wäre niemandem gedient. Wenngleich spät, so seid Ihr immerhin doch in den Besitz dieser Informationen gelangt, was Euer Versagen relativiert.« Er räusperte sich. »Mein Bruder hat also unbemerkt eine regelrechte Armee von Söldnern angeworben und an Bord mehrerer Schiffe gebracht. Aber zu welchem Zweck? Was Ihr bisher berichtet habt, erfüllt in der Tat schon den Tatbestand der Verschwörung, aber es hat nirgendwo Aufruhr oder sonstige Kämpfe gegeben. Eine Armee zu unterhalten, ist teuer. Niemand stellt sie auf, um sie dann nicht auch einzusetzen.«

»Nun, die Schiffe stachen von den Inseln aus in See und wählten offenbar den Weg durch die Straße von Orms, denn einige Nächte später wurden in der Meerenge drei Schiffe gesichtet, die nicht identifiziert werden konnten und im aufkommenden Nebel verschwanden. Wie ich erst vor zwei Tagen erfuhr, legten sie wenige Wochen später in Meridor an und nahmen frische Vorräte an Bord. Außerdem begaben sich vermutlich einige äußerst zwielichtige Personen auf die *Seeadler*. Jedenfalls scheinen zumindest Adamurt, der Meuchelmörder, und Olimarch, der Giftmischer, seit dieser Zeit aus Meridor verschwunden zu sein. Namen, die auch hierzulande nicht unbekannt sind. Wohin die Schiffe dann gesegelt sind, darüber kann ich nicht einmal Spekulationen anstellen. Von Meridor aus verliert sich ihre Spur für rund zwei Monate auf dem Meer. Gestern jedoch kehrten sie zurück.«

Sarkan richtete sich ruckartig in seinem Stuhl auf und beugte sich nach vorne. »Sie sind zurückgekehrt?«

»Es gibt zwei voneinander unabhängige Berichte. Zum einen wurde Silvan Debair gestern Abend hier in Brelonia gesehen. Es war eine zufällige Sichtung durch einen meiner Männer, aber bevor er Verstärkung herbeiholen konnte, war Silvan im Gewirr der Gassen untergetaucht. Ich vermutete, dass er Prinz Dulg aufsuchen würde und ließ alle Zugänge zum Schloss beobachten, aber wenn er es betreten hat, dann durch einen geheimen Eingang, der nicht einmal mir bekannt ist. Ein Haus ist schwer vor Verrat zu schützen, wenn der Verräter im Inneren sitzt.«

Trotz des Ernstes der Situation lächelte Sarkan flüchtig. Es gab unzählige Geheimgänge im Schloss, und als Kind hatte er sich mit seinen Brüdern einen Spaß daraus gemacht, möglichst viele davon zu entdecken.

»Und der zweite Bericht?«

»Er erreichte mich heute in aller Frühe aus Thornov. Die drei Schiffe haben in der Nacht den Hafen angelaufen und Trinkwasser und Proviant an Bord genommen, allerdings nur kleine Mengen. Einer meiner Männer hat dabei geholfen und berichtet, dass sich die Söldner nicht mehr an Bord befunden haben.«

»Ich hoffe, Ihr habt die Schiffe festsetzen lassen, damit wir die Besatzung verhören können.«

»Das hatte ich vor, aber Ihr wisst, wie widerstrebend die Verwaltung dort mit uns zusammenarbeitet, auch wenn sie die Oberhoheit Woltans offiziell anerkennt. Als die Meldung mich erreichte und ich entsprechende Befehle erteilte, hatten die Schiffe bereits wieder abgelegt. Man hatte sie unbehelligt ziehen lassen.«

»Verflucht sollen diese Inselaffen sein!« Wütend schlug Sarkan mit der Faust auf die Tischplatte. »Es wird Zeit, härter gegen sie durchzugreifen. Da sie offenbar tief in diese Angelegenheit verstrickt sind, liefert uns das Handhabe genug.«

»Das sehe ich ebenso, deshalb bin ich diesbezüglich bereits aktiv geworden, aber dazu komme ich gleich. Ich dachte mir, die Schiffe würden bald in irgendeinem anderen Hafen auftauchen und instruierte meine Spione, mich sofort darüber zu informieren. Doch stattdessen erreichte mich ein Bericht vom Kapitän eines Handelsschiffes, der Zeuge einer Seeschlacht geworden war. Drei Schiffe wurden nicht weit von Thornov entfernt von Piraten angegriffen. Er war zu weit entfernt, um die Schiffe identifizieren zu können, doch alles deutet darauf hin, dass es sich um die *Seeadler* und die beiden anderen handelte.«

»Ein klug ausgeheckter Plan, um alle Zeugen zum Schweigen zu bringen«, knirschte Sarkan. »Und was habt Ihr nun unternommen?«

»Meine Männer haben noch in der Nacht auf Thornov Fürst Starion festgenommen und nach Brelonia gebracht. Er gilt als einer der glühendsten Anhänger einer thornovischen Unabhängigkeit, doch sein Haus droht zu verarmen, und er besitzt wenig Einfluss, deshalb wird seine Festnahme nicht viel Wirbel verursachen. Gleiches gilt für Tibon Nosmaril. Er hält sich seit einigen Tagen in Brelonia auf. Auch er ist als Aufrührer bekannt und es liegt einiges gegen ihn vor. Zwar nur Kleinigkeiten, aber sie rechtfertigen seine Verhaftung. Bislang wurde nur aus Rücksicht auf seine Abstammung darauf verzichtet. Sein Bruder, Fürst Curion Nosmaril, regiert ein strategisch wichtiges Lehen im Südwesten Woltans.«

»Fürst Nosmaril ist mir wohlbekannt, und sein Bruder auch«, erklärte Sarkan ungeduldig. Diese ganze Angelegenheit schlug ihm auf den Magen. Ein weiteres Glas Wein würde ihm jetzt guttun, aber er sah ein, dass er einen klaren Kopf bewahren musste.

»Beide wurden der Folter unterzogen, doch es war nicht viel nötig, sie zum Sprechen zu bringen. Was sie berichteten, ist erschreckend. Ihre Aussagen stimmen völlig überein und sind glaubwürdig. Ihnen zufolge ist Silvan Debair im Auftrag Eures Bruders schon vor mehr als einem halben Jahr an sie herangetreten. Dulg ist der Kopf einer Verschwörung, das steht durch ihre Geständnisse außer Frage. Alles, was er dafür noch benötigte, war ein mächtiger magischer Gegenstand, eine Art Waffe. Genaueres wussten sie darüber auch nicht, aber Debair sammelte im Namen Eures Bruders Geld für die Ausrüstung einer Expedition, um diese Waffe in seinen Besitz zu bringen.«

»Eine magische Superwaffe.« Sarkan schnaubte. »Das klingt wie eine Geschichte, die man Kindern vor dem Einschlafen erzählt.«

»Und doch muss Debair sehr überzeugend gewesen sein, denn wie wir wissen, hat diese Expedition tatsächlich stattgefunden, und sie hat enorme finanzielle Mittel verschlungen. Möglicherweise handelt es sich nur um die Fantasterei eines verwirrten Geistes, der sich zu viel mit Okkultismus und verbotenem Wissen beschäftigt hat. Aber wir können nicht ausschließen, dass mehr dahintersteckt.«

»Diese Verschwörung«, murmelte Sarkan. »Welchem genauen Ziel soll sie dienen?«

»Ein Staatsstreich. Euer Bruder will die Macht an sich reißen und den Thron Woltans besteigen. Wenn ihm dies gelungen ist, hat er versprochen, die Thornovischen Inseln wieder in die Unabhängigkeit zu entlassen. Außerdem plant er, die von Eurem Vater als Preis für den Frieden an Latronia und Volarien abgetretenen Grenzgebiete zurückzuerobern. Das bedeutet Krieg. Einen Krieg, den sich viele herbeiwünschen. Adel und Handel, weil er wie in früheren Zeiten hervorragende Geschäfte verspricht, das einfache Volk, weil es durch Demagogen aufgewiegelt wurde, die Aufgabe der Ländereien als Schmach zu betrachten.«

»Dulg«, stieß Sarkan hervor. Was er hörte, erschütterte ihn zutiefst. »Ausgerechnet Dulg, der sich nie für Staatsgeschäfte zu interessieren schien, will sich zum Kriegsherren aufschwingen. Auch wenn es wegen des vermeintlich schmachvollen Friedens schon seit Langem im Adel gärt, so hätte ich doch nie erwartet, dass gerade er für diese Ideen anfällig sein könnte. Er muss doch wissen, dass seine Pläne zum Scheitern verurteilt sind! Selbst wenn er den König stürzt – er ist nur der Drittgeborene. Wie kann er sich Hoffnungen machen, den Thron zu besteigen? Er müsste ihn mit Gewalt erobern, und das wäre nur mithilfe des Militärs möglich. Das aber steht loyal zum Königshaus und würde sich nicht gegen den rechtmäßigen Herrscher erheben.«

»Und wenn Dulg dafür sorgen würde, dass er der rechtmäßige Erbe des Throns wäre?«

Es dauerte einen Moment, bis Sarkan begriff. Erschrocken riss er die Augen auf.

»Ihr meint …«

»Hier sind die Geständnisse, unterschrieben und beglaubigt. Sie belegen, dass Dulg vorhat, nicht nur den König, sondern auch Euch und Euren Bruder aus dem Weg zu räumen. Erst dann wäre der Weg zum Thron für ihn frei. Er plant nicht nur eine Verschwörung und einen Staatsstreich, sondern auch ein Mordkomplott, und das sehr bald, möglicherweise schon in den nächsten Stunden. Sein Stiefellecker ist von seiner Expedition zurück, und egal, was es mit dieser angeblichen Waffe auf sich hat, er wird zuschlagen. Zu viele sind bereits in diese Verschwörung verwickelt, als dass er noch zurückkönnte.«

Einige Sekunden lang starrte Sarkan Mortai nur stumm auf die Tischplatte, ohne etwas wahrzunehmen. Alles schien sich um ihn herum zu drehen. War dies wirklich Realität, oder war er nur in einem schrecklichen Albtraum gefangen? Schlichen womöglich tatsächlich schon Mörder durch das Schloss, die ihn, seinen Vater und Boran im Auftrag seines jüngsten Bruders töten sollten?

Wie hatte es bloß geschehen können, dass Dulgs Verstand sich von ihnen allen unbemerkt auf so finstere Pfade verirrt hatte?

»Mein Prinz?«

Sethorins Stimme riss ihn in die Gegenwart zurück. Er schlug mit der Faust auf den Tisch.

»Wir werden schnell und entschlossen zuschlagen, um den Verschwörern zuvorzukommen!«, rief er. »Mein Bruder soll zu spüren bekommen, dass ich kein zahnloses altes Weib bin, sondern dass er einen Tiger geweckt hat. Was ist mit Euren Männern? Können wir uns auf sie verlassen?«

»Ich würde jedem von ihnen mein Leben anvertrauen.«

»Gut.« Sarkan sprang auf. »Als Erstes muss der König von alldem erfahren. Folgt mir!«

Mit raschen Schritten eilte er los. Vor der Tür seiner Gemächer warteten vier Männer der Garde und schlossen sich ihnen an. In ihrer Gegenwart fühlte Sarkan sich deutlich wohler. Die Korridore und Hallen, durch die sie eilten, waren ihm wohlbekannt. Hunderte, ach was, Tausende Male war er sie schon entlanggeschritten, doch jetzt schienen sie ihm fremd. Der Gedanke, dass hinter jeder Ecke bewaffnete Attentäter lauern konnten, ließ alles ihm so Vertraute bedrohlich erscheinen.

Der Korridor vor den Gemächern des Königs wurde von vier Gardisten abgeschirmt, die normalerweise nicht dort standen, vier weitere bewachten die Tür zu seinen Privaträumen. Zusammen mit Sethorin trat Sarkan ein und durchmaß die Zimmer mit weit ausholenden Schritten. Einige herbeieilende Lakaien scheuchte er mit einer Handbewegung zurück.

Erst vor der Tür zum Schlafgemach stellte sich ihm einer der Kammerdiener in den Weg.

»Euer Vater schläft«, sagte er. »Ihr solltet ihn jetzt nicht …«

»Aus dem Weg!«, herrschte Sarkan ihn an und schob ihn einfach zur Seite. Er öffnete die Tür – und prallte erschrocken zurück.

Ortan Mortai war nicht allein, doch sein Besucher war kein Mensch. Eine Gestalt wie ein Schatten stand neben seinem Bett, hatte sich über ihn gebeugt und würgte ihn mit ihren Schattenhänden.

Sarkan stieß ein entsetztes Keuchen aus und starrte fassungslos auf das Bild, das sich ihm bot. Einen Moment lang war er wie gelähmt, dann packten ihn Abscheu und rasender Zorn, erwiesen sich als stärker als seine Furcht. Obwohl es ihm gegen die geisterhafte Erscheinung kaum etwas nutzen würde, zog er sein Schwert und stürmte in das Zimmer, während hinter ihm Sethorin einen Alarmruf ausstieß. Lakaien und Wachen kamen herbeigestürzt.

Die Gestalt wirkte verwirrt und unsicher, wich ein Stück von dem Bett zurück. Deutlich konnte Sarkan ihr Gesicht erkennen. Wenn es noch irgendeinen Rest von Zweifel über Dulgs Absichten in ihm gegeben hatte, so wurde dieser nun mit einem Schlag beiseite gewischt, denn die Schattenkreatur trug das Gesicht seines jüngsten Bruders! Damit waren seine Mordabsichten nicht nur hieb- und stichfest erwiesen, es war auch offenkundig, dass er sich dafür verbotener finsterer Magie bediente.

Sarkan hieb mit dem Schwert nach der Gestalt, doch die Klinge glitt durch sie hindurch, ohne dass er einen Widerstand spürte. Sethorin ging es nicht besser, doch immer mehr Männer der königlichen Leibwache drangen nun in das Zimmer.

Obwohl die Schwerthiebe ihr nichts anhaben konnten, floh die Kreatur.

Lautlos glitt sie auf das Fenster zu – und hindurch. Im nächsten Moment war sie verschwunden.

Sarkan stürzte ans Krankenbett seines Vaters. Zu seiner Erleichterung sah er, wie Ortan, von dem Tumult im Zimmer aus seinem Schlaf gerissen, die Augen aufschlug. Er schien unversehrt zu sein, hatte von dem Attentat offenbar nicht einmal etwas mitbekommen. Sie waren gerade zur rechten Zeit gekommen.

»Was ist hier los? Was soll dieser Aufruhr?«, schimpfte er, setzte sich auf und warf einen finsteren Blick in die Runde. Anscheinend war er nicht nur körperlich unversehrt, sondern derzeit auch geistig recht klar.

Bevor Sethorin zu einer weiteren ausschweifenden und umständlichen Erklärung ansetzen konnte, fasste Sarkan selbst mit knappen Worten zusammen, was er in der letzten Stunde erfahren und welches Bild sich ihm beim Eindringen in das Schlafgemach geboten hatte. Immer grimmiger wurde das Gesicht des Königs.

»Dulg!«, stieß er schließlich hervor. »Dieser Verräter! Er wollte mich ermorden, und ich habe nicht einmal etwas davon mitbekommen. Lasst ihn festnehmen, augenblicklich, bevor er fliehen oder weiteres Unheil anrichten kann! Werft ihn in den tiefsten Kerker! Und fesselt und knebelt ihn, damit auch seine dunklen Künste ihm nicht mehr helfen!«

5

»Und du bist sicher, dass sie tot sind?«

»Kein Zweifel«, behauptete Silvan. »Eine Brandkugel aus unmittelbarer Nähe übersteht niemand. Wenn sie Glück hatten, sind sie direkt verbrannt, sonst wurden sie von dem Tor erfasst und in die Schattensphären geschleudert. Ich wünsche fast, es war so, nach allem, was ich mit ihnen mitgemacht habe. Auf ihre Art waren sie brillant, jeder auf seinem Gebiet, aber undiszipliniert und nur auf ihren Vorteil bedacht.«

»Was hast du erwartet? Es waren nun mal keine Soldaten.« Dulg Mortai lächelte kalt. »Kurzzeitig habe ich sogar erwogen, sie ebenfalls am Leben zu lassen und mir ihre Dienste auch weiterhin nutzbar zu machen. Aber nach deinem Bericht bin ich froh, dass ich anders entschieden habe. Ich brauche Helfer, die loyal sind und, ohne zu zögern, Befehle ausführen. Helfer, denen ich vertrauen kann. Das wäre bei ihnen nie der Fall gewesen. Nein, sie wären höchst unzuverlässig gewesen und somit ein beständiges Risiko. Außerdem hat mich der Dämon ausdrücklich vor ihnen gewarnt.«

»Fünf Verbrecher weniger auf der Welt, denen niemand eine Träne nachweint«, stellte Silvan verächtlich fest, doch Mortai schüttelte tadelnd den Kopf.

»Sie haben entscheidend zum Gelingen dieses Unternehmens beigetragen, wie du selbst berichtet hast. Ohne sie wäre es vermutlich gar nicht möglich gewesen. Und ich zweifle nicht, dass auch du ihnen das eine oder andere Mal dein Leben zu verdanken hattest. Darum sollten wir ihrer nicht im Zorn gedenken, sondern es bedauern, dass ihre Nützlichkeit für uns mit diesem Auftrag endete. Es ist stets ein Verlust, wenn Menschen mit einzigartigen Fähigkeiten uns verlassen. Anderseits müssen zum Erreichen eines großen Ziels nun einmal Opfer gebracht werden.«

Er lehnte sich in seinem Sessel zurück, griff nach einem Weinglas und nahm einen Schluck. Sein neues Gewand verdeckte das Amulett, aber Silvan wusste, dass es immer noch da war, untrennbar mit seinem Fleisch verbunden, es sei denn vielleicht durch Magie. Minutenlang hatte der Königssohn vor Schmerzen geschrien und getobt, ehe er schließlich ohnmächtig zusammengebrochen war.

Silvan hatte bei ihm gewacht, bis er schließlich wieder zu sich gekommen war. Seither war eine Veränderung mit dem Magier vorgegangen. Auf den ersten Blick schien er noch derselbe wie zuvor zu sein; er sah gleich aus und sprach auf die gleiche Art. Silvan kannte ihn gut genug, um zu wissen, dass er keineswegs der weichliche, etwas weltfremde Stutzer war, als den man ihn allgemein bei Hofe betrachtete. Jetzt aber wirkte er auf eine schwer zu beschreibende Art stärker, kraftvoller, als erfüllte ihn trotz seines schon früher vorhandenen Machtstrebens und seiner Skrupellosigkeit nun etwas wie eine Ausstrahlung von Autorität und Selbstbewusstsein, die vorher nicht da gewesen war.

Silvan war gut einen Kopf größer als der Königssohn, seine Schultern fast doppelt so breit, und vermutlich hatte er in einem einzigen Finger mehr Kraft als dieser in beiden Armen. Dennoch war er in seiner Gegenwart nervös und fühlte sich klein und unbedeutend.

Zusammen mit Mortais innerer Stärke schien auch die unterschwellige Aura des Finsteren, die ihn bereits umgab, seit Silvan ihn kannte, noch stärker geworden zu sein – fraglos auch das eine Auswirkung des Amuletts. Es hatte eine Zeit gegeben, da hatte er Mortais Interesse für die Schwarze Kunst für nicht viel mehr als Spinnerei gehalten. Selbst während der Expedition in die Verheerten Lande hatte er sich manchmal gefragt, ob er nicht im Auftrag eines Irren mit ungeheurem Aufwand nur einem Traumgespinst nachjagte, ob es das gesuchte Artefakt wirklich gab und – wenn es tatsächlich existierte – ob es sich womöglich nur um einen zur Legende verklärten Mythos handelte, ein Spielzeug ohne echte Macht.

Jetzt hatte er diese Zweifel nicht mehr. Er wusste nicht, was es mit diesem *Ding* auf sich hatte, welche Kräfte und Fähigkeiten es in sich barg, und er wollte es auch gar nicht wissen. Er wusste nur, dass es ihm Furcht einflößte.

Die ganze Nacht und den halben Vormittag hindurch hatten sie zusammengesessen und miteinander geredet. Das heißt – geredet hatte hauptsächlich Silvan. Über jede Kleinigkeit der Mission hatte er Bericht erstatten müssen; Dulg Mortai war selbst an den unwesentlichsten Details interessiert. Nun aber schien sein Wissensdurst endlich gestillt zu sein.

»Und wie geht es nun weiter?«, fragte Silvan, doch er bekam keine Antwort.

Dulg Mortai schien seine Gegenwart von einem Moment zum anderen völlig vergessen zu haben. Mit geschlossenen Augen saß er da und murmelte kaum vernehmbar fremdartig und düster klingende Worte vor sich hin.

Silvan spürte einen eisigen Schauer über seinen Rücken rinnen. Was er an verderblichem Zauber durch Nariz und auch sonst in den Verheerten Landen erlebt hatte, reichte für ein ganzes Leben. Doch offenbar war all das nur ein Auftakt zu dem gewesen, was ihm an der Seite seines Herrn erwartete. Dulg Mortai hatte sich mit Leib und Seele der Schwarzen Kunst verschrieben, wesentlich grundlegender, als Silvan bislang angenommen hatte. Seit er in die Dienste des Königssohns getreten war, wusste er von dessen entsprechender Leidenschaft, ohne sie jedoch besonders ernst zu nehmen. Er hatte geglaubt, Mortai hätte nur ein wenig oberflächliches Wissen erworben und experimentiere damit herum, wie ein Kind, das sich einbildete, aus Gras und Dreck eine wohlschmeckende Suppe zubereiten zu können.

Das war der vielleicht größte Irrtum seines Lebens gewesen.

Dulg Mortai gab nicht vor, ein Magier zu sein, er *war* einer. Seine Beschwörungen waren kein Firlefanz und Hokuspokus, sondern sie waren real. Allem Anschein nach war auch sein Gerede von dem beschworenen Dämon, der ihm verraten hätte, unter welchen Umständen und mit welchen Teilnehmern die Expedition ein Erfolg werden könnte, nicht nur Geschwätz gewesen, als das Silvan es noch zu Beginn seiner Reise abgetan hatte.

Das leise Gemurmel des Königssohns verstummte und er schlug die Augen wieder auf.

»Entschuldige, mein Freund, ich war kurzzeitig geistig abwesend, denn es gab etwas zu erledigen. Ich musste versuchen, König Ortan zu töten, meinen ach so geliebten Vater.«

Entgeistert, mit vor Fassungslosigkeit weit aufgerissenen Augen, starrte Silvan ihn an. Mortai begann zu lachen.

»Du solltest dich selbst sehen. Natürlich habe ich Ortan nicht wirklich getötet. Nur ein simpler Schattenzauber, der keinerlei feste Gestalt besaß und niemanden hätte erwürgen können. Aber ich denke, die Illusion ist mir sehr gut gelungen, und mein werter Bruder dürfte nun vollends davon überzeugt sein, dass genau dies meine Absicht ist. Er dürfte bald hier sein, um mich festnehmen und in den Kerker werfen zu lassen.«

»Aber ich begreife nicht …«

»Dabei ist es doch so einfach. In den vergangenen Stunden habe ich dafür gesorgt, dass einiges über meine kleine Verschwörung bis zu diesem Dummkopf Sethorin durchsickerte. Du selbst hast dazu beigetragen, als du dich gestern Abend wie befohlen seinen Häschern gezeigt hast. Mit seinem Wissen ist er heute wie geplant zu meinem Bruder gelaufen, und dank des kleinen Spuks, den ich gerade veranstaltet habe, sind er und der König nun fest davon überzeugt, dass ich sie töten will. Wie gesagt, die Wachen werden gleich hier sein, es wird Zeit für dich, wieder durch den Geheimgang zu verschwinden.«

»Aber …«

»Aber, aber, aber«, äffte Dulg Mortai ihn nach. »Ist das alles, was du noch herausbringst? Es liegt doch auf der Hand, was weiter geschehen wird. Man wird mir so schnell wie möglich den Prozess machen und mich verurteilen, vermutlich schon in den nächsten Tagen. Und da man nicht aller Verschwörer habhaft werden kann, wird dieser Prozess zu ihrer Abschreckung in aller Öffentlichkeit vor so viel Zeugen wie möglich stattfinden, vermutlich auf dem Marktplatz. Sobald das Urteil gefällt ist, wird man es dann an Ort und Stelle vollstrecken und mir den Kopf abschlagen.« Er rieb sich die Hände und lächelte. »Dieses Spektakel solltest du dir keinesfalls entgehen lassen. Du wirst sehen, das wird ein Heidenspaß!«

6

Sethorin hatte bereits viel erlebt, vor allem, seit er zum Kommandanten der königlichen Leibgarde und damit der Palastwache aufgestiegen war: Schönes und Schreckliches, Geheimnisvolles, Unerklärliches, Raffiniertes, Dummes, Glückliches, Tragisches, Intrigen, Verschwörungen, glückliche und unglückliche Zufälle. Nichts davon konnte sich jedoch mit dem messen, was in den letzten Tagen geballt auf ihn eingestürmt war. Es schien, als wäre die ganze Welt aus den Fugen geraten, als hätten die Gesetze der Logik und des klaren Verstandes keine Gültigkeit mehr.

Verantwortlich dafür zeichnete allein Dulg Mortai. Sein Verhalten war in vielerlei Hinsicht schlicht unbegreiflich.

Unmittelbar nach dem missglückten Anschlag auf das Leben des Königs hatten die Wachen ihn verhaftet. Sie hatten ihn in seinen Gemächern angetroffen, wo er gemütlich bei einem Glas Wein saß. Weder hatte er zu fliehen versucht, noch hatte er Widerstand geleistet, hatte nicht einmal geleugnet, was man ihm zur Last legte. Konfrontiert mit den gegen ihn erhobenen Vorwürfen hatte er alles zugegeben und nur lakonisch erklärt, man wäre ihm eben auf die Schliche gekommen, und er wolle sich als guter Verlierer zeigen.

Ob es nur ein Versuch war, ein milderes Urteil zu erhalten – Sethorin wusste es nicht. Aber wenn es sich so verhielt, dann scheiterte der Plan. Seine Hinrichtung war bereits beschlossene Sache, war aus Gründen der Staatsräson unerlässlich, um andere Verschwörer abzuschrecken und nicht durch unangemessene Milde noch zu ermutigen. Allenfalls hätte er seine Lage durch die Enttarnung aller, die an seinem Verrat beteiligt waren, verbessern können. Doch so freimütig Dulg Mortai sich beim Geständnis seiner eigenen Verfehlungen zeigte, so verschlossen waren seine Lippen im Hinblick auf seine Helfer und Mitverschwörer.

Allenfalls die Folter hätte ihm möglicherweise Namen entlocken können. Im Gegensatz zu seiner Entschlossenheit, was das Urteil betraf, hatte König Ortan diesbezüglich jedoch eine nur durch unsinnige Sentimentalität erklärbare Gnade gezeigt und die Anwendung jeglicher Gewalt verboten. Immerhin handelte es sich um seinen Sohn, ob versuchter Vatermörder, Umstürzler und Hochverräter oder nicht. Da sich sein geistiger Zustand kurz darauf rapide verschlechtert hatte, war es auch nicht mehr möglich gewesen, mit ihm darüber zu sprechen und einen Widerruf dieses Befehls zu erwirken.

Die Verhandlung und anschließende Hinrichtung sollte in aller Öffentlichkeit auf dem großen Marktplatz Brelonias stattfinden. Eine nachvollziehbare Entscheidung, da es vor allem darum ging, ein abschreckendes Exempel zu statuieren, doch in jeder anderen Hinsicht ein Albtraum, vor allem, was die Gewährung eines ordnungsgemäßen Ablaufs und die Sicherheit der Königsfamilie betraf.

Und er war derjenige, der dies alles hatte organisieren müssen, zudem noch unter Zeitdruck, denn ihm waren nur drei Tage dafür eingeräumt worden. Die Zeitspanne war bewusst so kurz gewählt worden, um den Verschwörern keine Gelegenheit zu geben, sich auf die veränderte Situation einzustellen oder gar Gegenmaßnahmen zu planen. Diese drei Tage waren nun verstrichen und statt mit der Jagd auf Staatsfeinde hatte er sie fast ausschließlich mit den Vorbereitungen für den Prozess vergeudet.

Eine besondere Schwierigkeit ergab sich dadurch, dass König Ortan es sich altersstarrsinnig in den Kopf gesetzt hatte, selbst daran teilzunehmen. Dabei hatte er das Schloss seit mehr als einem Jahrzehnt nicht mehr verlassen und war in den letzten Jahren sogar kaum jemals noch seinem Bett entstiegen. Immerhin schien er an diesem Tag wieder weitgehend im Besitz seiner geistigen Fähigkeiten zu sein. Sollte sich sein Zustand jedoch verschlechtern und er anfangen, dummes Zeug zu reden, konnte alles in einem Fiasko enden.

Noch einmal ließ Sethorin den Blick über sein Werk streifen. Nach seinen Anweisungen war vor dem großen Tempel des A'arton an der Stirnseite des Platzes ein großes, mehr als mannshohes Podest errichtet worden, das als Gerichtssaal und Schafott gleichzeitig dienen würde. Ein wuchtiger Richtertisch stand darauf und dahinter drei Sessel, denn das Hohe Gericht, welches das Urteil fällen würde, sollte aus Sarkan Mortai und zwei ranghohen, vertrauenswürdigen Fürsten bestehen, deren Namen bislang noch geheim gehalten wurden, um eine Beeinflussung auszuschließen.

An einer Seite des Schafotts stand der Richtblock, eine gut einen halben Meter hohe Scheibe aus dem Stamm eines dicken Baumes. Für das Volk unsichtbar wartete der Henker mit seiner Axt hinter dem Podest, würde es erst nach der Urteilsverkündung betreten. Nur wenige Schritte von dem Richtertisch entfernt wartete ein Käfig aus massivem Stahl auf den Angeklagten. Angesichts von dessen magischer Begabung hatte Sethorin auf dieser Sicherheitsmaßnahme bestanden.

Zu beiden Seiten des Schafotts ragten Tribünen auf, auf denen die königliche Familie und die Würdenträger des Reiches Platz nehmen würden. Vor den Tribünen und dem Podest gab es Barrikaden, um zu verhindern, dass der Pöbel bis dorthin vordrang. Geschützt wurden die Barrikaden von seinen Männern und der Stadtwache, verstärkt durch eine Hundertschaft handverlesener

Soldaten aus der regulären Armee, die bereits ihre Posten bezogen hatten. Auch er selbst hielt sich in diesem Bereich auf. Zudem waren hinter zahlreichen Fenstern, auf Balkonen und sogar auf einigen Dächern der umliegenden Häuser Bogenschützen postiert.

Sethorin war überzeugt, damit alle Eventualitäten bedacht zu haben. Nach menschlichem Ermessen konnte nichts schiefgehen. Warum nur hatte er dennoch so ein ungutes Gefühl?

Der Platz begann sich immer rascher zu füllen. Von allen Seiten strömte das Volk herbei, um sich das zu erwartende Spektakel nicht entgehen zu lassen. Für die Menschen war es eine willkommene Abwechslung von ihren eintönigen Alltagsgeschäften. Ob es sich um den Auftritt einer Gauklertruppe oder eine Hinrichtung handelte, schien ihnen dabei gleichgültig. Hauptsache, es gab etwas zu begaffen. Dementsprechend herrschte auch eine entspannte, vorfreudige Stimmung, wie er mit Erleichterung feststellte. Von Aggressivität oder gar einer aufrührerischen Stimmung war nichts zu spüren. Es hätte sich ebenso gut um ein Volksfest handeln können.

Allmählich trafen auch die geladenen Adeligen und sonstigen Würdenträger ein und nahmen auf den Tribünen Platz. Auch das war ein Vorteil des sehr kurzfristig anberaumten Termins: Es waren hauptsächlich Fürsten aus den Lehen nahe Brelonias erschienen, die traditionell recht loyal zum Königshaus standen.

Schließlich ertönte ein Fanfarenstoß und zwei prunkvolle Kutschen mit dem königlichen Wappen auf den Seiten fuhren vor. Der einen entstiegen Sarkan und seine Frau Tarla, der anderen erst Boran und anschließend König Ortan. Hochrufe und frenetischer Jubel erklangen auf dem Platz, wie Sethorin zufrieden zur Kenntnis nahm. Seit über einem Jahrzehnt hatten die Menschen ihren König nicht mehr zu Gesicht bekommen und entsprechend hatte sich Unmut im Volk ausgebreitet. Jetzt aber schien all das vergessen zu sein. Zwar musste Ortan von zwei Dienern gestützt und zu seinem Platz in der königlichen Loge geführt werden, aber das Volk war begeistert über das Erscheinen seines Herrschers.

Nachdem auch Sarkan sich hatte huldigen lassen, wandte er sich nicht der Loge zu, sondern nahm auf dem mittleren der großen Richterstühle auf dem Podest Platz. Zu ihm gesellten sich Lord Elis Tallin, Kriegsminister und Oberkommandierender der Armee, sowie Graf Vigan Oboril, Regent der großen und fruchtbaren Provinz Galanien, die sich südlich der Hauptstadt erstreckte.

Beide galten als loyal der Krone gegenüber, aber auch als unbestechlich und unvoreingenommen. Von ihnen war kein Gefälligkeitsurteil zu erwarten, nur weil die Krone es wünschte. In einem Fall mit weniger klarer Beweislage hätte ihre Berufung ein Risiko dargestellt. Hier jetzt stellte sie einen Vorteil dar, da wegen ihrer Mitwirkung niemand die Gerechtigkeit eines Todesurteils anzweifeln würde.

Kaum eine Minute später fuhr eine weitere Kutsche vor. Angesichts von Dulg Mortais hoher Abstammung hatte man darauf verzichtet, ihn wie einen gewöhnlichen Verurteilten mit einem offenen Eselskarren zum Schafott zu fahren. Zudem war er ja noch nicht verurteilt, obwohl das nur noch eine Formsache war. Mit einem Knebel im Mund und vor dem Bauch gefesselten Händen entstieg der drittgeborene Königssohn der Kutsche. Unter strenger Bewachung wurde er zum Käfig geführt. Erst als er darin eingesperrt war, entfernte man seinen Knebel, doch blieb er weiterhin gefesselt. Zwei Wachen postierten sich hinter dem Käfig. Sie hatten den Auftrag, Dulg zum Schweigen zu bringen, falls er versuchen sollte, eine Beschwörungsformel auszusprechen.

Man hatte ihm alles abgenommen, bis auf das Amulett auf seiner Brust. Es bereitete Sethorin ein wenig Sorge, denn obwohl es nur stilisierte Flammen zeigte, konnte er nicht sicher ausschließen, dass es sich um ein magisches Hilfsmittel handelte. Aber es war so tief und fest mit seinem Fleisch verwachsen, dass man es höchstens hätte herausschneiden können, und es war fraglich, ob der Verräter dies überlebt hätte. Aber um was es sich auch handelte, eine Gefahr stellte es wohl kaum dar.

Zufrieden registrierte Sethorin, dass der Pöbel mit Ablehnung und Schmährufen auf Dulg Mortai reagierte. Er zeigte sich selten in der Öffentlichkeit und war niemals durch irgendwelche besonderen Wohltaten oder dergleichen hervorgetreten. Entsprechend war er im Volk wenig bekannt und erst recht nicht beliebt. Seine düstere Erscheinung und die über ihn kursierenden Gerüchte taten ein Übriges. Der Mob wollte sehen, wie das Blut spritzte und sein Kopf rollte, daran gab es keinen Zweifel. Proteste oder gar Aufruhr war nicht zu befürchten.

Sarkan hielt eine kurze Ansprache, in der er den Menschen dankte, dass sie so zahlreich zu diesem wichtigen Ereignis erschienen wäre. Seine Worte dienten nur dazu, dass Ruhe auf dem Platz einkehrte. Zwar gab es Gerüchte, doch Genaues wusste niemand über die Verbrechen, die dem jüngsten Königssohn vorgeworfen wurden.

Aus diesem Grund übergab Sarkan das Wort an Graf Oboril, der von einer Schriftrolle sämtliche Anklagepunkte vorlas. Jeder davon wurde vom Pöbel mit Schmährufen quittiert, und auch Rufe wie »Tötet ihn!« klangen auf.

Dulg Mortai nahm alles ohne sichtbare Gefühlsregung zur Kenntnis. Scheinbar entspannt an die Gitterstäbe gelehnt stand er in seinem Käfig, lächelte sogar ein wenig und machte den Eindruck, als ob er vor lauter innerem Seelenfrieden am liebsten ein Liedchen pfeifen würde. Sein Verhalten war so bizarr, dass Sethorin sich nicht zum ersten Mal fragte, ob der Königssohn den Verstand verloren hatte und einfach nicht begriff, in welcher Lage er sich befand.

Nach der Verlesung der Anklage begann das eigentliche Tribunal. Zeugen wurden vorgeführt, darunter Fürst Starion und Tibon Nosmaril, die wiederholten, was sie schon unter der Folter ausgesagt hatten. Ihnen war zugestanden worden, dass man trotz der Schwere ihrer Schuld ihr Leben als Gegenleistung für ihr öffentliches Geständnis verschonen würde, und so berichteten sie, wie Silvan Debair im Auftrag Dulg Mortais Kontakt zu ihnen aufgenommen und sie für seine geplante Verschwörung angeworben hätte, was sie inzwischen zutiefst bedauern würden.

Unruhe breitete sich während ihrer Aussage auf den Tribünen

aus, als bekannt wurde, dass es sich um einen von langer Hand geplanten Staatsstreich handelte, dem sich eine offenbar nicht unerhebliche Zahl von Adeligen und Würdenträgern angeschlossen hatte. Niemand wusste, ob nicht einer von diesen neben ihm saß. Auch Sethorin zweifelte nicht daran, dass sich eine ganze Reihe von Mitverschwörern unter den Zuschauern befanden.

Er wünschte, es wäre ihm gelungen, diesen Silvan zu ergreifen, aber obwohl man die ganze Stadt nach ihm durchkämmt hatte, war seine Festnahme nicht gelungen. Ratten wie er kannten zahlreiche Verstecke, in denen sie bei Gefahr untertauchen konnten. Dabei war er derjenige, der neben Dulg Mortai zweifellos am meisten über die Verschwörung wusste. Er kannte Pläne, er kannte Namen und noch vieles mehr. Hätte man ihn unter der Folter zum Reden gebracht …

Nach den beiden Adeligen berichtete einer der Kammerdiener des Königs von dem Angriff der Schattengestalt mit Dulgs Gesicht, die bereits im Begriff gestanden hatte, König Ortan zu ermorden, wenn es nicht gerade noch rechtzeitig gelungen wäre, sie zu vertreiben.

Als letzter Zeuge wurde Anwin aufgerufen, Sethorins Stellvertreter. Seine Aussage löste besonders große Empörung und Ekel aus. Mit zuvor einstudierten Worten schilderte er, wie man bei der gründlichen Durchsuchung von Dulg Mortais Gemächern auf zwei Geheimgänge gestoßen sei und dabei auch die Altarkammer entdeckt habe, in der der Königssohn verbotener finsterer Magie gefrönt hatte. Zwar sprach er nur von den verstümmelten Katzen und Hunden und beschrieb den Altar als blutbeschmiert, aber seine Worte waren so geschickt gewählt, dass kaum jemand daran zweifelte, dass er dort im Laufe der Jahre sicherlich auch Menschenopfer dargebracht hatte.

Wütende Schreie und Rufe erklangen. Fäuste wurden in Richtung des Käfigs geschüttelt, und hätte man den auch weiterhin ungerührt lächelnden Dulg Mortai dem Mob in diesem Moment überlassen, so wäre er zweifellos von diesem totgeprügelt und in Stücke gerissen worden.

Es dauerte eine ganze Weile, bis wieder Ruhe auf dem Platz einkehrte. Bislang lief alles so, wie Sethorin es erhofft hatte. Es gab keine Ausschreitungen, keine von den noch freien Verschwörern provozierten Unruhen, und vor allem Anwins Aussage hatte unter den Zuschauern so viel Hass auf Dulg Mortai gesät, dass sie seine Hinrichtung bejubeln würden. Aus diesem Grund war sie erst als Letzte erfolgt, und das Verfahren sollte so kurz wie möglich gehalten werden, damit der Mob möglichst schnell das bekam, weswegen er hergekommen war. Ausschreitungen waren höchstens noch zu befürchten, wenn das Tribunal nicht mit einem Todesurteil endete.

»Du hast gehört, welche abscheulichen Verbrechen dir zur Last gelegt und durch die Aussagen mehrerer Zeugen bewiesen werden«, wandte sich Sarkan an seinen jüngeren Bruder. »Hast du noch etwas dazu zu sagen, ehe dieses Tribunal sein Urteil fällt?«

»Habe ich«, entgegnete Dulg Mortai. »Ich bekenne mich in allen Anklagepunkten für schuldig, mit Ausnahme von einem. Ich habe niemals versucht, den König zu ermorden. Was von dem Kammerdiener hier so hemmungslos übertrieben geschildert wurde, war nur eine Gaukelei. Ein Schatten mit meinem Gesicht, um dich mit der Nase auf meine Spur zu stoßen, werter Bruder. Er besaß keine feste Gestalt und konnte somit auch niemanden töten. Aber gib mir ein paar Minuten, dann kannst du die Anklage von einem *versuchten* Königsmord in einen *begangenen* Königsmord ändern.«

7

Sethorin war einer der Ersten, der begriff, dass es sich bei Dulg Mortais Worten nicht nur um ein äußerst makaberes Wortspiel, sondern um eine konkrete Drohung handelte. Mehr noch – um eine Ankündigung dessen, was er vorhatte, obwohl gefesselt, hinter Gittern und unter Bewachung.

Aber das änderte sich schon in den nächsten Sekunden!

Ein orange-rötlicher Schein glomm auf seiner Brust auf, als seine Kleidung dort wegschmorte und den Blick auf das mit seiner Haut verwachsene Medaillon freigab. Aber es war jetzt nicht mehr länger nur eine Metallscheibe mit darin eingravierten Flämmchen, sondern diese schienen wirklich zu brennen, tanzten wie echte Flammen hin und her. Ein nur hauchdünner Feuerstrahl löste sich daraus und durchtrennte die Fesseln, mit denen Dulg Mortais Hände gebunden waren.

Sethorin stieß einen Fluch aus. Das verfluchte Amulett! Er hatte geahnt, dass etwas damit nicht stimmte. Wäre es allein nach ihm gegangen, er hätte es entfernen, es Dulg notfalls aus der Haut herausschneiden lassen, doch dem hatte der Befehl des Königs entgegengestanden, ihn weder zu foltern noch ihm sonstigen Schaden zuzufügen.

Doch selbst das würde dem Verräter nichts nutzen, falls diese Hoffnung der Grund für seine Furchtlosigkeit und übertrieben zur Schau gestellte Selbstsicherheit sein sollte. Auch für Fälle wie diesen hatte Sethorin Vorkehrungen getroffen. Er gab den Wachen hinter dem Käfig ein Zeichen. Einer der Männer hieb zwischen den stählernen Stangen hindurch mit einer hölzernen Keule nach dem Königssohn, um ihn zu betäuben. Er traf ihn wuchtig am Kopf, doch Dulg reagierte nicht darauf, schien den Schlag nicht einmal zu spüren. Auf ein weiteres Zeichen hin stach der zweite Wachposten mit seinem Schwert nach Dulgs Hüfte, um ihm eine schmerzhafte, aber nicht allzu gefährliche Verletzung zuzufügen.

Auch er scheiterte. Sein Schwert vermochte nicht einmal die Haut des Magiers zu ritzen; sie schien mit einem Mal undurchdringlich geworden zu sein. Stattdessen wandte sich Dulg Mortai fast gelangweilt um. Zwei feurige Blitze zuckten nacheinander aus dem Amulett, durchbohrten die beiden Wachen und töteten sie. Ein weiterer Blitz brannte ein fast mannshohes Loch in den Käfig, ließ die massiven Stahlstäbe wie Wachs schmelzen. Mühelos stieg Dulg durch die Öffnung ins Freie.

Unruhe breitete sich auf den Tribünen und dem Platz aus,

vereinzelt erklangen Schreie, aber noch gab es keine Anzeichen einer Panik. Die Menschen waren überrascht und erschrocken von dem Geschehen, aber auch neugierig darauf, wie es weiterging. Schon die Hinrichtung eines Königssohns war ein mehr als ungewöhnliches Spektakel, aber jetzt wurden sie Zeugen von etwas offenbar noch viel Bedeutenderem, von dem man vermutlich noch in hundert Jahren sprechen würde.

Panik ergriff dafür allmählich von Sethorin Besitz. Seine schlimmsten Albträume in Bezug auf diese Verhandlung, die zu einer Demonstration der Stärke des Königshauses gedacht war, drohten wahr zu werden. Eine Situation wie diese hatte er nun wirklich nicht vorhersehen und sich entsprechend auch nicht darauf vorbereiten können.

»Ergreift ihn!«, befahl er. Gut zwei Dutzend Männer der Stadtwache verließen ihren Platz an der Barrikade, wodurch deren Schutz massiv geschwächt wurde. Dieses Risiko musste er eingehen.

Die Männer polterten mit gezogenen Schwertern die hölzerne Treppe zum Schafott hinauf. Mehrere Flammenblitze zuckten aus Dulg Mortais Amulett und töteten die vordersten. Die anderen wichen entsetzt zurück. Auch Sethorin war entsetzt. Was für ein Ungeheuer war aus dem eher linkischen, schüchternen Königssohn geworden, dass er über so ungeheure Kräfte verfügte und auch keinerlei Skrupel zu haben schien, sie anzuwenden? Und wie konnte man jemanden wie ihn noch aufhalten?

»Bewohner von Brelonia, Volk von Woltan!«, rief Dulg Mortai mit einer Stimme, die wie Donnergrollen über den gesamten Platz hallte und breitete dabei die Arme in einer weit ausholenden Geste aus. »Ihr seid Zeugen eines historischen Ereignisses. Der heutige Tag wird von kommenden Generationen einst als Beginn einer Zeitenwende betrachtet werden. Zu lange habt ihr im Schatten gelebt, habt unter der Herrschaft von Feiglingen und Stiefelleckern gelitten. Wurdet regiert von einem König, dem sein eigenes Reich nichts bedeutet, der mehr an das Wohl von Latronia und Volarien denkt. Der deshalb einen schmachvollen

Frieden mit diesen Reichen ausgehandelt hat. Der ihnen wie ein schäbiger Verräter Ländereien abgetreten hat, auf die Woltan Anspruch hat, die unser ureigenes Gebiet sind. Aber ist er dafür abgesetzt und als Verräter verurteilt worden?«

»Nein!«, erschollen Rufe aus der Menge, viele Rufe, wie Sethorin entsetzt feststellte. Vereinzelt wurden sogar Fäuste wütend in Richtung der Königsloge geschwungen. Die Stimmung des Volkes, die sich bislang gegen Dulg Mortai gerichtet hatte, drohte umzuschlagen.

Oh, wie er den Pöbel hasste, seine Wankelmütigkeit, seine Verführbarkeit!

Noch waren die Menschen skeptisch und abwartend. Ihre Herzen hatte der Verräter noch nicht erobert, doch immerhin hatte er es mit wenigen Worten geschafft, dass sie nicht mehr gegen ihn eingenommen waren. Ausgerechnet er, den größere Ansammlungen von Menschen stets nervös gemacht hatten, der auf Bällen und Empfängen oftmals unbeholfen wirkte und mit mehreren Menschen gleichzeitig kaum eine belanglose Plauderei bestreiten konnte, ohne sich zu verhaspeln, erwies sich nun als ein durchaus gewandter Redner. Sethorin hätte ihm kaum zugetraut, vor einer so riesigen Menschenmenge überhaupt den Mund aufzubekommen und mehr als ein paar wenige zusammenhängende Worte zu stammeln, bis der Mob ihn auslachte und möglicherweise gar mit faulen Eiern und verrottetem Obst bewarf.

Auf gar keinen Fall durfte er weitersprechen und das Volk auf seine Seite bringen. Auch Sarkan hatte das erkannt. Zusammen mit den anderen beiden Richtern war er aufgesprungen.

»Bringt ihn zum Schweigen!«, brüllte er, noch bevor Sethorin einen entsprechenden Befehl erteilen konnte. »Stopft ihm das Maul, und wenn ihr ihn tötet!«

Niemand reagierte auf seinen Befehl. Die Stadtwachen wussten nur zu gut, dass es ihr Todesurteil bedeuten würde, wenn sie erneut versuchten, das Podest zu erstürmen. Lediglich einer von ihnen schleuderte einen Dolch, doch das Geschoss verfehlte Dulg um mehr als einen Meter.

»Mir das Maul stopfen?«, wandte dieser sich dem Thronfolger zu. »O nein, liebster Bruder! Du hast mich gefragt, ob ich noch etwas zu sagen hätte, und nun werde ich auch sprechen. Du bist es doch, der die Geschicke des Reiches lenkt, seit unser Vater, der König, zu einem kranken, altersschwachsinnigen Greis geworden ist, der oft genug nicht einmal mehr weiß, wer er ist. Er hat zu verantworten, dass aufrechte Woltanen von ihrem Land und aus ihren Dörfern und Städten an der Grenze vertrieben oder erschlagen wurden, damit minderwertiges Volk aus Latronia und Voltarien sich dort ausbreiten konnte. Dafür muss er endlich zur Verantwortung gezogen und sein Fehler rückgängig gemacht werden.«

Rasch warf Sethorin einen Blick zur Loge hinauf. König Ortan war auf seinem Sitz in sich zusammengesackt und bekam anscheinend gar nicht mehr mit, was geschah. Sein Leibarzt war bei ihm und auch Boran kümmerte sich um ihn. Dabei wirkte er völlig hilflos, war mit dem Geschehen offenkundig überfordert. So gut er auch mit Zahlen umzugehen verstand, dies war eine Gleichung mit zu vielen Unbekannten, als dass er sie berechnen könnte.

Sethorin zögerte nicht länger. Er hob den rechten Arm, das Zeichen für die überall postierten Bogenschützen. Sehnen wurden gespannt, dann rasten gut drei Dutzend Pfeile auf Dulg Mortai zu, um dem Spuk endlich ein Ende zu bereiten.

Keiner davon erreichte ihn.

Als wäre er durch eine unsichtbare Rüstung aus bestem Stahl geschützt, prallten die Pfeile von ihm ab und fielen um ihn herum zu Boden. Viele waren zerbrochen, doch hatten sie ihm nicht eine Schramme zufügen können.

Von neuerlicher Panik erfasst, schnappte Sethorin nach Luft. Was für ein teuflischer Zauber war das nun wieder? Wie konnten sie jemanden besiegen, der nicht nur Blitze schleudern konnte, sondern anscheinend auch unverwundbar war?

Eine zweite Salve wurde auf den Verräter abgeschossen. Auch jetzt vermochte keiner der Pfeile ihn zu verletzen, doch fielen sie nicht zu Boden. Stattdessen blieben sie kaum eine Fingerbreite von ihm entfernt einfach in der Luft hängen.

»Für den Niedergang Woltans in den letzten Jahren kann man unserem Vater nicht die Schuld geben«, sprach Dulg unbeirrt weiter. »Die trägst allein du, Bruder. Wir sind das größte, das einwohnerreichste und das fruchtbarste Land, und doch blicken unsere Nachbarn nur verächtlich auf uns herab. Das Volk hungert, weil manche Fürsten den Bauern, die die Felder bestellen, von der Ernte kaum genug zum Leben lassen, ohne dass du ihnen Einhalt gebietest. Und von dem Wenigen, was sie haben, sollen sie dann noch Steuern an die Krone bezahlen, die alle paar Jahre erhöht werden, damit der Lebensstil am Hofe immer noch protziger werden kann. Marodierende Banden ziehen durch die Lande, rauben und morden wahllos, ohne dass die Krone ihnen Einhalt gebieten kann. Das ist die Bilanz deiner Schattenregentschaft in den vergangenen zehn Jahren.« Er wandte sich von Sarkan ab und dem Volk zu. »Ihr alle wisst, wovon ich rede, denn ihr erlebt es Tag für Tag am eigenen Leib. Wollt Ihr, dass es so weitergeht? Wollt ihr, dass eure Babys verhungern, weil Krone und Adel euch, die ihr mit eurer Hände Arbeit allen Reichtum erschafft, euch nicht einmal genug zum Leben lassen?«

»Nein!«, schallte es tausendfach zurück.

Allmählich begriffen die Menschen, dass sie wirklich Zeuge von etwas Außergewöhnlichem wurden. Hier sprach ein Mitglied des Königshauses aus, was sie dachten, fasste ihre Nöte in Worte und begehrte gegen die Krone auf, anscheinend nicht aus persönlichem Machtstreben, sondern in *ihrem* Namen und um *ihre* Lage zu verbessern.

»Auch ich habe Schuld auf mich geladen«, sprach Dulg Mortai weiter. »Denn ich habe viel zu lange geschwiegen, habe weggesehen und dieses Treiben geduldet, habe während dieser Zeit selbst in Luxus und Überfluss gelebt. Aber schließlich wurden die Schreie, die zu den hohen Mauern des Palastes emporstiegen, zu laut, als dass ich meine Ohren länger vor ihnen verschließen konnte. Ich beschloss zu handeln. Deshalb stehe ich heute vor euch und werde von denen, die das Volk Woltans ausplündern, als Verräter beschimpft, damit dieses Tribunal mich zum Tode verurteilt und alles weiter seinen gewohnten Gang nehmen kann.«

Wieder klangen Schreie und wüste Schmährufe auf, von denen »Pfui« und »Schande« noch die harmlosesten waren. Selbst vereinzelte Rufe wie »Tod den Verrätern!« und »Es lebe Dulg Mortai!«, drangen an Sethorins Ohren. Er fühlte sich hilflos wie nie zuvor in seinem Leben. Diesem Treiben musste unbedingt Einhalt geboten werden. Aber wie? Was als Spektakel für den Pöbel und abschreckendes Exempel für die noch unbekannten Mitverschwörer gedacht war, drohte, sich zu einem offenen Aufruhr auszuweiten.

»Da hörst du die Stimme des Volkes, Bruder!«, rief Dulg Mortai und wandte sich wieder Sarkan und den beiden anderen Richtern zu. »Wir befinden uns hier vor dem Tempel A'artons, und du weißt, wie es in seinen Lehren heißt: *Mein ist die Rache*. Du hast mich als Verräter angeklagt, doch das Volk entscheidet, dass du und deine Speichellecker die Verräter seid. Und darum soll euch nun die Strafe treffen, die ihr mir zugedacht habt.«

Wie auf ein unhörbares Kommando wirbelten die Pfeile herum, die noch immer vor ihm in der Luft hingen, sodass ihm die Schäfte zugewandt waren, während die Spitzen auf die drei Richter deuteten. Vigan Oboril fuhr herum und wollte mit einem Sprung von dem Podest fliehen, aber es war zu spät. So rasend schnell wie von einem Bogen abgeschossen, sausten die Pfeile auf Sarkan, ihn und den Kriegsminister zu und töteten sie.

Auch auf den Tribünen erklangen nun Schreie. Die meisten Würdenträger waren schon vorher von ihren Sitzen aufgesprungen. Nun begriffen sie, dass auch ihnen Gefahr drohte, und voller Panik versuchten sie, sich in Sicherheit zu bringen. Chaos brach aus. Rücksichtslos stießen die sonst so vornehmen Herrschaften einander zur Seite, trampelten über die hinweg, die zu Boden stürzten und behinderten sich gegenseitig in solchem Maße, dass es kaum jemandem gelang, die Tribünen wirklich zu verlassen.

Erneut wurde eine Pfeilsalve auf Dulg Mortai abgeschossen, aber auch diese konnte ihm nichts anhaben. Immerhin fielen die Pfeile diesmal wieder zu Boden und blieben nicht in der Luft hängen.

»Der erste der Verräter wurde gerichtet!«, brüllte er. Mühelos übertönte seine Stimme den Tumult, was er vermutlich auch mit Magie bewirkte. »Aber es bleiben noch weitere. Auch wenn König Ortan nicht mehr für das verantwortlich ist, was in den letzten Jahren in seinem Namen geschah, trägt er doch die Schuld an dem Ausverkauf unserer grenznahen Ländereien und dem schmachvollen Frieden, den er Woltan aufgezwungen hat. Das darf nicht ungerächt bleiben! Und nicht zu vergessen sein zweitgeborener Sohn, mein Bruder Boran, der euch, das Herz dieses Landes, so hat ausbluten lassen. Auch er hat Schuld auf sich geladen, die nur durch den Tod gerächt werden kann.«

Er blickte zu der königlichen Loge an der Spitze der Tribüne hinauf. Boran Mortai war der Boden unter den Füßen inzwischen zu heiß geworden, und er hatte sein Heil in der Flucht gesucht, war aber nur wenige Schritte von der Loge entfernt in dem Gedränge, in dem auch auf seine Herkunft keine Rücksicht genommen wurde, stecken geblieben. Abwehrend streckte er die Arme aus, während die Menschen in seiner Umgebung von ihm zurückwichen.

»Nein, Dulg!«, schrie er. »Du kannst doch nicht …«

Ein Flammenspeer aus dem Amulett setzte seinem Leben ein Ende. Gleich darauf blitzte eine weitere, ungleich mächtigere Feuerlanze auf, traf die königliche Loge und verbrannte sie mit allen, die sich darin befanden, zu Asche.

Von Verzweiflung übermannt schloss Sethorin die Augen und schlug die Hände vors Gesicht, während Schreie und Kreischen um ihn herum zu einem schier unerträglich ohrenbetäubenden Lärm anschwollen. Viele Jahre lang hatte die Sicherheit des Königs in seiner Hand gelegen, und nun endete alles in einer solchen Katastrophe, ausgelöst von einem Mann, der selbst der herrschenden Familie angehörte.

»Der König ist tot und ich bin sein einziger lebender Erbe!«, brüllte Dulg Mortai. »Unter meiner Führung wird das Reich wieder zu Ruhm und Ehre finden, die ihm zustehen. Niemand wird es mehr wagen, verächtlich auf Woltan herabzublicken und uns seine Bedingungen zu diktieren. Ich werde die abgetretenen Ländereien zurückerobern, und gleich ganz Latronia und Volarien mit dazu. Unsere Feinde werden vor uns im Staub kriechen und unser Volk sich zu bislang ungeahnten Höhen von Macht und Reichtum aufschwingen. Ich werde Woltan wieder groß machen!«

»Heil dem König!«, brauste es über den Platz. »Heil Dulg Mortai!«

»Aber zuvor müssen all die beiseitegeräumt werden, die der neuen Ordnung im Wege stehen.« Er deutete auf die Tribünen. »Holt euch die Blutsauger, unter denen ihr so lange gelitten habt!«

Seine Worte ließen alle Dämme in dem durch seine Hetzrede und die Morde an der Königsfamilie bereits bis zum Äußersten aufgestachelten Pöbel brechen. In rasendem Blutrausch brandeten die Menschen wie eine Flutwelle aus Fleisch und Blut gegen die Barrikaden. Viele wurden an abstehenden Streben aufgespießt, doch die Nachfolgenden drängten einfach weiter. Unter ihrem Ansturm wurden die Absperrungen zur Seite gedrückt.

Blindlings hieben die Wachen mit ihren Schwertern auf den Mob ein. Die Schützen schossen einen Pfeil nach dem anderen in die Menge ab, doch schon drangen Aufständische in der Nähe der Häuserreihen in die Gebäude ein. Der Beschuss endete rasch.

Auch Sethorin zog sein Schwert und stürzte sich in den Kampf, wohl wissend, dass seine Bemühungen vergeblich sein würden. Niemand konnte diese entfesselte, in Raserei geratene Meute noch aufhalten, die ohne Rücksicht auf das eigene Leben heranbrauste. Dennoch erfüllte er seine Pflicht. Wie wild hieb er mit seinem Schwert um sich, durchbohrte Leiber, schlug Köpfe und Gliedmaßen ab, bis ihm irgendwann das Schwert aus den Händen gewunden wurde. Harte Schläge prasselten auf ihn ein und er ging unter dem Ansturm der grölenden Masse zu Boden.

Die Menge trampelte über ihn hinweg.

Ich habe versagt!, dachte er mit bereits schwindendem Bewusstsein. *Einmal ist es mir gelungen, das Leben des Königs zu retten. Heute aber wurde er vor meinen Augen ermordet und dem neuen König will ich nicht dienen. Vielleicht ist es gut, dass nun alles endet.*

Das war sein letzter Gedanke, ehe die Welt für ihn in ewiger Dunkelheit versank.

8

Silvan Debair hatte mit sich gerungen, ob er dem öffentlichen Prozess und der geplanten Hinrichtung Dulg Mortais wirklich beiwohnen sollte, wie dieser ihm geraten hatte. Wie vermutlich auch eine Menge anderer Leute hatte er sich in den Tagen seit seiner Rückkehr aus den Verheerten Landen immer wieder gefragt, ob sein Mentor nicht schlichtweg den Verstand verloren hatte; so widersprüchlich erschien ihm sein Verhalten.

Über Monate hinweg, im Grunde während des gesamten letzten Jahres, hatte der Königssohn in aller Heimlichkeit an Allianzen geschmiedet und seine Verschwörung vorangetrieben. Und das alles anscheinend nur, um die Früchte seiner Arbeit, zu der Silvan einen beträchtlichen Teil beigetragen hatte, nun binnen eines einzigen Tages wegzuwerfen. Man war ihm nicht auf die Schliche gekommen, sondern Dulg Mortai hatte selbst dafür gesorgt, dass er entlarvt wurde.

Das bedeutete auch für ihn als seinen wohl wichtigsten Mitverschwörer höchste Gefahr. Nach der Verhaftung des Königssohnes hatte er ernsthaft darüber nachgedacht, ob es nicht sicherer wäre, für eine Weile im Ausland unterzutauchen.

Etwas hatte ihn davon abgehalten.

So unsinnig das Verhalten Dulg Mortais auch schien, hatte er doch keinen Moment den Eindruck erweckt, als wären ihm die Dinge aus der Hand geglitten. Stattdessen schien alles genau so zu laufen, wie von ihm geplant. Zwar konnte Silvan sich nicht vorstellen, was das für ein irrsinniger Plan es sein könnte, sich wehrlos in die Hände derer zu begeben, die er bekämpfen wollte und die ihn dafür hinrichten würden, aber ein winziger Funke Hoffnung war ihm geblieben.

Nun wusste er, dass er seinen Mentor unterschätzt hatte, dass dieser in der Tat genau gewusst hatte, was er tat. Sein Plan war überaus verwegen gewesen, aber er ging auf.

Silvan kannte sich in den Slums von Brelonia bestens aus. So war es ihm nicht schwergefallen, dort unterzutauchen und sich vor den Häschern Sethorins zu verbergen. Am Tag der Verhandlung hatte er sich ärmliche Kleidung übergestreift und einen Hut mit langer, herabhängender Krempe aufgesetzt, der die markante Narbe auf seiner Stirn verbarg und einen Großteil seines Gesichts beschattete. Zusätzlich hatte er sich eine große, lange Narbe von der Schläfe bis zum Kinn auf die linke Wange gemalt und sich angewöhnt, in sich zusammengesunken und etwas vornübergebeugt zu gehen, wobei er leicht hinkte.

So getarnt hatte er sich auf den Marktplatz gewagt und mit wachsendem Staunen und Bewunderung die überraschende Wendung des Geschehens verfolgt, die in der Ermordung der königlichen Familie und dem von den Worten Dulg Mortais befeuerten Sturm der Volksmassen auf die Tribünen seinen Höhepunkt fand. Wie er von Anfang an erkannt hatte, saßen dort nur Adelige und Würdenträger, die sich der Verschwörung nicht angeschlossen hatten und sich der Machtergreifung des Königssohns widersetzt hätten.

Dazu würde es nun nicht mehr kommen. Der entfesselte Pöbel fiel über sie her und richtete ein Blutbad unter ihnen an, prügelte sie in einem beispiellosen Pogrom zu Tode und riss manche von ihnen regelrecht in Stücke.

Mit vor der Brust verschränkten Händen und einem grausamen Lächeln stand Dulg Mortai währenddessen allein auf dem Podest, das zu seiner Hinrichtungsstätte hätte werden sollen und beobachtete ungerührt das Geschehen. Er war nach wie vor ein kleiner und schmächtiger Mann, doch stärker, als Silvan es bei ihm je zuvor erlebt hatte, wirkte er fast überlebensgroß und strahlte eine Macht und Selbstsicherheit aus, die über den ganzen Platz hinweg zu spüren war.

Natürlich hätte er die Verschwörung im Geheimen vollenden können, hätte den König und seine beiden Brüder durch Magie oder gedungene Mörder im Palast töten können. Da er im Volk jedoch bis vor kaum einer halben Stunde wenig bekannt gewesen war und keinerlei Rückhalt genoss, hätte es sich vermutlich ebenso wie große Teile des Adels gegen ihn gestellt. Stattdessen hatte man ihm durch den erhofften öffentlichen Prozess eine Plattform geboten, all das zu ändern. Er hatte eine mehr als eindrucksvolle Demonstration seiner Macht geboten und hatte das Volk auf seine Seite gebracht, sodass es ihn wegen der Ermordung seiner Familie nicht hasste, sondern ihm sogar zujubelte.

Silvan wurde von den Menschenmassen mitgerissen, drängte sich jetzt aber auch selbst mit Schlägen und Ellbogenstößen brutal weiter nach vorne. So ungehemmt der Blutrausch und die Raserei der Menschen auch waren, keiner von ihnen wagte es, das Schafott zu erklimmen. Die Aura der Macht, die Dulg Mortai unsichtbar, aber dafür umso deutlicher spürbar umgab, hielt sie davon ab. Als er Silvan jedoch im Gedränge erblickte, winkte er ihn zu sich heran. Der Mann von der Bäreninsel stieg die Stufen des Podestes empor, sank vor ihm auf die Knie und legte die Hand auf seine Brust.

»Mein König«, sagte er. »Verzeiht, dass ich an Euch gezweifelt habe. Niemand außer Euch hätte das vollbringen können.«

»Lass den Unsinn und steh auf!«, herrschte Dulg Mortai ihn an. »Das war nicht mehr als ein erster Schritt, die eigentliche Arbeit liegt noch vor uns.«

»Befehlt, was ich tun soll, und ich werde gehorchen.«

»So soll es sein. Gleiches soll stets mit Gleichem vergolten werden. Wer sich gegen mich stellt, der soll bestraft werden, aber treue Dienste will ich mit reichem Lohn entgelten.« Mortai warf einen Blick zu den Leichen Sarkans und der beiden anderen Richter hinüber. »Ich fürchte, mir ist der Oberkommandierende meiner Armee abhandengekommen, doch mir scheint, mit deiner Loyalität und deinen Fähigkeiten bist du genau der Richtige, um diese Lücke zu füllen.«

Erneut verbeugte sich Silvan, konnte ein Lächeln nur mit Mühe unterdrücken. Er war am Ziel angelangt. Er, ein Nichts aus den Slums der Băreninsel, war zum zweitmächtigsten Mann des Reiches Woltan aufgestiegen.

HEIMKEHR

1 *Am Anfang war das Nichts.*
Es gab keine Erde.
Es gab keinen Himmel.
Es gab kein Licht.
Es gab keine Zeit. Oder falls doch, dann hatte sie keine Bedeutung, denn es gab nichts, woran man ihr Verstreichen messen konnte.
Dann – ein Gedanke.

Ich bin.

Der Gedanke war revolutionär. Er war etwas, das nicht sein durfte. Er war real. Aber wo etwas Reales existierte, gab es nicht länger nur das Nichts. Nichts *und* Sein, *zwei unversöhnliche Gegensätze.*

Zudem hatte es Zeit gekostet, ihn zu formulieren, und Zeit war die Grundlage jeder Veränderung.

Etwas *hatte den Gedanken geboren. Oder hatte der Gedanke* etwas *geboren? Es spielte keine Rolle. Was zählte, war nur die Existenz.*

Etwas war.

Und wo etwas war, konnte das Nichts nicht sein. Es wich zurück. Licht glomm auf. Ein Stern, unendlich fern. Weitere Sterne zerrissen die Dunkelheit mit ihrem Schein. Sonnen wurden geboren, ganze Sternnebel, die nicht länger nur Licht aussandten, sondern auch Farbe.

Ich bin.

Haltlos trieb das Etwas durch die Leere zwischen den Sternen, klammerte sich an diesen Gedanken, um sich nicht zu verlieren.

Myrcilla.

Ein weiterer Gedanke. Das Etwas begriff, dass es ein Name war. Sein Name.

Mytha.

Auch das war sein Name, aber etwas war falsch daran. Dennoch klang der Name vertrauter als der andere.

Es begriff, dass es sich getäuscht hatte. Es war nicht Etwas, war nicht es, *sondern* sie. *Es war weiblich.* Sie *war weiblich.*

Weitere Gedanken formten sich in ihr. Sie wusste plötzlich, dass dies nicht der Ort war, an den sie gehörte. Es war nur ein Durchgang. Ein Tor.

Die Gedanken waren wie Wassertröpfchen, die langsam durch ein winziges Loch in einer Mauer sickerten.

Sie war in dieses Tor gestoßen worden. Feuer ... Verrat ...

Immer schneller flossen die Tröpfchen, vergrößerten die Öffnung, wurden zu einem stetigen Rinnsal.

Silvan ... der Tempel der Morgenröte ... Linton ...

Das Rinnsal wurde zu einem reißenden Bach, dann zerbarst die Mauer um ihren Verstand mit einem Schlag vollständig. Mytha erinnerte sich wieder, wer sie war, was sich zugetragen hatte, dass Silvan sie verraten und Linton sein Leben geopfert und sie und die anderen in das magische Tor gestoßen hatte.

Aber wo waren sie? Sie konnte keinen von ihnen entdecken. Aber jetzt, nachdem sie wusste, wo sie sich befand, sah sie das Band, das sich wie eine Brücke über die Unendlichkeit unter ihr erstreckte.

Nur kraft ihres Willens ließ sie sich zu der Brücke treiben. Sie wusste instinktiv, dass sie die Brücke würde überqueren müssen, um die andere Seite zu erreichen und das Tor wieder zu verlassen, wo immer das auch sein mochte. Ihre Füße fanden festen Halt darauf. Es war nicht anders, als würde sie über eine Brücke in der wirklichen Welt gehen. Dabei war das nur ein Trugbild. Sie befand sich in einer Zwischenwelt, in der andere Gesetzmäßigkeiten galten als in der, denen sie in ihrer eigenen Welt unterworfen war. Nichts hier war wirklich real, denn hier existierte die Trennung von Körperlichkeit und Geist nicht. Ihre Sinne jedoch waren nicht dafür geeignet, ihre Umgebung so wahrzunehmen, wie diese wirklich war. Um sich selbst zu schützen, wandelte ihr Geist das unbegreiflich Fremde um sie herum deshalb in Bilder um, die ihr vertraut waren. Das Gehen auf der Brü-

cke war ein solches Bild, das eine Bewegung von einem Punkt zum anderen in dieser bizarren Welt symbolisierte.

Das ist einfach, *dachte Mytha. Sie war nicht mit Absicht in das magische Tor getreten, hatte nicht einmal erwartet, einmal ein solches zu sehen zu bekommen, geschweige denn, es zu benutzen. Dass solche Tore existierten oder zumindest einmal existiert haben sollten, wusste sie überhaupt nur, weil Nariz und Silvan einmal kurz darüber gesprochen hatten. Sie erinnerte sich auch noch daran, dass diese befürchtet hatten, die Dämonen in den Verheerten Landen könnten Gewalt über die Tore erlangt haben, sodass diese direkt in die Schattensphären führten.*

Nein, freiwillig hätte sie mit Sicherheit niemals eins betreten, deshalb hatte sie sich zuvor auch nie darüber nachgedacht, wie eine solche Reise sein könnte. Am ehesten hätte sie erwartet, dass sie, ohne überhaupt etwas von der Reise zu bemerken, im gleichen Moment auf der anderen Seite wieder hinausgeschleudert worden wäre.

Aber immerhin, so ging es auch. Sie stellte es ohne Erleichterung fest, denn Gefühle schienen in diesem Zwischenreich nicht zu existieren. Keine Angst, die sie womöglich in den Irrsinn getrieben hätte, keine Trauer, weshalb die Trauer um Linton nicht an ihr nagte.

Ruhig setzte sie einen Fuß vor den anderen, als plötzlich etwas geschah, das alles bedeutungslos werden ließ, was sie gerade gedacht hatte.

Sie erkannte, dass sie nicht allein war, und diese Erkenntnis erfüllte sie mit Schrecken. Was sich immer noch in dieser Zwischenwelt befand, es näherte sich ihr, und das rasend schnell, wenn solche Begriffe hier überhaupt eine Bedeutung besaßen.

Sie konnte es sogar bereits sehen: eine titanische, brodelnde, in stetiger Bewegung in sich verschlungene Masse aus Finsternis, die über die Brücke direkt auf sie zugerast kam und dabei alles verschlang – Sonnen Sterne, Nebel, sogar die Brücke selbst, und dabei nur Leere hinter sich zurückließ.

Die Leere, die hier geherrscht hatte, bevor sie sich ihrer selbst bewusst geworden war, und die Traumbilder zerfetzte, die sie sich geschaffen hatte, um in dieser Zwischenwelt existieren zu können.

Zuvor hatte sie geglaubt, dass es etwas so Banales wie Gefühle hier nicht gäbe. Doch jetzt fuhr sie von Panik erfüllt herum und begann zurück in die Richtung zu rennen, aus der sie gekommen war, nur weg von dieser Schwärze, obwohl sie wusste, dass sie viel zu langsam war, um ihr entkommen zu können.

Schon spürte sie, wie das Nichts an ihr zu zerren begann, und dann –

– wurde sie aus dem Tor herausgeschleudert, zurück in den Tempelraum, wo sie zu Boden stürzte.

Feuer war um sie herum, biss mit Tausenden scharfen und spitzen Reißzähnen nach ihr. Noch immer loderte Silvans Brandkugel. Anscheinend war innerhalb des Tors keinerlei Zeit vergangen, aber das wurde ihr nur am Rande bewusst.

Mytha schrie. Der grauenvolle Schmerz füllte ihr ganzes Denken und Sein aus. Olimarchs Trank schützte sie vor Verletzungen, und er bewahrte ihre Haut auch jetzt davor, sofort zu verbrennen. Die Qualen spürte sie hingegen trotzdem und lange würde der Schutz nicht mehr anhalten.

Irgendwie schaffte es Mytha, sich auf die Knie hochzukämpfen. Auf allen vieren kroch sie vorwärts, um der Feuerhölle zu entgehen. Dunkle Gestalten waren vor ihr und stachen mit ihren Schwertern nach ihr. Auch sie konnten ihre durch den Trank veränderte Haut nicht durchdringen, als sie versuchten, sie ins Feuer zurückzustoßen.

Silvan, der Verräter, ragte vor ihr auf. Mitleidlos blickte er aus Augen, in denen eine durcheinanderwirbelnde Schwärze brodelte, auf sie hinab, hob seinen Fuß und versetzte ihr einen Tritt, der sie nach hinten schleuderte.

Der Schutz durch den Trank versagte allmählich. Ihr Haar war längst verbrannt, aber auch ihre Haut begann stellenweise nun zu brennen und sich schwarz zu färben. Trotz der unvorstellbaren Schmerzen wälzte Mytha sich herum. Lieber wollte sie im Inneren des Tores von der Schwärze verschlungen werden und sich in Nichts auflösen, als hier bei lebendigem Leib zu verbrennen.

Aber das Tor war verschwunden. Wo es sich befunden hatte, befand sich nur noch eine ganz normale Steinwand.

Etwas stimmte nicht.

Die Substanz in einer Brandkugel brannte unvorstellbar heiß. Sie hatte gesehen, wie Linton trotz Olimarchs Trank binnen Sekunden zu Asche zerfallen war. Wie konnte es da sein, dass sie inmitten des Feuers noch lebte?

Illusion!, hämmerte es in ihr, ohne dass sie wusste, woher der Gedanken kam. *Das ist nicht möglich, also ist es nicht real!*

Aber der Schmerz war real, eine so grenzenlose Pein wie nichts, das sie jemals erlebt hatte. Sie spürte, wie das Feuer ihren Körper verzehrte. Ihre Augäpfel verkochten und Dunkelheit senkte sich über sie.

Trotzdem gab sie nicht auf. Irgendwie schaffte sie es, auf die Beine zu kommen, taumelte auf die Wand zu, wo sich das Tor befunden hatte –

– und plötzlich befand sie sich wieder in der Zwischenwelt in seinem Inneren, stand auf der Brücke durch die Unendlichkeit. Die riesige, brodelnde Schwärze befand sich direkt vor ihr, hatte alles andere ausgelöscht.

DU BIST STARK, *klang eine Stimme, kälter als Eis, in ihrem Kopf auf.* **ABER DAS WIRD DIR NICHTS NÜTZEN.**

Schlieren aus Schwärze griffen nach ihr, und erneut fuhr sie herum, um zu fliehen –

– doch Mowans Griff war zu stark, als dass sie sich befreien konnte. Sie hatte gedacht, der Gildenmeister hätte einen Herzanfall erlitten, doch er hatte sie getäuscht, und sie hatte den Fehler begangen, sich zu nah an ihn heranzuwagen. Während er sie mit der linken Hand am Oberarm festhielt, schlug er mit der rechten zu. Wieder und wieder traf seine Hand ihr Gesicht, eine Ohrfeige mit der Innenseite, dann ein Schlag mit dem Handrücken.

Es tat entsetzlich weh, vor allem die Schläge mit dem Handrücken. Ihre Lippe war längst schon aufgeplatzt, bei jedem weiteren Hieb spritzten Bluttröpfchen durch die Luft. Es schien, als wollte er ihr jeden Funken von Widerstand aus dem Kopf prügeln. Er hatte völlig den Verstand verloren, war wie rasend. Mit Entsetzen begriff Mytha, dass sie seine Gemächer nicht wieder lebend verlassen würde. Er konnte es sich nicht leisten, dass sie hiervon erzählte, jetzt nicht mehr, da die Spuren seiner Misshandlung so deutlich in ihrem Gesicht zu sehen waren.

Warum war sie bloß hierhergekommen? Hatte sie wirklich geglaubt, er würde ihr helfen, würde die anderen davon überzeugen, ihre Prüfung doch als bestanden zu werten? Und das ganz ohne Gegenleistung, einfach nur, weil er so ein netter Mann war?

Schließlich, als sie kaum noch bei Bewusstsein war, hörten die Schläge auf. Er warf sie rücklings auf das Bett, wo sie wimmernd liegen blieb, während er ihr die Kleidung vom Leib fetzte. Schnaufend wälzte er sich auf sie, nachdem er seinen Bademantel abgestreift hatte, und sie konnte die brodelnde Schwärze in seinen Augen sehen. Er fummelte zwischen ihren Beinen herum, dann ein weiterer greller Schmerz, als er in sie eindrang. Es tat so weh, so furchtbar weh …

Neben ihr lag ein Kissen. Sie wünschte, sie könnte es nehmen und ihn damit ersticken, könnte es auf sein Gesicht pressen, bis er tot war.

Aber hatte sie nicht genau das getan? Nein, wie könnte er sonst auf ihr liegen und …

Illusion! Alles nur Illusion!

Mytha wusste nicht mehr, was Wahrheit und was Täuschung war.

Mytha … Sie war überhaupt nicht Mytha! Sie hieß Myrcilla, und wenn das hier geschehen wäre, hätte es nie eine Mytha gegeben, denn so hatte sie sich erst später genannt! Sie –

– stand auf der Brücke durch die Unendlichkeit im Inneren des Tores, und die Schwärze hatte sie eingehüllt, hatte alles um sie herum ausgelöscht, ohne sie selbst jedoch erreichen zu können.

DU BIST ZÄH, ABER DAS WIRD DIR NICHT HELFEN!, *donnerte die Stimme der Schwärze in ihrem Kopf.* **ICH WERDE DEINEN WILLEN SCHON NOCH BRECHEN!**

Verzweifelt suchte Mytha nach einem Ausweg, aber sie war gefangen und –

– man würde sie töten, aber vorher würde man ein Exempel

an ihr statuieren, damit es niemand mehr wagen würde, sich gegen die Diebesgilde aufzulehnen und ihre ehernen Gesetze zu brechen. Vor allem aber, damit niemand sie mehr verspottete, denn das hatte sie getan. Sie hatte nicht nur einen Gildenmeister getötet, sondern sie hatte es gewagt, auf eigene Faust als Diebin zu arbeiten, hatte es sogar geschafft, zur erfolgreichsten und berühmtesten Diebin überhaupt zu werden und die Autorität der Gilde damit zu untergraben.

Lange Zeit hatte sie deren Häschern entkommen können, aber schließlich war sie nicht vorsichtig genug gewesen und in eine Falle getappt. Nun würde sie den Preis für ihre Anmaßung zahlen müssen.

Man schnitt ihr die Zunge heraus, damit sie nicht mehr jemandes Vertrauen erschleichen und ihn hintergehen konnte.

Rasiermesserscharfer Schmerz brannte in ihren Handgelenken, als man ihr die Hände abschnitt, damit sie nie wieder stehlen konnte.

Verzehrendes Feuer erfüllte ihren Kopf, als man ihr die Augen ausstach, damit …

GENUG!, *donnerte eine Stimme, ähnlich der der Schwärze, aber doch anders, noch düsterer, noch machtvoller. Der Schmerz erlosch und gleichzeitig fühlte sich Mytha fortgerissen. Sie stand wieder auf der Brücke, aber sie wurde nicht mehr von der Schwärze umschlossen, zumindest nicht mehr vollständig. Löcher klafften darin und sie wirbelte in rasender Geschwindigkeit. Etwas wie ein schrilles Kreischen gellte in ihrem Kopf.*

Etwas, das nicht einmal als Finsternis sichtbar war, hatte die brodelnde Schwärze gepackt und fetzte sie regelrecht auseinander. Immer größer wurden die Löcher, während Fetzen der Kreatur ins Nichts geschleudert wurden und vergingen. Schließlich war sie vollständig vernichtet; das Kreischen in Mythas Geist verstummte.

DER WEG IST NUN FREI, *ertönte die Stimme wieder.*

Wer bist du? Und warum hilfst du mir?, fragte Mytha. Es gab keine Sprache in dieser Welt, deshalb sprach sie die Worte auch nicht laut aus, aber es reichte offenbar schon, sie zu denken.

DEIN TOD LIEGT NICHT IN MEINEM INTERESSE, *erhielt sie zur Antwort.* **DEINE AUFGABE IST NOCH NICHT BEENDET. WENN DIE ZEIT REIF IST, WIRST DU DICH WIEDER AN DAS ERINNERN, WAS DU JETZT VON MIR ERFÄHRST …**

2

Nur undeutlich registrierte Mytha, wie sie von dem magischen Tor ausgespien wurde und zu Boden stürzte, wo sie reglos liegen blieb. Ihre Gedanken und Gefühle befanden sich in einem Aufruhr, wie sie es noch nie erlebt hatte. Aber schließlich hatte sie sich auch noch nie in einer fremden Welt befunden, in der die gewohnten Naturgesetze nicht galten, und in der zudem so grässliche Visionen auf sie eingestürmt waren, dass diese sie fast um den Verstand gebracht hätten. Ihr Verstand brauchte Zeit, all das zu verarbeiten und zu ordnen.

Stattdessen ließ ein gellender Schrei sie hochfahren. Sie öffnete die Augen.

Kaum zwei Schritte von ihr entfernt lag Adamurt rücklings auf dem Boden und schlug und trat um sich, während er immer noch schrie. Dahinter richtete sich Olimarch gerade auf. Genau wie sie selbst wirkte er desorientiert. Lediglich Nariz war schon auf den Beinen. Aufgrund ihrer magischen Erfahrung fiel es ihr offenbar leichter, die Nachwirkungen der Durchquerung des Tores abzuschütteln.

Linton befand sich nicht bei ihnen. Obwohl sie gesehen hatte, wie das Feuer ihn in eine lodernde Fackel verwandelt hatte, hatte Mytha sich einen Funken von Hoffnung bewahrt, dass er dies dank der Wirkung von Olimarchs Trank überstanden und sich ebenfalls in das Tor hätte retten können. Nun war auch diese Hoffnung dahin und sie verspürte einen brennenden Schmerz im Herzen. Zwar hatte sie Linton nicht geliebt, aber unter anderen Umständen hätte es dazu kommen können. Auch so hatte sich zumindest eine Freundschaft zwischen ihnen entwickelt und von allen Teilnehmern der Expedition war er ihr mit weitem Abstand der liebste gewesen. Im Grunde der einzige, der ihr überhaupt etwas bedeutet hatte.

Sie befanden sich in einem völlig leeren, quadratischen Raum mit Fensteröffnungen an drei Seiten, durch die Mondlicht hereinfiel, sowie einer geschlossenen Tür. Außerdem stank es widerlich, faulig und nach Verwesung, wie in einem Schlachthaus, in dem seit Wochen Kadaver verrotteten.

Nariz stand an einem der Fenster und starrte hinaus. Nun wandte sie sich ab, trat auf Adamurt zu und stieß ihn wenig mitfühlend mit dem Fuß an.

»Komm zu dir, Schreihals!«, sagte sie. »Es ist vorbei.«

Tatsächlich verstummte Adamurt. Seine Bewegungen erlahmten. Er setzte sich auf und blickte sich verwirrt um.

»Die Hinrichtung …«, stammelte er. »Die Stadtwache … Die Scheißer ham mich aufs Rad geflocht'n und mir mit 'ner Eisenstange die Gelenke zertrümmert. Dann ham sie mich in 'ne Grube mit hungrigen Ratten …« Sein Blick klärte sich ein wenig, während er sich umsah. »Ein Traum«, keuchte er. »Nur'n Traum. Wo sind wir?«

»Das war mehr als ein Traum, weit mehr«, behauptete Nariz. »Die Befürchtungen, die Silvan und ich hatten, sind wahr. Zwar konnten die Dämonen die Tore der Trakani nicht so verändern, dass sie in die Schattensphären führen. Vielleicht haben sie es auch gar nicht versucht, da es eigene Wege nur nach dort gibt. Aber einige von ihnen haben sich in dem Netz, das die Tore verbindet, eingenistet und bewachen es. Wer auf diesem Weg zu reisen versucht, wird zwangsläufig zu ihrem Opfer. Sie brechen seinen Willen durch Illusionen, treiben ihn in den Wahnsinn und mästen sich an ihm. Wir hätten das Tor niemals lebend passieren können, wenn …«

»Wenn nicht eine andere Macht eingegriffen hätte«, führte Olimarch den Satz zu Ende. Ächzend stemmte er sich auf die Beine. »Ich nehme an, bei euch war es ebenso.«

Mytha, Nariz und Adamurt nickten.

»Allerdings kann ich mich kaum noch daran erinnern«, sagte

die Diebin. »Die Illusionen waren alle mit Folter und Schmerzen verbunden, um unseren Widerstand zu zermürben. An jedes dieser schrecklichen Trugbilder kann ich mich ganz genau erinnern. Aber alles Weitere …«

»Ich weiß nur noch, dass diese fremde Macht den Dämon, der uns quälte, vernichtet hat«, ergänzte Olimarch. »Sie sagte etwas in der Art, dass ich noch eine Aufgabe zu erfüllen hätte.«

»So ist es.« Nariz nickte. »Aber wir dürfen uns auf keinen Fall dem Trugschluss hingeben, die Macht wäre uns wohlgesonnen, wir hätten eine Art Schutzengel, der über uns wacht. Auch diese Entität ist dämonischen Ursprungs, und offenbar denkt sie, wir könnten ihr bei irgendetwas von Nutzen sein. Bekanntlich können manche Dämonen den Verlauf von Schicksalslinien erkennen und daraus lesen, welcher Verlauf mit größerer oder geringerer Wahrscheinlichkeit zu einem bestimmten Ereignis führen wird.«

»So wie Silvan und sein geheimnisvoller Auftraggeber angeblich von einem Dämon erfahren haben, dass die Expedition mit unserer Teilnahme die größte Aussicht auf Erfolg hat«, stellte Olimarch bitter fest. »Und den hat sie ja schließlich auch gehabt, nur nicht für uns.«

»Silvan«, zischte Adamurt. »Der Scheißkerl hat uns verraten! Wahrscheinlich hatte er's schon von Anfang an so geplant.«

»Sonst hätte er kaum die Brandkugel mit sich geführt«, ergänzte Olimarch. »Eine Brandkugel … Äußerst schwer und aufwendig herzustellen, nur Wenige verstehen sich darauf. Und extrem leicht entzündlich. Wenn ich daran denke, dass er sie die ganze Zeit über bei sich getragen hat … Ich hätte das nicht für alles Gold der Welt gewagt.«

»Und wenn schon. Wenn ich den Hurensohn in die Finger krieg', wird er sich wünsch'n, dass das Ding sich in sein'r Tasche entzündet hätt'.«

»Vielleicht sollten wir erst einmal herausfinden, wohin das Tor uns überhaupt verschlagen hat«, unterbrach Mytha ihn. Auch wenn es ihr schwerfiel, verdrängte sie alle Gedanken an

Linton. Dies war weder der Moment für Trauer noch für Rachegedanken. Mehr als in den letzten Wochen ging es jetzt ums nackte Überleben. »Da es solche Tore nur innerhalb des trakanischen Reiches gab, dürften wir uns immer noch in den Verheerten Landen befinden. Wir sind nur noch zu viert, haben keine Pferde, und es warten auch keine Schiffe darauf, uns an Bord zu nehmen. Mir scheint, mit unseren Überlebenschancen steht es nicht gerade zum Besten.«

Einige Sekunden herrschte betroffenes Schweigen. Anscheinend hatte sich vor lauter Erleichterung, den heimtückischen Verrat und die Gefahren innerhalb des Tores überlebt zu haben, noch keiner der anderen wirklich vor Augen geführt, in was für einem erbärmlichen Schlamassel sie sich befanden.

»So ungern ich es zugebe, aber ich fürchte, unser Küken hat recht«, sagte Nariz schließlich. »Bislang waren wir Silvan ausgeliefert, weil er die Schiffe befehligt, unsere vermeintlich einzige Möglichkeit zur Rückkehr, womit er Druck auf uns ausüben konnte. Trotzdem dürfte wohl jeder von uns insgeheim seine eigenen Pläne geschmiedet haben, wie er die anderen übers Ohr hauen kann. Jetzt ist unsere Situation eine völlig andere. Um in dieser feindlichen Umgebung zu überleben, können wir uns keine Streitereien mehr leisten, sondern müssen zusammenarbeiten und uns aufeinander verlassen können, um überhaupt eine kleine Chance zu haben.«

Ihre Worte überraschten Mytha. Gerade von der zynischen, von Hass zerfressenen Magierin hätte sie diese Erkenntnis nicht erwartet.

Adamurt jedoch schnaubte verächtlich.

»Dummes Geschwätz!«, stieß er hervor. »Mach'n wir uns doch nix vor. Wir sin' am Arsch, und wenn wir von jetzt an noch so nett zueinander sin'. Falls es euch entgang'n ist, zusammen mit den Pferden ham wir auch fast all unsre Ausrüstung verlor'n und auch unsren Proviant. Selbst wenn uns die Ungeheuer nich' vorher erwisch'n, sin' wir in ein paar Tag'n verhungert, falls wir nich' vorher schon verdurst'n. Daran hat wohl noch keiner gedacht, wie? Wär' gnädiger gewes'n, wenn Silvans Brandkugel uns erwischt hätt'.«

Mytha erschrak. Tatsächlich hatte sie sich darüber noch gar keine Gedanken gemacht, weil schon alles andere ihre Lage so aussichtslos erscheinen ließ. Sie hatte lediglich noch etwas trockenes, zwiebackartiges Wegebrot und zwei, drei Scheiben Dörrfleisch in ihrem Bündel. Ihre Trinkflasche war zwar noch voll, würde jedoch nicht mehr lange reichen.

»Dann müssen wir eben jagen«, sagte Olimarch ruhig. »Da draußen gibt es mehr als genug Nahrung für uns.«

Es dauerte einen Moment, bis Mytha begriff, wovon er sprach.

»Du … du meinst, wir sollen die *Bestien* hier essen?«, keuchte sie und schüttelte sich vor Ekel.

»Warum nicht? Sie sind keine dämonischen Kreaturen, sondern sie sind durch eine entartete Alchimie gezüchtet worden. Im Grunde sind sie nichts anderes als die Tiere in unserem Teil der Welt. Sie sind aggressiver und wirken schrecklicher als alle normalen Raubtiere, aber darauf kommt es ja wohl nicht an. Ich kann nicht versprechen, dass sie wie ein leckeres Brathühnchen schmecken, aber ehe wir verhungern …«

Noch einmal schüttelte sich Mytha. Die bloße Vorstellung erfüllte sie noch immer mit Ekel, aber der Giftmischer hatte recht. Wenn ihr Hunger erst einmal schlimm genug würde, würde sie auch das Fleisch der Ungeheuer gierig hinunterschlingen.

Sie trat nacheinander an jedes der drei Fenster und sah hinaus. Offenbar befanden sie sich in einem eckigen Turm, denn die Mauer fiel gut zehn, fünfzehn Meter tief ab. Um den Turm herum erstreckte sich nicht die übliche trockene Einöde der Verheerten Lande, sondern ein nicht viel weniger trostlos aussehendes Sumpfgebiet. Bewachsen war es mit zahlreichen Pflanzen, allerdings hauptsächlich dornigem Gestrüpp. Und der Gestank war so schlimm, dass sie rasch wieder von den Fenstern zurücktrat.

»Sieht anders aus als der Teil der Verheerten Lande, den wir bislang kennen«, stellte Mytha fest. »Offenbar befinden wir uns ziemlich weit davon entfernt.«

»Das ist nicht gesagt«, behauptete Olimarch, nachdem er neben sie getreten war und ebenfalls hinausgeschaut hatte. »Es könnte sich auch um eine Tiefebene handeln, in der das Wasser aus unterirdischen Flüssen den Boden durchtränkt. Dann wäre es möglich, dass wir nur ein paar Dutzend Meilen von dem Tempel entfernt sind.«

»Alles nur Spekulationen«, sagte Nariz. »Auf jeden Fall müssen wir nach Norden, um zivilisiertes Gebiet zu erreichen. Hoffen wir, dass das Tor uns in diese Richtung gebracht hat. Es bringt nichts, hier tatenlos abzuwarten. Machen wir uns lieber auf den Weg. Die Tür ist nicht verschlossen, habe ich schon ausprobiert.«

Über eine lange, gewendelte Steintreppe verließen sie den Turm und traten ins Freie hinaus. Aus einigen Schritten Entfernung starrten sie zu dem Bauwerk hinauf. Sein spitz zulaufendes Dach war teilweise eingestürzt, der noch vorhandene Teil sah in etwa wie ein gekrümmter Finger aus.

Nariz stieß ein überraschtes Keuchen aus.

»Ich denke, ich weiß, wo wir uns befinden!«, rief sie. »Das muss der Turm von Athurien sein. Sein Dach ist äußerst charakteristisch. Der Turm war eines der Ziele, die mein Orden für Expeditionen in die Verheerten Lande erwogen hat. Demnach müssen das hier die Geistersümpfe sein, die den östlichen Teil der Grenze zwischen Voltarien und den Verheerten Landen bilden. Die Götter sind uns wohlgesonnen!«

Die Götter?, dachte Mytha. Sie erinnerte sich an die dämonische Wesenheit, die sie im Inneren des Tores gerettet hatte. *Ich glaube nicht, dass die Götter mit alldem auch nur das Geringste zu tun haben.*

3

Der Anblick war atemberaubend.

Mytha hielt sich für einen nicht übermäßig sentimentalen Menschen, und sie hatte ganz gewiss nicht nahe am Wasser gebaut. Dass schon der Anblick von einem winzigen bisschen Tageslicht ausreichen könnte, sie zu Tränen zu rühren, hätte sie nie für möglich gehalten, aber immerhin war es das erste Mal seit Wochen.

Wie üblich hatten die Vulkane gegen Ende der Nacht angefangen, dichte Rauchwolken auszustoßen, die den Himmel verdunkelten, aber es dauerte einige Zeit, bis die Schwaden so weit nach Norden vordrangen, und sie waren hier längst nicht mehr so dicht wie im Herzen der Verheerten Lande. Zwar drang kein Sonnenlicht durch sie hindurch, aber es wurde wesentlich heller, als sie es mittlerweile gewohnt waren; etwa so wie an einem regnerischen Herbsttag, wenn dunkle Wolken über den Himmel jagten. Und dennoch verspürte Mytha ein Brennen in den Augen und eine tiefe Rührung.

Erheblich weniger anrührend war die Umgebung, in der sie sich befanden. Ein ekliger, fauliger Gestank, tausendmal schlimmer als der stinkende Odem, der in anderen Teilen der Verheerten Lande herrschte, stieg von den Sumpftümpeln auf, an den Mytha sich auch nach mehr als zwei Stunden, die sie nun bereits unterwegs waren, noch nicht gewöhnt hatte.

Einst hatte eine gepflasterte Straße durch den Sumpf nach Norden geführt, an die sie sich hielten. Inzwischen waren nur noch einzelne Steine davon übrig, und selbst diese waren teilweise überwuchert und kaum noch zu entdecken. Trotzdem stellte die Straße eine enorme Orientierungshilfe dar. Solange sie sich an sie hielten, bestand keine Gefahr, in einem der tückischen Sumpflöcher zu versinken, die beiderseits davon gähnten und von festem Boden kaum zu unterscheiden waren.

Die größte Gefahr aber bildete nicht der Sumpf, sondern die Pflanzenwelt.

Zwar herrschte auch hier nicht genug Licht, um eine vielfältige und farbenfrohe Vegetation wie im nördlichen Teil des Kontinents hervorzubringen. Da der Boden mehr als genug Feuchtigkeit enthielt, gedieh sie immerhin üppiger als in den übrigen Landesteilen.

An vielen Stellen bestand sie aus Dornengestrüpp, ähnlich

dem in der Tiefebene um Trakania. Es gab aber auch Gewächse, die an herbstlich verwelkten bräunlichen Farn erinnerten, vereinzelt sogar Krüppelbäume, nicht einmal einen Meter hoch, mit Zweigen, die wie Speere in alle Richtungen abstanden und ihnen ein igelartiges Aussehen verliehen.

Darüber hinaus gab es noch verschiedene andere Gewächse, alle in dunklem Braun oder gar Schwarz, aber vor allem Schlingpflanzen. Neben dem Dornengestrüpp bildeten sie die beherrschende Flora. Sie bedeckten über weite Strecken den Boden, hatten die Krüppelbäume überwuchert und sich wie Schlangen um jeden der Äste gewunden.

Und sie waren gefährlich. Auf die bloße Gegenwart eines potenziellen Opfers reagierten sie nicht, da sie offenbar keine entsprechenden Sinnesorgane besaßen, wohl aber auf Berührung. Das bekam Adamurt als Erster zu spüren, als sie an eine Stelle gelangten, an der die Straße von Ranken und Gestrüpp überwuchert war. Um einen Weg zu bahnen, hieb er mit dem Schwert auf die Pflanzen ein und stieß dabei leicht mit dem Fuß gegen eine der Schlingpflanzen. Blitzartig erwachte die Ranke zum Leben, begann sich um seinen Stiefel zu wickeln und riss ihn mit einem harten Ruck von den Beinen.

Erst als er schon auf dem Boden lag, stieß Adamurt einen Schrei aus und versuchte, seinen Fuß zurückzuziehen, doch ohne Erfolg. Stattdessen begann die Pflanze damit, ihn auf den Morast zuzuzerren, wobei er weitere Schlingpflanzen berührte, die ebenfalls sofort nach ihm griffen.

Zweifellos wäre der Mörder verloren gewesen, wenn Olimarch nicht hastig sein Schwert gezogen und damit wie ein Besessener auf die Schlingpflanzen einzuschlagen begonnen hätte. Eine schwarze Flüssigkeit spritzte aus den Schnittwunden, doch die abgeschlagenen Enden erschlafften sofort. Kaum war die letzte Ranke durchtrennt, rappelte sich Adamurt auf und sprang zurück.

»Danke, alter Mann. Manchmal sin' selbst Tattergreise zu was nütze.«

»Warte, du hast da noch was«, sagte Olimarch und strich mit den Breitseiten seines Schwerts über die Hose des Mörders.

»Was … was hab' ich denn da?«

»Pflanzenjauche an deiner Hose«, erwiderte der Giftmischer grinsend. »Meinst du, ich mache mein Schwert an meiner eigenen Hose sauber, nachdem ich dich gerade gerettet habe?«

Adamurt schnappte nach Luft und starrte ihn einen Moment lang wütend an, dann schüttelte er den Kopf und winkte ab.

»Mach nur so weiter. Irgendwann wirste mal an wen geraten, der deinen Humor nich' lustig findet«, brummte er, dann hieb er verbissen weiter auf das Dornengestrüpp ein. Diesmal jedoch achtete er sorgsam darauf, keine der Schlingpflanzen mehr zu berühren.

»Du hast vorhin erzählt, dein Orden hätte erwogen, eine Expedition zu dem Turm zu schicken«, wandte sich Olimarch an Nariz. »Warum habt ihr dieses Vorhaben aufgegeben, obwohl es von der Grenze aus offenbar kein besonders weiter Weg ist?«

»Nicht aufgegeben, aber immer wieder aufgeschoben«, verbesserte die Magierin. »Auf Pferden könnte man die Strecke in wenigen Stunden zurücklegen, aber du siehst ja, dass Reiten hier unmöglich ist. Also zu Fuß. Aber die Sümpfe sind gefährlich, wie wir gerade gesehen haben.«

»Ihr habt euch vor ein paar Schlingpflanzen gefürchtet?«, mischte sich Mytha ungläubig ein. »Was sollten sie einer ganzen Gruppe von Magiern, beschützt womöglich noch von einer Söldnertruppe, anhaben …«

Aus den Augenwinkeln nahm sie wahr, wie etwas blitzartig aus dem Unterholz am Rand der Straße auf sie zuschoss. Für einen kurzen Moment sah sie das riesige, weit aufgerissene Maul einer bräunlich-schwarz gemusterten Schlange mit nadelspitzen, fast fingerlangen Zähnen. Im nächsten Augenblick bohrten sich diese Zähne dicht unterhalb des Knies in ihre rechte Wade.

Mytha schrie auf. Ihre durch die Gefahren der vergangenen Wochen geschärften Instinkte übernahmen die Kontrolle über ihr Handeln. Mit einer Reaktionsschnelligkeit, die sie selbst überraschte, zog sie ihren Dolch und hackte damit nach der Schlange. Der trakanische Stahl schnitt mühelos durch das Fleisch der Kreatur, trennte ihr den Kopf ab.

Das verbliebene, zwar nicht einmal armdicke, doch gut zwei Meter lange Schwanzende peitschte wild umher, und sie wichen hastig davor zurück, ehe es nach wenigen Sekunden in einem der ölig schimmernden Sumpflöcher verschwand. Der Kopf hingegen hing nach wie vor an Mythas Bein. Sie wagte nicht, ihn mit den Händen anzufassen, deshalb benutzte sie ihren Dolch, um ihn zu lösen. Wo sich die Zähne in ihre bis zu den Oberschenkeln reichenden Stiefel gebohrt hatten, blieb eine schmierige gelbliche Flüssigkeit zurück.

»Eine Giftschlange, aber das war in dieser Umgebung wohl auch nicht anders zu erwarten«, murmelte Olimarch betroffen. »Und zwar eine, die ich nicht kenne, und für die ich deshalb auch kein Gegengift habe.«

Mit zitternden Händen schob Mytha den Schaft ihres Stiefels nach unten und ihr Hosenbein nach oben. Deutlich zeigten sich die Bissmale auf ihrem Bein, doch es schienen nur Druckstellen zu sein. Die Zähne hatten das Leder offensichtlich nicht ganz durchdrungen. Olimarch untersuchte die Stelle genau, denn ihnen allen war klar, dass schon der leichteste Ritzer der Haut, durch die Gift in ihren Körper gelangt wäre, tödliche Folgen hätte. Nach wenigen Sekunden jedoch gab der Giftmischer Entwarnung.

»Die Haut ist unverletzt«, sagte er. »Du bist gerade noch mal um Haaresbreite davongekommen.«

Erleichtert atmete Mytha auf, doch der Schock saß tief. Noch immer zitterte sie am ganzen Körper.

»Jetzt weißt du, warum wir eine Expedition immer wieder aufgeschoben haben«, sagte Nariz ungerührt. »Wie du siehst, gibt es hier noch andere Gefahren als nur die Schlingpflanzen. Entlang des nördlichen Rands der Geistersümpfe wurde von den Düsterbergen bis zum Meer einst eine lange Mauer mit mehreren Forts errichtet. Die Wachen berichten, dass sie … *Wesen* gesehen hätten. Niemals wirklich deutlich, sondern stets im Schutz der Vegetation.«

»Also müssen wir uns darauf einstellen, dass es auch hier Ungeheuer gibt«, stellte Olimarch fest.

»Schlimmer. Dämonische Kreaturen. Die primitiven Ungeheuer, mit denen wir es im Herzen der Verheerten Lande zu tun hatten, mögen kein Tageslicht. Für sie dürfte es hier zu hell sein. Dennoch halten die volarischen Wachen einen breiten Streifen vor der Mauer stets frei von Bäumen und Buschwerk. Mehrfach sind sie während dieser Arbeit angegriffen worden. Es wurden Speere nach ihnen geschleudert.«

»Was bedeutet, dass hier Wesen leben müssen, die zumindest eine geringe Intelligenz haben«, schlussfolgerte Mytha.

»Gut kombiniert, Küken«, erwiderte Nariz. »Ich brauche euch wohl nicht zu sagen, dass sie das gefährlicher macht als die Bestien, denen wir bisher begegnet sind. Und die waren schon tödlich genug.«

4

Nariz' Worte hatten sie alle aufgewühlt. So schnell es ging, drangen sie weiter nach Norden vor, beobachteten dabei genauestens ihre Umgebung. Besonders kritisch wurde es, wenn größeres Buschwerk ihnen den Weg versperrte und Adamurt oder Olimarch den Weg mit ihren Schwertern mühsam freischlagen mussten. Das verursachte zwangsläufig Lärm und bannte sie für einige Zeit an einen Fleck, kam aber zum Glück nicht allzu oft vor. Meist handelte es sich nur um ein paar Schlingpflanzen oder einige wenige Dornenranken, die sich mit ein paar Hieben beseitigen ließen. Die Straße verlassen wollten sie auf keinen Fall; zu tückisch war der Boden, zu schwer die Schlammlöcher auszumachen.

Es war unverkennbar, dass sie sich hier an den äußersten Ausläufern der Verheerten Lande befanden. Die Rauchdecke über ihnen wurde immer dünner und zerfetzter, je weiter nach Norden sie gelangten. Von Zeit zu Zeit riss sie sogar so weit auseinander, dass für wenige Sekunden ein Stück blauer Himmel über ihnen sichtbar wurde.

Der Anblick verlieh Mytha jedes Mal neue Kraft. Es war nicht mehr weit, dann würden sie die Verheerten Lande vollends hinter sich gelassen haben. Der Himmel würde frei von Rauch sein, ein blauer Spätsommerhimmel, von dem die Sonne herunterbrannte und alles mit Licht und Wärme erfüllte. Sie war entschlossen, dorthin zu gelangen, selbst wenn sämtliche Ungeheuer der Verheerten Lande zwischen ihr und der Zivilisation stünden.

Mehrere Stunden lang waren sie nun schon unterwegs. Es war nicht nur heller geworden, auch die Vegetation hatte sich verändert. Sie war bunter. Die düsteren Farben, vor allem Schwarz und Braun, herrschten noch immer vor, doch an immer mehr Stellen mischten sich auch Grün und vereinzelte andere Farbkleckse hinein.

Gelegentlich nahmen sie Bewegungen im Dickicht der Moorpflanzen seitlich der Straße wahr, die sie daran erinnerten, in welcher Gefahr sie immer noch schwebten. Einmal entdeckte Mytha auch eine weitere Schlange, die über den Schlamm glitt, doch glücklicherweise griff diese nicht an, sondern verschwand kurz darauf in einem Tümpel.

Der Himmel über ihnen war verhangen, und nur vereinzelt zeigten sich kleine Flecken Blau, doch schien es sich mittlerweile weniger um Rauch, als vielmehr um ganz normale dunkle Wolken zu handeln. Dazu passte auch, dass es kälter wurde. In den Verheerten Landen war es stets warm gewesen. Nicht die Wärme behaglicher Sommertage, sondern diese war eher von den Vulkanen ausgegangen, doch es war Sommer, und sie befanden sich noch immer tief im Süden, wo es wärmer als im nördlich gelegenen Latronia war. Es hätte *heiß* sein müssen.

Wieso also wurde es nicht wärmer, sondern war es mittlerweile so kalt, dass sie fröstelte? Auch die anderen froren, obwohl niemand es aussprach. Es schien, als wäre die Wärme der Verheerten Lande hinter ihnen zurückgeblieben, ohne dass das vor ihnen liegende Volarien sein Versprechen sommerlicher Hitze einzulösen vermochte.

Nach einiger Zeit gelangten sie an eine fast vollständig zerfallene Ruine am Straßenrand. Im Grunde handelte es sich um nicht mehr als einen großen Schutthaufen aus Steinbrocken und einigen daraus aufragenden Balken. Nur an zwei Seiten standen noch Überreste der Mauern, die ihnen an den höchsten Stellen bis zur Brust ragten, größtenteils aber kaum bis zur Hüfte. Keiner von ihnen vermochte zu erraten, welchem Zweck das Bauwerk ursprünglich einmal gedient haben mochte, doch schien es ein guter Platz zu sein, um eine kurze Rast einzulegen. Mytha nutzte die Gelegenheit, um die letzten ihr noch verbliebenen Reste an Fleisch und Brot zu vertilgen.

»Ihr solltet nicht vergessen, dass wir, wenn alles gut geht, bald wieder in die Zivilisation zurückkehren und auf andere Menschen treffen«, sagte Nariz.

Verständnislos runzelte Adamurt die Stirn.

»Wovon sprichst du?«

»Mir scheint, ihr habt vergessen, dass auf jeden von euch ein horrendes Kopfgeld ausgesetzt ist, und das über die Grenzen Latronias hinaus. Und sobald wir volarisches Gebiet betreten haben, steht uns noch eine lange Reise bevor, auf der uns unzählige Menschen sehen werden. Gerade auf deinen Steckbriefen gibt es eine ziemlich genaue Beschreibung und eine Skizze, die deinem Aussehen zumindest nahekommt. Glatzköpfigkeit ist nicht allzu selten, aber den markanten Bart solltest du dir abrasieren.« Sie wandte sich Olimarch und Mytha zu. »Ein alter Mann mit Zottelhaaren dürfte kein Problem sein. Aber was dich betrifft, Küken: Du solltest dir allmählich etwas Unauffälligeres anziehen.«

»Nenn mich nicht immer Küken«, fuhr Mytha sie an, aber im Grunde richtete sich ihr Ärger gegen sich selbst. Sie trug nun schon so lange ihre *Arbeitskleidung*, dass es ihr gar nicht mehr bewusst gewesen war. Natürlich würde sie in ihrem hautengen schwarzen Leder unter normalen Menschen Aufsehen verursachen. Vor allem, da genau diese Kleidung auf ihren Steckbriefen genannt wurde, während es von ihrem unauffälligen, extrem wandelbaren Gesicht so widersprüchliche Beschreibungen gab, dass diese im Grunde auf jeden und niemanden zutrafen.

Kurz überlegte sie, sich tatsächlich umzuziehen, aber dann erinnerte sie sich an den Zwischenfall mit der Schlange und streifte sich lediglich die Bluse und die Schlabberhose, die sie schon während der Schiffsfahrt getragen hatte, über ihre zweite Haut aus Leder.

»Schade. War der einzig' geile Anblick in dem ganzen Scheißloch von 'nem Land«, brummte Adamurt. Er strich sich mit der Hand über den Bart rund um seinen Mund. »Und dann soll ich mich auch noch verunstalt'n.«

»Wenn du willst, erledige ich das«, bot Mytha an, doch Adamurt tippte sich nur mit dem Finger an die Stirn.

»Seh' ich so blöd aus? Als ob ich ein'n von euch mit 'nem scharfen Messer an meine Kehle lassen würd'!«

Er zog seinen Dolch und führte die Klinge in steilem Winkel mit raschen Bewegungen gegen die Wuchsrichtung der Haare über seinen Bart. Obwohl die Schneide aus trakanischem Stahl höllisch scharf war, war sich Mytha sicher, dass die Prozedur ziemlich schmerzhaft war. Dennoch ließ Adamurt sich nichts anmerken. Das Ergebnis war nicht völlig überzeugend, aber er sah immerhin etwas verändert aus.

»Wir sind nicht mehr allein«, raunte Olimarch plötzlich. »Wir werden beobachtet.«

Seine Worte schreckten sie alle auf. Sorgfältig suchte Mytha die Umgebung mit Blicken ab, und nachdem Olimarch sie darauf aufmerksam gemacht hatte, entdeckte nun auch sie Bewegungen, die sich von denen unterschieden, die sie die ganze Zeit schon begleiteten. Man belauerte sie, aber es waren nicht nur einzelne geistlose Ungeheuer. Dies waren Wesen in größerer Zahl, mindestens ein, zwei Dutzend, die sich an sie herangepirscht hatten und nur noch auf den richtigen Moment zum Zuschlagen warteten.

Und der war jetzt gekommen, als sie erkannten, dass sie entdeckt worden waren. Mit schrillem Geheul kamen die Kreaturen aus ihren Verstecken vorgestürmt und griffen sie von allen Seiten gleichzeitig an. Es handelte sich um aufrecht gehende Wesen mit eindeutig amphibischer Abstammung, die größer und zugleich deutlich stämmiger als ein Mensch waren. Fischhäute spannten sich zwischen ihren Fingern und Zehen. Ihre haarlose bräunliche Haut war mit unzähligen großen Warzen übersät. Ihre Gesichter erinnerten an Kröten, mit runden, lidlosen Augen und breiten, lippenlosen Mäulern.

Sie trugen Schwertern in den Händen.

Diese Entdeckung schockierte nicht nur Mytha, sondern auch die anderen so sehr, dass sie für einen Moment wie gelähmt waren. Tiere und tierische Ungeheuer benutzten keine Waffen, ein sicherer Beweis dafür, dass die Krötenwesen zumindest halb intelligent waren.

Adamurt und Olimarch zogen ihre Schwerter, um sich den Angreifern entgegenzustellen, während Nariz auf ihre Magie vertraute. Bläuliche Funken zuckten aus ihren vorgestreckten Fingerspitzen. Sie konnten den Sumpfkreaturen zwar nichts anhaben, fügten ihnen aber zumindest Schmerzen zu und ließen sie zurückweichen.

Mytha wollte erst nach ihrem Dolch greifen, doch sie begriff sofort, dass sie mit so einem Spielzeug gegen die kraftvollen Angreifer mit ihren Schwertern nichts würde ausrichten können. Stattdessen zog sie ihre Schleuder. Scharfkantige Steine in der richtigen Größe lagen in der Ruine zuhauf herum, und so schleuderte sie den Krötenwesen einen Stein nach dem anderen entgegen.

Rasch erkannte sie, dass Körpertreffer ihnen zwar ebenso wie Nariz' magische Funken wehtaten und sie ein paar Schritte zurücktaumeln ließen, ihnen ansonsten jedoch keinerlei Schaden zufügten. Nur direkte Treffer am Kopf ließen sie ohnmächtig zusammenbrechen. Aber ihre Köpfe boten nur ein kleines und zudem bewegliches Ziel, und Mytha musste ihr ganzes Geschick aufbieten, um zu treffen. Immerhin wurden die Kröten vorsichtiger und hielten sich erst einmal zurück, nachdem drei, vier von ihnen verletzt am Boden lagen.

Dafür klang hinter ihr Schwerterklirren auf. Auf Adamurts und Olimarchs Seite hatten die Ungeheuer die Ruine erreicht, und nun erwies sich, dass sie mit ihren Waffen nicht nur blindlings zuschlagen konnten, sondern sie sogar durchaus geschickt zu handhaben verstanden. Durch ihre Überzahl brachten sie vor allem Olimarch fast augenblicklich in Bedrängnis. Es fiel ihm schwer, ihre extrem kraftvollen Hiebe abzuwehren.

Da sich auf ihrer Seite momentan nichts tat, kam ihm Mytha, ohne zu zögern, zu Hilfe. Am Kopf getroffen stürzte eine der Kröten zu Boden. Eine zweite traf sie nur an der Schulter, doch war die Kreatur durch den Schmerz für einen Moment abgelenkt. Das reichte Olimarch, um ihr sein Schwert tief in die Brust zu rammen. Sofort zog er es zurück und trennte fast in der gleichen Bewegung einem weiteren Angreifer den Schädel vom Rumpf.

Die erbitterte Gegenwehr schien die Sumpfwesen zu verunsichern. Vielleicht waren sie es gewöhnt, dank ihrer erbeuteten Waffen allen anderen Ungeheuern überlegen zu sein und hatten es noch nie mit Gegnern zu tun bekommen, die gleichartige Waffen besaßen und diese ebenso geschickt zu führen verstanden. Sie wichen ein Stück zurück, doch gleich darauf zeigte sich eine neue Gefahr.

»Deckung!«, brüllte Adamurt.

Speere wurden aus dem Sumpfdickicht geschleudert. Mytha warf sich genau wie er und Nariz hinter den Resten der Mauern flach zu Boden, doch Olimarch reagierte zu spät. Mit fassungslosem Entsetzen sah Mytha, wie sich ein Speer so tief in seine Brust bohrte, dass die Spitze noch ein kleines Stück weit am Rücken wieder austrat.

»Neeein!« brüllte Nariz voller Wut. Einige düster klingende Worte vor sich hinmurmelnd sprang sie auf und stieß ihre Faust vor. Eine unsichtbare Kraft packte die Krötenwesen, die nur ein Stück zurückgewichen waren, und schleuderte sie weit durch die

Luft. Dann raste die Kraft weiter, riss Buschwerk, Dornenranken, und auf was sonst immer sie traf, aus dem Boden und wirbelte es mitsamt der darin verborgenen Kröten davon. Gleich darauf stieß sie ihre Faust in eine andere Richtung und schlug auch dort eine Schneise der Verwüstung.

Als sie nach wenigen Sekunden aufhörte, bot sich rund um die Ruine ein Bild der Verwüstung, als wäre ein Wirbelsturm darüber hinweggezogen. Die Magierin taumelte und brach zusammen, hatte sich anscheinend völlig verausgabt. Adamurt, der gerade zu Olimarch eilen wollte, fing sie auf.

An seiner Stelle kniete Mytha neben dem Giftmischer nieder. Auf den ersten Blick war zu erkennen, dass er im Sterben lag. Sein Blick war bereits verschleiert. Kraftlos hob er die Hand. Mytha ergriff sie und drückte sie. Er versuchte Worte zu formen, doch nur etwas Blut quoll aus seinem Mund. Im nächsten Moment brach sein Blick und seine Hand erschlaffte.

Er hatte von Anfang an geahnt, dass dies seine letzte Reise sein und er nicht mehr aus den Verheerten Landen zurückkehren würde. Aber dass ihn sein Schicksal nach allem, was er überstanden hatte, ausgerechnet hier ereilte, so dicht von der rettenden Grenze entfernt, war besonders bitter und hatte Nariz wohl auch in so rasenden Zorn versetzt.

Mytha spürte, wie ihre Augen feucht wurden. Dieser Mann, der immer von sich behauptet hatte, seine Hände wären sauber, weil er die Gifte nur herstellte, während andere sie einsetzten, hatte durch sie Hunderte Menschen und unendliches Leid auf dem Gewissen. Und doch hatte sie ihn auf eine gewisse Art gemocht und sein Tod tat ihr weh.

»Verdammt'r Misterkerl. Wie kannst du's nur wag'n, dich einfach so aussem Staub zu mach'n und uns im Stich zu lass'n?«, murmelte Adamurt, während er auf den Leichnam herabblickte. Seine Stimme war belegt und seine Worte klangen fast zärtlich. Selbst seine Augen glitzerten feucht. Mytha hatte es schon vor geraumer Zeit aufgegeben, die seltsame Hassliebe zwischen den beiden Männern verstehen zu wollen.

»Was machen wir nun mit ihm?«, fragte sie. »Wir sollten ihn nicht einfach hier so liegen lassen.«

»Nein, sollt'n wir nicht.«

Adamurt bückte sich und nahm den Leichnam auf seine Arme. Nachdem er sich vergewissert hatte, dass keine Gefahr drohte und keine der Kröten mehr in der Nähe war, verließ er die Ruine, trat an ein Sumpfloch und ließ Olimarch hineingleiten.

Der berühmteste Giftmischer der Welt, von einer Kreatur mit Krötengesicht in einem stinkenden Morast getötet und beerdigt in einem Sumpfloch, dachte Mytha. Das Leben war einfach nicht gerecht.

Nariz war noch immer ohne Bewusstsein, als sie zur Ruine zurückkehrten. Wie einen Sack lud Adamurt sie sich auf die Schulter. Schweigend gingen sie weiter.

Sie waren gut eine Stunde unterwegs, ohne noch einmal etwas von den Krötenwesen zu entdecken, bis die Magierin schließlich wieder zu sich kam und verlangte, heruntergelassen zu werden.

»Das … war anstrengend«, presste sie hervor. »Ich habe mich ziemlich verausgabt.« Auf Olimarchs Tod ging sie mit keinem Wort ein.

Es dauerte noch einmal gut zwei Stunden, während derer das Land um sie herum immer trockener wurde, bis sie das Ende des Sumpfgebietes erreichten. Eine freie, sorgsam gerodete Fläche erwartete sie. Dahinter ragte mehrere Meter hoch die Grenzmauer zu Volarien auf.

Sie hatten die Verheerten Lande endgültig hinter sich gelassen, doch war es während des letzten Stücks ihres Marsches weder heller noch wärmer geworden. Der Himmel war mit dichten, dunklen Wolken bedeckt.

Einige Hundert Meter entfernt entdeckten sie eine der kleinen Burgen, von denen aus die Mauer bewacht wurde, und hielten darauf zu. Sie hatten sich dem großen Burgtor bis auf ein Dutzend Meter genähert, als hinter den Zinnen ein halbes Dutzend Wachen in den Uniformen der volarischen Armee auftauchten und mit gespannten Bögen auf sie zielten.

»Wer seid ihr und was wollt ihr?«, rief einer der Männer, der einzige, der keine Waffe trug. Anscheinend handelte es sich um den Kommandanten.

»Ist ja 'ne freundliche Begrüßung«, murmelte Adamurt. Laut rief er: »Unser Schiff, die *Wassernixe*, ist durch 'nen Sturm zu weit nach Süd'n abgetrieben word'n und dicht vor der Küste auffen Riff gelauf'n. Wir konnt'n uns an Land rett'n und uns 'nen Weg durch den verdammt'n Sumpf bis hierher bahn'n.«

»Schiffbrüchige?«, rief der Offizier. Sein Misstrauen war nicht zu überhören. »Was ist das für eine blödsinnige Geschichte? Niemand kann den Sumpf durchqueren.«

»Das haben die anderen, die bei uns waren, auch erfahren müssen«, rief Mytha. »Sie sind alle ums Leben gekommen. Krötenwesen und andere Ungeheuer haben uns angegriffen. Wir sind die Einzigen, die es bis hierher geschafft haben.«

»Schweig, Weib! Ich weiß nicht, was für eine Teufelei das ist, aber ihr seid ganz gewiss nicht das, was ihr behauptet. Spielt auch keine Rolle. Wir haben Befehl, nichts und niemanden aus den Verheerten Landen durch unser Tor hereinzulassen. Also schert euch wieder dahin zurück, woher ihr gekommen seid!«

Mytha konnte kaum glauben, was sie hörte. Nach allen Gefahren, die sie überstanden hatten, gerieten sie nun an einen solchen Idioten, der sich offenbar vor ihnen fürchtete, weil sie etwas für unmöglich Gehaltenes vollbracht hatten, und sich an blödsinnige Befehle klammerte. Adamurt konnte sich nicht länger beherrschen.

»Du aufgeblasen'r Hohlkopf, hat man dir ins Gehirn geschiss'n?«, brüllte er. »Seh'n wir vielleicht wie Ungeheuer aus? Mach das Tor auf und lass uns rein, oda ich werd' dir …«

Ein Pfeil schlug dicht vor seinen Füßen in den Boden und brachte ihn zum Verstummen.

»Lass ihn. Gegen Angst und Dummheit ist kein Kraut gewachsen«, raunte Nariz und legte ihm eine Hand auf den Arm. Gleichzeitig streifte sie mit der anderen ihre Kapuze zurück.

Mytha hatte sich nie für Kriegstechniken interessiert, aber

dies dürfte die wohl schnellste Eroberung einer Burg sein, die es je gegeben hatte. Die Soldaten ließen ihre Bögen sinken und bekamen Stielaugen, dann breitete sich ein verzücktes Lächeln auf ihren Gesichtern aus. Der Offizier bildete da keine Ausnahme.

Nicht einmal eine Minute später wurde das Tor geöffnet und sie durften eintreten.

»Na also, warum nich' gleich so«, brummte Adamurt, während er den Torbogen durchschritt. Laut fügte er hinzu: »Nach dem lang'n Marsch sin' wir hungrig und durstig. Bringt uns was zu essen und zu trinken, aba 'n bisschen schnell, wenn ich bitt'n darf.«

»Tu, was er sagt«, verlangte Nariz.

»Sehr wohl.« Der Offizier verneigte sich und führte sie persönlich in eine nur mit ein paar primitiven Tischen und Stühlen ausgestattete Wachstube. »Wein und Speisen kommen sofort, doch fürchte ich, wir können euch nur karge Kost anbieten. Wir …«

»Schon gut«, fiel die Magierin ihm ins Wort und ließ sich auf einen der Stühle sinken. »Jetzt lass uns erst einmal allein, mein Süßer. Ich werde mich später noch ausgiebig um dich kümmern.«

Sichtlich enttäuscht, zugleich aber hoffnungsvoll, zog sich der Offizier zurück.

»Wie soll es jetzt weitergehen?«, fragte Mytha, nachdem sie sich ebenfalls gesetzt hatte.

»Jetzt schlag'n wir uns erstma' den Mag'n voll und ertränk'n die Erinnerungen in ein paar Krüg'n Wein«, erwiderte Adamurt. »Und dann ma' sehen. Ist nich gerad' stark bemannt, der Laden hier. Nich mehr als höchstens 'n Dutzend Soldaten, dazu noch 'n paar Hilfskräfte.«

»Das reicht für mich«, sagte Nariz mit einem boshaften Lächeln. »War eine anstrengende Zeit. Der Kampf gegen die Kröten hat mich restlos ausgelaugt, meine Kräfte sind fast am Ende. Wird Zeit, mich wieder zu stärken, und mit dem vertrottelten Offizier fange ich an.«

Mytha erschauderte, als sie begriff, was die Magierin meinte, kam aber nicht dazu, etwas zu sagen, weil in diesem Moment ein dicklicher, kleiner Mann in einer Küchenschürze hereinkam. Sein griesgrämiges Gesicht hellte sich augenblicklich auf, als er Nariz erblickte.

»Viel ist es leider nicht, was ich anbieten kann«, sagte er und stellte ein hölzernes Tablett mit altbackenem Brot und einem immerhin recht großen Stück Käse vor ihnen auf den Tisch. »Aber ich werde bestimmt noch etwas mehr finden«, fügte er mit einem verliebten Lächeln in Nariz' Richtung hinzu. Er verschwand und kehrte gleich darauf mit einer Platte voller kaltem Braten und einem großen Krug Wein sowie drei Bechern zurück. Gierig machten sie sich über die Speisen und den Wein her.

»Wär' nich' gut, wenn wir bei unserem Aufbruch ein paar Tote zurücklass'n und die ander'n erzählen könn'n, was passiert ist«, meinte Adamurt, während er schmatzend auf einem Stück Fleisch herumkaute. »Is' besser, wenn wir gleich alle erledig'n. Ich helf' dir 'n bisschen dabei. Ungeheuer sin' schön und gut, aba ich denk', meine neuen Klingen würd'n gern mal süßes Menschenblut kost'n.«

Entsetzt starrte Mytha ihn an.

»Das … das könnt ihr nicht machen«, stammelte sie.

»Ach nein, hat unser kleines Küken etwa Mitleid?«, fragte Nariz spöttisch. »Wenn es dir nicht passt, kannst du dich ja währenddessen irgendwo verkriechen, Schätzchen.«

Mytha ballte unter dem Tisch die Fäuste, sagte aber nichts mehr. Es gab ohnehin nichts, das Adamurt und die Magierin von ihrem Vorhaben abbringen konnte, dafür kannte sie die beiden inzwischen gut genug.

Als wenig später das Morden anfing, stahl sie ein paar Vorräte aus der Küche, sattelte eines der wenigen Pferde im Stall und ritt allein davon.

5 Mytha brauchte gut vier Monate für die Reise von den Geistersümpfen bis zurück nach Meridor, denn sie hatte keinen Grund zur Eile und ritt weder besonders schnell, noch auf direktem Weg. Was erwartete sie dort schon? Nur Schnee und Eis eines in diesem Jahr besonders harten Winters, wie man sich erzählte.

Da war ihr der Süden schon lieber. Auch dort war es der Jahreszeit entsprechend kalt, aber nicht wirklich eisig, und selbst die Vegetation war nicht so karg und in Winterschlaf versunken wie im Norden.

Wichtiger als alles andere war für sie im Moment zu spüren, dass sie noch lebte und dass die Welt nicht nur aus Trostlosigkeit und Verderben bestand, sondern auch Schönheit zu bieten hatte. Volarien war besser als jeder andere Ort geeignet, ihr dies wieder vor Augen zu führen, jedenfalls besser als der unter Schnee begrabene Norden oder die dunklen Katakomben Meridors. Oftmals machte sie Rast an irgendeinem kleinen Bachlauf, schaute träumend in ein idyllisches Tal hinab oder erfreute sich nach den Wochen kargen Reiseproviants an einem wohlschmeckenden Mahl, das man ihr in einer Herberge servierte. Sie meinte, fühlen zu können, wie das Eis in ihrem Inneren mit jedem Tag mehr zu tauen begann, wie sie wieder Freude am Leben empfand, wie Hoffnung und Zuversicht sich in ihr ausbreiteten.

Für eine Weile spielte sie sogar mit dem Gedanken, ihre Aktivitäten künftig nach Volarien zu verlegen. Aber das Land war sehr bäuerlich geprägt, mit vielen Dörfern, die zwar recht hübsch waren, aber viel zu klein und ärmlich, als dass sich hier lohnende Beute machen ließe. Die einzige große Stadt war die Hauptstadt Vitona, doch verglichen mit Meridor kam auch diese Mytha wie ein Provinznest vor.

Natürlich war sie so reich, dass sie längst nicht mehr darauf angewiesen wäre, sich ihren Lebensunterhalt zu verdienen, aber ein ganz normales Leben ohne raffinierte Diebstähle und Gaunereien – dafür war sie zu jung und zu tatendurstig. Sollte sie sich in einer der Kaschemmen strickend an den Kamin setzen oder für irgendeinen Dummkopf Brei kochen?

Mit einem solchen Leben könnte sie nicht glücklich werden, jedenfalls jetzt noch nicht. Es schien, als ob selbst die schrecklichen Erlebnisse in den Verheerten Landen ihr Verlangen nach Nervenkitzel nicht gestillt, sondern sogar noch weiter angefacht hätten.

Aber es gab noch etwas, das gegen Volarien sprach. Wohin Mytha auch kam, wurde von Krieg gemunkelt, und allem Anschein nach hatte dieser bereits begonnen.

Es war nicht leicht, an verlässliche Informationen zu gelangen. Kaum jemand wusste wirklich etwas, aber es schwirrten unzählige Gerüchte umher, und jeder, der sie weitergab, verdrehte sie ein bisschen oder fügte noch etwas hinzu, um sie reißerischer zu machen. Wenn sie alles, was ihr übertrieben und an den Haaren herbeigezogen erschien, hinwegstrich, blieb ungefähr folgendes Bild: Offenbar hatte es in Woltan tatsächlich einen Umsturz gegeben, und der neue König plante einen ausgedehnten Feldzug gegen Latronia und Voltarien, der allem Anschein nach bereits begonnen hatte.

Genaueres aus den zahlreichen Gerüchten herauszufiltern, war praktisch unmöglich, aber anscheinend war es an den Grenzen zu Kampfhandlungen gekommen, ehe Eis und Schnee den Vormarsch der woltanischen Truppen vorerst zum Stillstand gebracht hatten. Im Grunde war ihr egal, wer in Woltan, in Volarien oder auch in Latronia regierte. Sie stand außerhalb der Gesellschaft, für sie würde sich nicht viel ändern. Sie hatte allerdings gar keine Lust, mit dem Krieg selbst konfrontiert zu werden oder in irgendeinem der wehrlosen, kleinen Dörfer plündernden, brandschatzenden und vergewaltigenden Soldaten in die Hände zu fallen.

Latronia war ein wesentlich wehrhafteres Land mit stark befestigten Städten und Burgen. Es bestanden gute Aussichten, dass der Krieg das im äußersten Westen gelegene Meridor gar nicht erst erreichen würde, und selbst wenn doch, würden die Katakomben ihr Schutz bieten, wie sie sich auch bislang gegen jeden Versuch, sie auszuräuchern, behauptet hatten.

So führte ihr Weg sie langsam, aber beständig weiter nach Nordwesten. Wenn es ihr irgendwo gefiel, blieb sie ein paar Tage, wenn ihr das Geld für Essen und Unterkunft ausging, besorgte sie sich mühelos neues. In den letzten Jahren hatte sie simplen Taschendiebstahl für unter ihrer Würde gehalten, aber hier lagen die Dinge anders.

Schließlich verging der Winter und mit Beginn der ersten wärmeren Frühjahrstage überquerte sie die Grenze nach Latronia.

Kaum eine Woche später ritt sie zum ersten Mal nach fast einem halben Jahr wieder durch eins der großen Stadttore nach Meridor hinein.

6

Ein weiser Mann hatte einst geschrieben, man könne nicht mehr nach Hause zurückkehren, wenn man zu lange und zu weit fort gewesen wäre. Während ihrer Zeit bei der Gilde hatte man Mytha nicht nur in der Kunst des Diebstahls, des Einbruchs, der Täuschung und dergleichen mehr unterrichtet, sondern ihr und den anderen Schülern auch allgemeine Bildung und vornehmes Sprechen beigebracht. *Wie wollt ihr eine Dame von hohem Stand spielen, um einen reichen Händler oder einen Edelmann auszunehmen, wenn man an eurer Ausdrucksweise, euren Manieren und an eurem fehlenden Wissen sofort eure Herkunft aus der Gosse merkt?*, hatte einer ihrer Ausbilder damals gefragt. Inzwischen wusste Mytha, wie recht er damit gehabt hatte.

Von wem die Behauptung über die Unmöglichkeit zur Heimkehr stammte, hatte sie längst vergessen. Der Satz selbst hingegen war ihr im Gedächtnis haften geblieben, weil sie ihn nie richtig verstanden hatte.

Jetzt tat sie es.

Fast ein Monat war inzwischen verstrichen, seit sie nach Meridor zurückgekehrt war. Während der ersten Woche hatte sie sich vor allem ausgeruht, hatte die Rückkehr in die vertraute Umgebung genossen und sich bemüht, alle Erinnerungen an die schreckliche Zeit in den Verheerten Landen und schließlich Silvans Verrat zu verdrängen. Während ihrer Reise durch Volarien hatte sie diese Zeit in Gedanken intensiv aufgearbeitet und auch ihre Trauer über Lintons Tod bewältigt. Nun war es an der Zeit, zu vergessen und den Blick nach vorne zu richten, wenn sie ihr Leben wieder aktiv gestalten wollte, statt sich nur treiben zu lassen.

Die zweite Woche hatte sie genutzt, um ihre verschiedenen Schatzhöhlen in der Unterwelt aufzusuchen und zu kontrollieren. Angesichts der zahllosen Feinde, die sie in Meridor hatte, hatte sie mehrere Lager für ihr Diebesgut angelegt. Sie waren gut verborgen und gesichert, aber einen perfekten Schutz gab es nicht, wie gerade sie am besten wusste. Selbst wenn eins dieser Lager von der Diebesgilde oder sonst wem entdeckt und geplündert werden sollte, stand sie so nicht plötzlich mittellos da. Zu ihrer Erleichterung fand sie jedoch alles unberührt vor.

Außerdem hatte sie Verbindung zu ihren alten Kontakten und Quellen aufgenommen, um sich über Veränderungen zu informieren, die sich in den letzten Monaten in Meridor und auch im übrigen Land ergeben hatten. In der Stadt ging alles mehr oder weniger seinen gewohnten Gang, und was die Lage im Osten Latronias und den Krieg betraf, so schien ihre aus den in Volarien kreisenden Gerüchten gezogenen Schlussfolgerungen der Wahrheit ziemlich nahezukommen. Der neue Herrscher in Woltan hieß Dulg Mortai und war der jüngste Sohn König Ortan Mortais. Wie es schien, war er der Schwarzen Künste mächtig, denn angeblich hatte er mittels Magie seinen Vater und seine älteren Brüder getötet. Magie sollte auch bei seinen Angriffen auf die stark befestigten Grenzanlagen Latronias im Spiel gewesen sein. Genaueres darüber schien niemand zu wissen und es interessierte Mytha auch nicht besonders. Dieser Krieg betraf sie nicht.

Stattdessen wandte sie sich wieder dem zu, was sie am besten konnte, und stieß rasch auf den Namen Belin Waranow. Lange Zeit war er ein eher unbedeutender Händler gewesen, doch in den letzten Monaten war es ihm offenbar gelungen, eine recht sichere Passage durch das von gefährlichen Strömungen, ständigen Unwettern und angeblich auch Meeresungeheuern beherrschte Meer zum Westkontinent zu entdecken. Man wusste zwar, dass diese existierte, aber viel mehr war darüber nicht bekannt. Angelockt von der Aussicht auf immense Gewinne hatten viele Händler bereits Schiffe dorthin entsandt, doch nur ein verschwindend kleine Anzahl hatte ihr Ziel tatsächlich erreicht und war heil zurückgekehrt. Das Risiko war einfach zu groß, als dass sich Handel gelohnt hätte.

Waranow war der Einzige, der es geschafft hatte, gleich drei erfolgreiche Expeditionen zum Westkontinent zu entsenden. Beladen mit exotischen Gewürzen, Kunstgegenständen, feinen Stoffen, Teppichen und dergleichen mehr waren seine Schiffe nach Meridor zurückgekehrt und hatten ihm einen traumhaften Reichtum beschert.

Mytha entschied, dass er das ideale Opfer für sie wäre. Mehr als eine Woche lange spionierte sie ihn aus, freundete sich mit einem seiner Dienstmädchen und einer seiner Wachen an, dann entwickelte sie ihren Plan. Sie würde nicht in eines seiner schwer bewachten Lagerhäuser einbrechen, sondern in seinen Wohnsitz. Vor einigen Monaten hatte er auf dem Gipfel Meridors, dort wo die lebten, die man aufgrund ihres unvorstellbaren Reichtums die *Herren der Welt* nannte, die Villa eines anderen Händlers gekauft, etwas, das praktisch nie vorkam. Wer einmal dort oben thronte, der war so reich und mächtig, dass ihm nichts mehr geschehen konnte, der gehörte nicht mehr zu den einfachen Menschen.

Waranow hatte das Gegenteil bewiesen. Es gab die widersprüchlichsten Gerüchte darüber, wie es ihm gelungen war, einen der *Herren der Welt* und seinen gesamten Clan dazu zu bringen, seinen Platz für ihn zu räumen. Irgendwie hatte er es schließlich geschafft. Er ließ die ohnehin schon pompöse Villa abreißen und an ihrer Stelle einen noch prunkvolleren Prachtbau nach neuesten Aspekten der Sicherheitsvorkehrungen errichten. Eine uneinnehmbare Festung, wie man glaubte.

Mytha wusste es besser. Vor gut zwei Jahren hatte sie der ursprünglich dort erbauten Villa bereits einen unerwünschten nächtlichen Besuch abgestattet. Man hatte nie herausgefunden, dass sie sich durch einen zwar gut getarnten, aber schlecht gesicherten Abfluss unter einer Kellermauer Zugang verschafft hatte. Zwar hatte Waranow das Haus abreißen lassen, aber um Zeit zu sparen und sein neues Domizil so schnell wie möglich beziehen zu können, hatte er es auf dem Fundament des alten errichten lassen.

Das glich einer Einladung, die Mytha nicht ausschlagen konnte. Noch aber zögerte sie. Nicht, weil sie Angst verspürte, sondern ganz im Gegenteil eher, weil sie diese vermisste. Angst war ein wichtiges Gefühl. Sie verhinderte, dass man allzu leichtsinnig wurde und zu große Risiken einging, und sie war auch die Basis für Nervenkitzel. Gut erinnerte sich Mytha noch daran, wie es früher gewesen war, wenn sie einen Plan für einen besonders komplizierten Einbruch ausgearbeitet hatte. Das Auskundschaften des Ziels, die Freude, wenn sie einen möglichen Weg gefunden hatte, das Abwägen der Risiken – all das war mit intensiven Gefühlen verbunden gewesen, gerade während dieser Phase hatte sie sich unglaublich lebendig gefühlt. Es war ein bisschen wie das Vorspiel beim Sex gewesen, das Ausführen der Tat war dann der eigentliche Akt gewesen und das erfolgreiche Entkommen mit der Beute der Höhepunkt, gefolgt von dem Verlangen, dies möglichst bald wieder zu erleben.

Jetzt aber fühlte sie – nichts.

Ihre Vorbereitungen waren eine fast schon lästige Routine, der Gedanke, einen neu gekürten *Herren der Welt* zu bestehlen, löste keinerlei Ekstase in ihr aus. Ihr Vorhaben war nur ein Versuch, der Langeweile zu begegnen, die allmählich von ihr Besitz ergriff, das Gefühl, das tun zu müssen, was sie immer getan hatte.

Etwas ging in ihr vor, das sie sich nicht erklären konnte, und kurzzeitig überlegte sie sogar, die ganze Sache abzublasen. Dennoch entschied sie sich anders, in der Hoffnung, dass sich ihre innere Einstellung ändern würde, wenn es erst einmal so weit war und die Gefahr real wurde.

Es war ein merkwürdiges Gefühl, wieder in ihre *Arbeitskleidung* zu schlüpfen, die sie seit den Verheerten Landen nicht mehr getragen hatte. Tatsächlich erfüllte sie wieder so etwas wie Erregung, doch diese lag nur an den Erinnerungen, die durch das enge schwarze Leder hochgespült wurden. Mehr oder weniger emotionslos schlängelte sie sich durch die schmale Abflussrinne und löste wie vor zwei Jahren schon einmal die lockeren Steine, die es ihr ermöglichten, in den Keller der Prunkvilla zu gelangen. Es kam ihr vor, als sähe sie sich selbst bei der Arbeit zu.

Spätestens jetzt begriff sie, was damit gemeint war, dass man nicht mehr nach Hause zurückkehren könne, wenn man zu lange und zu weit fortgewesen wäre. Sie hatte sich verändert, war über die Mytha von damals hinausgewachsen. Auch das hier barg Gefahren, tödliche Gefahren sogar, dennoch bedeutete es nach allem, was sie seither erlebt hatte, keinen echten Nervenkitzel mehr für sie. Es war wie eine Reise in die Vergangenheit. Ihr wurde klar, dass das wohl ihr letzter derartiger Einbruch sein würde, und sie wünschte nur, ihn so rasch wie möglich hinter sich zu bringen.

Dank der Beschreibungen des Dienstmädchens, mit dem sie sich angefreundet hatte, fand sie sich im Haus auf Anhieb zurecht. Waranow bewies, dass er kein Narr war, indem er sich nicht allein auf die kleine Privatarmee von Wachen verließ, die rings um die Villa und sogar auf deren Dach postiert waren. Auch im Inneren gab es Wachen, die in regelmäßigen Abständen patrouillierten. Mytha bereitete es keine Schwierigkeiten, ihnen auszuweichen.

Unbemerkt erreichte sie ihr Ziel. Das Schloss der Tür war das neueste und teuerste, das es zu kaufen gab. Deswegen hatte sie sich bereits vor Tagen ein gleichartiges Modell besorgt und seine

Funktionsweise ergründet. Dennoch erforderte es viel Geschick, es zu öffnen, und nicht anders verhielt es sich mit den insgesamt drei Schlössern des stählernen Schrankes in dem fensterlosen Raum dahinter. Sie brauchte eine ganze Weile, um den Schrank zu öffnen, und jetzt verspürte sie doch eine gewisse Nervosität.

Im Inneren des Schrankes befand sich weder Geld, das ohnehin in größerer Menge für sie unmöglich zu transportieren gewesen wäre, noch Schmuck, sondern nur ein Bündel Papiere. Genau auf diese Papiere, die allesamt Siegel und Unterschrift des Königs trugen, hatte sie es abgesehen. Ein Krieg stand bevor. Kriege waren kostspielig und die latronischen Schatzkammern nicht gerade üppig gefüllt. Aus diesem Grund hatte Waranow der Krone eine erhebliche Summe geliehen. Das unscheinbare Bündel war ein Vermögen wert, denn dabei handelte es sich um die Schuldtitel.

So unbemerkt, wie sie hineingekommen war, verließ Mytha das Haus wieder. In ihrem Versteck angekommen, warf sie die Dokumente achtlos auf eine Kommode, auf der die wertvollsten Schmuckstücke lagen, die sie erbeutet hatte. Oft hatte sie davorgestanden und sie betrachtet, den einzigartigen Schliff der Edelsteine bewundert und das je nach Lichtschein der Lampen und Kerzen stets ein wenig andere Feuer, in dem sie gleißten.

Jetzt bedeuteten sie ihr nichts mehr.

In sich spürte sie eine tiefe Leere, und sie fragte sich verzweifelt, was diese Leere ausfüllen könnte. Ein Abschnitt ihres Lebens war vorüber, aber es gab zumindest bislang nichts, was an dessen Stelle treten konnte. Irgendetwas fraß an ihr, versuchte sich einen Weg tief aus ihrem Inneren an die Oberfläche zu bahnen, um aus ihr herauszubrechen, ohne dass sie erkennen konnte, um was es sich handelte.

In einem schäbigen, sackartigen Kleid, einer strähnigen, dunklen Perücke auf dem Kopf und rußgeschwärztem Gesicht streifte sie in den folgenden Tagen oft ziellos durch die Stadt. Schon vor geraumer Zeit hatte sie erkannt, dass es wenig brachte, sich auf ein Problem allzu konzentriert zu fokussieren, wie es wohl die meisten Menschen tun mochten. Sie grübelten dann ohne Sinn und Verstand nur noch über ein einziges Thema nach und ihre Gedanken drehten sich im Kreis. Besser war es, sich abzulenken und möglichst gar nicht an das Problem zu denken. Ihr selbst flogen dann regelmäßig Lösungen ganz von selbst zu.

Obwohl Belin Waranow sicherlich zu verhindern versucht hatte, dass Informationen darüber an die Öffentlichkeit gelangten, handelten viele der Gesprächsfetzen, die sie auf den Straßen auffing, vom Diebstahl der Schuldscheine. Da die Diebesgilde keine Verantwortung für diesen Raub übernommen hatte, stand für die Menschen fest, dass nur Mytha dahinterstecken konnte. Das war die eigentliche Sensation, dass sie nach fast einem halben Jahr erstmals wieder zugeschlagen und damit den Spekulationen über ihren Verbleib ein Ende gesetzt hatte.

Mytha kümmerte sich nicht um das Gerede, bemühte sich sogar, es zu ignorieren.

Stattdessen ertappte sie sich zu ihrer eigenen Überraschung immer häufiger dabei, dass Ihre Gedanken zu Linton schweiften. Während der ersten Tage und Wochen nach ihrem Entkommen aus den Verheerten Landen hatte sie um ihn getrauert und seinen Tod geistig verarbeitet. In der Zeit danach hatte sie, so gut es ging, alles verdrängt, was mit der Expedition zu tun gehabt hatte, um ihren Blick nach vorne zu richten.

Inzwischen, mit entsprechender Distanz, konnte sie wieder daran zurückdenken, ohne dass die Erinnerung an die dort lauernden Schrecken Besitz von ihr ergriffen oder sie allzu große Trauer um Linton und in gewissem Maße auch Olimarch verspürte. Manchmal fragte sie sich mittlerweile auch, was aus den anderen geworden war. Falls Adamurt ebenfalls nach Meridor zurückgekehrt war, so hatte sie nichts davon mitbekommen, und er hatte auch nicht durch irgendwelche spektakulären Morde von sich reden gemacht.

In diesem Zusammenhang tauchte auch der Name Silvan wieder häufiger in ihren Gedanken auf. Er und sein beispielloser Verrat, der selbst den von Nariz noch weit in den Schatten stellte, waren die einzigen Erinnerungen, die sie nach wie vor zu verdrängen versuchte, um zu verhindern, dass der damit verbundene Hass in ihr hochbrodelte und Besitz von ihr ergriff.

Hätte er sie nur um den versprochenen Lohn betrogen und ihnen die Reichtümer abgeluchst, die sie während des Rückwegs gesammelt und an Bord der Schiffe gebracht hätten, wäre das schlimm genug gewesen. Stattdessen aber hatte er versucht, sie heimtückisch umzubringen, und das konnte sie gar nicht anders als persönlich nehmen. Bei ihr, Nariz und Adamurt war sein Plan gescheitert, weil Linton sich für sie geopfert hatte, aber sein Blut und indirekt auch das Olimarchs klebten an Silvans Händen.

Wollte sie ihn damit wirklich so einfach davonkommen lassen?

Natürlich war schon ihr erster Instinkt das Verlangen nach Rache gewesen, doch sie hatte ihn bekämpft. Hätte sie diesem Instinkt nachgegeben, hätte er sie nur weiterhin an die Vergangenheit gekettet und verhindert, dass ihre Wunden heilen konnten. Obwohl sie keine Mörderin war, war ihrem Gerechtigkeitsgefühl nach der Tod die einzige Strafe, die Silvans Tat sühnen konnte. Die einzige Alternative zur plumpen Rache war, ihn und seinen Mordplan aus ihrem Bewusstsein zu bannen. Und genau dafür hatte sie sich entschieden.

Vielleicht hatte sie damit einen Fehler begangen. Immer deutlicher spürte sie nun, dass Silvan noch immer wie ein Stachel in ihr steckte, der schmerzte, wenn sie gedanklich daran rührte, der sich entzündet hatte und eiterte, sie langsam, aber sicher vergiftete. Ein Gift, gegen das nicht einmal Olimarch ein Gegenmittel entwickeln könnte, und gegen das auch Ignorieren und Verdrängen nichts half.

Sie hatte versucht, mit allem abzuschließen, was in den Verheerten Landen passiert war, um wieder ein davon unbeeinflusstes Leben zu führen. Aber so wenig sie an ihr altes Leben anknüpfen konnte, so wenig konnte sie ein neues beginnen, solange dieser giftige Stachel in ihr steckte. Der Hass auf Silvan schwelte unter der Oberfläche weiter und zahllose unbeantwortete Fragen zehrten an ihr.

Um was handelte es sich bei dem angeblich so unsagbar kostbaren und mächtigen Artefakt?

In wessen Auftrag hatte Silvan gehandelt?

Hatte er selbst das Mordkomplott gegen sie geplant oder war es ihm bereits von seinem unbekannten Auftraggeber befohlen worden?

Das waren nur die drängendsten Fragen, auf die sie Antworten finden musste, wenn sie ihr seelisches Gleichgewicht zurückgewinnen wollte. Und von diesen Antworten würde auch abhängen, wie sie dann weiter vorgehen würde.

An diesem Punkt ihrer Überlegungen angelangt, beschloss Mytha zu handeln. Dieser Weg gefiel ihr nicht, aber wenn er der einzig mögliche war, um mit diesem Abschnitt ihres Lebens *wirklich* abzuschließen, dann brachte es nichts, noch mehr Zeit zu vergeuden.

Wenn irgendjemand in Meridor ihr die gewünschten Informationen beschaffen konnte, dann war es Torrini. Der Mann unterhielt ein ganzes Netz von Schnüfflern und sammelte nicht nur hier in der Stadt wie eine Krake jede Art von Wissen, das ihm irgendwie von Nutzen sein könnte oder sich teuer verkaufen ließ. Er besaß darüber hinaus auch beste Kontakte in andere Städte des Reichs und sogar über die Grenzen hinaus. Es hieß nicht umsonst, er bekäme es mit, wenn am anderen Ende der Welt ein Hund Durchfall hätte.

Mytha machte sich auf den Weg zu ihm. Torrini gehörte eine Spelunke in der obersten Tiefenebene, direkt unter der Oberfläche Meridors, der *Drachenpfuhl*, wo er in einem Hinterzimmer residierte. Es war nicht verboten, mit Informationen zu handeln, und er musste auch keine Angst haben, dass jemand ihm etwas antat. Er war eine Institution in Meridor. Viele bedeutende Leute der Unter- und auch der Oberwelt nahmen seine Dienste in Anspruch, und wer es wagen sollte, Hand an ihn zu legen, dessen Leben war keinen feuchten Dreck mehr wert.

Dennoch empfing er nur wenige Kunden persönlich. Die meisten wurden bereits in der Schankstube abgefertigt, wo sie ihre Fragen äußern konnten und nach der Bezahlung schon wenige Minuten oder auch erst einige Tage später ihre Antworten erhielten. Torrini schätzte es nicht, Zeit mit Bagatellen zu vergeuden. Mytha hingegen wusste, dass man sie augenblicklich zu ihm persönlich verlassen würde. Sie kannten sich seit Jahren und hatten schon mehr als einmal Geschäfte miteinander gemacht.

Zu spät erst erkannte sie, dass die Grübeleien sie hatten unvorsichtig werden lassen, dass sie zum vielleicht ersten Mal in ihrem Leben kaum auf ihre Umgebung achtete. Als sie in den Gang einbog, an dessen Ende der *Drachenpfuhl* lag, spürte sie plötzlich eine Berührung im Nacken und war im gleichen Moment völlig unfähig, sich zu bewegen.

»Wen haben wir denn da?«, zischte eine Stimme in ihr Ohr. »Ein verschrecktes kleines Küken. Es war gar nicht nett, dich an der Grenze so einfach aus dem Staub zu machen. Ich habe dir doch angekündigt, dass ich noch eine Menge mit dir vorhätte, sobald die Verheerten Lande erst einmal hinter uns lägen.«

7

Nariz!, durchfuhr es Mytha. Nariz D'huzhoryn. Wenn sie nicht zur Regungslosigkeit verdammt wäre, hätte sie sich selbst in den Hintern treten können, dass sie so unvorsichtig gewesen war. Grübeln und darüber ihre Umgebung vergessen konnte sie, wenn sie sich in der Sicherheit ihrer Gemächer befand, aber nicht in der Öffentlichkeit. Jedenfalls nicht in einer Umgebung wie dieser, die keine Nachlässigkeiten verzieh.

Anderseits – sie hatte sich so unkenntlich gemacht, dass nur jemand, der sie sehr gut kannte, auch erkennen würde. Und wer hatte ahnen können, dass Nariz D'huzhoryn sich in Meridor herumtrieb? Sie war davon ausgegangen, dass die Magierin zu ihrem Orden zurückgekehrt wäre, aber ganz gewiss hatte sie nicht erwartet, diese nach fast einem halben Jahr noch immer einen Groll gegen sie hegte und ihr nachstellte.

»Du hast dir ziemlich viel Zeit gelassen, nach Meridor zurückzukehren«, sprach die Magierin weiter. »Oder warst du die ganze Zeit hier und hast dich verkrochen? Vielleicht aus Angst? O ja, du zitterst innerlich vor Angst, das kann ich deutlich spüren. Und du …«

»Lass sie!«, ertönte eine weitere vertraute Stimme. »Du hast deinen Spaß gehabt, jetzt gibt es Wichtigeres.«

»Spielverderber«, maulte Nariz, löste aber ihren Griff. Mytha konnte sich wieder bewegen und fuhr zu ihr und Adamurt herum. Nariz trug wie stets ihre schwarze Kutte mit der weit nach vorne gezogenen Kapuze, unter der nichts von ihrem Gesicht zu sehen war. Adamurt sah aus wie immer; sein Bart war inzwischen nachgewachsen.

»Ihr!«, stieß sie hervor. »Ich hatte gehofft, euch niemals wiedersehen zu müssen.«

Das entsprach der Wahrheit. Sie hatte einiges mit ihnen zusammen durchgestanden, mehr als einmal hatten sie gemeinsam um ihr Leben gekämpft. Das änderte jedoch nichts daran, dass beide ihr zutiefst zuwider waren. Sie hatte sich von ihnen getrennt, weil sie nicht mehr hatte ertragen können, wie bedeutungslos ein menschliches Leben für sie war, mit welcher Skrupellosigkeit und sogar Freude sie es auslöschten. Daran hatte sich nichts geändert.

»Trotzdem bin ich froh, dass ihr hier seid«, fügte sie nach ein paar Sekunden fast gegen ihren Willen hinzu.

Auch das stimmte, obwohl es paradox erschien und sie verwirrte. Nichts davon beruhte auf klaren, logischen Überlegungen, sondern reifte ohne ihr bewusstes Zutun in ihrem Inneren heran. So, wie ihr zuvor klar geworden war, dass Silvan wie ein giftiger Stachel in ihr steckte, so erkannte sie jetzt, dass auch die anderen beiden noch lebenden Opfer seines Verrats zu diesem unvollendeten Kapitel ihres Lebens gehörten. Auch wenn es ihr genauso wenig gefiel wie bei Silvan.

»Bitte keinen sentimentalen Scheiß. Wenn du vor lauter Rührung auf die Idee kommst, mich zu umarmen, scheuere ich dir eine, dass dir der Kopf abfliegt«, kommentierte Nariz. »Aber in einem hast du recht: Unsere Schicksalsgemeinschaft scheint noch nicht beendet zu sein.«

»Ich wollte …«

»Du wolltest zu Torrini, um was über den Hurensohn rauszufinden, der uns umbringen wollt'«, fiel Adamurt ihr ins Wort. »Hat ziemlich lang' gedauert, bisde auf den Trichter gekomm'n bist. Aber spar dir das Geld und die Müh', ham wir schon vor mehr als 'nem Monat erledigt. Wir ham nur drauf gewartet, dass du endlich hier auftauchst.«

»Woher wusstet ihr …«

»War nur eine Frage der Zeit, bis du zu den gleichen Schlüssen kommst wie wir«, behauptete Nariz. »Nichts von dem, was du früher gemacht hast, füllt dich noch aus oder verschafft dir irgendeine Befriedigung. Ist es nicht so?« Ohne eine Antwort abzuwarten, fuhr sie fort: »War bei uns nicht anders. Und nachdem du dich mit deinem völlig idiotischen Einbruch bei Waranow so spektakulär zurückgemeldet hast, war zu erwarten, dass auch du das erkennen und dich an Torrini wenden würdest. Seither beobachten wir den *Drachenpfuhl*, teils abwechselnd, teils gemeinsam.«

»Ist dir überhaupt klar, welches Unheil du mit dem Scheiß angerichtet hast?«, stieß Adamurt hervor. »Nee, offenbar nicht. Wir verhalt'n uns so unauffällig wie möglich, aber du … In ganz Meridor spricht man vonnem erst'n Raubzug der berühmten Mytha nach Monaten. Und das heißt, dass auch Silvan bald erfahr'n wird, dasse noch lebst. Dass *wir* noch leb'n. Damit hammer den größten Vorteil verlor'n, den wir ihm gegenüber hatt'n.«

Mytha erschrak und senkte betroffen den Blick.

»An Silvan habe ich zu dem Zeitpunkt keinen Gedanken mehr verschwendet«, gestand sie kleinlaut.

»Hättest du aber tun sollen, bevor du uns alle in Gefahr gebracht hast, dummes Küken!«, stellte Nariz fest. »Wie hat es ein so einfältiges Ding wie du bloß geschafft, so lange zu überleben und so erfolgreich zu sein?«

Zorn wallte in Mytha hoch. Sie wusste, dass der Vorwurf berechtigt war. Auch wenn sie zum Zeitpunkt des Einbruchs noch keinerlei weiterführende Pläne in Bezug auf Silvan gehabt hatte, war schon da offensichtlich gewesen, dass sie ihn besser nicht auf sich aufmerksam machen sollte, damit er erst gar nicht auf die Idee kam, das nachzuholen, was ihm beim ersten Versuch nicht gelungen war. Sie hatte einen unverzeihlichen Anfängerfehler begangen, aber das von Nariz so vorgehalten zu bekommen ... Die Magierin schaffte es noch immer, sie mit nur wenigen Worten zur Weißglut zu treiben.

»Vielleicht deshalb, weil ich früher immer allein gearbeitet habe und nur auf mich selbst aufpassen musste, bevor ich mich zusammen mit anderen debilen Idioten zu einer völlig hirnrissigen Selbstmordmission habe überreden lassen und sie seither am Arsch kleben habe«, entgegnete sie patzig.

»Uuhh.« Nariz schlenkerte eine Hand, während sie mit dem Ellbogen des anderen Arms Adamurt anstieß. »Ich glaube fast, mit den debilen Idioten meint das dumme Küken uns. Meinst du nicht auch, dass wir ihr dafür ein paar Federn ausrupfen sollten?«

Der Meuchelmörder schnaubte und machte einen Schritt von ihr weg.

»So erfrischend ich's auch find', wie ihr euch vor Blutdurst gegenseitig anne Kehle geht, find' ich doch, ihr solltet eur'n Streit lieber ein andermal nackt in 'nem Becken mit Schlamm klär'n«, sagte er. »Lasst uns erstma' von hier verschwind'n und besprech'n, was wir als Nächstes tun.«

8

»Dulg Mortai? Er also steckt hinter allem? Seid ihr sicher?«, vergewisserte sich Mytha.

»Darauf kanste einen lassen. So sicher, wie man nur sein kann.« Adamurt schlug mit der Faust auf den Tisch. »Hat 'ne Weile gedauert und mich einiges gekostet, aber Torrini hat sich selbst übertroff'n. Alle Informationen, die er besorgt hat, pass'n zusammen wie Faust und Auge.«

»Seinen Quellen zufolge wurde Silvan zweifelsfrei in Brelonia gesehen«, nahm Nariz den Faden auf. Sie hatte ihre Kapuze zurückgeschlagen. Ihr Gesicht war immer noch engelsgleich, doch übte es keinerlei Verlockung mehr auf Mytha aus. Auch Adamurt schien sich ihrem Zauber mühelos entziehen zu können. »Nur einen Tag später wurde Dulg Mortai wegen Hochverrats verhaftet. Während der öffentlichen Verhandlung wenige Tage später richtete er jedoch mit einer Art Amulett, aus dem Feuerblitze zuckten, ein Massaker an. Unter den Opfern befanden sich neben zahlreichen Adeligen und sonstigen Würdenträgern auch sein Vater und seine Brüder, während von ihm selbst alle Pfeile wirkungslos abprallten.«

»Sie prallten von ihm ab?«

»So ist es. Dafür gab es zahlreiche Zeugen. Noch am gleichen Tag bestieg Dulg Mortai selbst den Thron und ernannte Silvan zum Oberkommandierenden seines Heeres. Als Dank für geleistete Dienste? Ein magisches Amulett, das Blitze schleudert, das klingt für mich ganz nach einem mächtigen, magischen Artefakt, das Silvan mithilfe einiger leichtgläubiger Trottel aus einem gewissen Tempel weit im Süden geraubt hat. Ach ja, und ganz nebenbei wurde Silvan noch in den Adelsstand erhoben. Er nennt sich jetzt Silvan Debair.«

Mytha dachte über das nach, was sie gehört hatte. Sie befanden sich tief unten in den Katakomben in einem von mehreren Ausweichquartieren Adamurts, wie er es nannte, doch erschien ihr diese Bezeichnung schon geradezu verherrlichend. Es handelte sich um eine winzige Höhle, in der lediglich ein nur mit Stroh gedecktes Bett, ein schlichter Tisch, ein Stuhl und ein paar Truhen standen, von denen sie zwei als Sitzgelegenheiten an den Tisch gerückt hatten. Karger ging es nicht mehr, was ihr angesichts seines Reichtums unbegreiflich erschien. *Ich steh' nu mal nich' auf irgendwelche Kinkerlitzchen wie Klunker, Kunst oda antikes Zeug,* hatte er auf ihre Frage geantwortet. *Ich steh' auf Geld, und allzu bequeme Möbel verweichlich'n nur.*

Aber das war schließlich seine Angelegenheit.

»Wenn Mortai wirklich die Expedition finanziert hat und es sich bei seinem Amulett um das Artefakt aus dem Tempel der Morgenröte handelt, würde das bedeuten, dass wir mitschuldig sind an dem Staatsreich in Woltan und dem Krieg gegen Latronia und Voltarien«, sagte sie betroffen.

»Mach dir nix draus«, entgegnete Adamurt. »Auch im Krieg biet'n sich für 'nen gewitzten Mörder und 'ne talentierte Diebin immer Gelegenheit'n, und egal wer gewinnt, hier unten simmer so sicher wie eh und je. Für die Magier wird's im Krieg sogar leichter, an Menschenopfer zu komm'n, die keiner vermisst. Was schert's uns also?«

Das war ganz und gar nicht das, was Mytha gemeint hatte, aber sie ging darüber hinweg. Die beiden kannten keine Skrupel und besaßen nicht die Spur eines Gewissens. Es wäre deshalb sinnlos, ihnen zu erklären, dass sie wegen ihrer Verstrickung in diese Angelegenheit Gewissensbisse verspürte.

Sie war eine Außenseiterin der Gesellschaft und empfand keinerlei patriotische Loyalität der latronischen Krone gegenüber, die sie ihrerseits am liebsten an einem Galgen baumeln sähe. Auch verabscheute sie die oftmals nur geheuchelte Pseudomoral vieler Menschen, die meist dort endete, wo sie ihren eigenen Geschäften oder sonstigen Interessen im Weg stand.

Dennoch hätte sie niemals an der Expedition in die Verheerten Lande teilgenommen, wenn sie gewusst hätte, um was es wirklich ging und wie viel Leid daraus erwachsen würde. Hunderte waren bereits gestorben, und Tausende weitere würden noch im Krieg fallen, ganze Landstriche durch Plünderer und marodierende Truppen verwüstet werden. Dabei hatte Silvan sie ausnahmsweise nicht einmal belogen, was das Ziel der Mission betraf. Er hatte lediglich einen völlig falschen Eindruck erweckt. Sie hatte angenommen, bei dem geheimnisvollen Auftraggeber handele es sich um einen reichen Exzentriker, der sich von dem Artefakt noch mehr Reichtum, Gesundheit oder was auch immer erhoffte.

»Also gut, wir wissen jetzt, in wessen Auftrag Silvan gehandelt hat und wo er sich aufhält. Was unternehmen wir nun weiter?«, fragte sie, obwohl sie die einzig mögliche Antwort auf die Frage kannte – und fürchtete.

»Ich reiß' dem Hurensohn bei lebendigem Leib die Gedärme raus und stopf' sie ihm ins Maul, bis er daran erstickt«, stieß Adamurt hasserfüllt hervor.

»So anregend ich deinen Blutdurst auch finde, aber vergisst du nicht eine Kleinigkeit?«, wandte Nariz ein. »Er ist der Oberkommandierende der woltanischen Armee und wird entsprechend beschützt. Es wird nicht leicht sein, an ihn heranzukommen.«

»Is' mir scheißegal. Ich krieg' ihn, und wenn das ganze woltanische Heer zwischen uns steh'n sollte! Diese Made hat uns verrat'n, und so was nehm' ich verdammt persönlich. Olimarch und der Clansmann sin' tot, und wenn's nach ihm gegangen wär', wär'n wir's auch. Noch niemand hat mich umzubring'n versucht, ohne dafür zu büß'n.«

Linton. Der Clansmann hieß Linton, dachte Mytha und presste die Zähne zusammen. Anders als Olimarch nannte Adamurt ihn nicht einmal beim Namen, als hätte er diesen bereits vergessen. Im Gegensatz zu Olimarch, mit dem ihn eine auf seltsamer Hassliebe basierende Freundschaft verbunden hatte, hatte zwischen ihm und Linton von Anfang an eine gewisse Rivalität geherrscht, da sie die mit Abstand besten Kämpfer ihrer Truppe gewesen waren, denen höchstens Silvan noch das Wasser reichen konnte. Doch obwohl sie es allein Linton verdankten, dass sie überhaupt noch lebten, war er Adamurt zu gleichgültig, als dass er ihn auch nur beim Namen nannte.

»Also Rache«, fasste Nariz zusammen. »Allerdings steht nicht nur das woltanische, sondern auch das latronische Heer zwischen ihm und uns. Wir sind auch hierzulande nicht gerade beliebt. Wenn wir einer von beiden Seiten in die Hände fallen, ist es egal, welcher. Die eine wird uns so schnell töten wie die andere. Da würde es uns auch nicht helfen, wenn wir behaupten, dass wir den Kommandanten der woltanischen Armee töten wollen und das ja schließlich auch im Sinne Latronias läge. Wenn man uns überhaupt anhören würde, würde man uns nicht glauben und uns ganz bestimmt nicht mit den Segenswünschen des Königs wieder freilassen.«

»Ich scheiß' auf'n Segen des Königs, denn ich hab' vor, mich erst gar nich' erwisch'n zu lassen!«

»Ich auch nicht, aber leider geht es nicht darum, was wir wollen. Unsere Chancen sind außerordentlich bescheiden, wie wir es auch drehen und wenden«, sagte Nariz. »Ich muss gestehen, dass ich Silvan im Grunde verstehe und an seiner Stelle nicht anders gehandelt hätte. Um ehrlich zu sein, ich hatte nicht vor, ihn mit dem Artefakt zu seinem Auftraggeber zurückkehren zu lassen, sondern wollte es für unseren Orden erbeuten. Wenn wir nach Seeheim zurückgekehrt wären, hätte ich ihn unter meinen Willen gezwungen und dazu gebracht, uns auf das Schiff zu lassen, und wenig später wäre er durch einen bedauerlichen Unglücksfall über Bord gegangen. Er ist mir also nur zuvorgekommen.«

Mytha schnitt eine Grimasse. Warum bloß überraschte dieses Geständnis sie nicht?

»Du vergisst nur eins«, wandte sie ein. »Silvan weiß, was du bist und welche Fähigkeiten du hast. Er ist gegen deine Verführungskünste immun.«

»Uns're kleine Nariz hat noch erheblich mehr Tricks auf Lager, als sich jemanden durch Verliebtheit gefügig zu mach'n«, behauptete Adamurt kichernd. »Als sie dich vor'm *Drachenpfuhl* mit ihr'm Nackengriff bewegungslos gemacht hat, hätt' sie dich auch zwing'n könn'n, alles zu tun. Ist nich' gerad angenehm, hab' ich schon am eig'nen Leib erlebt.«

Gut zu wissen, dachte Mytha.

»Was ist mit dir, Küken?«, wollte die Magierin wissen. »Verkriechst du dich in deinen Gemächern oder willst du es Silvan auch heimzahlen und schließt dich uns an?«

Mytha zögerte einen Moment, obwohl sie die Antwort kannte. Deshalb war sie schließlich auf dem Weg zu Torrini gewesen. Einerseits widerte sie der Gedanke an, wieder eng mit Nariz und

Adamurt zusammenarbeiten zu müssen, anderseits stiegen dadurch die Aussichten auf Erfolg um einiges. Nachdem sie nun wusste, wo sich Silvan befand und welche Stellung er bekleidete, standen die Chancen, an ihn heranzukommen, so niedrig, dass es ihnen – wenn überhaupt – wohl höchstens mit vereinten Kräften gelingen würde.

»Im Gegensatz zu euch verabscheue ich Blutvergießen und ergötze mich nicht an Mord und Totschlag. Außerdem habe ich in den Verheerten Landen so viel Blut, Leid und Tod gesehen, dass es für den Rest meines Lebens reicht«, erklärte sie schließlich bedächtig, ohne das verächtliche Grinsen Adamurts zu beachten. »Aber wir säßen nicht hier und würden dieses Gespräch führen, wenn es einen anderen Weg gäbe. Ich habe versucht, mein altes Leben wiederaufzunehmen, aber es gelingt mir nicht. Ich finde einfach keine innere Ruhe, solange Silvan mit seinem Verrat einfach so davonkommt. Es ist, als würde etwas an mir bohren und nagen. Ich nehme an, euch geht es ebenso.«

Nariz und Adamurt nickten.

»Ich bin zu meinem Orden zurückgekehrt, aber nichts schien mehr von Bedeutung zu sein«, berichtete die Magierin. »Allerdings hat mich das nicht sonderlich hart getroffen, denn Adamurt und ich hatten ohnehin nicht vor, Silvan ungestraft davonkommen zu lassen, sondern wir wollten nur etwas Gras über die Sache wachsen lassen. Nach zwei Monaten trafen wir uns wieder, und es stellte sich heraus, dass es ihm genau wie mir ging.«

»Ich hab' in der Zwischenzeit 'nen Händler und 'ne untreue Ehefrau umgebracht. Nicht unter meinem Namen und deshalb für sehr viel weniger Geld als sonst, nur um zu seh'n, wie's sich anfühlt. Hat mir überhaupt nix bedeutet, zum Kotz'n.« Er atmete tief durch. »Aber dafür hatt' ich inner Zwischenzeit schon alle wichtig'n Infos von Torrini bekommen. Ging ziemlich schnell, ich konnt' ja nich' ahnen, dass das Arschloch inzwischen so berühmt geword'n ist.«

»Aber statt direkt loszuschlagen, habt ihr erst noch nach mir gesucht. Ich bin gerührt«, spottete Mytha.

»Eigentlich hammer gewartet, dass Schnee und Eis tau'n«, korrigierte Adamurt. »Weil Silvan solang' in Brelonia überwintert hat, wo er weit im Vorteil ist. Wir wollt'n wart'n, bisser sein'n Feldzug fortsetzt. Inner Zwischenzeit hammer tatsächlich nach dir gesucht, aba vergeblich. Niemand hatt' was von dir geseh'n oder gehört, nich' mal die, die sonst jed'n Kontakt vermitteln könn'n. Wir dacht'n schon, dir wär' auf der Reise hierher was passiert. Aber dann kam dein' verdammter Einbruch.«

»Wenn es dir wie uns ginge, würdest du spätestens danach merken, dass dir all das nichts mehr bedeutet, und du würdest dich an diesen Torrini wenden«, ergriff Nariz wieder das Wort. »Aber glaub mir, mit Sentimentalität hat das nichts zu tun. Ich habe nur einfach das Gefühl, dass wir dich brauchen, Küken.«

Zornig funkelte Mytha sie an.

»Verdammt, hör endlich auf, mich Küken zu nennen!«

»Wäre dir Schätzchen lieber?« Nariz' Lächeln wurde boshaft. »So in Erinnerung an die guten alten Zeiten, die wir mal hatten?«

»Leck doch einem Dämon den Hintern!«

»Was sagst du dazu, Adamurt? Du übst einen schlechten Einfluss auf unser Küken aus, jetzt fängt es auch schon an zu fluchen.« Die Magierin wurde wieder ernst. »Auf jeden Fall hielten wir es für besser, wenn wir uns Silvan gemeinsam vorknöpfen, statt uns womöglich gegenseitig in die Quere zu kommen. Selbst wenn wir wollten, können wir nicht mehr zurück. Dank deiner Dummheit weiß er wahrscheinlich schon, dass du noch lebst, und dürfte bereits Leute beauftragt haben, das zu ändern. Und wenn die erst einmal in Meridor herumschnüffeln, werden sie bald herausfinden, dass auch wir entkommen konnten. Ich habe wenig Lust, den Rest meines Lebens auf der Flucht zu verbringen.«

»Wäre für mich nichts Neues«, entgegnete Mytha. »Aber die Diebesgilde, die Stadtwache und noch ein Haufen gedungene Mörder – das wird allmählich ein bisschen viel. Ich bin dabei. Aber da gibt es noch ein Problem.«

»Und welches?«

»Was ist mit Dulg Mortai? Wenn er befohlen hat, uns zu töten …«

»Immer ein Problem nach 'em ander'n«, unterbrach Adamurt sie. »Wenn wir Silvan erst mal hab'n, krieg' ich schon aus ihm raus, ob er auf eig'ne Faust gehandelt hat, oder ob dieser Mortai den Mord an uns befohl'n hat.«

»Silvan ist ein harter Kerl, der hat Eier aus Stahl. Ich glaube nicht, dass er dir irgendetwas verraten wird«, wandte Nariz ein.

Adamurt grinste.

»Der Kerl, den ich nich' zum Red'n gebracht hätt', hab' ich noch nich' getroff'n. Wenn Silvan Eier aus Stahl hat, dann wird's mir besonders viel Spaß mach'n, sie mit 'ner groß'n Zange zu zerquetsch'n und ihm abzuschneiden.«

Mytha schauderte. Ein Blick in das Gesicht des Mörders zeigte ihr, dass er nicht nur wie so oft große Sprüche klopfte, sondern jedes seiner Worte ernst meinte.

»Und wo schlagen wir zu?«, fragte sie.

»Wir haben bereits einen passenden Ort ausgewählt«, erklärte Nariz. »Sein nächstes Angriffsziel wird Burg Moradun sein. Dort sollten wir ihn erwarten.« Sie erhob sich. »Es wird Zeit, dass wir endlich aufbrechen, damit wir vor Ort noch ein paar Vorkehrungen treffen können.«

BURG MORADUN

1 Nur wenige Menschen hatten Silvan jemals Respekt abgenötigt. Bei einigen anderen hatte er gespürt, dass er im Umgang mit ihnen vorsichtig sein musste und ihnen besser niemals den Rücken zudrehte. Angst jedoch hatte er noch nie vor jemandem verspürt – bis er auf Dulg Mortai getroffen war. Und auch in seinem Fall war die Angst erst mit der Zeit entstanden.

Ihre ersten Begegnungen waren recht belanglos verlaufen. Zu dieser Zeit hatte Silvan sich in der woltanischen Armee bis zu einem niedrigen Offiziersgrad hochgedient. Ein Aufstieg, den nur wenige von seiner Herkunft schafften, und jeder andere wäre über einen solchen Aufstieg äußerst glücklich gewesen. Seine Ambitionen aber reichten weiter, und er hatte erkennen müssen, dass er in eine Sackgasse geraten war.

Zu dieser Zeit hatte ein Bekannter ihm erzählt, dass der jüngste Königssohn jemanden suchte, der gelegentlich kleine Aufgaben für ihn erledigte. Er hatte sich ihm vorgestellt und war auf die Art mit Mortai in Kontakt gekommen. Schon damals hatte den Königssohn etwas Dunkles, Unberechenbares umgeben, das ihn warnte, dass mit diesem Mann nicht zu spaßen war. Dennoch war dieser ihm in erster Linie wie ein verweichlichter Narr vorgekommen, der mit einem goldenen Löffel im Mund geboren war und sich an ein paar kleinen Intrigen ergötzte, um sein langweiliges Leben ein bisschen interessanter zu gestalten. Erst später hatte er herausgefunden, dass Mortai niemals etwas dem Zufall überließ und niemals *irgendwen* gesucht, sondern ihn schon vor ihrem Treffen gezielt ausgewählt hatte.

Ein paar Botengängen und anderen harmlosen Kleinigkeiten war schließlich ein Mordauftrag an einem jungen Adeligen gefolgt, der ihn auf irgendeine Art verärgert hatte. Spätestens zu diesem Zeitpunkt hatte Silvan erkannt, wie sehr er sich in dem Königssohn getäuscht hatte. Dessen oft unbeholfen, fast tölpelhaft wirkendes Verhalten war nicht mehr als eine sorgsam einstudierte Maske. Zwar stieß ihn vor allem dessen Beschäftigung mit den dunklen Künsten ab, doch hatte Silvan die Chance erkannt, die sich ihm bot, und mit beiden Händen zugegriffen, obwohl das bedeutet hatte, sich Mortai mit Leib und Seele zu verschreiben. Zu verlockend war die in Aussicht gestellte Belohnung gewesen.

Seither war es für ihn beständig aufwärtsgegangen, und nun war er fast am Ziel seiner Wünsche angelangt. Er war in den Adelsstand erhoben worden, kommandierte das woltanische Heer, in dem er einst als einfacher Rekrut gedient hatte, und nach erfolgreichem Ende des Feldzugs lockten sogar ein Fürstentitel und entsprechender Landbesitz.

Der Preis dafür war Angst. Eine Angst, wie er sie bislang nur einmal verspürt hatte, als er in den Verheerten Landen ohne Kontrolle über seinen Körper an der Grube des Feuerdämons gestanden hatte. So ähnlich fühlte es sich an, Dulg Mortai zu dienen, wie ein Tanz auf dem Krater eines Vulkans.

In Ansätzen war das schon seit längerer Zeit so gewesen, doch in den letzten Monaten hatte es sich extrem verstärkt. Genau genommen seit seiner Rückkehr aus den Verheerten Landen. Silvan wusste nicht, ob es an dem Dunklen Feuer lag oder an der enormen Machtfülle, die Dulg Mortai seither besaß, da beides ziemlich zeitgleich über ihn gekommen war. Vielleicht war auch beides zusammen für die Veränderungen verantwortlich, die er seither durchlaufen hatte, denn verändert hatte er sich.

Mortai war schon immer ein Mensch mit kaltem Herzen gewesen. Keinem bösen Herzen immerhin, denn es hatte ihm nie Vergnügen bereitet, jemanden zu quälen oder zu töten. Zugleich schreckte er auch nicht davor zurück, wenn es ihm nötig erschien, aber seine Grausamkeit war nie ein Selbstzweck, sondern stets auf ein bestimmtes Ziel gerichtet gewesen. In dieser Hinsicht ähnelte er Silvan. Was nötig war, um etwas zu erreichen, das musste eben getan werden, auch wenn es noch so schmutzig war.

Skrupel- und Mitleidlosigkeit, Unbeherrschtheit, Launenhaftigkeit, Ungeduld – all diese Wesenszüge waren schon immer in Mortais Charakter verankert gewesen, aber in letzter Zeit traten sie immer deutlicher zutage. Silvan erinnerte sich noch gut an das Massaker, das dieser bei seiner geplanten Hinrichtung angerichtet hatte. Es war eine wirkungsvolle Demonstration gewesen, die ihm die Machtergreifung erst ermöglicht hatte. Dennoch hätte Silvan sie dem Mann, den er einst kennengelernt hatte, niemals zugetraut.

Niemand stand Dulg Mortai so nah wie er, aber im Gegenzug bedeutete das auch, dass er sich stets in besonderem Maße in dessen Fokus befand. Die Schrecken der Verheerten Lande hatten ihm keine Albträume bereitet, zumindest nicht viele. Mittlerweile jedoch litt er fast jede Nacht daran.

Der Grund, warum Silvan begonnen hatte, sich vor Mortai zu fürchten, war dessen extrem gestiegene Sprunghaftigkeit und Unberechenbarkeit. Seit er regierte, gab es fast täglich Hinrichtungen in Woltan, ihre Zahl hatte sich gegenüber Sarkans Regentschaft mehr als verzehnfacht und war immer noch im Steigen begriffen. Er ging rücksichtslos gegen Räuber, Mörder, Plünderer, marodierende Banden und anderes Gesindel vor, was ihm seine Beliebtheit im Volk sicherte, das lange genug darunter gelitten hatte, dass die Krone nicht in der Lage gewesen war, diese Pestgeschwüre auszumerzen.

Zusätzlich hatte er die Kornspeicher öffnen und Getreide an die Armen verteilen lassen. Das war ein riskantes Spiel. Im Fall einer Missernte dieses Jahr gab es nun keine Reserven mehr, doch spekulierte er darauf, dass er bis dahin die fruchtbaren Felder Latronias und Volariens erobert haben würde. Auf jeden Fall liebte und feierte ihn das Volk, und es verzieh es ihm auch, dass sich immer wieder Adelige unter den Opfern des Henkers befanden, gegen die absolut nichts vorlag, außer dass sie in irgendeiner Weise sein Missfallen erregt hatten. Es schützte auch niemanden, wenn er zum Kreis der Verschwörer gehört hatte, die seinen Staatsstreich überhaupt erst ermöglicht hatten.

Und genau das bereitete Silvan mehr und mehr Sorgen. Niemand schien vor Mortais Launen sicher zu sein, also vermutlich auch er nicht. Schon das geringste echte oder auch nur eingebildete Vergehen oder Versagen konnte den Unmut des Königs erwecken.

Und nun hatte dieser sich zu einem Besuch im Winterquartier angemeldet, kaum eine Woche, nachdem Silvan selbst von Brelonia hierher zurückgekehrt war, wo er sich während des Winters um die Rekrutierung neuer Truppen und die Ausbildung von Rekruten gekümmert hatte. Was, bei allen Dämonen, wollte er hier?

Ein Fanfarenstoß riss Silvan aus seinen Überlegungen. Nur wenige Sekunden später kam Dulg Mortai mit seiner Eskorte durch das Tor des Winterlagers geprescht, das im Grunde nur aus langen Reihen primitiver Holzbaracken bestand, die von einer Palisade umgeben waren. Eine Ehrenformation war angetreten, und huldvoll winkte der König den Soldaten zu, ehe er sein Pferd unmittelbar vor dem sich demütig verneigenden Silvan zügelte und aus dem Sattel stieg. Wie üblich verzichtete er darauf, seine Krone zu tragen. Wenn überhaupt, dann trug er sie nur bei festlichen Anlässen. Seine ohnehin blasse Haut war durch die fast sonnenlosen Wintermonate noch bleicher als gewöhnlich geworden und seine Augen schienen schwarz wie Kohlestücke.

»Majestät«, begrüßte Silvan ihn. »Es ist mir eine Ehre, Euch begrüßen zu dürfen. Nach der beschwerlichen Reise werdet Ihr erschöpft sein. Ich habe mein eigenes Quartier für Euch räumen lassen und …«

»Vergeude meine Zeit nicht mit belanglosem Geschwätz!«, fuhr Mortai ihn an. »Ich bin nicht hier, um mich auszuruhen, sondern um Rechenschaft zu fordern, warum der Feldzug hier noch immer stockt, während er im Süden so zügig voranschreitet, dass bereits beträchtliche Teile Volariens unter meiner Herrschaft stehen.«

»Die Bedingungen sind völlig andere«, erwiderte Silvan. »Die Winter dort sind mild und nahezu schneefrei, außerdem verfügt das Land nur über wenige wehrhafte Festungen. Das volarische Heer musste sich uns in einer offenen Feldschlacht stellen, die unter meinem Kommando zu einem glorreichen Triumph für unsere Truppen wurden, wie ich erinnern darf, während der bittere Winter hier unser Heer zum Ausharren im Lager zwang. Dank der Versäumnisse Eures Bruders sind die Truppen nur mangelhaft mit warmer Kleidung ausgerüstet. Hätten wir versucht, unter diesen Umständen einen Übergang über den Ruwion zu erzwingen und Moradun zu belagern, hätte der Frost uns schlimmere Verluste zugefügt, als jeder Feind es vermocht hätte. Das Heer wäre vom Winter aufgefressen worden.«

Mortai winkte ab.

»Das haben wir bereits in Brelonia gesprochen und ich habe die Notwendigkeit eines Winterlagers eingesehen.« Seit er Silvan in den Adelsstand erhoben hatte, verwendete er ihm gegenüber in der Öffentlichkeit die ehrenvolle Anrede, während er ihn nach wie vor wie einen gewöhnlichen Handlanger duzte, wenn sie unter sich waren. »Aber inzwischen sind Schnee und Eis fast vollständig getaut und das Heer verharrt immer noch im Winterlager. Ich möchte wissen, warum die Belagerung Moraduns nicht längst begonnen hat.«

»Weil zwischen uns und der Burg noch ein Hindernis liegt. Schon vor Einbruch des Winters haben die verdammten Latronier die Brücke über den Ruwion zerstört. Meine Männer sind dabei, eine neue zu errichten, aber sie liegen dabei unter ständigem Pfeilbeschuss, was die Arbeiten verzögert, während die Schützen sich außerhalb der Reichweite unserer eigenen Bögen halten.«

»Dann setzt Katapulte ein, um sie zu vertreiben.«

»Auch das haben wir schon versucht, aber das jenseitige Ufer ist mit dichtem Buschwerk bewachsen. Die Latronier schießen und wechseln sofort ihre Position. Zudem gibt es im Umkreis nur wenig Fels. Es mangelt uns schlichtweg an Wurfgeschossen.«

»Ausflüchte!«, blaffte Mortai. »Ständig erklärt mir jemand,

warum er eine übertragene Aufgabe nicht erfüllen kann, statt Lösungen für Probleme zu finden. Bin ich denn nur von Versagern umgeben?« Seine Augen verengten sich zu schmalen Schlitzen. »Ich habe gedacht, Ihr wäret anders, Debair, doch vielleicht habe ich mich getäuscht. Wenn der Bau einer Brücke Euch vor solche Probleme stellt, warum lasst Ihr das Heer dann nicht mit Flößen übersetzen oder bindet Flöße aneinander und schafft auf diese Art einen Übergang? Das geht wesentlich schneller als der Bau einer Brücke.«

Silvan biss die Zähne zusammen und ballte hinter seinem Rücken die Fäuste. Am liebsten hätte er den schmächtigen, mehr als einen Kopf kleineren Mann am Kragen gepackt und ihm ins Gesicht gebrüllt, dass er nicht vergessen solle, dass er schließlich überhaupt nur durch ihn König geworden sei. Hätte er ihm nicht in einer nahezu aussichtslosen Mission unter Einsatz seines Lebens und erkauft mit dem Tod Hunderter tapferer Männer das Medaillon besorgt, hätte Mortai dieses Ziel trotz all seiner kleinen Intrigen niemals erreicht. Er, Silvan, war es gewesen, der binnen kürzester Zeit aus dem verwahrlosten, zahlenmäßig ihren Feinden weit unterlegenen Haufen, der nach dem schmachvollen Friedensschluss von der woltanischen Armee übrig geblieben war, ein durch Söldner, Veteranen und in eisernem Drill zu Soldaten geformten Rekruten verstärktes Heer gebildet hatte, das bereits einen Großteil Volariens erobert hatte und weit nach Latronia hinein vorgedrungen war.

Und dieser Narr von einem König, der absolut keine Ahnung von Kriegsführung hatte, wollte ihm erklären, wie er seine Aufgabe zu erfüllen hatte?

Aber Silvan beherrschte sich mühsam. Auch wenn er selbst ihm dazu verholfen hatte, Mortai war nun einmal König, und zwar weder ein milder noch ein gerechter. Wie wenig ihm alte Bande und Unterstützung in der Vergangenheit bedeuteten, hatte er in letzter Zeit oft genug bewiesen. Silvan verspürte keine Lust, sich in die Reihe der jetzt toten Dummköpfe einzureihen, die sich eingebildet hatten, ihnen könnte nichts passieren.

»Auch das erwies sich leider als unmöglich, Majestät«, berichtete er. »Der Ruwion ist durch Regen und Schmelzwasser so angeschwollen, dass er alles mit sich reißt, und das wird auch noch über Wochen hinweg so bleiben. Der Bau einer Brücke ist der einzige Weg, obwohl auch er zusätzlich zu dem feindlichen Beschuss durch die reißenden Fluten stark behindert wird.«

Dulg Mortai überlegte einen Moment.

»Absitzen!«, befahl er dann seiner Eskorte. »Versorgt die Pferde und kümmert euch um alles Notwendige. Sind die Quartiere für die neuen Rekruten bereit, Debair? Tausendfünfhundert Mann, wie angekündigt. Sie dürften in ein, zwei Stunden eintreffen.«

»Es ist alles bereit, Majestät.«

»Gut. Dann führt mich jetzt zum Ufer. Ich will mir selbst ein Bild von der Lage machen. Wir gehen zu Fuß, nur wir beide. Ich habe noch etwas mit Euch zu besprechen, was nicht für andere Ohren bestimmt ist.«

Für einen kurzen Moment wallte Panik in Silvan auf. Sollte das womöglich ein Marsch werden, von dem er nicht mehr zurückkehrte? Aber nein, beruhigte er sich gleich darauf. Das entspräche nicht Mortais Stil. Er liebte es, die Menschen um sich herum öffentlich zu demütigen und zu bestrafen, um seine Macht zu demonstrieren.

Dennoch erfüllte ihn ein Gefühl der Beklemmung. Was immer Dulg Mortai ihm mitteilen wollte, es würden gewiss keine angenehmen Neuigkeiten sein.

2

Burg Moradun war eine trutzige Festung mit vier runden Wehrtürmen und dicken, hohen Mauern. Sie thronte auf einem Hügel oberhalb von Sairin, einer mittelgroßen Stadt, die nahezu verlassen zu sein schien. Nur wenige Menschen waren noch auf den Straßen zu sehen, die meisten hatten sich aufgrund der Bedrohung durch das woltanische Heer bereits in den Schutz der Burg begeben oder sich weiter nach Westen zurückgezogen.

Der Hügel, auf dem die Festung erbaut war, fiel an drei Seiten steil ab, nur nach Osten lief er sanft aus. Von dort aus, aus Richtung der Stadt, musste der Angriff erfolgen, aber es würde eine blutige Schlacht mit hohen Verlusten für die Woltanen werden.

»Was, wenn Silvan die Burg gar nicht angreift, sondern direkt auf die Hauptstadt zumarschiert?«, fragte Mytha. »Wenn Latronia fällt, wird auch Moradun sich über kurz oder lang ergeben müssen.«

Von einer bewaldeten Anhöhe westlich des Flusses aus beobachteten Nariz und sie die Umgebung, um sich ein Bild von der Situation zu verschaffen. Ihr Ziel war es, sich als Flüchtlinge auszugeben und so in die Burg zu gelangen. Adamurt hingegen hatte bereits weit im Süden den Ruwion überquert. Er wollte versuchen, sich in die woltanische Armee einzuschmuggeln und auf diese Art Informationen über Silvan zu sammeln. In der Burg würden sie sich dann wiedertreffen.

»Das kann er nicht riskieren«, antwortete die Magierin. »Ein Feind in seinem Rücken würde eine ständige Gefahr für seine Nachschubwege bedeuten, ihn womöglich sogar davon abschneiden, wenn es dem Fürst gelingt, auch die neue Brücke zu zerstören. Nein, Silvan braucht Burg Moradun und nach seinem Abzug einen Getreuen als Verwalter, um diesen Landstrich unter seine Kontrolle zu zwingen.«

»Also brauchen wir nur auf seine Ankunft zu warten.« Mytha schüttelte den Kopf. »Es klingt ziemlich verrückt, eine Festung aufzusuchen, die in Kürze vom Feind angegriffen wird.«

»Wenn du einen besseren Plan hast, dann hattest du genug Gelegenheit, ihn vorzutragen.«

»Nein, ich habe keinen besseren Plan. Mir machen nur die vielen offenen Fragen Sorgen. Was, wenn es Silvan nicht gelingt, die Burg zu erobern? Oder wenn er sie schleifen und alle, die sich darin befinden, zur Abschreckung töten lässt?«

»Zuzutrauen wäre es ihm, aber wahrscheinlich ist das nicht. Wie gesagt, er braucht sie, um Woltans Herrschaft über dieses Gebiet zu festigen. Mehr Sorgen mache ich mir eigentlich wegen

Adamurt. Er ist so verdammt dickschädelig und impulsiv. Wenn er eine Möglichkeit sieht, auf eigene Faust an Silvan heranzukommen, weiß ich nicht, ob er sich beherrschen kann.«

»Wenn er damit Erfolg hat, soll es mir nur recht sein.«

»Und wenn nicht, ist Silvan gewarnt und wir stehen allein da. Dann wird alles nur noch schwerer. Hoffen wir also, dass er keine Dummheiten macht.«

»Du würdest auch ohne ihn weitermachen?«

»Uns bleibt wohl kaum eine andere Wahl. Ich will wieder ein normales Leben führen können, und wenn der Weg dorthin nur über Silvans Tod führt, dann werde ich ihn notfalls auch alleine töten!«

»Ich habe darüber nachgedacht«, sagte Mytha, doch im gleichen Moment, in dem sie ihn zu greifen versuchte, entschlüpfte der Gedanke ihr wieder. »Ich meine, über … über … diese Unruhe, die uns … die uns nicht zur Ruhe kommen lässt.«

»Was soll das Gestammel plötzlich? Du redest totalen Unsinn.«

»Ich weiß, ich habe den Faden verloren.« Mytha massierte mit den Fingerspitzen ihre Schläfen. »Gerade lag es mir noch auf der Zunge, aber als ich es aussprechen wollte, war es plötzlich weg.«

»Das kommt also dabei heraus, wenn du nachdenkst«, spottete Nariz.

»Es war wichtig«, behauptete Mytha verärgert. »Es ging um … es ging darum, dass du Silvan notfalls auch allein töten würdest. Darum, dass du wieder ein normales Leben … dass wir keine Ruhe finden …« Kopfschüttelnd brach sie ab. Was war nur mit ihr los? Sie ließ ihren Blick umherschweifen. Die Burg, Sairin, der Ruwion mit der halb fertigen Brücke … der Brücke … »Die Brücke durch die Unendlichkeit«, stieß sie aufgeregt hervor. »Das ist es! Es geht um das Tor und die dämonische Wesenheit, auf die wir darin gestoßen sind. Ist es nicht verrückt? Während der ganzen Zeit habe ich nicht mehr daran gedacht.«

»Du hast recht, mir geht es genauso«, murmelte Nariz nach ein paar Sekunden. Zwar konnte Mytha ihr Gesicht wegen der auch jetzt hochgeschlagenen Kapuze nicht sehen, aber ihre Stimme klang verblüfft. »Wie kann man etwas so Wichtiges einfach vergessen? Es ist, als hätte eine unsichtbare Hand meine Gedanken immer wieder zur Seite geschlagen, wenn sie sich in diese Richtung bewegten. Auch jetzt fällt es mir schwer, mich darauf zu konzentrieren.«

»Diese Unruhe, die uns antreibt – ich frage mich, ob es wirklich nur der Hass auf Silvan ist. Natürlich, er hat er uns verraten, und er hat Linton und Olimarch auf dem Gewissen. Es widerstrebt mir, ihn damit einfach ungestraft davonkommen zu lassen, und doch war ich entschlossen, genau das zu tun. Ich wollte einfach nur mit dem abschließen, was wir in den Verheerten Landen erlebt haben, und es, so gut es geht, vergessen, um den Blick nach vorne zu richten, aber es ging nicht. Genau wie bei Adamurt und dir.«

»Ja, obwohl es bei uns ein klein bisschen anders war. Adamurt ist ein Hitzkopf, er wollte das von Anfang an nicht auf sich sitzen lassen. Und ich im Grunde auch nicht. Auch ich wollte mich an ihm rächen, aber ich wollte erst Zeit verstreichen lassen und irgendwann zuschlagen, wenn er gar nicht mehr daran denkt. Dabei wurde das Verlangen nach Rache mit jedem Tag ein klein wenig stärker und stärker.«

Mytha knetete ihre Hände. Selbst jetzt noch wollten ihre Gedanken ständig abschweifen, und sie musste sich mit aller Kraft konzentrieren, um nicht erneut den Faden zu verlieren.

»Diese Kreatur im Tor hat behauptet, unsere Aufgabe wäre noch nicht erfüllt. Es läge in ihrem Interesse, dass wir am Leben blieben, deshalb hat sie uns gerettet. Es fällt mir schwer, mich daran zu erinnern, alles ist so verschwommen wie in einem Traum. Anscheinend will sie, dass wir Silvan töten, und hat irgendetwas mit uns angestellt, damit wir gar nicht anders können.«

Nariz überlegte ein paar Sekunden.

»Der Gedanke gefällt mir nicht. Ich hasse es, von jemandem manipuliert und benutzt zu werden, erst recht von einer Kreatur aus den Schattensphären. Aber ich fürchte, du hast recht. Aus irgendeinem Grund will dieses Wesen Silvans Tod, und wegen unseres Wunsches nach Rache hat es uns als Werkzeug dafür ausgewählt. Aber da ist noch mehr, etwas, das wie hinter einem Vorhang verborgen liegt …«

Sie verstummte und auch Mytha schwieg. Tatsächlich war das, was während des Durchgangs durch das Tor geschehen war, fast vollständig aus ihrem Bewusstsein entschwunden. Es war nicht so, als ob sie die Erinnerung daran verloren hätte, sondern sie hatte einfach nicht mehr daran gedacht, als hätte etwas ihre Gedanken stets in eine andere Richtung gelenkt.

Genau wie Nariz gefiel es auch ihr nicht, von einer unbekannten Wesenheit benutzt zu werden. Sie legte nicht einmal Wert darauf, sich an Silvan zu rächen, jedenfalls nicht durch Mord. Diese Kreatur aber hatte in ihrem Geist herumgepfuscht, hatte ihr Leben durcheinandergewirbelt und dafür gesorgt, dass es einen von ihr gewünschten Verlauf nahm.

Immerhin hatte das Wesen sie dafür vor einem Schicksal bewahrt, das vermutlich schlimmer als der Tod war. Nariz und Adamurt hatten schon für wesentlich weniger gemordet, und Mytha war entschlossen, ihnen lediglich bei den Vorbereitungen zu helfen. Silvans Blut würde deshalb trotzdem auch an ihren Händen kleben, wenn ihr Vorhaben gelang, aber …

»Da drüben tut sich etwas«, riss die Magierin sie aus ihren Gedanken. Mytha blickte auf. Auch sie sah jetzt den Trupp von gut zwei Dutzend Reitern, der sich dem Lager der woltanischen Armee näherte. Sie griff nach ihrem Fernrohr, durch das sie die Umgebung bereits bei ihrer Ankunft einer genauen Musterung unterzogen hatte.

»Die Standarte des Königs!«, stieß sie verblüfft hervor. »Das ist Dulg Mortai.«

»Bist du sicher?«

»Ohne jeden Zweifel. Was will der denn hier?«

Zwar konnte Mytha keine Gesichter erkennen, aber die grüne woltanische Standarte mit dem Wappen des Königshauses Mortai darauf war deutlich sichtbar. Aus der Ferne war ein Fanfarensignal zu hören, dann ritt der Trupp in das Winterlager hinein. Zu ihrem Leidwesen war die Sicht auf einen Teil davon durch einen Hügel versperrt.

»So ein Truppenbesuch fördert die Moral des Heeres«, behauptete Nariz. »Ich nehme an, nachdem die Soldaten monatelang bei Eis und Frost in ihren primitiven Baracken ausharren mussten, können sie eine Aufmunterung gut gebrauchen. Dann dürfte der Angriff auf Burg Moradun dicht bevorstehen.«

»Vorausgesetzt, sie schaffen es, die Brücke jemals fertig zu bauen. Vielleicht will Mortai auch nur Rechenschaft fordern, warum es so lange dauert. Die latronischen Heckenschützen leisten ganze Arbeit.«

»Das bedeutet Vor- und Nachteile für uns«, überlegte Nariz laut. »Wenn Mortai länger bleibt und nach der Eroberung der Festung ebenfalls in Moradun Quartier bezieht, dürften die Sicherheitsvorkehrungen deutlich höher liegen als sonst, wodurch wir auch an Silvan schwerer herankämen.«

»Und wo soll da unser Vorteil liegen?«

»Nun, wir waren uns einig, dass wir uns auch an Mortai rächen, falls er unseren Tod befohlen haben sollte. Und so gut die Sicherheitsvorkehrungen auch sein mögen, sie sind hier sicherlich nicht so ausgereift wie in seinem Palast in Brelonia.«

Mytha riss die Augen auf und starrte die Magierin entgeistert an.

»Du … du bist verrückt!«, stieß sie hervor. »Du glaubst ernsthaft, wir drei Gestalten könnten nicht nur den Oberkommandierenden des woltanischen Heeres, sondern direkt auch noch den woltanischen König töten?«

»Zwei für den Preis von einem«, erwiderte Nariz kalt. »Je mehr ich darüber nachdenke, desto mehr komme ich zu dem Schluss, dass Silvan nicht aus eigenem Antrieb gehandelt hat. Ich denke, es war nie geplant, uns zu bezahlen, abgesehen von der Anzahlung, um die er nicht herumkam, damit wir überhaupt mitmachen. Wir sollten auf jeden Fall sterben, und das bedeutet, dass Mortai es so beschlossen hat. Ich glaube nicht, dass sich so bald noch einmal eine so gute Gelegenheit ergeben wird, an ihn heranzukommen.«

Mytha schüttelte den Kopf. In was für einen Wahnsinn war sie da bloß geraten?

»Machen wir uns endlich auf den Weg in die Stadt«, schlug Nariz vor. »Was es zu sehen gibt, haben wir gesehen.«

»Warte noch«, sagte Mytha.

Zwei Männer waren aus dem Unterholz ans Flussufer getreten. Erneut griff sie nach ihrem Fernrohr. Einer der beiden Männer war Silvan, daran gab es keinen Zweifel. Bei dem anderen dürfte es sich vermutlich um Dulg Mortai handeln. Er hatte das Gesicht von ihr abgewandt, sodass sie es nicht sehen konnte, doch seine ganze Erscheinung wirkte nicht gerade königlich. Weder trug er eine Krone, noch war er festlich gekleidet. Stattdessen trug er einen schmucklosen Pelzmantel und wirkte neben einem Hünen wie Silvan geradezu schmächtig.

Nun bewegte er den Kopf etwas, sodass Mytha sein Gesicht im Profil sehen konnte. Im gleichen Moment stieß sie einen erstickten Laut aus. Ihr wurde schwindlig, und sie hatte das Gefühl, als würde mit brutaler Gewalt eine bislang verschlossene Tür in ihrem Geist aufgerissen. Sie war Mortai noch nie zuvor begegnet, und doch kannte sie sein Gesicht. Es war ihr in einer Vision gezeigt worden.

Mit einem Schlag begriff sie, wie sehr sie sich getäuscht hatten, alle drei. Fremdartige Wörter, die sie ebenso vergessen hatte wie Mortais Gesicht und die Forderung, die die dämonische Kreatur, auf die sie in dem Tor gestoßen waren, an sie gerichtet hatte. Ihr war es niemals um Silvan gegangen.

Ihr ging es allein um Dulg Mortai!

»Was ist los mit dir?«, fragte Nariz. Als sie keine Antwort erhielt, nahm sie Mytha das Fernrohr aus der Hand und blickte selbst hindurch.

Nur Sekunden später brach am Flussufer ein Inferno aus.

3 Regen und Tauwasser hatten das Erdreich in Morast verwandelt, der bei jedem Schritt mit unsichtbaren Händen an ihren Stiefeln zu zerren schien, doch das schien Dulg Mortai nicht zu stören, als er sich allein mit Silvan auf den Weg über die schlammige Straße zum Fluss machte.

»Ihr sagtet, Ihr hättet etwas mit mir allein zu bereden«, erinnerte Silvan, als sein Begleiter keine Anstalten machte, von sich aus das Gespräch zu beginnen.

»Das habe ich. Sie haben überlebt.«

Silvan war zu verwirrt, um gleich antworten zu können.

»Unsere speziellen Freunde, die dich in die Verheerten Lande begleitet haben«, fuhr Mortai fort. »Sie haben überlebt.«

»Aber das ist …«

»… eine Tatsache. Zumindest, soweit es die Diebin betrifft. Sie hat in Meridor wieder zugeschlagen und einen reichen Händler beraubt, wie meine Spitzel berichten. Und wenn gerade sie, das wohl schwächste Glied der Kette, es geschafft hat, aus den Verheerten Landen zurückzukehren, dann ist anzunehmen, dass es den anderen auch gelungen ist. Was hast du dazu zu sagen? Du hast mir versichert, sie wären tot.«

Silvans Herz schlug schneller. Kein Wunder, dass Mortai über dieses Thema nicht in Gegenwart anderer sprechen wollte. Dass sich die Überquerung des Ruwions verzögerte, war ein Ärgernis, aber nichts, wofür ihm ernsthafte Konsequenzen drohten. Wenn sie den Fluss erreichten, würde Mortai einsehen, dass es einfach nicht schneller ging.

Wenn Mytha und womöglich noch andere der Gesetzlosen tatsächlich noch am Leben waren, würde Mortai ihm das als persönliches Versagen bei der Ausführung eines Befehls auslegen. Mit einem Mal erschien es Silvan gar nicht mehr so sicher, dass er wohlbehalten ins Lager zurückkehren würde.

»Ich habe wahrheitsgemäß berichtet, was geschehen ist«, verteidigte er sich. »Linton Decour ist definitiv vor meinen Augen verbrannt. Was mit den anderen geschah, konnte ich durch die Flammenwand nicht sehen. Die Hitze war so groß, dass wir den Tempel schnellstmöglich verlassen mussten. Dort drin konnte nichts überleben.«

»Und doch ist es geschehen. Ich erwarte eine Erklärung dafür. Wie konntest du nur so versagen?«

»Das Tor«, murmelte Silvan, ohne zu zögern. »Mytha, und vielleicht noch weitere von ihnen, können nur durch das Tor entkommen sein. Aber Ihr habt gesagt, dass alle Tore in die Schattensphären führen oder zumindest von den Dämonen beherrscht werden.«

»Davon war ich überzeugt, aber anscheinend lag ich damit falsch. Insofern lag der Fehler nicht allein bei dir. Der einzige Grund, weshalb ich ihn dir vergebe. Trotzdem waren die Umstände des Angriffs ungünstig gewählt.«

»Ich habe sie, wie von Euch befohlen, sofort ausgeschaltet, als ich das Artefakt in Händen hielt und sie nicht mehr benötigte. Sie waren abgelenkt, und es handelte sich um einen geschlossenen Raum, in dem die Brandkugel eine verheerende Wirkung entfalten konnte. Nach menschlichem Ermessen eine ideale Gelegenheit, wie sie sich nicht noch einmal bieten würde. Von der Magie der Tore verstehe ich nichts und sah es aufgrund Eurer Aussagen nicht als Ausweg an.«

»Das Tor muss sie so weit nach Norden geschleudert haben, dass sie von dort aus die Grenze zu Volarien erreicht haben«, murmelte Mortai, als hätte er seine Worte gar nicht gehört. »Dennoch eine beachtliche Leistung von ihnen, ohne Pferde, Ausrüstung und Proviant. Aber es wird ihnen nichts nützen, sondern hat ihren Tod nur hinausgezögert. Die Prophezeiung des Dämons war unmissverständlich. Sie müssen sterben, sonst stellen sie eine permanente Gefahr für mich dar.«

»Wenn Ihr es wünscht, begebe ich mich nach Meridor und töte sie«, bot Silvan an.

»Wenn wir wenigstens wüssten, wie viele von ihnen entkommen sind, wäre alles einfacher. Ich habe bereits alle meine Spitzel dort beauftragt, nach ihnen zu suchen und die besten Meuchelmörder anzuheuern, um sie auszuschalten. Weitere habe ich aus Woltan entsandt. Adamurt mag der beste von ihnen sein, aber viele Hunde sind auch des geschicktesten Hasen Tod. Es ist nicht nötig, dich auch noch damit zu beauftragen.«

»Aber ich kenne sie. Ich weiß, wie sie denken und wie sie aussehen, und ich habe schon einmal binnen kürzester Zeit Verbindung mit ihnen aufnehmen können.«

»Damals hast du ihnen einen äußerst lukrativen Auftrag angeboten, durch den sie aus ihren Verstecken gelockt wurden. Das war etwas anderes. Du kennst sie zwar, aber sie kennen auch dich, das gleicht den Vorteil wieder aus. Du würdest sie nicht täuschen können. Nein, um dieses Gesindel sollen sich andere kümmern. Ich brauche dich hier bei meinem Heer.«

»Wie Ihr wünscht.«

Das letzte Stück legten sie schweigend zurück, bis sie ihr Ziel erreichten. Große Mengen gefällter und entasteter Baumstämme türmten sich in Stapeln nahe des Ufers auf. Wie der skelettierte Schädel eines urzeitlichen Ungetüms ragte der bislang fertiggestellte Teil der Brücke über gut die Hälfte des Flusses. Zahlreiche Soldaten und Pioniere arbeiteten daran, sie weiter voranzutreiben. Auf jeden von ihnen kamen zwei Soldaten, die sie mit Schilden, so gut es ging, vor den unablässig heransirrenden Pfeilen schützten. Dadurch wurde nicht nur der Fortgang der Arbeiten erheblich verlangsamt, der Schutz war auch höchst unvollkommen. Silvan sah, wie ein Pfeil einen der Männer traf, der gerade eine neue Bohle einzufügen versuchte. Mit einem Schrei, in dem sich Schmerz und Schrecken vereinten, stürzte er in die Tiefe und wurde sofort von den schäumenden Fluten verschlungen und mitgerissen. Ein Bild, das er in den letzten Tagen schon viel zu oft gesehen hatte.

»Das Hochwasser allein ist schon schlimm genug, aber damit würden wir fertig, da glücklicherweise einige der alten Pfeiler erhalten geblieben sind, als die Latronier die ursprüngliche Brücke zerstört haben. Das Problem sind die Heckenschützen. Ohne sie könnten wir die Brücke in zwei, drei Tagen fertigstellen«, erklärte Silvan. »Mehr als zweihundert Männer haben bereits ihr Leben gelassen. Wenn das so weitergeht, verliere ich mein Heer, ohne dass wir auch nur einen Fuß auf das andere Ufer gesetzt haben.«

»Ich sehe das Problem«, entgegnete Mortai ruhig. »Und ich werde es beseitigen.«

Er öffnete seinen Mantel und knöpfte das Hemd auf, das er darunter trug, bis das mit seiner Brust verwachsene Medaillon freilag. Silvan ahnte, was jetzt kommen würde, schließlich war er schon bei Mortais Machtergreifung auf dem Marktplatz in Brelonia dabei gewesen, und er wurde nicht enttäuscht.

Ein gleißender Feuerstrahl schoss aus dem Medaillon bis über den Fluss, schlug dort in das feuchte Buschwerk ein und ließ es wie trockenes Steppengras auflodern. Ein weiterer Feuerblitz, dann noch einer und noch einer …

Mortai hörte nicht eher auf, bis er das gesamte jenseitige Flussufer auf eine Länge von fast zweihundert Metern in eine Flammenhölle verwandelt hatte, eine Feuersbrunst, die das Unterholz und die darin verborgenen Schützen gleichermaßen in Asche verwandelte.

»Wie versprochen, das Problem ist beseitigt. Ich glaube nicht, dass Fürst Moradun es wagen wird, noch einmal Schützen auszuschicken«, sagte Dulg Mortai und knöpfte sein Hemd wieder zu. »Jetzt liegt es an dir, dein Wort zu halten. Ich gebe dir zwei Tage, um die Brücke fertigzustellen, keinen Tag mehr.«

4

Was für'n beschissener Tod, beim Pissen die Kehle von hinten durchgeschnitt'n zu bekommen, dachte Adamurt, während er den Leichnam des Soldaten so vornüber gebeugt hielt, dass das aus seinem Hals pulsierende Blut die Uniform nicht beschmutzte.

Ihretwegen hatte der Mann schließlich sterben müssen, wie es sich im Krieg für einen braven Soldaten gehörte. Alles war so schnell gegangen, dass er den Tod wahrscheinlich nicht einmal gespürt hatte.

Adamurt seinerseits war darüber allerdings keineswegs glücklich. In seinen Augen war es ein langweiliger, deprimierender Mord gewesen, der ihn mit keinerlei Vergnügen oder gar Stolz über die Tat erfüllt hatte. Nicht einmal in die Augen hatte er seinem Opfer im Augenblick des Todes blicken können! Alles hatte nur schnell und effizient vonstattengehen müssen, ohne einen Anflug von künstlerischer Kreativität und Schönheit, kurz gesagt: Befriedigung. Von hinten anschleichen, während der Mann gerade an einem Baum sein überaus menschliches Bedürfnis befriedigte, ein rascher Schnitt und fertig, wie öde. Aber er hatte es nicht riskieren können, dass der Kerl womöglich einen Schrei ausstieß und so für Aufruhr sorgte.

Der Soldat war einer von zahlreichen Wachtposten, die Silvan in den Wäldern rings um das Lager postiert hatte, um vor einem latronischen Überraschungsangriff gefeit zu sein. Allzu ernst hatte der Posten, der gerade sein Leben ausgehaucht hatte, seine Pflicht allerdings nicht genommen, sodass Adamurt keinen großen Aufwand beim Anschleichen hatte treiben müssen.

Auch in anderer Hinsicht hatte der Meuchelmörder Glück. Die woltanische Verstärkung, die er aus der Ferne hatte anrücken sehen, kam ihm wie gerufen. So etwas brachte zumindest vorübergehend Unordnung in ein Heer. So würde es ihm leichterfallen, sich zwischen die Soldaten zu mischen.

Endlich war der Wachtposten ausgeblutet. Er ließ ihn fallen und begann damit, ihm die Uniform auszuziehen. Er hatte bei der Auswahl seines Opfers gutes Augenmaß bewiesen, denn sie passte ihm recht gut. Besseres durfte er kaum erwarten, darunter hatten wahrscheinlich alle Soldaten zu leiden. Schließlich handelte es sich nicht um maßgefertigte Gewänder.

Abschließend versteckte er die Leiche ein Stück unter einem umgestürzten Baum und häufte zusätzlich noch Äste und Laub darüber. Nach menschlichem Ermessen war es so nahezu ausgeschlossen, dass er durch Zufall entdeckt wurde. Wenn Kameraden ihn vermissten, so war das nicht weiter schlimm, denn sie würden vermutlich denken, er wäre desertiert.

Nachdem er mit allem fertig war, begann das Warten. Einmal sah er eine große Rauchwolke aus Richtung des Flusses aufsteigen, machte sich aber weiter keine Gedanken darüber. Das Warten fiel ihm nicht schwer. Oft hatte er seinen Opfern über Stunden hinweg aufgelauert oder nächtelang die Häuser beobachtet, in denen sie wohnten. Geduld gehörte zu den Tugenden seines Berufs, und in diesem Fall wurde sie nicht einmal auf eine allzu große Probe gestellt. Nach kaum zwei Stunden hörte er einen leisen Pfiff und sah einen Soldaten näher kommen, seine Ablösung.

Zusammengekrümmt, mit gesenktem Kopf und den rechten Arm auf seinen Magen gepresst, ging Adamurt ihm entgegen, allerdings so, dass sie nicht direkt aufeinandertreffen würden.

»Wurd' auch Zeit«, stieß er hervor. »Lang' hätt' ich's nicht mehr ausgehalt'n.«

»Was ist denn los mit dir?«

»Hab' den Schweinefraß nicht vertrag'n, den wir dauernd vorgesetzt bekomm'n und schon ein paarmal gekotzt. Mann, is' mir schlecht!«

Noch tiefer geduckt hastete er in einigen Metern Entfernung an dem Soldaten vorbei, der keinen Verdacht zu schöpfen schien. Erst als er sich außer Sichtweite befand, straffte er sich wieder und ging normal weiter.

Vom Waldrand aus sah er, dass die Verstärkungstruppen nur noch wenige Hundert Meter vom Lager entfernt waren. Er wartete, bis sie das Tor erreichten, und was er erhofft hatte, trat ein. Es handelte sich um junge Rekruten, die nur eine Eilausbildung durchlaufen hatten, viele von ihnen waren vermutlich sogar gewaltsam zum Militär gepresst worden. Ihre Disziplin ließ zu wünschen übrig und sie waren erschöpft von dem langen Marsch. Jeder von ihnen wollte zuerst ins Lager, um etwas zu essen und sich auszuruhen, was dazu führte, dass das Tor ein Nadelöhr bildete, an dem sie sich gegenseitig behinderten. Es wurde geschubst und gerangelt, sodass heilloses Durcheinander ausbrach. Offiziere brüllten Befehle, die jedoch in dem Trubel untergingen.

Diesen Moment nutzte Adamurt, um sich unter die Menge zu mischen. Ohne in dem Gedränge von jemandem beachtet zu werden, gelangte er so ins Innere des Lagers. Zwar war es ziemlich unwahrscheinlich, dass die Torwächter sonst irgendwelche Notiz von ihm genommen hätten, denn das Heer zählte rund zehntausend Mann und niemand kannte alle Gesichter, aber so war es sicherer.

Wie unschwer zu erkennen war, hatte man für die neuen Rekruten behelfsmäßige Baracken gebaut, doch der Platz innerhalb der Palisade war begrenzt. Für die kurze Zeit, die der Aufenthalt hier nur noch dauern würde, hatte man das Lager nicht extra vergrößern wollen, und so mussten alle etwas zusammenrücken. Ein Teil der Neuankömmlinge wurde auf die neuen, ein Teil zusätzlich auf die alten Baracken verteilt, was Adamurt sehr entgegenkam.

Frechheit siegt, dachte er sich und ließ sich einfach in einer der alten Baracken nieder, einem lang gezogenen Holzbau, der Platz für gut zweihundert Soldaten bot. Seine Hoffnung ging auf, niemand schöpfte Verdacht. Die einen hielten ihn für einen der Neuen, für die anderen war er einer der Alten. Kaum eine Stunde nach seiner Ankunft saß er bereits mit mehreren anderen Soldaten zusammen und betrog sie völlig unbefangen beim Würfeln.

Diese Geisterexistenz führte er auch in den folgenden Tagen weiter, ohne irgendwelches Aufsehen zu erregen. Meist streifte er im Lager umher, um sich ein Bild von allem zu machen, vor allem von den Vorkehrungen, die Silvan für seine Sicherheit getroffen hatte.

Mit anfänglichem Schrecken erfuhr er von der Ankunft König Mortais, die alles erheblich erschwerte. Er hatte Quartier in einem etwas aufwendiger errichteten Gebäude bezogen, das auch Silvan und einigen der ranghöchsten Offiziere als Unterkunft und zugleich als Kommandostelle diente. Entsprechend scharf wurde es von der königlichen Leibgarde bewacht. Das Wort *unmöglich* existierte in Adamurts Wortschatz nicht, aber es hätte zumindest einer umfangreichen Planung und eines geschickt inszenierten Ablenkungsmanövers bedurft, um dort unbemerkt einzudringen. Dafür blieb ihm weder die Zeit, noch würde es ihm irgendetwas bringen.

Stattdessen sorgte er dafür, dass er niemals auch nur in die Nähe von Silvans kam. Zwar hatte er sich seinen Bart erneut abrasiert, und wenn er im Lager unterwegs war, trug er stets seinen Helm, der ebenfalls half, ihn unkenntlich zu machen. Dennoch würde der Mann von der Bäreninsel ihn zweifellos sofort erkennen.

Umgekehrt sah er Silvan häufig, wenngleich nur von Weitem. Jedes Mal erhielt der Hass in ihm neue Nahrung, und ein paarmal war er nahe dran, auf Nariz und Mytha und ihren Plan zu scheißen. Sich einen Bogen zu beschaffen wäre kein Problem, außerdem besaß er seinen Dolch und seine Wurfsterne. Es wäre ein Leichtes, Silvan aus dem Sichtschutz einer Baracke heraus zu töten, und wenn er es halbwegs geschickt anstellte, würde er anschließend auch über die Palisade fliehen und im Wald untertauchen können.

Dennoch tat er es nicht.

Der Grund dafür war keineswegs sein Versprechen zur Zurückhaltung, das er Nariz und Mytha gegeben hatte. Es interessierte ihn so wenig wie diese selbst. Sollten sie auf Burg Moradun warten, bis sie verschimmelten.

Nein, ihm ging es um etwas anderes. Nach allem, was Silvan ihm angetan hatte, wäre ein so rascher Tod aus dem Hinterhalt viel zu gnädig für ihn. Der Kerl sollte leiden, und vor allem sollte er wissen, wem er seinen Tod verdankte. Adamurt wollte miterleben, wie er schrie und sich in Qualen wand, und er wollte sehen, wie das Lebenslicht in seinen Augen allmählich erlosch.

Das aber würde hier im Lager unmöglich sein, dafür waren die dicken Mauern einer Burg besser geeignet.

Zu seinem Leidwesen bekam er Dulg Mortai kein einziges Mal zu Gesicht, da der König sich nur in seinem Quartier aufzuhalten schien. Dafür kursierten Berichte über das, was er am Flussufer getan hatte, umso eifriger. Es hieß, aus seiner Brust wären Blitze gezuckt, die die feindlichen Heckenschützen getötet und das gesamte Unterholz am jenseitigen Ufer verbrannt hätten. Adamurt hatte den Rauch gesehen und sich vergewissert, dass tatsächlich sämtliches Unterholz und Gestrüpp auf einem ausgedehnten Streifen am Ufer verbrannt war, deshalb musste er es wohl glauben.

Zu gerne hätte er den Mann, der so etwas vermochte, der sie in die Verheerten Lande geschickt und vermutlich schon im Vorfeld ihren Tod beschlossen hatte, einmal mit eigenen Augen gesehen. Adamurt hoffte, dass es eine Möglichkeit geben würde, an ihm und Silvan gleichzeitig Rache zu üben. Doch vorläufig stand Silvan in seinem Fokus.

Zweieinhalb Tage lang führte er dieses Schattendasein inmitten des woltanischen Heeres, dann breitete sich am späten Nachmittag Unruhe im Lager aus. Die Brücke war fertig, nun sollte das Heer den Ruwion so schnell wie möglich überqueren und der Angriff auf Burg Moradun beginnen.

Eine merkwürdige Stimmung ergriff von Adamurt Besitz. Obwohl ein offener Kampf kaum etwas mit einem präzise geplanten und perfekt ausgeführten Meuchelmord zu tun hatte, beherrschte er beides. Das eine jedoch betrachtete er als eine besondere Form der Kunst, die auf ein bestimmtes Opfer gerichtet war, das andere als bloße Selbstverteidigung. Ein Hauen und Stechen gegen eine anonyme Masse von Feinden. Gesichter, die aus der Menge auftauchten, um gleich darauf tot wieder darin zu versinken. Ein primitives Abschlachten, nicht anders als der Kampf gegen die Ungeheuer in den Verheerten Landen.

Dass er selbst aus Latronia stammte und nun auf der Seite eines fremden Landes gegen andere Latronier in die Schlacht ziehen würde, bereitete ihm keinerlei Gewissensbisse. Genau betrachtet, waren sogar die allermeisten seiner bisherigen Opfer Latronier gewesen. Das Blut eines Latroniers war ebenso rot wie das eines Woltanen, wo also lag der Unterschied? Anlass für Patriotismus gab es für ihn erst recht nicht. In diesem Land hasste man ihn wie in jedem anderen, hatte sogar ein Preisgeld auf seinen Kopf ausgesetzt.

Aber eine Schlacht gehorchte eigenen Regeln. Hier überlebte bei Weitem nicht immer der beste Kämpfer. Niemand war im Getümmel gegen einen Schwerthieb von hinten gefeit; oft genug entschied nicht das Können, sondern pures Glück über Leben und Tod. Adamurt verspürte nicht die geringste Lust, womöglich im Kampf für genau die Männer zu sterben, die er eigentlich töten wollte.

Bei den Dämonen, eine solche Ironie des Schicksals wäre wahrlich eines wahnsinnigen Gottes würdig gewesen!

5

Mythas größte Befürchtung war gewesen, dass die Burg bereits überfüllt wäre und man Nariz und sie deshalb abweisen würde. Das war nicht geschehen, und nachdem sie das Burgtor durchschritten hatten, stellte sich bald heraus, dass sich wesentlich weniger Flüchtlinge als erwartet in der Festung aufhielten. Die meisten hatten sich offenbar nicht von dem trügerischen Schutz der Mauern, Tore und Türme den Verstand benebeln lassen, sondern waren mit ihren wenigen Habseligkeiten weiter nach Westen geflohen. In Mythas Augen ein Beweis, dass die einfachen Menschen oft klüger waren, als man es ihnen zutraute.

Nariz und sie hatten gesehen, wie Dulg Mortai mit seiner Magie die Heckenschützen am Flussufer getötet und das Buschwerk zu Asche verbrannt hatte, sodass keine weiteren sich dort mehr verbergen konnten. Das bedeutete, dass die Brücke bald fertiggestellt und der Sturm auf die Festung rascher als gedacht beginnen würde. Ein Sturm, der unvermeidlich zu ihrem Fall führen würde. Ihnen blieb weniger Zeit als erwartet.

Aber obwohl die Zeit drängte, hatten sie seit dem Aufbruch von ihrem Beobachtungsposten kaum ein Wort miteinander gewechselt. Mytha hatte zahlreiche Fragen an die Magierin, die aus der Begegnung mit Dulg Mortai resultierten, doch sie war innerlich noch so aufgewühlt, dass sie froh war, ihre Gedanken noch ein wenig ordnen zu können.

Man wies ihnen zum Schlafen einen Platz neben anderen Flüchtlingen in einem Stall zu. Die Burg richtete sich auf eine längere Belagerung ein, doch Ausfälle, um die Belagerer zu zermürben, waren durch die Art der Befestigungen unmöglich. Sie könnten nur durch das einzige Tor erfolgen und davor würde die geballte, zahlenmäßig weit überlegene Armee der Woltanen aufziehen. Ein Ausfall könnte nur in einer Katastrophe enden, deshalb waren die Pferde weggebracht worden. Sie wurden anderenorts in der latronischen Armee dringender gebraucht. Dennoch war Mytha entschlossen, nicht eine einzige Nacht in dem Stall zu verbringen.

»Uns werden nur ein, mit viel Glück höchstens zwei Nächte bleiben, um etwas zu unternehmen«, ergriff Nariz schließlich das Wort, während sie sich in einer ruhigen Ecke des Burghofes auf ein paar Kisten niederließen. »Länger wird das woltanische Heer nicht hierbleiben.«

»Du bist offenbar davon überzeugt, dass es die Festung schnell erobern wird.«

»Das auch. Wie viele Soldaten mögen hier stationiert sein? Bestimmt nicht mehr als zweitausend. Zweitausend Verteidiger gegen mehr als zehntausend Angreifer. Unter normalen Umständen könnten sie sich vermutlich einige Zeit behaupten, aber gegen Mortais Magie werden Mauern und Tore sie nicht lange schützen.« Sie zuckte mit den Achseln. »Aber ich spreche davon, was danach sein wird. Wir sind davon ausgegangen, dass Silvan bei der Eroberung große Verluste erleiden und mindestens eine Woche auf der Burg Quartier nehmen wird, um sein angeschlagenes Heer neu zu strukturieren. Wenn das nicht nötig ist, werden er und Mortai stattdessen jedoch so schnell wie möglich weiterziehen.«

»Also haben wir vermutlich nur eine Nacht, um den König von Woltan zu töten, der nicht nur durch seine Leibgarde geschützt wird, sondern der ganze Landstriche verwüsten kann und angeblich unverwundbar ist.« Mytha schüttelte den Kopf. »Das ist doch alles Wahnsinn. Schon Silvan wäre ein harter Brocken gewesen, aber Mortai … Wie sollen wir überhaupt jemanden töten können, der angeblich unverwundbar ist? Es ist unmöglich!«

»Das ist es nicht«, widersprach die Magierin. »Vergiss nicht, dass mächtige Dämonen, wie wir es zweifellos mit einem zu tun hatten, Schicksalslinien erkennen und deuten können. Es muss also eine gewisse Wahrscheinlichkeit bestehen, dass wir Erfolg haben.«

»Ach ja?«, ereiferte sich Mytha und ballte die Fäuste. »Dann kannst du mir vielleicht auch verraten, wie wir etwas schaffen sollen, das in sich völlig paradox ist. Oder welchen Sinn das Verwirrspiel hatte, dass wir die ganze Zeit glaubten, es ginge um Silvan.«

»Wir haben das Verlangen nach Rache gespürt und das, ohne zu überlegen, mit unserer Wut auf Silvan vermischt. Erst der Anblick Dulg Mortais hat eine magische Sperre in unseren Köpfen gelöst und uns unser wahres Ziel gezeigt. Alles hat uns hierhergeführt, der Dämon wusste das. Hätten wir gewusst, dass es um Mortai geht, hätten wir uns wahrscheinlich stattdessen auf den Weg nach Brelonia gemacht. Und was seine Kräfte betrifft – bislang wissen wir nicht, ob er wirklich unverwundbar ist, oder es sich nur um eine Übertreibung handelt.«

»Wir haben erlebt, dass das Artefakt es ihm ermöglicht, Feuerblitze zu schleudern. Warum sollte der Rest dann übertrieben sein?«

Nariz schwieg ein paar Sekunden lang. Einige scheue, vereinzelt auch misstrauische Blicke von Bewohnern der Burg, anderen

Flüchtlingen und auch den patrouillierenden Wachen trafen die beiden Frauen. In ihrer Kutte mit der weit übers Gesicht gezogenen Kapuze erregte Nariz Aufsehen, doch hielt es sich in Grenzen. Es gab verschiedene religiöse Kulte, die von ihren Gläubigen verlangten, sich an bestimmten heiligen Tagen nur verhüllt zu zeigen. Andere waren radikaler und verboten ihren Priesterinnen und Priestern ganz allgemein, unverhüllt in der Öffentlichkeit aufzutreten. Wieder andere forderten sogar, dass Frauen ihr Gesicht grundsätzlich nicht in der Öffentlichkeit zeigen dürften, weil sie sonst eine unheilvolle Wirkung auf Männer ausübten.

Insofern erweckte es keinen sonderlich großes Aufsehen, dass Nariz ihr Aussehen unter der Kapuze verbarg.

»Wahrscheinlich hast du recht«, sagte sie nach einer Weile. »Wir müssen davon ausgehen, dass auch dieser Teil der Berichte der Wahrheit entspricht, sonst stützen wir uns auf eine allzu trügerische Hoffnung. Dennoch muss es Schicksalslinien geben, in denen wir Erfolg haben. Mittlerweile glaube ich, dass es sich bei dem Dämonen aus dem Tor um denselben handelt, der Mortai prophezeit hat, dass eine Expedition in die Verheerten Lande unter ganz speziellen Umständen Erfolg haben könnte.«

»Wir kommst du darauf? Das halte ich doch für etwas weit hergeholt.«

»Ein Küken wie du, das nichts von Magie versteht, klar. Es ist immer eine immense Gefahr, ein Tor in die Schattensphären zu öffnen und einen Dämon zu beschwören. Selbst ein Dulg Mortai wird dieses Risiko nur eingehen, wenn er es für absolut nötig hält. In diesem Fall muss er sich den Zorn des Dämons zugezogen haben, und dieser hat die Schicksalslinien weit über das hinaus interpretiert, was Mortai wissen sollte.«

»Für einen Magier mag das sinnvoll klingen, aber ich verstehe kein Wort.«

»Dabei ist es eigentlich einfach. Er hat Mortai gesagt, mit unserer Hilfe könnte er das Dunkle Feuer erbeuten, was ja auch stimmte. Aber wenn ich auf die Expedition zurückblicke, vermute ich, dass einige von uns auch durch andere zu ersetzen gewesen wären. Der Dämon muss weiter geschaut haben. Er hat uns ausgewählt, weil er uns genau heute an genau diesem Ort gesehen hat, wo wir seine Rache an Mortai vollstrecken sollen. Alles passt zusammen.«

»Sieht man mal davon ab, dass unsere Aufgabe immer noch in sich paradox und deshalb unmöglich ist«, warf Mytha ein.

»Nein, genau das bietet Hoffnung für uns, die sich auch historisch herleiten lässt. Der Schutz durch das Dunkle Feuer kann nicht vollkommen sein«, widersprach Nariz. »Das Artefakt wurde vollendet, noch bevor Trakan vollständig in Dunkelheit versank. Würde es seinen Träger tatsächlich absolut unbesiegbar machen, hätte ein einzelner mit solcher Macht ausgestatteter Kämpfer ausgereicht, die Bedrohung abzuwenden und die Ungeheuer und Dämonen zurückzuschlagen. Da dies nicht geschah, wie wir wissen, *muss* das Dunkle Feuer eine Schwachstelle haben, es *muss* zu überwinden sein. Wenn wir die herausfinden, haben wir eine Chance, an Dulg Mortai Rache zu üben.«

»Und unsere Freiheit zurückzugewinnen«, ergänzte Mytha. »Rache ist mir mittlerweile gleichgültig geworden. Ich will nur aus dem Bann des Dämons entkommen und mein Leben wieder so führen können, wie ich es will.«

»Freiheit«, wiederholte Nariz mit einem verächtlichen Schnauben. »Du bist und bleibst ein naives, dummes Küken. Mach endlich die Augen auf und werde erwachsen! Du kannst vielleicht ein paar Entscheidungen selbstständig fällen, aber wenn du glaubst, dein früheres Leben wäre frei gewesen, machst du dir etwas vor. Es wurde durch eine Vielzahl von äußeren Bedingungen bestimmt, auf die du keinerlei Einfluss hattest. Hätte dich die Diebesgilde nicht als Kind aufgenommen, wäre es völlig anders verlaufen, dann wärst du vielleicht eine Bettlerin geworden. Hätte die Gilde dich nicht verstoßen, hättest du nach ihren Regeln und den Befehlen der Gildenmeister gelebt. Hätte dich Linton nicht daraus befreit, stündest du wahrscheinlich noch heute unter meinem Liebesbann und könntest es kaum erwarten, jeden meiner Wünsche ...«

»Genug!«, fiel Mytha ihr zornig ins Wort. »Das reicht! Ich habe …«

»… wie wir alle stets nur auf Gegebenheiten reagiert, die außerhalb des eigenen Einflusses lagen. Das waren nur drei besonders markante Beispiele. Ich weiß nur wenig über dich, sonst ließe sich die Aufzählung beliebig fortsetzen. Und das nennst du Freiheit? Mach dir nichts vor, wir sind alle Sklaven von Umständen, die wir nicht selbst bestimmen können. Wir nehmen sie nur meistens nicht so bewusst wahr wie jetzt den Bann des Dämons.«

»Haarspaltereien«, behauptete Mytha, musste sich aber eingestehen, dass die Magierin nicht ganz unrecht hatte. In der Tat war ihr Leben durch zahlreiche Ereignisse und Entscheidungen anderer in die Bahnen gelenkt worden, in denen es verlaufen war, aber sie hatte es selbst auch deutlich stärker beeinflussen können, als es Nariz glauben machen wollte. So war beispielsweise der gesamte Verlauf, den ihr Leben in den vergangenen Monaten genommen hatte und der sie zu diesem Punkt hier und jetzt geführt hatte, von ihrer frei getroffenen Entscheidung bestimmt worden, sich Silvans Expedition in die Verheerten Lande anzuschließen. »Aber das ist kaum der richtige Zeitpunkt für philosophische Diskussionen. Überlegen wir lieber, wo Mortais Schwächen liegen könnten.«

»Wenn du eine Idee hast, dann nur heraus damit.«

»Ich bin nicht besonders gut darin, einen Mord zu planen, weißt du? So etwas habe ich noch nie gemacht und hatte es auch nie vor. Es widerstrebt mir auch jetzt noch zutiefst, selbst wenn es sich um ein Ungeheuer wie diesen Dulg Mortai handelt. Darin ist Adamurt Meister. Vielleicht war es doch keine so gute Idee, getrennte Wege einzuschlagen.«

»Ist aber nun mal passiert und lässt sich nicht mehr ändern. Hat also keinen Zweck, darüber zu jammern.«

»Damit will ich nur sagen, dass auch du deutlich mehr Erfahrung als ich darin haben dürftest, Leute umzubringen, wenn wir im Moment schon nicht auf Adamurts Wissen zurückgreifen können.«

Nariz stieß ein kehliges, humorloses Lachen aus.

»O ja, sicher. Aber da er selbst Magie beherrscht und außerdem weiß, welche Fähigkeiten ich habe, würde es bei ihm nicht funktionieren, ihn unter meinen Liebesbann zu zwingen und ihm die Lebenskraft auszusaugen. Aber wenn du ihn mir wehrlos auf einen Altar legst, kann ich gerne ausprobieren, ob seine Unverwundbarkeit ihn auch vor einem Opferdolch schützt. Ich fürchte, mehr Erfahrungen mit gewaltsamen Toden kann ich auch nicht vorweisen.«

»Und was ist mit Magie? Wenn ich daran denke, wie du die Krötenwesen in den Geistersümpfen und auch vorher einige der Ungeheuer …«

»Vergiss es.« Nariz winkte ab. »Gegenüber der alten trakanischen Magie, die Mortai das Dunkle Feuer verleiht, ist alles, was ich aufbieten kann, nur Spielerei. Wenn wir wenigstens wüssten, ob er es als Werkzeug nutzt, um Angriffe abzuwehren, oder ob es ihn von selbst schützt.«

Mytha runzelte die Stirn und blickte sie fragend an.

»Ist da ein Unterschied?«

»Ein gewaltiger«, behauptete Nariz. »Wenn ihn das Artefakt selbstständig schützt, ist es wie eine Rüstung, die er ständig trägt. Ist es hingegen eher ein Schwert, mit dem er Angriffe abwehrt, muss er diese kommen sehen. In dem Fall könnte man ihn aus dem Hinterhalt überraschen, und vor allem im Schlaf wäre er schutzlos.«

»Du meinst …«

»Ich meine gar nichts, sondern denke nur nach, welche Möglichkeiten es gibt. Welche davon zutreffen – keine Ahnung. Du bist doch diejenige, die normalerweise die Leute ausspioniert, um ihre Schwächen herauszufinden. Wie wäre es, wenn du dich auch mal nützlich machen und uns ein paar Antworten auf unsere Fragen beschaffen würdest?«

Mühsam zwang Mytha sich, ruhig zu bleiben. Obwohl sie Nariz nun seit Monaten kannte, war es ihr nicht gelungen, sich an die Feindseligkeit und die ständigen Provokationen zu gewöhnen. Es kam ihr vor, als würde die Magierin alles und jeden hassen, als könnte sie gar nicht anders, als jedes noch so kleine Anzeichen von Schwäche, das sich ihr bot, auszunutzen, um eine ihrer boshaften Spitzen abzusondern. Mytha war ihr von Anfang an als das schwächste Opfer erschienen, deshalb hatte sie sich in besonderem Maße auf sie konzentriert, und Mythas Drang, sich und ihr Können beweisen zu wollen, hatten ihr stets einen Hebel zum Ansetzen geboten.

Auch jetzt trafen ihre Boshaftigkeiten sie noch, aber nur deshalb, weil die Diebin wusste, dass sie in ihrer extremen Lage nur dann ein winzige Hoffnung auf Erfolg hatten, wenn sie all ihre Kräfte bündelten und vereint handelten. Sie war ungleich stärker geworden als zu Beginn der Expedition, und im Grunde bemitleidete sie Nariz sogar. Wie dunkel und trostlos musste es in einem Menschen aussehen, der so vom Hass zerfressen war?

»Ich glaube nicht, dass Dulg Mortai sonderlich an Freundschaften, Affären oder sonstigen näheren Kontakten zu anderen Menschen gelegen ist«, sagte sie. »Und selbst wenn, würde es Wochen dauern, mir sein Vertrauen zu erschleichen und seine Schwächen auszukundschaften. Zeit, die wir nicht haben. Außerdem ließe sich kaum vermeiden, dass ich dabei Silvan begegnen und er mich erkennen würde.« Bevor die Magierin darauf reagieren und weiter Öl ins Feuer gießen konnte, fügte sie hinzu: »Was ist mit Gift? Das Artefakt mag ihn vor Gewaltanwendung von außen schützen, aber Gift wirkt von innen.«

»Wäre möglich.« So jäh Nariz' Feindseligkeit immer wieder aufflackerte, sobald sich ihr eine Gelegenheit bot, so rasch konnte sie sich auch wieder wichtigeren Dinge zuwenden. »Aber wenn Gift eine Gefahr für ihn darstellt, wird er Vorkoster für alles haben, was er zu sich nimmt. Außerdem haben wir Olimarch verloren, falls du es vergessen hast.«

»Ich habe noch ein paar Vorräte, die ich schon vor einiger Zeit von ihm erworben habe«, sagte Mytha. »Ich glaube, es hätte Olimarch sehr gefallen, wenn eine seiner Hinterlassenschaften Mortai zum Verhängnis würde. Allerdings handelt es sich nicht um Gift, sondern hauptsächlich um Schlaf- und Liebestränke und dergleichen. Vielleicht sollte ich zur Abwechslung *dir* mal einen Liebestrank verpassen.«

»Wenn es kein Gift ist, nutzt es uns nichts«, erwiderte Nariz, ohne auf die Spitze einzugehen. »Aber ich bin sicher, wir könnten auch hier an welches gelangen. Und wenn wir es Mortai nicht über sein Essen verabreichen können, könnten wir versuchen, es ihm im Schlaf einzuflößen. Das erscheint mir immer noch Erfolg versprechender, als ihn im Schlaf zu erdolchen.«

Sie schwiegen eine Weile, dann schüttelte Nariz den Kopf.

»Das alles taugt nichts«, murmelte sie. »Und es fühlt sich auch nicht richtig an.«

»Was meinst du? Wenn du …«

»Nein, nein, einen besseren Vorschlag habe ich auch nicht, deshalb werden wir es wohl so versuchen müssen«, versicherte Nariz schnell. Zum ersten Mal wirkte sie etwas unsicher. »Es fühlt sich für mich nur irgendwie falsch an. Nur ein Gefühl, als wäre das nicht der richtige Weg. Mal ehrlich, wir wollen den vielleicht mächtigsten Mann der Welt umbringen. Wir sind echt aufgeschmissen, wenn uns nichts Besseres als *das* einfällt.«

Normalerweise hätte Mytha ihre Worte als eine ihrer Provokationen abgetan, aber sie spürte, dass Nariz sie ernst meinte. Sie spürte es vor allem deshalb, weil sie selbst so empfand.

Was sie sich gerade überlegt hatten, war kein Plan, sondern nur ein schlechter Witz. Sie wollten den vielleicht mächtigsten und skrupellosesten Menschen der Welt umbringen, und ihnen fiel wirklich nichts Besseres ein, als ihn im Schlaf zu vergiften? Sie steckten in einer Sackgasse.

Zwar hatte sie im Laufe der Jahre festgestellt, dass die einfachsten Pläne manchmal die besten waren, aber das hier war eine ganz besondere Situation, und die erforderte besondere Maßnahmen. Dulg Mortai war durch einen gewaltsamen Staatsstreich an die Macht gekommen. Er hatte mit Sicherheit zahlreiche Feinde, und es war unwahrscheinlich, dass diese nicht auch schon längst versucht hatten, ihn zu vergiften.

Aber es gab nicht nur vernunftmäßige Gründe, die gegen diesen Plan sprachen. Nein, es war tatsächlich so, wie Nariz gesagt hatte: Es fühlte sich nicht richtig an. Tief in ihrem Inneren spürte Mytha, dass dies der falsche Weg wäre.

»Es muss einen Grund haben, warum der Dämon gerade uns erwählt hat«, nahm Nariz das Gespräch wieder auf. »Genau uns drei, die wir es bis hierher geschafft haben.«

»Dann gehen wir es noch mal durch. Mein besonderes Talent liegt darin, unbemerkt dorthin zu gelangen, wo kaum ein anderer hinkommt. Adamurt vermag es wie kein zweiter, Menschen zu töten, selbst wenn diese alle nur vorstellbaren Maßnahmen zu ihren Schutz ergreifen. Beides Fähigkeiten, die bei einer solchen Mission fraglos von Nutzen sind. Aber was ist mit dir?«

»Was soll mit mir sein?«

»Deine Fähigkeit ist die Magie. Wenn wir Mortai einfach vergiften oder auf ähnlich herkömmliche Weise töten könnten, was wäre dann deine Aufgabe dabei? Wozu sollten wir dich brauchen?«

Nariz versteifte sich und ballte die Fäuste. Mytha war sicher, dass die Magierin sich zornig verteidigen und ihre bisherigen Verdienste betonen würde, doch stattdessen entspannte diese sich wieder.

»Du hast recht«, gab sie zu Mythas Überraschung zu. Unsicherheit schwang in ihrer Stimme mit. »Wenn alles so einfach wäre, wäre ich überflüssig. Also muss Magie oder irgendetwas sonst, was nur ich vollbringen kann, bei unserem Vorgehen eine Rolle spielen. Aber ich sehe nicht, wie.«

»Und wenn wir denjenigen fragen, durch den wir überhaupt erst in diese ganze Lage geraten sind?«, schlug sie vor. »Wärst du ebenso wie Mortai in der Lage, diesen Dämon zu beschwören?«

Nariz stieß ein bitteres Lachen aus.

»Ich habe doch gerade erst erklärt, wie extrem gefährlich so eine Beschwörung wäre. Der winzigste Fehler wäre tödlich. Zudem müsste ich erst einmal wissen, um welchen Dämon es sich handelt, und das weiß ich nicht. Und zuletzt müsste ich noch die haargenaue Beschwörungsformel kennen, was nicht der Fall ist. Nein, vergiss es, das ist die hirnrissigste Idee, die ich seit Langem gehört habe.«

Sie unterbrachen ihr Gespräch, weil eine Gruppe Kinder lärmend in ihre Nähe kamen. Sie mochten vier oder fünf Jahre alt sein und Mytha beneidete sie für ihre Sorglosigkeit und Unbefangenheit. Sie begriffen noch nicht, in welch schlimmer Lage sich alle in der Burg befanden. Anderseits würde ihre Unwissenheit sie nicht vor dem Sturm schützen, der schon bald über sie alle hereinbrechen würde.

»Dann kommen wir im Moment offenbar nicht weiter«, fasste Mytha zusammen, als die Kinder sich wieder entfernt hatten. »Schaffen wir uns erst einmal eine Basis, die uns die verschiedensten Optionen offen lässt. Inzwischen haben viele die Burg verlassen. Vielleicht ergibt sich so für mich die Gelegenheit, die Stelle eines Dienstmädchens einzunehmen. Sobald die Burg fällt, dürften die neuen Herren das alte Küchenpersonal in ihre Dienste pressen. Mortai wird es sich wahrscheinlich nicht nehmen lassen, hier ein paar Tage zu residieren. Dann käme ich nah an ihn heran.«

»Und was ist mit mir?«

»Du«, sagte Mytha mit einem entwaffnend freundlichen Lächeln und stand auf, »du kannst meinetwegen in den tiefsten Kerkern verschimmeln.«

6

Die fensterlosen Verliese und Kerker tief unter Burg Moradun waren eine Welt für sich, eine Welt der Schmerzen, der Verzweiflung, der Hoffnungslosigkeit und ewigen Nacht.

Und natürlich der Schreie.

Folter war die Hauptbeschäftigung der Wärter. Viele wurden hierhergeschickt, um ihnen Geheimnisse zu entreißen, und wenn sie ihr Wissen nicht ausplauderten oder gar nichts wussten, kam es immer wieder vor, dass sie vom Lord oder seinen Stiefelleckern schlichtweg vergessen wurden, ohne dass der Folterbefehl jemals aufgehoben wurde. Andere schrien, weil sie den Verstand verloren hatten, wieder andere, weil sie selbst nach Jahren die Hoffnung noch nicht ausgegeben hatten, dass ihre Schreie irgendwann erhört würden.

Dies war Ortestas Welt. Mit fünfzehn Jahren hatte er seine Arbeit hier unten begonnen, anfangs als Wärter und Foltergehilfe. Mittlerweile war er zweiundfünfzig Jahre alt und seit über zwanzig Jahren Kerkermeister.

Er hatte sich niemals vermählt, niemand wartete dort oben auf ihn. Manchmal verließ er die Kerker über Wochen hinweg nicht. Seine an Fackelschein gewöhnten Augen waren empfindlich geworden. Es schmerzte ihn, ins Tageslicht zu blinzeln, deshalb verzichtete er darauf, sich ihm überhaupt noch auszusetzen. Und bei Nacht war es oben in der Burg nicht viel anders als hier unten, was sollte er also dort?

Mit den Jahren hatte ihn auch immer weniger interessiert, was dort überhaupt vorging. Die Burg war der Stammsitz der Moraduns und nach ihnen benannt, doch wusste er nicht einmal zu sagen, welcher Moradun gerade regierte. Das spielte hier unten keine Rolle. Die feinen Herren ließen sich in den Verliesen ohnehin nie blicken, deshalb war es ihm völlig gleich.

Hier bestimmte allein er die Regeln, hier war er selbst eine Art Lord, der über sein eigenes Reich herrschte, fast schon ein Gott.

Zumindest war es bis vor ein paar Tagen so gewesen. Selbst bis zu ihm waren Gerüchte vorgedrungen, dass ein Angriff auf die Burg bevorstünde. Zunächst war ihm das egal gewesen. Da er seinen Dienstherren nicht einmal kannte, war es ihm gleichgültig, wem er diente. Kriege waren nur etwas für die hohen Herren, für das einfache Volk ging es stets nur darum, sich den jeweiligen Bedingungen anzupassen. Solange sie nur gehorsam buckelten und ihre Arbeit gut verrichteten, wurden Leute, die wie er die Drecksarbeit machten, praktisch nie ausgetauscht, mochten die Herrscher auch wechseln.

Dann aber waren ein paar Gesandte des Lords in feinen Gewändern erschienen. Sie hatten den Gefangenen die Freiheit versprochen, wenn sie dafür halfen, die Burg zu verteidigen. Natürlich hatten fast alle diese Gelegenheit ergriffen.

Seither war es nicht nur viel leerer, sondern auch deutlich stiller in den Kerkern geworden. Die einzigen Gefangenen, die man ihm gelassen hatte, waren ein paar, deren Geist entweder zu zerrüttet, oder die zu geschwächt zum Kämpfen gewesen waren. Aber das würde nicht lange so bleiben. Sollte Burg Moradun die Belagerung überstehen, würden viele von denen, die man jetzt freigelassen hatte, vermutlich schon bald wieder hier sein. Und sollte die Burg fallen, war mit einer ganzen Flut neuer Gefangener zu rechnen. So oder so, es würde nicht lange dauern, bis wieder Normalzustand herrschte.

Dass er gar nicht erst so lange warten musste, stellte eine erfreuliche Überraschung für Ortesta dar. Ein Soldat der Burgwache führten eine Gestalt zu ihm herab, die mit einer Kutte mit hochgeschlagener Kapuze vermummt war.

»Mann oder Frau?«, fragte Ortesta.

»Frau. Hat auf dem Burghof angefangen, wüste Beschimpfungen gegen den Lord zu brüllen. Die Götter würden ihm zürnen, das feindliche Heer vor unseren Mauern wäre ihre Strafe für seine Ausschweifungen und all so'n Unsinn. Soll für ein paar Tage in einer Zelle lernen, ihr Temperament zu zügeln.«

»Warum trägt sie die Kapuze?«

»Ist wohl 'ne religiöse Verrückte. Sagt, ihr Orden würde ihr vorschreiben, ihr Gesicht einen Monat lang zu verhüllen, um sich von ihren Sünden zu reinigen. Wer ihr Gesicht in dieser Zeit sähe, würde den Zorn der Götter auf sich ziehen.«

Ortesta verzog sein Gesicht zu einem schmierigen Grinsen. Was scherte ihn der Zorn der Götter? Nicht einmal sie hatten hier unten Macht. Dies war *seine* Welt. Hier zählten weder Glaube noch Aberglaube noch Weltanschauung, nicht Armut oder Reichtum. Nicht Schuld oder Unschuld, sondern allein *sein* Wort.

»Ich will ihr Gesicht sehen«, verlangte er, doch der Soldat schüttelte den Kopf.

»Ich fass sie nicht an«, erklärte er. »Soll sie hier nur abliefern. Der Rest ist deine Sache.« Ohne ein weiteres Wort drehte er sich um und stieg die Treppe wieder hinauf.

Ortesta musterte seinen neuen Schützling.

»Du willst dein Gesicht also nicht zeigen?«

Stumm schüttelte die Gestalt den Kopf.

»Und wenn ich es dir befehle?«

Er erzielte keine Reaktion, was ihn nur noch mehr ärgerte. Was bildete sich diese Kreatur ein, sich seinem Willen zu widersetzen, hier, in seinem Reich? Mit einem Ruck riss er der Gefangenen die Kapuze vom Kopf.

Es war, als würde plötzlich die Sonne unter der Erde erstrahlen. Zum ersten Mal seit ihrer Erbauung kehrten Licht und Herrlichkeit in die Trostlosigkeit der Kerker ein.

7

Unter Trommelspiel setzte sich das woltanische Heer in Bewegung, kroch wie eine lange Schlange aus dem Lager und über die Brücke. Es gab kein Durcheinander mehr wie bei der Ankunft der neuen Rekruten, als Silvan nicht anwesend gewesen war. Jetzt sorgte er dafür, dass unter seinen Offizieren und durch sie in der ganzen Armee eiserne Disziplin herrschte. Die Anwesenheit des Königs, der mit Silvan an der Spitze der Kolonne ritt, tat ein Übriges.

Dadurch konnte auch Adamurt nicht mehr so frei walten wie bisher. Stattdessen reihte er sich bei einer der letzten ausrückenden Einheiten ein und marschierte mit, ohne dass es jemandem auffiel. Die Soldaten waren in Gedanken bei der bevorstehenden Schlacht, und die Offiziere kümmerten sich nur darum, dass ordentlich im Gleichschritt marschiert wurde.

Träge wälzte sich der Heerzug an der inzwischen völlig verlassenen Stadt vorbei und auf die Burg zu. Plünderungen würde es höchstens nach dem Kampf geben, obwohl nicht zu erwarten war, dass in Sairin noch irgendetwas von Wert zu finden sein würde.

Die Schatten der Abenddämmerung, die zu dieser Zeit früh anbrach, legten sich bereits über das Land, als Silvan, Mortai und die höchsten Offiziere zurückblieben, während die Truppen zu Füßen des Burghügels nach einem zuvor entworfenen Schlachtplan aufgestellt wurden. Zu Adamurts Schrecken bezog ausgerechnet die Einheit, bei der er sich befand, mit drei anderen zusammen in der vordersten Reihe Position. Sie würden also voraussichtlich zu den Ersten gehören, die in den feindlichen Pfeilhagel geschickt wurden, und das noch dazu ohne Schilde, die allein der gepanzerten schweren Infanterie vorbehalten waren.

Aber ihnen fehlten nicht nur Schilde zu ihrem Schutz, sondern auch alles, was zum Erstürmen einer Festung notwendig war. Weder gab es Belagerungstürme, über die sie relativ gefahrlos die Wehrgänge erreichen könnten, noch Sturmleitern oder wenigstens Rammböcke für das Tor. Wie wollten Silvan und Mortai Burg Moradun unter diesen Umständen einnehmen?

Dabei ging es Adamurt weniger um die Einnahme der Burg als vielmehr darum, dabei nicht gerade in erster Front zu stehen und zu den ersten Opfern zu zählen. Die Wahl der Einheit, zu der er sich gesellt hatte, war katastrophal falsch gewesen. Aber jetzt war es zu spät, um daran noch etwas zu ändern.

Selbst Adamurt wurde für einen Moment abgelenkt, als Dulg Mortai mit einer Fackel in der Hand im Schritttempo durch eine Gasse inmitten des Heeres nach vorne ritt und seine Soldaten dabei huldvoll grüßte. Viele von ihnen schienen ihn ebenso wie Adamurt noch nie gesehen zu haben. Vielleicht würde es ihm gelingen, sich unauffällig in der Dunkelheit zu verdrücken, während alle durch Mortai abgelenkt waren …

Erst in dem Moment, in dem dieser sich fast auf gleicher Höhe mit ihm befand, gelang es Adamurt, einen genaueren Blick auf den woltanischen König zu werfen. Er hatte das Gefühl, in dem

Augenblick, in dem er dessen Gesicht erstmals aus der Nähe erblickte, würde eine Tür in seinem Kopf zuschlagen und seine Gedanken abschneiden, während gleichzeitig eine andere geöffnet wurde.

Ohne zu ahnen, dass die gleiche düstere Erleuchtung zwei Tage zuvor auch schon über Mytha und Nariz gekommen war, begriff er, dass er Mortai töten musste, um seine Verpflichtung aus dem im magischen Tor geschlossenen Pakt zu erfüllen. Das war es, was der Dämon vorhergesehen hatte, dass ihnen der Mord an Mortai gelingen könnte. Deshalb hatte er im wohl einzigen Moment, in dem er aktiven Einfluss auf das Geschehen nehmen konnte, für ihr Überleben gesorgt.

Grundsätzlich hatte Adamurt damit keine Probleme. Er war es gewöhnt, dass jemand ihm ein Opfer nannte, ihn bezahlte, und er es aus dem Weg räumte, nur dass die Bezahlung in diesem Fall sein Leben gewesen war, und er wohl niemals wieder innere Ruhe finden würde, wenn er seinen Teil des Abkommens nicht erfüllen sollte.

Nur hatte es ein solches Abkommen niemals gegeben. Ein Abkommen setzte freie Entscheidung voraus. Er hingegen war vor vollendete Tatsachen gestellt worden. Aber das war ein unbedeutendes Detail, denn hätte er wählen können, wäre seine Entscheidung genauso ausgefallen. Sein Leben gegen das von Dulg Mortai – da brauchte er nicht zu überlegen. Er verabscheute es einfach nur, zu etwas gezwungen zu werden.

Währenddessen stieg Mortai von seinem Pferd ab und schritt allein und ohne Schutz den Hügel hinauf, näherte sich dem Tor. Adamurt runzelte die Stirn. War der Kerl lebensmüde? Mit ein bisschen Glück würde sich das Problem, ihn umzubringen, schon sehr bald ganz ohne sein Zutun erledigt haben.

Erst als er sich nur noch knapp drei Dutzend Schritte von dem Festungstor entfernt befand, blieb der Mann stehen.

»Ich bin Dulg Mortai, König von Woltan!«, rief er mit einer Stimme, die ungleich lauter als die eines normalen Menschen war und überall im Heer und vermutlich auch überall in der

Burg gehört werden konnte. »Ergebt Euch und unterwerft Euch mir, Lord Moradun, dann sollt Ihr und Eure Männer verschont werden. Widersetzt Ihr Euch jedoch, wird es weniger gut für Euch ausgehen. Um Euch die Entscheidung zu erleichtern, werde ich Euch eine Kostprobe meiner Macht bieten.«

Feuer schien aus seiner Brust zu schlagen, lange Flammenzungen, die in der Dunkelheit bis hinauf zu den Zinnen über die Burgmauern leckten und die Verteidiger in Deckung zwangen.

Ungläubig riss Adamurt die Augen auf. Er hatte zwar gehört, was bei Mortais Machtergreifung in Brelonia passiert sein sollte, doch hatte er die Schilderungen für völlig übertrieben gehalten. Eine jener angeblich wahren Begebenheiten, der jeder, der davon erzählte, noch ein klein wenig hinzufügte, bis aus einem Hündchen ein Drache geworden war.

Aber auch die Antwort ließ nicht lange auf sich warten. Durch seinen Angriff hatte Mortai den Schutz eines Parlamentärs selbst verwirkt, und durch die Fackel, die er noch immer in der Hand hielt, wurde er zu seinem deutlich sichtbaren Ziel. Eine Salve aus mindestens hundert Pfeilen raste auf ihn zu, um seinen vermeintlich großspurigen Worten ein rasches Ende zu bereiten.

Keiner von ihnen erreichte sein Ziel. Die Pfeile verfehlten Dulg Mortai nicht etwa. Stattdessen blieben sie, wie Adamurt deutlich sehen konnte, wenige Handbreit vor seinem Leib in der Luft hängen und fielen dann wirkungslos zu Boden. Mit Entsetzen erkannte der Meuchelmörder, dass alles, was an reißerischen Berichten über Mortais Macht kursierte, der Wahrheit entsprach – dass sie seiner wahren Macht sogar nicht einmal gerecht wurden.

Wozu er wirklich fähig war, enthüllte er erst jetzt. Feuerspeere, tausendmal greller als der, den er zuvor fast liebkosend über die Mauern geschickt hatte, hämmerten in das massive Burgtor. Das Holz fing Feuer und zerfiel binnen weniger Sekunden zu Asche, Beschläge, Angeln und Riegel schmolzen zu rot glühender Schlacke. Entsetzte Schreie klangen auf, als weitere Flammenspeere zu den Mauerkronen hinaufschossen, diesmal von solcher Hitze und Glut erfüllt, dass der Stein der Zinnen den Menschen dahinter keinerlei Schutz bot, sondern selbst zu glasieren begann.

Silvan ließ zwei Abteilungen Infanterie vorrücken. Adamurt befand sich zu seiner Erleichterung nicht dabei. Er beobachtete das Geschehen noch immer mit ungläubigem Schrecken.

Das war der Mann, den er umbringen sollte?

Wie eine Racheengel stapfte Dulg Mortai auf die Wunde zu, die dort in der Mauer klaffte, wo sich das Tor befunden hatte. Noch immer sirrten Pfeile auf ihn zu oder wurden Speere nach ihm geschleudert. Inzwischen prallten sie nicht mehr einfach von ihm ab und fielen zu Boden, sondern flammten auf und verbrannten zu Asche, sobald sie ihn fast erreicht hatten.

Verteidiger der Burg sammelten sich unter dem Torbogen, entschlossen, mit menschlichen Leibern das zu vollbringen, was Holz und Stahl nicht gelungen war. Mit dem Mut der Verzweiflung stellten sie sich den woltanischen Infanteristen entgegen und für einen kurzen Moment schienen ihre Bemühungen sogar Erfolg zu haben.

Mortai hatte sich zurückgehalten. Trotz seiner Magie konnte nicht einmal er diesen Krieg allein führen, doch der Widerstand, der seinen Truppen entgegenschlug, erweckte seinen Zorn. Wieder zuckte sengendes Feuer aus seiner Brust, fuhr in die dicht gestaffelten Reihen der Verteidiger. Nur Asche und verkohlte Fleischklumpen blieben von ihnen zurück, in ihren Händen noch die geschmolzenen Überreste ihrer Waffen.

Die Überlebenden flohen. Keine Disziplin, keine Tapferkeit waren diesem Grauen gewachsen.

Nur Minuten nach dem Beginn des Angriffs war Burg Moradun gefallen.

8

Es stellte ein Risiko dar, Bestechungsgelder anzubieten. Unter normalen Umständen hätte sie damit sicherlich Misstrauen erweckt. Man würde sich fragen, woher jemand wie sie so viel

Geld hatte. Im Allgemeinen bettelten die Menschen um Arbeit, um ein paar Dinar zu verdienen, statt dafür noch zu bezahlen. Aber in Burg Moradun herrschte kein Normalzustand. Späher berichteten, dass die Woltanen die Brücke über den Ruwion fast vollendet hatten und der Angriff auf die Festung noch an diesem, spätestens aber am nächsten Tag zu erwarten wäre. Lähmende Furcht hatte sich über die Burg gesenkt, deshalb hatte sich Mytha entschlossen, das Risiko einzugehen.

Genutzt hatte es ihr nichts. Lord Moradun war ein misstrauischer Mann, und selbst in einer Ausnahmesituation wie dieser wurde niemand in die Schar seiner Dienstmädchen, Kammerzofen und sonstigen Diener aufgenommen, der nicht seit Jahren bekannt war und als vertrauenswürdig galt. Das Beste, was Mytha hatte finden können, war eine Beschäftigung in der Küche, wo sie mithelfen sollte, Speisen auszutragen. Auch das mochte sich als nützlich erweisen, kam sie den herrschaftlichen Gemächern auf diese Art zumindest nahe.

Ihr erste Aufgabe jedoch bestand darin, Essen in die Kerker zu bringen: Abfälle für die wenigen Gefangenen, nur geringfügig bessere Speisen für die Wärter. Immerhin verschaffte ihr dies Gelegenheit, sich davon zu überzeugen, dass dort unten alles wie geplant verlaufen war.

Außer den Wärtern – und den Gefangenen natürlich – verirrte sich praktisch nie jemand in die düstere Welt der Verliese. Außerdem drang von dort kein Schrei ins Freie. So stellten sie einen idealen Ort dar, um sich zu verstecken, Pläne zu schmieden, Vorbereitungen zu treffen und auch, um jemanden umzubringen.

Um den Schein zu wahren, hatte sich Nariz zwar in eines der Verliese sperren lassen, doch in Wahrheit beherrschte sie die Kerker. Ihre diesbezüglichen Fähigkeiten waren wirklich unglaublich, doch waren ihnen auch Grenzen gesetzt, wie sie Mytha verraten hatte. Bei bis zu knapp einem Dutzend Menschen gleichzeitig war ihr Liebeszauber extrem wirksam, doch je mehr es wurden, verlor er auch an Kraft. Für die wenigen Kerkerwärter jedoch war er mehr als ausreichend. Sie beteten sie an und überschlugen sich fast, ihr jeden Wunsch zu erfüllen.

Am Abend, als sich bereits die Schatten der Nacht über das Land zu senken begannen, erfolgte der lange befürchtete Angriff. Wie Mytha erwartet hatte, würde es keine lange Belagerung geben, sondern einen harten Hammerschlag gegen die Verteidigung, ausgeführt mit Dulg Mortais Magie.

Gerüchte erreichten die Küche, dass die Woltanen mit vernichtender Magie angriffen, dass sie auf diese Art das Tor zerstört und riesige Breschen in die Mauern gesprengt hätten, dass die halbe Burg in Flammen stünde. Natürlich war vieles davon übertrieben, doch verbreiteten die Gerüchte Angst und Schrecken. Keiner der Menschen hier hatte gesehen, über welche Kräfte Dulg Mortai gebot, jeder hatte erwartet, dass sich die Festung über Wochen hinweg würde halten können und die latronische Armee vielleicht zu ihrer Unterstützung anrücken und den Belagerungsring sprengen würde.

Stattdessen trafen nur Minuten später Nachrichten ein, dass Lord Moradun gefallen sei, zusammen mit seinen Vertrauten und vielen Soldaten auf den Mauern von Feuerblitzen verbrannt. Die Verteidigung wäre zusammengebrochen, fast ungehindert drängen die feindlichen Truppen in die Burg ein. Chaos und Panik brachen aus und auch Mytha hielt es nicht länger in der Küche. Im Gegensatz zu den anderen ging es ihr nicht darum, bei ihren Lieben zu sein oder sich irgendwo zu verkriechen, sondern sie wollte mitbekommen, was weiter geschah. Abgesehen vom bloßen Überleben gab es jetzt nichts Wichtigeres, als möglichst viele Informationen zu sammeln.

Durch eine kleine Seitenpforte gelangte sie in eine abgelegene Ecke des Hofes, von wo sie aus dem Verborgenen alles beobachten konnte. Zu ihrer Überraschung herrschte alles andere als das erwartete Chaos. Es gab keine plündernden, mordenden und vergewaltigenden Horden, die über die Bewohner der Burg herfielen. Stattdessen waren nur wenige Truppenverbände der Woltanen in die Festung eingedrungen. Sie überwachten die Entwaffnung der latronischen Soldaten, die anschließend in einer langen Kolonne die Burg verließen. Es waren fast zweitausend, und es gab nicht genügend Platz, sie alle einzusperren, deshalb würde Silvan vermutlich irgendwo außerhalb ein Gefangenenlager errichten lassen.

Gruppen woltanischer Soldaten drangen auf der Suche nach Widerstandsnester in die verschiedenen Gebäude der Burg ein und durchsuchten sie, doch alles schien friedlich zu verlaufen. Mortai hatte mit der Demonstration seiner Macht sein Ziel erreicht. Der Fall des Tores, die mühelose Vernichtung der Truppen, die es verteidigen sollten, und der Tod ihres Fürsten hatten die Verteidiger vollkommen demoralisiert und ihren Kampfeswillen gebrochen.

Selbst Mytha hatte nicht erwartet, dass sich die Eroberung der Burg so simpel gestalten würde. Ohne die Toten, die verglühten Überreste des Tores und den stellenweise unter der Hitze glasierten Stein hätte man glauben können, dies wäre gar keine Eroberung, sondern eine ausgehandelte, friedliche Übergabe. Wie es aussah, würde der Großteil der woltanischen Armee die Festung nicht einmal betreten. Das gefährdete ihren Plan. Sie hoffte, dass es Adamurt gelingen würde, sich trotzdem ins Innere zu schleichen.

Im Zentrum des Hofes saßen Silvan und Mortai auf ihren Pferden. Der König hoch aufgerichtet und regungslos wie eine Statue, während sein Oberkommandierender in ununterbrochener Folge Befehle erteilte und Berichte entgegennahm.

Bei seinem Anblick flammte Mythas Hass sofort wieder auf, aber ihre Gefühle waren seltsam zwiegespalten. Hass auf der einen, aber auch eine gewisse Bewunderung auf der anderen Seite.

Im Prinzip hatte Silvan nichts anderes als das gemacht, was auch sie oft genug getan hatte, und das sehr gut. Mehr noch als das. Sein Schwindel war so hervorragend gewesen, wie sie es selten erlebt hatte, und das erforderte Anerkennung. Über Wochen hinweg hatte er sie alle getäuscht, auch sie selbst, die als Meisterin auf diesem Gebiet galt und sich anmaßte, normalerweise jeden Betrug anhand der winzigsten Kleinigkeiten durchschauen zu können. Er aber hatte sich über Wochen hinweg nicht die geringste Blöße gegeben. Sie hatte gewusst, dass Nariz, Adamurt und Olimarch eigene Pläne entwickelten, um alle anderen hinters Licht zu führen, sich auf ihre Kosten noch mehr zu bereichern und sie vielleicht sogar zu töten.

Silvan jedoch hatte sie dabei kaum auf der Rechnung gehabt, und die anderen wohl auch nicht. Mit wahrer Brillanz hatte er ihnen den Anschein vermittelt, dass es ihm allein um das Artefakt ginge und alles weitere allein ihre Angelegenheit wäre. Dabei hatte er in Wahrheit schon von Anfang an geplant, dass es für sie eine Reise ohne Wiederkehr würde, dass sie in dem Moment sterben sollten, in dem er das Artefakt in Händen hielt.

Es war ihm gelungen, sie alle zu täuschen. Damit hatte er sich als ein besserer Betrüger als sie selbst erwiesen, und das wusste Mytha durchaus zu würdigen. Aber sein Betrug hatte Olimarch und vor allem Linton das Leben gekostet, und das würde sie ihm niemals verzeihen.

Ginge es um sie allein, würde sie sich anders als durch Mord an ihm rächen, auch wenn ihre Art sehr viel komplizierter wäre und langwierige Vorbereitungen erfordern würde. Sie würde alles zerstören, was ihm etwas bedeutete, seinen Ruf, seine Beziehungen, seinen Besitz, und ihn auf diese Weise wieder zurück in die Gosse stoßen, aus der er sich einst emporgekämpft hatte. Wahrscheinlich wäre dies für ihn sogar schlimmer als der Tod, aber darauf würden sich Nariz und Adamurt nicht einlassen. Sie wollten Blut sehen.

»Du da! Was machst du hier?«

Mytha zuckte zusammen, als sie die Stimme hinter sich hörte, und ärgerte sich über ihre Unaufmerksamkeit. Zwei woltanische Soldaten waren hinter ihr aufgetaucht. Sie bemühte sich, einen möglichst ängstlichen Eindruck zu machen.

»Ich … ich …«

»Das ist nur ein Mädchen«, sagte der zweite Soldat. »Lass sie laufen.«

»Nicht, bevor ich weiß, was sie hier macht. Also? Wer bist du, und was machst du hier?«

»Ich … ich arbeite in der Küche«, stammelte Mytha. »Ich war nur neugierig.«

»Wir müssen jeden nach Waffen durchsuchen. Komm her, Befehl ist Befehl.«

Widerstandslos ließ sich Mytha von dem Soldaten abtasten, wobei er besonders viel Sorgfalt auf ihre Brüste und ihren Hintern verwendete. Sie hatte überlegt, ob sie ihren Dolch einstecken sollte, um sich vor Übergriffen schützen zu können, war jetzt aber froh, dass sie es nicht getan hatte.

»Und jetzt zurück in die Küche mit dir«, befahl der Soldat schließlich. »Der König und sein Stab sind hungrig.«

Mytha verbeugte sich rasch sich und hastete davon.

Mit geradezu erschreckender Geschwindigkeit kehrte in der eroberten Festung wieder Normalität ein. Die Herrschaft über Burg Moradun hatte gewechselt und einige Leute in wichtigen Positionen waren ausgetauscht worden. In der Küche machten sich die Veränderungen nur dadurch bemerkbar, dass nun zusätzlich ein paar Woltanen dort herumlungerten und aufpassten, dass alles mit rechten Dingen zuging, ansonsten nahm fast alles seinen gewohnten Lauf.

Haarig wurde die Situation für Mytha, als sie beauftragt wurde, beim Auftragen der Speisen zu helfen, denn das bedeutete, dass sie Silvan recht nah kommen musste, der sich zusammen mit Mortai und sämtlichen Offizieren seines Heeres im großen Festsaal der Burg niedergelassen hatte, um den – zumindest für sie – unblutigen und raschen Sieg zu feiern.

Sie trug eine dunkle Perücke mit einem Pony, dessen Fransen ihr fast über die Augen hingen, außerdem hatte sie sich die Wangen ausgestopft und ihr ganz Gesicht ganz allgemein so stark verändert, wie es nur ging. Niemand, der sie nur flüchtig kannte, würde sie erkennen, aber Silvan war ein aufmerksamer Beobachter, und sie hatte geraume Zeit in seiner unmittelbaren Nähe verbracht.

Sie hatte Glück. Er plauderte angeregt und achtete kaum auf seine Umgebung. Mytha half mit, einige Platten mit Fleisch, Backwaren und anderen Speisen in den Saal zu tragen, dann nutzte sie einen unbeobachteten Moment, um sich aus dem Staub zu machen.

Schon als sie sich getrennt hatten, hatten Nariz und sie mit Adamurt verabredet, sich am Abend der Eroberung am Fuße des vorderen rechten Wehrturms zu treffen. Dass dieser Abend so früh kommen würde, hatte sie nicht erwartet, änderte aber nichts an der Verabredung. Es machte sie lediglich besonders dringend. Die woltanische Armee war ausgeruht und brauchte sich nicht einmal von einem harten Kampf zu erholen. Also gab es keinen Grund, warum sie nicht direkt am nächsten Tag weitermarschieren sollte. Dann würde Silvan mit dem Heer nach Westen ziehen, Mortai jedoch vermutlich nach Brelonia zurückkehren, wo es für sie noch um ein Vielfaches schwieriger werden würde, überhaupt an ihn heranzukommen.

Weder Adamurt noch Nariz waren da.

Der Turm bildete eine Ecke der Wehrmauer. An seinem Fuß gab es keine Möglichkeit, sich zu verstecken; der Hof war an dieser Stelle frei zu übersehen. Wie ihr schon vor zwei Tagen bewusst geworden war, handelte es sich um einen ziemlich schlecht gewählten Treffpunkt, aber als sie ihn ausgemacht hatten, hatten sie das Innere der Burg schließlich noch nicht gekannt.

Erneut wallte Panik in ihr auf, dass es Adamurt womöglich nicht geschafft hätte, in die Festung zu gelangen. Da ihnen nur diese eine Nacht blieb, würde das alle ihre Pläne zerstören.

Anderseits war es bereits recht spät. Möglicherweise hatten sich Nariz und der Mörder bereits getroffen und beschlossen, sich an einen geschützteren Ort zurückzuziehen, und dafür kam nur einer in Frage. Was auch immer geschehen war, Mytha musste sich ohnehin mit der Magierin besprechen.

Sie machte sich auf den Weg in die Verliese.

9 Mytha war schon zweimal in den Kerkern gewesen, als sie Essen und Getränke für die Gefangenen und die Wärter gebracht hatte, und sie wusste, dass ihr dort keinerlei Gefahr drohte. Dennoch war es merkwürdig für sie, freiwillig in diese Unterwelt hinabzusteigen, und mit jedem Schritt die Treppe hinab fühlte sie ein stärkeres Gefühl der Beklemmung. Wer steckbrieflich in allen bekannten Ländern gesucht wurde, machte um einen Ort wie diesen normalerweise einen großen Bogen.

Aber dies war keine normale Situation. Aus eigener Erfahrung wusste Mytha, wie stark der Liebesbann der Magierin war. Seit dem ersten Blick auf Nariz' Gesicht war jeder einzelne der knapp ein Dutzend Wärter in Liebe zu ihr entflammt und bereit, jeden ihrer Wünsche zu erfüllen.

So war es auch jetzt. Ihre Schlussfolgerung war richtig gewesen, denn man erwartete sie bereits. Mehrere Wärter lungerten am Eingang der Katakomben herum, unter ihnen Ortesta, der Kerkermeister. Als sie sich näherte, trat er auf sie zu.

»Bitte folge mir. Ich soll dich zu der Erleuchteten führen«, sagte er und verbeugte sich vor ihr.

Nur mit Mühe konnte Mytha ein Lachen unterdrücken. Die Erleuchtete – das war selbst für Nariz reichlich dick aufgetragen.

Gleich darauf erkannte Mytha, warum sich die Wärter alle am Eingang aufhielten, denn Ortesta führte sie zu einer Wachstube, wo sie sich wohl normalerweise aufhielten. Jetzt war sie von Nariz – und zu ihrer Erleichterung auch Adamurt – mit Beschlag belegt worden. Es gab zwei Bänke entlang der Wand, zusätzlich einige Stühle und Tische.

»Endlich«, stieß Adamurt hervor, als sie eintrat. »Beim finsteren Gruun, wo haste bloß so lang' gesteckt. Du weißt, dass wir nur heut' Nacht Taragor novis dopendium Malinosius umwil morelion …« Der Mörder brach ab und griff sich an die Schläfen. »Was … was red' ich da für'n Unsinn?«

Verwirrt starrte Mytha ihn an, doch ihre Verwirrung galt nicht allein ihm. Auch durch ihren Kopf spukten plötzlich fremdartige Worte, ohne dass sie ihre Bedeutung kannte. Wenn es sich um eine Sprache handelte, dann eine, die sie noch nie zuvor gehört hatte.

»Was hat das …«, begann sie, dann wurde der innere Zwang, die Worte auszusprechen, übermächtig. »Nurius Decamonis ralison …«

Nariz sprang auf. Es schien plötzlich kälter im Raum geworden zu sein.

»Schweigt!«, rief sie. Panik schwang in ihrer Stimme mit. Sie hatte ihre Kapuze zurückgeschlagen und Entsetzen funkelte in ihren Augen. »Kein Wort mehr! Woher kennt ihr diese Formel?«

»Eine Formel? Ich … ich weiß nicht, die Worte tauchten plötzlich in meinem Geist auf, im gleichen Moment, in dem ich euch sah«, keuchte Mytha.

»Bei mir genauso«, bestätigte Adamurt. Er war blass geworden. »Beim Dämonenpfuhl, was hat das zu bedeuten? Was sin' das für Wört'r?«

Nariz ließ sich auf die Bank zurücksinken. Sie wirkte erschütterter, als Mytha sie je zuvor gesehen hatte.

»Eine Beschwörungsformel«, murmelte sie. »Eine sehr düstere Beschwörung, dem Klang nach. Möglicherweise eine, die einen Dämon heraufbeschwört. Auch ich habe einen Teil davon in meinen Gedanken. Hätten wir sie laut ausgesprochen …«

»Wieder eine Erinnerung, die der Dämon in unserem Gedächtnis verankert hat, und die jetzt erst freigesetzt wurde«, begriff Mytha.

»Richtig«, bestätigte Nariz mit brüchiger Stimme. »So wie bei Mortai, durch dessen Anblick wir erst erkannten, dass ihm der Zorn des Dämons gilt. Jeder von uns kennt einen Teil der Formel. Ein einzelner Teil ist nutzlos, deshalb wurde die Erinnerung erst frei, als wir alle drei wieder zusammentrafen. Wären wir zusammen gewesen, als wir Mortai zum ersten Mal sahen, hätten wir dem Drang vielleicht nicht widerstehen können, sie direkt an Ort und Stelle auszusprechen und hätten damit eine Katastrophe entfesselt.«

»Aba warum das alles?«, fragte Adamurt. »Wir sin' ja einverstand'n, Mortai zu töten, aba ich bin's allmählich leid, dass dieses Scheißding in meinen Gedank'n rumpfuscht!«

»Begreifst du denn nicht?«, entgegnete Nariz. »Der Dämon will nicht, dass wir Mortai töten. Wahrscheinlich könnten wir das gar nicht. Er will ihn sich selbst holen, und wir sind seine Werkzeuge dafür.«

10

Aus dem Festmahl war ein Gelage geworden, das bis spät in die Nacht dauerte. Nach ihrem Treffen mit Nariz und Adamurt kehrte Mytha wieder dorthin zurück, ohne dass jemand ihr Verschwinden bemerkt hatte. Silvan hielt mit den anderen Offizieren ordentlich mit, war bereits ziemlich angetrunken. Er wirkte nervös. Mortais Nähe schien ihm nicht zu behagen. Anscheinend fürchtete selbst er den Mann, in dessen Dienst er stand, denn er warf immer wieder rasche Seitenblicke zu ihm. Mortai seinerseits nippte nur gelegentlich an seinem Weinglas und starrte ansonsten nur versonnen vor sich hin, schien kaum wahrzunehmen, was um ihn herum vorging. Anscheinend war er kein großer Freund weltlicher Genüsse, ganz wie Mytha ihn eingeschätzt hatte, sondern war in Gedanken sehr weit weg, malte sich vielleicht schon aus, was seine nächsten Ziele sein würden, wenn er Latronia und Volarien unterworfen hatte.

Womöglich ging es dabei sogar um die Verheerten Lande. Mit einer Waffe wie dem Dunklen Feuer mochte selbst das für ihn in erreichbare Nähe gerückt sein, allerdings hätte Nariz D'huzhoryn ihm einiges dazu zu sagen. Noch gut erinnerte sich Mytha an das Gespräch, dass sie am Tag ihrer Ankunft auf der Burg mit der Magierin geführt hatte, als diese vermutet hatte, das Amulett müsste eine Schwachstelle haben, sonst wäre das Reich Trakan nie in Finsternis versunken.

Sie hatten dieses Thema auch vorhin noch einmal angeschnitten, da es sich nach allem, was sie mittlerweile wussten, bei dieser Schwachstelle nur um eins handeln konnte: Dämonen. Die geistlosen Horden der Ungeheuer wären von der Macht des Artefakts hinweggefegt worden, aber bei Sphärenwesen sah dies möglicherweise anders aus. Zumindest der Dämon, der sich ihrer bereits seit ihrer Flucht durch das magische Tor bediente, schien das Dunkle Feuer nicht zu fürchten, was sie in ihrer Vermutung bestätigte.

Und sie standen im Begriff, eine dieser Kreaturen, gegen die selbst eine solche Macht wirkungslos war, auf die Welt loszulassen …

Allein die Vorstellung trieb Mytha eisige Schauder über den Rücken. Vielleicht wäre es besser gewesen, wenn Linton sie gar nicht in das Tor gestoßen hätte, sondern sie alle durch Silvans Feuerkugel gestorben wären. Jetzt standen sie stattdessen unter dem Bann eines Dämons, der sie innerhalb des Tors so manipuliert hatte, dass ihr Leben zur Hölle würde, wenn sie nicht taten, was er von ihnen verlangte. Vielleicht sollten sie sich einfach selbst die Kehle aufschneiden, das wäre noch ein Ausweg aus dem Dilemma und würde die Pläne der Kreatur zunichtemachen. Wie Nariz gesagt hatte, wusste auch der Dämon nicht sicher, was sie tun würden, sondern konnte nur erkennen, welche ihrer Schicksalslinien die wahrscheinlichste war. Dass sie sich seinem Bann durch Selbstmord entziehen würden, war ihm nicht sehr wahrscheinlich erschienen, und damit hatte er recht gehabt.

Mytha verdrängte diese Gedanken. Wenn Nariz' Plan funktionierte, gab es zumindest eine Chance, dass sie dies alles überleben und nicht als die Ungeheuer in die Geschichte eingehen würden, die einem Dämon den Weg nach Latronia geöffnet hatten.

Erst weit nach Mitternacht erhob sich Mortai schließlich und verließ den Festsaal. Kurze Zeit später folgte Silvan seinem Beispiel, und bis auf eine Handvoll Zecher, die nicht genug bekommen konnten, zogen sich auch die meisten anderen wenig später zurück.

Mytha wartete noch eine halbe Stunde, bis sie sicher sein konnte, dass sie sich in ihre Quartiere zurückgezogen hatten und vermutlich schon schnarchend in ihren Betten lagen, dann sammelte sie drei noch ziemlich volle Weinkrüge ein.

Silvans Gemach lag etwas abseits von dem der anderen, glücklicherweise aber nicht auf dem gleichen Flur wie das Mortais, das von der königlichen Garde bewacht wurde, obwohl er einen solchen Schutz vermutlich gar nicht nötig hatte. Auch auf dem Flur vor Silvans Gemach waren Wachen protestiert, sogar insgesamt acht. Das waren deutlich mehr, als Mytha erwartet hatte. Zwar hatte es bislang keinerlei Widerstand bei den Bewohnern der Burg gegeben, dennoch schienen Misstrauen und Angst vor einer Verschwörung groß zu sein, solange nicht die Gesinnung aller Menschen gründlich untersucht worden war und es Säuberungsaktionen gegeben hatte, die zweifellos in den nächsten Tagen beginnen würden.

»Du da!«, rief einer der Soldaten, als er sie entdeckte. »Was willst du hier? Weißt du nicht, dass das Betreten dieses Flügels verboten wurde?«

»Ich … ich soll euch Wein bringen«, stammelte Mytha und machte ein möglichst ängstliches Gesicht. »Einer der Offiziere hat mich geschickt. Ich soll die Reste, die die hohen Herren übrig gelassen haben, unter den Wachen verteilen.«

»Das hört sich doch gut an! Endlich denkt auch mal einer an uns«, rief einer der jüngeren Soldaten und wollte auf sie zueilen, um ihr das Tablett abzunehmen, doch der, der zuvor gesprochen hatte, hielt ihn zurück.

»Wir dürfen während der Wache keinen Wein trinken«, sagte er misstrauisch. »Was für ein Offizier soll dich geschickt haben?«

»Er … er hat mir seinen Namen nicht genannt«, behauptete Mytha. »Aber er sagte, heute wäre ein Tag zum Feiern, und da sollten alle dran teilhaben. Er befahl mir nach dem Ende der

Feier nur, den restlichen Wein zu verteilen, ehe er sich mit den anderen zurückzog. Ist sowieso zu wenig, um sich zu betrinken. Aber wenn ihr nicht wollt, freuen sich die anderen Wachen, weil sie mehr …«

»Warte. Wie sah der Offizier aus?«

»So ein großer Mann mit grau werdendem Haar und einem mächtigen Schnauzbart.«

Diese Beschreibung traf auf mindestens ein Drittel der Offiziere zu, die sie bei dem Gelage gesehen hatte, aber das schien keinen Verdacht zu wecken.

»War bestimmt der alte Wingart«, vermutete einer der Soldaten. »Der denkt auch schon an uns einfache Soldaten. Komm schon, Bronn. Was ist schon dabei, wenn wir uns mit ein paar Schluck Wein wärmen? Vor allem, wenn es uns geradezu befohlen wurde.«

»Und wenn sie lügt?«, fragte der mit Bronn angesprochene Mann. Er schien so etwas wie der Befehlshaber des kleinen Trupps zu sein. »Was, wenn Sie uns in Wahrheit vergiften will?« Er versetzte dem jungen Soldaten neben sich einen Stoß, der ihn auf Mytha zurücktaumeln ließ. »Aber das ist ja herauszufinden. Los, koste von dem Wein, wenn du so scharf darauf bist. Dann sehen wir ja, was passiert.«

Der Mann hielt das Misstrauen offenbar für völlig übertrieben, denn das ließ er sich nicht zweimal sagen. Er nahm aus jedem der Krüge einen großen Schluck, dann rülpste er und wischte sich mit dem Handrücken über den Mund.

»Aahh. Ein herrliches Tröpfchen. So was Gutes bekommt unsereins sonst nicht zu trinken.«

Dennoch blieb der Befehlshaber misstrauisch und wartete mehrere Minuten ab. Mytha machte es nichts aus. In dem Wein befand sich kein Gift, sondern lediglich ein Schlaftrunk, der gut eine halbe Stunde brauchte, bis die Wirkung einsetzte. Sie wünschte, Olimarch könnte miterleben, dass ein von ihm gebrauter Trank eine wichtige Rolle bei Ihrem Vorhaben spielte.

Als auch nach mehreren Minuten noch nichts passiert war

und die übrigen Wachposten ihn immer mehr bedrängten, gab Bronn schließlich nach.

»Also gut, scheint alles in Ordnung zu sein. Trinkt meinetwegen. Und du«, wandte er sich an Mytha, »verschwinde endlich von hier.«

Sie machte einen Knicks und entfernte sich eilig. Ihre Aufgabe hier war erledigt. Jetzt musste die Zeit den Rest übernehmen. Allerdings befürchtete sie, dass ihr Plan nicht vollständig aufgegangen war. Wenn der Befehlshaber nichts von dem Wein trank, würde er schnell die richtigen Schlüsse ziehen, wenn seine Leute plötzlich einschliefen. Darum würde sie sich kümmern müssen, wenn es so weit war, aber bis dahin blieb noch Zeit.

Mytha nutzte sie, um sich ihres Küchengewandes zu entledigen. Es hatte ausgedient, sie würde es nicht mehr brauchen. Stattdessen schlüpfte sie in das schwarze Leder ihrer Lieblingskleidung. Wie stets war es ein bisschen, als würde sie eine neue Haut überstreifen, fast eine neue Identität, die ihr innere Kraft verlieh. Zwar konnte sie sich jetzt nicht mehr so offen wie zuvor bewegen, aber es würde leichter sein, sich vor einer Entdeckung zu schützen. Die Zeit der Masken war vorüber. Von nun an gab es nur noch eine Richtung, in die sich alles entwickeln konnte, und die würde entweder zu einem Erfolg führen oder in einer totalen Katastrophe enden.

So ausgestattet kehrte sie zu den Kerkern zurück. Im Gegensatz zu ihr kannte sich Adamurt in der Burg nicht aus, und es erschien ihr zu riskant, ihn allein in dem Gebäude herumirren zu lassen. Deshalb hatte sie mit ihm verabredet, ihn abzuholen, statt sich anderswo mit ihm zu treffen. Er erwartete sie bereits.

»Alles in Ordnung? Den Anblick hab' ich schon vermisst.«

Mytha verzog das Gesicht. »Komm schon. Und mach den Mund zu, damit kein Sabber rausläuft.«

»Als wir uns kenn'n lernten, warste noch nich' so ruppig. Ich glaub', die alte Mytha gefiel mir besser.«

»Als wir uns kennenlernten, wolltest du mir an die Wäsche.«

»Darüb'r lässt sich auch heut' noch red'n.«

Sie machten sich wieder auf den Weg zu Silvans Gemach. Abgesehen von ein paar Wachsoldaten, die gelangweilt durch die Hauptkorridore und großen Hallen patrouillierten, war um diese Zeit praktisch niemand mehr in der Burg unterwegs. Wo sich die Patrouillen die meiste Zeit aufhielten und welchen Weg sie nahmen, hatte Mytha bereits vorher ausgekundschaftet, weshalb es ihnen keinerlei Mühe bereitete, diese zu umgehen.

»Es gibt ein kleines Problem«, sagte sie, als sie sich ihrem Ziel näherten.

»Ach ja? Und das wär'?«

»Ich fürchte, eine der Wachen ist so pflichtversessen, dass sie keinen Wein getrunken hat.«

»Und das soll'n Problem sein? Dem hau' ich einfach was auffe Mütze.«

»Sicher, und vorher gibt er Alarm und brüllt die ganze Burg zusammen. Lass mich das lieber erledigen.«

»Aba klar doch. Haste auch schon 'ne Idee, wie du das anstell'n willst?«

»Hiermit«, behauptete Mytha und hielt ihm die geballte Faust entgegen.

»Du willst ihn umhauen?« Adamurt grinste breit. »Wird ja imma bess'r. Bin schon gespannt.«

Es dauerte nicht lange, bis sie ihr Ziel erreichten. Nach Mythas Schätzung dürfte es nicht mehr lange dauern, bis die Wirkung des Schlaftrunks einsetzte. Vorsichtig spähte sie um die Ecke. Noch waren die Wachposten alle auf den Beinen, aber einige gähnten bereits verstohlen. Mit jeder verstreichenden Minute fiel es ihnen schwerer, die Augen offen zu halten. Kurz darauf überwältigte den ersten der Schlaf, und er rutschte an der Mauer, an der er gelehnt hatte, entlang zu Boden.

Mit zwei Schritten war Bronn bei ihm und versetzte ihm einen Tritt in die Seite. Wie Mytha befürchtet hatte, war er hellwach.

»Verdammt, was fällt dir ein, Kerl? Steh auf, auf Wache wird nicht geschlafen!«

Hinter ihm sackte ein weiterer Soldat in sich zusammen. Bronns Augen weiteten sich, als er plötzlich begriff, dass dies nicht mit natürlichen Dingen zuging. Mytha zögerte nicht länger. Sie zog die Schleuder aus ihrem Gürtel und legte den gut augengroßen Stein in die Schlaufe, den sie auf dem Burghof aufgesammelt und bislang in ihrer Faust verborgen gehalten hatte. Ein paar Drehungen, dann sirrte er davon und traf Bronn hinter dem Ohr. Ehe er einen Alarmschrei ausstoßen konnte, brach er bewusstlos zusammen.

»Enttäuschend«, kommentierte Adamurt. »Ich dacht' wirklich 'nen Moment lang, du würdest dich mit ihm schlag'n.«

Auch die anderen Soldaten lagen inzwischen bewusstlos auf dem Boden, bis auf einen, der selbst schlafend noch an der Wand lehnte.

Sie traten auf die Tür des Schlafgemachs zu. Lautlos drückte Mytha die Klinke herab. Die Tür war verschlossen, doch handelte es sich um ein großes, überaus simples Schloss. Mit zwei ihrer Häkchen brauchte sie kaum zehn Sekunden, bis die Stahlzunge mit einem leisen Knacken zurückschnappte. Als sie die Klinke anschließend ein weiteres Mal drückte, ließ sich die Tür öffnen.

Mytha atmete auf. Ein zusätzlich von innen vorgeschobener Riegel hätte alles erheblich komplizierter gemacht.

Sie gelangten in ein großes, luxuriös eingerichtetes Schlafgemach, wie im Schein des durch die Fenster hereinfallenden Mondlichts zu erkennen war. Leises Schnarchen klang von einem Baldachinbett zu ihnen herüber. Vom Wein berauscht schlief Silvan offenbar tief und fest.

»Egal was für Albträume der Scheißkerl hat, er wird gleich feststell'n, dasses noch viel schlimm're gibt«, zischte Adamurt hasserfüllt, während er eine Kerze entzündete. Bei dem, was jetzt folgte, wollte er Silvans Gesicht deutlich sehen, während Mytha gut darauf verzichten könnte.

Selbst wenn es wie anfangs gedacht nur um den Mann von der Näreninsel ginge und sie jetzt am Ziel ihrer Bemühungen wäre, würde der Mörder sich nicht damit begnügen, die Sache mit einem sauberen Stich ins Herz zu Ende zu bringen, sondern darauf bestehen, ihn langsam und genüsslich zu Tode zu foltern. Stattdessen aber stellte Silvan nun nur ein erstes kleines Steinchen in ihrem Plan dar. Auf keinen Fall durfte etwas schiefgehen, oder ihr gesamtes Vorhaben würde wie ein Kartenhaus in sich zusammenbrechen.

Adamurt trat an die linke Seite des Bettes, während Mytha sich mit einem Lappen in der Hand auf der rechten Seite postierte.

»Bereit?«, fragte er, und als sie nickte, versetzte er dem Schlafenden eine Ohrfeige. Benommen vom Alkohol schlug Silvan die Augen auf. Sie waren blutunterlaufen und glasig, doch schien er schlagartig nüchtern zu werden, als er erkannte, wen er vor sich hatte.

»Adamurt!«, keuchte er und bäumte sich auf. Es sollte das letzte Wort sein, das er in seinem Leben sprach. Das leichte Öffnen des Mundes beim Sprechen reichte Adamurt, ihm einen Dolch mit einer extra breiten Klinge zwischen die Zähne zu schieben.

»Wie's jetzt weitergeht, hängt allein von dir ab«, sagte er. »Du kannst's auf die harte oder die weiche Tour bekomm'n. Bitte tu mir den Gefall'n und nimm die harte Tour.«

Silvan zögerte einen Moment, wog die Chancen ab, einen Schrei auszustoßen, ehe Mytha, die mittlerweile neben ihm kniete, ihm den Mund mit einem bereitgehaltenen Lappen verschloss. Trotzig presste er die Lippen aufeinander.

Mit einen harten Ruck drehte Adamurt den Dolch. Das ekelhafte Knirschen splitternder Zähne drang an Mythas Ohren. Silvan stöhnte auf. Blut quoll aus seinem Mund, als Adamurt mit der Klinge des Dolches seine Kiefer auseinanderzwang. Sobald Silvan den Mund weit genug geöffnet hatte, stopfte sie ihm den Lappen hinein. Adamurt zog den Dolch zurück.

»Du hast versucht, uns umzubring'n«, stieß er hervor und schlug wuchtig mit der Faust zu. Blut schoss aus Silvans Nase.

»Und du hast uns betrog'n.« Ein weiterer Schlag. Diesmal platzte Silvans Lippe auf.

»So was nehm' ich persönlich und bin stinksau'r darüber.«

Schlag um Schlag traf Silvans Gesicht, bis dessen ganze untere Hälfte kaum mehr als eine blutige Masse war. Schließlich hielt Mytha es nicht mehr aus. Als Adamurt ein weiteres Mal ausholte, hielt sie seinen Arm fest.

»Hör endlich auf, oder willst du ihn umbringen?«, blaffte sie ihn an. »Wir brauchen ihn lebend.«

Wütend riss der Mörder sich los.

»Sag mir nich', was ich zu tun oder zu lass'n hab', sonst …«

»Was sonst? Drehst du jetzt durch, nur weil du dich nicht beherrschen kannst? Wenn es dir hilft, dann halt dir vor Augen, dass nichts, was du ihm antun kannst, so schlimm ist wie das, was ihn erwartet.«

»Macht nur bei weit'm nich' so viel Spaß, als ihm selbst die Zähne einzuschlag'n.« Er atmete ein paarmal tief durch. »Also gut, die Ratte hat sowieso das Bewusstsein verlor'n und spürt nix mehr. Schaffen wir ihn in die Kerker runter.«

11

»Alle Achtung, wenn du das wirklich durchziehst. Du bist mutiger, als ich dachte«, gab Nariz ein ungewohntes Lob von sich. »Ich war sicher, du würdest einen Rückzieher machen. Du weißt, dass Mortai dich wahrscheinlich einfach töten wird?«

»Ich hoffe nicht«, entgegnete Mytha. »Natürlich wird er es vorhaben, aber er wird sich Zeit damit lassen und mich erst einsperren.«

»Hoffentlich schätzt du ihn nicht falsch ein. Er ist nicht wie Adamurt oder viele andere. Er kennt keine Skrupel, aber ich glaube nicht, dass es ihm Spaß macht, jemanden zu quälen.« Wie zur Bestätigung ihrer Worte erklang ein weiterer Schrei aus dem Verlies, in dem der Meuchelmörder sich mit dem inzwischen wieder zu Bewusstsein gekommenen Silvan befand.

»Ich weiß«, murmelte Mytha. »Er ist ein Machtmensch, der sich von Logik und Pragmatismus statt von Gefühlen leiten lässt. Er kann zweifellos grausam sein, aber nur, wenn es seinen Zwecken dient, nicht aus Selbstzweck. Bevor er mich tötet, wird er Antworten von mir haben wollen. Jedenfalls baue ich darauf.«

Das stimmte zwar, doch gab sie sich zuversichtlicher, als sie sich in Wahrheit fühlte. Sie kannte Dulg Mortai zu wenig, um ihn wirklich einschätzen zu können, konnte sich nur aufgrund des Wenigen, was sie aus zweiter Hand über ihn erfahren hatte, ein höchst unvollständiges Bild von ihm machen. Auf jeden Fall würde es extrem gefährlich werden, sich direkt in die Höhle des Drachen zu wagen.

»Wir könnten ihm auch anders eine Nachricht zukommen lassen«, sagte Nariz. Ihre plötzliche Besorgnis wunderte Mytha. Allerdings vermutete sie, dass diese weniger ihrem Wohlergehen galt als der Befürchtung, sie könnte einen Fehler machen und dadurch alles gefährden.

Sie schüttelte den Kopf.

»Nein. Dafür ist Mortai zu schlau. Wenn er nur eine Nachricht bekäme, würde eine Falle vermuten und erst seine Leute herschicken. Er muss denken, er hätte die vollständige Kontrolle und mich als Geisel, dann wird er unvorsichtig. Zumal er davon ausgeht, dass ihm ohnehin nichts passieren kann.«

»Wie du meinst. Dann viel Erfolg.«

»Achte ein bisschen auf Adamurt«, bat Mytha. »Er hat sich nicht richtig unter Kontrolle. Uns ist nicht gedient, wenn er Silvan umbringt.«

Ohne ein weiteres Wort wandte sie sich um und ging. Ihr Ziel war das Dach des Burgfrieds. Den Weg dorthin hatte sie bereits vorher ausgekundschaftet und sich auch das Schloss der Luke angesehen, die sie am oberen Ende der Treppe erwartete. Ein Schloss, das sie nicht abschreckte, sondern in ihren Augen eher eine Einladung darstellte. Mytha musste nicht einmal das zusammengerollte Seil ablegen, das sie über der Schulter trug, um es zu öffnen.

Kühle Nachtluft empfing sie, als sie die hölzerne Luke zurückklappte und ins Freie stieg. Sie eilte zu den Zinnen und spähte in den Burghof hinab, der tief unter ihr lag. Nichts rührte sich dort. Auch die Türme, von denen normalerweise Wachen weit ins Land späten, um jede feindliche Armee oder sonstige Gefahr frühzeitig zu entdecken, waren in dieser Nacht unbemannt. Der Feind befand sich bereits in der Festung.

Für Mytha bedeutete das, dass sie keine Angst vor einer Entdeckung haben musste. Sie beugte sich so weit vor, dass sie die Fenster in der Wand unter sich erkennen konnte, und zählte sie ab. Über dem vierten Fenster von rechts band sie das Seil an eine Zinne und warf das andere Ende in die Tiefe. Nachdem sie sich noch einmal vergewissert hatte, dass niemand sie beobachtete, glitt sie wie ein Schatten über die Mauer und kletterte an dem Seil drei Stockwerke tiefer. Dort verharrte sie vor dem Fenster des Gemachs, in dem sich Dulg Mortai einquartiert hatte, den Räumen, in denen bis vor wenigen Stunden noch Lord Moradun gewohnt hatte.

Um beide Hände frei zu haben, klammerte sie sich mit den Beinen am Seil fest und ließ sich kopfüber herabhängen. Vorsichtig schob sie einen dünnen Draht zwischen den beiden Flügeln des Fensters hindurch, was sich als nicht gerade einfach erwies. Die Fenster waren hervorragend verarbeitet und schlossen so dicht, dass sie fast zwei Minuten lang stochern musste, bis sie den Draht durchhatte und damit den Haken auf der Innenseite hochziehen konnte.

Lautlos ließ sich das Fenster öffnen und sie glitt ins Innere. Auch hier half ihr das Mondlicht, sich zu orientieren.

War schon Silvans Gemach üppig mit teuren, kunstvoll hergestellten Möbeln, Bildern, Teppichen und Wandbehängen ausgestattet gewesen, so bot sich ihr hier ein noch ungleich größerer Luxus. Der Burgherr hatte zu leben verstanden.

Mytha atmete noch einmal tief durch und nahm allen Mut zusammen. Dann trat sie am Mortais Bett. Dass er der König von Woltan war, machte keinen Eindruck auf sie, aber obwohl er im

Halbdunkel kaum zu erkennen war, strömte er selbst im Schlaf eine Aura von Düsternis und Gefahr aus. Sie gab etwas Speichel auf ihren Zeigefinger und fuhr damit über seine Lippen.

Im Gegensatz zu Silvan war er nicht vom Wein benommen. Er erwachte sofort und reagierte schneller, als sie es erwartet hatte. Mit der Blitzartigkeit einer Schlange zuckte sein Arm vor, und seine Finger schlossen sich so fest um ihr Handgelenk, dass Mytha ein Stöhnen nicht unterdrücken konnte.

»Sieh mal einer an, was haben wir denn hier? Eine Attentäterin?«, fragte er und setzte sich auf, ohne sie loszulassen. »Ziemlich dumm von dir. Wache!«

Es dauerte nur Sekunden, bis ein halbes Dutzend Männer in den Uniformen der königlichen Garde ins Zimmer gestürmt kamen. Kerzen wurden entzündet und ein überraschter Ausdruck glitt über Mortais Gesicht.

»So also ist das. Keine Attentäterin, sondern eine Diebin.« Er ließ ihr Handgelenk los. »Der Beschreibung nach dürfte ich wohl das Vergnügen mit der berühmten Mytha haben. Ich dachte mir schon, dass wir uns früher oder später begegnen würden.«

»Ihr schuldet mir noch etwas«, stieß Mytha hervor. »Ihr habt mich für einen Auftrag anheuern lassen, aber statt mich zu bezahlen, sollte ich sterben. So was mag ich gar nicht. Ich bin gekommen, um den mir zustehenden Lohn zu fordern.«

»Soll ich sie töten?«, fragte einer der Gardisten.

»Nein, nein. Sie ist mit einer durchaus berechtigten Forderung zu mir gekommen. Ich fürchte nur, ich kann ihr nicht nachkommen, meine Liebe. Wohltaten für das Volk und so ein Krieg sind teuer. Meine Staatskasse ist leer.«

»Ist das so? Ich habe befürchtet, dass Ihr so etwas sagen würdet, deshalb bin ich nicht ganz ohne Druckmittel gekommen«, entgegnete Mytha mit einem entwaffnenden Lächeln. »Nicht viele hätten eine Expedition ins Herz der Verheerten Lande überlebt. Ihr seid ein kluger Mann, deshalb dürftet Ihr wissen, was Ihr an jemandem wie Silvan habt. Wenn Ihr den Oberkommandierenden Eures Heers zurückhaben wollt, wird Euch nichts anderes übrig bleiben, als Eure Schulden zu begleichen. Zuzüglich eines kleinen Zuschlags für die entstandenen Unannehmlichkeiten.«

»Erpressung? Das ist doch nur ein Bluff, oder? Du magst eine gute Diebin sein, aber nicht einmal du schaffst es, ihn mitten aus einer von meinen Truppen besetzten Burg heraus zu entführen.« Er wandte sich an einen der Gardisten. »Sieh nach, was mit Debair ist. Und ihr anderen wartet nebenan. Ich will allein mit meinem *Gast* sein.«

Ohne Widerspruch verließen die Gardisten den Raum. Mortai schlug die Decke zurück und stand auf. Bis auf seine Stiefel war er vollständig bekleidet zu Bett gegangen.

»Ich muss gestehen, unsere kleine Plauderei beginnt mir Spaß zu machen. Ich bin von so viel Versagern und Mittelmaß umgeben, dass ich es zu schätzen weiß, wenn jemand daraus emporragt. So ist es auch mit Silvan. Ich würde ihn nur ungern verlieren.«

»Dann solltet Ihr Euch mit der Entscheidung nicht zu viel Zeit lassen. Adamurt ist ziemlich heißblütig, und ich weiß nicht, wie lange er seinen Hass auf Silvan beherrschen kann.«

»Adamurt? Er also auch. Wie viele von Eurer kleinen Truppe haben noch überlebt?«

»Sonst keiner. Nariz ist wie Linton verbrannt, zumindest ist sie nicht auf der anderen Seite des Tores herausgekommen.«

»Und der Giftmischer?«

»Ist bei einem Angriff der Bestien gestorben, ehe wir die Grenze nach Volarien erreichten.«

»Rein interessehalber, wohin hat euch das magische Tor gebracht? Es muss irgendwo in der Nähe der Grenze gewesen sein, denn einen langen Weg hättet auch ihr nicht überstanden. Das könnte für mich noch von Nutzen sein, wenn ich mein Interesse in Zukunft noch einmal auf die Verheerten Lande richten sollte.

»Kann ich mir vorstellen. Diese Information gibt es kostenlos obendrauf, wenn Ihr Eure Schulden bezahlt habt.«

»Eine harte Verhandlungspartnerin. Ein Glas Wein, meine Liebe?«

»Nein.« Mytha machte sich nichts vor. Dies war keineswegs eine so harmlose Plauderei, wie Mortai sie glauben machen wollte. Er fühlte sich ihr grenzenlos überlegen und spielte nur mit ihr, genoss es, sie in trügerischer Sicherheit zu wiegen. Gut, alles lief so, wie sie es erwartet hatte, deshalb ging sie bereitwillig auf das Spiel ein. »Und hört auf, mich für dumm zu verkaufen. Ihr werdet gleich erfahren, dass ich nicht geblufft habe, was Silvan betrifft. Wir haben ihn wirklich. Wir haben erst überlegt, Eure Abwesenheit aus Brelonia zu nutzen, um so viele Schätze wie nur möglich aus Eurem Palast zu schaffen, aber uns war klar, dass wir dann niemals vor Eurer Rache sicher wären. Wir verlangen nur das, was uns versprochen wurde. Für Euch ist das nicht mehr als Klimpergeld, also erzählt mir nicht, dass Eure Kasse leer wäre. Gebt es uns einfach und Ihr werdet nie wieder Probleme mit uns haben.«

»Ansonsten holt ihr es euch doch auf die Art, die du gerade beschrieben hast, wie? Ich erkenne eine Drohung, auch wenn sie gut verpackt ist. Aber es gäbe einen ganz einfachen Weg, mich davor zu schützen. Was soll mich davon abhalten, dich einfach umzubringen?«

»Dieses Risikos war ich mir durchaus bewusst. Aber wäre ein bisschen Klimpergeld es Euch wirklich wert, Euren zweifellos wichtigsten Helfer zu verlieren? Wenn ich nicht zurückkehre, wird Adamurt Silvan töten und sich aus dem Staub machen. Aber es wird nicht bei dem einen Toten bleiben. Wenn die Gerüchte stimmen, seid Ihr durch Waffen nicht zu verwunden, aber er wird nach und nach jeden in Eurem Umfeld töten, jeden, der auf Eurer Seite steht und Euch hilft, Euer Reich zu regieren, jeden, der ...«

Die Tür wurde aufgerissen, und der Gardist, den Mortai ausgeschickt hatte, kam hereingestürmt.

»Debair ist verschwunden«, keuchte er. »Die Wachen liegen bewusstlos vor seiner Tür, und auf seinem Bett sind Blutflecken.«

»Kein Bluff«, sagte Mytha lächelnd. »Was ist nun? Wollt Ihr den Oberbefehlshaber Eurer Armee wiederhaben?«

»Silvan hat mir treue Dienste geleistet«, sagte Mortai und lächelte ebenfalls. »Aber niemand ist unersetzlich. Vielleicht würde ich sogar tatsächlich auf das Geschäft eingehen, wenn man mich nicht gewarnt hätte, dich und die anderen am Leben zu lassen. Ich habe Silvan nicht angewiesen, euch zu töten, weil ich euren Lohn sparen wollte, sondern weil mir prophezeit wurde, dass ihr anderenfalls zu einer Gefahr für mich würdet. Was gerade hier geschieht, bestätigt das, deshalb kann ich dieses Risiko nicht eingehen. Aber ich verspreche dir einen sauberen, schmerzfreien Tod, wenn du mir sagst, wo sich der Meuchelmörder mit Silvan befindet.«

Für einen Moment blitzte Furcht in Mythas Augen auf, als sie begriff, dass er gerade ihr Todesurteil verkündet hatte. Offenbar lag ihm doch nicht so viel an Silvan wie erwartet.

»Warte!«, sagte sie hastig. »Ich habe schon befürchtet, dass Euch das Leben keines anderen Menschen so viel bedeutet, dass Ihr Euren Prinzipien dafür untreu würdet. Aber wie steht es mit Eurem eigenen Leben?«

»Wovon sprichst du?«

»Gift. Ihr habt vorhin gesagt, ich wäre keine Attentäterin, sondern nur eine Diebin, aber in Wahrheit bin ich heute beides. Habt Ihr Euch beim Aufwachen nicht gewundert, warum ich mit dem Finger über Eure Lippen gestrichen habe? Ich habe Euch ein Gift aus Olimarchs Nachlass aufgetragen, das vermutlich tödlichste, das er je entwickelt hat. Ohne das Gegenmittel werdet ihr in weniger als einer halben Stunde unter schrecklichen Krämpfen sterben. Ich trage es nicht bei mir, Ihr könnt es nur von Adamurt bekommen. Tötet mich, und Ihr tötet Euch selbst.«

»Du überraschst mich wirklich«, stellte Mortai ungerührt fest. »Diebin, Attentäterin, Erpresserin – in dir schlummern viele Talente. Wenn du wüsstest, wie ungern ich schon damals deinen Tod und den der anderen befohlen habe. Und jetzt bedauere ich es noch viel mehr, aber die Prophezeiungen eines Dämons soll man nicht in den Wind schlagen. Glaubst du ernsthaft, man hätte in Brelonia nicht längst versucht, mich zu vergiften, nachdem ich die Herrschaft an mich gerissen hatte, dummes Kind? Das Dunkle Feuer schützt mich davor ebenso wie vor Waffengewalt. Ich könnte es literweise trinken, ohne dass mir etwas passiert.«

Wieder glomm Schrecken in Mythas Augen auf. Sie hatte erwartet, dass dieser Teil des ursprünglichen Plans nicht funktionieren würde und es deshalb gar nicht erst ernsthaft versucht, sondern statt Gift nur ein bisschen Speichel benutzt. Nachdem sich der vermutete Bluff über Silvan als wahr erwiesen hatte, hatte Mortai auch diesen geschluckt. Nur nutzte es ihr nichts.

Sie sprang zur Seite und hetzte auf das offene Fenster zu. Es war nur wenige Schritte entfernt, und wenn sie es erreichte …

Dicht neben ihr zuckte ein nur nadeldünner, dafür aber sengend heißer Blitzstrahl vorbei, traf die offenen Fensterflügel und ließ sie auflodern. Die Hitze war so groß, dass sie aufschrie, ins Stolpern geriet und zu Boden stürzte. Bevor sie wieder aufspringen konnte, war Mortai über ihr. Grob riss er sie in die Höhe, rief erneut nach den Wachen und stieß sie ihnen entgegen. Zwei der Gardisten packten sie, obwohl sie um sich trat und sich wie eine Katze wand.

»Genug der Spielchen«, sagte Mortai mit plötzlich eiskalter Stimme. »Du wirst mir jetzt sagen, wo sich Adamurt befindet.«

»Niemals!«, keuchte Mytha.

»O doch, das wirst du. Es wäre schade, dieses hübsche Gesicht zu verunstalten. Vielleicht werde ich deinen Kopf zur Abschreckung auf der Burgmauer aufspießen lassen, wenn das vorbei ist. Aber vorher wirst du reden.«

Die Gardisten verstanden die Aufforderung. Einer von ihnen trat vor sie und versetzte ihr einen wuchtigen Schlag in die Magengrube. Ein greller Schmerz zuckte durch Mythas Körper und trieb ihr die Luft aus den Lungen. Sie keuchte und krümmte sich im Griff ihrer Peiniger zusammen. Dieser Hurensohn wusste, wie man jemandem wehtat, ohne sichtbare Spuren zu hinterlassen.

Ein weiterer Faustschlag, der ihren Unterleib zu zertrümmern schien. Wieder stöhnte sie gequält auf, konnte nur mit äußerster Willenskraft einen Schrei unterdrücken. Beim dritten Hieb gelang ihr nicht einmal mehr das.

»Genug!«, befahl Mortai. Die beiden Gardisten ließen Mytha los. Nach Luft schnappend brach sie zusammen. Mortai trat zu ihr. »Es liegt ganz an dir, was nun passiert. Ich könnte sie noch stundenlang so weitermachen lassen. Sie würden dir deine Rippen eine nach der anderen zertrümmern, deine Organe würden reißen, und wir wissen beide, dass du mir irgendwann doch verraten würdest, was ich wissen will. Warum also ersparst du dir nicht die Schmerzen?«

Ganz kurz war Mytha versucht, seiner Aufforderung nachzukommen, nur damit die grauenvollen Schmerzen aufhörten. Dann aber sammelte sie etwas Speichel in ihrem Mund und spuckte ihm trotzig vor die Füße.

»Na schön, wie willst. Du bist zäh, alles was recht ist, und im Grunde hasse ich körperliche Gewalt. Vielleicht geht es anders besser.«

Er beugte sich zu ihr herab und presste ihr die Hände auf die Schläfen. Im ersten Moment spürte Mytha nur ein leichtes Prickeln, dann …

Es war, als würde eine unglaubliche Schwärze und Kälte in ihren Kopf eindringen. Schrecken jenseits aller Vorstellungskraft lauerten in der Schwärze, und die Kälte war so unbeschreiblich eisig, dass sie sich nicht mehr kalt, sondern wie loderndes Feuer anfühlte, das alles in ihr verzehrte. Noch nie zuvor hatte Mytha so unbeschreibliche Qualen empfunden. Ein schrilles, aus grenzenloser Pein geborenes Kreischen drang wie aus weiter Ferne an ihre Ohren, doch es dauerte einen Moment, bis sie begriff, dass sie selbst es ausstieß.

Nach einigen Sekunden ebbten die Qualen langsam ab.

»Wo ist Adamurt?«, fragte Mortai noch einmal.

»Im … im Kerker«, stammelte Mytha, kaum noch Herrin über ihre Sinne. Ihr Widerstand war zerbröckelt, sie konnte nicht mehr länger schweigen.

Dulg Mortai ließ sie los. Augenblicklich waren die Schmerzen und die Schwärze in ihrem Geist verschwunden.

»Im Kerker?«

»Wir … wir haben die Wächter bestochen«, keuchte Mytha. »Adamurt befindet sich mit Silvan in einem der Verliese.«

»Ein cleveres Versteck. Dort hätte ich vermutlich erst ganz zuletzt gesucht.« Mortai lachte. »Ein gesuchter Verbrecher, der sich ausgerechnet im Kerker versteckt, wann hat man das je gehört? Falls du allerdings lügst …«

»Ich lüge nicht.« Mytha senkte den Kopf. »Jetzt ist sowieso alles egal. Also bringt mich schon um.«

»O nein«, erwiderte Mortai kalt. »Erst wenn ich weiß, dass du wirklich die Wahrheit gesagt hast. Vorher werde ich meinen einzigen Trumpf ganz gewiss nicht aus der Hand geben. Also dann, Männer, holen wir den Meuchelmörder aus seinem Versteck und setzen diesem Spuk ein Ende.«

12

Mytha war grenzenlos erleichtert, dass sie Dulg Mortai in gleich zweierlei Hinsicht richtig eingeschätzt hatte: Er hatte sie nicht auf der Stelle getötet, weil er so von Misstrauen geprägt war, dass er überall Lügen und Verrat witterte, und er hielt sich für so mächtig und unbezwingbar, dass er nur sechs Männer seiner Leibgarde mitnahm. Zwei davon hielten Mytha fest, um zu verhindern, dass sie floh.

Nachdem sie das Erdgeschoss erreicht hatten, stiegen sie mit Mortai an der Spitze die breite steinerne Treppe zu den Verliesen hinunter. Niemand hielt sich in der Eingangshalle auf, doch im hinteren Teil lag, von den Fackeln kaum erleuchtet, auf einem großen Teppich, den Nariz von den Wärtern aus einem der Säle hatte herunterbringen lassen, ein blutendes, leise wimmerndes Bündel. Mortai eilte darauf zu, und die Gardisten beeilten sich, ihm zu folgen, wobei sie Mytha einfach mitschleiften.

Selbst ihr wurde beim Anblick Silvans fast übel. Adamurt

hatte ihn wie versprochen am Leben gelassen, ansonsten aber ganze Arbeit an ihm vollbracht. Seine Augen waren herausgeschnitten, seine Nase und die Ohren nur noch Stumpen. Seine Arme und Beine standen in schier unmöglichen Winkeln vom restlichen Körper ab, mussten vielfach gebrochen sein. Er hatte keine Finger mehr.

Rasender Zorn packte Mytha, und sie war froh, dass das schlechte Licht nicht ausreichte, um weitere Einzelheiten zu erkennen. Auch sie hasste Silvan für seinen Verrat, vor allem für die Ermordung Lintons. Aber ihm so etwas anzutun, hatte mit Rache nichts zu tun. Hier hatte Adamurt nur seinem Sadismus freien Lauf gelassen.

Und es war noch nicht einmal das Schlimmste, was Silvan erwartete …

Selbst Mortai war durch das schreckliche Bild für einen Moment abgelenkt. Zu spät erst bemerkte er Nariz, die in ihrer schwarzen Kutte vollständig mit der Dunkelheit in einer der Ecken verschmolzen war und sich nun näherte. Die Kapuze hatte sie zurückgeschlagen.

»Nariz D'huzhoryn«, stieß er hervor, als er sie erblickte. »Du also auch, dieses Miststück hat gelogen.« Erst jetzt schien er sich der Gefahr bewusst zu werden, die von ihr ausging. »Seht sie nicht an! Seht ihr auf keinen Fall ins Gesicht!«, brüllte er, aber es war bereits zu spät. Die Gardisten standen starr und regungslos, befanden sich völlig in ihrem Liebesbann. Widerstandslos ließen sie sich von Adamurt, der zusammen mit einigen Wärtern hinter ihnen aufgetaucht war, ihre Waffen abnehmen.

»Verdammte Hexe!«, brüllte Mortai. »Dafür wirst du büßen. Brenne!«

Ein Feuerstrahl löste sich aus dem Amulett auf seiner Brust und raste auf sie zu, erreichte sie jedoch nicht. Auf halbem Weg löste er sich in harmlos zu Boden rieselnde Fünkchen auf.

»Taragor novis dopendium Malinosius umwil morelion«, begann Nariz die Beschwörungsformel zu rezitieren. Mytha und Adamurt hatten sie ihre Teile der Formel mitsamt der genauen

Betonung der einzelnen Wörter gelehrt, wie der Dämon sie in ihren Erinnerungen verankert hatte.

»Was … was tust du da?«, brüllte Mortai. »Du bist wahnsinnig, hör sofort auf damit!«

Erneut raste ein Feuerstrahl auf die Magierin zu, diesmal noch ungleich stärker als der erste, doch auch er verwandelte sich in wirkungslose Fünkchen. Mortai stürmte auf sie zu. An der gleichen Stelle, an der sich der Feuerstrahl aufgelöst hatte, prallte er zurück, als wäre er gegen eine unsichtbare Wand geprallt.

»… olonis barion Scarili donwaron«, sprach Nariz ungerührt weiter.

»Nicht, hör auf!«, brüllte Mortai noch einmal. Zum ersten Mal sah Mytha Entsetzen auf seinem Gesicht, und solche Panik schwang in seiner Stimme mit, dass diese sich fast überschlug.

Es wurde merklich kälter in dem unterirdischen Gewölbe. Obwohl die Fackeln mit gleichbleibender Helligkeit brannten, schien es dunkler zu werden, als würden Schatten aus den Ecken und Winkeln hervorzukriechen beginnen, die kaum hörbar wisperten. Die Luft schien plötzlich dickflüssig wie Wasser zu sein. Mytha fühlte sich seltsam unwirklich, als wäre sie in einem grässlichen Traum gefangen.

Mytha verstand nicht viel von Magie, doch hatte sie bislang stets geglaubt, um eine Beschwörung durchzuführen, müsste ein Opfer getötet werden. Nariz jedoch hatte ihr widersprochen, denn es kam nur auf das Blut des Opfers an, vor allem, da der Dämon diesmal erscheinen *wollte*. Und Blut lieferte Silvan reichlich.

Die Idee, gerade ihn als Opfer für die Beschwörung zu nehmen und so ihre Rache an ihm und seinem Herrn gleichzeitig zu vollstrecken, bildete das besonders perfide Kernstück ihres Plans, und er schien aufzugehen.

Gehetzt drehte Mortai sich im Kreis, dann schien er endlich zu begreifen. Ein nur leichter Feuerstrahl traf den Teppich, ließ einen Teil davon auflodern und zu Asche zerfallen. Darunter wurden die Symbole, Zeichen und magischen Bannsprüche sichtbar, die Nariz in den vergangenen Stunden in den Stein des Bodens gekratzt hatte.

Ein böses Grinsen huschte über sein Gesicht.

»Stirb, Hexe!«, brüllte er. Etwas im Fackellicht Silberfarbenes raste durch die Luft. Was weder ihm noch seinen Feuerblitzen gelungen war, schaffte der von keinerlei Magie befleckte Dolch, den er geschleudert hatte. Er überwand den Bannkreis ungehindert und bohrte sich in Höhe des Herzens in die Brust der Magierin. Sie verstummte und brach zusammen. Im gleichen Moment stürzten die Kerkerwärter und Gardisten ohnmächtig zu Boden, als der Bann, unter dem sie standen, so plötzlich und gewaltsam zerbrach, dass ihr Bewusstsein nicht damit fertigwurde.

Mortai stieß ein triumphierendes Geheul aus.

Im gleichen Moment trat Mytha, fast ohne sich dessen bewusst zu sein, einen Schritt vor.

»Decamonis ralison Torkum matiron Torkum viledat aurinus baragan Sitotem.«

Die Worte, die die Beschwörung vollendeten, quollen wie von selbst über ihre Lippen, noch bevor sie überhaupt richtig begriff, was sie tat.

Mortais Entsetzensschrei wurde von einem abgrundtief fremdartigen Brüllen übertönt, während Arme aus Rauch nach ihm griffen und ihn einhüllten. Beinahe zärtlich strichen sie auch über Silvans verstümmelten Körper. Dichter und dichter wurde der Rauch. Etwas Rötliches gloste düster darin auf. Gleichzeitig breitete sich ein widerlicher Gestank aus, der Mytha zurückweichen ließ, bis sie gegen Adamurt stieß.

Feuer von unglaublicher Macht brandete aus Mortais Amulett, schien dem Dämon aber nichts anhaben zu können. Wie Nariz vermutet hatte, war es der Magie des Sphärenwesens nicht gewachsen. Diese bittere Erfahrung, die einst die Trakani hatten machen müssen, musste nun auch Mortai machen. Nach und nach wurde das Feuer schwächer.

JETZT BIST DU NICHT MEHR SO HOCHMÜTIG, WIE?, erklang eine machtvolle, dröhnende Stimme in Mythas Kopf. Eine

Stimme, die sie schon einmal gehört hatte, während sie auf einer Brücke das Nichts überquert hatte. Aber sie wusste auch, dass die Worte nicht an sie gerichtet waren. ELENDER STERBLICHER, DU HÄTTEST NICHT VERSUCHEN SOLLEN, MICH ZU DEMÜTIGEN. SCHON DAMALS HABE ICH DIE SCHICKSALSLINIEN WEIT ÜBER DIE VON DIR GESTELLTEN FRAGEN HINAUS ERFORSCHT. DIE NAMEN, DIE ICH DIR NANNTE, WAREN NICHT NUR BEDINGUNG FÜR DAS GELINGEN DEINES PLANS. DU HÄTTEST DAS DUNKLE FEUER AUCH MITHILFE ANDERER ERLANGEN KÖNNEN. ABER NUR MIT DIESEN FÜNF WAREN SCHICKSALSLINIEN MÖGLICH, DIE HIER UND JETZT ZU GENAU DIESEM PUNKT FÜHRTEN. UND NUN GEHÖREN DU UND DEIN HELFER MIR. ICH WERDE EURE SEELEN MIT IN DIE SCHATTENSPHÄREN REISSEN, UM SIE BIS ANS ENDE DER ZEIT MIT DEN EXQUISITESTEN QUALEN ZU PEINIGEN.

Das Brennen des Dunklen Feuers erlosch. Ein zweifacher Schrei ertönte und brach abrupt ab.

WAS EUCH BEIDE BETRIFFT, SO HABT IHR EUCH ALS NÜTZLICHE HELFER ERWIESEN, vernahm Mytha noch einmal die Stimme des Dämons. ZUM DANK DÜRFT IHR EUER ERBÄRMLICHES LEBEN WEITERFÜHREN. ES GIBT NICHT VIELE STERBLICHE, DENEN JEMALS DER DANK EINES SPHÄRENWESENS ZUTEILWURDE.

Das düstere Glosen innerhalb des Rauchs erlosch. Von Mortai und Silvan waren nicht mehr als völlig ausgedörrte Leichen zurückgeblieben, die aussahen, als wären sie schon vor langer, langer Zeit gestorben.

Auch nachdem alles vorbei war, raste Mythas Herz noch, als wolle es aus ihrer Brust brechen. Noch immer stand sie ganz im Bann des Geschehenen.

Adamurt erlangte als Erster seine Fassung zurück. Er trat zu Nariz und untersuchte sie kurz, dann schüttelte er den Kopf.

»Verschwinden wir von hier«, sagte er.

EPILOG

»Das war's dann also endgültig«, sagte Adamurt, nachdem sie eine Weile schweigend nebeneinanderher gegangen waren und Burg Moradun in den mit Anbruch der Morgendämmerung vom Fluss her aufsteigenden Frühnebeln hinter ihnen verschwand. »Wer hätt' gedacht, dass ausgerechnet wir beide übrig bleib'n würd'n. Ein Mörder und 'ne Diebin. Als Silvan uns damals alle angeheuert hat, war ich sicher, wenn's einen von uns erwischt, dann dich als Erste. Aber du bist zäher, als ich erwartet hab'.«

»So kann man sich täuschen.«

Wieder schwiegen sie, während sie langsam weitergingen. Mytha war nicht nach Reden zumute. Sie würde Zeit brauchen, um über alles hinwegzukommen, was passiert war.

Nur undeutlich erinnerte sie sich noch an ihre Flucht aus der Festung. Da das zerstörte Burgtor bewacht wurde, hatten sie sich an einer abgelegenen Stelle von der Burgmauer abgeseilt und waren unbemerkt in den Schatten der Nacht untergetaucht. Nun waren sie unterwegs zu einem Gehöft, das einen knappen Tagesmarsch weiter südlich lag. Dort hatten Nariz und sie auf dem Hinweg ihre Pferde bei einem Bauern in Pflege gegeben.

Und dann …

»Was haste denn jetzt vor, wenn wir wieda in Meridor zurück sin'?«, nahm Adamurt das Gespräch erneut auf, als hätte er ihre Gedanken gelesen. »So weitermach'n wie vorher? Wir ham zwar keine Beute gemacht und keinen Lohn bekomm'n, aber wenigstens sin' wir jetzt wieda frei.«

Das waren sie in der Tat, wenigstens das. Wenn schon nichts anderes, so hatten sie nach allem, was ihr Leben in den vergangenen Monaten von Grund auf verändert hatte, ihre Freiheit zurückgewonnen. Und das war immerhin auch schon etwas. Ihr Leben und ihre Freiheit waren ihr stets als etwas Selbstverständliches erschienen. Erst jetzt war ihr deren Wert richtig bewusst geworden.

»Nun?«, fragte Adamurt, als sie nicht antwortete.

Mytha zuckte mit den Achseln. Nach allem, was sie erlebt hatte, erschien es ihr kaum vorstellbar, ihr altes Leben wiederaufzunehmen, als wäre nichts gewesen. Sie hatte es nach der Rückkehr aus den Verheerten Landen schon einmal versucht, ohne dass es ihr eine innere Befriedigung verschafft hatte. Jetzt aber stand sie nicht mehr im Bann des Dämons, konnte tun und lassen, was sie wollte.

Aber welchen Weg sie wirklich einschlagen wollte, das würde sie erst noch herausfinden müssen.

»Ich frag' nur, weil ich find', dass wir eigentlich ganz gut zusammengearbeitet hab'n. Wir ham die Verheerten Lande überlebt, ham gegen Ungeheuer und Dämonen gekämpft und ham sogar den König von Woltan getötet. Wir sollt'n uns zusammentun. Ich glaub', es gibt kaum was, was wir gemeinsam nich' erreichen könn'n.«

Vielleicht hatte er damit sogar recht. Anfangs hatte sie den Meuchelmörder verabscheut. Das war nicht mehr so, dennoch gab es Gräben, die sie trennten und einfach zu tief waren, um sie zu überwinden. Zu deutlich erinnerte sie sich noch an das wimmernde, blutige Etwas, zu dem er Silvan verstümmelt hatte.

»Wir werden sehen«, entgegnete sie ausweichend, und erstmals seit ihrer Flucht stahl sich der Anflug eines Lächelns auf ihr Gesicht. »Ich glaube nicht, dass die Welt für uns beide gemeinsam bereit ist. Ich würde doch nur bei jedem Auftrag versuchen, dich um deinen Teil des Geldes zu bringen.«

»Mag sein. Das ist wohl das Risiko, wenn man sich mit einer Diebin einlässt.«

Mythas Lächeln vertiefte sich noch. *Keine Beute und keinen Lohn,* hatte er gesagt. Er war und blieb ein Dummkopf. Lord Moradun war ein reicher Mann gewesen, der über fruchtbare Ländereien mit vielen Bewohnern, denen er Steuern abpressen konnte, geherrscht hatte. Sie hatte immerhin rund zwei Tage in seiner Burg verbracht, doch nicht einmal Adamurt, der sie eigentlich kennen sollte, schien auch nur flüchtig der Gedanke zu kommen, dass sie diese Zeit nicht allein zur Vorbereitung ihres Plans genutzt haben könnte. Offenbar war sie wirklich eine ganz passable Blenderin.

Aber das war längst nicht alles. Zufrieden strich sie mit den Fingern über ihre Taschen, in denen sich insgesamt vier kleine Säckchen mit Juwelen aus der Schatzkammer des Fürsten befanden.

Was auch immer die Zukunft für sie bereithalten, für welchen Weg auch immer sie sich entscheiden mochte, sie würde niemals verleugnen können, was sie tief in ihrem Herzen war.

Sie war eine Diebin.

Und das würde auch immer so bleiben.

MYTHIA
Kalao
Wüste
Meridor
N
© MARKUS WEBER, GUTER PUNKT

BÄRENINSEL
Orms
Straße von Orms
THORNOV
Brelonia
LATRONIA
WOLTAN
Latron
Geistersümpfe
VOLARIEN
Vitona
Turm von
Athurien
Düster-
berge
Sarilon
DIE VERHEERTEN
LANDE
Sycarion
eeheim
Trakania
Tempel der
Morgenröte
Hügelland